GEORGE R. R. MARTIN

TRAUMLIEDER

GEORGE R. R.
MARTIN

TRAUM LIEDER

ERZÄHLUNGEN

ERSTER BAND

Deutsche Erstausgabe

WILHELM HEYNE VERLAG
MÜNCHEN

Titel der amerikanischen Originalausgabe
DREAMSONGS VOLUME 1
Aus dem Amerikanischen übersetzt von Werner Fuchs (»Vorwort«,
»Der schmutzige Profi«, »Das Licht der fernen Sterne«), Maike Hallmann
(»Ein Vierfarb-Fanboy«, »Nur Kinder fürchten sich im Dunkeln«,
»Die Festung«), Michael Fehrenschild (»Tod war sein Vermächtnis«), Bernd
Rullkötter (»Der Held«), Martin Eisele (»Die Ausfahrt nach San Breta«,
»Die zweite Stufe der Einsamkeit«), Birgit Reß-Bohusch (»Am Morgen fällt
der Nebel«), Yoma Cap (»Abschied von Lya«), Tony Westermayr (»Ein Turm
aus Asche«, »Das bleiche Kind mit dem Schwert«), Michael Windgassen
(»Die Steinstadt«), Marcel Bieger (»Bitterblumen«) und Wolfgang
Eisermann (»Der Weg von Kreuz und Drachen«)

Verlagsgruppe Random House FSC® N001967
Das für dieses Buch verwendete FSC®-zertifizierte Papier
Super Snowbright liefert Hellefoss AS, Hokksund, Norwegen.

Deutsche Erstausgabe 11/2014
Redaktion: Catherine Beck
Copyright © 2003 by George R. R. Martin
Copyright © 2014 der deutschen Ausgabe
und den Übersetzungen by Wilhelm Heyne Verlag, München,
in der Verlagsgruppe Random House GmbH
Published by agreement with the author and the author's agents,
The Lotts Agency, Ltd. and Utoprop Literary Agency
Umschlaggestaltung: Nele Schütz Design, München
Satz: Schaber Datentechnik, Wels
Druck und Bindung: GGP Media GmbH, Pößneck

ISBN 978-3-453-31611-9

www.heyne.de

INHALT

Natürlich für Phipps

there is a road, no simple highway
between the dawn and the dark of night

Ich bin froh, dass du hier bist,
um sie mit mir zu beschreiten.

Vorwort

Obwohl er seit über dreißig Jahren in den unterschiedlichsten Genres eine herausragende Rolle spielt – er hat Hugo Awards, Nebula Awards und World Fantasy Awards gewonnen –, hat es George R. R. Martin nun endlich geschafft, ganz ohne Zweifel.

Ein sicheres Zeichen dafür ist die Tatsache, dass kürzlich ein Buch von jemand anderem mit der Aussage beworben wurde: »In der Tradition von George R. R. Martin«. Wenn man so erfolgreich ist, dass Verlage ihre Kunden zum Kauf animieren wollen, indem sie Bücher anderer Schriftsteller mit einem Werk vergleichen, dann hat man es geschafft. Dann ist man ein wirklich großer Autor.

Wenn Sie mir nicht glauben, denken Sie nur an andere Schriftsteller, die mit der Phrase »in der Tradition von ...« beworben werden: J. R. R. Tolkien, Robert E. Howard, H. P. Lovecraft, Stephen King, J. K. Rowling. Eine illustre Gesellschaft, aber es besteht kein Zweifel, dass George R. R. Martin – der mit seinem monumentalen Zyklus *Das Lied von Eis und Feuer* einer der bestverkauften und gleichzeitig von der Kritik höchstgelobten modernen Fantasyautoren geworden ist – inzwischen auch zu ihr gehört. Wenn Sie allerding dem jungen George, dem noch unveröffentlichten eifrigen Anfänger, gesagt hätten, dass er einmal einer solch elitären Gruppe angehören würde, hätte er Ihnen mit Sicherheit nicht geglaubt – hätte nicht *gewagt*, Ihnen einen so offensichtlichen Wunschtraum zu glauben.

Und noch eine andere Tatsache hätte der junge George womöglich nicht geglaubt, eine, von der seine heutige, millionenstarke Fangemeinde wahrscheinlich keine Ahnung hat (und die diese Sammlung aufzeigen will): George R. R. Martin schaffte es in unterschiedlichsten Bereichen, bedeutend zu werden. Er hatte eine beeindruckende Karriere als Science-Fiction-Autor, als Horrorautor, als Fantasyautor, als Skriptschreiber und Produzent von Fernsehserien und als Herausgeber und Gestalter der langlebigen *Wild-Cards*-Serie. Was George R. R. Martin auf jedem dieser Gebiete erreicht hat, würde manch anderem professionellen Autor als Lebenswerk genügen, und es wäre eins, mit dem man durchaus prahlen könnte.

Nicht so George, der gierige Hund – er musste in *allen* Bereichen brillieren!

George R. R. Martin wurde in Bayonne, New Jersey, geboren, verkaufte seine erste Geschichte 1971 und avancierte in den folgenden Jahren zum Starautor im *Analog* der Ben-Bova-Ära mit farbenprächtigen, aufrüttelnden und emotional ausdrucksstarken Geschichten wie »Am Morgen fällt der Nebel«, »Das bleiche Kind mit dem Schwert«, »Die zweite Stufe der Einsamkeit«, »The Storms of Windhaven« (in Zusammenarbeit mit Lisa Tuttle, später zum Roman »Windhaven« erweitert), »Override« und anderen, obwohl er auch an *Amazing*, *Fantastic*, *Galaxy*, *Orbit* und andere Periodika dieser Zeit verkaufte. Für eine seiner *Analog*-Geschichten, die packende Novelle »Abschied von Lya«, erhielt er 1974 seinen ersten Hugo Award.

Gegen Ende der Siebzigerjahre hatte er seinen literarischen Gipfel als SF-Autor erreicht. Jetzt wurden seine besten Werke im SF-Genre publiziert, die auch zu den besten ihrer Zeitperiode gehören. Storys wie die berühmte »Sandkönige«, vielleicht seine bekannteste Einzelgeschichte, die 1980 Hugo- und Nebula Award gewann, »Der Weg von Kreuz und Drachen«, die im selben Jahr ebenfalls den Hugo gewann (damit war George der erste Autor überhaupt, der im gleichen Jahr für zwei unterschiedliche Texte mit diesem Preis ausgezeichnet wurde), »Bitterblumen«, »Die Steinstadt«, »Starlady« und andere. All diese Geschichten wurden ursprünglich in *Sandkings* zusammengefasst, eine der stärksten Anthologien dieser Zeit. *Analog* war nun nicht mehr sein bevorzugter Absatzmarkt, obschon er während der Achtzigerjahre in der Stanley-Schmidt-Ära mit Geschichten um den drolligen interstellaren Abenteurer Haviland Tuf (später in »Planetenwanderer« gesammelt) oder der starken Novelle »Die Expedition der Nachtfee« auf die Seiten des Magazins zurückkehrte. Während der späten Siebziger- und frühen Achtzigerjahre erschien ein Großteil seiner Texte in *Omni*, damals das Magazin, das Autoren am besten bezahlte und die Hierarchie des Science-Fiction-Kurzgeschichtenmarkts anführte. In den späten Siebzigerjahren wurde auch »Die Flamme erlischt« veröffentlicht, der einzige SF-Roman, den er allein verfasst hat.

In den frühen Achtzigerjahren nahm George R. R. Martins Karriere jedoch einen anderen Verlauf. Sie bewegte sich in eine Richtung, die man ihm in den Siebzigern wohl kaum vorausgesagt hätte. Horror war als Genre in den frühen und mittleren Achtzigerjahren ganz groß in Mode gekommen, und George verfasste zwei der originellsten und auch besten Romane des »Großen Horror Booms« der dama-

ligen Zeit: 1982 »Fiebertraum«, einen intelligenten und span-
nenden historischen Horrorroman mit viel Lokalkolorit –
immer noch einer der besten modernen Vampirromane –,
und 1983 seine ambitionierte Rock-'n'-Roll-Horror-Apokalypse
»Armageddon Rag«. Viele halten diesen Roman auch heute
noch für einen Kult-Klassiker, aber kommerziell gesehen war
er ein Misserfolg, der Georges Karriere als Horrorautor ins
Stocken geraten ließ. Er schrieb zwar noch einige kürzere
Horrortexte – mit »Der birnenförmige Mann« gewann er den
Bram Stoker Award und mit seiner Werwolf-Erzählung »Die
Haut des Wolfes« den World Fantasy Award –, aber das war es
dann auch.

(Obwohl Georges Horror meist der des Übernatürlichen
ist, sollte nicht unerwähnt bleiben, dass er in jener Zeit mit
Science Fiction/Horror-Hybriden experimentierte, einschließlich der bereits erwähnten »Sandkönige« und »Die Expedition
der Nachtfee«, zwei der besten Geschichten dieser Art, die je
erschienen sind, und die beide auf perfekte Weise die Genres
verbinden.)

Als dem »Großen Horror Boom« der Achtzigerjahre die Luft
ausging – die Buchläden lösten die Regale mit Horrorlitera-
tur wieder auf, die sie nur wenige Jahre zuvor aus verkaufs-
technischen Gründen aufgestellt hatten, denn die Verlage
verringerten ihren Output –, wandte George dem Horror-
Genre den Rücken zu. Mehr noch, er wandte sich ganz von
der Welt des gedruckten Worts ab und der des Fernsehens zu.
Zunächst wurde er Story-Editor bei der neuen Serie *Twilight
Zone* und später Produzent der sehr erfolgreichen Fantasy-
serie *Beauty and the Beast*.

Als erfolgreicher Skriptschreiber/Story-Editor/Produzent
hatte George den Kontakt zur Buchwelt für etwa zehn Jahre

abreißen lassen – bis auf wenige Ausnahmen: 1985 gewann er einen weiteren Nebula für seine Geschichte »Bilder seiner Kinder«, und etwa um die gleiche Zeit startete er als Herausgeber das langlebige *Wild-Cards*-Projekt – eine Serie von Kaleidoskopromanen, die es bis Ende der Neunzigerjahre auf fünfzehn Bände brachte, bevor sie vorläufig eingestellt wurde. (Im neuen Jahrtausend lebte sie jedoch nach sieben Jahren Pause wieder auf, *Wild Cards* ist also wieder auf den Plan getreten.)

Nach einigen Jahren in Hollywood trat bei George eine gewisse Ernüchterung ein. Sein neues Serienprojekt *Doorways* wollte und wollte nicht auf Sendung gehen und erwies sich letztendlich als Totgeburt. Frustriert wandte er sich von der Fernsehbranche ab und wieder dem Schreiben zu. Sein 1996 erschienener Fantasyroman »A Game of Thrones« wurde zu einem der bestverkauften Titel des Jahres – und George R. R. Martin war mit einem Paukenschlag zurück!

Der Rest ist, wie es so schön heißt, Geschichte. Eine Fantasygeschichte zwar, aber immerhin.

Was versetzt George in die Lage, Leser solch unterschiedlicher Genres gefangen zu nehmen? Welche Qualitäten weist sein Werk auf, das die Leser in seinen Bann zieht, egal *welche* Geschichte er gerade erzählt?

Klar ist, George R. R. Martin war schon immer ein Romantiker. Trockener Minimalismus oder die cool-ironischen Spielchen der Postmoderne, die von vielen Gegenwartsautoren und -kritikern so geliebt werden, bekommt man nicht, wenn man ein Buch von George R. R. Martin aufschlägt. Stattdessen gibt es eine sauber konstruierte Story, befeuert von Gefühlskonflikten, komponiert von einem großartigen Erzähler – eine Story also, die einen auf der ersten Seite packt und dann nicht mehr loslässt. Man bekommst Abenteuer, Action, Konflikte, Liebesgeschichten und einen ganzen Strauß menschlicher Gefühle: alles verbrennende, zum Scheitern verurteilte Liebe, blinden Hass, unstillbares Verlangen, Pflichterfüllung selbst im Angesicht des Todes, unerwartetes Aufblitzen schwarzen Humors ... und etwas, das sich in der heutigen Science Fiction und Fantasy rar gemacht hat (vom Mainstream wollen wir hier gar nicht erst reden): die Liebe zum Abenteuer um des Abenteuers willen, Spaß am Fremdartigen und Farbigen, bizarre Pflanzen und Tiere, exotische Kulissen, fremde Länder und seltsame Bräuche, noch seltsamere Menschen, und als Triebfeder immer die unstillbare Neugier auf das, was sich hinter dem nächsten Hügel befindet oder auf dem nächsten Planeten wartet.

George R. R. Martin ist ganz klar ein direkter Nachfahre der alten Tradition von *Planet Stories*, wohl in erster Linie von Jack Vance und Leigh Brackett beeinflusst, obschon man auch deutliche Spuren von Poul Anderson und Roger Zelazny in seinem Werk ausmachen kann. Trotz der Tatsache, dass er lange Zeit praktisch Hausautor von *Analog* war, spielen Wissenschaft und Technologie bei ihm nur eine untergeordnete Rolle. Er steht für Farbe, Abenteuer, Exotik und ungezügelte Leidenschaft in einem Universum voller konkurrierender Fremdrassen und menschlicher Gesellschaften, die sich in ihrer Isolation oft von der Normalität wegentwickelt haben und nun die Psychologie, Werte und Motivationen der anderen nicht mehr verstehen können. »Farbigkeit« ist ein Begriff, der bei der Beschreibung von Georges Welten gar nicht oft genug angewendet werden kann, und wenn man sich von ihm mitreißen lässt, trägt er seine Leser zu einigen der farbigsten und imposantesten Orte der neueren SF und Fantasy:

zu den Nebeln von Wolkenschloss auf Geisterwelt, zu den endlosen, winddurchtosten Grassteppen, bekannt als das Dothrakimeer, zum uralten kalten Labyrinth der Steinstadt, zu den tödlichen Ozeanen von Namor, zur Morgendämmerung über den High Lakes auf Kabaraijian ...

Der wichtigste Grund aber, warum sich so viele Leser von seinem Werk angesprochen fühlen, sind die *Protagonisten*. George hat eine Galerie lebensechter Figuren erschaffen – manche herzergreifend, manche grotesk, manche herzergreifend *und* grotesk –, von denen die meisten Autoren nur träumen können. Charles Dickens fällt einem vielleicht ein, wenn man an Damien Har Veris denkt, den innerlich zerrissenen Inquisitor des militanten Ordens der Ritter von Jesus Christus aus »Der Weg von Kreuz und Drachen«, und seinen Boss, den riesigen, aquatischen, vierarmigen Großinquisitor Thorgaton Nine-Klariis Tun; Shawn, die verzweifelte Überlebende, die in »Bitterblumen« vor Eiswölfen und Vampiren über eine öde Landschaft ewigen Winters flieht, nur um sich subtileren Gefahren auszusetzen; Tyrion Lannister, der machiavellistische Zwerg, der das Schicksal von Königreichen in *Das Lied von Eis und Feuer* bestimmt; der besessene und rücksichtslose »Gamer« Simon Kress in »Sandkönige«; der melancholische Geist in »Erinnerungen an Melody«; der groteske, schaurige, unvergessliche birnenförmige Mann in der Geschichte gleichen Namens; Lya und Robb, das telepathische Liebespaar in »Abschied von Lya«; Haviland Tuf, der neurotische, aber ziemlich schlaue Albino-Ökoingenieur mit gottgleicher Allmacht in »Planetenwanderer«; Daenerys Stormborn, die Tochter des Königs und *khaleesi* eines *khalasar* der Dothraki auf ihrem Weg ins Schicksal als zukünftige Mutter der Drachen.

... und Dutzende mehr.

George kümmert sich sehr um seine Figuren, auch um das Fußvolk, ja sogar um die Schurken – und weil er sich so sehr um sie kümmert, wachsen sie einem ans Herz. Wenn man diesen magischen Trick erst verstanden hat, bedarf es auch keiner weiteren Ausführungen mehr.

Eines hat vor allem anderen George R. R. Martins Platz in der oben erwähnten »In der Tradition von ...«-Gruppe gesichert: Egal, was er schreibt, die Menschen werden ihn lesen wollen – und das immer wieder.

Gardner Dozois

EIN VIERFARB-FANBOY

Anfangs habe ich meine Geschichten nur mir selbst erzählt.

Die meisten existierten nur in meinem Kopf, aber sobald ich lesen und schreiben konnte, habe ich das eine oder andere auch aufgeschrieben. Das älteste erhaltene Beispiel, das vermutlich aus der Kindergartenzeit oder aus der ersten Klasse stammt, ist eine in Blockschrift in eins dieser alten schwarz-weiß gemaserten Schulhefte geschriebene Weltall-Enzyklopädie. Auf jeder Seite ist ein Planet oder Mond gezeichnet, daneben stehen ein paar Zeilen zu seinen klimatischen Verhältnissen und den Einwohnern. Tatsächlich existierende Planeten wie Mars und Venus befinden sich in fröhlichem Einvernehmen mit denen, die ich bei *Flash Gordon* und *Rocky Jones* habe mitgehen lassen oder auch selbst erfunden habe.

Sie ist ziemlich großartig, meine Enzyklopädie, allerdings ist sie unvollendet. Geschichten anzufangen lag mir viel mehr, als sie zu beenden; sie erfüllten vor allem den Zweck, mich zu unterhalten.

Mich selbst zu unterhalten, habe ich sehr früh gelernt. Ich wurde am 20. September 1948 in Bayonne, New Jersey, als erstes Kind von Raymond Collins Martin und Margaret Brady Martin geboren. Gleichaltrige Spielkameraden gab es nicht, soweit ich mich entsinnen kann, bis ich vier war und wir in die Siedlung zogen.

Zuvor hatten wir im Haus meiner Urgroßmutter gelebt, zusammen mit ihr, ihrer Schwester, meiner Großmutter und deren Bruder. Bis meine zwei Jahre jüngere Schwester Darleen geboren wurde, war ich das einzige Kind im Haus, auch in der näheren Nachbarschaft gab es keine. Großmutter Jones weigerte sich stur, das Haus zu verkaufen, selbst als sich der gesamte restliche Broadway in ein Gewerbeviertel verwandelt hatte, also lebten wir im einzigen Wohnhaus im Umkreis von zwanzig Blocks.

Als ich vier war und Darleen zwei und Janets Geburt noch drei Jahre in der Zukunft lag, bezogen wir endlich eine eigene Wohnung in der neuen staatlichen Wohnsiedlung unten in der First Street. Beim Wort »Siedlung« denkt man natürlich gleich an verfallende Hochhäuser inmitten von Betonwüsten, aber LaTourette Gardens hat mit Cabrini-Green nicht viel gemein. Es sind dreigeschossige Gebäude mit sechs Wohnungen pro Stockwerk, es gab Spielplätze und Basketballfelder, und gegenüber erstreckte sich ein Park direkt entlang der öligen Ströme des Kill van Kull. Hier aufzuwachsen, war ganz in Ordnung – und anders als im Haus von Großmutter Jones gab es hier auch andere Kinder.

Wir schaukelten und rutschten, wateten im Sommer im Fluss und veranstalteten im Winter Schneeballschlachten, kletterten auf Bäume, sausten auf Rollschuhen umher und spielten Stickball, eine Art Straßenvariante von Baseball. Wenn ich mal allein war, vertrieb ich mir mit Comics und Fernsehen die Zeit und spielte mit grünen Plastiksoldaten und Cowboys mit Hüten, Westen und Pistolen, die wir untereinander tauschten, mit Rittern und Dinosauriern und Raumfahrern. Wie jedes richtige amerikanische Kind kannte ich die Namen aller nur denkbaren Dinosaurier (Brontosaurus, verdammt noch mal, so und nicht anders heißt er). Für die Ritter und Raumfahrer dachte ich mir Namen aus.

Auf der Mary-Jane-Donohoe-Schule in der Fifth Street lernte ich mithilfe von Dick, Jane und Sally und ihrem Hund Spot Lesen. Lauf, Spot, lauf. Schau nur, wie Spot läuft. Hat sich jemals irgendwer gefragt, weshalb dieser Hund unablässig in der Gegend herumrennt? Er flieht vor Dick, Jane und Sally, der langweiligsten Familie der Welt. Auch ich wäre gern vor ihnen davongerannt, geradewegs zurück zu meinen Comics – oder auch den »Bilderheftchen«, wie wir sie nannten. Meine erste Begegnung mit den epochalen Werken westlicher Literatur fand in Gestalt der Comicreihe *Illustrierte Klassiker* statt. Und ich habe *Archie* gelesen und *Dagobert Duck* und *Cosmo the Merry Martian*. Am liebsten aber Superman und Batman … vor allem die Geschichten von *World's Finest Comics*, weil sie darin einmal im Monat ein Team bildeten.

Die ersten vollendeten Geschichten, an die ich mich erinnere, habe ich auf herausgerissenen Schulbuchseiten geschrieben. Gruselige Geschichten über einen Monsterjäger, die ich den Nachbarskindern meines Blocks für einen Penny pro Seite verkauft habe. Die erste dieser Geschichten war eine Seite lang, und ich habe damit einen Penny verdient. Die nächste war zwei Seiten lang und brachte mir zwei Cents ein. Eine dramatische Lesung gehörte dazu; ich war der beste Vorleser der Siedlung und berühmt für mein Werwolfgeheul. Die letzte Geschichte meiner Monsterjäger-Serie war fünf Seiten lang und brachte mir mit einem ganzen Nickel das Zehnfache der ersten ein, genug für ein Milky Way, meinen Lieblingsschokoriegel. Ich weiß noch, wie ich dachte: *Du hast ausgesorgt.* Eine Geschichte schreiben, vom Verdienst ein Milky Way kaufen. Das Leben war wunderbar …

… bis mein bester Kunde Albträume bekam und seiner Mutter von meinen Monstergeschichten erzählte. Sie suchte meine Mutter auf, die es meinem Vater erzählte, und es war vorbei. Ich kehrte den Monstern den Rücken, wandte mich stattdessen den Raumfahrern zu (Jarn vom Mars und seine Bande, dazu komme ich später) und zeigte meine Geschichten niemandem mehr.

Aber ich hörte nicht auf, Comics zu lesen. Ich bewahrte sie in einem Bücherregal aus einer alten Apfelsinenkiste auf, und meine Sammlung wuchs stetig, bis sie beide Fächer füllte. Mit zehn las ich meinen ersten Science-Fiction-Roman und kaufte fortan auch Taschenbücher, was mein Budget ernstlich belastete. Unter dem Druck dieser finanziellen Krise beschloss ich mit elf vorübergehend, dass ich »zu alt« für Comics war. Für kleine Kinder waren sie schön und gut, aber ich war ja fast schon ein *Teenager*. Also räumte ich meine Orangenkiste leer, und meine Mutter spendete die Comics der Kinderkrankenstation des Krankenhauses in Bayonne. *(Ihr dreckigen, hundsgemeinen kranken Kinder, ich will meine Comics zurückhaben!)*

Die Ich-bin-zu-alt-für-Comics-Phase dauerte ungefähr ein Jahr. Immer wenn ich im Süßigkeitenladen im Kelly Parkway ein *Ace Double* kaufte, warteten dort die neuen Comics. Ich konnte nicht anders, ich musste mir die Cover anschauen, von denen einige so *interessant* aussahen … neue Geschichten, neue Helden, ganz neue Teams …

Die erste Ausgabe der *Gerechtigkeitsliga* schließlich brach meiner ein Jahr währenden geistigen Reife das Genick. Schon immer habe ich *World's Finest Comics* mit den Geschichten über die Zusammenarbeit von Superman und Batman geliebt, und die *Gerechtigkeitsliga* brachte *alle* wichtigen DC-Helden zusammen. Auf dem Cover jener ersten Ausgabe spielte Flash mit einem dreiäugigen Außerirdischen Schach. Die Figuren auf dem Spielbrett waren den Mitgliedern der *Gerechtigkeitsliga* nachempfunden, und immer, wenn eine davon geschlagen wurde, *verschwand* der wirkliche Superheld, den sie darstellte. Ich musste das Heft unbedingt haben.

Bevor ich recht wusste, wie mir geschah, füllte sich die Orangenkiste wieder. Und das war gut so. Sonst wäre ich 1962 wohl nicht über die vierte Folge eines äußerst eigenartig aussehenden Hefts mit dem kühnen Namen »The World's greatest Comic Magazine« gestolpert. Es war kein DC-Comic, sondern stammte aus einem obskuren, höchstens für seine nicht wirklich unheimlichen Monstergeschichten bekannten Verlag … aber es ging offenkundig um ein Team von Superhelden, und ich konnte unmöglich widerstehen. Ich habe es gekauft, obwohl es *zwölf Cents kostete* (Comics kosteten einen Dime, also zehn Cents, so gehörte es sich!), und es veränderte mein Leben.

Es war tatsächlich das beste Comic-Magazin der Welt. Stan Lee und Jack Kirby schickten sich soeben an, die Comicwelt zu revolutionieren. Die *Fantastischen Vier* brachen mit sämtlichen Regeln. Sie hatten keine Geheimidentitäten. Einer von ihnen war ein *Monster* (*das Ding* – es wurde auf einen Schlag mein Favorit), obwohl Helden zu dieser Zeit eigentlich nahezu verpflichtet waren, gut auszusehen. Sie waren eher eine Familie als ein Bündnis, eine Gesellschaft oder ein Team. Wie in einer richtigen Familie wurde ständig gezankt. Die *Gerechtigkeitsliga*-Helden von DC waren vor allem anhand der Kostüme und Haarfarben voneinander zu unterscheiden (na gut, das Atom war klein, der marsianische Kopfgeldjäger grün, und Wonder Woman hatte Brüste, aber davon abgesehen glichen sie sich wie ein Ei dem anderen), die *Fantastischen Vier* jedoch hatten *Persönlichkeiten*! Charakterisierung in Comics – im Jahr 1961 war das eine Offenbarung, eine regelrechte Revolution.

Die ersten von mir geschriebenen Worte, die je gedruckt wurden, lauteten: »Lieber Stan, lieber Jack.«

Sie erschienen im August 1963 als Leserbrief in *Die Fantastischen Vier #20*. Im Wesentlichen hatte ich einfühlsam, intelligent und analytisch geäußert, dass Shakespeare einpacken könne, jetzt, da Stan Lee die Bühne betreten hatte. Unter meinen Beifallshymnen standen mein Name und meine Adresse.

Kurz darauf bekam ich einen Kettenbrief.

Post für *mich*? Unglaublich. Es war im Sommer zwischen meinem ersten und zweiten Jahr an der Marist High School, und mein Bekanntenkreis beschränkte sich auf Leute aus Bayonne und Jersey City. Niemand schrieb mir Briefe. Aber jetzt las ich eine Liste von Namen, und in der Erklärung stand, dass ich einen Vierteldollar an den ersten Namen auf dieser Liste schicken, den Namen ausstreichen und meinen eigenen ganz unten dazuschreiben solle, und wenn ich dann die neue Liste viermal verschickte, würde ich innerhalb weniger Wochen 64 Dollar in Vierteldollars erhalten. Genug also, um auf Jahre hinaus Comics und Milky Ways zu finanzieren. Also klebte ich mit einem Klebestreifen einen Vierteldollar auf eine Karteikarte, steckte sie in einen Umschlag, schickte ihn an die Adresse ganz oben auf der Liste, lehnte mich zurück und erwartete meine Reichtümer.

Teufel auch, ich habe nie auch nur einen Vierteldollar erhalten.

Stattdessen bekam ich etwas weitaus Interessanteres. Der Typ ganz oben auf der Liste gab nämlich ein Comic-Fanzine für fünfundzwanzig Cents heraus, und zweifellos verstand er meinen Vierteldollar als Bestellung. Das Heft, das er mir daraufhin zuschickte, war in blassem Violett gedruckt (das nannte sich, wie ich später erfuhr, Spiritus-Umdruck), schlecht geschrieben und stümperhaft gezeichnet, aber das kümmerte mich nicht. Es war voller Artikel, Leserbriefe, Zeichnungen und sogar Amateur-Comics mit Helden, von denen ich nie zuvor gehört hatte. Außerdem gab es Rezensionen anderer Fanzines, von denen einige noch cooler klangen. Ich verschickte weitere aufgeklebte Vierteldollars, und unvermittelt steckte ich kopfüber mitten in der aufstrebenden Comic-Fangemeinschaft der Sechziger, die noch ganz in den Kinderschuhen steckte.

Heute sind Comics ein großes Geschäft. Der Comicon in San Diego ist mittlerweile eine monumentale Messe mit zehnmal so vielen Besuchern wie der jährliche Science-Fiction-World-Con. Noch immer gibt es einige kleine unabhängige Comicreihen, Tauschbörsen und Adzines, aber keine richtigen Fanzines mehr. Längst haben sich die Geldwechsler den Tempel unter den Nagel gerissen. Als Höhepunkt der Obszönität werden Comics dieses goldenen Zeitalters in Polyesterfolie eingeschweißt und wechseln so die Besitzer, die sie niemals lesen, um nur ja ihren Wert als Sammlerstück nicht zu verringern (wenn es nach mir ginge, sollte, wer auch immer sich das ausgedacht hat, höchstselbst in Folie eingeschweißt werden). Niemand nennt sie heutzutage mehr *Bilderheftchen*.

Das sah vor vierzig Jahren ganz anders aus. Die Comic-Fangemeinde machte ihre allerersten Schritte. Comicons waren gerade erst im Kommen (meinen ersten habe ich 1964 besucht, er fand in einem Zimmer in Manhattan statt, organisiert von einem Fan namens Len Wein, späterer Geschäftsführer bei DC und Marvel und Schöpfer von Wolverine). Aber es gab Hunderte Fanzines. Manche davon, beispielsweise *Alter Ego*, wurden von Erwachsenen herausgebracht, die Jobs hatten und ein Leben und Ehefrauen, aber die meisten wurden von Jugendlichen geschrieben, gezeichnet und herausgegeben, die nicht älter waren als ich selbst. Die besten Magazine wurden mit Foto-Offset oder

Wachsmatrizen professionell gedruckt, aber davon gab es nicht viele. Die zweite Liga arbeitete wie die meisten Science-Fiction-Fanzines damals mit Mimeografen. Die Mehrheit aber nutzte Spiritus-Umdruck, hektografierte oder kopierte die Texte. (Das sich später zu einem der größten Comic-Fanzines entwickelnde *The Rocket's Blast* wurde anfangs mit *Kohlepapier* vervielfältigt, was tiefschürfende Rückschlüsse auf die Auflagenstärke zulässt.)

Fast ausnahmslos gab es ein oder zwei Seiten für Kleinanzeigen rund um Comics. In einer davon bot jemand aus Arlington, Texas *The Brave and The Bold #28* zum Verkauf an, die Ausgabe, in der die *Gerechtigkeitsliga* ihren ersten Auftritt hat. Ich schickte einen aufgeklebten Vierteldollar los und bekam dafür das *lustige Bilderheftchen* samt einem Stück Karton mit der hervorragenden Zeichnung eines Barbarenkriegers. Das war der Beginn meiner lebenslangen Freundschaft mit Howard Waldrop. Wie lange das her ist? Nun, kurz darauf reiste John F. Kennedy nach Texas.

Mein Engagement in dieser seltsamen und wundersamen Welt erschöpfte sich nicht im Lesen von Fanzines. Da ich es in *Die Fantastischen Vier* geschafft hatte, wurden meine Leserbriefe auch in anderen Fanzines anstandslos gedruckt, und es dauerte nicht lange, bis mein Name überall zu lesen war. Auch Stan und Jack veröffentlichten mehr aus meiner Feder. Immer schneller rutschte ich mitten hinein, aus Briefen wurden kleine Artikel, schließlich eine regelmäßige Kolumne in einem Fanzine namens *The Comic World News*, in der ich darüber sinnierte, wie man in meinen Augen misslungene Comics noch hinbiegen könnte. Ich fertigte auch ein paar Illustrationen für das Fanzine an, ungeachtet meiner vollkommenen Unfähigkeit, zu zeichnen. Einmal wurde sogar ein von mir gezeichnetes Cover veröffentlicht: ein Bild der Menschlichen Fackel, die in feurigen

Buchstaben den Namen des Magazins bildet. Hilfreicherweise ist die Fackel kaum mehr als ein vage menschenähnlicher Umriss aus Flammen, weshalb sie wesentlich leichter zu zeichnen ist als Figuren mit Nasen, Mündern, Fingern, Muskeln und solchem Zeug.

In meinem ersten Jahr auf der Marist High School wollte ich unbedingt Astronaut werden … nicht *irgendein* Astronaut, sondern der erste Mensch auf dem Mond. Ich weiß noch, wie uns eines Tages einer der Brüder fragte, was wir einmal werden wollten, und die ganze Klasse vor Lachen über meine Antwort schier explodierte. In meinem dritten High-School-Jahr bekamen wir die Aufgabe, Nachforschungen über unseren Traumberuf anzustellen, und ich machte mich über die Schriftstellerei schlau (wobei ich erfuhr, dass der durchschnittliche Jahresverdienst eines Schriftstellers bei 1200 $ lag, was mich fast ebenso sehr ernüchterte wie das Gelächter zwei Jahre zuvor). Doch zwischen beiden Ereignissen hatte sich etwas Wesentliches in meinem Leben geändert, das meinen Träumen eine ganz neue Richtung gab. Dieses Etwas war die Comic-Fangemeinde. Zwischen meinem ersten und zweiten Highschool-Jahr schrieb ich meine ersten Geschichten für Fanzines.

Auf dem Dachboden meiner Tante Gladys hatte ich eine uralte mechanische Schreibmaschine gefunden und war nach viel Herumspielerei damit inzwischen ein wahres Einfingerwunder. Die schwarze Hälfte des schwarz-roten Farbbands war derart abgenutzt, dass die Buchstaben kaum noch lesbar waren, aber das glich ich durch einen besonders harten Anschlag aus, der die Lettern regelrecht ins Papier stanzte. Das Innere des »e« und des »o« fielen oft heraus und hinterließen Löcher. Im Vergleich zum schwarzen Teil des Farbbands war der rote noch halbwegs frisch, und so benutzte ich in völliger Unkenntnis der Möglichkeiten von Kursivsetzung, Zeichenabständen, doppelten Zeilenabständen oder Kohlepapier Rot, um Text hervorzuheben.

Der sprichwörtliche Held meiner ersten Geschichten kam aus dem Weltall auf die Erde, so wie Superman. Anders als Superman allerdings tat er sich nicht durch besondere physische Stärken hervor. Genau genommen war das mit seiner Physis überhaupt so eine Sache, er war nämlich nahezu körperlos. Nichts als ein Gehirn im Goldfischglas. Zwar war das nicht sonderlich originell; sowohl in der SF als auch in Comics waren Gehirne in irgendwelchen Behältnissen ein häufiges Phänomen, allerdings normalerweise eher als Bösewichte. Es kam mir wie eine ungeheuerliche Neuerung vor, mein Hirn-im-Gefäß zum Helden der Geschichte zu erklären.

Selbstverständlich besaß mein Held einen Roboterkörper, den er zur Verbrechensbekämpfung benutzen konnte. Ach, einen – er hatte einen ganzen *Haufen* davon. Es gab welche mit Düsen, sodass er fliegen konnte, andere mit eingebauten Panzerketten ermöglichten es ihm, zu rollen, und manche verfügten über Beine, sodass er damit laufen konnte. Es gab Arme, die in Fingern endeten oder in Tentakeln, riesigen, bösartigen Metallgreifern oder Strahlenpistolen. In jeder Folge trug er einen anderen Körper, und falls der zerstört wurde, gab es in seinem Raumschiff reichlich Ersatz.

Ich nannte ihn Garizan, den mechanischen Krieger.

Insgesamt schrieb ich drei kurze, aber *vollendete* Geschichten über Garizan. Sogar die Illustrationen fertigte ich selbst an – ein Gehirn im Goldfischglas stellt ähnlich bescheidene Anforderungen an den Zeichner wie ein Mann aus Flammen.

Die Geschichten schickte ich an eins der kleineren Fanzines, in der Hoffnung, dort käme ich leichter unter. Damit lag ich richtig, der Herausgeber nahm sie mit Handkuss. Das allerdings war nicht ganz so schmeichelhaft, wie es klingt. Viele dieser ersten Fanzines waren ständig verzweifelt auf der Suche nach Material, um ihre spiritusgedruckten Seiten zu füllen, sie hätten alles genommen, sogar Geschichten über ein Gehirn im Goldfischglas. Ich konnte es kaum erwarten, meine Geschichte in Händen zu halten.

Aber oje – das Fanzine und sein Herausgeber verschwanden spurlos, ohne dass auch nur eine meiner Geschichten über Garizan abgedruckt wurde. Die Manuskripte bekam ich nicht zurück, und weil ich die Wissenschaft des Kohlepapiers noch nicht gemeistert hatte, gab es keine Kopien.

Man hätte denken können, diese Begebenheit hätte mich entmutigt, doch im Gegenteil war ich derart beschwingt davon, dass meine Geschichten angenommen worden waren, dass mir ihr Verlust gar nicht recht bewusst wurde. Ich klemmte mich wieder hinter die Schreibmaschine und erfand einen neuen Helden. Diesmal taufte ich ihn Manta Ray. Er war ein Möchtegern-Batman, ein maskierter nächtlicher Rächer, der das Verbrechen mit einer Bullenpeitsche bekämpfte. In seinem ersten Abenteuer ließ ich ihn gegen den Bösewicht Executioner antreten, dessen Waffe statt normaler Kugeln lauter winzige Guillotineklingen verschoss.

»Meet the Executioner« wurde erheblich besser als Garizan, und ich schickte die Geschichte kühn an ein besseres Fanzine: Ymir, herausgebracht von Johnny Chambers, eins von mehreren Fanzines aus San Francisco und Umgebung, der Hochburg der frühen Comic-Fangemeinde.

Chambers nahm meine Geschichte an … und er *publizierte* sie! Sie erschien im Februar 1965 in *Ymir #2;* neun dem Superheldentum gewidmete Seiten in prachtvollem Spiritusviolett. Einer der bekanntesten Illustratoren der Fangemeinde, Don Fowler (ein Pseudonym von Buddy Saunders), zeichnete ein hochdramatisches Cover mit Manta Ray und dem Executioner, der ihn mit kleinen Guillotineklingen beschoss. Gekonnt illustrierte er auch die Geschichte. Fowlers Zeichnungen waren so viel besser als alles, was ich je zustande gebracht hätte, dass ich danach meine kläglichen Illustrationsversuche aufgab und mich ganz auf das Schreiben reiner Prosageschichten verlegte. »Textgeschichten« nannte man das damals zur Unterscheidung von voll illustrierten Comics (und natürlich waren sie unter den anderen Fans nicht halb so beliebt).

Manta Ray kehrte in einer zweiten Geschichte zurück, die mit ungefähr zwanzig Seiten in einfachem Zeilenabstand derart lang geriet, dass Chambers sich entschied, sie aufzuteilen. Die erste Hälfte von »The Isle of Death« erschien in Ymir #5 und endete mit den Worten »Fortsetzung folgt«. Tat sie aber nicht. Es gab keine weitere *Ymir*-Ausgabe, und die zweite Hälfte des zweiten Abenteuers von Manta Ray folgte den drei verlorenen Garizan-Geschichten ins Vergessen.

Inzwischen hatte ich meine Ziele schon wieder höhergesteckt. Das angesehenste Fanzine war zu dieser Zeit *Alter Ego*, aber sie veröffentlichten fast ausschließlich Artikel, Kritiken und Interviews. Die richtige Anlaufstelle für Geschichten und Amateur-Comics war *Star-Studded Comics*, herausgegeben von den drei Texanern Larry Herndon, Buddy Saunders und Howard Keltner, die sich das *Texas-Trio* nannten.

Die erste *SSC*-Ausgabe '63 konnte ein im Vergleich zu anderen damaligen Fanzines überwältigendes Vollfarbdruck-Cover vorweisen. Innen fand sich der vertraute unscharfe Spiritus-Umdruck, aber mit der vierten Folge des Hefts stieg das Texas-Trio auch für den Innenteil auf Offsetdruck um, und *SSC* avancierte zum ansehnlichsten Fanzine seiner Zeit. Wie DC und Marvel hatte das Trio seinen ganz eigenen Stall voller Superhelden: Powerman, den Defender, Changling, Dr. Weird, das Auge, die Menschliche Katze, den Astralmann und ein paar weitere. Don Fowler, Grass Green, Biljo White, Ron Foss und überhaupt die meisten bekannten Fan-Illustratoren zeichneten für *SSC*, und Howard Waldrop schrieb Textgeschichten (Howard Waldrop war quasi ein viertes Redaktionsmitglied, wie der fünfte Beatle). In der Comic-Fangemeinde war *SSC* damals um 1964 eine ganz große Sache.

Ich wollte dazugehören und hatte eine großartige, *hochoriginelle* Idee. Gehirne im Glas wie Garizan und maskierte Verbrecherjäger wie Manta Ray waren alte Hüte, aber nie zuvor hatte es einen Superhelden auf *Skiern* gegeben! (Ich war nie Ski gefahren. Habe mich bis heute nicht dran versucht.) Im einen Ski meines Superhelden steckte ein Flammenwerfer, im anderen ein Maschinengewehr. Für besonderen Realismus ließ ich ihn statt gegen irgendeinen ollen Superschurken gegen die Kommunisten antreten. Aber das Beste an der ganzen Geschichte war, dass sie mit dem unerhörten, tragischen Tod des *White Raider* endete. Das würde dem Texas-Trio mit Sicherheit die Schuhe ausziehen und mir ihre volle Aufmerksamkeit sichern.

Ich nannte die Geschichte »The Strange Saga of the White Raider« und schickte sie Larry Herndon, der nicht nur ein Drittel der Redaktion von *SSC* stellte, sondern auch einer der Ersten aus der Comic-Fangemeinde war, mit denen ich zu tun gehabt hatte. Ich war überzeugt, er würde die Geschichte mögen.

Das tat er auch … aber für *SSC* wollte er sie nicht haben. Er erklärte mir, dass das Flaggschiff-Fanzine des Trios bereits eine volle Heldenbesatzung habe. Die drei wollten lieber die vorhandenen ausarbeiten und weiterentwickeln, als neue hinzuzunehmen. Ihnen allen gefiele jedoch, was sie von mir gelesen hatten, und sie würden sich freuen, wenn ich für *Star-Studded Comics* schriebe … allerdings über *ihre* Charaktere.

So kam es, dass »The Strange Saga of the White Raider« in *Batwing* erschien, einem Fanzine, das Larry Herndon im Alleingang herausgab, und ich Textgeschichten über zwei von Howard Keltners Schöpfungen für *SSC* schrieb, zuerst über Powerman. »Powerman vs The Blue Barrier!« erschien im August 1965 in *SSC #7* und wurde gut aufgenommen … aber meinen Durchbruch in der Comic-Fangemeinde schaffte ich in *SSC #10* mit der Dr.-Weird-Geschichte »Nur Kinder fürchten sich im Dunkeln«.

Dr. Weird war ein mystischer Rächer, der gegen Geister, Werwölfe und andere übernatürliche Gefahren kämpfte. Bis auf die Namensähnlichkeit hatte er mit Marvels Dr. Strange wenig gemein. Keltner hatte ihn Mr. Justice nachempfunden, einem Helden aus dem Goldenen Zeitalter der Comics. Doc Weird trieb es noch wilder als mein White Raider mit seinem Ableben am Ende der allerersten Geschichte, er nämlich starb mitten in seiner ersten Geschichte. Als Zeitreisender aus der Zukunft trat er aus seiner Zeitmaschine heraus, geriet direkt in einen Überfall und wurde erschossen. Dass sein Tod vor seiner Geburt stattfand, brachte den Kosmos ins Ungleichgewicht, und so war er dazu verurteilt, auf der Erde zu bleiben und gegen alles Falsche und Üble zu kämpfen, bis der Zeitpunkt seiner Geburt erreicht war.

Er lag mir sofort. Keltner gefiel, was ich über ihn schrieb, er ermutigte mich zu weiteren Geschichten, und als er die Figur in sein eigenes Fanzine überführte, schrieb ich den Text zu einem Comic, den ein neuer, bis dahin unbekannter Zeichner wunderbar illustrierte. Jim Starlin adaptierte »Nur Kinder fürchten sich im Dunkeln« auch als Comic, aber die Textgeschichte ist zuerst dagewesen.

Zu dieser Zeit hatte die Comic-Fangemeinde ihre eigenen Auszeichnungen ins Leben gerufen. Die Alley Awards waren nach Alley Oop benannt, dem »ältesten Comic-Charakter von allen« (the Yellow Kid hätte gegen diese Bezeichnung womöglich sein Veto eingelegt). Wie beim Hugo wurde bei den Alley Awards zwischen professioneller Arbeit und der von Fans unterschieden: goldene Auszeichnungen für die Profis, silberne für Fans. »Nur Kinder fürchten sich im Dunkeln« wurde in der Kategorie Textgeschichten für den silbernen Alley nominiert … und zu meinem sprachlosen Entzücken hat sie gewonnen (unverdientermaßen angesichts dessen, was Howard Waldrop und Paul Moslander zur gleichen Zeit geschrieben hatten). Flüchtige Visionen von silbrig schimmernden Trophäen zuckten durch meine Gedanken, aber ich bekam nichts. Die Sponsorengruppe brach kurz darauf in sich zusammen, und mit den Alley Awards war es aus … aber die Anerkennung hatte mein Selbstvertrauen sehr gestärkt und ermutigte mich, weiterzuschreiben.

Als die Geschichten um Dr. Weird veröffentlicht wurden, veränderte sich gerade einiges in meinem Leben. Im Juni 1966 schloss ich die High School ab, und im September verließ ich zum ersten Mal in meinem Leben mein Elternhaus und nahm den Greyhound-Bus nach Illinois, wo ich mich an der Medill-Journalistenschule einschrieb.

Die seltsame, fremde Welt der Universität begeisterte mich und machte mir zugleich Angst. Ich kam in dem Studentenwohnheim Bobb Hall für Erstsemester unter (meine Mutter brachte einiges durcheinander und glaubte, mein Zimmernachbar hieße Bob), mitten in diesem eigenartigen Mittleren Westen der USA, wo die Nachrichten zu früh gesendet wurden und niemand wusste, wie man anständige Pizza macht. Die Seminare waren anspruchsvoll, ich musste neue Freundschaften schließen, mich mit neuen Arschgeigen herumärgern, neue Laster erkunden (Kartenspiel in meinem ersten Jahr, später dann Bier) … und in meiner Klasse gab es *Mädchen.* Noch immer kaufte ich Comics, wenn ich zufällig welche sah, aber schon bald fehlten mir einige Ausgaben, und die Verbindung entglitt mir zusehends. Inmitten all des Neuen, das auf mich einstürmte, fand ich kaum Zeit zu schreiben. In meinem ersten College-Jahr beendete ich nur eine einzige, eigenartige SF-Geschichte, »The Coach and the Computer«, die in der ersten (und einzigen) Ausgabe eines Fanzines namens *In-Depth* erschien.

Mein Hauptfach war Journalismus, im Nebenfach studierte ich Geschichte. Im zweiten Jahr nahm ich an einem Seminar über die Geschichte Skandinaviens teil, weil es mir cool vorkam, sich im Studium mit Wikingern zu beschäftigen. Professor Franklin D. Scott war ein begeisterter Lehrer und lud den ganzen Kurs zu sich nach Hause ein, wo wir skandinavisch aßen und *Glug* tranken (Glühwein mit darin schwimmenden Rosinen und Nüssen). Wir lasen altnordische Sagen, die isländische Edda und die Gedichte des finnischen Patrioten Johan Ludvig Runeberg.

Ich liebte die Sagen und die Edda, die mich sehr an Tolkien und Howard erinnerten, und war ganz gefangen von Runebergs Gedicht »Sveaborg«, einer mitreißenden Klage um die riesige Festung vor Helsinki, das »Gibraltar des Nordens«, deren Besatzung sich im Russisch-Schwedischen Krieg 1808 unerklärlicherweise ergeben hatte. Ich wählte Sveaborg als Thema für meine Seminararbeit. Dann kam mir eine schräge Idee, und ich fragte Professor Scott, ob ich statt der üblichen Herangehensweise eine Geschichte über Sveaborg schreiben dürfe. Zu meiner großen Freude stimmte er zu.

»Die Festung« brachte mir eine Eins ein … und die Geschichte gefiel Professor Scott so gut, dass er sie an die *American-Scan-*

dinavian Review sandte, mit der Anfrage, ob sie dort veröffentlicht werden könne.

Der erste Ablehnungsbrief meines Lebens stammte nicht von Damon Knight, Frederik Pohl oder John Wood Campbell, sondern von Erik J. Friis, dem Herausgeber der *American-Scandinavian Review*, der sein großes Bedauern darüber ausdrückte, die Geschichte nicht veröffentlichen zu können. *Es ist ein ausgezeichneter Aufsatz,* schrieb er mir im Begleitbrief vom 14. Juni 1968, *aber leider für unsere Zwecke zu lang.*

Sicher hat sich nicht oft jemand so sehr über eine Absage gefreut wie ich damals. Ein richtiger Herausgeber hatte eine meiner Geschichten gelesen und sie so gut gefunden, dass er mir statt einer Standard-Absage einen Brief geschrieben hatte! Mir war zumute, als habe sich unversehens eine Tür geöffnet. Als ich im darauffolgenden Herbst an die Northwestern zurückkehrte, um mein drittes College-Jahr anzutreten, trug ich mich für ein Seminar über Kreatives Schreiben ein … und geriet mitten unter zukünftige moderne Poeten, die freie Versdichtung und Prosagedichte verfassten. Ich liebte Lyrik, aber nicht solche. Ich wusste zu den Gedichten meiner Kommilitonen ebenso wenig zu sagen wie sie zu meinen Geschichten. So wie ich davon träumte, Geschichten in *Analog* und *Galaxy* oder dem *Playboy Book of Science Fiction and Fantasy* zu veröffentlichen, hofften sie, eins ihrer Gedichte bei *TriQuarterly* unterzubringen, einem renommierten Literaturmagazin.

Nur wenige der anderen schrieben gelegentlich auch Kurzgeschichten: überwiegend fragmentarische Einblicke in Figuren, ohne Rahmenhandlung, viele davon im Präsens, manche in der zweiten Person, einige verzichteten gänzlich auf Großbuchstaben (Um fair zu bleiben: Es gab Ausnahmen. An eine erinnere ich mich gut, eine in einem alten Lagerhaus spielende unheimliche kleine Horrorgeschichte, deren Stil fast lovecraftesk anmutete. Von allen Geschichten, die ich in diesem Jahr las, gefiel sie mir am besten; der Rest der Klasse verabscheute sie natürlich).

Nichtsdestotrotz schrieb ich im Kurs vier Geschichten (und kein einziges Gedicht). »The Added Safety Factor« und »Der Held« waren SF, »Tod war sein Vermächtnis« und »Protector« politisch gefärbte Mainstream-Geschichten (wir schrieben das Jahr 1968, und Revolution lag in der Luft). Die erstere entwickelte sich aus einer Figur heraus, die ich mir bereits auf der Marist High School ausgedacht hatte, als ich eine Vorliebe für James Bond entwickelt hatte (mit der Ursula Andress nicht das Geringste zu tun hatte, das versichere ich mit Nachdruck, und ebenso wenig die Sexszenen in den Büchern, nein, wirklich, kein bisschen). Maximilian de Laurier war ein »eleganter Killer«, ständig auf Reisen quer durch die Welt, um in exotischer Umgebung fiese Diktatoren zur Strecke zu bringen. Sein spezielles Gimmick: eine Pfeife, die zugleich ein Blasrohr war.

Als ich schließlich etwas über ihn zu Papier brachte, blieb im Grunde außer dem Namen nichts vom ursprünglichen de Laurier erhalten. Meine politischen Ansichten hatten sich gewandelt, und nach 1968 kamen mir Attentate nicht mehr sonderlich sexy vor. Die Geschichte habe ich nie verkauft, aber hier ist sie jetzt endlich zu lesen, nur unwesentliche fünfunddreißig Jahre, nachdem sie geschrieben wurde.

Zwar gefielen den anderen die Mainstream-Geschichten besser als die SF-Geschichten, aber so richtig mochten sie keine davon. Auch unser Prof, ein junger, hipper Lehrer mit klassischem Porsche und ellbogenbeflickter Cordjacke, konnte sich nicht so recht dafür begeistern … aber glücklicherweise hielt er Zensuren für groben Unfug, und ich entrann mit guten Noten und vier fertigen Kurzgeschichten.

Auch wenn meine Geschichten im Seminar keinen Anklang gefunden hatten, hoffte ich, dass der eine oder andere Herausgeber das anders sehen würde. Ich würde sie einfach einsenden und abwarten. Das Procedere war mir ja vertraut: die Adressen aus dem *Writer's Market* heraussuchen, ein brandneues Farbband in meine Smith-Corona einspannen, das Manuskript sauber zweizeilig abtippen, es mitsamt einem kurzen Begleitbrief und einem frankierten und adressierten Rückumschlag losschicken – und warten. Das brachte ich fertig.

Während sich mein drittes College-Jahr dem Ende zuneigte, brachte ich meine vier Geschichten aus dem Seminar in Umlauf. Immer wenn eine Geschichte von einem Magazin zurückgeschickt wurde, sandte ich sie noch am gleichen Tag zum nächsten weiter. Ich begann ganz nach den Empfehlungen sämtlicher Autorenratgeber bei denen, die am besten bezahlten, und arbeitete mich nach unten durch. Und ich schwor mir feierlich, nicht aufzugeben.

Das war auch gut so. Allein »The Added Safety Factor« kam siebenunddreißigmal zurück, bis mir irgendwann nicht mehr einfiel, wo ich es noch versuchen könnte. Neun Jahre später in Iowa, wo ich Unterricht gab, statt ihn zu besuchen, las mein Kollege George Guthridge die Geschichte und sagte zu mir, er wisse, wie man sie retten könne. Ich gab ihm meinen Segen, und Guthridge benannte »The Added Safety Factor« in »Warship« um. Unter diesem Namen holte sie sich weitere fünf Ablehnungen ab, bis sie endlich bei F&SF ein Zuhause fand. Jene zweiundvierzig Ablehnungen blieben mein persönlicher Rekord, den zu brechen ich es nicht sonderlich eilig habe.

Auch die anderen Geschichten wurden abgelehnt, aber nicht so oft. Mir wurde bald klar, dass die meisten Magazine den Enthusiasmus der *American-Scandinavian Review* für Geschichten über den Russisch-Schwedischen Krieg von 1808 nicht recht teilten, und ich ließ »Die Festung« in der Schublade verschwinden. »Protector« erhielt nach der Überarbeitung den neuen Titel »The Protectors«, aber auch das änderte nichts. »Der Held« kam von *Playboy* und *Analog* zurück, machte sich auf zu *Galaxy* …

… und verschwand. Ich erzähle später, was damit geschah. Bis dahin schauen Sie sich doch ein wenig Material aus meiner Lehrlingszeit an. Wenn Sie sich trauen.

Nur Kinder fürchten
sich im Dunkeln

»Inmitten stummen Schattenwogens
Treiben Gestalten, die den Blick verwirren
Phantomgestalten huschen durch das Dunkel
Geflügelt' Bestien hoch am Himmel schwirren
In des Zwielichts geisterhaftem Grau
Hausen seelenlose Schrecken, die wir nicht begreifen
Zutiefst vertraut ist ihnen dies verderbte Land –
Corlos heißt die Welt, die sie durchstreifen.«

Gefunden in einer mitteleuropäischen Höhle, dem
ehemaligen Tempel einer schwarzen Sekte – Autor unbekannt

Dunkelheit. Nichts als Dunkelheit. Trostlos, unheilschwanger, allgegenwärtig. Sie hing über der Ebene wie ein alles erstickender Mantel. Kein Mondstrahl drang hindurch, kein Stern leuchtete am Himmel, es gab nur die Nacht in ihrer endlosen Schwärze, und bei jeder Bewegung wirbelten und wogten erstickende graue Nebelschwaden. In der Ferne kreischte etwas, blieb aber unsichtbar. Die Welt war verborgen hinter Nebel und Schatten.

Nein, nicht die ganze Welt. Mitten auf der Ebene reckte sich ein ebenmäßiger Turm dem toten Himmel wie eine Nadel entgegen, als wollte er die fernen, düsteren Berge herausfordern. Kilometerhoch ragte er auf, und knisternde, purpurfarbene Blitze tobten unablässig um den schwarzen Stein. Im einzigen Fenster glomm mattes, scharlachrotes Licht, eine einsame Insel im Meer der Nacht.

Unruhe kam in die wirbelnden Nebel am Boden, und das Rascheln eigentümlicher, hastiger Bewegungen durchbrach die Stille. Die entsetzlichen Bewohner von Corlos waren in Aufruhr, denn das Leuchten jenes Lichts im Turmfenster bedeutete, dass der Besitzer zu Hause war. Selbst Dämonen können sich fürchten.

Hoch oben im Turm schaute eine finstere Wesenheit aus dem Fenster und verfluchte getragen die öden, dunklen Weiten, auf die sie hinunterschaute. Gereizt kehrte sie den Nebeln der ewigen Nacht den Rücken und wandte sich den erleuchteten Räumen der Zitadelle zu.

Ein Winseln durchbrach die Stille. Hilflos an die Marmorwand gekettet, stemmte sich eine abstoßende dunkle Gestalt vergeblich gegen ihre Fesseln. Die Wesenheit war verärgert. Mit einer knappen Geste schleuderte sie einen Blitz aus schwarzer Energie auf die lästige Horrorgestalt an der Wand.

Ein gequälter Aufschrei durchschnitt die ewige Nacht, und die Ketten fielen leer hinab. Der gefesselte Dämon war verschwunden. Kein weiterer Laut störte die Einsamkeit des Turms und seines finsteren Bewohners. Die Wesenheit ließ sich auf einem riesigen Thron nieder, der aus glühendem schwarzen Gestein gemeißelt war und einer Fledermaus ähnelte. Sie starrte auf die undefinierbaren Gestalten, die vor dem Fenster die schwarzen Wolken durchpflügten.

Schließlich brüllte sie laut auf. Die Wände des finsteren Turms warfen das Echo zurück, und es hallte Kilometer um

Kilometer abwärts. Bis in die schwarzen Kerkergruben war es zu hören, und die gefangenen Dämonen dort unten erschauerten und fürchteten noch größere Qualen, denn in diesem Schrei lag roher Zorn.

Aus einer emporgereckten Faust schoss ein weiterer schwarzer Blitz in die Nacht. Draußen erklang ein Schrei, und ein unsichtbarer Schemen stürzte aus dem Himmel. Die Wesenheit knurrte. »Jämmerlicher Zeitvertreib. Es lebt sich besser in den Reichen der Sterblichen, in denen ich einst herrschte und die ich wieder heimsuchen werde, um menschliche Seelen zu jagen. Wann endlich wird die Bedingung erfüllt? Wann wird das Opfer gebracht, das mich aus diesem ewigen Exil befreit?«

Donner rollte durch die Dunkelheit. Scharlachrote Blitze zuckten über die schwarzen Berge, und die Geschöpfe von Corlos duckten sich voller Angst. Saagael, Dämonenprinz, Herr von Corlos, König der Unterwelt, war wieder einmal verstimmt. Und wenn der Herr der Dunkelheit ungehalten war, krochen seine Untertanen in blindem Schrecken durch die Nebelschwaden.

Seit ewigen Zeiten hatte der große Tempel unter Sand und Dschungel verborgen gelegen, einsam und vergessen. Jahrhundertealter Staub bedeckte seinen Boden, und in den finsteren Winkeln brütete das Schweigen von Äonen. So düster und bedrohlich wirkte er, dass die Eingeborenen ihn schon vor vielen Generationen zur verbotenen Zone erklärt hatten, und so stand er verlassen dort, während Zeitalter vergingen.

Doch nun, nach ungezählten Jahren der Einsamkeit, öffneten sich die riesigen schwarzen Türen, in die Symbole geschnitten waren, abstoßend und lange vergessen. Schritte wirbelten Staub aus drei Jahrtausenden auf, Echos hallten bis in die schweigenden dunklen Winkel. Langsam und nervös schlichen zwei Männer in den uralten Tempel und warfen misstrauische Blicke in die Finsternis.

Es waren schmutzige Kerle, ungewaschen und unrasiert, die Gesichter maskenhaft vor Gier und Rohheit. Ihre Kleidung war zerschlissen, beide trugen lange scharfe Messer und leer geschossene, nutzlose Revolver. Sie waren Gejagte, und sie betraten den Tempel mit Blut an den Händen und Furcht in den Herzen.

Der größere der beiden, ein hochgewachsener hagerer Mann namens Jasper, begutachtete den leeren Tempel mit kaltem Zynismus. Selbst nach seinen Maßstäben war es hier höchst ungastlich. Überall herrschte Dunkelheit, trotz der gleißenden Sonne über dem Dschungel dort draußen, denn durch die nicht eben zahlreichen, tiefrot gefärbten Fenster drang kaum Licht. Ansonsten gab es nur Stein, tiefschwarzen Stein, vor Urzeiten in Form geschlagen. Fremdartige, abstoßende Bilder verunstalteten die Wände, und die Luft war feucht und roch nach Tod. Das Mobiliar war schon lange zu Staub zerfallen, alles bis auf den gewaltigen Altar am anderen Ende des Saals. Einst mussten Stufen hinaufgeführt haben, doch auch sie waren längst verschwunden, zerfallen zu nichts.

Jasper ließ den Rucksack zu Boden gleiten und wandte sich an seinen kleinen fetten Begleiter. »Schätze, hier wird's wohl sein, Willie«, sagte er, die Stimme ein tiefes, kehliges Grollen. »Hier übernachten wir.«

Willies Augen kreisten unruhig in den Höhlen, seine Zunge glitt über trockene Lippen. »Das gefällt mir nicht«, sagte er. »Hier läuft's mir kalt den Rücken runter. Is' mir zu dunkel

und unheimlich. Und sieh dir das Zeug an, dort an der Wand.«
Er zeigte auf ein besonders bizarres Wandbild.

Jasper lachte, ein schnarrender, grausamer Laut, der tief
aus der Kehle kam. »Irgendwo müssen wir bleiben, und wenn
die Eingeborenen uns draußen finden, bringen sie uns um.
Denen ist klar, dass wir ihre heiligen Rubine haben. Komm
schon, Willie, mit der Bude ist alles in Ordnung, und die Eingeborenen trauen sich nicht her. Ja, ist 'n bisschen dunkel –
na und? Nur Kinder fürchten sich im Dunkeln.«

»Na gut, ich ... ich schätze, du hast recht«, sagte Willie zögerlich. Er ließ seinen Rucksack von den Schultern gleiten,
hockte sich neben Jasper in den Staub und kramte Kochge-
schirr hervor. Jasper ging hinaus in den Dschungel und kehrte
kurz darauf zurück, die Arme voller Holz. Sie entzündeten
ein kleines Feuer, hockten stumm nebeneinander und verzehrten hastig eine karge Mahlzeit. Danach saßen sie am
Feuer und flüsterten einander zu, was sie alles tun würden,
wenn sie erst mit ihrem neu gewonnenen Reichtum in die Zivilisation zurückkehrten.

Die Zeit verging, langsam, aber unaufhaltsam. Draußen versank die Sonne hinter den westlichen Bergen. Dunkelheit senkte
sich über den Dschungel.

Nachts wirkte das Innere des Tempels noch bedrohlicher.
Die Schwärze, die von den Wänden aus auf sie zukroch, ließ
ihre Unterhaltung stocken. Gähnend breitete Jasper seinen
Schlafsack auf dem staubbedeckten Boden aus und streckte
sich. Er schaute zu Willie hinüber. »Ich streich die Segel«, sagte
er. »Wie sieht's bei dir aus?«

Willie nickte. »Klar«, sagte er, »schätze schon.« Er zögerte.
»Aber nicht auf dem Boden. Dieser ganze Staub ... da könnten Insekten sein ... Spinnen vielleicht. Riesige Regenwür-

mer. Hab nicht vor, mich die ganze Nacht im Schlaf beißen zu lassen.«

Jasper runzelte die Stirn. »Und wo willst du dann schlafen? Ist doch nix mehr hier.«

Willies dunkle Augen suchten den Raum ab. »Da«, rief er. »Das Ding sieht aus, als wär's groß genug. Und die Insekten kriegen mich da oben nicht.«

Jasper zuckte mit den Schultern. »Tu, was du nicht lassen kannst«, sagte er, drehte sich um und schlief ein.

Willie watschelte zu dem großen, glatt gemeißelten Stein hinüber, breitete seinen Schlafsack darauf aus und kletterte geräuschvoll hinein. Er streckte sich aus, erschauerte, als er die Schnitzereien an der Decke sah, und schloss die Augen. Kurz darauf hob und senkte sich sein massiger Brustkorb gleichmäßig, während er schnarchte.

Am anderen Ende des Raums setzte sich Jasper auf und betrachtete seinen schlafenden Gefährten im Zwielicht. Fieberhaft jagten die Gedanken durch seinen Kopf. Die Eingeborenen waren ihnen dicht auf den Fersen, und ein Mann kam schneller voran als zwei – zumal wenn der zweite ein langsames, fettes Rindvieh wie Willie war. Und dann waren da noch die Rubine – schimmernder Reichtum, mehr, als er sich je erträumt hatte. Sie könnten ihm gehören – ihm ganz allein.

Leise stand Jasper auf und schlich durch die Finsternis auf Willie zu wie ein Raubtier. Als er den Altar erreichte, stand er einen Augenblick lang da und schaute auf seinen Begleiter hinunter. Willie bewegte sich im Schlaf und wälzte sich herum. Wieder jagte der Gedanke an die schimmernden roten Rubine in Willies Rucksack durch Jaspers Hirn. Die Klinge hob sich, dann stieß sie hinab.

Der fette Kerl grunzte auf, nur kurz, und Blut floss über den uralten Opferstein.

Draußen zuckte ein Blitz vom klaren Himmel, unheilvoll rollte Donner über die Berge. Die Dunkelheit im Tempel schien sich zu vertiefen, und ein leises Geräusch klang auf, wie ein Heulen. *Vielleicht nur der Wind, der durch den alten Turm pfeift,* dachte Jasper und wühlte in Willies Rucksack nach den Rubinen. Aber es war eigenartig, es klang, als flüstere der Wind ein Wort, leise und lockend: »Saagael«, schien er zu raunen, »Saaaaagael ...«

Das Geräusch schwoll an, von einem Flüstern zu einem Ruf zu einem Brüllen, bis es den uralten Tempel mit Brausen erfüllte. Verstört schaute sich Jasper um. Er konnte sich nicht erklären, was geschah. Über dem Altar erschien ein langer Riss, dahinter wirbelten Nebel, und etwas bewegte sich darin. Dunkelheit entströmte dem Riss, Dunkelheit, schwärzer und dichter und kälter als alles, was Jasper je gesehen hatte. Wirbelnd sammelte sie sich in einer Ecke des Tempels zu vollkommener Schwärze. Sie schien zu wachsen, veränderte ihre Form, verdichtete sich und drängte sich zusammen.

Und plötzlich war sie verschwunden. Stattdessen stand dort etwas, nur vage menschenähnlich: eine große, kraftvolle Gestalt in einem Gewand aus weichem, dunklem Grau. Sie trug Gürtel und Umhang, lederartige Kleidung aus der Haut einer unheilvollen Kreatur, die nicht von dieser Welt stammte. Die Kapuze des Umhangs bedeckte den Kopf, und darunter starrte Schwärze hervor, nichts als Schwärze, und darin zwei Gruben aus reiner Nacht, noch finsterer und tiefer als alles andere. Eine große Spange, die an die Gestalt einer Fledermaus erinnerte, hielt den Umhang vorn zusammen.

Jaspers Stimme war nur ein Hauch: »W-w-wer bist du?«

Tiefes, eindringliches Gelächter füllte die Winkel des uralten Tempels und hallte in die Nacht hinaus. »Ich? Ich bin Krieg und Pest und Blut. Ich bin Tod, und ich bin Dunkelheit und Angst.« Wieder Gelächter. »Ich bin Saagael, Dämonenprinz, Herr der Dunkelheit, König von Corlos, unangefochtener Fürst der Unterwelt. Ich bin Saagael, den deine Ahnen den Seelenzerstörer nannten. Und du hast mich gerufen.«

Voller Angst weiteten sich Jaspers Augen, die Rubine lagen vergessen im Staub. Die Erscheinung hob eine Hand, und tiefste Nacht ballte sich zusammen. Bösartige Energie jagte durch die Luft. Dann gab es nur noch Dunkelheit für Jasper, endgültig und endlos.

Auf der anderen Seite der Welt erstarrte eine goldene und grüne Spektralerscheinung mitten im Flug, ihr Körper verhärtete sich vor Anspannung. Als sich der unergründliche Verstand auf den Kern seines Wesens einstimmte, legte sich größte Besorgnis über die leichenfahlen Gesichtszüge. Doktor Weird wusste, was die fremdartigen Schwingungen zu bedeuten hatten: die Gegenwart eines widernatürlichen Übels irgendwo auf der Welt. Die unheilvollen Ausdünstungen zogen ihn unwiderstehlich an und führten ihn zu ihrem Ursprung. Er brauchte ihnen nur zu folgen.

Gedankenschnell raste die Spektralerscheinung gen Osten, unbeirrbar und auf schnellstem Weg zur Quelle des Übels; unter ihm glitten Berge dahin, Täler, Flüsse, Wälder, schneller, als das Auge sie erfassen konnte. Ausgedehnte Küstenstädte tauchten am Horizont auf, ihre Wolkenkratzer reckten sich zum Himmel. Dann waren auch sie verschwunden, und unter ihm wogte zornig das Meer. In einem Augenblick überquerte er einen Kontinent, im nächsten einen Ozean. Gewöhnliche irdische Gesetzmäßigkeiten betreffen einen Geist nicht. Und plötzlich war die Nacht hereingebrochen.

Dichter Urwald erstreckte sich unter dem Goldenen Geist, das Blattwerk wirkte in der Nacht vollkommen schwarz. Ein Streifen Wüste, ein gewaltig dahinströmender Fluss, noch mehr Wüste. Dann wieder Dschungel. Menschliche Siedlungen tauchten auf und verschwanden. Vor der dahinrasenden Erscheinung teilte sich die Nacht.

Doktor Weird hielt inne. Unvermittelt ragte riesig und bedrohlich ein uralter Tempel vor ihm auf, dessen hohe Mauern finstere Geheimnisse bargen. Vorsichtig näherte er sich. Eine Aura intensiver Bösartigkeit umgab den Tempel, und die Dunkelheit schien sich dicht an ihn zu schmiegen.

Wachsam glitt der Astrale Rächer auf eine der hohen, dunklen Mauern zu. Als er mühelos hindurchglitt, schien seine Substanz flackernd zu verlöschen.

Doktor Weird erblickte das Innere des grausigen Heiligtums und erschauerte; es erschien ihm schrecklich vertraut. Die abstoßenden Wandbilder, die langen Reihen ebenholzschwarzer Sitzbänke, die riesige Statue über dem Altar, die diese verderbte Stätte als den Tempel einer jener lang vergessenen Sekten kennzeichnete, die die finsteren Gottheiten einer anderen Welt anbeteten. Die Erde hatte sich zum Besseren gewandelt, seit die letzte von ihnen endlich ausgestorben war.

Doch nun – Doktor Weird hielt inne und überlegte. Alles hier sah neu aus, unbenutzt, und … als er das frische Blut auf dem Altar sah, erfasste ihn tiefes Grauen. War es denn möglich, dass der Kult wiederauferstanden war? Dass erneut jemand die Bewohner der Schatten anbetete?

Aus einer Nische nahe dem Altar erklang ein schwacher Laut. Rasch wirbelte Doktor Weird herum. In der Dunkelheit regte sich etwas, nur schwach, und augenblicklich war der Goldene Geist dort.

Es war ein Mann – oder zumindest das, was von ihm übrig war. Hochgewachsen, hager und muskulös lag er reglos auf dem Boden und starrte ins Nichts. Sein Herz schlug, und der Körper sog Luft in die Lungen, ansonsten bewegte er sich nicht. Kein eigener Wille regte sich in diesem Wesen, keine Instinkte trieben es an. Still lag es dort, schweigend, den leeren Blick zur Decke gerichtet; nur noch eine abgelegte, leere Hülle.

Ein Ding ohne Verstand – und ohne Seele.

Zorniges Entsetzen wütete in der Brust des Astralen Rächers, er wirbelte herum und starrte in die Schatten, auf der Suche nach dem Wesen, dessen Gegenwart ihm überwältigend bewusst war. Nie zuvor hatte er eine derart zerstörerische, rohe Bosheit gespürt. »Na los«, rief er. »Ich weiß, dass du hier irgendwo bist. Ich spüre die Gegenwart deiner Bösartigkeit. Zeig dich – wenn du dich traust!«

Hohles, gespenstisches Lachen schien aus den Wänden zu fließen und echote durch den Raum. »Und wer magst *du* wohl sein?«

Doktor Weird rührte sich nicht. Seine Spektralaugen durchsuchten den Tempel nach der Quelle des schaurigen Gelächters.

Und da, tief und bösartig, dröhnte es wieder auf. »Na, was tut das schon zur Sache? Unbesonnener Sterblicher, du forderst Mächte heraus, denen du nicht im Entferntesten gewachsen bist. Gut, ich erfülle deine Bitte – ich werde mich zeigen.« Das Gelächter schwoll an. »Du wirst deine närrischen Worte bald bereuen.«

Über die tiefschwarzen Stufen, die sich in den Turm des Tempels emporschraubten, sickerte zähflüssige, lebendige Dunkelheit. Als entstammte sie dem Albtraum eines Wahnsinnigen, sank die riesige Wolke tiefer, bis sie sich auf halber Höhe der Treppe verfestigte und Gestalt annahm. Vage ähnelte das Wesen einem Menschen, aber diese Ähnlichkeit verlieh ihm nur noch mehr Schrecken. Sein Gelächter erfüllte den Tempel. »Stellt mein Antlitz dich zufrieden, Sterblicher? Warum antwortest du nicht? Kann es sein, dass du ... Angst hast?«

Die Antwort kam laut, klar und herausfordernd. »Niemals, Dunkler. Du nennst mich einen Sterblichen und erwartest, dass ich bei deinem bloßen Anblick erzittere. Aber du irrst, denn wie du bin ich unsterblich. Ich, der ich gegen Werwölfe gekämpft habe, gegen Vampire und Zauberer – ich zweifle nicht daran, dass ich es auch mit einem Dämon wie dir aufnehmen kann.« Mit diesen Worten schoss er vorwärts, geradewegs auf die Erscheinung auf der Treppe zu.

Unter der Kapuze glommen die dunklen Gruben scharlachrot auf, nur kurz, und das Gelächter schwoll an, noch wilder als zuvor. »Wohlan, Geist, du willst dich also mit einem Dämon anlegen? Ausgezeichnet. Du sollst einen Dämon bekommen. Mal sehen, wer überlebt!« Ungeduldig wedelte die schwarze Gestalt mit einer Hand.

Doktor Weird hatte die Treppe fast erreicht, als sich vor ihm plötzlich der Riss im Altar öffnete und ihm eine riesige Erscheinung den Weg versperrte. Sie war gut zweimal so groß wie er, das Maul ein Gewimmel schimmernder Zähne, die Augen unheilvoll rot. Modergeruch umgab die Gestalt.

Ohne sich mit einer gründlicheren Einschätzung der Situation aufzuhalten, stürzte sich der Goldene Geist auf den Neuankömmling und versenkte die Faust tief in dessen kaltem, klammem Fleisch. Unwillkürlich schauderte er. Das Fleisch des Ungeheuers war weich wie Teig, aber zugleich fest. Es war faulig, verderbt und widernatürlich.

Sein Gegner schüttelte ihn ab. Kraftvoll gruben sich dämonische Klauen in die Schulter des Mystischen Marodeurs und zogen schmerzhafte Furchen. Erschrocken begriff Doktor Weird, dass er nicht etwa einer Kreatur aus seiner Dimension gegenüberstand, die ihm nichts hätte anhaben können; dieser Dämon stammte aus der Unterwelt, und er konnte ihn ebenso verletzen wie umgekehrt.

Ein riesiger Arm schoss auf ihn zu, packte ihn um die Brust und stieß ihn zurück. Geifernd und fremdartige Laute ausstoßend, setzte der Dämon ihm nach und schlug mit den riesigen Klauenhänden zu. Doktor Weird verlor das Gleichgewicht und fiel auf den kalten Steinboden. Der Dämon stürzte sich auf ihn, schimmernde gelbe Zähne schnappten nach seiner Kehle.

Verzweifelt riss Doktor Weird einen Arm hoch und schlug dem Dämon ins Gesicht. Spektralmuskeln spannten sich, und die andere Hand landete einen Faustschlag mitten in das fürchterliche Antlitz. Mit einem schmerzerfüllten Quieken rollte der Dämon von ihm herunter und kam taumelnd auf die Beine. Blitzschnell stand auch der Goldene Geist wieder aufrecht.

Die hungrigen, flammenden Augen auf ihn gerichtet, griff der Dämon erneut an, die Arme weit ausgebreitet, um ihn zu packen. Leichtfüßig wich der Geist aus, duckte sich unter den Armen hindurch und erhob sich in die Luft, und der Gegner wurde von der eigenen Geschwindigkeit an ihm vorbeigetragen. Hastig wirbelte der Dämon herum, und der Geist krachte mit den Füßen voran auf ihn hinunter. Im Sturz brüllte das Ungeheuer zornig auf und stürzte zu Boden. Mit aller Kraft, die er aufbringen konnte, rammte Doktor Weird dem Dämon die Absätze seiner Stiefel ins Genick.

Der Kopf des Ungeheuers platzte wie eine Wassermelone unter der Wucht eines Rammbocks. Eine große Pfütze zähen dunklen Blutes breitete sich auf dem Steinboden aus, und der kolossale Dämon lag still. Vor Erschöpfung geriet Doktor Weird ins Taumeln.

Über ihm ertönte teuflisches Gelächter. »Ausgezeichnet, Geist. Du hast mich gut unterhalten. Du *hast* einen Dämon bezwungen!« Unter der Kapuze blitzte es scharlachrot auf. »Jedoch – ich bin kein gewöhnlicher Dämon. Ich bin Saagael, der Dämonenprinz, Herr der Dunkelheit! Mein Diener, den du nur mit Mühe bezwungen hast, ist ein Nichts, verglichen mit meiner Macht!«

Saagael hob eine Hand und deutete auf den gefallenen Dämon. »Du hast mir deine Fähigkeiten demonstriert, nun kläre ich dich über die meinen auf. Die Hülle, die du gefunden hast – das war mein Werk. Man nennt mich den Seelenzerstörer, und es ist lange her, dass ich meine Macht einsetzen konnte. Diesem Sterblichen bleibt das Jenseits verwehrt, auf ihn warten weder Seligkeit noch Verdammnis. Er ist fort, als hätte es ihn nie gegeben, vollkommen ausgelöscht. Ich habe seine Seele vernichtet, und dieses Schicksal ist weitaus schrecklicher als der Tod.«

Ungläubig starrte der Goldene Geist zu ihm empor, kalt rann es ihm über den Rücken. »Du willst sagen ...«

Triumphierend erhob der Dämonenprinz die Stimme. »Richtig! Ich sehe, du verstehst. Denk nach – und erzittere! Du bist ein Geist, eine körperlose Erscheinung. Die körperliche Hülle eines Sterblichen anzugreifen, liegt nicht in meiner Macht – dich hingegen, einen Geist, könnte ich vollständig vernichten. Doch es wird mich unterhalten, wenn du hilflos und verzweifelt zuschauen musst, wie ich deine Welt unterwerfe, also werde ich dich vorerst verschonen. Erblicke das Schicksal dieses Planeten, auf dem ich einst herrschte, lange vor jeder Geschichtsschreibung, und den ich mir nun erneut untertan machen werde!«

Mit großer Geste ließ der Herr der Dunkelheit das Licht im Tempel verlöschen. Vor dem ehrfürchtig erstarrten Doktor nahm langsam eine Vision Gestalt an.

Er sah, wie sich Menschen in Zorn und Hass gegen ihresgleichen wandten. Er wurde Zeuge von Kriegen, Massensterben und Blutvergießen. Schrecklich und erbarmungslos wütete der Tod. Die Welt badete in Chaos und Zerstörung. Und dann, nach dem Krieg, suchten Flut und Feuer, Seuchen und Hunger die Welt heim. Angst und Misstrauen herrschten wie nie zuvor. Er sah, wie Kirchen niedergerissen wurden, brennende Kreuze loderten zum Himmel. An ihrer Statt erbaute man Statuen, die dem Dämonenprinzen auf schreckliche Art ähnelten. Menschen knieten vor großen Altären und überließen ihre Töchter Saagaels Priestern. Und er sah, wie die Geschöpfe der Dunkelheit wiederauferstanden und nach Blut lechzend die Erde heimsuchten. Verschlossene Türen boten keinen Schutz. Die Geschöpfe Saagaels herrschten über die Welt, und ihr dunkler Fürst war auf der Jagd nach menschlichen Seelen. Die Tore von Corlos standen offen, und die Welt versank in Dunkelheit, die tausend Generationen lang nicht weichen würde.

So plötzlich, wie sie gekommen war, schwand die Vision und ließ nur Finsternis und Gelächter zurück, noch schrecklicher als zuvor. Es schien von überall und nirgends zu stammen und hallte von den Wänden des Tempels wider. »Entferne dich, Geist, ehe ich deiner überdrüssig werde. Ich habe Vorbereitungen zu treffen, und wenn ich in meinen Tempel zurückkehre, bist du besser nicht mehr hier. Sieh nur – der Morgen ist angebrochen, doch es bleibt dunkel. Von jetzt an herrscht auf dieser Welt ewige Nacht.«

Die Dunkelheit wich, und Doktor Weird konnte wieder etwas erkennen. Er stand allein im leeren Tempel. Saagael war verschwunden, und mit ihm die Überreste des besiegten Dämons. Nur er selbst und die Kreatur, die einst ein Mann namens Jasper gewesen war, blieben inmitten der Stille, der Dunkelheit, des Staubs zurück.

Sie kamen von überallher, aus den nahen, heißen Dschungeln, aus der brennenden Wüste, aus den großen europäischen Städten, aus dem kalten nördlichen Asien. Die Hartgesottenen, die Brutalen, die Grausamen; all jene, die lange auf einen wie den Dämonenprinzen gewartet hatten, hießen ihn nun willkommen. Es waren Okkultisten, und sie hatten die dunklen Künste und uralten Schriften studiert, von denen Menschen bei klarem Verstand sich fernhielten. Sie waren mit finsteren Geheimnissen vertraut, von denen andere nicht laut zu sprechen wagten. Saagael war kein fremdes Mysterium für sie, denn ihre Überlieferungen reichten bis in die vergessenen Zeitalter vor der Geschichtsschreibung zurück, als der Fürst der Dunkelheit über die Welt geherrscht hatte.

Und nun kamen sie aus allen Winkeln der Erde herbeigeströmt, scharten sich um seinen Tempel und verneigten sich vor seinem Abbild. Auch ein dunkler Gott benötigt Priester, und sie überschlugen sich vor Eifer, ihm zu dienen und dafür verbotenes Wissen zu erlangen. Als die lange Nacht angebrochen war und der Dämonenprinz umherstreifte und sein Festmahl hielt, da wussten sie, dass ihre Zeit gekommen war. Die Unreinen, die Dunklen, die Bösartigen – dicht an dicht umlagerten sie den Tempel und ließen die gefürchtete Sekte des Saagael wiederaufleben. Sie priesen ihn in ihren Gesängen, sie lasen ihre dunklen Schriften und warteten auf die Rückkehr ihres Gottes, der noch immer umherschweifte. Es war lange her, dass er menschliche Seelen gejagt hatte, und sein Hunger war unstillbar.

Ungeduld bemächtigte sich seiner Diener, und sie schlossen sich zusammen, um ihn herbeizurufen. Fackeln erleuchteten den schwarzen Saal, und Hunderte saßen dort und stöhnten sein Loblied. Sie lasen laut aus unheiligen Schriften, was sie seit Jahr und Tag nicht gewagt hatten, und sangen seinen Namen. »Saagael«, stieg ihr Ruf auf und hallte in den Tiefen des Tempels wider. »Saagael!«, lockten sie, lauter und immer lauter, bis die Halle erbebte. »Saagael!«, verlangten sie, brüllten sie, kreischten sie in die Nacht, und die Luft war angefüllt mit ihrem schrecklichen Ruf.

Sie banden ein junges Mädchen auf den Opferalter, sie riss an ihren Fesseln und warf sich mit aller Kraft dagegen, in den weit aufgerissenen Augen stand nackte Angst. Der oberste Priester trat zu ihr, ein riesiges Ungetüm von einem Mann, der grausame Mund nur ein dünner roter Strich, die Schweinsaugen dunkel. Ein langes Messer aus Silber schimmerte in seiner Hand und spiegelte den Flammenschein.

Er hielt inne und hob den Blick zum riesigen Abbild des Dämonenprinzen, das über dem Altar aufragte. »Saagael«, stimmte er seinen Gesang an, die Stimme ein tiefes, unheimliches Raunen, das das Blut in den Adern gefrieren ließ. »Dämonenprinz, Herr der Dunkelheit, Herrscher der Unterwelt, wir rufen dich. Seelenzerstörer, wir, deine Untertanen, verlangen nach dir. Erhöre uns und erscheine. Nimm Seele und Geist dieses Mädchens als Opfer an!«

Er schaute auf sie hinunter. Langsam hob sich das Messer, dann senkte es sich. Die Versammelten verstummten. Hell blitzte die Klinge auf. Das Mädchen schrie.

Plötzlich packte etwas den Priester am Ärmel seiner Robe und drehte seinen Arm mit solcher Kraft nach hinten, dass er brach. Vor dem Altar glühte eine Spektralgestalt auf, und die Nacht verblasste im grünen und goldenen Leuchten des Eindringlings. Als das Messer dem Priester aus der Hand fiel, fingen fahle Finger es auf. Wortlos erhoben sie die dünne Klinge und stießen sie dem riesigen Mann mitten ins Herz. Blut spritzte, ein Keuchen durchbrach die Stille, und die Leiche des Priesters fiel zu Boden.

Als sich der Eindringling umwandte und ruhig die Fesseln des bewusstlosen Mädchens durchschnitt, erklangen Schreie in der Menge, einige zornig, andere verängstigt. »Sakrileg!«, riefen sie, und »Saagael, beschütze uns!«

Als glitte eine gewaltige Wolke über sie hinweg, breitete sich tiefe Dunkelheit aus, und nacheinander verloschen alle Fackeln. Vollkommene Schwärze gerann in der Luft, schimmerte auf und nahm Gestalt an. Erleichterte Triumphrufe erhoben sich unter den Sterblichen.

In der Dunkelheit unter der Kapuze flammte es scharlachrot auf. »Du bist zu weit gegangen, Geist«, donnerte der Dämonenprinz. »Du greifst die Sterblichen an, die so weise sind, mir zu dienen. Dafür bezahlst du mit deiner Seele.« Die dunkle Aura, die den Fürsten von Corlos umgab, weitete sich aus und drängte das Licht zurück, das von der muskulösen grüngoldenen Gestalt ausging.

»Ist das so?«, fragte Doktor Weird. »Ich glaube nicht. Du hast nur einen kleinen Teil meiner Macht gesehen – das meiste habe ich dir nicht gezeigt. Du bist eine Ausgeburt der Dunkelheit, des Todes und des Blutes, Saagael. Du stehst für Bosheit und Verderbnis. Ich hingegen wurde von Mächten erschaffen, gegen die du ein Nichts bist, die dich mit einem bloßen Gedanken vernichten könnten. Für dich und deinesgleichen und auch für jene, die dir dienen, habe ich nichts als Verachtung übrig.«

Das Licht, das den Goldenen Geist umgab, flammte auf, erfüllte den Saal wie der Schein einer kleinen Sonne und drängte die tintenschwarze Finsternis des Dämonenprinzen zurück. Plötzlich schienen Zweifel den Fürsten von Corlos zu befallen. Doch er fing sich, und ohne ein weiteres Wort zu verschwenden, hob er eine behandschuhte Faust, in der die Macht von Dunkelheit, Tod und Angst floss. Ein gewaltiger Blitz aus schwarzer, pulsierender Energie zuckte auf, bösartig und verderbt, und schoss geradewegs auf Doktor Weird zu.

Ungerührt stand der Goldene Geist da, die Hände in die Hüften gestemmt. Der Blitz traf ihn mit voller Wucht, und er fiel rasch und lautlos.

Schreckliches Hohngelächter erfüllte den Saal, und Saagael wandte sich an seine Anhänger. »Das wird jenen, die sich den dunklen Mächten entgegenstellen, eine Lehre sein, jenen, die sich dem Willen ...« Er verstummte. In den Gesichtern seiner Jünger stand blanke Angst, und sie starrten auf etwas, das sich hinter ihm befand. Der Dämonenprinz wirbelte herum.

Die goldene Erscheinung erhob sich. Das Licht glomm wieder auf, und Furcht ergriff den Herrn von Corlos. Doch auch jetzt überwand er seine Zweifel, und ein weiterer Ehrfurcht gebietender Blitz aus schwarzer Energie schlug in Doktor Weird ein, der gerade wieder Gestalt annahm. Erneut stürzte der Astrale Rächer, doch im nächsten Augenblick sah Saagael mit wachsendem Entsetzen, wie er sich wieder erhob und stumm auf ihn zukam.

In heller Panik zerschmetterte Saagael die Gestalt zum dritten Mal. Und zum dritten Mal erhob sie sich. Entsetzt röchelten die Versammelten auf. Der Goldene Geist kam auf den Dämonenprinzen zu. Er hob einen glühenden Arm, und endlich sprach er. »Sehr bedauerlich, Saagael. Ich habe allem standgehalten, was du zu bieten hast, und bin immer noch am Leben. Nun, Dunkler, bekommst du es mit *meiner* Macht zu tun!«

»N-NEEEEiiiin!«, gellte ein fürchterlicher Aufschrei durch den Saal. Der Fürst der Dunkelheit erzitterte, verblasste und schmolz zu einer riesigen schwarzen Wolke zusammen. Der Riss über dem tiefschwarzen Altar öffnete sich. Darin wirbelten Nebel, und Kreaturen glitten durch die ewige Nacht. Die schwarze Wolke zog sich in die Länge, floss durch den Riss und war fort. Einen Wimpernschlag später verschwand auch der Riss.

Doktor Weird wandte sich zu den Sterblichen, die den Saal füllten, den bestürzten und gebrochenen Dienern Saagaels. Ein furchterfülltes Heulen klang auf, und schreiend flohen sie aus dem Tempel. Die Gestalt wandte sich wieder zum Altar, erzitterte und stürzte zu Boden. Etwas flatterte von ihr auf, glitt durch den Raum und verschwand in den Schatten.

Im nächsten Augenblick trat aus einem dunklen Winkel ein zweiter Astraler Rächer auf den Altar zu und beugte sich über den ersten. Eine Spektralhand wischte eine Schicht weißer Schminke aus dem Gesicht des Gefallenen. Eine schaurige Stimme brach das Schweigen. »Eine Hülle hat er dich genannt, ein leeres Gefäß – und er hatte recht. Indem ich meine ektoplasmische Gestalt angenommen habe, konnte ich dich wie Kleidung tragen, während ich meinen Leib in den Schatten verbarg. Deinem Körper konnte er nichts anhaben, also habe ich ihn verlassen, kurz bevor die Blitze ihn trafen, und kehrte danach wieder zurück. Und es hat geklappt. Selbst ihn kann man täuschen – sogar er kann sich fürchten.«

Draußen ging im Osten die Sonne auf. Im düsteren Heiligtum verrotteten tiefschwarze Sitzbänke und Treppenstufen und lösten sich in Staubwolken auf. Nur ein Gegenstand blieb zurück.

Doktor Weird richtete sich auf und trat zum schwarzen Altar. Mächtige Hände ergriffen die riesigen Beine der Statue Saagaels, gewaltige Muskeln spannten sich. Die Statue stürzte um und zersprang. Ihre Trümmer landeten neben dem leeren Wrack namens Jasper, das ein grünes und goldenes Kostüm trug.

Doktor Weird schaute sich um, und über das totenbleiche Gesicht zuckte ein ironisches Lächeln. »Selbst nachdem er deinen Verstand und deine Seele zerstört hat, war es doch ein Mensch, der den Fürst der Dunkelheit gestürzt hat.«

Er schaute zu dem Mädchen auf dem Altar, das sich regte und die Bewusstlosigkeit abschüttelte. Er trat zu ihr und sagte: »Hab keine Angst. Ich bringe dich nach Hause.«

Draußen war helllichter Tag. Der Schatten hatte sich gehoben. Die ewige Nacht war vorüber.

NÄCHSTE AUSGABE:

Dr. Weird trifft den Dämon

Die Festung

»Sie blicket über See und Weert
Mit Augen in Granit,
Sie hebt in Stolz ihr Gustavschwert
Und warnt und droht damit.
Dies Schwert ist nicht zum Schlag gezückt,
Es blitzt, zerschmettert und zerstückt.

Nicht wage dich zum Felsen hin,
Wenn Krieg die Runde macht,
Stör nicht des Meeres Königin,
Wenn sie in Zorn erwacht!
Aus tausend Schlünden speit sie Tod,
Mit Donnerschall, von Glut umloht.«

Fähnrich Stahl, Johan Ludvig Runeberg

Nachts, einsam und stumm, wartete Sveaborg.

Die sechs Zitadellen auf ihren Inseln, dunkle Schemen in einem Meer aus Eis, warfen Schatten im Mondlicht – und warteten. Schroffe Granitmauern erhoben sich über die Eilande, bewaffnet mit langen Reihen schweigender Kanonen – und warteten. Und hinter den Mauern saßen bei Tag und bei

Nacht zu allem entschlossene Männer mit ihren Gewehren – und warteten.

Ein rauer Wind aus Nordwest heulte um die Festungsmauern und trug die Geräusche und Gerüche der Stadt nach Sveaborg. Hoch auf dem Wehrgang von Vargön, der größten der sechs Inseln, fröstelte Oberst Bengt Anttonen in der Kälte und starrte verdrossen in die Ferne. Die Uniform flatterte um den dünnen, drahtigen Leib, Sorge verschleierte seinen Blick.

»Oberst?« Die Stimme erklang im Rücken des vor sich hin brütenden Offiziers. Anttonen wandte sich halb um und grinste. Hauptmann Carl Bannersson salutierte zackig und trat neben ihm an die Zinnen. »Ich hoffe, ich störe nicht«, sagte er.

Anttonen schnaubte. »Kein bisschen, Carl. Ich denke nur nach.«

Kurz schwiegen sie. »Die Russen haben uns heute ordentlich unter Beschuss genommen«, sagte er dann. »Draußen auf dem Eis wurden etliche Männer verwundet, und zwei Feuer mussten gelöscht werden.«

Anttonens Blick schweifte über das Eis jenseits der Mauern. Fast schien es, als sei er sich der Gegenwart des hochgewachsenen schwedischen Hauptmanns nicht recht bewusst und ganz in Gedanken verloren. »Die Männer hätten gar nicht draußen auf dem Eis sein dürfen«, sagte er geistesabwesend.

Mit fragenden blauen Augen betrachtete Bannersson prüfend das Gesicht des Obersts. Er zögerte. »Warum sagen Sie das?«, fragte er.

Der ältere Offizier antwortete nicht. Anttonen starrte in die Nacht hinaus und schwieg.

Endlich regte er sich wieder und wandte sich dem Hauptmann zu. Sein Gesicht war voll angespannter Sorge. »Da stimmt etwas nicht, Carl. Da stimmt etwas ganz und gar nicht.«

Bannersson sah verwirrt aus. »Wovon reden Sie?«

»Admiral Cronstedt«, erwiderte der Oberst. »Mir gefällt sein Verhalten seit einiger Zeit gar nicht. Es bereitet mir Kopfzerbrechen.«

»Inwiefern?«

Anttonen schüttelte den Kopf. »Seine Befehle. Die Art, wie er spricht.« Der hochgewachsene, hagere Finne deutete auf die ferne Stadt. »Erinnern Sie sich an die Anfänge der Belagerung durch die Russen, im frühen März? Die ersten Geschütze haben sie auf Schlitten nach Sveaborg gezogen und auf einem Fels beim Hafen von Helsinki aufgestellt. Als wir ihr Feuer erwidert haben, ging jeder Schuss gegen die Stadt.«

»Richtig. Und worauf wollen Sie hinaus?«

»Die Russen riefen den Waffenstillstand aus und haben verhandelt, Admiral Cronstedt stimmte zu, dass Helsinki als neutraler Boden gelten solle und keine Seite dort irgendwelche Befestigungen errichten dürfe.« Anttonen zog ein Stück Papier aus der Tasche und winkte Bannersson damit zu. »Gelegentlich besuchen uns mit Erlaubnis von General Suchtelen Offiziersfrauen aus der Stadt. So habe ich diesen Bericht erhalten. Zwar haben die Russen dem Augenschein nach ihre Geschütze abgezogen, aber sie errichten Unterkünfte, Lazarette und Lager in Helsinki. Und wir haben keine Handhabe.«

Bannersson runzelte die Stirn. »Ich verstehe. Weiß der Admiral von diesem Bericht?«

»Selbstverständlich«, sagte Anttonen ungeduldig. »Aber er unternimmt nichts. Jägerhorn und die anderen haben ihn davon überzeugt, dass dieser Bericht nicht verlässlich ist. Also verstecken sich die Russen in der Stadt und sind vollkommen sicher.« Aufgebracht zerknüllte er den Bericht und stopfte ihn angewidert zurück in die Tasche.

Bannersson antwortete nicht, und der Oberst wandte sich wieder ab, um über die Mauern hinwegzustarren, während er etwas vor sich hinmurmelte.

Eine ganze Weile herrschte angespanntes Schweigen. Unbehaglich verlagerte Hauptmann Bannersson das Gewicht und hustete. »Sir?«, fragte er schließlich. »Sie denken doch aber nicht, dass wir in ernsthafter Gefahr sind, oder?«

Ausdruckslos schaute Anttonen ihn an. »In Gefahr?«, fragte er. »Nein, wohl kaum. Die Festung ist zu stark, die Russen zu schwach. Sie benötigen erheblich mehr Artillerie und sehr viel mehr Männer, ehe sie es überhaupt wagen würden, uns anzugreifen. Und wir verfügen über ausreichend Vorräte, um die Belagerung auszusitzen. Wenn erst das Eis schmilzt, kann Schweden über den Seeweg Verstärkung schicken.« Er machte eine kurze Pause, bevor er fortfuhr. »Dennoch bin ich beunruhigt. Admiral Cronstedt macht täglich neue Schwachstellen aus, und die Versuche, das Eis aufzubrechen, fordern immer mehr Opfer. Cronstedts Familie sitzt hier mit all den anderen Flüchtlingen fest, und das bereitet ihm übermäßige Sorge. Überall sieht er Schwachstellen. Die Männer sind loyal und bereit, für die Verteidigung Sveaborgs zu sterben, aber die Offiziere ...« Seufzend schüttelte Anttonen den Kopf. Nach kurzem Schweigen richtete er sich auf und wandte sich vom Wall ab. »Verdammt kalt hier draußen«, sagte er. »Wir gehen besser hinein.«

Bannersson lächelte. »Tun wir das. Vielleicht greift Suchtelen ja morgen an und löst damit all unsere Probleme.«

Der Oberst lachte und schlug ihm auf den Rücken. Gemeinsam verließen sie den Wehrgang.

Um Mitternacht löste der April den März ab. Und noch immer wartete Sveaborg.

»Wenn der Admiral gestattet, muss ich widersprechen. Derzeit gibt es keinen Anlass für Verhandlungen. Sveaborg ist unangreifbar, und die Vorräte reichen aus. General Suchtelen hat uns nichts anzubieten.« Oberst Anttonens Gesicht ließ nichts als spröde Förmlichkeit erkennen, während er sprach, aber die Knöchel der Hand, die er um den Schwertgriff geschlossen hatte, waren weiß.

»Absurd!« Oberst F. A. Jägerhorns aristokratische Züge verzogen sich zu einer Grimasse höhnischer Verachtung. »Unsere Situation ist äußerst bedrohlich. Wie der Admiral sehr gut weiß, ist unsere Verteidigung voller Lücken. Zusätzlich wird sie durch das Eis geschwächt, durch das wir von allen Seiten erreichbar sind. Das Pulver geht uns aus. Russische Geschütze umzingeln uns, und sie werden mit jedem Tag zahlreicher.«

Am Kommandantentisch nickte Vize-Admiral Carl Olof Cronstedt ernst. »Oberst Jägerhorn hat recht, Bengt. Wir haben gute Gründe dafür, uns mit General Suchtelen zu einigen. Sveaborg ist weit davon entfernt, sicher zu sein.«

»Admiral.« Anttonen hob das Bündel Papiere, das er umklammerte. »Meine Berichte legen einen anderen Schluss nahe. Die Russen verfügen nur über etwa vierzig Geschütze, und wir sind nach wie vor in der Überzahl. Sie können nicht angreifen.«

Jägerhorn lachte. »Wenn Ihre Berichte das behaupten, Oberst Anttonen, dann sind sie fehlerhaft. Leutnant Klick befindet sich derzeit in Helsinki, und er hat mich darüber informiert, dass der Feind uns zahlenmäßig weit überlegen ist. Und sie haben erheblich mehr als vierzig Geschütze!«

Zornig wirbelte Anttonen zu seinem Mitoffizier herum. »Klick! Sie hören auf das, was Klick sagt! Klick ist ein Idiot und ein verdammter Anjala-Verräter; wenn er in Helsinki ist, dann deshalb, weil er für die Russen arbeitet!«

Angriffslustig maßen sich die beiden Offiziere mit Blicken, Jägerhorn mit kalter Herablassung, Anttonen hochrot vor Erregung.

»Ich hatte Angehörige im Anjalabund«, sagte der junge Adlige. »Sie waren keine Verräter, und Klick ist es ebenso wenig. Es sind loyale Finnen.«

Etwas Unverständliches knurrend, wandte sich Anttonen wieder an Cronstedt. »Admiral, ich versichere Ihnen nachdrücklich, meine Berichte entsprechen den Tatsachen. Wir haben nichts zu befürchten, wenn wir bis zur Eisschmelze warten, wir können das ohne Weiteres tun. Wenn der Seeweg wieder frei ist, wird Schweden Hilfe schicken.«

Langsam erhob sich Cronstedt, das Gesicht eingefallen vor Erschöpfung. »Nein, Bengt. Es ist zwingend notwendig, zu verhandeln.« Lächelnd schüttelte er den Kopf. »Sie sind zu erpicht auf den Kampf. Es darf nichts überstürzt werden.«

»Sir«, sagte Anttonen. »Wenn es sein muss, dann verhandeln Sie. Aber machen Sie keine Zugeständnisse. Schweden und Finnland sind auf uns angewiesen. Im Frühling werden General Klingspor und die schwedische Flotte in die Gegenoffensive gehen, um die Russen aus Finnland zurückzutreiben, aber es ist integraler Bestandteil dieses Plans, dass wir Sveaborg halten. Wenn wir fallen, versetzt das der Truppenmoral den Todesstoß. Ein paar Monate, Sir – halten Sie noch ein paar Monate durch, und Schweden kann diesen Krieg gewinnen.«

Cronstedts Gesicht war ausdruckslos vor Verzweiflung. »Oberst, Sie scheinen die jüngsten Entwicklungen nicht mitbekommen zu haben. Allerorten wurde Schweden zurückgedrängt, Schwedens Armee wurde an allen Fronten geschlagen. Es gibt keine Hoffnung auf den Sieg.«

»Sir. Diese Neuigkeiten stehen in den Dokumenten, die General Suchtelen Ihnen schickt, es handelt sich überwiegend um russische Schriftstücke. Begreifen Sie doch, Sir, diese Berichte sind einseitig. Wir können uns nicht darauf verlassen.« Vor Entsetzen waren Anttonens Augen geweitet, er klang verzweifelt.

Jägerhorn lachte, kalt und zynisch. »Was spielt es für eine Rolle, ob es nun wahr ist oder nicht? Glauben Sie wirklich, dass Schweden gewinnen wird, Anttonen? Ein kleiner, armer Staat im tiefen Norden hält Russland auf? Russland, das sich vom Baltikum bis zum Pazifik erstreckt, vom Schwarzen Meer bis zum Arktischen Ozean? Russland, der Verbündete Napoleons, der die gekrönten Häupter Europas in den Staub getreten hat?« Er lachte wieder. »Wir sind besiegt, Bengt, besiegt. Es geht nur noch um die Frage, welche Kapitulationsbedingungen wir aushandeln können.«

Einen Augenblick lang starrte Anttonen Jägerhorn schweigend an, und als er sprach, klang seine Stimme gepresst. »Jägerhorn, Sie sind ein Defätist, ein Feigling und Verräter. Sie sind eine Schande für die Uniform, die Sie tragen.«

Die Augen des Aristokraten flammten auf, die Hand zuckte zum Schwertgriff. Angriffslustig trat er vor.

»Meine Herren, meine Herren.« Plötzlich stand Cronstedt zwischen den beiden Offizieren und hielt Jägerhorn zurück. »Wir werden vom Feind belagert, unser Land steht in Flammen, und unsere Truppen werden aufgerieben. Dies ist nicht die rechte Zeit, um untereinander zu streiten.« Sein Gesichtsausdruck ließ keinen Widerspruch zu. »Oberst Jägerhorn, Sie begeben sich unverzüglich auf Ihr Quartier.«

»Jawohl, Sir.« Jägerhorn salutierte, wirbelte herum und verließ den Raum.

Admiral Cronstedt drehte sich wieder zu Anttonen um. Traurig schüttelte er den Kopf. »Bengt, Bengt. Warum verstehen Sie denn nicht? Jägerhorn hat recht, Bengt; die anderen Offiziere stehen geschlossen hinter ihm. Wenn wir jetzt verhandeln, können wir die Flotte retten und weiteres Blutvergießen auf finnischer Seite verhindern.«

Oberst Anttonen stand in Habachtstellung. Kalt blickten seine Augen durch den General hindurch, als sei er gar nicht da. »Admiral«, sagte er ernst. »Was, wenn Sie so geurteilt hätten, als es um Ruotsinsalmi ging? Was wäre dann aus unserem Sieg geworden, Sir? Defätismus gewinnt keine Schlacht.«

Cronstedts Miene verhärtete sich, er klang verärgert. »Genug, Oberst. Ich werde keinen Ungehorsam dulden. Die Umstände nötigen mich, über Sveaborgs Übergabe zu verhandeln. Das Treffen zwischen Suchtelen und mir ist für den sechsten April vereinbart; ich werde dort sein. Und Sie werden diese Entscheidung in Zukunft nicht mehr anzweifeln. Das ist ein Befehl.«

Anttonen schwieg.

Kurz starrte Admiral Cronstedt den Oberst an, in seinen Augen stand noch immer Ärger. Dann wandte er sich schnaubend ab und deutete ungeduldig auf die Tür. »Wegtreten, Oberst. Begeben Sie sich unverzüglich auf Ihr Quartier.«

Ungläubige Bestürzung stand in Hauptmann Bannerssons Gesicht. »Das darf nicht wahr sein, Sir. Kapitulation? Warum sollte der Admiral das tun? Die Männer jedenfalls sind bereit zu kämpfen.«

Anttonen lachte, aber seinem dumpfen, bitteren Lachen fehlte jeglicher Humor. In seinen Augen stand wilde Verzweiflung, und die Hände bogen rastlos am Degen herum. Er lehnte an einem kunstvoll behauenen Grabmal im Schatten zweier Bäume in einem Innenhof der Zitadelle von Vargön. Ein Stück entfernt stand Bannersson im Dunkeln auf den Stufen, die zur Gedenkstätte hinaufführten.

»Die Soldaten sind kampfbereit«, sagte Anttonen. »Nur die Offiziere sind es nicht.« Wieder lachte er. »Admiral Cronstedt – der Held unseres Siegs bei Ruotsinsalmi – ist zu einem furchtgeschüttelten alten Mann voller Zweifel zusammengeschrumpft. General Suchtelen hat ganze Arbeit geleistet; die Zeitungen aus Frankreich und Russland, die er ihm geschickt hat, die Gerüchte aus Helsinki, die ihm durch die Offiziersfrauen zugetragen wurden, alles mit dem Ziel, den Keim des Defätismus zu säen. Und Oberst Jägerhorn hat sein Übriges getan, um diese Saat aufgehen zu lassen.«

Bannersson war noch immer fassungslos und wie betäubt. »Aber – aber wovor fürchtet sich der Admiral derart?«

»Vor allem. Er sieht Schwächen in unserer Verteidigung, die sonst niemand sieht. Er hat Angst um seine Familie. Er fürchtet um die Flotte, die er einst zum Sieg geführt hat. Er behauptet, im Winter sei Sveaborg hilflos. Er ist schwach und voller Furcht, und wann immer er sich dem Zweifel hingibt, sind Jägerhorn und seine Spießgesellen zur Stelle, um ihm zu versichern, damit liege er ganz richtig.« Zorn verzerrte Anttonens Gesicht. Nun brüllte er fast. »Die Feiglinge! Die Verräter! Admiral Cronstedt zaudert und zagt, aber wenn *sie* nur entschlossener wären, würde auch *er* seinen Mut wiederfinden und zu Verstand kommen.«

»Sir, bitte, nicht so laut«, warnte Bannersson. »Wenn das wahr ist, was sollen wir tun?«

Anttonens Blick hob sich und richtete sich auf den schwedischen Hauptmann unter ihm. Abschätzend betrachtete er ihn. »Die Unterredung findet morgen statt. Möglicherweise knickt Cronstedt nicht ein, aber wenn er es doch tut, müssen wir darauf vorbereitet sein. Nennen Sie es Meuterei, wenn Sie möchten, aber Sveaborg wird nicht kampflos kapitulieren, solange auch nur ein ehrenhafter Mann da ist, um die Kanonen abzufeuern.« Der finnische Offizier richtete sich auf und stieß das Schwert zurück in die Scheide. »Derweil werde ich mich mit Oberst Jägerhorn unterhalten. Möglicherweise kann ich diesem Wahnsinn noch Einhalt gebieten.«

Langsam und totenbleich nickte Bannersson und wandte sich zum Gehen. Anttonen schritt die Stufen hinab, dann hielt er inne. »Carl?«, rief er. Der davoneilende Offizier wandte sich um. »Ihnen ist bewusst, dass mein Leben in Ihrer Hand liegt, und möglicherweise auch die Zukunft Finnlands, nicht wahr?«

»Ja, Sir«, erwiderte Bannersson. »Sie können sich auf mich verlassen.« Er wandte sich wieder um, und kurz darauf war er fort.

Allein stand Anttonen im Dunkeln und starrte geistesabwesend seine Hand an. Sie blutete, so fest hatte er die Klinge umfasst. Lachend schaute der Offizier zum Grabmal empor. »Sie haben eine herausragende Festung erbaut, Ehrensvard«, sagte er, die Stimme ein kaum hörbares Flüstern in der Nacht. »Hoffentlich erweisen sich die Männer, die sie bewachen, als ihrer würdig.«

Jägerhorn blickte finster drein, als er sah, wer an die Tür klopfte. »Sie, Anttonen? Nach heute Nachmittag? Sie haben Schneid. Was wollen Sie?«

Anttonen trat ein und schloss die Tür. »Ich möchte mit Ihnen reden. Ich möchte Sie umstimmen. Cronstedt hört auf Sie; wenn Sie ihm abraten, wird er nicht kapitulieren. Sveaborg wird nicht fallen.«

Grinsend sank Jägerhorn in einen Sessel. »Möglich. Ich gehöre gewissermaßen zur Familie. Der Admiral legt Wert auf meine Einschätzung. Aber es ist nur eine Frage der Zeit. Schweden kann diesen Krieg nicht gewinnen, und je länger wir es hinauszögern, desto mehr Finnen sterben auf dem Schlachtfeld.« Gelassen betrachtete der Adlige seinen Mitoffizier. »Schweden ist verloren«, führte er weiter aus, »aber Finnland muss nicht mit untergehen. Zar Alexander hat zugesichert, dass Finnland als autonomer Staat unter seinem Schutz stehen wird. Wir werden freier sein, als wir es unter Schweden je waren.«

»Wir sind Schweden«, sagte Anttonen. »Es ist unsere Pflicht, unseren König und unser Vaterland zu verteidigen.« Vor Verachtung klang seine Stimme heiser.

Ein schmales Lächeln spielte um Jägerhorns Lippen. »Schweden? Pah. Wir sind Finnen. Was haben die Schweden je für uns getan? Sie haben Steuern erhoben. Sie haben unsere Knaben fortgenommen und sie verrecken lassen, im Morast Polens und Deutschlands und Dänemarks. Für ihren Krieg haben sie unser Land in ein Schlachtfeld verwandelt. Dafür sind wir Schweden Loyalität schuldig?«

»Schweden wird uns beistehen, sobald das Eis schmilzt«, antwortete Anttonen. »Wir müssen nur bis zum Frühling durchhalten und auf die schwedische Flotte warten.«

Jägerhorn sprang auf, seine Stimme troff vor bitterem Hohn. »Auf schwedische Unterstützung würde ich nicht zählen, Oberst. Ein Blick auf die schwedische Geschichte würde Sie eines Besseren belehren. Wo war Karl XII. im Großen Nordischen

Krieg? Durch ganz Europa ist er gezogen, aber für das notleidende Finnland konnte er kein Heer entbehren. Wo steckt Marschall Klingspor, jetzt, da die Russen unser Land verwüsten und die Städte niederbrennen? Hat er wenigstens um Finnland gekämpft? Nein! Er hat die Truppen abgezogen – um Schweden vor dem Angriff zu schützen.«

»Gegen die Schweden, die uns nicht eilig genug beistehen, wollen Sie also die Russen eintauschen? Die Schlächter des Großen Nordischen Kriegs? Jene, die just in diesem Augenblick unser Land brandschatzen? Das scheint mir ein erbärmlicher Tausch zu sein.«

»Nein. Im Augenblick behandeln die Russen uns als Feinde; das wird sich ändern, wenn wir auf derselben Seite stehen. Wir werden nicht mehr alle zwanzig Jahre einen Krieg führen müssen, um einen Schwedenkönig zufriedenzustellen. Die Ambitionen eines Karl XII. oder eines Gustav III. werden nicht mehr Tausende Finnen das Leben kosten. Wenn erst der Zar über Finnland herrscht, leben wir in Frieden und Freiheit.«

Jägerhorn sprach mit leidenschaftlicher Hingabe, aber Anttonen blieb kühl und förmlich. Bedauernd, fast wehmütig musterte er Jägerhorn und seufzte. »Es war weniger schlimm, als ich Sie für einen Verräter gehalten habe. Aber Sie sind keiner. Ein Idealist, ein Träumer, ja. Aber kein Verräter.«

»Ich? Ein Träumer?« Überrascht hob Jägerhorn die Brauen.

»Nein, Bengt. Sie sind der Träumer. Sie sind derjenige, der sich einer Selbsttäuschung hingibt, wenn Sie auf den Sieg Schwedens hoffen. Ich sehe die Welt, wie sie ist, und handle nach ihren Bedingungen.«

Anttonen schüttelte den Kopf. »In all den Jahren haben wir wieder und wieder gegen Russland gekämpft; seit Jahrhunderten sind wir miteinander verfeindet. Und Sie glauben, wir könnten friedlich zusammenleben. Das kann nichts werden, Oberst. Finnland kennt Russland nur allzu gut. Und Finnland vergisst nicht. Dies ist nicht unser letzter Krieg gegen Russland. Unter keinen Umständen.« Langsam wandte er sich ab und öffnete die Tür, um zu gehen. Dann, als fiele es ihm gerade erst ein, hielt er inne und schaute zurück. »Sie sind nur ein fehlgeleiteter Träumer, und Cronstedt ist nur ein schwacher alter Mann.« Leise lachte er. »Es ist niemand mehr übrig, den man hassen könnte, Jägerhorn. Niemand, den man hassen könnte.«

Leise fiel die Tür zu, und Oberst Bengt Anttonen stand allein im dunklen, stillen Korridor. Zutiefst erschöpft lehnte er sich gegen die kalte Steinwand, aufschluchzend barg er das Gesicht in den Händen. Seine Stimme war ein ersticktes Flüstern, er wirkte wie ein Schatten seiner selbst. »Mein Gott, mein Gott. Die Träume eines Narren und die Bedenken eines alten Mannes. Und gemeinsam werden sie das Gibraltar des Nordens zu Fall bringen.«

Er stieß ein Lachen aus, das brüchig klang und fast wie ein Schluchzen, richtete sich auf und ging hinaus in die Nacht.

»... wird gestattet, zwei Kuriere auf nördlichem und auf südlichem Wege an den König zu senden. Sie erhalten russische Pässe und Schutz, und jede denkbare Unterstützung für ihre Reise wird zugesichert. Geschehen auf der Insel Lonan, 6. April 1808.«

Unvermittelt verstummte die dröhnende Stimme des Offiziers, der die Vereinbarung verlas, und im großen Konferenzsaal war es totenstill. Hinten im Saal gab es Gemurmel, und einige der schwedischen Offiziere rutschten unbehaglich auf ihren Stühlen hin und her, aber niemand sagte etwas.

Am Kommandantentisch vor den versammelten höheren Offizieren Sveaborgs erhob sich langsam Admiral Cronstedt. Er wirkte stark gealtert, die blutunterlaufenen Augen waren müde. Wer nah genug saß, sah das leichte Zittern der knorrigen Hände.

»So lautet die Vereinbarung«, sagte er. »Angesichts der Lage Sveaborgs ist das mehr, als wir erhoffen konnten. Wir haben bereits ein Drittel der Pulverbestände verbraucht; aufgrund des Eises sind unsere Verteidigungsanlagen von allen Seiten her verwundbar. Wir sind zahlenmäßig unterlegen und haben für viele Flüchtlinge Sorge zu tragen, die unsere Vorräte rasch aufbrauchen. Angesichts dieser Umstände hätte General Suchtelen ohne Weiteres unsere augenblickliche Kapitulation fordern können.«

Er machte eine Pause und fuhr sich müde durchs Haar. Sein Blick glitt über die Gesichter der finnischen und schwedischen Offiziere, die vor ihm saßen. »Er hat diese Kapitulation nicht verlangt«, fuhr er fort. »Stattdessen verbleiben uns drei der sechs Inseln, und wir erhalten zwei weitere zurück, wenn vor dem 3. Mai fünf schwedische Kriegsschiffe eintreffen, um uns zu unterstützen. Wenn nicht, müssen wir uns ergeben. Doch in beiden Fällen wird unsere Flotte nach dem Krieg wieder Schweden übergeben, und der Waffenstillstand vom heutigen Tage an bis zu diesem Zeitpunkt wird dafür sorgen, dass nicht noch mehr Leben vergeudet werden.«

Admiral Cronstedt verstummte und wandte den Blick zur Seite. Sofort sprang Oberst Jägerhorn auf, der neben ihm gesessen hatte. »Ich habe den Admiral bei der Verhandlung dieses Abkommens unterstützt. Es ist günstig, sehr günstig. General Suchtelen hat uns sehr großzügige Bedingungen angeboten. Allerdings müssen wir für den Fall, dass die schwedische Flotte nicht rechtzeitig eintrifft, Vorbereitungen für die Übergabe der Garnison treffen. Dies ist Gegenstand dieser Versammlung. Wir …«

»NEIN!« Der Aufschrei gellte durch den großen Saal und hallte von den Wänden wider, schnitt Jägerhorn mitten im Satz das Wort ab. Plötzlich herrschte betroffenes Schweigen. Alle Blicke wandten sich zum hinteren Ende des Saals, wo Oberst Bengt Anttonen zwischen seinen Mitoffizieren stand, das Gesicht schneeweiß und voll glühendem Zorn.

»Großzügige Bedingungen? Ha! Welche großzügigen Bedingungen?« Seine Stimme troff vor Hohn. »Sofortige Kapitulation von West-Svartö, Oster-Lilla-Svartö und Langorn, der Rest von Sveaborg folgt später. *Das* sind großzügige Bedingungen? NEIN! Niemals! Das ist kaum mehr als Kapitulation, die um einen Monat aufgeschoben wird. Und es gibt keinen Grund, zu kapitulieren. Wir sind NICHT in der Unterzahl. Wir sind NICHT schwach! Sveaborg benötigt keine Vorbereitungen – alles, was Sveaborg braucht, ist ein bisschen Schneid und ein wenig Vertrauen.«

Urplötzlich war die Stimmung im Konferenzsaal eisig, und Admiral Cronstedt musterte den Störenfried mit kühlem Widerwillen. Als er sprach, lag in seiner Stimme eine Spur der früheren Autorität. »Oberst, ich erinnere Sie an den Befehl, den ich Ihnen gestern erteilt habe. Ich bin es leid, dass Sie jede meiner Entscheidungen infrage stellen. Korrekt, ich habe kleinere Zugeständnisse gemacht, aber ich habe die Option offen gehalten, dass unter gewissen Umständen alles wieder zurück in schwedische Hand gelangt. Etwas anderes bleibt uns nicht übrig. Und jetzt SETZEN Sie sich, Oberst!«

Unter den versammelten Offizieren erhob sich zustimmendes Murmeln. Anttonen betrachtete sie voller Abscheu, dann richtete er den Blick wieder auf den Admiral. »Jawohl, Sir«, sagte er. »Allerdings, Sir, die Option, die Sie für uns offen gehalten haben, ist keine. Denn mit Verlaub, Sir, Schwedens Flotte kann uns nicht rasch genug erreichen. Das Eis wird nicht rechtzeitig schmelzen.«

Cronstedt hörte ihm nicht zu. »Ich habe Ihnen einen Befehl erteilt, Oberst«, sagte er unnachgiebig. »Setzen Sie sich.«

Kalt starrte Anttonen ihn an, in seinen Augen loderte es, die Hände öffneten und schlossen sich krampfhaft. Für einen langen Augenblick herrschte angespanntes Schweigen. Dann setzte er sich.

Oberst Jägerhorn räusperte sich und raschelte mit dem Schriftstück in seinen Händen. »Um uns wieder dem eigentlichen Anliegen zuzuwenden«, sagte er, »zunächst müssen die Boten nach Stockholm entsendet werden. Eile ist geboten. Die Russen werden die erforderlichen Papiere bereitstellen.« Sein Blick streifte durch den Saal. »Wenn der Admiral erlaubt«, sagte er, »würde ich Leutnant Eriksson vorschlagen, und ... und ...«

Kurz hielt er inne, und langsam breitete sich ein Lächeln auf seinem Gesicht aus. »... und Hauptmann Bannersson«, schloss er.

Cronstedt nickte.

Die Morgenluft war klirrend kalt, und im Osten ging gerade die Sonne auf. Doch niemand sah zu. In Sveaborg waren alle Augen auf den dunkel bewölkten westlichen Horizont gerichtet. Seit endlosen Stunden blickten Offiziere und gemeine Soldaten, Schweden und Finnen, Marinesoldaten und Kanoniere auf die leere See hinaus und hofften. Sie schauten nach

Schweden und beteten darum, Segel zu sehen, von denen sie wussten, dass sie nicht kommen würden.

Einer von ihnen war Oberst Bengt Anttonen. Hoch über den Festungsmauern von Vargön suchte er mit einem kleinen Fernrohr das Meer ab, wie so viele andere auf Sveaborg. Und wie die anderen würde er nicht fündig.

Anttonen schob das Fernrohr zusammen, wandte sich stirnrunzelnd vom Wall ab und dem jungen Fähnrich zu, der neben ihm stand. »Zwecklos«, sagte er. »Ich vergeude wertvolle Zeit.«

Der Fähnrich wirkte verängstigt. »Es ist noch immer möglich, Sir. Suchtelens Ultimatum läuft erst am Mittag ab. Nur noch wenige Stunden, aber wir sollten die Hoffnung nicht aufgeben, nicht wahr?«

»Ich wünschte es, aber wir geben uns nur einer Selbsttäuschung hin«, erwiderte Anttonen nüchtern. »Die Waffenstillstandsvereinbarung legt fest, dass die Schiffe zur Mittagsstunde nicht nur in Sichtweite sein, sondern in Sveaborgs Hafen angelegt haben müssen.«

Der Fähnrich sah verwirrt aus. »Ja, und?«, fragte er.

Anttonen zeigte über die Mauern hinweg auf eine Insel, die sich schwach in der Ferne abzeichnete. »Schauen Sie, da«, sagte er. Sein Arm schwenkte weiter und deutete auf eine zweite Insel. »Und dort. Russische Befestigungen. Sie haben den Waffenstillstand genutzt, um die Seewege unter Kontrolle zu bringen. Jedes Schiff, das sich Sveaborg nähert, wird unter schweren Beschuss geraten.« Der Oberst seufzte. »Zudem ist noch immer alles voller Eisschollen. Uns wird noch einige Wochen lang kein Schiff erreichen können. Der Winter und die Russen haben sich zusammengetan und jede Hoffnung zunichtegemacht.«

Seite an Seite verließen Fähnrich und Oberst niedergeschlagen den Wall und begaben sich ins Innere der Festung. Die Korridore waren dämmrig und bedrückend, überall herrschte Stille.

Endlich sagte Anttonen etwas. »Wir haben es lange genug hinausgezögert, Fähnrich. Vergebliche Hoffnungen erweisen uns keinen Dienst, wir müssen handeln.« Ohne langsamer zu werden, sah er seinem Kameraden in die Augen. »Rufen Sie die Männer zusammen. Es ist so weit. Wir treffen uns in zwei Stunden bei meinem Quartier.«

Der Fähnrich zögerte. »Sir«, erkundigte er sich, »glauben Sie, wir haben Aussicht auf Erfolg? Wir sind nur so wenige. Wir sind nur eine Handvoll gegen eine ganze Festung.«

Im schwachen Licht sah Anttonens müdes Gesicht bekümmert aus. »Ich weiß es nicht«, sagte er. »Ich weiß es einfach nicht. Hauptmann Bannersson hatte Beziehungen; wenn er noch hier wäre, dann wären wir mehr. Ich kenne die Männer nicht so gut, wie er sie kannte. Ich weiß nicht, wem wir vertrauen können.«

Der Oberst hielt an und fasste den Fähnrich an der Schulter. »Aber nichtsdestotrotz, wir müssen es versuchen. Finnlands Armee hat den ganzen Winter hindurch gehungert und gefroren, und die Männer mussten zusehen, wie ihr Vaterland brennt. Das Einzige, was sie hat durchhalten lassen, war der Traum davon, es zurückzuerobern. Und dieser Traum stirbt, wenn Sveaborg fällt.« Traurig schüttelte er den Kopf. »Wir dürfen das nicht zulassen. Mit diesem Traum geht auch Finnland zugrunde.«

Der Fähnrich nickte. »In zwei Stunden, Sir. Sie können sich auf uns verlassen. Wir werden Admiral Cronstedt einen anständigen Kampf liefern.« Er grinste und eilte davon.

Als er im stillen Korridor allein war, zog Oberst Bengt Anttonen das Schwert und hielt es hoch, sodass das gedämpfte Licht die Klinge aufschimmern ließ. Traurig betrachtete er es und fragte sich stumm, wie viele Finnen er würde töten müssen, um Finnland zu retten.

Aber darauf gab es keine Antwort.

Die beiden Wachmänner wanden sich unbehaglich. »Ich weiß nicht, Oberst«, sagte der eine. »Unser Befehl lautet, keinem Unbefugten den Zutritt zur Waffenkammer zu gestatten.«

»Man sollte meinen, mein Rang reiche als Befugnis aus«, erwiderte Anttonen scharf. »Ich erteile Ihnen den Befehl, uns unverzüglich passieren zu lassen.«

Unsicher schaute der erste Wachhabende seinen Kameraden an. »Nun gut«, sagte er. »In diesem Fall sollten wir womöglich ...«

»Nein, Sir«, sagte der zweite. »Oberst Jägerhorn hat uns untersagt, Personen ohne Admiral Cronstedts persönliche Befugnis Zutritt zu gewähren. Ich fürchte, das gilt auch für Sie, Sir.«

Kühl betrachtete Anttonen ihn. »Am besten wird es sein, wir wenden uns in dieser Angelegenheit direkt an Admiral Cronstedt«, sagte er. »Ich denke, diese direkte Befehlsverweigerung wird ihn durchaus interessieren.«

Die erste Wache zuckte zusammen. Beide wanden sich sichtlich, und ihre ganze Aufmerksamkeit galt dem aufgebrachten finnischen Oberst. Anttonen starrte sie finster an. »Vorwärts«, sagte er. »Jetzt.«

Die Pistolenschüsse, die auf seine Worte hin aus einem angrenzenden Korridor fielen, erwischten die Wachen gänzlich unvorbereitet. Mit einem schmerzerfüllten Aufschrei umklammerte der eine seinen blutenden Arm, das Gewehr fiel klappernd zu Boden. Der zweite wirbelte zur Geräuschquelle herum, und Anttonen sprang vorwärts und packte mit eisernem Griff seine Muskete. Bevor der verdutzte Soldat auch nur ansatzweise begriff, wie ihm geschah, hatte ihm der Oberst bereits die Waffe aus der Hand gerissen. Aus dem Korridor zu ihrer Rechten traten bewaffnete Männer, die meisten mit Musketen ausgerüstet, einige hielten Pistolen, aus deren Mündungen es noch rauchte.

»Was sollen wir mit den beiden machen?«, fragte der barsche, vierschrötige Korporal, der die Gruppe anführte. Vielsagend richtete sich das Bajonett auf die Brust der Wache, die noch aufrecht stand. Die andere war auf die Knie gestürzt und hielt sich sehr behutsam den verletzten Arm.

Kalt musterte Anttonen seine Gefangenen, während er die Muskete des Wachmanns an einen der neben ihm stehenden Männer weiterreichte. Er griff nach dem Schlüsselring am Gürtel der befehlshabenden Wache und riss ihn ab. »Fesseln«, sagte er. »Und im Auge behalten. Wenn irgend möglich, ist weiteres Blutvergießen zu vermeiden.«

Der Korporal nickte und scheuchte die Wachen mit einem Rucken seines Bajonetts von der Tür weg. Mit den Schlüsseln trat Anttonen an die schwere Holztür zur Waffenkammer der Festung heran, mühte sich eine Weile und stieß sie endlich auf.

Sofort eilten einige Männer hindurch. Dieser Augenblick war von langer Hand vorbereitet, sie arbeiteten schnell und zielgerichtet. Schwere Holzkisten protestierten knarrend, als sie aufgestemmt wurden, und mit metallischem Scharren wurden die Musketen hinausgehoben und verteilt.

Im Türrahmen stehend, sah Anttonen nervös zu. »Beeilung«, befahl er. »Und nehmt genug Pulver und Munition mit.

Es werden etliche Männer hierbleiben müssen, um die Waffenkammer gegen einen Gegenangriff zu verteidigen, und ...«

Unvermittelt wirbelte der Oberst herum. Draußen im Gang ertönte Musketenfeuer und das Echo eiliger Schritte. Mit der Hand am Schwertgriff trat er hinaus.

Und erstarrte.

Die Männer, die er als Wachen draußen zurückgelassen hatte, standen an der Wand, ihre Waffen lagen auf einem Haufen am Boden. Er sah sich doppelt so vielen Männern wie seinen Rebellen gegenüber, die die Gewehre auf ihn und die Tür zur Waffenkammer gerichtet hatten. Angeführt wurden sie von dem schlanken, aristokratischen Oberst F. C. Jägerhorn, der mit siegessicherem Lächeln lässig eine Pistole in der Hand hielt.

»Das war's, Bengt«, sagte er. »Wir dachten uns natürlich, dass Sie so etwas versuchen würden, und seit der Unterzeichnung des Waffenstillstandabkommens behalten wir jeden Ihrer Schritte im Auge. Ihre Meuterei ist vorbei.«

»Da wäre ich mir nicht so sicher«, sagte Anttonen, trotz des Schrecks noch immer mit fester Stimme. »Genau jetzt besetzen einige meiner Männer das Dienstzimmer von Admiral Cronstedt, und mit ihm als Gefangenem schwärmen sie aus und besetzen die Hauptgeschützstellungen.«

Lachend warf Jägerhorn den Kopf in den Nacken. »Seien Sie kein Narr. Der Fähnrich und sein Trupp wurden gefangen genommen, lange bevor sie auch nur in die Nähe Admiral Cronstedts gelangt sind. Ihre Revolte war von Anfang an aussichtslos.«

Anttonen erbleichte. Tiefe Verzweiflung flackerte in seinen Augen, rasch abgelöst durch kalt brennenden Zorn. »NEIN«, brüllte er mit zusammengebissenen Zähnen. »NEIN!« Sein Schwert glitt aus der Scheide und blitzte silbrig auf, während er auf Jägerhorn zuhechtete.

Keine drei Schritte weit kam er, da traf ihn die erste Kugel in die Schulter, das Schwert entglitt seinem Griff. Die zweite und die dritte Kugel bohrten sich in seinen Bauch und klappten ihn regelrecht zusammen. Ein weiterer stockender Schritt, und er ging langsam zu Boden.

Jägerhorns Blick streifte ihn gleichgültig. »Ihr dort in der Waffenkammer«, hallte seine Stimme gut hörbar durch den Gang. »Waffen auf den Boden und rauskommen – langsam. Ihr seid in der Unterzahl und umstellt. Die Revolte ist vorbei. Zwingt uns nicht, noch mehr Blut zu vergießen.«

Er bekam keine Antwort.

»Tut, was er sagt, Männer«, rief der altgediente Korporal aus dem Gang, wo er unter Bewachung stand. »Es sind zu viele.« Er schaute zu seinem Kommandanten. »Sir, geben Sie Befehl, sich zu ergeben. Wir haben verloren. Sagen Sie es ihnen, Sir.«

Doch Stille verhöhnte seine Bitten, und der Oberst lag still.

Denn Oberst Bengt Anttonen war tot.

Die Meuterei endete, kaum dass sie begonnen hatte. Bald darauf wehte die Russische Flagge über den Brüstungsmauern von Vargön.

Und kurz nachdem sie über Sveaborg wehte, wehte sie auch über Finnland.

EPILOG

Schmerzerfüllt richtete sich der alte Mann in seinem Bett auf und starrte dem Besucher, der im Türeingang stand, mit unverhüllter Neugier entgegen. Groß war der Mann und kräftig gebaut, die Augen eisblau und das Haar von einem schmutzigen Blond. Er steckte in einer schwedischen Majorsuniform und strahlte das Selbstbewusstsein eines hartgesottenen Kriegers aus.

Der Besucher kam näher und lehnte sich gegen das Fußende. »Also erkennen Sie mich nicht?«, fragte er. »Ich kann mir schon denken, weshalb. Vermutlich haben Sie nach Kräften versucht, Sveaborg zu vergessen, Admiral Cronstedt, und alles, was damit zusammenhängt.«

Erschrocken keuchte der alte Mann auf. »Sveaborg?«, fragte er zögerlich, während er den Fremden einzuordnen versuchte. »Waren Sie auf Sveaborg stationiert?«

Der Besucher lachte. »Ja, Admiral. Jedenfalls eine Zeit lang. Mein Name ist Bannersson, Carl Bannersson. Ich war damals noch Hauptmann.«

Cronstedt blinzelte. »Ja, ja. Bannersson. Jetzt entsinne ich mich. Sie haben sich seitdem sehr verändert.«

»Korrekt. Sie haben mich damals zurück nach Stockholm geschickt, und in den nachfolgenden Jahren habe ich unter Karl Johann gegen Napoleon gekämpft. An so vielen Schlachten und Belagerungen habe ich seither teilgenommen, Sir. Aber Sveaborg werde ich niemals vergessen. Niemals.«

Plötzlich krümmte ein heftiger Hustenanfall den Admiral. »W... was wollen Sie von mir?«, brachte er schließlich mühsam heraus. »Verzeihen Sie mir meine Direktheit, aber ich bin ein kranker Mann. Das Sprechen strengt mich sehr an.« Wieder hustete er. »Entschuldigen Sie.«

Bannersson begutachtete die kleine, schmutzige Kammer. Er nahm Haltung an und zog einen dicken, versiegelten Umschlag aus der Brusttasche. »Admiral«, sagte er und klopfte mit dem Umschlag leicht gegen seine Handfläche. »Admiral, ist Ihnen das heutige Datum bewusst?«

»Der 6. April«, erwiderte Cronstedt stirnrunzelnd.

»Richtig. Der 6. April 1820. Vor exakt zwölf Jahren haben Sie sich mit General Suchtelen auf Lonan getroffen und Sveaborg den Russen überlassen.«

Bedächtig schüttelte der alte Mann den Kopf. »Bitte, Major. Sie wecken Erinnerungen, mit denen ich vor langer Zeit abgeschlossen habe. Ich will nicht über Sveaborg sprechen.«

Bannerssons Augen flammten auf, seine Lippen wurden schmal vor Zorn. »Nicht? Tja, zu schade. Sie würden sich sicher lieber über Ruotsinsalmi unterhalten. Aber darüber unterhalten wir uns nicht. Wir sprechen über Sveaborg, alter Mann, ob es Ihnen gefällt oder nicht.«

Der harte Klang seiner Stimme ließ Cronstedt erschauern. »Nun gut, Major. Ich war gezwungen zu kapitulieren. Sveaborg ist, vom Eis umschlossen, höchst verwundbar. Unsere Flotte war in Gefahr. Und die Pulverbestände waren niedrig.«

Verächtlich betrachtete ihn der schwedische Offizier. »Ich habe Unterlagen bei mir«, sagte er und hob den Umschlag, »die belegen, wie falsch Sie mit dieser Einschätzung lagen. Tatsachen, Admiral. Nüchterne geschichtliche Tatsachen.« Grob riss er den Umschlag auf und warf die Dokumente auf Cronstedts Bett. »Vor zwölf Jahren haben Sie behauptet, wir seien in der Unterzahl«, begann er ausdruckslos herunterzurattern. »Das war nicht korrekt. Russland hatte kaum genug Männer, um die Festung nach der Übergabe zu bemannen. Wir hingegen verfügten über eine Stärke von 7386 Männern, dazu 208 Offiziere. Deutlich mehr also als die Russen.

Vor zwölf Jahren haben Sie behauptet, dass Sveaborg im Winter aufgrund des Eises nicht verteidigt werden kann.

Das ist himmelschreiender Unsinn. Gutachten der besten Militärstrategen Schwedens, Finnlands und Russlands bezeugen die Stärke Sveaborgs sowohl im Sommer als auch im Winter.

Vor zwölf Jahren haben Sie von der uns umzingelnden eindrucksvollen Artillerie Russlands schwadroniert. Es hat sie niemals gegeben. Zu keinem Zeitpunkt verfügte Suchtelen über mehr als sechsundvierzig Geschütze, darunter sechzehn Mörser. Unsere Artillerie war zehnmal so stark.

Vor zwölf Jahren haben Sie behauptet, unsere Vorräte gingen zur Neige, und unsere Pulverbestände seien bedrohlich niedrig. Das stimmte nicht. Wir verfügten über 9535 Treibladungen, 10 000 Kartuschen, zwei Fregatten und mehr als 130 kleinere Schiffe, ausgezeichnetes Kiefernharz, ausreichend Vorräte für viele Monate und gut 3000 Pulverfässer. Wir hätten ohne Weiteres abwarten können, bis Schweden uns zu Hilfe kommt.«

Der alte Mann kreischte auf. »Hören Sie auf, hören Sie auf!« Er hielt sich die Ohren zu. »Ich werde mir das nicht länger anhören. Weshalb quälen Sie mich derart? Können Sie einen alten Mann nicht einfach in Frieden lassen?«

Verächtlich schaute Bannersson auf ihn hinunter. »Ich bin fertig«, sagte er. »Aber die Unterlagen lasse ich Ihnen da. Sie können es selbst nachlesen.«

Mühsam rang Cronstedt nach Luft. »Es war eine Chance«, erwiderte er. »Wir hätten alles retten können, für Schweden.«

Bitter lachte Bannersson auf, ein harter, grausamer Laut. »Eine Chance? Ich bin als Bote für Sie geritten, Admiral, ich weiß, welches Angebot Ihnen die Russen gemacht haben. Man hat uns wochenlang festgehalten. Wissen Sie, wann ich Stock-

holm erreicht habe, Admiral? Wann ich die Botschaft über-
bracht habe?«

Langsam hob der alte Mann den Kopf und sah Bannersson
in die Augen. Sein Gesicht war bleich und kränklich, die Hände
zitterten.

»Am 3. Mai 1808«, sagte Bannersson.

Cronstedt zuckte zusammen wie unter einem Schlag.

Der große schwedische Major wandte sich zur Tür. Den
Knauf bereits in der Hand, drehte er sich noch einmal
um. »Wissen Sie«, sagte er, »die Geschichtsschreibung wird
Bengt und das, was er zu tun versuchte, vergessen, und
über Oberst Jägerhorn wird man dereinst nur noch wissen,
dass er einer der ersten finnischen Nationalisten war. Aber
was Sie betrifft? Sie leben im russischen Finnland auf ihren
dreißig Silberlingen, während Bengt Sie nur für schwach
hielt.« Er schüttelte den Kopf. »Was meinen Sie, Admiral?
Was wird die Geschichtsschreibung über Sie zu berichten
haben?«

Er bekam keine Antwort. Graf Carl Olof Cronstedt, Vize-
admiral der Flotte, Held von Ruotsinsalmi, Kommandant von
Sveaborg, weinte stumm in sein Kissen.

Und am nächsten Tag war er tot.

> »Nein, nenn ihn nur den feigen Arm,
> Der falsche Stütze bot,
> Und nenn ihn Scham und Hohn und Harm
> Und Schuld und Fluch und Tod!
> Der Name nur sei ihm bestimmt,
> Zu schonen den, der ihn vernimmt.

Nimm, was im Grabe wohnt an Graus,
Im Leben was an Qual,
Und einen Namen bilde draus
Und gib ihm den zumal!
Der weckt doch minder Bitterkeit,
Als den er trug in jener Zeit.«

Fähnrich Stahl, Johan Ludvig Runeberg

Tod war sein Vermächtnis

Der Prophet kam aus dem Süden mit einer Fahne in seiner rechten Hand und einer Axt im Griff der Linken, um den Glauben an Amerika zu predigen. Er sprach zu den Armen und Wütenden, zu den Verwirrten und Ängstlichen, und erweckte in ihnen eine neue Entschlossenheit. Seine Worte wirkten wie eine Feuersbrunst im Land, und wo er auch anhielt, um zu reden, schwoll eine Menge an, die hinter ihm marschierte.

Sein Name war Norvel Arlington Beauregard, und er war Gouverneur gewesen, bevor er ein Prophet geworden war. Er war ein großer, untersetzter Mann mit runden blauen Augen und einem kantigen Gesicht, das puterrot anlief, wenn er sich aufregte. Seine schweren, buschigen Augenbrauen waren meist argwöhnisch zusammengezogen, während seine vollen Lippen in einem höhnischen Lächeln erfroren.

Aber seine Jünger gaben nichts darum, wie er aussah, denn Norvel Arlington Beauregard war ein Prophet, und Propheten werden nicht hinterfragt. Er bewirkte keine Wunder, aber dennoch versammelten sie sich um ihn, Norden und Süden, Arme und Wohlhabende, Industriearbeiter und Fabrikbesitzer. Und bald schon glich ihre Zahl einer großen Armee.

Und die Armee marschierte zu der Musik einer Militär-kapelle.

»Maximilian de Laurier ist tot«, sagte Maximilian de Laurier laut zu sich selbst, als er allein in dem dunklen, mit Büchern vollgestopften Studierzimmer saß.

Er lachte ein tiefes, sanftes Lachen. Ein Streichholz loderte kurz in der Dunkelheit, flackerte einen kurzen Moment auf, als er mit ihm seine Pfeife entzündete, und ging aus. Maxim de Laurier lehnte sich in dem plüschigen Lehnstuhl zurück und paffte langsam

Nein, dachte er. *Es klappt nicht. Die Worte klingen einfach nicht richtig. Sie haben einen hohlen Klang. Ich bin Maxim de Laurier, und ich lebe.*

Ja, antwortete ein anderer Teil von ihm, aber nicht mehr lange. Hör auf, dich selbst zu betrügen. Sie alle sagen nun dasselbe. Krebs. Endstadium. Höchstens ein Jahr. Wahrschein-lich noch nicht einmal so lange.

Ich bin ein toter Mann, sagte er sich wieder. *Seltsam. Ich fühle mich aber nicht wie ein toter Mann. Ich kann mir nicht vorstel-len, tot zu sein. Nicht ich. Nicht Maxim de Laurier.*

Er versuchte es erneut. »Maximilian de Laurier ist tot«, sagte er entschieden in die Stille hinein.

Dann schüttelte er den Kopf. Es funktionierte immer noch nicht. *Ich habe alles, für das es sich zu leben lohnt. Geld. Eine Position. Einfluss. All das und mehr. Alles.*

Die Antwort klang gnadenlos und kalt in seinem Kopf. Das ist egal, besagte sie. Nichts bedeutet mehr irgendetwas, außer diesem Krebs. Du bist tot. Ein lebender toter Mann.

In dem dunklen, stillen Raum zitterte seine Hand plötzlich, die Pfeife entglitt seinem Griff und verstreute Asche auf dem teuren Teppich. Er ballte die Fäuste, und seine Knöchel wurden weiß.

Maximilian de Laurier erhob sich langsam von seinem Stuhl, durchquerte den Raum und betätigte einen Lichtschalter. Er blieb vor dem hohen Spiegel an der Tür stehen und betrachtete das große, grauhaarige Spiegelbild, das ihn aus dem Glas heraus anstarrte. Da war immer noch eine neugierige Blässe in seinem Gesicht, seine Hände zitterten immer noch leicht.

»Und mein Leben?«, fragte er sein Spiegelbild. »Was habe ich mit meinem Leben gemacht? Ein paar Bücher gelesen. Einige Sportwagen gefahren. Einige Vermögen gemacht. Fürwahr ein toller Kerl. Der Playboy der westlichen Welt.«

Er lachte gütig, aber das Spiegelbild sah immer noch grimmig und aufgewühlt aus. »Aber was habe ich erreicht? Wird in einem Jahr noch irgendetwas beweisen, dass Maxim de Laurier gelebt hat?«

Er wandte sich mit einem Knurren von dem Spiegel ab, ein verbitterter, sterbender Mann mit Augen wie die graue Asche eines seit Langem erloschenen Feuers. Als er sich drehte, schwelgten diese Augen in den angesammelten Resten eines Lebens, glitten über die kostbaren schweren Möbel, die polierten hölzernen Bücherschränke mit ihren Reihen von schweren, in Leder eingefassten Bänden, der kalten rußigen Feuerstelle und den importierten Jagdgewehren, die in einem Gestell über dem Kaminsims hingen.

Plötzlich brannte das Feuer wieder. Mit schnellen Schritten durchquerte de Laurier den Raum und riss eines der Gewehre aus seiner Halterung. Er streichelte den Schaft sanft mit einer zitternden Hand, aber seine Stimme war kalt, hart und entschlossen, als er sprach.

»Verdammt«, sagte er. »Ich bin noch nicht tot.«

Als er sich hinsetzte, um das Gewehr zu ölen, lachte er ein wildes, schnarrendes Lachen.

Der Prophet stürmte durch den weiten Westen und verbreitete seine Botschaft von einem Privatjet aus. Überall versammelte sich die Menge, um ihm zuzujubeln, und kräftige Fabrikarbeiter hoben ihre Kinder auf die Schultern, sodass sie ihn reden hören konnten. Die langhaarigen Zwischenrufer, die es wagten, seine Sache zu verspotten, wurden verächtlich gemacht, niedergebrüllt und manchmal auch niedergeschlagen.

»Ich bin für den kleinen Mann«, sagte er in San Diego. »Ich bin für die guten patriotischen Amerikaner, die heutzutage vergessen werden. Dies ist ein freies Land, und ich mache mir nichts aus Meinungsverschiedenheiten. Aber ich bin nicht dafür, es zuzulassen, dass die Kommis und die Anarchisten es übernehmen. Lasst sie wissen, dass sie die kommunistische Fahne in diesem Land nicht hissen können, solange hier noch echte Amerikaner sind. Und wenn wir einige Köpfe zerschmettern müssen, um ihnen das beizubringen, dann ist das gut so.«

Und sie kamen in Scharen zu ihm: die Patrioten und die Superpatrioten, die Veteranen und die GIs, die Wütenden und die Ängstlichen. Sie schwenkten tagsüber ihre Fahnen, lasen die Bibel in der Nacht und klebten Beauregard-Sticker auf die Stoßstangen ihrer Autos.

»Jeder Mann hat das Recht auf eine abweichende Meinung«, schrie der Prophet von einer Plattform in Los Angeles herab. »Aber wenn diese langhaarigen Anarchisten versuchen, den Fortgang des Kriegs zu behindern, dann ist das keine abweichende Meinung, sondern Verrat. Und wenn diese Verräter versuchen, Truppentransporte mit lebensnotwendigem Kriegsmaterial für unsere Jungs in Übersee zu blockieren, dann sage ich, dass es Zeit ist, unseren Polizisten starke Knüppel zu geben, ihre Hände loszubinden und sie ein wenig Kommunistenblut vergießen zu lassen. Das wird diesen Anarchisten beibringen, das Gesetz zu respektieren.«

Und alle die Menschen jubelten und jubelten, und ihr Lärm übertönte den leisen Hall von Kampfstiefeln in weiter Ferne.

Der große, grauhaarige Mann lag in einem Liegestuhl und blickte in ein Exemplar der *New York Times*, die auf seinem Schoß lag. Er war ein unscheinbarer Zeitgenosse, trug ein Sportjackett von der Stange und eine billige Plastik-Sonnenbrille. Wenige würden ihn in einer Menge bemerken. Noch weniger würden genau genug hinschauen, um den toten Mann wiederzuerkennen, der einst Maximilian de Laurier gewesen war.

Ein Lächeln flackerte über die Lippen des toten Mannes, als er eine der Geschichten auf der ersten Seite las. Die Schlagzeile lautete: »De Laurier Vermögen liquidiert«, in einfachen grauen Lettern. Darunter, in kleinerem Schriftbild, stand eine düstere Zwischenzeile, die Folgendes besagte: »Englischer Millionär verschwunden; Freunde glauben, dass Geld in der Schweiz angelegt wurde.«

Ja, dachte er. *Wie angemessen. Der Mann verschwindet, aber das Geld bekommt die Schlagzeilen. Ich frage mich, was die Zeitungen wohl in einem Jahr bringen werden. Vielleicht »Erben warten auf Testamentseröffnung«, oder etwas in der Art?*

Seine Augen wanderten nach unten über die Seite und stießen auf den Rest der Titelgeschichte. Ruhig starrte er auf die

Schlagzeile und warf einen finsteren Blick über den Inhalt. Dann las er den Artikel langsam und sorgfältig.

Als er seine Lektüre beendet hatte, erhob sich de Laurier aus dem Stuhl, faltete die Zeitung sorgfältig zusammen und warf sie über die Reling in das dunkelgrüne Kielwasser, das hinter dem Schiff schäumte. Dann schob er seine Hände in die Jackentaschen und ging langsam zurück in seine Prunkkabine in der Touristenklasse des Schiffs. Unten rotierte die Zeitung immer und immer wieder in dem Wirbel, den der große Liner verursachte, bis sie schließlich mit Wasser vollgesogen war und versank. Schließlich ruhte sie auf dem verschlammten, von Felsen übersäten Grund, wo die Ruhe und die Dunkelheit ewig sind.

Krabben tippelten auf und ab über das verblassende Foto eines untersetzten Mannes auf der Titelseite. Er hatte ein kantiges Gesicht, buschige Augenbrauen und ein höhnisches Lächeln.

Der Prophet wandte sich rachedurstig nach Osten, denn hier war das Heimatland der falschen Seher, die sein Volk irregeleitet hatten, hier war die Hochburg derjenigen, die gegen ihn standen, keine Frage. Hier waren die Menschenmengen sogar noch größer, und die Söhne und Enkel der Einwanderer des letzten Jahrhunderts waren bis auf den letzten Mann sein Volk. Also entschied sich Norvel Arlington Beauregard, seine Gegner in ihrem eigenen Unterschlupf anzugreifen.

»Ich bin für den kleinen Mann«, sagte er in New York City. »Ich unterstütze das Recht eines jeden Amerikaners, sein Haus an jeden zu vermieten oder seine Waren an jeden zu verkaufen, den er sich auswählt, ohne irgendeine Beeinflussung durch Bürokraten mit Aktentaschen oder eierköpfige

Professoren, die in ihren Elfenbeintürmen sitzen und entscheiden, wie ihr und ich leben müssen.«

Und die Menschen jubelten und jubelten, und sie schwenkten ihre Fahnen und gelobten Gefolgschaft und riefen: »Beauregard, Beauregard, Beauregard«, immer und immer wieder, bis die Arena vor Lärm bebte. Und der Prophet grinste und winkte glücklich, und die Reporter aus dem Osten, die über ihn berichteten, schüttelten die Köpfe in Unglauben und murmelten düstere Dinge über »Charisma« und »Ironie«.

»Ich bin für den arbeitenden Mann«, erzählte der Prophet einer großen Arbeiterversammlung in Philadelphia. »Und ich sage, dass all diese Anarchisten und Demonstranten verdammt noch mal besser verschwinden und sich einen Job suchen sollen wie jeder andere auch. Ihr und ich mussten arbeiten für das, was wir haben, warum sollten sie von der Regierung verhätschelt werden? Warum solltet ihr guten Leute Steuern bezahlen, um eine Bande von faulen, ignoranten Gammlern, die nicht arbeiten wollen, zu unterstützen?«

Die Menge grölte ihre Zustimmung, und der Prophet ballte seine Faust und schüttelte sie triumphierend über dem Kopf. Die Botschaft hatte die Seelen der Arbeiter und Erntehelfer, der Antreiber und Leuteschinder und derjenigen, die nur die Nation hatten, berührt. Und sie wurden die seinen. Sie würden keinen falschen Göttern mehr folgen.

Also standen sie alle auf und sangen zusammen die amerikanische Nationalhymne.

In New York nahm Maxim de Laurier den ersten Bus vom Zoll bis in das Herz der Stadt. Er trug nur einen kleinen Koffer voll mit Kleidung bei sich, so musste er sich nicht erst darum kümmern, an einem Hotel zu halten. Stattdessen wandte er sich sofort in Richtung des Finanzdistrikts und ging zu einer der größten Banken der Stadt.

»Ich möchte gern einen Scheck auf mein Konto in der Schweiz einlösen«, sagte er zu dem Kassierer. Er kritzelte nachlässig etwas in sein Scheckbuch, riss die Seite heraus und schob sie über den Schaltertresen.

Die Augenbrauen des Kassierers hoben sich leicht, als er den Betrag bemerkte. »Mmmm«, sagte er. »Ich muss das erst abklären, Sir. Ich hoffe, dass es Ihnen nichts ausmacht, einen Augenblick zu warten. Haben Sie Ihre Ausweispapiere dabei, Mister?« Er starrte wieder auf den Scheck. »Mister Lawrence«, fügte er hinzu.

De Laurier lächelte liebenswürdig. »Natürlich«, antwortete er. »Ich würde kaum versuchen, einen Scheck dieser Größenordnung ohne korrekte Identifikation einzureichen.«

Zwanzig Minuten später verließ er die Bank und lief die Straße mit bedächtiger Zuversicht hinab. Er legte an diesem Tag mehrere Pausen ein, bevor er schließlich in einem billigen Hotel eincheckte.

Er kaufte sich einige Kleinigkeiten, verschiedene Zeitungen, eine größere Anzahl an Karten, einen abgenutzten Gebrauchtwagen und eine Sammlung von Gewehren und Pistolen. Er nahm jede Menge Munition mit und sorgte dafür, dass jedes Gewehr ein Zielfernrohr hatte.

Maximilien de Laurier blieb in dieser Nacht lange auf, über einen billigen Kartentisch in seinem Hotelzimmer gebeugt. Zuerst las er die Zeitungen, die er erworben hatte. Er las sie langsam und sorgfältig, wieder und wieder. Einige Male stand er auf und rief die Redaktionen der Zeitungen an und machte sich sorgfältig Notizen über das, was sie ihm erzählten.

Danach breitete er seine Karten aus und studierte sie bis weit in den Morgen hinein äußerst aufmerksam. Er wählte die aus, die er brauchte, und unterstrich sie, wobei er ständig während seiner Arbeit in den Zeitungen nachlas.

Schließlich, nahe dem Morgengrauen, nahm er einen roten Stift und kreiste den Namen einer mittelgroßen Stadt in Ohio ein.

Danach setzte er sich hin und ölte seine Waffen.

Der Prophet kehrte mit Wut im Bauch in den Mittleren Westen zurück. Hier, mehr als irgendwo anders außer in seinem Heimatland, hatte er seine Leute gefunden. Die Hohepriester, die vor ihm ausgeschwärmt waren, sandten ihre Berichte zurück, und in allen war dasselbe zu lesen. In ihnen stand, dass es in Illinois sehr gut lief. Indiana war sogar noch etwas besser. Er hatte in Indiana wirklich aufgeräumt. Und Ohio – Ohio war großartig. Ohio war fantastisch.

Und so durchkreuzte der Prophet den Mittleren Westen und brachte die Botschaft zu denen, die reif dafür waren, und predigte den Glauben an Amerika im Herzen der Nation.

»Chicago ist eine Stadt nach meinem Geschmack«, sagte er wiederholt, während er durch Illinois marschierte. »Ihr Leute wisst, wie ihr in Chicago Anarchisten und Kommunisten zu behandeln habt. Es gibt eine Menge gute und vernünftige patriotische Burschen in Chicago. Ihr seid nicht bereit zuzusehen, wie diese Terroristen die Straßen den guten, gesetzestreuen Bürgern aus Chicago wegnehmen.«

Und all die Menschen jubelten und jubelten, und Beauregard ließ sie die Polizei von Chicago stürmisch grüßen. Ein langhaariger Gammler schrie »Nazi«, aber sein einsamer Ruf ging in dem tosenden Applaus unter. Abgesehen von zwei stämmigen Sicherheitsleuten am Ende der Halle, die ihn bemerkten, sich zunickten und schnell und ruhig begannen, sich durch die Menge zu bewegen.

»Ich bin kein Rassist«, erklärte der Prophet, als er die Grenze überschritt, um im nördlichen Indiana zu reden. »Ich stehe für die Rechte von allen guten Amerikanern, unabhängig von der Herkunft, dem Glauben oder der Hautfarbe. Wie auch immer, ich unterstütze euer Recht, euer Eigentum an jeden, den ihr auswählt, zu vermieten oder zu verkaufen. Und ich sage, dass jede Person so arbeiten sollte wie du und ich, ohne dass es erlaubt sein darf, in Schmutz, Ignoranz und Unmoral von Almosen der Regierung zu leben. Und ich sage, dass Plünderer und Anarchisten erschossen werden sollten.«

Und all diese Menschen jubelten und jubelten, und sie zogen aus und verbreiteten die Botschaft bei ihren Freunden, ihren Verwandten und ihren Nachbarn. »Ich bin kein Rassist, und Beauregard ist auch keiner, aber würdest du wollen, dass so jemand deine Schwester heiratet?« Und die Menge wurde jede Woche größer und größer.

Als sich der Prophet in den Osten nach Ohio wandte, fuhr ein toter Mann nach Westen, um ihn zu treffen.

»Ist dieser Raum nach Ihren Wünschen, Mr. Laurel?«, fragte eine dünne, ältere Hauswirtin und hielt ihm die Tür zur Begutachtung auf.

Maxim de Laurier kam nach ihr herein und stellte seine Koffer auf dem durchhängenden Doppelbett ab, das an der Wand stand. Er lächelte liebenswürdig und untersuchte das armselige Zimmer, das noch nicht einmal warmes Wasser hatte. Er durchquerte den Raum, zog das Rollo hoch und schaute aus dem Fenster.

»Oh, mein Lieber«, sagte die Hauswirtin und fuchtelte mit ihren Schlüsseln herum. »Ich hoffe, Sie stören sich nicht an dem Stadion, das ganz hier in der Nähe ist. Am nächsten Samstag wird dort ein Spiel sein, und diese Jungs machen einen schrecklichen Lärm.« Sie unterstrich den Satz durch einen scharfen Tritt, während sie eine Kakerlake zermalmte, die unter dem Teppich hervorgekrabbelt war.

De Laurier besänftigte ihre Ängste mit einem Winken. »Das Zimmer ist in Ordnung«, sagte er. »Ich mag Football sowieso, und von hier aus habe ich einen guten Blick auf das Spiel.«

Die Vermieterin lächelte schwach. »Gut«, sagte sie und hielt ihm den Schlüssel entgegen. »Wenn Sie nichts dagegen haben, möchte ich die Miete für das Zimmer für eine Woche im Voraus.«

Nachdem sie gegangen war, verschloss de Laurier sorgfältig die Tür und schob einen Stuhl vor das Fenster.

Ja, dachte er. *Ein guter Ausblick. Eine perfekte Sicht.* Natürlich sind die Tribünen auf der anderen Seite, sodass sie wahrscheinlich die Bühne in diese Richtung ausgerichtet haben. Aber das sollte kein Problem sein. Er ist ein kräftiger Mann, ein untersetzter Mann, und wahrscheinlich sogar von hinten sehr markant. Und die Bogenlichter werden eine große Hilfe sein.

Er nickte zufrieden, stand auf und brachte den Stuhl in seine alte Position zurück. Dann setzte er sich hin und ölte seine Waffen.

Es war ziemlich kalt, aber das Stadion war trotzdem voll. Die großen Tribünen waren vollgequetscht mit Menschen. Der überquellenden Menge war es erlaubt worden, sich über das

Feld zu verteilen und das Gras am Fuß der Bühne zu besetzen.

Die Bühne selbst war in Rot, Weiß und Blau drapiert und auf der Mittellinie errichtet. Amerikanische Flaggen wehten von Masten an beiden Enden der Bühne, das Rednerpult war zwischen ihnen platziert. Zwei grelle weiße Scheinwerfer zielten auf die Rednertribüne, die die grelle Helligkeit der stadioneigenen Bogenlichter verstärkten. Die Mikrofone waren sorgfältig dem Lautsprechersystem des Stadions zugeschaltet und immer wieder getestet worden.

Glücklicherweise funktionierten sie, denn das Gebrüll war ohrenbetäubend, als der Prophet auf die Bühne stieg, und flaute erst ab, als er zu sprechen begann. Dann war die Stille plötzlich und vollkommen, und der Ruf des Propheten hallte unwidersprochen durch die Nacht.

Die Zeit hatte das Feuer, das in der Seele des Propheten loderte, nicht gelöscht, und seine Worte glühten vor Wut und Überzeugungskraft. Sie kamen laut und herausfordernd von der Bühne und hallten zwischen den großen Ständen hindurch. In der klaren, kalten Nachtluft trugen sie weit.

Sie drangen bis in ein schäbiges Zimmer ohne warmes Wasser, in dem Maxim de Laurier allein in der Dunkelheit saß und aus dem Fenster starrte. An seinem Stuhl lehnte ein großkalibriges Gewehr, gut geölt und mit einem Zielfernrohr ausgestattet.

Auf der Tribüne predigte der Prophet den Glauben zu den Patrioten und den Ängstlichen. Er pries Amerikas Werte und drosch vehement auf die Kommunisten, die Anarchisten und die langhaarigen Terroristen ein, die die Straßen der Nation heimsuchten.

Ah ja, dachte de Laurier. *Oh, wie ich die unselige Vergangenheit spüre. Da war schon mal einer, der die Kommunisten und*

Anarchisten angriff. Einer, der sagte, dass er die Nation aus ihren Klauen retten würde.

»... und ich sage euch guten Burschen aus Ohio, dass wenn ich das Sagen habe, die Straßen in diesem Lande wieder sicher genug sein werden, um darauf zu spazieren. Ich werde anfangen, die Hände unserer Polizisten loszubinden, und dafür sorgen, dass sie die Gesetze durchsetzen und diesen Kriminellen und Terroristen ein paar Lektionen erteilen.«

Ein paar Lektionen, dachte de Laurier. Ja, ja. Das passt, das passt. Die Polizei und die Armee erteilen Lektionen. Und sie sind so effektive Lehrer. Mit Schlagstöcken und Schusswaffen als Hilfe. Oh, Mister Beauregard, wie das alles passt.

»... und ich sage, dass wenn unsere Jungs, unsere tollen Jungs aus Mississippi und Ohio und überall sonst woher, in Übersee kämpfen und sterben für unsere Fahne, dass wir ihnen jede Unterstützung geben müssen, die wir hier leisten können. Und das beinhaltet das Zertrümmern der Köpfe einiger dieser Verräter, die unsere Flagge bespucken und für den Sieg des Feinds sind und den Fortgang des Kriegs behindern. Ich sage, dass es nun an der Zeit ist, sie wissen zu lassen, wie ein patriotischer, echter Amerikaner sich um Verrat kümmert.«

Verrat, dachte de Laurier. Ja, von Verrat redete der, der so lange her ist, auch. Er sagte, er würde die Verräter in der Regierung loswerden, die Verräter, die die Niederlage der Nation und ihre Demütigung verursacht hatten.

De Laurier schob den Stuhl langsam zurück. Er ging auf ein Knie nieder und hob das Gewehr an seine Schulter.

»... ich bin kein Rassist, aber ich sage, diese Menschen brauchen ...«

De Lauriers Gesicht war kalkweiß, und das Gewehr lag zögerlich in seiner Hand. »So krank«, flüsterte er heiser zu sich selbst, »so sehr, sehr krank. Aber habe ich das Recht? Wenn er das ist, was sie wollen, kann ich das Recht haben, ihn ganz allein im Namen der Vernunft aus dem Verkehr zu ziehen?«

Er zitterte nun sehr schlimm, sein Körper war trotz des abkühlenden Winds von draußen kalt und nass vor Schweiß.

Die Worte des Propheten tönten um ihn herum, aber er hörte sie nicht mehr. Sein Gedächtnis eilte zurück zu den Visionen eines anderen Propheten und dem versprochenen Land, in das er seine Leute führen wollte. Er erinnerte sich an das Hallen einer großen Armee auf dem Marsch. Er erinnerte sich an das Kreischen der Raketen und der Bomber in der Nacht. Er erinnerte sich an den Terror und das Klopfen an der Tür. Er erinnerte sich an den Leichengeruch auf dem Schlachtfeld.

Er erinnerte sich an die Gaskammern, die für die minderwertige Rasse vorbereitet wurden.

Und er wunderte sich, hörte zu, und seine Hände wurden ruhig.

»Wenn er früh gestorben wäre«, sagte Maximilian de Laurier in der Dunkelheit zu sich selbst, »woher würden sie wissen, welcher Schrecken ihnen erspart geblieben wäre?«

Er fixierte das Fadenkreuz auf den Hinterkopf des Propheten, und seine Finger betätigten den Abzug.

Und das Gewehr brachte den Tod.

Norvel Arlington Beauregard schüttelte seine Faust in der Luft, zuckte plötzlich und stürzte von der Bühne nach vorne in die Menge unter ihm. Dann setzten die Schreie ein, während die Geheimdienstmänner schimpften und zu dem gefallenen Propheten eilten.

In dem Moment, als sie ihn erreichten, drehte Maximilian de Laurier den Zündschlüssel in seinem Auto und fuhr Richtung Grenze.

Die Nachricht über den Tod des Propheten erschütterte die Nation, und ein Wehgeschrei erscholl in allen Teilen des Landes.

»Sie haben ihn ermordet«, sagten sie. »Diese verdammten Kommis wussten, dass er der Mann war, der sie besiegen konnte, und deswegen haben sie ihn getötet.«

Manchmal sagten sie auch: »Es waren diese Demonstranten, gottverdammte Verräter. Beau hatte sie als das entlarvt, was sie waren: eine Horde von Anarchisten und Terroristen. Also haben sie ihn ermordet, dieser dreckige Abschaum.«

In dieser Nacht brannten Kreuze im ganzen Land, und seine Partei hatte starken Zulauf. Der Prophet war ein Märtyrer geworden.

Drei Wochen später gab Beauregards Vizepräsidentschaftskandidat bekannt, dass er weitermachen würde. »Unsere Sache ist nicht tot«, erklärte er. »Ich verspreche, für Beau und alles, für das er stand, weiterzukämpfen. Wir werden bis zum Sieg kämpfen.«

Und die Menschen jubelten und jubelten.

Einige Hundert Meilen entfernt saß Maxim de Laurier in einem Hotelzimmer und sah zu, sein Gesicht war eine milchweiße Maske. »Nein«, flüsterte er, an den Worten würgend. »Alles, nur das nicht. So war es nicht geplant. Es ist grundfalsch.«

Und er begrub seinen Kopf in den Händen und schluchzte. »Mein Gott, mein Gott, was habe ich getan?« Dann war er für eine ganze Zeit still und ruhig. Als er sich schließlich erhob, war sein Gesicht immer noch bleich und verkniffen, aber ein einzelner sterbender Funken brannte immer noch in der Asche seiner Augen. »Vielleicht«, sagte er. »Vielleicht kann ich immer noch …«

Und er setzte sich hin, um seine Waffe zu ölen.

DER SCHMUTZIGE PROFI

Du vergisst es nie, wenn es das erste Mal Geld dafür gibt.

Im Sommer 1970, ein Jahr vor meiner Abschlussprüfung an der Northwestern University, wurde ich ein schmutziger Profi. Die Story, die mir den Durchbruch brachte, war »Der Held«, ursprünglich als Beitrag einer Erstsemesterklasse für Kreatives Schreiben entstanden, die ich seither zu verkaufen versuchte.

An den *Playboy* hatte ich sie zuerst geschickt und sie prompt zurückerhalten – abgelehnt! Von *Analog* kam sie mit einem bedauernden Ablehnungsschreiben von John W. Campbell jr. zurück, das erste, letzte und einzige Mal, dass ich eine persönliche Antwort von diesem legendären Herausgeber erhielt. Dann ging »Der Held« an Fred Pohl und *Galaxy* …

… wo sie verschwand.

Das war ein Jahr bevor mir klar wurde, dass Pohl nicht mehr Herausgeber von *Galaxy* war und das Magazin Verlag und Adresse gewechselt hatte. Ich tippte die Geschichte von meinem Kohlepapierdurchschlag also noch mal neu ab – ja, ich hatte mich endlich zu Durchschlägen durchringen können, hurra – und schickte sie an *Galaxys* neuen Herausgeber, Ejler Jakobsson, an *Galaxys* neue Adresse …

… wo sie wieder verschwand!

Mittlerweile hatte ich an der Northwestern mein Examen gefeiert, obwohl noch ein weiteres Jahr Studien vor mir lag. Medill bot ein Fünf-Jahres-Studium in Journalismus an, und nach dem vierten gab es den Bachelor, aber man wurde ermutigt, ein weiteres Jahr dranzuhängen, das ein Dreimonatspraktikum in Washington D. C. enthielt: Reportagen über Politik und solche Dinge. Am Ende des fünften Jahrs bekam man dann seinen Master.

Nach der Abschlussprüfung kehrte ich nach Bayonne zu meinem Sommerjob als Sportjournalist/PR-Mann für das Department of Parks and Recreation zurück. Die Stadt sponserte mehrere Baseball-Sommerligen, und meine Aufgabe war es, in den Lokalzeitungen *The Bayonne Times* und *Jersey Journal* über die Spiele zu berichten. Da gab es ein halbes Dutzend Ligen für verschiedene Altersgruppen, mit mehreren Spielen pro Tag auf unterschiedlichen, über die ganze Stadt verstreuten Sportstätten – völlig unmöglich, das alles abzudecken. Daher blieb ich die ganze Zeit im Büro, und nach jedem Spiel brachten mir die Schiedsrichter die Ergebnisse und – wenn ich Glück hatte – ein paar Kurzkommentare. Diese benutzte ich als Ausgangsmaterial für meine Spielberichte. Kaum zu glauben, aber ich verbrachte auf diese Weise vier Sommer als Baseballreporter, ohne auch nur ein einziges Spiel gesehen zu habe.

In diesem August lag »Der Held« schon ein Jahr bei *Galaxy* herum.

Anstatt einen genervten Brief zu schreiben, beschloss ich, direkt beim Verlag in New York City anzurufen und mich nach meiner verschollenen Geschichte zu erkundigen. Die Dame am anderen Ende der Leitung war zunächst unfreundlich und abweisend, und als ich etwas von meinem Manuskript murmelte, das sich seit langer Zeit bei *Galaxy* befände, erwiderte sie, dass man beim Verlag wohl schwerlich jede abgelehnte Story verfolgen könne. Ich wollte schon auflegen, brachte dann aber irgendwie den Titel der Story über die Lippen.

Eine bedeutungsschwangere Pause folgte. »Augenblick mal«, sagte die Frau. »Wir haben diese Story *gekauft*.« (Jahre später fand ich heraus, dass es sich bei ihr um Judy-Lynn Benjamin, die spätere Judy-Lynn del Rey, gehandelt hatte, die dann für Ballantine Books die Del Rey Imprint-Reihe schuf.) Die Story sei schon vor Monaten gekauft worden, erzählte sie mir, aber irgendwie müsse das Manuskript mitsamt der Ankaufnotiz hinter ein Regal gefallen sein, wo es erst kürzlich wieder entdeckt worden war (in einer Parallelwelt hat nie jemand hinter diesem Regal nachgesehen … und ich bin heute Journalist.)

Völlig verblüfft legte ich auf und begab mich wieder an meinen Sommerjob. Ich muss geschwebt sein, denn ich war so high, dass meine Füße den Boden nicht mehr berührten. Später, als weder Vertrag noch Scheck eintrudelten, fragte ich mich, ob sich die Frau am Telefon nicht falsch erinnert hatte. Vielleicht gab es noch eine andere Story mit dem zufällig gleichen Titel? Ich entwickelte eine handfeste Paranoia, dass man *Galaxy* einstellen würde, bevor meine Geschichte veröffentlicht werden konnte, eine Furcht, die sich noch steigerte, als der Sommer dem Ende zuging und ich noch immer ohne Scheck nach Chicago zurückkehrte.

Schließlich stellte sich heraus, dass *Galaxy* Scheck und Vertrag ans North Shore Hotel geschickt hatte, meine Uni-Unterkunft, die ich nach dem Bachelorexamen an der Northwestern im Juni verlassen hatte. Als meine Post endlich an meine Sommeradresse weitergeleitet worden war, war ich wieder an der Schule, hatte aber eine *andere* Unterkunft.

Aber es gab einen Scheck, und trotz aller Widrigkeiten krallte ich ihn mir. Er war über 94 $ ausgestellt – für 1970 eine gar nicht mal so vernachlässigbare Summe. »Der Held« erschien in der Februarausgabe 1971, im Winter meines Abschlussjahrs an der Medill. Da ich kein Auto besaß, ließ ich mich von einem Freund von einem Zeitungskiosk an der North Shore zum nächsten kutschieren und kaufte alle Ausgaben, derer ich habhaft werden konnte.

So langsam neigte sich meine Collegezeit ihrem Ende entgegen. Ich glitt unbekümmert durch die ersten sechs Monate meines Abschlussjahrs und packte dann meine Sachen für Washington und mein Praktikum auf dem Capitol Hill. In ein paar Monaten würde mein wahres Leben beginnen. Ich hatte Gespräche geführt und Bewerbungen verschickt und freute mich nun auf die vielen Angebote, unter denen ich dann das tollste auswählen konnte. Schließlich hatte ich an der besten Journalistenschule des Landes mit *magna cum laude* abgeschlossen und würde schon bald den Master und ein prestigeträchtiges Praktikum vorweisen können. Ich hatte im letzten Jahr ordentlich an Gewicht verloren und mich daraufhin neu eingekleidet, also kam ich in D.C. wie das Klischee eines Hippiejournalisten an: schulterlange Haare, Schlaghosen, Pilotenbrille und ein Zweireiher-Nadelstreifen-Sportsakko ... in Senfgelb.

Mein Praktikum verlangte mir allerhand ab, war aber aufregend. Im Frühjahr 1971 war das Land in Aufruhr, und ich steckte mittendrin, lief die Korridore der Macht entlang, berichtete über Kongressabgeordnete und Senatoren, saß unter echten Reportern auf der Pressegalerie des Senats. Der Medill News Service hatte kooperierende Zeitungen im ganzen Land, daher wurde eine Reihe meiner Artikel sogar gedruckt. Neil McNeil leitete das Programm, ein kaltschnäuziger Politreporter der alten Schule – grüne Sonnenblende und so –, der in seinem Kabuff saß, deinen Text las und deinen Namen röhrte, wenn er auf etwas stieß, das ihm nicht gefiel. Mein Name wurde häufig geröhrt. »Zu blumig«, schrieb McNeil typischerweise quer über meine Geschichten. Dann musste ich sie umschreiben und alles bis auf die blanken Fakten herausnehmen, bevor er sie weiterreichte. Es kotzte mich an, aber ich lernte so manches.

Um diese Zeit in Washington besuchte ich auch meine erste echte Science Fiction Convention, fast sieben Jahre nach diesem ersten Comicon. Als ich in meinen burgunderroten Schlaghosen und dem senfgelben Zweireiher-Nadelstreifen-Sportsakko ins Sheraton Park Hotel marschierte, war da dieser spindeldürre Hippieautor mit dünnem Bart und langem rotblonden Haar hinter dem Anmeldetisch.

Er erkannte meinen Namen (niemand vergisst das R. R.) und erzählte mir, er sei Gutachter bei *Galaxy*, genau der Bursche, der »Der Held« aus dem Stapel eingegangener Manuskripte geangelt und Ejler Jakobsson aufs Auge gedrückt hatte. Also hat mich Gardner Dozois zum Fan und auch zum Profi gemacht (obwohl ich mich von da an stets gefragt habe, ob er wirklich für die Con-Anmeldung gearbeitet oder sich einfach nur an einen leeren Tisch gesetzt hatte, um von den Besuchern Eintrittsgeld nehmen zu können. Vom Begutachten eingegangener Manuskripte wurde man schließlich nicht gerade reich.)

Zu dieser Zeit hatte ich gerade meinen zweiten Verkauf unter Dach und Fach. Ted White, der neue Herausgeber bei *Amazing* und *Fantastic*, hatte mich darüber informiert, dass er »Die Ausfahrt nach San Breta«, eine futuristische Fantasy-Geschichte, ankaufen würde, die ich während des Spring Break meines Abschlussjahrs am College geschrieben hatte. (Ja, ja, traurig, aber wahr – als sich alle meine Freunde unten in Florida mit Bikinischönheiten im Arm an den Stränden von Fort Lauderdale betranken, war ich mal wieder in Bayonne und schrieb). Die

Geschichte meines zweiten Deals erinnerte gruseligerweise an den ersten. Ich verließ mich auf den *Writer's Market* und schickte die Story an Harry Harrison und die Adresse, die für *Fantastic* angegeben war. Ich sah sie nie wieder. Auch hier fand ich später heraus, dass es einen Wechsel beim Herausgeber und der Adresse gegeben hatte, und schon wieder durfte ich alles noch einmal abtippen. Jetzt wurde es mir endlich klar: Wenn man eine Geschichte verkaufen wollte, musste sie zuerst verloren gehen …

Galaxy hatte mir meine 94 $ bei Ankauf von »Der Held« bezahlt, *Fantastic* zahlte aber erst bei Veröffentlichung, daher würde ich das Geld für »Die Ausfahrt nach San Breta« erst im Oktober sehen. Und als der Scheck kam, standen nur 50 $ darauf. Aber verkauft war verkauft, und das zweite Mal ist fast so aufregend wie das erste – genau wie beim Sex. Ein Verkauf konnte ein Glückstreffer sein, aber zwei Verkäufe und zwei verschiedene Herausgeber konnten nur heißen: Ich hatte möglicherweise Talent.

»Die Ausfahrt nach San Breta« spielt im Südwesten, in der Gegend, wo ich heute lebe, aber als ich die Story schrieb, war ich noch nie westlich von Chicago gewesen. In der Story geht es ums Autofahren, und sie spielt ausschließlich auf Highways, aber zu der Zeit, als ich sie schrieb, hatte ich noch nie hinter dem Steuer gesessen. (Einen Wagen suchte man in unserer Familie vergebens.) Trotz des futuristischen Settings ist »Die Ausfahrt« Fantasy, deshalb erschien die Story in *Fantastic* und nicht in *Amazing*, und deshalb habe ich sie gar nicht erst an *Analog* oder *Galaxy* geschickt. Inspiriert von Fritz Leibers »Smoke Ghost« wollte ich den Geist aus seiner alten baufälligen viktorianischen Villa holen und ihn dorthin setzen, wo ein Geist des zwanzigsten Jahrhunderts hingehört … hinter das Steuer eines Autos.

Obwohl das schrecklichste Ereignis ein Autounfall ist, könnte man »Die Ausfahrt nach San Breta« als Horrorstory bezeichnen. Wenn das so ist, determinieren meine ersten beiden Verkäufe meine ganze Karriere, weil sie alle drei Genres umfassen, in denen ich geschrieben habe.

Gardner Dozois war nicht der einzige Schriftsteller auf diesem Disclave-Con. Ich traf Joe Haldeman und seinen Bruder Jack, George Alec Effinger (damals war sein Spitzname noch »Ferkel«), Ted White, Bob Toomey. Sie alle sprachen über Storys, an denen sie gerade schrieben, Storys, die sie geschrieben hatten, und Storys, die sie noch schreiben würden. Ehrengast war Terry Carr, selbst ein recht guter Autor, daneben aber Herausgeber der Ace Specials und von Universe, einer Serie von Originalanthologien.

Er war sehr hilfsbereit und wahnsinnig freundlich zu allen jungen Autoren, die ihn umschwirrten – einschließlich mir. Keine Convention hatte je einen warmherzigeren und zugänglicheren Ehrengast.

Nach Disclave nahm ich mir vor, noch weitere Science Fiction Cons zu besuchen … und noch weitere Storys zu verkaufen. Natürlich musste ich dafür erst einmal weitere Storys *schreiben*. Die Gespräche mit Gardner, Ferkel und den Haldemännern hatten mir klargemacht, wie wenig ich bisher im Vergleich zu ihnen produziert hatte. Wenn es mir wirklich ernst war mit der Schriftstellerei, dann musste ich einfach mehr Geschichten fertigstellen.

Natürlich war das der Sommer, in dem mein wahres Leben beginnen sollte. Bald würde ich irgendwohin ziehen, meinen ersten richtigen Job haben, in einem eigenen Apartment leben. Seit Monaten hatte ich von Gehaltsschecks, Autos und Freundinnen geträumt und mich gefragt, an welche Gestade mich das Leben tragen würde. Hätte ich denn überhaupt die Zeit zum Schreiben? Schwer zu sagen.

Nun, das Leben trug mich zurück in mein Kinderzimmer in Bayonne. Trotz aller Vorstellungsgespräche, Briefe und Bewerbungen, trotz meines Abschlusses *magna cum laude* und des Praktikums bekam ich keinen Job. Eine Zeit lang sah es bei einer Tageszeitung in Boca Raton, Florida, und bei *Women's Wear Daily* ganz gut aus, aber schließlich wurde aus beiden Angeboten dann doch nichts. Möglicherweise hätte ich das senfgelbe Zweireiher-Nadelstreifen-Sportsakko zu den Vorstellungsgesprächen doch nicht tragen sollen. Selbst Marvel Comics erteilte mir eine Abfuhr, gleichermaßen unbeeindruckt von meinem Master wie von meinem alten Alley Award.

Von meiner Lokalzeitung, der *Bayonne Times*, bekam ich zwar ein Angebot, aber als ich mich nach Gehalt und Vergünstigungen erkundigte, machte man sofort einen Rückzieher.

»Ein Anfänger sollte sich einen Job sichern und Erfahrung sammeln«, wies mich der Redakteur zurecht. »Darauf hätten Sie zuerst Wert legen sollen.« (Ich bekam jedoch meine Rache. Noch im selben Sommer stellte die *Bayonne Times* ihr Erscheinen ein, und beide, der Redakteur und der Kollege, den er an meiner Stelle angeheuert hatte, waren plötzlich arbeitslos. Hätte ich den Job bekommen, mein »Erfahrung sammeln« hätte glatt zwei Wochen gedauert.)

Der Start ins neue Leben in einer exotischen Stadt mit eigenem Gehalt und eigener Wohnung war in weite Ferne gerückt. Stattdessen durfte ich mal wieder für das Department of Parks and Recreation und dessen Sommer-Baseball ran. Und, als wäre das noch nicht Wunde genug, hatte das Department of Parks auch noch eine ordentliche Prise Salz parat – zum Reinreiben. Das Budget war gekürzt worden, und sie konnten mich nur halbtags anstellen.

Es fanden jedoch genau so viele Spiele wie im Sommer zuvor statt, also erwartete man von mir den gleichen Arbeitsaufwand in der halben Zeit fürs halbe Geld.

Manche Tage in diesem Sommer waren schon düster. Mir kam es so vor, als wären meine fünf Jahre am College völlig vergeudet, als wäre ich in Bayonne gefangen und würde bis ans Ende meiner Tage das Tubs O' Fun bei Uncle Milty unten auf der 1st Street führen, so, wie ich es im Sommer direkt nach der Highschool getan hatte. Außerdem drohte Vietnam. Meine Nummer war in der Einberufungslotterie aufgetaucht, und da ich im Jahr zuvor ordentlich an Gewicht verloren hatte, hatte ich auch meine 4-F-Einstufung und damit Freistellung vom Wehrdienst verloren. Ich war gegen den Vietnamkrieg und hatte bei der örtlichen Musterungsbehörde auf Verweigerung aus Gewissensgründen plädiert, aber alle hatten mir gesagt, meine Chancen, damit durchzukommen, stünden niedrig bis null. Wahrscheinlich würde ich eingezogen. Vielleicht blieben mir nur noch ein, zwei Monate als Zivilist.

Aber wenigstens hatte ich noch diese Galgenfrist … und weil ich nur halbtags arbeitete, blieb mir immerhin die andere Hälfte des Tages. Ich beschloss, diese Zeit zum Schreiben zu nutzen, wie ich es mir auf Disclave vorgenommen hatte. Ich wollte jeden Tag daran arbeiten und sehen, wie viel ich schaffen konnte, bevor mich Uncle Sam aus dem Verkehr zog. Mein Parks-Department-Job begann am Nachmittag, daher schrieb ich morgens. Jeden Tag nach dem Frühstück holte ich meine tragbare elektrische Smith-Corona hervor, stellte sie auf Mutters Küchentisch, kippte den Schalter, der sie *summmmen* ließ, und fing an zu schreiben. Ich ging diszipliniert vor und legte eine Story erst beiseite, wenn ich sie beendet hatte. Ich wollte fertige Storys, die ich verkaufen konnte, keine Fragmente oder halbgare Gedankengebäude.

In diesem Sommer vollendete ich im Schnitt alle zwei Wochen eine Story. Ich schrieb »Night Shift« und »Dark, Dark Were the Tunnels«. Ich schrieb »The Last Super Bowl«, mein Titel war allerdings »The Final Touchdown Drive«. Ich schrieb »A Peripheral Affair« und »Nobody Leaves New Pittsburgh«, beide als Einstiegsgeschichten in eine Serie geplant. Und ich schrieb »Am Morgen fällt der Nebel« und »Die zweite Stufe der Einsamkeit«, die beide in diesem Kapitel folgen. Insgesamt sieben Geschichten. Vielleicht trieb mich das Gespenst Vietnam an, oder mein angesammelter Frust, weder Beruf noch Freundin noch Leben zu haben. (»Nobody Leaves New Pittsburgh« ist vielleicht die schwächste Story unter den genannten, aber sie spiegelt meinen damaligen Gemütszustand am besten wider: Für New Pittsburgh muss man nur Bayonne einsetzen, für Leiche mich.)

Egal, was dafür verantwortlich war, die Wörter strömten aus mir heraus wie nie zuvor. Letztlich habe ich auch alle diese Geschichten verkauft, wenngleich es bei manchen vier oder fünf Jahre dauerte. Zwei der sieben entpuppten sich als wichtige Meilensteine meiner Karriere – deshalb habe ich sie in diese Sammlung aufgenommen.

Es waren die beiden besten. Ich wusste es, als ich sie schrieb, und in Briefen teilte ich dies auch Howard Waldrop mit. »Am Morgen fällt der Nebel« war die beste Geschichte, die ich je geschrieben hatte … bis ich wenige Wochen später »Die zweite Stufe der Einsamkeit« vollendete. »Nebel« schien mir die elegantere der beiden zu sein, ein melancholisches Stimmungsbild mit wenig traditioneller Action, und doch aufrüttelnd und, wie ich hoffte, wirkungsvoll. »Einsamkeit« andererseits war wie eine schwärende Wunde, schmerzhaft zu schreiben, schmerzhaft zu lesen. Für meine Schriftstellerei stellte sie einen echten

Durchbruch dar. Meine früheren Geschichten waren ausschließlich aus dem Kopf gekommen, aber diese kam aus dem Herzen und auch aus den Eiern. Es war die erste Geschichte, bei der ich mich verletzlich fühlte, die erste Story, bei der ich mich fragte: Will ich denn *wirklich*, dass Leute so etwas lesen?

»Die zweite Stufe der Einsamkeit« und »Am Morgen fällt der Nebel« waren für meine Karriere die Wasserscheide. Top oder Flop, davon war ich überzeugt.

Während des nächsten halben Jahrs war eher Flop angesagt. Keine der beiden konnte ich sofort verkaufen, selbst beim zweiten oder dritten Versuch nicht. Meine anderen »Sommergeschichten« wurden auch ganz schön herumgestoßen, aber die Ablehnungen von »Nebel« und »Einsamkeit« taten wirklich weh. Das waren in meinen Augen *starke* Geschichten, und wenn die Herausgeber sie nicht wollten, verstand ich vielleicht nicht, was eine gute Story ausmachte … oder, noch schlimmer, meine besten Arbeiten waren einfach nicht gut genug. Als eine der beiden Geschichten ihren Weg zurück zu mir fand, war der Tag schwarz, und eine Nacht voller Zweifel folgte.

Aber schlussendlich wurden meine Zweifel hinweggefegt. Ich konnte beide Geschichten verkaufen, und dann auch noch an *Analog*, das Magazin mit der höchsten Auflage und den besten Tantiemen im ganzen Bereich der Science Fiction. John W. Campbell jr. war im Frühjahr gestorben, und nach ein paar Monaten ohne Herausgeber hatte Ben Bova diese Stelle beim berühmtesten SF-Magazin eingenommen. Campbell hätte beide Storys gemieden wie der Teufel das Weihwasser, davon bin ich überzeugt, aber Bova wollte *Analog* eine neue Ausrichtung geben. Er hat beide gekauft. Ich musste nur wenig umschreiben.

»Die zweite Stufe der Einsamkeit« erschien zuerst, als Titelgeschichte der Dezemberausgabe 1972. Frank Kelly Freas malte das Cover, eine großartige Interpretation meines Helden, wie er über dem Nullraum-Vortex im Weltraum schwebt.

(Es war mein erstes Cover, und ich wollte das Original kaufen. Freas bot es mir für 200 $ an ... aber ich hatte nur 250 $ für die Story bekommen, deshalb begnügte ich mich mit der Rohzeichnung des Covers und einer doppelseitigen Innenillustration. Beide sind toll, aber ich hätte das Cover kaufen sollen. Als ich das letzte Mal nachfragte, war sein momentaner Besitzer bereit, es für 20 000 $ abzugeben.)

»Am Morgen fällt der Nebel« folgte »Einsamkeit« im Mai 1973. Zwei Geschichten vom selben Autor dicht hintereinander im führenden Magazin des Genres erweckten Aufmerksamkeit, und »Nebel« wurde für den Nebula und den Hugo nominiert, meine erste Geschichte, die für preiswürdig erachtet wurde. Sie verlor den Nebula an James Tiptrees »Love Is the Plan, the Plan Is Death« und den Hugo an Ursula K. LeGuins »The Ones Who Walk Away From Omelas«, aber ich bekam ein tolles Zertifikat – fertig zum Einrahmen –, und Gardner Dozois führte mich in den Hugo- und Nebula-Losers-Club ein. Dabei sang er: »... *einer von uns, einer von uns, einer von uns.*« Ich konnte mich wirklich nicht beschweren.

Der Sommer 1971 war der Wendepunkt in meinem Leben. Wenn ich eine Anstellung als Journalist gefunden hätte, dann wäre aus mir höchstwahrscheinlich ein Durchschnittstyp geworden, einer mit festem Monatsgehalt und Lebensversicherung. Ich vermute sogar, ich hätte dann und wann eine Kurzgeschichte zu Papier gebracht, aber mit einem Vollzeitjob wären es sicher nur wenige gewesen. Heute wäre ich vielleicht Auslandskorrespondent für die *New York Times*, ein Klatschreporter für *Variety*, ein Kolumnist, der täglich in dreihundert Zeitungen von Küste zu Küste abgedruckt wird ... oder, viel wahrscheinlicher, ein vom Leben im Stich gelassener Korrektor beim *Jersey Journal*.

Aber die Umstände zwangen mich, das zu tun, was ich am meisten liebte.

Der Sommer endete auch auf andere Weise großartig. Zur Überraschung aller meiner Freunde wurde meinem Einspruch bei der Musterungsbehörde stattgegeben (Vielleicht hatte »Der Held« ein bisschen damit zu tun. Ich hatte die Geschichte mit eingereicht, um mein Anliegen zu unterfüttern.) Aber meine schlechte Lotterienummer holte mich trotzdem ein. Am Ende des Sommers musste ich meinen Dienst antreten ... aber nicht in Vietnam. Stattdessen kehrte ich nach Chicago zurück und trat bei VISTA meinen Ersatzdienst an.

Während des nächsten Jahrzehnts organisierte ich Schachturniere und hielt Vorlesungen am College, aber nur, um die Miete zusammenzubekommen. Wenn mich Leute seit dem Sommer '71 nach meinem Beruf fragten, antwortete ich: »Schriftsteller.«

Der Held

Die Stadt war tot, und die Flammen ihres Untergangs zogen sich als roter Fleck über den grüngrauen Himmel.

Ihr Todeskampf hatte lange gedauert. Der Widerstand hatte fast eine Woche lang angehalten, und zeitweilig waren die Kämpfe erbittert gewesen. Aber am Ende hatten die Invasoren die Kraft der Verteidiger gebrochen, wie so viele Male zuvor. Der fremde Himmel mit seiner Doppelsonne beeindruckte sie nicht. Sie hatten schon unter azurblauen und goldgefleckten und tintenschwarzen Himmeln gekämpft und gewonnen.

Die Jungs von der Wetterkontrolle hatten als Erste zugeschlagen, während die Haupttruppe noch Hunderte Meilen östlich lag. Sturm um Sturm hatte die Straßen der Stadt gepeitscht, sodass die Verteidigungsvorbereitungen verlangsamt und die Moral des Widerstands zerschmettert wurde.

Als sie etwas näher gekommen waren, hatten die Invasoren Heuler abgeschossen. Ein ständiges schrilles Kreischen hatte Tag und Nacht widergehallt. Kurz darauf war der größte Teil der Bevölkerung in verzweifelter Panik geflohen. Inzwischen hatte sich das Hauptheer der Angreifer schon bis auf Schussweite genähert und bei stetigem Westwind Pestbomben abgefeuert.

Sogar danach hatten sich die Eingeborenen noch widersetzt. Die Überlebenden hatten aus den Verteidigungsstellen, die die Stadt umsäumten, einen Hagel aus Atomargeschossen losgelassen. Es war ihnen gelungen, eine ganze Kompanie zu zerstäuben, deren Schutzschirme durch den plötzlichen Andrang überlastet wurden. Doch es handelte sich bestenfalls um eine schwächliche Geste. Inzwischen regneten unaufhörlich Brandbomben auf die Stadt herab, und riesige Wolken aus Säuregas wurden über die Ebenen geweht.

Hinter dem Gas gingen die gefürchteten Angriffseinheiten der Terranischen Expeditionsstreitkräfte gegen die letzten Verteidigungsstellen vor.

Kagen blickte finster auf den verbeulten Plastoidhelm zu seinen Füßen und fluchte auf sein Pech. Routinemäßige Aufräumarbeiten, das hatte er jedenfalls gedacht. Eine einfache Routineoperation – und dann hatte irgendein verflixtes automatisches Abfanggeschütz eine leichte Atomgranate auf ihn geschleudert.

Es war kein Volltreffer gewesen, doch die Schockwellen hatten seine Hüftraketen beschädigt und ihn abstürzen lassen. Er war in einer gottverlassenen kleinen Schlucht östlich der Stadt gelandet. Sein leichter Plastoidpanzer hatte ihn beim Absturz geschützt, aber sein Helm hatte einiges abbekommen.

Kagen hockte sich hin, nahm den verbeulten Helm auf und untersuchte ihn. Die Fernverbindung und die gesamte Sensorenausrüstung waren dahin. Ohne Raketen war er verkrüppelt, taub, stumm und halb blind. Er fluchte wieder.

Der Schatten einer Bewegung an der Spitze der niedrigen Schlucht fesselte seine Aufmerksamkeit. Fünf Eingeborene erschienen, jeder hatte eine Maschinenpistole mit Feinabzug. Die Pistolen waren im Anschlag und auf Kagen gerichtet. Die Eingeborenen waren ausgefächert und bedrohten ihn von rechts und links. Einer begann zu sprechen.

Er sprach nie zu Ende. Eben noch hatte Kagens Kreischgewehr auf dem Felsen neben seinen Füßen gelegen. Plötzlich war es in seiner Hand.

Fünf Männer zögern eher als einer. Ein flackernder Moment verging, bevor sich die Finger der Eingeborenen um die Abzüge krümmten. Kagen aber wartete nicht. Kagen zögerte nicht. Kagen dachte nicht.

Kagen tötete.

Das Kreischgewehr gab einen lauten, ohrenbetäubenden Schrei von sich. Als sich der unsichtbare Strahl des konzentrierten Hochfrequenztons in den Anführer der feindlichen Abteilung hineinbohrte, erschauerte er. Dann wurde sein Fleisch flüssig. Inzwischen hatte Kagens Gewehr schon zwei weitere Ziele gefunden.

Endlich ratterten die Maschinenpistolen der beiden letzten Eingeborenen los. Ein Kugelregen hüllte Kagen ein, der sich nach rechts warf. Er grunzte vor Schmerz, während die Schüsse von seinem Kampfpanzer abprallten. Dann zielte er mit dem Kreischgewehr – doch ein Zufallsschuss ließ es aus seinen Händen wirbeln.

Kagen zauderte nicht, als das Gewehr seinem Griff entrissen war. Mit einem Satz sprang er zur Spitze der niedrigen Schlucht, direkt auf einen der Soldaten zu.

Für einen Sekundenbruchteil war der Mann unschlüssig, dann hob er die Pistole. Aber Kagen brauchte nur diesen Moment. Mit der Gewalt des Sprungs schmetterte seine rechte Hand den Gewehrkolben in das Gesicht des Feinds. Seine

Linke, getrieben von fünfzehnhundert Pfund Masse, hämmerte unter dem Brustbein in den Körper des Eingeborenen.

Kagen ergriff die Leiche und schleuderte sie auf den zweiten Eingeborenen, der kurz zu feuern aufgehört hatte, als sein Kamerad zwischen ihn und Kagen geraten war. Jetzt wurden seine Kugeln von dem fliegenden Körper aufgefangen. Er machte mit angelegter und feuernder Pistole einen schnellen Schritt zurück.

Dann war Kagen bei ihm. Als ein Schuss Kagens Schläfe prellte, fühlte er einen brennenden Schmerz. Er kümmerte sich nicht darum und jagte die Handkante in die Kehle des Eingeborenen. Der Mann fiel zu Boden und lag still.

Kagen wirbelte herum, immer noch angespannt, und suchte nach dem nächsten Gegner.

Er war allein. Kagen beugte sich vor und wischte mit einem Stück von der Uniform des Eingeborenen das Blut von seiner Hand. Angeekelt runzelte er die Stirn. Der Marsch zurück zum Camp würde seine Zeit dauern, dachte er und warf den blutgetränkten Fetzen gleichgültig auf den Boden.

Heute war bestimmt nicht sein Glückstag.

Er grunzte missmutig und kletterte dann zurück in die Schlucht, um vor dem Marsch sein Kreischgewehr und den Helm zurückzuholen. Am Horizont brannte die Stadt noch immer.

Ragellis laute und fröhliche Stimme knisterte im Nahfunkgerät, das sich in Kagens Faust versteckte.

»Du bist's also, Kagen«, sagte er lachend. »Du hast gerade rechtzeitig Signal gegeben. Meine Sensoren hatten nämlich etwas aufgenommen. Noch ein kleines Stück, und ich hätte dich weggekreischt.«

»Mein Helm ist kaputt, und die Sensoren arbeiten nicht«, erwiderte Kagen. »Verflucht schwierig, Entfernungen zu schätzen. Fernfunk ist auch kaputt.«

»Die hohen Tiere haben sich schon gefragt, was mit dir los ist«, unterbrach Ragelli ihn. »Hast sie 'n bisschen zum Schwitzen gebracht. Aber ich dachte mir schon, dass du früher oder später wieder auftauchen würdest.«

»Klar«, sagte Kagen. »Einer von den Schlammkriechern hat meine Raketen zum Teufel gehen lassen, deshalb habe ich so lange gebraucht. Aber Achtung: Jetzt komme ich.«

Langsam trat er aus dem Krater, in den er sich gehockt hatte, und wurde für den Wachtposten in der Ferne sichtbar. Er bewegte sich langsam und vorsichtig.

Ragelli hob einen schweren silbergrauen Arm, der sich vor der Barriere des Außenpostens abzeichnete. Er trug einen kompletten Kampfanzug aus Durlegierung, neben dem Kagens Plastoidpanzer wie Seidenpapier aussah, und saß auf dem Abzugssitz einer drehbaren Batterie aus Kreischkanonen. Eine Blase aus Schutzschirmen hüllte ihn ein, sodass seine massige Gestalt dahinter verschwamm.

Kagen winkte zurück und verringerte mit langen Sätzen den Abstand zwischen ihnen. Er hielt genau vor der Barriere an, am Fuß von Ragellis Geschütz.

»Du siehst verflucht mitgenommen aus«, sagte Ragelli, der ihn hinter seinem Plastoidvisier mit den Sensoren musterte. »Die leichte Rüstung ist keinen Pfifferling wert. Jeder Bauernjunge mit einem Pusterohr könnte dich umlegen.«

Kagen lachte. »Wenigstens kann ich mich bewegen. Du könntest vielleicht eine ganze Angriffseinheit mit deiner bescheuerten Durlegierung aufhalten, aber ich möchte dich nicht in einer Offensive sehen, Freundchen. Und aus der Defensive gewinnt man keine Kriege.«

»Du hast recht«, sagte Ragelli. »Wache stehen ist verflucht langweilig.«

Er legte einen Schalter auf seinem Armaturenbrett um, und ein Abschnitt der Barriere fiel in sich zusammen. Kagen war sofort hindurch. Einen Sekundenbruchteil später war die Barriere wieder aufgebaut.

Schnell ging Kagen zur Kaserne seines Zugs. Als er sich der Tür näherte, glitt sie automatisch auf, und er trat dankbar ein. Er war froh, zurück zu sein und wieder Normalgewicht zu haben. Nach einiger Zeit fühlte er sich in diesen Schlammlöchern mit niedriger Schwerkraft immer unbehaglich. In der Kaserne war künstlich die für Wellington normale Schwerkraft erschaffen worden, also doppelt so viel wie auf der Erde. Das war teuer, aber die hohen Tiere sagten immer, dass für die Behaglichkeit der kämpfenden Truppe nichts zu gut war.

Im Einsatzraum des Zugs legte Kagen seine Plastoidrüstung ab und warf sie in einen Ersatzkübel. Danach ging er sofort in seine Kabine und streckte sich auf dem Bett aus.

Er drehte sich zu dem einfachen Metalltisch neben seinem Bett, riss eine Schublade auf und nahm eine dicke grüne Kapsel heraus. Hastig schluckte er sie und legte sich zurück, um sich zu entspannen, während sie ihre Wirkung entfaltete. Er wusste, dass es die Vorschriften nicht erlaubten, zwischen den Mahlzeiten Synthastim zu nehmen, aber niemand hielt sich an diese Regel. Wie die meisten Soldaten nahm Kagen es fast ständig, um seine Geschwindigkeit und Ausdauer auf der Höhe zu halten.

Einige Minuten später döste er gemütlich vor sich hin, als sich plötzlich der Kasten über seinem Bett meldete.

»Kagen.«

Kagen setzte sich auf, sofort hellwach.

»Ich höre«, sagte er.

»Melden Sie sich sofort bei Major Grady.«

Kagen grinste breit. Man reagierte schnell auf seinen Antrag. Und dann sogar ein Hochoffizier. Rasch zog er einen weiten braunen Arbeitsanzug an und machte sich auf den Weg.

Das Quartier der Hochoffiziere lag im Zentrum des Außenpostens. Es bestand aus einem hell erleuchteten, zweigeschossigen Gebäude, das von Defensivschirmen nach oben geschützt war. Wachtposten in leichtem Kampfpanzer taten ihren Dienst. Einer der Männer erkannte Kagen. Man ließ ihn ein.

Gleich hinter der Tür blieb er kurz stehen, während ihn eine Sensorenbank auf Waffen untersuchte. Natürlich war es Soldaten nicht erlaubt, in der Gegenwart von Hochoffizieren Waffen zu tragen. Wenn er ein Kreischgewehr gehabt hätte, wären Alarmsirenen im ganzen Gebäude angegangen. Die in den Wänden und in der Decke versteckten Druckstrahlen hätten ihn vollständig aus dem Verkehr gezogen.

Als er die Inspektion hinter sich gebracht hatte, ging er den langen Flur hinunter auf Major Gradys Büro zu. Nach einem Drittel der Strecke umschlossen die ersten Druckstrahlen fest seine Handgelenke. Als er die unsichtbare Berührung auf seiner Haut spürte, wehrte er sich, aber die Strahlen gaben nicht nach. Noch mehr kamen hinzu, während er weiter den Flur entlangging.

Kagen fluchte verhalten und unterdrückte den Impuls, sich noch stärker zur Wehr zu setzen. Er verabscheute es, von Druckstrahlen festgehalten zu werden, aber so war die Vorschrift, wenn man einen Hochoffizier sehen wollte.

Die Tür vor ihm öffnete sich, und er trat ein. Eine ganze Bank von Druckstrahlen ergriff ihn sofort und machte ihn bewegungsunfähig. Einige passten sich leicht an, und er stand steif in Habachtstellung da, obwohl sich seine Muskeln dagegen auflehnten.

Major Carl Grady arbeitete an einem überladenen Holzschreibtisch ein paar Fuß von ihm entfernt und kritzelte etwas auf ein Blatt. Ein hoher Stapel Papiere ruhte neben seinem Ellbogen. Darauf lag eine altmodische Laserpistole als Beschwerer.

Kagen erkannte den Laser. Es war eine Art Erbstück, das in Gradys Familie von einer Generation zur nächsten weitergegeben wurde, und es ging das Gerücht, dass einer seiner Vorfahren die Pistole in den Feuerkriegen des frühen einundzwanzigsten Jahrhunderts auf der Erde benutzt hatte. Trotz seines Alters sollte das Ding immer noch funktionieren.

Nach einigen Minuten des Schweigens legte Grady schließlich das Schreibgerät nieder und blickte zu Kagen auf. Für einen Hochoffizier war er ungewöhnlich jung, aber sein widerspenstiges graues Haar ließ ihn älter aussehen. Wie alle Hochoffiziere war er auf der Erde geboren worden. Neben den Soldaten der Angriffseinheiten von den dichten Kriegswelten mit hoher Schwerkraft wie Wellington und Rommel wirkten sie zerbrechlich und langsam.

»Machen Sie Meldung«, sagte Grady kurz. Wie immer drückte sich in seinem schmalen, blassen Gesicht ungeheure Langeweile aus.

»Feldoffizier John Kagen, Angriffseinheiten, terranische Expeditionsstreitkräfte.«

Grady nickte, ohne wirklich zuzuhören. Er öffnete eine der Schubladen seines Schreibtischs und zog ein Stück Papier heraus.

»Kagen«, sagte er, während er mit dem Papier spielte, »ich nehme an, Sie wissen, warum Sie hier sind.« Mit dem Finger klopfte er auf den Bogen. »Was soll das bedeuten?«

»Genau das, was dort steht, Major«, antwortete Kagen. Er versuchte, sein Gewicht zu verlagern, doch die Druckstrahlen gaben nicht nach.

Grady bemerkte es und machte eine ungeduldige Bewegung. »Stehen Sie bequem«, sagte er.

Die meisten Druckstrahlen gingen aus und ließen Kagen die Freiheit, sich zu bewegen, wenn auch nur halb so schnell wie gewöhnlich. Er reckte sich erleichtert und grinste.

»In zwei Wochen ist meine Dienstzeit vorbei, Major. Ich möchte den Dienst nicht fortsetzen. Deshalb habe ich beantragt, zur Erde gebracht zu werden. Das ist auch schon alles.«

Gradys Brauen hoben sich schwach, aber die dunklen Augen unter ihnen blieben gelangweilt.

»Tatsächlich?«, fragte er. »Sie sind jetzt fast zwanzig Jahre lang Soldat gewesen, Kagen. Warum wollen Sie aufhören? Ich verstehe Sie nicht.«

Kagen zuckte die Achseln. »Ich weiß nicht. Ich werde älter. Vielleicht habe ich auch genug vom Kasernenleben. Es wird langweilig, ein verdammtes Schlammloch nach dem anderen zu erobern. Ich möchte etwas anderes erleben. Etwas Aufregendes.«

Grady nickte. »Ich verstehe. Aber ich bin nicht Ihrer Meinung, Kagen.« Seine Stimme war weich und überzeugend. »Ich meine, Sie sollten die T.E.S. höher einschätzen. Wenn Sie nur noch etwas warten, wird es genug Aufregung geben.« Er lehnte sich in seinem Stuhl zurück und spielte mit einem Bleistift herum, den er ergriffen hatte. »Ich will Ihnen etwas sagen, Kagen. Sie wissen, dass wir jetzt schon fast dreißig

Jahre gegen das Hranganer Imperium Krieg führen. Direkte Zusammenstöße zwischen uns und dem Feind hat es bisher nur selten gegeben. Wissen Sie, warum?«

»Klar«, sagte Kagen.

Grady ignorierte ihn. »Ich werde Ihnen sagen, warum«, fuhr er fort. »Bis jetzt haben beide Seiten versucht, ihre Position zu konsolidieren, indem sie sich kleine Welten im Grenzgebiet schnappten. Die Schlammlöcher, wie Sie sie nennen. Aber diese Schlammlöcher sind sehr bedeutsam. Wir brauchen sie als Basen und wegen der Rohstoffe, der industriellen Kapazität und der Zwangsarbeiter, die sie liefern. Deshalb versuchen wir, bei unseren Feldzügen so wenig Schaden wie möglich anzurichten. Und deshalb benutzen wir Waffen der psychologischen Kriegführung wie die Heuler. Damit werden vor jedem Angriff so viel Eingeborene wie möglich weggescheucht, und ihre Arbeitskraft bleibt uns erhalten.«

»Das weiß ich alles«, unterbrach ihn Kagen mit der für Wellington typischen Direktheit. »Was soll das? Ich bin nicht hierhergekommen, um mir eine Vorlesung anzuhören.«

Grady blickte von seinem Bleistift auf. »Nein«, sagte er. »Nein, das sind Sie nicht. Also sage ich's Ihnen gleich, Kagen. Das Geplänkel ist vorbei. Es wird Zeit, zur Sache zu kommen. Es gibt nur noch eine Handvoll uneroberter Welten. Schon bald werden wir mit den Hranganer Eroberungskorps in direkten Kontakt kommen, und innerhalb eines Jahres greifen wir ihre Stützpunkte an.«

Der Major starrte Kagen gespannt an und wartete auf eine Antwort. Als keine kam, zeichnete sich Verwirrung in seiner Miene ab. Er lehnte sich wieder vor.

»Verstehen Sie nicht, Kagen?«, fragte er. »Können Sie sich denn mehr Aufregung wünschen? Sie brauchen nicht mehr gegen diese lächerlichen Zivilisten in Uniform zu kämpfen, mit ihren schmutzigen kleinen Atomwaffen und primitiven Projektilgewehren. Die Hranganer sind ein echter Feind. Wie wir haben sie seit Generationen eine Berufsarmee gehabt. Sie sind geborene und ausgebildete Soldaten. Gute dazu. Sie haben Schirme und moderne Waffen. Endlich werden unsere Angriffseinheiten einen richtigen Test bestehen müssen.«

»Mag sein«, sagte Kagen zweifelnd. »Aber das ist nicht die Aufregung, die ich mir vorgestellt hatte. Ich werde älter. In letzter Zeit bin ich deutlich langsamer geworden. Selbst Synthastim erhöht mein Tempo nicht mehr.«

Grady schüttelte den Kopf. »Ihre Leistungen gehören zu den besten in der ganzen T.E.S., Kagen. Sie haben zweimal das Sternenkreuz erhalten und dreimal die Medaille des Weltkongresses. Jeder Sender auf der Erde hat davon berichtet, als Sie die Landetruppe auf Torego gerettet haben. Sie brauchen nicht an Ihrer Tüchtigkeit zu zweifeln. Gegen die Hranganer benötigen wir Männer wie Sie. Machen Sie weiter.«

»Nein«, sagte Kagen mit Nachdruck. »Nach den Vorschriften habe ich nach zwanzig Jahren ein Recht auf eine Pension, und meine Auszeichnungen bringen mir auch noch ein paar nette Prämien ein. Jetzt will ich etwas davon haben.« Er grinste breit. »Sie sagen ja, dass mich auf der Erde jeder kennt. Ich bin ein Held. Mit meinem Ruf kann ich da einen draufmachen.«

Grady runzelte die Stirn und trommelte nervös auf den Schreibtisch. »Ich kenne die Vorschriften, Kagen. Aber eigentlich tritt nie jemand in den Ruhestand – das wissen Sie doch. Die meisten Soldaten wollen an der Front bleiben. Das ist ihre Aufgabe. Deshalb gibt's die Kriegswelten ja schließlich.«

»Das ist mir egal, Major«, erwiderte Kagen. »Ich kenne die Vorschriften, und ich weiß, dass ich berechtigt bin, bei voller Pension in den Ruhestand zu treten. Sie können mich nicht daran hindern.«

Grady überlegte. Seine Augen waren dunkel vor Nachdenklichkeit.

»In Ordnung«, sagte er nach einer langen Pause. »Lassen Sie uns vernünftig sein. Sie treten bei voller Pension und Prämien in den Ruhestand ein. Wir geben Ihnen einen Posten auf Wellington oder, wenn Sie wollen, auf Rommel. Wir machen Sie zum Direktor einer Jugendkaserne – die Altersgruppe können Sie sich aussuchen. Oder zum Direktor eines Trainingscamps. Mit Ihren Auszeichnungen fangen Sie ganz oben an.«

»Nein«, sagte Kagen fest. »Nicht Wellington. Nicht Rommel. Die Erde.«

»Aber wieso? Sie sind doch auf Wellington geboren und aufgewachsen – in einer der Hügelkasernen, glaube ich. Sie haben die Erde nie gesehen.«

»Stimmt«, sagte Kagen. »Aber ich habe im Camp Telesendungen und Filme darüber gesehen. Das hat mir gefallen. Außerdem habe ich in letzter Zeit viel über die Erde gelesen. Jetzt möchte ich endlich sehen, wie sie wirklich ist.« Er unterbrach sich, dann grinste er wieder. »Sagen wir, ich möchte sehen, wofür ich gekämpft habe.«

Grady hatte unmutig die Brauen verzogen. »Ich komme von der Erde, Kagen«, sagte er. »Ich sage Ihnen, es wird Ihnen nicht gefallen. Sie passen nicht dorthin. Die Schwerkraft ist zu gering – und es gibt keine Kasernen mit künstlich höherer Schwerkraft, in die Sie sich flüchten können. Synthastim ist illegal, wirklich streng verboten. Aber Kriegshelden brauchen es, Sie müssen also unverschämte Preise für das Zeug bezahlen. Erdmenschen sind auch nicht reaktionstrainiert. Sie sind völlig anders. Kehren Sie nach Wellington zurück. Dort sind Sie unter Ihresgleichen.«

»Vielleicht ist das einer der Gründe, weshalb ich auf die Erde will«, sagte Kagen hartnäckig. »Auf Wellington bin ich bloß einer unter Hunderten von Veteranen. Zum Teufel, jeder Soldat, der wirklich aufhört, geht zu seiner alten Kaserne zurück. Aber auf der Erde bin ich eine Berühmtheit. Ich werde der schnellste und stärkste Bursche auf dem ganzen verfluchten Planeten sein. Das muss doch Vorteile haben.«

Grady sah jetzt wütend aus. »Und was ist mit der Schwerkraft?«, fragte er. »Mit dem Synthastim?«

»Ich werde mich schon an die niedrige Schwerkraft gewöhnen. Das ist kein Problem. Außerdem brauche ich keine so hohe Geschwindigkeit und so viel Ausdauer, deshalb müsste ich ohne Synthastim auskommen können.«

Grady fuhr sich mit den Fingern durch das ungekämmte Haar und schüttelte zweifelnd den Kopf. Langes, verlegenes Schweigen folgte. Er lehnte sich über den Schreibtisch.

Urplötzlich stieß seine Hand auf die Laserpistole zu.

Kagen reagierte. Er sprang nach vorne. Die wenigen Druckstrahlen, die ihn noch hielten, machten ihn kaum langsamer. Seine Hand schoss in einem lähmenden Bogen auf Gradys Gelenk zu.

Da wurde sie mit einem Ruck aufgehalten. Die Druckstrahlen ergriffen Kagen brutal, hielten ihn fest und schmetterten ihn dann zu Boden.

Grady, dessen Hand auf halbem Weg zur Pistole erstarrt war, lehnte sich in seinen Stuhl zurück. Sein Gesicht war weiß und verängstigt. Er hob die Hand, und die Druckstrahlen ließen etwas nach. Kagen rappelte sich langsam auf.

»Sehen Sie, Kagen«, sagte Grady, »dieser kleine Test hat bewiesen, dass Sie so fit sind wie immer. Sie hätten mich erwischt, wenn ich Sie nicht mit einigen Strahlen langsamer gemacht hätte. Ich sage Ihnen, wir brauchen Männer mit Ihrem Training und Ihrer Erfahrung. Wir brauchen Sie gegen die Hranganer. Setzen Sie Ihren Dienst fort.«

Kagens kalte blaue Augen waren immer noch wütend. »Zum Teufel mit den Hranganern«, sagte er. »Ich mache nicht weiter, und Ihre beschissenen kleinen Tricks werden meine Meinung auch nicht ändern. Ich will zur Erde. Sie können mich nicht aufhalten.«

Grady vergrub das Gesicht in den Händen und stöhnte.

»Einverstanden, Kagen«, sagte er schließlich. »Sie haben gewonnen. Ich werde Ihren Antrag weiterleiten.«

Er blickte noch einmal auf. Seine dunklen Augen wirkten merkwürdig besorgt.

»Sie waren ein großartiger Soldat, Kagen. Wir werden Sie vermissen. Ich sage Ihnen, dass Sie Ihre Entscheidung bereuen werden. Sind Sie sicher, dass Sie es sich nicht anders überlegen werden?«

»Vollkommen sicher«, schnappte Kagen.

Plötzlich verschwand der seltsame Ausdruck aus Gradys Augen. Sein Gesicht nahm wieder die Maske gelangweilter Gleichgültigkeit an. »Nun gut«, sagte er kurz. »Sie sind entlassen.«

Die Strahlen waren weiter auf Kagen gerichtet, während er sich umdrehte. Sie geleiteten ihn sehr bestimmt aus dem Gebäude.

»Bist du fertig, Kagen?«, fragte Ragelli, der sich lässig gegen die Tür der Kabine gelehnt hatte.

Kagen nahm seine kleine Reisetasche und warf einen letzten Blick zurück, um sich zu überzeugen, dass er nichts vergessen hatte. Er hatte nichts vergessen. Das Zimmer war fast leer.

»Glaube schon«, sagte er und trat durch die Tür.

Ragelli setzte den Plastoidhelm auf, den er unter dem Arm getragen hatte, und lief hinter Kagen her, um im Flur mit ihm aufzuschließen.

»Das wär's also«, sagte er und passte sich Kagens Schritten an.

»Ja«, antwortete Kagen. »Schon in einer Woche werde ich's mir auf der Erde gut gehen lassen. Dann kriegst du immer noch Blasen am Hintern von deinem Smoking aus Durlegierung.«

Ragelli lachte. »Kann sein«, sagte er. »Aber ich finde noch immer, dass du verrückt bist, ausgerechnet zur Erde zu gehen, wo du doch ein ganzes Trainingscamp auf Wellington kommandieren könntest. Vorausgesetzt, du willst überhaupt aufhören. Das allein ist ja schon bescheuert ...«

Die Kasernentür glitt vor ihnen auf, und sie gingen hinaus, während Ragelli noch redete. Ein zweiter Posten flankierte Kagen auf der anderen Seite. Wie Ragelli trug er einen leichten Kampfpanzer.

Kagen selbst trug seine weiße Paradeuniform, die mit goldenen Litzen besetzt war. Ein deaktivierter Paradelaser hing in einem schwarzen Lederhalfter an seiner Seite. Passende Lederstiefel und ein polierter Stahlhelm ergänzten die Uniform. Azurblaue Streifen auf seiner Schulter standen für den Rang eines Feldoffiziers. Beim Gehen klirrten die Medaillen an seiner Brust.

Kagens ganzer Dritter Angriffszug war auf dem Raumfeld hinter der Kaserne aufgestellt, um ihn bei seinem Abschied zu ehren.

Neben der Rampe des Pendelschiffs stand eine Gruppe von Hochoffizieren. Verteidigungsschirme schützten sie. Major Grady stand in der ersten Reihe. Sein gelangweilter Gesichtsausdruck wurde durch die Schirme etwas verwischt.

Von den beiden Posten flankiert, ging Kagen langsam über den Beton. Er grinste unter seinem Helm. Musik aus der Konserve erklang auf dem Feld. Kagen erkannte das T.E.S.-Kampflied und die Hymne von Wellington.

Am Fuß der Rampe drehte er sich um und schaute zurück. Auf das Kommando eines der Hochoffiziere salutierte die Kompanie vor ihm gleichzeitig und blieb so stehen, bis Kagen den Salut erwiderte. Dann trat einer der anderen Feldoffiziere der Einheit vor und übergab ihm seine Entlassungspapiere.

Kagen steckte sie in den Gürtel, winkte Ragelli schnell und lässig zu und eilte dann die Rampe hinauf. Sie hob sich langsam hinter ihm.

Im Schiff grüßte ihn ein Besatzungsmitglied mit kurzem Nicken. »Wir haben ein Spezialquartier für Sie vorbereitet«, sagte er. »Folgen Sie mir. Es dauert nur fünfzehn Minuten. Dann übernimmt Sie ein Stellarschiff für die Reise zur Erde.«

Kagen nickte und folgte dem Mann zu seinem Quartier. Es handelte sich um einen einfachen leeren Raum, der mit Platten aus Durlegierung verstärkt war. Ein Teleschirm bedeckte die eine Wand. Ihm gegenüber stand eine Akzelerationscouch.

Als er allein war, streckte sich Kagen auf der Couch aus und knipste seinen Helm in eine Halterung an der Seite. Druckstrahlen pressten ihn sanft nach unten und hielten ihn für den Start fest.

Einige Minuten später kam ein dumpfes Brüllen aus der Tiefe des Schiffs. Einige Gs drückten Kagen nieder, während das Pendelschiff abhob. Der Sichtschirm belebte sich plötzlich und zeigte den unter ihnen kleiner werdenden Planeten.

Als sie die Umlaufbahn erreicht hatten, schaltete sich der Schirm aus. Kagen wollte sich hinsetzen, merkte aber, dass er sich immer noch nicht bewegen konnte. Die Druckstrahlen bannten ihn weiterhin an die Couch.

Er runzelte die Stirn. Wenn das Schiff in der Umlaufbahn war, brauchte er nicht mehr auf der Couch zu bleiben. Irgendein Idiot musste vergessen haben, ihn loszumachen.

»He«, rief er. Er nahm an, dass sich eine Sprechanlage im Zimmer befand. »Die Strahlen sind noch an. Macht die verdammten Dinger los, damit ich mich bewegen kann.«

Niemand antwortete.

Er kämpfte gegen die Strahlen an, aber ihr Druck schien sich noch zu verstärken. Die verfluchten Dinger fingen an, ein bisschen zu kneifen. Nun drehten diese Irren den Knopf auch noch falsch herum.

Er fluchte leise. »Nein«, rief er. »Jetzt werden die Strahlen schwerer. Ihr dreht falsch herum.«

Doch der Druck verstärkte sich weiter. Er fühlte, wie sich immer mehr Strahlen auf ihn einstellten, bis sie seinen Körper schließlich umhüllten wie eine unsichtbare Decke. Jetzt fingen sie wirklich an zu schmerzen.

»Ihr Idioten«, schrie er. »Ihr Irren. Hört auf damit, ihr Hunde.«

In einem plötzlichen Wutausbruch bäumte er sich gegen die Strahlen auf. Er fluchte, aber nicht mal die Muskelkraft eines Wellingtonbewohners konnte sich mit den Druckstrahlen messen. Gnadenlos hielten sie ihn auf der Couch fest.

Einer der Strahlen war auf seine Brusttasche gerichtet. Seine Gewalt trieb das Sternenkreuz schmerzhaft in seine Haut. Die scharfe Kante der polierten Medaille hatte die Uniform schon durchschnitten, und Kagen sah, wie sich langsam ein roter Fleck auf dem Weiß ausbreitete.

Der Druck verstärkte sich. Kagen krümmte sich vor Schmerz und wand sich in seinen unsichtbaren Fesseln. Ohne Erfolg. Der Druck wurde noch stärker, und mehr und mehr Strahlen gingen an. »Hört auf!«, rief er schrill. »Ihr Hunde, ich reiße euch in Stücke, wenn ich hier raus bin. Ihr bringt mich um, verflucht!«

Er hörte das scharfe Knacken eines Knochens, der unter dem Druck brach. Kagen fühlte einen heftigen Stich am rechten Handgelenk, dann knackte es noch einmal.

»Hört auf«, schrie er mit vor Schmerz hoher Stimme. »Ihr bringt mich um. Verdammt, ihr bringt mich um!«

Plötzlich begriff er, dass er recht hatte.

Grady sah finster zu dem Adjutanten auf, der das Büro betrat.
»Ja? Was ist los?«

Der Adjutant, ein junger Mann von der Erde, der zum Hochoffizier ausgebildet wurde, salutierte stramm. »Wir haben gerade die Meldung von dem Pendelschiff bekommen, Sir. Es ist alles vorbei. Sie wollen wissen, was sie mit der Leiche tun sollen.«

»Sie im Raum absetzen«, antwortete Grady. »Das ist so gut wie jede andere Lösung.« Ein dünnes Lächeln glitt über sein Gesicht, und er schüttelte den Kopf. »Wirklich schade. Kagen war ein guter Kämpfer, aber sein Psychotraining muss irgendwo versagt haben. Wir sollten eine strenge Mahnung an den Konditionierungsexperten seiner Kaserne schicken. Allerdings ist es seltsam, dass es sich erst jetzt gezeigt hat.«

Wieder schüttelte er den Kopf. »Die Erde«, sagte er. »Für einen kurzen Moment hatte er mich sogar so weit, dass ich es fast für möglich hielt. Aber als ich ihn mit meinem Laser getestet hatte, wusste ich Bescheid. Völlig unmöglich.« Er schauderte leicht. »Als könnten wir jemals einen Kriegsweltler auf die Erde loslassen.« Dann wandte er sich wieder seiner Schreibtischarbeit zu.

Der Adjutant drehte sich um, um hinauszugehen. Grady sah noch einmal auf. »Noch etwas«, sagte er. »Vergessen Sie die Reklamemeldung für die Erde nicht. Machen Sie daraus: Kriegsheld stirbt bei Schiffsvernichtung durch Hranganer. Peppen Sie die Sache richtig auf. Einige der großen Netze werden es schon aufgreifen. Das ist gute Publicity. Und schicken Sie seine Auszeichnungen nach Wellington. Man wird sie für das Kasernenmuseum benötigen.«

Der Adjutant nickte, und Grady ging an seine Arbeit zurück. Er sah immer noch ziemlich gelangweilt aus.

Die Ausfahrt nach San Breta

Es war die Autobahn, die zuerst meine Aufmerksamkeit erregte. Bis zu diesem Abend war es eine völlig normale Reise gewesen. Ich hatte Urlaub, fuhr durch den Südwesten nach Los Angeles und teilte mir meine Zeit frei ein. Das war nichts Neues, ich hatte es schon ein paarmal getan.

Fahren ist mein Hobby. Oder Autos im Allgemeinen, um genau zu sein. Heutzutage nehmen sich nicht mehr viele Leute die Zeit zum Fahren, es ist den meisten einfach zu langsam. Das Auto ist ziemlich veraltet, seit man damals, 93, mit der Massenproduktion von billigen Koptern begann. Und die letzten Lebenszeichen, die danach noch übrig geblieben waren, sind durch die Erfindung des individuellen Gravpaks endgültig und vernichtend erledigt worden.

Aber als ich noch ein Kind war, war es anders. Damals hatte jeder ein Auto, und man wurde als eine Art Außenseiter betrachtet, wenn man nicht seinen Führerschein bekam, sobald man alt genug war. Ich hab angefangen, mich für Autos zu interessieren, als ich 18 oder 19 war, und daran hat sich seitdem nichts geändert.

Als mein Urlaub näher rückte, dachte ich mir, es wäre eine Gelegenheit, meine letzte Entdeckung auszuprobieren. Es war ein toller Wagen, ein englisches Sportmodell aus den späten

70ern. Jaguar XKL. Kein Klassiker, das nicht, aber trotzdem ein schönes Auto. Und er fuhr sich gut.

Wie immer brachte ich den Großteil der Strecke nachts hinter mich. Nachtfahrten haben etwas Besonderes an sich. Die alten, verlassenen Autobahnen bekommen im Sternenlicht eine ganz bestimmte Atmosphäre, und man kann sie fast so sehen, wie sie einmal waren – lebenswichtig und voller Leben, mit Autos, dicht gedrängt, Stoßstange an Stoßstange, so weit das Auge reichte.

Heute gibt es nichts dergleichen mehr. Nur die Straßen selbst sind übrig geblieben, und die meisten sind rissig und von Unkraut überwuchert. Die Staaten können sich nicht mehr damit abgeben, können sich nicht mehr darum kümmern – zu viele Leute hätten etwas gegen diese Verschwendung von Steuergeldern. Aber sie aufzureißen, wäre auch zu teuer. Deshalb liegen sie einfach da, Jahr um Jahr dem langsamen Zerfall überlassen. Dennoch sind die meisten noch befahrbar; man hat die Straßen gut gebaut, damals, in den alten Tagen.

Und es gibt immer noch ein wenig Verkehr. Autonarren wie ich natürlich, und dazu die Schwebelaster. Die können überall fahren, aber auf ebenen Oberflächen kommen sie schneller voran, also halten sie sich ziemlich genau an die alten Autobahnen.

Es ist irgendwie Ehrfurcht einflößend, wenn man nachts von einem Schwebelaster überholt wird. Sie schaffen etwa zweihundert Sachen, und kaum hat man einen im Rückspiegel bemerkt, da ist er auch schon über einem. Man merkt nicht viel – bloß einen langen Silberschatten und ein Kreischen, wenn er vorbeirauscht. Und dann ist man wieder allein.

Jedenfalls war ich mitten in Arizona, knapp außerhalb San Bretas, als mir zum ersten Mal etwas an der Autobahn auffiel. Bis zu diesem Zeitpunkt hatte ich mir darüber nicht sonderlich viele Gedanken gemacht. Sie war ungewöhnlich, das schon, aber so ungewöhnlich nun auch wieder nicht.

Die Autobahn selbst war ziemlich normal. Es war eine achtspurige Piste mit einem guten, schnellen Belag, und sie verlief schnurgerade von Horizont zu Horizont. In der Nacht glich sie einem glänzenden schwarzen Band, das durch den weißen Wüstensand führte.

Nein, es war nicht die Autobahn selbst, die ungewöhnlich war. Es war ihr Zustand. Zuerst habe ich es gar nicht bewusst bemerkt – das Fahren hat mir zu viel Spaß gemacht. Die Nacht war klar und kalt, die Sterne standen am Himmel, und der Jaguar lief wie eine Eins.

Er lief *zu* gut. Und da dämmerte es mir. Es gab keine Beulen, keine Risse, keine Schlaglöcher. Die Straße war im Bestzustand, fast so, als wäre sie gerade erst gebaut worden. Natürlich bin ich schon früher auf guten Straßen gefahren; einige sind einfach besser erhalten als andere. Außerhalb von Baltimore gibt es eine Strecke, die ist hervorragend, und Teile des L.A.-Autobahnnetzes sind auch ganz in Ordnung.

Aber ich bin noch nie auf einer so guten unterwegs gewesen. Schwer zu glauben, dass eine Straße nach so vielen Jahren ohne Reparatur in so guten Zustand sein konnte.

Und dann waren da noch die Lichter. Sie brannten, brannten alle hell und klar. Nicht eines war kaputt. Nicht eines war ausgefallen oder flackerte. Und überhaupt – nicht eines war schwach. Die Straße war wundervoll beleuchtet.

Damit fing alles an: Jetzt bemerkte ich auch andere Dinge. Zum Beispiel die Verkehrszeichen. An den meisten Stellen sind die Verkehrszeichen längst verschwunden – entfernt von Souvenirjägern oder Antiquitätensammlern, eine Erinnerung an ein älteres, langsameres Amerika. Niemand ersetzt sie, denn sie werden nicht mehr gebraucht. Von Zeit zu Zeit entdeckt man eines, das vergessen wurde, aber es ist nie mehr übrig als ein seltsam geformter, verrosteter Brocken Metall.

Aber diese Autobahn hatte Verkehrszeichen, richtige Verkehrszeichen. Ich meine solche, die man lesen konnte. Geschwindigkeitsbegrenzungs-Schilder, wo schon seit Jahren niemand mehr Geschwindigkeitsbegrenzungen einhielt. Vorfahrtsschilder, wo es nur selten überhaupt ein anderes Fahrzeug gab, dem man Vorfahrt gewähren könnte. Abbiegeschilder, Ausfahrtsschilder, Warnschilder – alle möglichen Arten von Schildern. Und alle so gut wie neu.

Aber die größte Überraschung waren die Linien. Farbe verblasst schnell, und ich bezweifle, dass es in Amerika überhaupt noch eine Autobahn gibt, deren weiße Linien man aus einem dahinrasenden Auto wahrnehmen könnte. Aber auf dieser konnte man es. Die Striche waren klar und deutlich zu erkennen, die Farbe frisch, die acht Fahrspuren deutlich markiert.

Oh, es war wirklich eine schöne Autobahn, von der Art, wie man sie in den alten Tagen hatte. Aber es ergab keinen Sinn. Keine Straße konnte so viele Jahre in diesem Zustand überdauert haben, was bedeutete, dass sie von irgendjemandem gewartet werden musste. Aber von wem? Wer würde sich die Mühe machen, eine Autobahn zu warten, die jedes Jahr nur mehr eine Handvoll Leute benutzten? Die Kosten mussten enorm sein, der Ertrag gleich null.

Ich versuchte noch immer dahinterzukommen, als ich das andere Auto sah.

Ich war gerade an einem großen, roten Schild vorbeigesaust, das die Ausfahrt 76 ankündigte, die Ausfahrt nach San Breta, und dann sah ich es. Nur ein weißer Fleck am Horizont, aber ich wusste: Das musste ein anderer Autofahrer sein. Es konnte kein Schwebelaster sein, denn ich holte deutlich auf, und das hieß: Es war ein anderes Auto, ein Liebhaber-Kollege.

Das war ein Ereignis. Es ist verdammt selten, dass man auf offener Strecke einem anderen Auto begegnet. Natürlich gibt es regelmäßige Treffen, das Fresno-Festival auf Rädern beispielsweise, oder der jährliche Verkehrsstau des Amerikanischen Autofahrerverbands. Aber die sind für meinen Geschmack zu aufgeblasen. Einem anderen Autofahrer auf der Autobahn zu begegnen, ist wirklich etwas anderes.

Ich trat das Gaspedal durch und beschleunigte bis auf hundertzwanzig Meilen pro Stunde. Der Jaguar schaffte noch mehr, aber ich bin nicht so ein Geschwindigkeitsfanatiker wie einige meiner Fahrer-Kollegen. Und ich holte schnell auf. Demnach konnte der andere Wagen nicht mehr als siebzig fahren.

Als ich in Reichweite kam, ließ ich ein Hupkonzert los; ich versuchte, seine Aufmerksamkeit zu erregen. Aber er schien mich nicht zu hören. Zumindest tat er so. Ich hupte wieder.

Und dann erkannte ich plötzlich die Bauart.

Es war ein Edsel.

Ich konnte es kaum glauben. Der Edsel ist einer von den echten Klassikern, ganz oben beim Stanley Steamer und dem Modell T. Die wenigen Exemplare, die es noch gibt, verkaufen sich heutzutage für ein recht ansehnliches Vermögen.

Und dieser hier war eines der seltensten, eines der Originalmodelle mit den komischen Schnauzen. Davon waren auf der ganzen Welt nur drei oder vier übrig geblieben, und die waren für keinen Preis zu haben. Es war eine kraftfahrtechnische Legende, und jetzt war sie auf dieser Autobahn, vor mir, so klassisch hässlich wie an dem Tag, an dem sie einst das Ford-Fließband verlassen hatte.

Ich zog längsseits und verlangsamte, um mit ihm auf gleicher Höhe zu bleiben. Ich hätte nicht sagen können, dass es mir gefiel, wie das Ding gepflegt worden war. Die weiße Farbe war abgeblättert, der Wagen war dreckig, und am unteren Teil der Türen gab es Anzeichen von Karosserie-Rost. Aber es war und blieb ein Edsel, und er konnte leicht restauriert werden.

Ich hupte wieder, wollte den Fahrer auf mich aufmerksam machen, aber er ignorierte mich. Soweit ich sehen konnte, saßen fünf Leute in dem Auto, offenbar eine Familie auf einem Ausflug. Auf dem Rücksitz versuchte eine schwergewichtige Frau, zwei kleine Kinder zur Vernunft zu bringen, die offenbar miteinander stritten. Ihr Mann schien auf dem Vordersitz eingeschlafen zu sein, während ein jüngerer Kerl – wahrscheinlich sein Sohn – hinter dem Steuer saß.

Das machte mich wütend. Der Fahrer war sehr jung, noch keine zwanzig, und es ärgerte mich, dass ein Junge in dem Alter die Chance hatte, einen solchen Schatz zu fahren. Ich wäre gern an seiner Stelle gewesen.

Ich hatte eine Menge über den Edsel gelesen; die Bücher über Autokunde waren voll davon. Es gab nichts, was ihm gleichkam. Er war die größte Katastrophe, die es auf diesem Gebiet gegeben hatte, und die Mythen und Legenden, die sich um seinen Namen rankten, waren Legion.

Im ganzen Land, in den verstreut liegenden, schäbigen Werkstätten und Benzindepots, in denen die Autonarren zusammenkommen und herumbasteln und sich unterhalten – überall werden die Geschichten über den Edsel bis zum heutigen Tag erzählt. Es heißt, das Auto wurde viel zu groß gebaut; es passt in kaum eine Garage. Es heißt, er sei ganz PS – und zwar ohne Bremse. Man nennt ihn die hässlichste Maschine, die jemals von Menschen entwickelt wurde. Die alten Witze über seinen Namen werden immer wieder erzählt. Und es gibt eine berühmte Legende: Wenn man ihn schnell genug fährt, soll der Wind ein komisches pfeifendes Geräusch machen, während er über die Haube strömt.

Alles Romantische und Rätselhafte und Tragische des alten Automobils war im Edsel zusammengefasst, und die Geschichten über ihn sind noch lange, nachdem seine glitzernden Zeitgenossen auf den Schrottplätzen nur mehr ein Haufen Metallabfall waren, in Erinnerung behalten und weitererzählt worden.

Während ich neben ihm herfuhr, strömten all die alten Legenden über den Edsel in meinen Schädel zurück, und ich verlor mich in meiner eigenen Nostalgie. Wieder versuchte ich es mit ein paar Fanfarenstößen aus meiner Hupe, aber der Fahrer schien mich absichtlich zu ignorieren, deshalb gab ich es bald auf. Außerdem hörte ich genauer hin – ob die Haube tatsächlich im Wind pfiff.

Inzwischen hätte mir aufgefallen sein müssen, wie eigenartig die ganze Sache war – die Straße, der Edsel, die Art, wie sie mich ignorierten. Aber ich war zu hingerissen, um sonderlich viel nachzudenken. Ich war kaum fähig, meine Augen auf die Straße konzentriert zu halten.

Natürlich wollte ich mit den Besitzern reden, mir den Wagen vielleicht sogar für eine kleine Weile ausleihen. Da sie aber so verdammt unfreundlich und nicht zum Anhalten zu bewegen waren, beschloss ich, ihnen ein Stück nachzufahren, bis sie anhielten, um zu tanken oder etwas zu essen. Also wurde ich wieder langsamer und machte mich an die Verfolgung. Ich wollte nah dran bleiben, ohne zu dicht aufzufahren, deshalb hielt ich mich auf der Spur unmittelbar links von ihnen.

Während ich ihnen folgte – das weiß ich noch –, dachte ich daran, was für ein gründlicher Sammler der Besitzer doch sein musste. Er hatte sich sogar die Zeit genommen, ein paar seltene, altmodische Nummernschilder aufzutreiben, und zwar die Sorte, die seit Jahren nicht mehr benutzt wurde. Darüber grübelte ich noch immer nach, als wir an dem Schild vorbeikamen, das die Ausfahrt 77 ankündigte.

Der Junge, der den Edsel fuhr, wirkte plötzlich beunruhigt. Er drehte sich in seinem Sitz um und schaute über die Schulter zurück, als versuchte er, noch einmal einen Blick auf das Schild zu werfen, das wir bereits hinter uns gelassen hatten. Und dann, ohne jede Warnung, riss er den Edsel direkt auf meine Spur herüber.

Ich stieg auf die Bremse, aber es war natürlich hoffnungslos. Alles schien gleichzeitig zu passieren. Es gab ein furchtbar kreischendes Geräusch, und ich weiß noch, dass ich einen kurzen Blick auf das entsetzte Gesicht des Jungen erhaschte, unmittelbar bevor die beiden Wagen aufeinanderkrachten. Dann kam der Schlag des Zusammenpralls.

Mein Jaguar traf den Edsel seitlich und krachte mit siebzig Sachen in den Fahrerraum, dann driftete er ab, prallte gegen die Leitplanke und kam zum Stehen. Der Edsel, voll getroffen, wirbelte in der Straßenmitte herum, überschlug sich und blieb auf dem Dach liegen. Ich weiß nicht mehr, wie ich meinen Sicherheitsgurt gelöst habe oder aus dem Wagen gekrabbelt bin, aber beides muss ich getan haben, denn das Nächste, woran ich mich erinnere, ist, dass ich auf der Straße herumkroch: benommen, aber unverletzt.

Ich hätte sofort versuchen sollen, etwas zu tun, hätte auf die Hilfeschreie reagieren müssen, die aus dem Edsel kamen. Aber ich tat es nicht. Ich war noch erschüttert, gefangen im Schock. Ich weiß nicht, wie lange ich dalag, bevor der Edsel explodierte und Feuer fing. Die Schreie verwandelten sich plötzlich in ein Kreischen. Und dann gab es keine Schreie mehr.

Als ich mich auf die Füße hochgerappelt hatte, war der Wagen ausgebrannt, und es war zu spät, um noch irgendetwas zu tun. Aber ich dachte noch immer nicht ganz klar. Ich konnte Lichter in der Ferne sehen, entlang jener Straße, die von der Ausfahrtschleife wegführte. Ich begann, darauf zuzugehen.

Der Marsch schien ewig zu dauern, und es war, als würde ich mein Gleichgewicht nie mehr richtig in den Griff bekommen, denn ich stolperte immer wieder. Die Straße war schlecht beleuchtet, und ich konnte kaum sehen, wohin ich ging. Einmal, als ich hinfiel, schürfte ich mir ziemlich schlimm die Hände auf. Es war die einzige Verletzung, die ich bei dem ganzen Unfall erlitt.

Die Lichter gehörten zu einem kleinen Café; ein schäbiger Laden, der einen Teil der verlassenen Landstraße als Landeplatz ausgewiesen hatte. Als ich durch die Tür hineinstolperte, sah ich, dass nur drei Gäste im Inneren waren, aber einer von ihnen war ein hiesiger Polizist.

»Es hat einen Unfall gegeben«, sagte ich gleich an der Tür. »Jemand muss ihnen helfen.«

Der Polizist leerte seine Kaffeetasse mit einem Schluck und erhob sich von seinem Stuhl. »Ein Kopter-Zusammenstoß, Mister?«, fragte er. »Wo ist es passiert?«

Ich schüttelte den Kopf. »N-nein. Nein. Autos. Ein Zusammenstoß, ein Autobahn-Unfall. Draußen, auf der alten Autobahn.« Ich zeigte unbestimmt in die Richtung, aus der ich gekommen war.

Auf halbem Weg durch den Gastraum blieb der Polizist plötzlich stehen und runzelte die Stirn. Alle anderen lachten. »Verdammt, seit zwanzig Jahren hat niemand mehr die Straße benutzt, Sie Trunkenbold«, schrie ein dicker Mann aus einer Ecke. »Sie hat so viele Schlaglöcher, dass wir sie als Golfplatz nehmen«, fügte er hinzu und lachte lauthals über seinen eigenen Witz.

Der Polizist sah mich zweifelnd an. »Gehen Sie nach Hause und werden Sie nüchtern, Mister«, sagte er. »Ich will Sie nicht einsperren müssen.« Er ging wieder zu seinem Stuhl hinüber.

Ich machte einen Schritt in den Raum hinein. »Verdammt, ich sage die Wahrheit«, beharrte ich, jetzt mehr verärgert als benommen. »Und ich bin nicht betrunken. Es hat auf der Autobahn einen Zusammenstoß gegeben, und da sitzen Leute fest in …« Als mir endlich klar wurde, dass jede Hilfe, die ich organisieren konnte, für sie viel zu spät kommen würde, versagte mir die Stimme.

Der Polizist sah noch immer skeptisch aus. »Vielleicht sollten Sie es überprüfen«, schlug die Bedienung hinter der Theke vor. »Er könnte ja die Wahrheit sagen. Letztes Jahr gab es einen Autobahnunfall, irgendwo in Ohio. Ich weiß noch, dass ich im 3V einen Bericht darüber gesehen habe.«

»Ja, ich auch«, sagte der Polizist endlich. »Gehen wir, Freundchen. Und ich will Ihnen raten, dass die Geschichte stimmt.«

Wir gingen schweigend über den Landeplatz und stiegen in den Vier-Mann-Polizeikopter. Als er die Rotoren in Gang setzte, sah mich der Polizist an und sagte: »Wissen Sie, wenn

Sie die Wahrheit sagen, dann sollten Sie und der andere Bursche so etwas wie einen Orden bekommen.«

Ich starrte ihn ausdruckslos an.

»Ich meine, dass Sie wahrscheinlich die beiden einzigen Fahrer sind, die diese Straße in den vergangenen zehn Jahren benutzt haben. Und doch schaffen Sie es, zusammenzustoßen. Dazu gehört schon einiges, meinen Sie nicht auch?« Er schüttelte wehmütig den Kopf. »So eine Glanznummer kann nicht jeder abziehen. Wie gesagt, man sollte Ihnen einen Orden verleihen.«

Die Autobahn war nicht annähernd so weit von dem Café entfernt, wie es ausgesehen hatte, als ich zu Fuß unterwegs gewesen war. Einmal in der Luft, legten wir die Entfernung in weniger als fünf Minuten zurück. Aber irgendetwas stimmte nicht. Aus der Luft sah die Autobahn irgendwie anders aus.

Und plötzlich ging mir auf, warum. Sie war dunkler. Viel dunkler. Die meisten Lichter waren aus, und die, die noch brannten, waren schwach und flackerten.

Während ich benommen dasaß, kam der Kopter mit einem Ruck herunter, im Zentrum eines Rings aus kränklich gelbem Licht. Es wurde von einer der schwächer werdenden Lampen ausgestreut. Wie betäubt kletterte ich hinaus und stolperte, als ich versehentlich in eines der Schlaglöcher trat, die die Straße pockennarbig machten. Es gab einen verfilzten Haufen Unkraut, das in dem Schlagloch wucherte, und eine ganze Menge mehr wurzelte in dem gezackten Netz aus Rissen, das quer über die Bahn verlief.

In meinem Schädel begann es zu hämmern. Das ergab keinen Sinn. Nichts davon ergab einen Sinn. Ich hatte keine Ahnung, was zum Teufel hier los war.

Der Polizist kam um die andere Seite des Kopters herum, den Ledergurt des tragbaren Med-Sensors über eine Schulter gelegt. »Packen wir's an«, sagte er. »Wo ist Ihr Unfall passiert?«

»Die Straße entlang, glaube ich«, murmelte ich, meiner selbst nicht mehr sicher. Nirgends eine Spur von meinem Auto, und ich begann mit dem Gedanken zu spielen, wir könnten auf einer ganz falschen Straße gelandet sein, obwohl ich nicht verstand, wie das hätte passieren können.

Doch es war die richtige Straße. Wir fanden mein Auto ein paar Minuten später: Es stand an der Leitplanke, auf einem pechschwarzen Abschnitt der Autobahn, auf dem alle Lichter ausgebrannt waren. Ja, wir fanden mein Auto.

Nur war kein einziger Kratzer daran. Und da war auch kein Edsel.

Ich wusste, wie ich den Jaguar verlassen hatte. Die Windschutzscheibe zerschlagen. Die gesamte Front des Wagens zerstört. Der rechte Kotflügel zertrümmert, wo er an der Leitplanke entlanggescheuert war. Und jetzt stand der Wagen da – in tadellosem Zustand.

Der Polizist starrte mich finster an, ließ den Med-Sensor über meinen Körper spielen, während ich dastand und mein Auto anstarrte. »Nun, betrunken sind Sie nicht«, sagte er schließlich und sah auf. »Also werde ich Sie nicht einsperren, obwohl ich's tun sollte. Sie werden Folgendes tun, Mister – Sie werden in dieses Relikt da einsteigen, umdrehen und von hier verschwinden, und zwar so schnell Sie können. Denn wenn ich *Sie jemals* wieder hier in der Nähe sehe, könnten Sie einen richtigen Unfall haben. Verstanden?«

Ich wollte protestieren, fand aber keine Worte. Was hätte ich schon Sinnvolles sagen können? Stattdessen nickte ich schwach. Der Polizist drehte sich angewidert um, wobei er etwas über blöde Späße murmelte, und stapfte zu seinem Kopter zurück.

Als er weg war, ging ich zum Jaguar hinüber und betastete ungläubig die Kühlerhaube – dabei kam ich mir vor wie ein Dummkopf. Aber sie war echt. Und als ich einstieg und den Schlüssel im Zündschloss herumdrehte, ratterte der Motor beruhigend los, und das Scheinwerferlicht bohrte sich in die Dunkelheit hinein. Lange Zeit saß ich einfach nur da, bevor ich den Wagen endlich in die Straßenmitte hineinschwenkte und eine Kehrtwendung machte.

Die Fahrt zurück nach San Breta war lang und holperig. Ständig hüpfte ich in Schlaglöcher hinein und wieder heraus, und dank der schlechten Beleuchtung und des heimtückischen Fahrbahnbelags musste ich meine Geschwindigkeit auf ein Minimum reduzieren.

Die Straße war miserabel, daran gab es keinen Zweifel. Normalerweise ändere ich meine Route, um Strecken zu meiden, die dermaßen schlecht sind. Die Gefahr, dass ein Reifen platzt, ist viel zu groß.

Ich schaffte es, ohne Zwischenfall nach San Breta zu kommen. Ich ging es langsam und gemächlich an. Es war zwei Uhr morgens, als ich in die Stadt hineinfuhr. Wie der Rest der Straße war die Ausfahrtschleife rissig und dunkel geworden, und nirgends stand ein Schild, das auf die Stadt hinwies.

Von früheren Fahrten durch diese Gegend wusste ich noch, dass sich San Breta einer großen Hobby-Werkstatt und Tankstelle rühmte, also begab ich mich dorthin und überprüfte mit einem gelangweilten jungen Kerl, der die Nachtschicht hatte, meinen Wagen. Dann begab ich mich auf direktem Weg ins nächste Motel. Wenn ich erst mal eine Nacht über das Ganze geschlafen hatte, würde schon alles klarer werden.

Aber so war es nicht. Als ich am nächsten Morgen aufwachte, war ich noch genauso verwirrt wie vorher. Eigentlich sogar noch mehr. Jetzt versicherte mir irgendetwas in meinem Hinterkopf immer wieder, dass die ganze Sache nur ein schlechter Traum gewesen war. Ich schlug mir diesen verführerischen Gedanken aus dem Kopf und versuchte, aus dem Ganzen schlau zu werden.

Unter der Dusche rätselte ich weiter, und dann während des Frühstücks und des kurzen Spaziergangs zurück zur Tankstelle. Aber ich kam keinen Schritt voran. Entweder hatte mir mein Verstand einen Streich gespielt, oder gestern Nacht war wirklich etwas sehr Seltsames passiert. Ersteres wollte ich nicht glauben, deshalb entschloss ich mich, Letzteres nachzuprüfen.

Der Besitzer, ein lebhafter alter Mann in den Achtzigern, schob in der Tankstelle Dienst, als ich zurückkehrte. Er trug einen altmodischen Mechaniker-Overall, ein anheimelnder Brauch. Als ich kam, um den Jaguar zu holen, nickte er freundlich.

»Schön, Sie wiederzusehen«, sagte er. »Wohin wollen Sie dieses Mal?«

»LA. Und diesmal nehme ich die Autobahn.«

Seine Augenbrauen hoben sich leicht. »Die Autobahn? Ich dachte, Sie wären vernünftiger. Die Straße ist eine Katastrophe. Kein Grund, ein so hübsches Stück wie Ihren Jaguar derart zu misshandeln.«

Ich hatte nicht den Mut, es zu erklären, deshalb lächelte ich nur schwach und bat ihn, meinen Wagen zu holen. Der Jaguar war gewaschen, überholt und aufgetankt. Er war in Hochform. Ich sah rasch nach Beulen, aber es waren keine zu finden.

»Wie viele Stammkunden haben Sie hier in der Gegend?«, fragte ich den alten Mann, während ich bei ihm bezahlte. »Hiesige Sammler, meine ich, nicht Leute, die auf der Durchfahrt sind.«

Er zuckte mit den Schultern. »Müssen in diesem Staat etwa hundert sein. Wir bekommen die meisten ihrer Aufträge. Haben das beste Benzin und die einzige anständige Serviceeinrichtung weit und breit.«

»Irgendwelche guten Sammlungen?«

»Ein paar«, sagte er. »Ein Bursche kommt immer mit einem Pierce-Arrow vorbei. Ein anderer Kollege hat sich auf die Vierziger spezialisiert. Er hat eine wirklich schöne Sammlung. Auch in gutem Zustand.«

Ich nickte. »Gibt es hier irgendjemandem, dem ein Edsel gehört?«, fragte ich.

»Wohl kaum«, erwiderte er. »Keiner meiner Kunden hat so viel Geld. Warum fragen Sie?«

Ich beschloss, auf die Straße zu achten, auf die ich mich begab – sozusagen. »Ich habe letzte Nacht einen auf der Straße gesehen. Bekam den Besitzer jedoch nicht zu sprechen. Dachte mir, es könnte vielleicht jemand aus dieser Gegend sein.«

Die Miene des alten Manns war ausdruckslos, deshalb wandte ich mich ab, um in den Jaguar zu steigen. »Niemand von hier«, sagte er, als ich die Tür schloss. »Muss ein anderer Bursche gewesen sein, der nur durchgefahren ist. Aber komisch, ihn auf so einer Straße zu treffen. Bekomme nicht oft …«

Dann, gerade als ich den Schlüssel im Zündschloss drehte, klappte sein Unterkiefer auf. »Warten Sie einen Moment«, rief er. »Sie sagten, Sie seien auf der alten Autobahn gefahren. Und sie haben einen Edsel auf der Autobahn gesehen?«

Ich stellte den Motor wieder ab. »Ja«, sagte ich.

»Mein Gott«, murmelte er. »Ich hatte es fast vergessen, es ist so lange her. War es ein weißer Edsel? Fünf Leute darin?«

Ich öffnete die Wagentür und stieg wieder aus. »Ja«, sagte ich wieder. »Wissen Sie etwas über ihn?«

Der alte Mann packte mit beiden Händen meine Schultern, in seinen Augen lag ein seltsamer Ausdruck. »Sie haben ihn nur gesehen?«, fragte er, wobei er mich schüttelte. »Sind Sie sicher, dass das alles war?«

»Nein«, gab ich zu. »Ich hatte einen Zusammenstoß mit ihm. Das heißt, ich dachte, ich hätte einen Zusammenstoß mit ihm gehabt. Andererseits ...« Lahm deutete ich auf den Jaguar.

Der alte Mann nahm seine Hände von mir und lachte. »Und wieder«, murmelte er. »Nach all diesen Jahren.«

»Was wissen Sie darüber?«, fragte ich drängend. »Was zum Teufel ist letzte Nacht da draußen passiert?«

Er seufzte. »Kommen Sie, ich erkläre Ihnen alles«, sagte er.

»Es war vor über vierzig Jahren«, erzählte er mir bei einer Tasse Kaffee in einem Café auf der anderen Straßenseite. »Damals, in den Siebzigern. Es war eine Familie auf einem Ferienausflug. Der Junge und sein Vater wechselten sich hinter dem Steuer ab. Jedenfalls - sie hatten eine Hotelreservierung in San Breta. Aber der Junge fuhr, und es war spät in der Nacht, und irgendwie hat er seine Ausfahrt verpasst. Hat sie nicht einmal bemerkt.

Wenigstens nicht, bis er auf die Ausfahrt 77 traf. Er muss sich gewaltig erschreckt haben, als er das Schild sah. Den Leuten zufolge, die sie kannten, war sein Vater ein echter Bastard. Die Sorte, die ihm wegen so etwas echten Ärger gemacht hätte. Wir wissen nicht genau, was passiert ist, aber man nimmt an, der Junge ist in Panik geraten. Er hatte seinen

Führerschein erst seit etwa zwei Wochen. Von allen Möglichkeiten, die er hatte, versuchte er ausgerechnet, eine Kehrtwendung zu machen und nach San Breta zurückzufahren.

Der andere Wagen hat ihn breitseits erwischt, und der Fahrer hatte keinen Sicherheitsgurt angelegt. Er flog durch die Windschutzscheibe, schlug auf der Straße auf und war sofort tot. Die Menschen in dem Edsel hatten nicht so viel Glück. Der Edsel überschlug sich und explodierte – die Leute waren in seinem Innern gefangen. Alle fünf sind verbrannt.«

Ich schauderte ein wenig, weil ich mich an die Schreie aus dem brennenden Wagen erinnerte.

»Aber das geschah vor vierzig Jahren, haben Sie gesagt. Wie erklärt es das, was mir letzte Nacht passiert ist?«

»Darauf komme ich jetzt«, sagte der alte Mann. Er nahm einen Donut, tunkte ihn in seinen Kaffee, biss hinein und kaute nachdenklich.

»Die nächste Sache geschah etwa zwei Jahre später«, sagte er schließlich. »Ein Bursche meldete der Polizei einen Zusammenstoß. Einen Zusammenstoß mit einem Edsel. Spät in der Nacht. Auf der Autobahn. So, wie er ihn beschrieben hat, war es eine genaue Wiederholung des anderen Unfalls. Nur ... als sie am Unfallort ankamen, war sein Auto nicht einmal verbeult. Und von dem anderen Wagen fehlte jede Spur.

Nun, der Bursche war ein Junge aus dieser Gegend, deshalb wurde es als eine Art Wichtigtuerei abgetan. Aber dann kam ein Jahr später ein anderer Bursche mit derselben Geschichte an. Er war aus dem Osten und konnte unmöglich von dem ersten Unfall gehört haben. Die Polizisten wussten nicht so recht, was sie davon halten sollten.

Im Lauf der Jahre geschah es immer wieder. Ein paar Dinge hatten alle Unfälle gemeinsam. Jedes Mal war es spät in der

Nacht. Jedes Mal war der beteiligte Mann allein in seinem Wagen, und kein anderes Auto war in Sicht. Nie gab es irgendwelche Zeugen, wie es sie für den ersten Unfall, den echten, gegeben hatte. Alle Zusammenstöße haben sich direkt hinter der Ausfahrt 77 ereignet, als der Edsel seitlich ausgebrochen ist und versucht hat, eine Kehrtwendung zu machen.

Eine Menge Leute haben versucht, es zu erklären. Halluzinationen, sagte jemand. Autobahnpsychose, behauptete ein anderer. Falschmeldungen, meinte ein dritter Bursche. Aber nur eine Erklärung hat sich je schlüssig angehört, und das war die einfachste. Der Edsel ist ein Gespenst. Die Zeitungen haben die Sache natürlich ausgeschlachtet. ›Die Spuk-Autobahn‹ haben sie die Straße genannt.«

Der alte Mann unterbrach sich, um seinen Kaffee zu leeren, und starrte dann trübsinnig in die Tasse. »Tja, die Unfälle setzten sich Jahr für Jahr fort – immer dann, wenn die Bedingungen übereinstimmten. Bis '93. Und dann begann der Verkehr nachzulassen. Immer weniger Leute benutzten die Autobahn, und es gab immer weniger Zwischenfälle.« Er schaute zu mir auf. »Sie sind der Erste seit mehr als zwanzig Jahren. Ich hatte es fast vergessen.« Dann sah er wieder in seine leere Tasse und wurde still.

Ich dachte ein paar Minuten lang darüber nach, was er gesagt hatte. »Ich weiß nicht«, sagte ich schließlich und schüttelte den Kopf. »Es passt alles zusammen. Aber ein Gespenst? Ich glaube nicht an Gespenster. Und es ist alles so verworren.«

»Eigentlich nicht«, sagte der alte Mann und hob den Blick. »Denken Sie an all die Geistergeschichten zurück, die Sie als Kind gelesen haben. Was hatten sie alle gemeinsam?«

Ich runzelte die Stirn. »Keine Ahnung.«

»Gewaltsamer Tod – das ist es. Gespenster waren immer die Ergebnisse von Morden und Hinrichtungen, Überbleibsel von Blut und Gewalt. Spukhäuser waren immer nur die Häuser, in denen jemand vor hundert Jahren ein grausiges Ende gefunden hatte. Aber im Amerika des zwanzigsten Jahrhunderts fand man den gewaltsamen Tod nicht in Herrenhäusern und Schlössern. Man fand ihn auf den Autobahnen, den blutbefleckten Autobahnen, auf denen jedes Jahr Tausende starben. Ein modernes Gespenst würde nicht mehr in einem Schloss leben oder eine Axt schwingen. Es würde auf einer Autobahn spuken und einen Wagen fahren. Was könnte logischer sein?«

Es ergab einen gewissen Sinn. Ich nickte. »Aber warum diese Autobahn? Warum dieses Auto? So viele Leute sind auf den Straßen gestorben. Warum ist dieser Fall etwas Besonderes?«

Der alte Mann zuckte mit den Schultern. »Ich weiß es nicht. Was hat einen Mord je vom anderen unterschieden? Warum erzeugen nur einige Gespenster? Wer kann das schon sagen? Aber ich habe die Theorien gehört. Manche lauteten, der Edsel sei verdammt, auf ewig auf der Autobahn zu spuken, weil er, in gewissem Sinne, ein Mörder ist. Er verursachte den Unfall, verursachte dieses Sterben. Es ist eine Strafe.«

»Vielleicht«, sagte ich zweifelnd. »Aber die ganze Familie? Sie könnten einwenden, dass es die Schuld des Jungen war. Oder auch die des Vaters, weil er ihn mit so wenig Erfahrung fahren ließ. Aber was ist mit dem Rest der Familie? Warum sollten sie bestraft werden?«

»Stimmt, stimmt«, sagte der alte Mann. »Ich selbst habe diese Theorie nie geglaubt. Ich habe meine eigene Erklärung.« Er sah mir direkt in die Augen.

»Ich glaube, sie haben sich verirrt«, sagte er.

»Verirrt?«, wiederholte ich, und er nickte.

»Ja«, sagte er. »Früher, als die Straßen noch vollgestopft waren, da konnte man nicht einfach wenden, wenn man eine Ausfahrt verpasst hatte. Man musste weiterfahren, manchmal meilenweit, bis es wieder eine Möglichkeit gab, von der Autobahn herunterzukommen und dann wieder hinauf. Manche von den Kleeblattschleifen, die man konstruiert hat, waren so kompliziert, dass man den Weg zu seiner Ausfahrt möglicherweise nie mehr wiederfinden konnte.

Und genau das ist dem Edsel passiert, glaube ich. Sie haben ihre Ausfahrt verpasst, und jetzt können sie sie nicht mehr finden. Sie müssen weiterfahren. Für immer.«

Er seufzte. Dann drehte er sich um und bestellte noch einen Kaffee.

Wir tranken schweigend und gingen dann zurück zur Tankstelle. Von dort fuhr ich direkt zur Stadtbücherei. Es war alles da, in den abgelegten alten Zeitungen. Die Einzelheiten des ursprünglichen Unfalls, der erste Vorfall zwei Jahre später und dann die anderen, in unregelmäßiger Folge. Dieselbe Geschichte, derselbe Unfall, immer wieder. Alles war identisch, bis hin zu den Schreien.

Als ich in dieser Nacht weiterfuhr, war die alte Autobahn unbeleuchtet. Es gab keine Verkehrszeichen oder weißen Striche, aber eine Menge Risse und Schlaglöcher. Ich fuhr langsam, verloren in Gedanken.

Ein paar Meilen hinter San Breta hielt ich an und stieg aus dem Wagen. Ich saß im Sternenlicht da, bis kurz vor Morgengrauen, schaute und lauschte. Aber die Lichter blieben aus, und ich bekam nichts zu sehen.

Doch gegen Mitternacht wurde ein seltsames pfeifendes Geräusch in der Ferne laut. Es schwoll rasch an, bis es direkt über mir war, und verschwand dann genauso schnell.

Es hätte ein Schwebelaster irgendwo hinter dem Horizont sein können. Ich habe noch nie einen Schwebelaster diese Art von Lärm machen hören, aber trotzdem – es hätte einer sein können.

Aber das glaube ich nicht.

Ich glaube, es war der Wind, der durch die Schnauze eines rostigen weißen Geisterautos pfiff, eines Geisterautos, das auf einer Spuk-Autobahn fährt, die man auf keiner Straßenkarte findet. Ich glaube, es war der Schrei eines kleinen, verirrten Edsel, der für alle Zeit die Ausfahrt nach San Breta sucht.

Die zweite Stufe
der Einsamkeit

18. Juni

Meine Ablösung hat heute die Erde verlassen.

Es wird mindestens drei Monate dauern, bis er hier ankommt, natürlich. Aber er ist unterwegs.

Heute hat er vom Kap abgehoben, genau wie ich damals, vor vier langen Jahren. Draußen, auf der Komarov-Station, wird er auf eine Mondfähre umsteigen, dann im Orbit um Luna wieder umsteigen, in der Tiefraum-Station. Dort wird seine Reise wirklich beginnen. Bis dahin war er noch immer in seinem eigenen Hinterhof.

Erst wenn die *Charon* von der Tiefraum-Station ablegt und in die Nacht aufbricht, wird er es fühlen, *wirklich* fühlen, so wie ich es vor vier Jahren gefühlt habe. Erst wenn Erde und Luna hinter ihm verschwinden, wird es ihn treffen. Er hat natürlich von Anfang an gewusst, dass es keine Umkehr gibt. Aber es ist ein Unterschied, ob man es weiß oder fühlt. Jetzt wird er es fühlen.

Es wird einen orbitalen Zwischenaufenthalt über Mars geben, um Vorräte nach Burroughs City hinunterzuschicken, und weitere Aufenthalte im Gürtel. Aber dann wird die *Charon* beschleunigen. Sie wird sehr schnell sein, wenn sie den Jupiter erreicht, und viel schneller, wenn sie an ihm vorbeipeitscht, die Schwerkraft des riesigen Planeten wie ein Katapult benutzt, um ihre Beschleunigung hochzutreiben.

Danach gibt es keine Aufenthalte mehr für die *Charon*. Überhaupt keine Aufenthalte, bis sie mich hier draußen am Cerberus Sternenring, sechs Millionen Meilen jenseits der Plutobahn, erreichen.

Mein Nachfolger wird viel Zeit zum Grübeln haben. Wie ich damals.

Ich grüble auch jetzt noch, heute, vier Jahre später. Aber andererseits gibt es hier draußen nicht viel zu tun. Ringschiffe kommen ziemlich selten, und nach einer Weile wird man der Filme und Bänder und Bücher ziemlich überdrüssig. Also grübelt man. Man denkt über seine Vergangenheit nach und träumt von seiner Zukunft. Und man versucht, die Einsamkeit und die Langeweile davon abzuhalten, einen aus dem eigenen Schädel zu vertreiben.

Es waren vier lange Jahre, aber jetzt sind sie fast vorbei. Und es wird schön sein zurückzukehren. Ich möchte wieder auf Gras gehen und Wolken sehen und ein Eiscreme-Sundae essen.

Aber trotz alledem: Ich bedauere nicht, hierhergekommen zu sein. Diese vier Jahre allein in der Dunkelheit haben mir gutgetan, glaube ich. Es ist nicht so, dass ich viel zurückgelassen hätte. Meine Tage auf der Erde erscheinen mir jetzt weit weg, aber wenn ich es versuche, kann ich mich noch daran erinnern. Die Erinnerungen sind gar nicht so angenehm. Ich war damals wohl ziemlich kaputt.

Ich habe Zeit zum Nachdenken gebraucht, und das ist etwas, das man hier draußen bekommt. Der Mann, der an Bord der *Charon* zurückkreist, wird nicht derselbe sein, der vor vier Jahren hier herauskam. Ich werde auf der Erde ein ganz neues Leben anfangen. Ich weiß, dass ich es tun werde.

20. Juni

Ein Schiff heute.

Ich wusste natürlich nicht, dass es kommen würde. Ich weiß es nie. Die Ringschiffe kommen unregelmäßig, und die Art von Energien, mit denen ich hier draußen spiele, verwandeln Funksignale in knatterndes Chaos. Als sich das Schiff endlich durch die Statik gepresst hatte, hatten es die Ortungsgeräte der Station bereits registriert und mir gemeldet.

Es war eindeutig ein Ringschiff. Viel größer als die Rosteimer der alten Modellserie, zu der auch die *Charon* gehört, und schwer gepanzert, um den Belastungen des Nullraum-Strudels widerstehen zu können. Es kam direkt hierher, ohne auch nur den Ansatz eines Bremsmanövers.

Während ich zum Kontrollraum hinunterhetzte, um mich an die Kontrollen zu setzen, kam mir ein Gedanke. Dies könnte das letzte sein. Wahrscheinlich nicht – natürlich. Noch immer liegen drei Monate vor mir, und das ist Zeit genug für ein Dutzend Schiffe. Aber man kann es nie wissen. Die Ringschiffe kommen unregelmäßig, wie gesagt.

Irgendwie störte mich dieser Gedanke. Die Schiffe waren jetzt vier Jahre lang Teil meines Lebens. Ein wichtiger Teil. Und dieses eine heute könnte das letzte sein. Wenn ja, dann möchte ich es ganz hier drinnen haben. Ich möchte mich daran erinnern. Aus gutem Grund, glaube ich. Wenn die Schiffe kommen, macht das alles andere lebenswert.

Der Kontrollraum liegt im Herzen meiner Behausungen. Er ist das Zentrum von allem hier, der Punkt, an dem die Nerven und Sehnen und Muskeln der Station zusammengefasst sind. Aber er ist nicht besonders eindrucksvoll. Der Raum ist sehr klein, und sobald die Tür zugleitet, sind die Wände und der Boden und die Decke alle konturenloses Weiß.

Es gibt nur eines in diesem Raum: eine hufeisenförmige Konsole, die einen einzelnen gepolsterten Sessel umgürtet.

Ich setzte mich zum möglicherweise letzten Mal in diesen Sessel. Ich schnallte mich an und setzte den Kopfhörer auf und senkte den Helm. Ich griff nach den Kontrollen, berührte sie und schaltete sie ein.

Und der Kontrollraum verschwand.

Es wird natürlich alles mit Hologrammen gemacht. Ich *weiß* das. Aber wenn ich in diesem Sessel sitze, macht das nicht den geringsten Unterschied, denn ich bin nicht mehr drinnen. Ich bin *dort draußen*, im Nichts. Die Kontrollkonsole ist noch da, dazu der Sessel. Aber der Rest ist verschwunden. Stattdessen ist die schmerzende Finsternis überall, über mir, unter mir, rings um mich. Die ferne Sonne ist nur ein Stern unter vielen, und alle Sterne sind schrecklich weit entfernt.

So ist es immer. So war es heute. Als ich diesen Schalter gekippt habe, war ich allein im Universum, allein mit den kalten Sternen und dem Ring. Dem Cerberus-Sternenring.

Ich sah den Ring wie von außerhalb, schaute auf ihn hinunter. Es ist eine gewaltige Konstruktion, wirklich. Aber von hier draußen ist sie nichts. Sie wird von der Unermesslichkeit des Ganzen verschluckt, ein schmaler Silberfaden, verloren im Schwarz.

Aber ich weiß es besser. Der Ring ist riesig. Meine Wohnräume nehmen nur einen einzigen Bogengrad in dem Kreis ein, den er bildet, einen Kreis, dessen Durchmesser mehr als hundert Meilen beträgt. Der Rest sind Stromkreise und Ortungsapparaturen und Energiereserven. Und die Maschinen, die wartenden Nullraum-Maschinen.

Der Ring drehte sich still unter mir, seine andere Seite dehnte sich aus ins Nichts. Ich berührte einen Schalter an meiner Konsole. Unter mir erwachten die Nullraum-Maschinen.

Im Zentrum des Rings wurde ein neuer Stern geboren.

Zuerst war es ein winziger Tupfer mitten in der Dunkelheit. Grün heute, hellgrün. Aber nicht immer und nicht lange. Der Nullraum hat viele Farben.

Dann konnte ich die andere Seite des Rings sehen, wenn ich das wollte. Sie leuchtete in einem eigenen Licht. Lebendig und wach gossen die Nullraum-Maschinen unvorstellbare Mengen von Energie ins Innere, um ein weites Loch in den Raum zu reißen.

Das Loch war lange vor Cerberus dagewesen, lange vor den Menschen. Die Menschen haben es entdeckt, ganz zufällig, als sie Pluto erreichten. Sie bauten den Ring darum herum. Später fanden sie zwei weitere Löcher und bauten andere Sternenringe.

Die Löcher waren klein, zu klein. Aber sie konnten vergrößert werden. Vorübergehend, auf Kosten riesiger Energiemengen, konnte man sie aufreißen. Reine Energie konnte durch das winzige, unsichtbare Loch im Universum gepumpt werden, bis die ruhige Oberfläche des Nullraums wogte und zurückpeitschte und der Nullraum-Strudel entstand.

Und jetzt geschah es.

Der Stern im Zentrum des Rings wuchs und wurde flach. Es war eine pulsierende Scheibe, keine Kugel. Aber sie war noch das hellste Ding am Himmel. Und sie schwoll sichtbar an. Aus der sich drehenden grünen Scheibe zuckten flammenartige, orangefarbene Speere hervor und fielen zurück, und rauchige, bläuliche Tentakel entrollten sich. Rote Flecken tanzten und blitzten zwischen dem Grün, wuchsen und verschmolzen. Alle Farben begannen zusammenzufließen.

Der flache, sich drehende bunte Stern verdoppelte seine Größe, verdoppelte sich noch einmal, noch einmal. Ein paar Minuten zuvor hatte er nicht existiert. Jetzt füllte er den Ring aus, brandete gegen die silbernen Wände, versengte sie mit seiner furchtbaren Energie. Er drehte sich immer schneller, ein Strudel im Raum, ein Mahlstrom aus Flammen und Licht.

Der Strudel. Der Nullraum-Strudel. Der heulende Sturm, der kein Sturm ist und nicht heulte, denn es gibt keinen Schall im Raum.

Ihm näherte sich das Ringschiff. Anfangs ein sich bewegender Stern, nahm es beinahe schneller, als meine menschlichen Augen es verfolgen konnten, sichtbare Form und Gestalt an. Es wurde zu einem dunkel silbernen Geschoss in der Finsternis; ein auf den Strudel abgefeuertes Geschoss.

Es war gut gezielt. Das Schiff traf fast genau das Zentrum des Rings. Die wirbelnden Farben schlossen sich darüber.

Ich drückte meine Kontrollen. Sogar noch plötzlicher, als der Strudel entstanden war, war er wieder verschwunden. Das Schiff war ebenfalls verschwunden, natürlich. Wieder gab es nur mich und den Ring und die Sterne.

Dann berührte ich einen anderen Schalter, und ich war wieder in dem leeren, weißen Kontrollraum und schnallte mich los. Schnallte mich zum vielleicht endgültig letzten Mal los.

Irgendwie hoffte ich aber, dass es nicht so war. Ich hätte nie gedacht, dass ich irgendetwas an diesem Raum vermissen würde, aber das werde ich. Ich werde die Ringschiffe vermissen. Ich werde solche Augenblicke wie die von heute vermissen.

Ich hoffe, ich bekomme noch ein paar Gelegenheiten dazu, bevor ich es für immer aufgebe. Ich möchte die Nullraum-Maschinen wieder unter meinen Händen erwachen fühlen und zusehen, wie der Strudel kocht und brodelt, während ich allein zwischen den Sternen schwebe. Noch einmal wenigstens. Bevor ich gehe.

23. Juni

Dieses Ringschiff hat mir zu denken gegeben. Noch mehr als gewöhnlich.

Es ist komisch, dass ich bei all den Schiffen, die ich durch den Strudel habe gehen sehen, nie daran gedacht habe, eines zu leiten. Es gibt eine ganz neue Welt auf der anderen Seite des Nullraums; zweite Chance, ein üppiger grüner Planet eines so weit entfernten Sterns, dass sich die Astronomen noch immer im Unklaren darüber sind, ob er mit uns dieselbe Galaxis teilt. Das ist das Komische bei den Löchern – man kann nicht sicher sein, wohin sie führen, bis man hindurchgeht.

Als ich noch ein Kind war, habe ich eine Menge über Sternenreisen gelesen. Die meisten Leute haben nicht geglaubt, dass es einmal möglich sein würde. Aber die, die es doch geglaubt haben, nannten immer Alpha Centauri als das erste System, das wir erforschen und kolonisieren würden. Am nächsten dran und so weiter. Seltsam, wie unrecht sie hatten. Stattdessen umkreisen unsere Kolonien Sonnen, die wir nicht einmal sehen können. Und ich glaube nicht, dass wir überhaupt *jemals* nach Alpha Centauri kommen werden.

Eigentlich habe ich nie in persönlicher Hinsicht an die Kolonien gedacht, und ich kann es noch immer nicht. Die Erde ist es – da habe ich damals versagt. Dort muss ich jetzt Erfolg haben. Die Kolonien wären nur ein weiteres Davonlaufen.

Wie Cerberus?

26. Juni

Ein Schiff heute. Also war das andere doch nicht das letzte. Aber wie steht es mit diesem?

29. Juni

Warum meldet sich ein Mann freiwillig zu einem Job wie diesem hier? Warum eilt ein Mann zu einem silbernen Ring sechs Millionen Meilen hinter Pluto, um ein Loch im Raum zu bewachen? Warum vier Jahre seines Lebens allein in der Dunkelheit wegwerfen?

Ich habe mich das in den ersten Tagen immer wieder gefragt. Damals konnte ich es nicht beantworten. Jetzt glaube ich, dass ich es kann. Damals habe ich den Impuls, der mich hier hinausgetrieben hat, bitter bereut. Jetzt glaube ich, ich verstehe ihn.

Und es war eigentlich auch kein Impuls. Ich bin weggelaufen – nach Cerberus. Weggelaufen. Davongelaufen, um der Einsamkeit zu entkommen.

Das ergibt keinen Sinn?

Doch, es ergibt einen. Ich weiß Bescheid über die Einsamkeit. Sie ist immer das Hauptthema meines Lebens gewesen. Ich bin allein gewesen, solange ich mich erinnern kann.

Aber es gibt zwei Stufen von Einsamkeit.

Die meisten Leute merken den Unterschied nicht. Aber ich. Ich habe beide Arten erlebt.

Sie reden und schreiben über die Einsamkeit der Menschen, die die Sternenringe bemannen. Die Leuchttürme des Raums und all das. Und sie haben recht.

Es gibt Zeiten hier draußen auf Cerberus, in denen denke ich, ich bin der einzige Mensch im Universum. Die Erde war bloß ein Fiebertraum. Die Leute, an die ich mich erinnere, waren nur Schöpfungen meines eigenen Verstands.

Es gibt Zeiten hier draußen, in denen ich jemanden hier haben möchte, jemanden, mit dem ich reden kann; ein Wunsch, so stark, dass ich schreie und anfange, gegen die Wände zu hämmern. Es gibt Zeiten, in denen mir die Langeweile unter die Haut kriecht und mich fast verrückt macht.

Aber es gibt auch *andere* Zeiten. Wenn die Ringschiffe kommen. Wenn ich hinausgehe, um Reparaturen zu erledigen. Oder wenn ich einfach im Kontrollsessel sitze und mich hinausdenke – hinaus, in die Dunkelheit, um die Sterne zu beobachten.

Einsam? Ja. Aber eine feierliche, grüblerische, tragische Einsamkeit. Eine irgendwie von Erhabenheit gefärbte Einsamkeit. Eine Einsamkeit, die ein Mensch voller Leidenschaft hasst – und doch so sehr liebt, dass ihm nach mehr verlangt.

Und dann gibt es die zweite Stufe der Einsamkeit.

Für diese Einsamkeit braucht man den Cerberus-Sternenring nicht. Man kann sie überall auf der Erde finden. Ich weiß es. Ich habe sie gefunden. Ich habe sie überall gefunden, überall, wo ich hingegangen bin, bei allem, was ich getan habe.

Es ist die Einsamkeit jener Leute, die in sich selbst gefangen sind. Die Einsamkeit von Leuten, die so oft das Falsche gesagt haben, dass sie überhaupt nicht mehr den Mut haben, noch irgendetwas zu sagen. Die Einsamkeit ... nicht die der Ferne, sondern die der Angst.

Die Einsamkeit von Leuten, die allein in möblierten Zimmern in überbevölkerten Städten sitzen, weil sie nicht wissen, wohin sie gehen können und niemanden haben, mit dem sie reden könnten. Die Einsamkeit von Burschen, die in Bars gehen, um jemanden anzusprechen, nur um zu entdecken, dass sie nicht wissen, wie man eine Unterhaltung anfängt, und auch gar nicht den Mut dazu hätten, selbst wenn sie es wüssten.

Es ist keine Erhabenheit an dieser Art von Einsamkeit. Kein Zweck und keine Poesie. Es ist Einsamkeit ohne Bedeutung. Sie ist traurig und verkommen und armselig, und sie stinkt nach Selbstmitleid.

O ja, es tut manchmal weh, allein unter den Sternen zu sein. Aber es schmerzt viel mehr, auf einer Party allein zu sein. Viel mehr.

30. Juni
Lese gestrigen Eintrag. Gerede über Selbstmitleid ...

1. Juli
Lese *gestrigen* Eintrag. Meine vorlaute Maske. Nach vier Jahren kämpfe ich noch immer dagegen an, sooft ich versuche, ehrlich zu mir selbst zu sein. Das ist nicht gut. Wenn diesmal alles anders laufen soll, muss ich mich selbst verstehen.

Weshalb also muss ich mich lächerlich machen, wenn ich zugebe, dass ich einsam und verletzlich bin? Warum muss ich mich anstrengen, um zugeben zu können, dass ich Angst vor dem Leben hatte? Niemand wird dieses Ding je lesen. Ich rede mit mir selbst über mich.

Weshalb gibt es also gewisse Dinge, bei denen ich mich nicht dazu bringen kann, sie auszusprechen?

168

4. Juli

Kein Ringschiff heute. Zu schade. Die Erde hat nie Feuerwerke gehabt, die es mit dem Nullraum-Strudel aufnehmen könnten, und mir war nach Feiern zumute.

Aber warum benutze ich hier draußen einen Kalender, hier draußen, wo die Jahre Jahrhunderte sind und die Jahreszeiten eine vage Erinnerung? Juli ist genauso wie Dezember. Also: Was hat es für einen Sinn?

10. Juli

In der letzten Nacht habe ich von Karen geträumt. Und jetzt kann ich sie nicht mehr aus meinem Schädel herausbekommen.

Ich dachte, ich hätte sie schon lange begraben. Es war sowieso bloß eine Träumerei. Oh, sie hat mich wohl ziemlich gerngehabt. Mich vielleicht geliebt. Aber nicht mehr als ein halbes Dutzend anderer Burschen. Ich war nicht wirklich *besonders* für sie, und sie hat nie gemerkt, wie besonders sie für mich war.

Auch nicht, wie sehr ich etwas Besonderes für sie sein wollte – wie sehr ich es gebraucht hätte, für irgendjemanden irgendwo etwas Besonderes zu sein.

Und so habe ich sie erwählt. Aber es war alles eine Träumerei. Und ich wusste, dass es das war, in meinen vernünftigeren Augenblicken. Ich hatte kein Recht, so verletzt zu sein. Ich hatte kein besonderes Anrecht auf sie.

Aber ich dachte, ich hätte es, in meinen Tagträumen. Und ich *war* verletzt. Es war mein Fehler, nicht ihrer. Karen würde nie absichtlich jemandem wehtun. Sie hat einfach nie gemerkt, wie empfindlich ich war.

In den ersten Jahren habe ich sogar hier draußen weitergeträumt. Ich habe davon geträumt, wie sie ihre Meinung ändern würde. Wie sie auf mich warten würde. Und so weiter.

Aber das war mehr ein Wunschtraum. Es war, bevor ich hier draußen mit mir ins Reine gekommen bin. Ich weiß jetzt, dass sie nicht warten wird. Sie braucht mich nicht, sie hat mich nie gebraucht.

Deshalb gefällt es mir nicht sonderlich, von ihr zu träumen. Das ist schlecht. Was ich auch mache – wenn ich zurückkomme, darf ich Karen nicht aufsuchen. Ich muss wieder ganz von vorn anfangen. Ich muss jemanden finden, der mich *wirklich* braucht. Und ich werde sie nicht finden, wenn ich versuche, in mein altes Leben zurückzuschlüpfen.

18. Juli

Ein Monat, seit meine Ablösung die Erde verlassen hat. Die *Charon* müsste inzwischen im Gürtel sein. Noch zwei Monate.

23. Juli

Jetzt Albträume. Gott steh mir bei.

Ich träume wieder von der Erde. Und Karen. Ich kann nicht damit aufhören. Jede Nacht ist es dasselbe.

Es ist eigenartig, Karen einen Albtraum zu nennen. Bisher ist sie immer ein Traum gewesen. Ein schöner Traum, mit ihrem langen weichen Haar und ihrem Lachen – und dieser komischen Art zu lächeln, die sie hatte. Aber diese Träume waren immer Wunschträume. In diesen Träumen hat mich Karen gebraucht, sie wollte mich, und sie liebte mich.

Die Albträume tragen den Stich der Wahrheit in sich. Sie sind alle gleich. Es ist immer eine Wiederholung: Karen und ich, an jenem letzten Abend.

Es war ein schöner Abend, wie alle Abende damals. Wir aßen in einem meiner Lieblingsrestaurants und gingen ins Kino. Wir haben unbeschwert miteinander geredet, über viele Dinge.

Nur später, wieder bei ihr zu Hause, kehrte ich zur Förmlichkeit zurück. Als ich ihr zu sagen versuchte, wie viel sie mir bedeutet. Ich weiß noch, wie ungeschickt und dumm ich mir vorgekommen bin, wie ich mich angestrengt habe, die Sätze herauszubekommen, wie ich über meine eigenen Worte gestolpert bin. So vieles kam falsch heraus.

Ich weiß noch, wie sie mich danach angesehen hat. So seltsam. Wie sie versucht hat, mir die Illusionen zu nehmen. Behutsam. Sie war immer behutsam. Und ich habe in ihre Augen gesehen und ihrer Stimme gelauscht. Aber ich habe keine Liebe entdeckt, kein Bedürfnis. Nur ... nur Mitleid, schätze ich.

Mitleid für einen Knilch, der sich nicht richtig ausdrücken konnte und der das Leben bisher an sich hatte vorbeiziehen lassen, ohne es zu berühren. Nicht, weil er es nicht wollte, sondern weil er Angst davor hatte und nicht wusste, wie. Sie war auf diesen Knilch aufmerksam geworden, sie hatte ihn geliebt, auf ihre Art – sie liebte jeden. Sie hatte versucht zu helfen, ihm etwas von ihrem Selbstvertrauen zu geben, etwas von dem Mut und dem Schwung, mit denen sie sich dem Leben stellte. Und bis zu einem gewissen Grad hatte sie das auch getan.

Doch nicht genug. Der Knilch mochte es, den Tag herbeizuträumen, an dem er nicht mehr allein sein würde. Und als Karen versuchte, ihm zu helfen, dachte er, sie sei sein lebendig gewordener Traum. Oder verführte sich dazu, es zu denken. Der Knilch hat die Wahrheit natürlich die ganze Zeit über geahnt, aber er hat sich selbst belogen.

Und als der Tag kam, an dem er nicht mehr lügen konnte, war er noch verwundbar genug gewesen, um verletzt zu sein. Er war nicht der Typ, bei dem das Narbengewebe leicht wuchs. Er hatte nicht den Mut, es aufs Neue mit jemand anderem zu versuchen. Also ist er davongelaufen.

Ich hoffe, die Albträume hören auf. Ich kann sie nicht ertragen, Nacht für Nacht.

Ich kann es nicht ertragen, diese Stunde in Karens Apartment immer wieder neu zu erleben.

Ich hatte jetzt vier Jahre Zeit hier draußen. Ich habe mich intensiv selbst beobachtet. Ich habe geändert, was mir nicht gefallen hat, oder es wenigstens versucht. Ich habe versucht, das Narbengewebe zu kultivieren, das Selbstvertrauen zu sammeln, das ich brauche, um mich den neuen Ablehnungen stellen zu können, auf die ich treffen werde, bevor ich Anerkennung finde. Aber ich kenne mich jetzt verdammt gut, und ich weiß, dass es nur ein Teilerfolg war. Es wird immer Dinge geben, die wehtun, Dinge, denen ich nie so werde gegenübertreten können, wie ich das gern möchte.

Erinnerungen an diese letzte Stunde mit Karen gehören zu diesen Dingen. *Gott,* ich hoffe, die Albträume hören auf.

26. Juli

Weitere Albträume. Bitte, Karen. Ich hab dich geliebt. Lass mich in Ruhe. Bitte.

29. Juli

Gestern kam ein Ringschiff. Gott sei Dank. Ich hab eins gebraucht. Es hat mir geholfen, meine Gedanken von der Erde wegzubekommen, weg von Karen. Und letzte Nacht hatte ich keinen Albtraum, zum ersten Mal seit einer Woche. Stattdessen habe ich vom Nullraum-Strudel geträumt. Der tobende, stumme Sturm.

1. August

Die Albträume sind zurückgekehrt. Jetzt nicht mehr ausschließlich Karen, auch ältere Erinnerungen. Unendlich weniger bedeutungsvoll, aber doch schmerzhaft. All die dummen Dinge, die ich gesagt habe, all die Mädchen, denen ich nie begegnet bin, all die Dinge, die ich nie getan habe.

Schlimm. Schlimm. Ich muss mich immer wieder daran erinnern. Es gibt ein neues Ich, ein Ich, das ich hier draußen aufgebaut hatte, sechs Millionen Meilen hinter Pluto. Geschaffen aus Stahl und Sternen und Nullraum, hart und zuversichtlich und selbstsicher. Und ohne Angst vor dem Leben.

Die Vergangenheit liegt hinter mir. Aber sie tut noch weh.

2. August

Heute ein Schiff. Die Albträume gehen weiter. Verdammt.

3. August

Kein Albtraum letzte Nacht. Das zweite Mal, dass ich leicht geruht habe, nachdem ich tagsüber das Loch für ein Ringschiff geöffnet habe. (Tag? Nacht? Unsinn hier draußen – aber ich schreibe noch immer so, als hätte das eine Bedeutung. Vier Jahre lang habe ich die Erde in mir nicht einmal berührt.) Vielleicht verscheucht der Strudel Karen. Aber ich habe Karen früher nie verscheuchen wollen. Außerdem – ich sollte keine Krücken benötigen.

13. August

Vor ein paar Nächten kam ein anderes Schiff. Danach kein Traum.

Ein Muster!

Ich bekämpfe die Erinnerungen. Wenn ich an die Erde denke, denke ich an andere Dinge. Die guten Tage. Es hat eine Menge davon gegeben, wirklich, und es wird noch eine Menge mehr geben, wenn ich zurück bin. Dafür werde ich sorgen.

Diese Albträume sind idiotisch. Ich werde nicht zulassen, dass sie weitergehen. Da hat es so vieles gegeben, was ich mit Karen geteilt habe, so vieles, an das ich mich gern erinnern würde. Warum kann ich es nicht?

18. August

Die *Charon* ist etwa einen Monat entfernt. Ich wüsste gern, wer mein Nachfolger ist. Ich wüsste gern, was *ihn* hier herausgetrieben hat.

Die Erdträume gehen weiter. Nein. Nennen wir sie Karen-Träume.

Habe ich jetzt sogar Angst, ihren Namen zu schreiben?

20. August

Ein Schiff heute. Nachdem es hindurch war, bin ich draußen geblieben und habe mir die Sterne angesehen. Mehrere Stunden lang, wie es scheint. Mittendrin kam es mir nicht so lang vor.

Es ist schön hier draußen. Einsam, ja. Aber solch eine Einsamkeit! Man ist allein mit dem Universum, die Sterne breiten sich einem zu Füßen aus und sind einem rings um den Kopf verstreut.

Jeder ist eine Sonne. Aber sie kommen mir noch immer kalt vor. Ich merke, wie ich fröstle, verloren in dieser Weite, und wie ich mich fragte, wie es dorthin kam und was es bedeutet.

Meine Ablösung, wer immer es auch ist, kann dies hoffentlich so würdigen, wie es gewürdigt werden sollte. Es gibt so viele, die es nicht würdigen können oder wollen. Menschen, die nachts spazieren gehen und nie zum Himmel hinaufsehen. Ich hoffe, mein Nachfolger ist kein solcher Mensch.

24. August

Wenn ich wieder auf der Erde bin, *werde* ich Karen aufsuchen. Ich muss. Wie kann ich vorgeben, dass diesmal alles anders sein wird, wenn ich nicht einmal den Mut aufbringen kann, das zu tun? Und es *wird* anders sein. Deshalb muss ich Karen gegenübertreten und beweisen, dass ich mich geändert habe.

25. August

Dieser Unsinn von gestern. Wie könnte ich Karen gegenübertreten? Was würde ich zu ihr *sagen*? Ich würde nur wieder damit anfangen, mich selbst zu täuschen, und es würde damit enden, wieder völlig ausgebrannt zu sein. Nein. Ich darf Karen nicht sehen. Zum Teufel, ich kann nicht mal die Träume ertragen.

30. August

Ich bin in letzter Zeit regelmäßig in den Kontrollraum hinuntergegangen und habe mich hinauskatapultiert. Keine Ringschiffe. Aber ich finde, dass das Hinausgehen die Erinnerungen an die Erde verblassen lässt.

Ich weiß immer genauer, dass ich Cerberus vermissen werde. In einem Jahr werde ich wieder auf der Erde sein, zum Nachthimmel hinaufstarren und mich daran erinnern, wie der Ring silbern im Sternenlicht geschimmert hat. Ich weiß, dass ich das werde.

Und der Strudel. Ich werde mich an den Strudel erinnern und daran, wie die Farben wirbelten und sich vereinten. Jedes Mal anders.

Zu schade, dass ich noch nie ein Holo-Fan war. Man könnte zu Hause, auf der Erde, ein Vermögen mit einem Band machen, das den Strudel zeigt, wenn er sich dreht. Das Ballett des Nichts. Ich wundere mich, dass noch nie jemand daran gedacht hat.

Vielleicht werde ich das meinem Nachfolger vorschlagen. Etwas zu tun zu haben – das wird die Stunden ausfüllen; vorausgesetzt, er ist interessiert. Ich hoffe, er ist es. Die Erde wäre reicher, wenn jemand eine Aufzeichnung mit zurückbringen würde.

Ich würde es ja selbst machen, aber die Ausrüstung ist nicht dafür geeignet, und ich habe keine Zeit mehr, sie umzubauen.

4. September

Ich stelle fest, dass ich in der letzten Woche jeden Tag hinausgegangen bin. Keine Albträume. Nur Träume von der Dunkelheit, verwoben mit den Farben des Nullraums.

9. September

Weiter hinausgehen und alles in mich hineintrinken. Bald, jetzt bald, wird mir all dies verloren sein. Auf ewig. Ich fühle mich danach, als müsste ich aus jeder Sekunde Nutzen ziehen. Ich muss mir einprägen, wie es hier draußen auf Cerberus ist, damit ich die Ehrfurcht und das Staunen und die

Schönheit in mir lebendig halten kann, wenn ich zur Erde zurückkehre.

10. September

Es ist schon lange kein Schiff mehr gekommen. Ist es also vorbei? Habe ich mein letztes gesehen?

12. September

Kein Schiff heute. Aber ich bin hinausgegangen und habe die Maschinen geweckt und den Strudel brodeln lassen.

Warum schreibe ich in diesem Zusammenhang immer, dass der Strudel tost und heult? Es gibt keinen Schall im Weltraum. Ich höre nichts. Aber ich betrachte ihn. Und er brodelt wirklich. Wirklich.

Die Klänge der Stille. Aber nicht so, wie es die Dichter gemeint haben.

13. September

Ich habe den Strudel heute wieder beobachtet, obwohl kein Schiff da war.

Früher habe ich das nie getan. Jetzt habe ich es zweimal gemacht. Es ist verboten. Die Kosten für die Energie sind gewaltig, und Cerberus lebt von Energie. Warum also?

Es ist fast so, als wollte ich den Strudel nicht aufgeben. Aber ich muss. Bald.

14. September

Idiot, Idiot, Idiot. Was habe ich getan? Die *Charon* ist weniger als eine Woche entfernt, und ich habe die Sterne angegafft, als hätte ich sie nie zuvor gesehen. Ich habe noch nicht einmal angefangen zu packen, und ich muss meine Aufzeichnungen für meinen Nachfolger auf den aktuellen Stand und die Station in Ordnung bringen.

Idiot! Warum verschwende ich Zeit damit, Eintragungen in dieses verdammte *Buch* zu machen!

15. September

Das Packen ist fast geschafft. Ich habe auch einige unheimliche Dinge entdeckt. Dinge, die ich in den Anfangsjahren zu verbergen suchte. Wie meinen Roman. Ich habe ihn in den ersten sechs Monaten geschrieben und dachte, er sei großartig. Ich konnte es kaum erwarten, zur Erde zurückzukehren und ihn zu verkaufen und in Zukunft Autor zu sein. Ah ja. Hab ihn ein Jahr später noch einmal gelesen. Er ist beschissen. Fand auch ein Bild von Karen.

16. September

Heute habe ich eine Flasche Scotch und ein Glas mit in den Kontrollraum hinuntergenommen, auf der Konsole abgestellt und mich angeschnallt. Hab einen Toast auf die Schwärze und die Sterne und den Strudel getrunken. Ich werde sie vermissen.

17. September

Ein Tag, nach meinen Berechnungen. Ein Tag. Dann bin ich auf dem Weg nach Hause, zu einem neuen Anfang und einem neuen Leben. Wenn ich den Mut habe, es zu leben.

18. September

Fast Mitternacht. Kein Zeichen von der *Charon*. Was ist passiert? Wahrscheinlich nichts. Diese Reisepläne sind nie exakt. Manchmal Abweichungen von fast einer Woche. Warum also

178

mache ich mir Sorgen? Verdammt, ich bin hier oben auch zu spät angekommen. Ich frage mich, was der arme Junge, den ich abgelöst habe, damals gedacht hat.

20. September

Die *Charon* ist auch gestern nicht gekommen. Als ich das Warten satt hatte, hab ich mir die Scotch-Flasche genommen und bin wieder in den Kontrollraum gegangen. Und hinaus. Um noch einen Trinkspruch auf die Sterne hervorzubringen. Und den Strudel. Ich habe den Strudel erweckt und ließ ihn lodern und habe ihm zugetrunken.

Eine Menge Trinksprüche. Ich hab die Flasche leer gemacht, und heute habe ich einen solchen Kater, dass ich glaube, es nie bis zur Erde zurück schaffen zu können.

Es war eine Dummheit. Die Besatzung der *Charon* könnte die Strudelfarben möglicherweise gesehen haben. Wenn sie mich melden, wird man ein kleines Vermögen von dem Haufen Geld einbehalten, der zu Hause, auf der Erde, wartet.

21. September

Wo bleibt die *Charon*? Ist ihr etwas zugestoßen? Kommt sie?

22. September

Ich bin wieder hinausgegangen.

Gott, so schön, so einsam, so gewaltig. Gespenstisch, das ist das Wort, das ich gesucht habe. Die Schönheit dort draußen ist gespenstisch. Manchmal glaube ich, ich bin ein Dummkopf, wenn ich zurückreise. Ich gebe die gesamte Ewigkeit auf für eine Pizza und einen Fick und ein freundliches Wort.

NEIN! Was zum Teufel schreibe ich da! Nein. Ich kehre zurück, natürlich werde ich zurückkehren. Ich brauche die Erde, ich vermisse die Erde, ich will die Erde. Diesmal *wird* es anders sein.

Ich werde eine andere Karen finden, und diesmal werde ich es nicht verbocken.

23. September

Ich bin krank. Gott, ich bin wirklich krank! Die Dinge, die ich gedacht habe. Ich hab geglaubt, ich hätte mich geändert, aber jetzt bin ich nicht mehr sicher. Ich ertappe mich dabei, dass ich ernsthaft daran denke zu bleiben, für weitere vier Jahre zu unterschreiben. Ich will nicht. Nein. Aber ich glaube, ich habe noch immer Angst – vor dem Leben, vor der Erde, vor allem.

Beeil dich, *Charon*. Beeil dich, bevor ich meine Meinung ändere.

24. September

Karen oder der Strudel? Erde oder Ewigkeit?

Verdammt, wie kann ich das nur *denken*? Karen! Erde! Ich muss Mut haben, ich muss Schmerz riskieren, ich muss das Leben kosten.

Ich bin *kein* Fels. Oder eine Insel. Oder ein Stern.

25. September

Kein Zeichen von der *Charon*. Eine volle Woche zu spät. Das kommt manchmal vor. Aber nicht sehr oft. Sie wird bald ankommen. Ich weiß es.

30. September

Nichts. Jeden Tag passe ich auf und warte. Ich lausche meinen Ortungsgeräten und gehe hinaus, um nachzusehen, und marschiere den Ring entlang; hin und her. Aber nichts. Eine derartige Verspätung hat sie noch nie gehabt. Was stimmt da nicht?

3. Oktober

Ein Schiff heute. Nicht die *Charon*. Anfangs, als es die Ortungsgeräte erfassten, habe ich geglaubt, sie sei es. Ich habe laut genug geschrien, um den Strudel zu wecken. Aber dann sah ich hin, und mein Mut verging. Es war zu groß, und es kam direkt heran, ohne zu verlangsamen.

Ich bin hinausgegangen und ließ es durch. Und danach bin ich lange draußen geblieben.

4. Oktober

Ich will nach Hause. Wo sind sie? Ich verstehe das nicht. Ich verstehe das nicht.

Sie können mich nicht einfach hierlassen. Sie können nicht. Sie werden mich nicht einfach hierlassen.

5. Oktober

Ein Schiff heute. Wieder ein Ringschiff. Ich habe mich immer auf sie gefreut. Jetzt hasse ich sie, weil sie nicht die *Charon* sind. Aber ich lasse es durch.

7. Oktober

Ich habe ausgepackt. Es kommt mir idiotisch vor, aus Koffern zu leben, wo ich doch nicht weiß, ob die *Charon* kommt, oder wann.

Trotzdem halte ich noch immer nach ihr Ausschau. Ich warte. Sie kommt, das weiß ich. Wurde nur irgendwo aufgehalten. Ein Notfall im Gürtel vielleicht.

Es gibt eine Menge Erklärungen.

Mittlerweile erledige ich langweilige Arbeiten überall im Ring. Ich habe ihn für meine Ablösung nie richtig in Ordnung gebracht. Die ganze Zeit viel zu beschäftigt damit, die Sterne zu beobachten, anstatt zu tun, was ich hätte tun sollen.

8. Januar (oder so)

Dunkelheit und Verzweiflung.

Ich weiß, warum die *Charon* nicht gekommen ist. Sie ist nicht fällig. Der Kalender war völlig verstellt. Es ist Januar, nicht Oktober. Und ich habe seit Monaten nach der falschen Zeit gelebt. Sogar den 4. Juli am falschen Tag gefeiert.

Ich hab's gestern entdeckt, als ich im ganzen Ring die Aufräumarbeiten gemacht habe. Ich wollte sichergehen, dass alles richtig läuft. Für meine Ablösung.

Nur, es wird keine Ablösung geben.

Die *Charon* ist vor drei Monaten angekommen. Ich ... ich habe sie vernichtet.

Krank. Es war krankhaft. Ich war krank, verrückt. Sobald es getan war, ging es mir auf. Was ich getan hatte. O Gott. Ich habe stundenlang geschrien.

Und dann habe ich den Kalender zurückgestellt. Und vergessen. Vielleicht absichtlich. Vielleicht konnte ich die Erinnerung nicht ertragen. Ich weiß nicht. Alles, was ich weiß, ist, dass ich vergaß.

Aber jetzt fällt es mir wieder ein. Jetzt erinnere ich mich an alles.

Die Ortungsgeräte hatten mir das Nahen der *Charon* angekündigt. Ich war draußen und wartete. Passte auf. Versuchte, genug von den Sternen und der Dunkelheit mitzubekommen, dass es mir für immer bewahrt blieb.

Durch diese Dunkelheit kam die *Charon*. Sie wirkte so langsam im Vergleich zu den Ringschiffen. Und so klein. Sie war meine Rettung, meine Ablösung, aber sie sah zerbrechlich aus und dumm und irgendwie hässlich. Verkommen. Sie erinnerte mich an die Erde.

Sie bewegte sich auf das Anlegedock zu, senkte sich von oben her in den Ring herunter, tastete sich zu den Schleusen im bewohnbaren Teil von Cerberus vor. So unsagbar langsam. Ich habe zugesehen, wie sie kam. Plötzlich habe ich mich gefragt, was ich zu den Männern der Besatzung sagen würde, und zu meinem Nachfolger. Ich habe mich gefragt, was sie von mir denken würden. Irgendwo in meinen Eingeweiden ballte sich eine Faust zusammen.

Und plötzlich konnte ich sie nicht mehr ertragen. Plötzlich hatte ich Angst davor. Plötzlich hasste ich sie.

Deshalb erweckte ich den Strudel.

Ein rotes Flackern, das sich zu gelben Zungen verzweigte, schnell wuchs, blaugrüne Stöße abfeuerte. Einer wischte dicht an der *Charon* vorbei. Und das Schiff erbebte.

Jetzt sage ich mir, dass es nicht klar war, was ich getan habe. Aber ich wusste, dass die *Charon* ungepanzert war. Ich wusste, dass sie den Strudel-Energien nicht trotzen konnte. Ich wusste es.

Die *Charon* war so langsam, der Strudel so schnell. Innerhalb von zwei Herzschlägen brauste der Mahlstrom gegen das Schiff. Innerhalb von drei Herzschlägen hatte er es verschluckt.

Es war so schnell verschwunden. Ich weiß nicht, ob das Schiff geschmolzen ist oder auseinandergeplatzt oder zerbröckelt. Aber ich weiß, dass es das nicht überstanden hat. Doch es klebt kein Blut an meinem Sternenring. Die Trümmer sind irgendwo auf der anderen Seite des Nullraums. Falls es überhaupt Trümmer gibt.

Der Ring und die Dunkelheit sahen genauso aus wie immer.

Das hat es leicht gemacht zu vergessen. Und ich habe wohl sehr intensiv vergessen wollen.

Und jetzt? Was mache ich *jetzt*? Wird es die Erde herausfinden? Wird es je eine Ablösung geben? Ich will nach Hause.

18. Juni

Meine Ablösung hat heute die Erde verlassen.

Wenigstens glaube ich, dass sie es getan hat. Irgendwie war der Wandkalender kaputt, deshalb bin ich mir wegen des Datums nicht ganz sicher. Aber ich habe ihn wieder in Gang gebracht.

Jedenfalls kann er nicht länger als ein paar Stunden ausgefallen gewesen sein, sonst hätte ich es bemerkt. Also ist mein Nachfolger *wirklich* unterwegs. Er wird natürlich drei Monate benötigen, um hierherzukommen.

Aber wenigstens ist er unterwegs.

Am Morgen fällt der Nebel

An jenem ersten Morgen nach der Landung erschien ich zu früh auf der Speiseterrasse, aber Sanders war bereits draußen. Er stand allein am Geländer und schaute über den Nebel hinweg, der die Berge einhüllte.

Ich trat zu ihm und wünschte ihm halblaut einen guten Morgen. Er fand es nicht der Mühe wert, den Gruß zu erwidern. Stattdessen sagte er, ohne sich umzudrehen: »Schön, nicht wahr?«

Und er hatte recht.

Nur ein kleines Stück unterhalb der Terrasse wälzten sich die Nebelmassen, und ihre gespenstischen Brecher brandeten lautlos gegen die Mauern von Sanders' Schloss. Von Horizont zu Horizont erstreckte sich die zähe weiße Schicht und deckte alles zu. Im Norden konnten wir den Gipfel des *Roten Geists* erkennen; ein scharfer Dolch aus brandrotem Fels, der in den Himmel stach. Die anderen Berge lagen noch unter der Nebeldecke.

Wir jedoch befanden uns über den Nebeln. Sanders hatte den höchsten Gipfel der Kette ausgewählt und dort sein Hotel errichtet. Wir schwebten einsam über einem brodelnden weißen Ozean, segelten inmitten von Wolken dahin.

Wolken. Sanders nannte sein Hotel *Wolkenschloss*. Der Name lag auf der Hand.

»Ist das hier immer so?«, fragte ich, nachdem ich das Bild eine Weile in mich aufgesogen hatte.

»Immer wenn der Nebel fällt«, erwiderte er und lächelte wehmütig. Er war ein beleibter Mann mit einem jovialen fleischigen Gesicht und dicken roten Backen. Kaum die Sorte Mensch, der man ein wehmütiges Lächeln zutraut. Aber er bildete eine Ausnahme.

Er wies nach Osten. Die Sonne von *Geisterwelt* ging auf und ließ den Morgenhimmel orangerot und purpurn erglühen.

»Die Sonne«, sagte er. »Sobald sie höher steigt, treibt die Wärme den Nebel zurück in die Täler, zwingt ihn, vor den Bergen, die er nachts besiegt hat, die Waffen zu strecken. Der Nebel fällt, und ein Gipfel nach dem anderen kommt zum Vorschein. Gegen Mittag kann man dann die ganze Kette überblicken, meilenweit. Dieses Schauspiel erlebt man nirgends auf der Erde – oder auch einer anderen Welt.« Er lächelte wieder und führte mich an einen der Tische, die auf der Terrasse standen. »Und dann, bei Sonnenuntergang, kehrt sich alles um. Heute Abend müssen Sie zusehen, wie der Nebel steigt.«

Wir nahmen Platz, und ein geschmeidiger Rober rollte heran, da er unser Gewicht auf den Stühlen registrierte. Sanders beachtete ihn nicht. »Es ist eine Schlacht, verstehen Sie?«, fuhr er fort. »Eine ewige Schlacht zwischen der Sonne und dem Nebel. Und der Nebel erweist sich als stärker. Er beherrscht die Täler, die Ebenen, die Meeresküsten. Die Sonne besitzt nur über einige Berggipfel Macht – und das auch nur bei Tag.«

Er wandte sich an den Rober und bestellte Kaffee für uns beide, damit die Zeit bis zum Eintreffen der anderen schneller verging. Selbstverständlich war der Kaffee frisch aufgebrüht. Sanders duldete auf seinem Planeten kein Instantpulver und schon gar keine synthetischen Gemische.

»Ihnen gefällt es hier«, stellte ich fest, während wir auf den Kaffee warteten.

Sanders lachte. »Warum auch nicht? *Wolkenschloss* bietet die gleichen Annehmlichkeiten wie Ihre Erde – gutes Essen, Unterhaltung, ein eigenes Spielcasino. Dazu kommt die Atmosphäre dieses Planeten. Finden Sie nicht selbst, dass ich die bessere der beiden Welten gewählt habe?«

»Vielleicht. Aber die meisten Menschen würden das anders sehen. Niemand kommt des guten Essens wegen oder um des Vergnügens willen auf Ihre *Geisterwelt*.«

Sanders nickte. »Es gibt einige Jäger, die hinter den Felskatzen und Prärieteufeln her sind. Und der eine oder andere will hinaus zu den Ruinen.«

»Aber das sind die Ausnahmen«, erklärte ich. »Nicht die Regel. Die Mehrzahl Ihrer Gäste kommt aus einem einzigen Grund.«

»Klar«, gab er lachend zu. »Wegen der Geister.«

»Wegen der Geister«, wiederholte ich. »Sie leben auf einer schönen Welt, die zum Jagen, Angeln und Bergsteigen verlockt. Aber nichts davon reizt die Touristen. Sie wollen die Geister sehen.«

In diesem Moment servierte der Rober zwei große, dampfende Tassen Kaffee, dazu einen Krug mit dicker Sahne. Der Kaffee war sehr stark, sehr heiß und sehr gut. Nach dem synthetischen Zeug, das man uns wochenlang an Bord des Raumschiffs vorgesetzt hatte, war er die reinste Offenbarung.

Sanders trank genießerisch Schluck für Schluck und beobachtete mich über den Rand der Tasse hinweg. Dann setzte er sie nachdenklich ab. »Und Sie?«, befand er. »Sie sind auch wegen der Geister hier.«

Ich zuckte die Achseln. »Sicher. Meine Leser scheren sich nicht um exotische Landschaften. Dubowski und seine Leute sind hier, um die Geister aufzuspüren, und ich bin hier, um darüber zu berichten.«

Sanders wollte etwas erwidern, aber dazu kam er nicht mehr. Unvermittelt sagte eine klare, harte Stimme hinter uns: »Wenn es überhaupt irgendwelche Geister aufzuspüren gibt!«

Wir drehten uns um. Am Terrasseneingang stand Dr. Charles Dubowski, der Mann, der das Forschungsteam auf der *Geisterwelt* leiten sollte. Er blinzelte ins Licht. Irgendwie war es ihm geglückt, das Assistentenrudel abzuschütteln, das ihm sonst auf Schritt und Tritt folgte.

Dubowski verharrte einen Moment lang, dann schlenderte er an unseren Tisch, angelte sich einen Stuhl und nahm Platz. Der Rober rollte erneut heran.

Sanders betrachtete den hageren Wissenschaftler mit unverhohlener Abneigung. »Wie kommen Sie darauf, dass es die Geister nicht gibt, Doktor?«

Dubowski hob die Schultern und lächelte geringschätzig. »Ich finde einfach das Beweismaterial reichlich dürftig«, sagte er. »Aber keine Sorge! Ich lasse mich bei der Arbeit nie von meinen Gefühlen leiten. Mir geht es um die Wahrheit. Deshalb werde ich die Expedition objektiv durchführen. Und wenn es Ihre Geister tatsächlich gibt, dann rücke ich ihnen schon zu Leibe.«

»Oder die Geister Ihnen«, entgegnete Sanders. Er wirkte ernst. »Und das ist dann vielleicht weniger angenehm.«

Dubowski lachte. »Nun hören Sie aber auf, Sanders! Fühlen Sie sich verpflichtet, mir Spukgeschichten vorzusetzen, nur weil Sie in einem Schloss hausen?«

»Spotten Sie nicht, Doktor! Die Geister haben bereits Opfer gefordert.«

»Dafür gibt es keine Beweise«, sagte Dubowski. »Überhaupt keine Beweise! Ebenso wenig wie für die Geister selbst. Aber deshalb sind wir ja hier. Um Beweise zu sammeln, für oder wider die Geister.« Er wandte sich an den Rober, der neben ihm stand und ungeduldig summte. »Doch nun habe ich erst einmal Hunger.«

Dubowski und ich bestellten Felskatzen-Steaks und frisch gebackenes Weißbrot. Sanders nutzte es aus, dass unser Schiff neue Vorräte von der Erde mitgebracht hatte, und ließ sich ein halbes Dutzend Eier mit einer dicken Schinkenscheibe braten.

Felskatzen-Fleisch besitzt ein Aroma, wie man es bei den terranischen Schlachttieren längst nicht mehr findet. Ich aß mit Genuss. Dubowski dagegen redete viel und ließ die Hälfte auf dem Teller liegen.

»Sie sollten die Geister etwas ernster nehmen«, warnte ihn Sanders, als der Rober mit unserer Bestellung abgerollt war. »Seit der Entdeckung dieses Planeten gab es zweiundzwanzig Tote. Und wir haben Dutzende von Augenzeugenberichten.«

»Ich weiß«, antwortete Dubowski. »Aber das sind keine schlüssigen Beweise. Tote? Den einen oder anderen. In der Hauptsache jedoch Vermisste – Leute, die irgendwann nicht zurückkehrten, weil sie von einer Steilwand stürzten, einer Felskatze begegneten oder sonst irgendeinen Unfall hatten. Bei dem dichten Nebel findet man ja niemanden. Sehen Sie, auf der Erde verschwinden täglich mehr Menschen als hier im Laufe von Jahren, und man denkt sich kaum etwas dabei. Aber wenn auf Ihrem Planeten ein Mensch nicht wieder auftaucht, dann haben ihn unweigerlich die Geister geholt. Nein, tut mir leid, Ihre Beweise reichen nicht aus.«

»Man hat Tote gefunden, Doktor«, sagte Sanders ruhig. »Auf grausige Weise zugerichtet. Mit Wunden, die weder von einem Sturz noch von einer Felskatze stammen konnten.«

»Ich habe mich gründlich mit dem Geisterphänomen befasst«, erklärte ich. »Soviel ich weiß, hat man bis jetzt nur vier Leichen geborgen.«

Sanders runzelte die Stirn. »Stimmt«, gab er zu. »Aber was sagen Sie zu diesen vier Fällen? Das Material überzeugt doch, oder?« In diesem Moment kam der Nachtisch, doch Sanders ließ sich in seinen Ausführungen nicht stören. »Nehmen wir nur den ersten Fall – die Gregor-Expedition. Er wurde nie restlos geklärt.«

Ich nickte. Dave Gregor hatte das Schiff befehligt, das vor nunmehr fast fünfundsiebzig Jahren zum ersten Mal auf der *Geisterwelt* gelandet war. Sensoren durchdrangen die Nebeldecke und bestimmten die Küstenebene als günstigsten Ausgangspunkt für die Erforschung des Planeten. Und dann schickte der Kapitän seine Leute in Zweiergruppen aus, um die Gegend zu erkunden.

Von einer der – übrigens gut bewaffneten – Gruppen kehrte nur ein Teilnehmer zurück, und er befand sich in einem Zustand der Hysterie. Der Nebel hatte ihn für kurze Zeit von seinem Partner getrennt, und plötzlich vernahm er einen markerschütternden Schrei. Als er ihn fand, war sein Freund bereits tot. Und etwas beugte sich über den Leichnam.

Der Überlebende beschrieb den Killer als eine Art Mensch, zweieinhalb Meter groß und ohne Substanz.

Der Strahl seiner Waffe, so behauptete er, sei mitten durch das Ding gegangen, ohne es zu verletzen. Gleich darauf verschwand es im Nebel.

Gregor schickte andere Gruppen aus, um nach dem geheimnisvollen Wesen zu suchen. Sie brachten den Toten zurück, aber das war alles. Auf dieser Nebelwelt fiel es schon schwer, einen bestimmten Fleck wiederzufinden, geschweige denn ein Wesen, wie es der Mann beschrieben hatte.

So erfuhr man nie, ob seine Geschichte stimmte. Aber man schlachtete sie auf der Erde weidlich aus. Ein zweites Schiff landete, und die Besatzung sah sich gründlich um. Sie fand nichts. Allerdings verschwand eine der Suchgruppen spurlos.

Damit war die Legende der Nebelgeschöpfe geboren und breitete sich rasch aus. Weitere Schiffe kamen auf die *Geisterwelt*, wie man sie nun nannte. Eine Handvoll Kolonisten siedelte sich an, und eines Tages landete Paul Sanders. Er erbaute sein *Wolkenschloss*, damit Touristen ohne Risiko auf dem geheimnisvollen Planeten der Geister wohnen konnten.

Es gab weitere Todesfälle, und von Zeit zu Zeit verschwand jemand. Viele behaupteten, sie hätten Geister durch den Nebel schleichen gesehen. Und dann stieß jemand auf die Ruinen. Ein Haufen Steinblöcke, mehr nicht, aber unbestreitbar die Reste von Bauwerken. Die einstigen Städte der Geister, wie die Leute sagten.

Meiner Ansicht nach ließen sich diese Beweise nur schwer erschüttern. Aber Dubowski war anderer Meinung.

»Der Fall Gregor beweist gar nichts«, befand er und schüttelte heftig den Kopf. »Sie wissen ebenso gut wie ich, dass der Planet nie richtig erforscht wurde. Das gilt ganz besonders für die Ebene, auf der Gregors Schiff gelandet ist. Vielleicht wurde der Mann von einem Tier angefallen – einem seltenen Tier, das in jener Küstenregion beheimatet ist.«

»Und die Aussage seines Gefährten?«, warf Sanders ein.

»Reine Hysterie.«

»Es gab eine Reihe anderer Begegnungen. Und die Zeugen waren nicht immer hysterisch.«

»Das besagt überhaupt nichts.« Wieder schüttelte Dubowski den Kopf. »Selbst auf der Erde glauben eine Menge Leute felsenfest an Gespenster und Fliegende Untertassen. Hier in diesem verdammten Nebel kommen Täuschungen und Trugbilder natürlich noch viel öfter vor.«

Er gestikulierte mit dem Buttermesser. »Es ist der Nebel, der alles verschleiert, die Konturen verwischt. Ohne den Nebel wäre der Geistermythos längst verschwunden. Und bisher fehlte das Geld oder die Ausrüstung, um exakte Untersuchungen anzustellen. Nun, wir werden das ändern. Wir sind fest entschlossen, die Wahrheit zu erforschen.«

Sanders verzog das Gesicht. »Wenn die Geister es zulassen!«

»Ich begreife Sie nicht, Sanders«, sagte Dubowski streng. »Weshalb leben Sie seit vielen Jahren auf dieser Welt, wenn Sie so große Angst vor den Geistern haben?«

»Mein *Wolkenschloss* ist gut gesichert«, erwiderte Sanders. »Auf welche Weise, können Sie im Gästeprospekt nachlesen. Kein Mensch befindet sich hier in Gefahr. Außerdem verlassen die Geister niemals ihren Nebel. Hier oben haben wir fast immer Sonne. In den Tälern sieht die Sache natürlich anders aus.«

»Abergläubisches Zeug. Ich meine, Ihre Nebelgeister sind nichts anderes als von der Erde importierte Gespenster – ein Ausbund der menschlichen Fantasie. Aber warten wir ab, bis wir Ergebnisse in der Hand haben! Wenn es diese Geister wirklich gibt, dann wird es mir auch gelingen, sie aufzuspüren.«

Sanders schaute zu mir herüber. »Und Sie? Teilen Sie die Ansicht des Doktors?«

»Ich bin Journalist«, entgegnete ich vorsichtig. »Ich soll eine Reportage über das bringen, was sich hier abspielt. Ihre Geister sind eine Sensation – die Leser wollen genau Bescheid wissen. Ansichten habe ich keine. Zumindest keine, die ich veröffentlichen würde.«

Sanders schwieg verärgert und wandte sich seinem Essen zu. Dubowski begann in allen Einzelheiten zu schildern, wie er bei seiner Suche vorgehen wollte. Es fielen Worte wie Geisterfallen, Sucheinsätze, Robosonden und Taststrahlen. Ich hörte genau zu und merkte mir die wichtigsten Details für meinen ersten Bericht.

Sanders hörte ebenfalls aufmerksam zu, aber man sah, dass er alles andere als begeistert von Dubowskis Plänen war.

Sonst ereignete sich an diesem Tag nicht viel. Dubowski verbrachte die meiste Zeit in dem kleinen Raumhafen, der sich unterhalb des Hotels befand, und überwachte das Verladen des technischen Geräts. Ich schrieb meine Reportage und funkte sie in Richtung Erde. Sanders kümmerte sich um seine übrigen Gäste und tat ansonsten wohl das, was ein Hotelmanager so zu tun hat.

Bei Sonnenuntergang trat ich wieder hinaus auf die Terrasse und sah zu, wie der Nebel aufstieg.

Es war eine Schlacht, genau wie Sanders gesagt hatte. Als der Nebel fiel, trat die Sonne ihren Siegeszug über den Himmel an. Doch nun begann der Kampf von Neuem. Der Nebel kroch langsam hinauf, während die Temperatur sank. Dünne, grauweiße Fäden stahlen sich lautlos aus den Tälern und legten sich wie gespenstische Finger um die zerklüfteten Berggipfel. Die Finger verwandelten sich in große, kräftige

Klauen und begannen schwere weiße Fetzen in die Höhe zu zerren.

Die kahlen, von Stürmen zerfressenen Gipfel versanken, einer nach dem anderen. Zuletzt tauchte auch der Gigant im Norden, der *Rote Geist*, in die Tiefe des weißen Ozeans. Und dann brandeten die Nebel um die Terrasse des Wolkenschlosses und begannen es einzukesseln.

Ich ging nach drinnen. Sanders stand im Eingang. Er hatte mich beobachtet.

»Sie hatten recht«, sagte ich. »Ein schöner Anblick.«

Er nickte. »Wissen Sie, Dubowski hat die Aussicht bis jetzt noch mit keinem Blick gewürdigt.«

»Zu beschäftigt, nehme ich an.«

Sanders seufzte. »Viel zu beschäftigt. Kommen Sie, ich lade Sie zu einem Drink ein.«

In der Hotelbar war es still und dunkel. Es herrschte genau die Atmosphäre, die man zu ernsten Gesprächen und einem guten Schluck braucht. Je mehr ich von dem Hotel sah, desto besser gefiel mir Sanders. Der Mann besaß einen ähnlichen Geschmack wie ich. Wir nahmen in einer abgeschiedenen Nische Platz und bestellten. Die Karte wies Getränke von einem guten Dutzend Welten auf.

»Dubowskis Anwesenheit scheint Sie nicht zu freuen«, begann ich, als die Gläser vor uns standen. »Weshalb nicht? Er bringt Ihnen Geld ins Haus.«

Sanders blickte auf. »Das stimmt. Die Saison ist noch nicht richtig angelaufen. Aber mir gefällt nicht, was er sich da vorgenommen hat.«

»Also versuchen Sie ihn zu vergraulen?«

Sanders' Lächeln verschwand. »War das so deutlich zu erkennen?«

Ich nickte.

Er stieß einen Seufzer aus. »Ich hatte auch nicht mit einem Erfolg gerechnet«, sagte er und nahm einen Schluck. »Aber ich musste es wenigstens versuchen.«

»Warum?«

»Weil er die Welt hier kaputt machen wird, wenn ich ihn nicht daran hindere. Darum. Er und seine Leute arbeiten so lange, bis es im ganzen Universum kein einziges Geheimnis mehr gibt.«

»Es geht doch nur um eine Handvoll ungelöster Fragen. Gibt es auf diesem Planeten Geister? Was hat es mit den Ruinen auf sich? Wer erbaute sie? Hatten Sie nie den Wunsch, diese Dinge zu erfahren, Sanders?«

Er trank sein Glas leer, schaute sich um und winkte den Kellner herbei. Hier drinnen gab es keine Rober, nur richtiges Personal. Sanders legte Wert auf Atmosphäre.

»Oh, doch«, sagte er, als das nächste Glas vor ihm stand. »Jeder hat über diese Fragen nachgedacht. Weshalb kommen die Menschen auf die *Geisterwelt*? Alle, die hier landen, hoffen insgeheim auf ein Abenteuer mit den Geistern – bilden sich ein, dass sie persönlich die Antwort auf das Rätsel finden werden.

Aber so einfach ist das nicht. Also schnallen sie einen Strahler um, streifen ein paar Tage, vielleicht auch ein paar Wochen durch die Nebelwälder – und finden nichts. Na und? Sie können wiederkommen und sich noch einmal auf die Suche begeben. Der Traum bleibt, die Romantik, das Geheimnis.

Und wer weiß, vielleicht schwebt eines Tages in der Tat ein Geist durch den Nebel. Oder etwas, das man für einen Geist halten kann. Dann kehrt man glücklich heim, denn nun ist man ein Teil der Legende. Man hat ein Stückchen Schöpfung berührt, das noch nicht von Leuten wie Dubowski ihres Zaubers beraubt wurde.«

Er verfiel in Schweigen und starrte finster in sein Glas. Dann, nach einer langen Pause, fügte er hinzu: »Dubowski! Pah! Der Mann macht mich wütend. Kommt mit einem Schiff voll Lakaien, einem Millionenzuschuss, den neuesten technischen Spielereien und begibt sich auf Geisterjagd. Oh, er wird sie fangen! Das ist es ja gerade. Entweder beweist er uns, dass sie nicht existieren, oder er nagelt sie fest, und sie entpuppen sich als eine Tierrasse oder als Submenschen – was weiß ich?«

Wieder trank er das Glas in einem Zug leer. »Und damit macht er alles kaputt. Kaputt, verstehen Sie? Er beantwortet mit seiner Wundertechnik die letzten Fragen und lässt den anderen Leuten nichts mehr übrig. Das ist einfach nicht fair.«

Ich saß da, nippte an meinem Drink und sagte gar nichts. Sanders ließ sich das dritte Glas kommen. Ein hässlicher Gedanke ging mir immer wieder durch den Kopf. Schließlich musste ich ihn loswerden.

»Wenn Dubowski alle Fragen beantwortet«, begann ich, »dann hat die *Geisterwelt* ihren Reiz für die Besucher verloren. Und Sie machen kein Geschäft mehr. Könnte es sein, dass Sie davor Angst haben?«

Sanders funkelte mich an, und einen Moment lang schien es, als wollte er sich auf mich stürzen. Er tat es nicht. »Ich dachte, Sie seien anders. Weil Sie zugesehen haben, wie der Nebel fiel. Weil es Sie beeindruckt hat. Zumindest habe ich das geglaubt. Aber ich habe mich wohl getäuscht.« Er wies mit dem Kinn zur Tür. »Los, verschwinden Sie!«

Ich stand auf. »Hören Sie, Sanders«, sagte ich. »Die Sache tut mir leid. Aber es gehört nun mal zu meinem Beruf, hässliche Fragen zu stellen.«

Er gab keine Antwort, und ich verließ den Tisch. Am Ausgang drehte ich mich noch einmal um und warf ihm einen Blick zu.

Er starrte in sein Glas und führte Selbstgespräche.

»Antworten«, knurrte er. »Antworten. Auf alles brauchen sie Antworten. Dabei sind die Fragen viel schöner. Warum lassen sie nichts in Frieden?«

Nun, ich ließ ihn in Frieden.

In den nächsten Wochen gab es eine Menge Arbeit, für mich und die Expeditionsteilnehmer. Dubowski ging gründlich ans Werk, das musste man ihm lassen. Er hatte seinen Sturmangriff auf die *Geisterwelt* mit äußerster Präzision vorbereitet.

Es begann mit dem Vermessen. Wegen des ständigen Nebels gab es von der *Geisterwelt* nur wenige, sehr primitive Karten. Dubowski sandte eine ganze Flotte von Robosonden aus, die über die Nebelwogen glitten und ihnen mithilfe modernster Sensoren ihre Geheimnisse zu entreißen suchten. Daten strömten ins Hauptquartier. Die ersten topografischen Übersichten entstanden.

In die neuen Karten trug Dubowski jede Stelle ein, an der es einen Zwischenfall mit den Geistern gegeben hatte. Noch bevor er mit seiner Gruppe die Erde verließ, hatte er Informationen zu den Geistererscheinungen gesammelt und ausgewertet. Darüber hinaus bot die Hotelbibliothek reichhaltiges Material, das ihm half, die Lücken zu schließen. Wie erwartet, häuften sich die Zusammenstöße mit Geistern in den Tälern rund um das Hotel. Hier befand sich das einzige Gebiet, in dem ständig Menschen lebten.

Sobald die Karten vollständig waren, verteilte Dubowski seine Geisterfallen. Die meisten befanden sich in Regionen, in denen man bereits häufig Geister »gesichtet« hatte. Aber er versäumte es auch nicht, abseits gelegene Gebiete wie die Küstenebene zu überwachen.

Die Geisterfallen waren natürlich keine richtigen Fallen. Es handelte sich vielmehr um gedrungene Duralkästen, die mit den modernsten Sensoren und Aufzeichnungsgeräten bestückt waren. Der Nebel stellte für diese Instrumente kein Hindernis dar. Sollte so ein Pechvogel von einem Geist in ihren Wirkungsbereich geraten, wurde er registriert, ob er wollte oder nicht.

Inzwischen hatte man die Robosonden zurückgeholt, umprogrammiert und von Neuem auf die Reise geschickt. Jetzt, da das Gelände genau bekannt war, konnte man die Patrouillenflüge niedriger ansetzen – mitten durch den Nebel. Die Sonden enthielten zwar nicht so exakte Messgeräte wie die Geisterfallen, aber sie erfassten große Bereiche und überstrichen täglich Tausende von Quadratmeilen.

Als dann die Geisterfallen errichtet waren und die Sonden in den vorgeschriebenen Bahnen kreisten und ihre Aufnahmen machten, nahm sich Dubowski mit seinen Assistenten die Nebelwälder vor. Jeder von ihnen hatte einen Packen mit Instrumenten auf den Rücken geschnallt. Diese Suchtrupps besaßen einen größeren Radius als die ortsfesten Geisterfallen und feinere Sensoren als die Sonden. Jeden Tag durchkämmten sie ein anderes Gebiet.

Ich begleitete die Männer auf einigen ihrer Touren. Wir fanden zwar nichts, aber ich brachte eine Menge Material für meine Arbeit mit. Und auf diesen Streifzügen entdeckte ich meine Liebe zu den Nebelwäldern.

In den Prospekten der Reiseunternehmen ist gern die Rede »von den schaurigen Nebelwäldern der geheimnisumwitterten Geisterwelt«. Aber das stimmt nicht. Die Wälder sind nicht schaurig. Ganz im Gegenteil. Für den, der so etwas zu schätzen weiß, besitzen sie eine ganz eigene Schönheit.

Die Bäume ragen schlank und hoch auf, mit weißer Rinde und blassgrauem Laub. Dennoch sind die Wälder nicht fahl. Es gibt da eine Schmarotzerpflanze, eine Art Hängemoos, das in dunkelgrünen und scharlachroten Kaskaden von den überhängenden Ästen fällt. Felsbrocken lockern das Gelände auf, Lianen und niedrige Sträucher mit merkwürdig geformten Purpurfrüchten.

Natürlich - die Sonne scheint hier nie. Der Nebel deckt alles zu. Er zieht hierhin und gleitet dorthin, streichelt den Wanderer mit unsichtbaren Fingern, greift nach seinen Knöcheln.

Hin und wieder foppt dich der Nebel. Du wanderst dahin, durch eine dichte graue Wand, und siehst kaum ein paar Schritte weit. Selbst die Füße versinken im Grau. Aber dann, mit einem Mal, kesseln dich die Schwaden regelrecht ein, und du siehst überhaupt nichts mehr. In solchen Momenten stieß ich mehr als einmal gegen einen Baumstamm.

Zu anderen Zeiten wieder weicht der Nebel unvermittelt zurück – weshalb, weiß kein Mensch –, und du stehst allein inmitten einer hellen Insel. Für eine Weile offenbart sich der Wald in seiner ganzen grotesken Schönheit. Es ist ein kurzer, atemberaubender Blick in ein Land der Fantasie. Solche Momente sind selten und vergehen im Nu. Aber sie bleiben einem im Innern.

Sie bleiben.

In jenen ersten Wochen hatte ich kaum Zeit, durch die Wälder zu streifen, wenn ich mich nicht gerade einem Suchtrupp anschloss, um meinen Berichten den Anstrich des Selbsterlebten zu geben. Meist saß ich an der Arbeit. Ich lieferte einen Geschichtsabriss über die *Geisterwelt* und flocht die wichtigsten »Erscheinungen« ein. Ich schrieb Features über die Expeditionsteilnehmer, die mir besonders ins Auge gefallen waren. Auch Sanders kam an die Reihe. Der Bericht befasste sich vor allem mit den Schwierigkeiten, die er beim Bau seines Wolkenschlosses angetroffen und gemeistert hatte. Dann versuchte ich mich an einer wissenschaftlichen Abhandlung über die noch weitgehend unbekannte Ökologie des Planeten. Ich beschrieb die Stimmung in den Bergen und den Nebelwäldern. Ich stellte Betrachtungen über die Ruinen an. Ich schilderte eine Felskatzen-Jagd, die Vergnügen des Bergsteigens und eine Begegnung mit den gefährlichen Sumpfechsen, die es auf einigen Inseln dieser Welt gibt.

Und natürlich schrieb ich über Dubowskis Geistersuche. Darüber schrieb ich in rauen Mengen.

Irgendwann jedoch geriet das Erlebnis zur Routine. Ich hatte die Themen mehr oder weniger erschöpft, und mein Arbeitseifer ließ nach. Ich gönnte mir mehr Freizeit.

Und nun genoss ich die *Geisterwelt* erst richtig. Tag für Tag wanderte ich durch die nebelverhangenen Wälder und entdeckte immer wieder etwas Neues. Ich besichtigte die Ruinen und unternahm eine Reise um den halben Kontinent, um einen Blick auf die Sumpfechsen zu werfen. Eine Gruppe von Jägern lud mich ein, sie zu begleiten, und ich schoss eigenhändig eine Felskatze. Ich wanderte mit einigen der Leute weiter bis zur Westküste, wo ich um ein Haar in die Fänge eines Prärieteufels geriet.

Und ich söhnte mich mit Sanders aus.

Die meiste Zeit über hatte Sanders mich, Dubowski und die übrigen Expeditionsteilnehmer einfach geschnitten. Wenn er mit uns sprach, dann nur das Notwendigste. Er widmete sich ostentativ seinen anderen Gästen.

Nach dem Zwischenfall am ersten Abend machte ich mir Sorgen, wie es weitergehen würde. Ich stellte mir vor, dass er im Schutz des Nebels jemanden umbrachte und die Untat als Geistermord kaschierte. Oder dass er sich irgendwie an den Fallen zu schaffen machte.

Ich war jedenfalls sicher, dass er versuchen würde, Dubowski und seine Expedition wegzuekeln.

Vielleicht hatte ich zu viele Holofilme gesehen. Sanders jedenfalls tat nichts dergleichen. Er spielte einfach den Beleidigten, bedachte uns in den Hotelkorridoren mit finsteren Blicken und bediente uns nur widerwillig.

Nach einer Weile kam er jedoch wieder aus seiner Reserve. Zumindest, soweit es mich betraf. Sein Verhältnis zu Dubowski änderte sich nicht.

Es hatte wohl mit meinen Streifzügen durch die Wälder zu tun. Dubowski ging nur dann in den Nebel hinaus, wenn es sich wirklich nicht vermeiden ließ, und dann kehrte er immer so rasch wie möglich zurück. Seine Leute folgten dem Beispiel ihres Chefs. Ich war der einzige Joker in dem Spiel. Aber genau genommen gehörte ich ja auch nicht dazu.

Sanders fiel das natürlich auf. Es gab kaum etwas im *Wolkenschloss*, das ihm entging, und gelegentlich richtete er das Wort an mich, immer sehr höflich. Eines Tages lud er mich sogar wieder in seine Bar ein.

Das war etwa zwei Monate nach jenem ersten Abend. Es wurde Winter, und der erste Frost lag in der Luft. Dubowski und ich saßen nach einem herrlichen Abendessen auf der Speiseterrasse und tranken noch eine Tasse Kaffee. Sanders unterhielt sich ganz in der Nähe mit ein paar Touristen.

Ich weiß nicht mehr, was Dubowski und ich gerade besprachen. Jedenfalls unterbrach er mich irgendwann und meinte fröstelnd: »Es ist kalt hier draußen. Warum gehen wir nicht hinein?«

Ich zog die Stirn kraus. »So schlimm finde ich es gar nicht. Außerdem geht gleich die Sonne unter. Und das ist einer der schönsten Momente auf dieser Welt.«

Dubowski klapperte mit den Zähnen. Er stand auf. »Wie Sie meinen«, sagte er. »Ich gehe jedenfalls nach drinnen. Nur um den Nebel fallen zu sehen, riskiere ich keinen Schnupfen.«

Er ging auf die Tür zu, aber er hatte noch keine drei Schritte getan, da sprang Sanders auf und brüllte wie eine angeschossene Felskatze: »Was sagt der Kerl? Der Nebel fällt? Der Nebel *fällt!*« Er begann zu fluchen.

Ich hatte Sanders noch nie so erregt gesehen, auch nicht damals, am ersten Abend, als er mich aus der Bar gewiesen hatte. Er zitterte vor Wut, sein Gesicht war rot angelaufen, und er ballte die Fäuste.

Hastig stand ich auf und stellte mich zwischen die beiden. Dubowski warf mir einen verwirrten Blick zu. »Was ...«, begann er erschrocken.

»Verschwinden Sie!«, unterbrach ich ihn. »Gehen Sie in Ihr Zimmer! Oder in den Aufenthaltsraum. Irgendwohin. Nur machen Sie sich aus dem Staub, bevor er Sie umbringt!«

»Aber ... aber ... was ist denn los? Ich verstehe nicht ...«

»Morgens fällt der Nebel«, klärte ich ihn auf. »Abends, bei Sonnenuntergang, steigt er. Und nun *gehen* Sie!«

»Das ist *alles*? Weshalb regt ihn das so auf?«

»*Gehen Sie!*«, drängte ich ihn energisch.

Dubowski schüttelte den Kopf, als sei ihm immer noch nicht klar, was sich hier abspielte. Aber er ging.

Ich wandte mich an Sanders. »Beruhigen Sie sich wieder«, sagte ich. »So beruhigen Sie sich doch!«

Er beherrschte sich, aber seine Blicke schienen Dubowski zu durchbohren. »Zwei Monate lebt dieser Kerl nun hier«, murmelte er. »Und weiß immer noch nicht, wann der Nebel steigt oder fällt.«

»Er hat sich dieses Schauspiel bisher entgehen lassen«, erklärte ich. »Derartige Dinge bedeuten ihm nichts. Aber das macht sein Leben ärmer, nicht das Ihre.«

Er schaute mich mit gerunzelter Stirn an. »Ja«, sagte er schließlich und nickte. »Sie haben recht.« Er seufzte. »Der Nebel fällt – Herrgott noch mal!« Es entstand eine kurze Pause. »Ich brauche jetzt einen Schluck. Sind Sie dabei?«

Ich bejahte.

Wir landeten in der gleichen dunklen Ecke wie an jenem ersten Abend. Offenbar war das Sanders' Stammplatz. Er kippte drei Gläser hinunter, bevor ich das erste geschafft hatte. Großzügig eingeschenkte Gläser. Im *Wolkenschloss* war alles großzügig bemessen.

Diesmal gerieten wir nicht in Streit. Wir redeten über den Nebel, die Wälder und die Ruinen. Wir kamen auf die Geister zu sprechen, und es machte Sanders Spaß, mir von den berühmtesten Erscheinungen zu erzählen. Ich kannte die Geschichten natürlich, aber nicht so, wie Sanders sie brachte.

Irgendwann kamen wir darauf, dass ich in Bradbury geboren wurde, während eines Marsurlaubs meiner Eltern. In der nächsten Stunde gab mein Gastgeber unzählige Witze von den kleinen grünen Männchen zum Besten. Auch die kannte ich fast alle, aber ich hatte mehr als sonst getrunken, und so fand ich sie sehr erheiternd.

Nach diesem Abend verbrachte ich viel Zeit mit Sanders. Ich hatte geglaubt, die *Geisterwelt* inzwischen gut zu kennen. Aber Sanders belehrte mich eines Besseren. Er zeigte mir verborgene Stellen in den Wäldern, von denen ich heute noch träume. Er brachte mich zu den Inselsümpfen, deren Bäume ständig schwanken, selbst wenn kein Lufthauch weht. Wir flogen in den hohen Norden, zu einem Gebirge mit gewaltigen, gletscherbedeckten Gipfeln, und wir besuchten eine Hochebene im Süden, wo sich die Nebel gleich einem gespenstischen Wasserfall über den Plateaurand wälzen.

Natürlich berichtete ich auch weiterhin über Dubowski und seine Geistersuche. Aber es tat sich wenig Neues, und so verbrachte ich fast die gesamte Zeit mit Sanders. Die Reportagen kümmerten mich nicht weiter. Meine Serie über die *Geisterwelt* war auf der Erde und den meisten Kolonieplaneten groß herausgekommen, und ich gedachte mich auf meinen Lorbeeren auszuruhen.

Das war mein großer Irrtum.

Ich befand mich etwa ein Vierteljahr auf der *Geisterwelt*, da erhielt ich einen Funkspruch von der Zentrale. Auf einem Planeten namens *Neue Zuflucht*, der nur wenige Systeme entfernt lag, war ein Bürgerkrieg ausgebrochen. Ich sollte mir die Sache aus der Nähe ansehen. Dubowski hatte ohnehin vor, noch länger auf der *Geisterwelt* zu bleiben.

Sosehr mir der Planet auch gefiel, ergriff ich die Gelegenheit doch beim Schopf. Meine Storys über die Geistersuche klangen allmählich lahm, weil sich einfach nichts mehr aus dem Stoff herausholen ließ. Der Bürgerkrieg versprach zumindest Abwechslung.

Und so nahm ich Abschied von Sanders, Dubowski und dem *Wolkenschloss*, wanderte ein letztes Mal durch die Nebelwälder und begab mich mit dem nächsten Schiff auf die Reise.

Der Krieg auf der *Neuen Zuflucht* entpuppte sich als Windei. Ich blieb kaum einen Monat dort, aber das reichte mir. Eine Gruppe von Glaubensfanatikern hatte den Planeten besiedelt und war über irgendeine religiöse Haarspalterei in ein Schisma geschlittert. Nun beschuldigte jede Seite die andere der Häresie. Irgendwie mutete der Streit schäbig an, und der Planet selbst besaß den Liebreiz eines Mars-Slums.

Ich verdrückte mich auf schnellstem Wege und reiste von Welt zu Welt, von Story zu Story. Nach einem halben Jahr landete ich auf der Erde. Die Wahlen standen vor der Tür, und ich musste mich um die Politik kümmern. Da sich die Parteien prächtige Schlachten lieferten, konnte ich aus dem Vollen schöpfen.

Während dieser Zeit hielt ich mich jedoch ständig über die *Geisterwelt* auf dem Laufenden. Und eines Tages lud Dubowski wie erwartet zu einer Pressekonferenz ein. Als Geisterexperte sicherte ich mir die Story bei der Zentrale und buchte einen Platz auf dem schnellsten Sternenschiff, das ich erwischen konnte.

Eine Woche vor der Konferenz traf ich ein. Ich hatte mich bei Sanders angemeldet, und er holte mich am Raumhafen ab. Wir ließen uns ein paar Drinks auf die Speiseterrasse hinausbringen.

»Nun?«, fragte ich nach den Begrüßungsfloskeln. »Wissen Sie, was Dubowski der Presse mitteilen will?«

Sanders wirkte düster. »Ich kann es mir denken«, entgegnete er. »Er hat schon letzten Monat seine technischen Spielereien eingesammelt und die Ergebnisse einem Computervergleich unterzogen. Seit Ihrer Abreise gab es zwei oder drei Erscheinungen. Dubowski ist jedenfalls unverzüglich angerückt und hat das Gelände durchkämmt. Er fand nichts. Das wird er wohl erzählen. Dass er nichts gefunden hat.«

Ich nickte. »Und ist das so schlimm? Auch Gregor hat nichts gefunden.«

»Ein Riesenunterschied«, widersprach Sanders. »Gregor hat nicht so gründlich gesucht, wie Dubowski. Wenn der Kerl sagt, dass es keine Geister gibt, dann werden die Leute ihm auch glauben.«

Ich war da nicht so sicher und wollte das auch sagen, aber in diesem Moment kam Dubowski an unseren Tisch. Man hatte ihm wohl von meiner Ankunft berichtet. Mit einem siegessicheren Lächeln nahm er Platz.

Sanders warf ihm einen verdrießlichen Blick zu und starrte dann in sein Glas. Dubowski wandte sich an mich. Selbstzufrieden fragte er, was ich inzwischen getrieben hätte. Ich erzählte einiges, und er nickte herablassend.

Schließlich erkundigte ich mich, zu welchem Ergebnis er gelangt sei.

»Kein Kommentar!«, erklärte er. »Sie müssen sich bis zur Pressekonferenz gedulden.«

»Nun geben Sie sich aber einen Ruck!«, drang ich in ihn. »Immerhin habe ich Sie groß herausgebracht, als die anderen Sie noch gar nicht beachtet haben. Ich finde, das ist zumindest einen kleinen Vorsprung wert.«

Er zögerte. »Meinetwegen«, sagte er dann. »Aber warten Sie mit der Veröffentlichung bis kurz vor der Konferenz!«

Ich nickte. »Also, was haben Sie vorzuweisen?«

»Eine Menge«, erwiderte er. »Zum Beispiel, dass es die Geister *nicht* gibt. Das steht fest, ohne jeden Zweifel.« Er lachte breit.

»Nur weil Sie nichts gefunden haben?«, forderte ich ihn heraus. »Vielleicht sind Ihnen die Geister aus dem Weg gegangen. Wenn sie eine Spur von Intelligenz besitzen, haben sie das getan. Oder Ihre Sensoren sprechen nicht auf Geister an.«

»Ah, das glauben Sie doch selbst nicht!«, rief Dubowski. »Unsere Geisterfallen befinden sich auf dem neuesten Stand der Technik. Irgendetwas hätten sie garantiert aufgezeichnet, wenn die Geister erschienen wären. Aber sie haben nichts registriert. Wir haben die Fallen in Gebieten errichtet, in denen es angeblich von diesen Gestalten wimmelt. Nichts. Absolut nichts. Der schlüssige Beweis, dass sich die Leute hier etwas einbilden. Geister – pah!«

»Und die Toten?«, fragte ich. »Die Vermissten? Wie erklären Sie die Geschehnisse bei der ersten Landung? Oder die anderen klassischen Fälle?«

Sein Lachen wurde noch breiter. »Unsere Sonden und Suchtrupps haben insgesamt vier Skelette aufgespürt, und es ist uns gelungen, die Todesursache zweifelsfrei festzustellen.« Er zählte es an den Fingern ab: »Zwei Männer starben durch Steinschlag, den dritten hatte eine Felskatze getötet – das beweisen Gebissspuren an den Knochen.«

»Und der vierte?«

»Ermordet. Der Leichnam lag in einer flachen, von Menschenhand ausgehobenen Grube. Eine Überschwemmung hat ihn an die Oberfläche gespült. Alles bis dahin ungeklärte Fälle. Und ich bin sicher, dass wir auch die übrigen Vermissten entdeckt hätten, wenn uns mehr Zeit zum Nachforschen geblieben wäre.«

Sanders schaute auf. In seinem Blick lag Bitterkeit. »Aber Gregor«, sagte er hartnäckig. »Der Fall Gregor ...«

Dubowskis Gesicht verzog sich zu einer boshaften Grimasse. »Ach ja. Das Landegebiet der ersten Expedition haben wir besonders gründlich durchsucht. Meine Theorie erwies sich als richtig. Ganz in der Nähe entdeckten wir eine Affenhorde. Große Bestien – eine Art Riesenpaviane mit schmutzigweißem Fell. Übrigens keine Rasse mit Zukunft. Wir stießen nur auf eine kleine Horde, die sich offensichtlich im Aussterben befindet. Aber ich möchte wetten, dass der Mann von Gregors Schiff so einem Vieh begegnet war und später, als er seine Eindrücke schilderte, maßlos übertrieben hat.«

Es herrschte Stille. Dann sagte Sanders niedergeschlagen: »Nur eine Frage – warum?«

Dubowskis Lächeln war wie fortgewischt. »Sie haben das nie verstanden, Sanders, was?«, fragte er. »Es ging mir um die *Wahrheit*. Ich wollte diesen Planeten von der Ignoranz befreien, vom Aberglauben.«

»Befreien? Die *Geisterwelt*?«, entgegnete Sanders. »Liegen wir denn in Fesseln?«

»Jawohl!«, fuhr Dubowski auf. »In den Fesseln eines albernen Mythos! In den Fesseln der Angst! Die *Geisterwelt* wird von nun an frei sein. Wir können die Ruinen erforschen, ohne dass uns gruselige Legenden behindern. Wir legen den Grundstock für eine neue Kolonie. Die Menschen werden Bauernhöfe auf diesem Planeten errichten. Wir haben die Furcht besiegt!«

»Eine Kolonie – hier?« Sanders wirkte belustigt. »Wie stellen Sie sich das vor? Gigantische Gebläse, die den Nebel vertreiben, oder was sonst? Die Kolonisten waren lange vor Ihnen da. Und gingen wieder. Der Boden taugt nichts. Zu felsig und so uneben, dass sich Landwirtschaft kaum lohnt.

Außerdem gibt es Hunderte von Planeten, die Kolonisten dringend benötigen. Muss es unbedingt diese Welt sein? Wollen Sie hier eine zweite Erde schaffen?« Sanders schüttelte traurig den Kopf, trank sein Glas leer und setzte hinzu: »Sie, Doktor, verstehen nicht, worum es geht. Reden Sie sich nichts ein! Sie haben die *Geisterwelt* nicht befreit, sondern zerstört. Sie haben sie ihrer Geheimnisse beraubt und nichts als Leere zurückgelassen.«

Dubowski widersprach. »Ich glaube, in diesem Punkt täuschen *Sie* sich. Man wird die eine oder andere Methode finden, um den Planeten wirtschaftlich zu nutzen. Der Mensch strebt nun mal vorwärts. Leute wie Sie stemmen sich immer und überall gegen den Fortschritt, aber das nützt nichts. Sie haben es selbst gesehen. Unsere Rasse braucht das Wissen.«

»Vielleicht«, seufzte Sanders. »Aber braucht sie nur das Wissen? Ich glaube es nicht. Ich glaube, sie braucht auch das Rätsel, die Poesie, die Romantik. Ich glaube, sie braucht ein paar Geheimnisse, damit sie grübeln und staunen kann.«

Dubowski war aufgestanden. »Dieses Gespräch ist ebenso sinnlos wie Ihre Philosophie, Sanders«, sagte er mit gerunzelter Stirn. »In meinem Universum gibt es keinen Raum für ungelöste Fragen.«

»Dann leben Sie in einem sehr öden Universum, Doktor.«

»Und Sie, Sanders, leben im Mief der eigenen Ignoranz! Suchen Sie sich einen neuen Aberglauben, wenn Sie nicht anders können! Aber verschonen Sie mich mit Ihren Märchen und Legenden! Ich habe keine Zeit für Gespenster.« Er wandte sich an mich. »Wir sehen uns auf der Pressekonferenz.« Damit verließ er die Terrasse.

Schweigend sah Sanders ihm nach. Dann drehte er sich um und ließ den Blick über die Gipfel schweifen. »Der Nebel steigt«, sagte er.

Wie sich herausstellte, hatte Sanders in einem Punkt unrecht. Es entstand eine Kolonie, wenn auch keine, die es zu großem Reichtum brachte. Einige Weinberge, ein paar Fabriken und ein paar Tausend Menschen – die meisten davon Angestellte von zwei oder drei großen Firmen.

Die Landwirtschaft erwies sich als Reinfall. Aber es gab eine einheimische Traube mit grauen Beeren von der Größe einer Zitrone. Sie liefert den einzigen Exportartikel der *Geisterwelt*, einen rauchhellen Wein mit einer milden Blume, die lange auf der Zunge bleibt.

Sie nennen ihn Nebelwein – wie könnte es auch anders sein? Ich habe eine besondere Schwäche für diesen Tropfen entwickelt. Irgendwie erinnert er mich an das Dahinziehen der Nebelschwaden. Und er ruft Träume in mir wach. Aber das liegt vielleicht nicht an dem Wein, sondern an mir. Die meisten anderen Leute lässt er kalt.

Immerhin, er sichert dem Planeten ein kleines Einkommen. Und so bleibt die *Geisterwelt* in den Schifffahrtslinien verzeichnet. Zumindest in den Frachterlinien, denn Touristen kommen längst nicht mehr. Darin behielt Sanders recht. Exotische Landschaften gibt es mehr als genug. Die Geister waren es, die die Besucher angelockt hatten.

Sanders ist längst fort. Er war zu eigensinnig, um sich in das Weingeschäft einzukaufen, als noch Gelegenheit dazu bestand. Und so hat er sich bis zuletzt hinter den Mauern seines *Wolkenschlosses* verschanzt. Ich weiß nicht, was aus ihm wurde, als das Hotel nichts mehr einbrachte.

Das *Wolkenschloss* selbst steht noch. Ich weiß das, weil ich vor einigen Jahren auf dem Weg zu einer neuen Story Zwischenstation auf der *Geisterwelt* machte. Allerdings verfallen die Mauern bereits. Bald wird man sie kaum noch von den älteren Ruinen unterscheiden können.

Sonst ist alles gleich geblieben. Wenn die Sonne sinkt, steigt der Nebel auf, und im Frühlicht fällt er wieder. Der *Rote Geist* erhebt sich schroff in den Morgen. In den dunstigen Wäldern lauern die Felskatzen wie früher.

Nur die Geister fehlen.

Nur die Geister.

Die sind verschwunden.

DAS LICHT DER FERNEN STERNE

Kommen wir zum Wesentlichen. Ich wurde in Bayonne, New Jersey, geboren, wuchs dort auf und kam nie woanders hin … jedenfalls nicht bis zum College.

Bayonne ist eine Halbinsel im Großraum New York, aber als ich dort aufwuchs, war es eine Welt für sich. Eine Industriestadt, beherrscht von Ölraffinerien und ihrem Flottenstützpunkt, ziemlich klein, drei Meilen lang und nur eine breit. Bayonne grenzt im Norden an Jersey City, ansonsten ist es von Wasser umgeben, der Newark Bay im Westen, der New York Bay im Osten, und der schmalen Meerenge, die beide verbindet, dem Kill van Kull im Süden. Große Ozeanfrachter fahren Tag und Nacht auf ihrem Weg von und nach Elizabeth und Port Newark durch den Kill.

Als ich vier Jahre alt war, zog meine Familie in die Neubausiedlung »The Projects« auf der First Street, direkt vor die dunklen und schmutzigen Wasser des Kill. Jenseits des Kanals funkelten nachts die Lichter von Staten Island – weit weg und irgendwie magisch. Abgesehen von einem Zoobesuch auf Staten Island, alle drei, vier Jahre, überquerten wir den Kill nie.

Staten Island konnte man ganz leicht erreichen. Man musste nur über die Bayonne Bridge fahren, aber wir besaßen kein Auto, und meine Eltern hatten beide keinen Führerschein. Man kam auch mit der Fähre rüber. Die Anlegestelle war nur wenige Blocks von den Projects entfernt, direkt neben Uncle Miltys Kirmespark.

Wenn man bei Ebbe über die ölverschmierten Uferfelsen balancierte und sich um den Zaun herumhangelte, kam man in eine geheime kleine Bucht mit einem Grasrücken, nicht von der Fähre und auch nicht von der Straße aus einzusehen. Ich ging gern dorthin, saß mit einem Schokoriegel im Gras über dem Wasser, las in ein paar Comicheften und sah den Fähren zu, wie sie zwischen Bayonne und Staten Island hin und her schipperten.

Die Schiffe waren ständig unterwegs. Wenn das eine einlief, war das nächste schon auf dem Weg nach drüben, und man traf sich in der Mitte des Kanals. Die Schifffahrtslinie unterhielt drei Fähren, die *Deneb*, die *Altair* und die *Vega*. Viel von ihrer Magie war der Tatsache geschuldet, dass sie alle nach Sternen benannt waren. Obwohl es zwischen den drei Fähren meines Wissens keinen Unterschied gab, war mir die *Altair* am liebsten. Vielleicht hatte das etwas mit *Alarm im Weltall* zu tun.

Nach dem Abendessen war es in unserer Wohnung manchmal eng und laut, auch wenn nur meine Eltern, meine beiden Schwestern und ich da waren. Wenn Freunde zu Besuch kamen, war die Küche voller Zigarettenrauch, und alle quatschten durcheinander. Manchmal zog ich mich in mein Zimmer zurück und schloss die Tür. Manchmal blieb ich im Wohnzimmer und sah mit meinen Schwestern fern. Manchmal ging ich auch nach draußen.

Auf der anderen Seite der Straße waren Brady's Dock und ein langer, schmaler Park, der sich entlang des Kill van Kull erstreckte. Dort saß ich oft auf einer Bank und sah die großen Schiffe vorbeifahren, oder ich legte mich auf den Rücken ins Gras und sah zu den Sternen hinauf, die noch viel weiter weg waren als die Lichter von Staten Island. Selbst in den wärmsten, dunstigsten Sommernächten zogen mich die Sterne in ihren Bann. Orion war das erste Sternbild, das ich kennenlernte. Ich starrte auf seine zwei hellen Sterne, Rigel blau und Beteigeuze rot, und fragte mich, ob da oben auch jemand war, der zu mir heruntersah.

Fans schreiben von einem »sense of wonder« und streiten sich darüber, wie er zu definieren sei. Für mich ist der sense of wonder das Gefühl, das mich überkam, als ich im Gras neben dem Kill van Kull lag und über das Licht der fernen Sterne sinnierte. Sie ließen mich immer ganz groß und ganz klein erscheinen. Es machte mich sehr traurig, aber gleichzeitig fühlte ich mich seltsam berührt und auch ein bisschen erhaben.

Die Science Fiction kann mir dieses Gefühl ebenfalls geben.

Meine früheste Berührung mit der SF fand vor dem Fernseher statt. Meine Generation war die erste, die von der Glotze erzogen wurde. Wir hatten vielleicht nicht die Sesamstraße, aber wir hatten unter der Woche *Ding Dong School*, *Hody Doody* am Samstagmorgen und jeden Tag Zeichentrickserien. Bei *Andy's Gang* zupfte Froggy der Gremlin seine magische Fiedel. Obwohl ich mir Gene Autry, Roy Rodgers und Hopalong Cassidy ansah, waren Cowboys eher das Ding meines Vaters. Ich zog Ritter vor: Robin Hood und Ivanhoe und Sir Lancelot. Aber an die Weltraumserien kam nichts heran.

Ich muss *Captain Video* auf dem Dumont Sendernetzwerk gesehen haben, denn ich habe eine schwache Erinnerung an seinen Gegenspieler Tobor (Robot rückwärts gelesen, natürlich).

An *Space Cadet* kann ich mich nicht mehr erinnern; was ich von Tom Corbett weiß, stammt aus den Büchern von Carey Rockwell, die ich später gelesen habe. *Flash Gordon* habe ich auf jeden Fall mitbekommen, die TV Show, nicht die Kinoserie. In einer

Episode besucht Flash einen Planeten, dessen Bewohner am Tag gut sind und bei Nacht böse. Dieses Konzept fand ich so cool, dass ich es in einige meiner frühesten Storyversuche einbaute.

Aber sie alle verblassten neben *Rocky Jones, Space Ranger*, die großartigste SF-Serie der frühen Fünfzigerjahre. Rocky hatte das tollste Raumschiff in der Glotze, die schlanke, silberfarbene *Orbit Jet*. Als die *Orbit Jet* in einer Episode zerstört wurde, war ich kaum noch zu trösten, aber glücklicherweise wurde sie in der nächsten Folge durch die *Silver Moon* ersetzt, die haargenau gleich aussah. Zur Crew zählten der ulkige Copilot, die affektierte Freundin, der oberlehrerhafte Professor und ein nervender kleiner Junge, aber es war auch Pinto Vortando an Bord. (Und jeder, der meint, Gene Roddenberry hätte irgendetwas Neues ins Fernsehen eingebracht, der sollte sich *Rocky Jones* ansehen. Hier ist schon alles da, außer Spock, der ohnehin mehr von D. C. Fontana geprägt wurde als von Roddenberry. Harvey Mudd ist Pinto Vortando, nur mit einer tieferen Tonlage.)

Wenn ich mir Raumfahrer und Außerirdische nicht im Fernsehen ansah, spielte ich mit ihnen zu Hause. Neben den üblichen Cowboys, Rittern und Grünen Armeesoldaten hatte ich auch ein Sammelsurium an Weltraumspielzeug: Strahlenpistolen, Raumschiffe und Hartplastikraumfahrer mit abnehmbaren durchsichtigen Helmen, die man immer verlor. Am besten waren die farbigen Plastikaliens, die es für einen Nickel pro Stück bei Woolworth oder Kresge's in der Wühlkiste gab. Manche hatten große, geschwollene Gehirne, andere hatten vier Arme, wieder andere waren Spinnen mit Gesichtern oder Schlangen mit Armen und Köpfen. Mein Lieblingsbursche besaß einen winzigen Kopf und eine winzige Brust auf einem riesigen behaarten Unterkörper. Ich gab ihnen allen Namen und machte sie zu einer Bande von Raumpiraten, angeführt von dem bösartigen Marsianer mit dem großen Hirn, den ich Jarn nannte und der nicht annähernd so freundlich war wie Pinto Vortando. Natürlich erträumte ich mir endlose Geschichten ihrer Abenteuer und versuchte sogar, die eine oder andere aufzuschreiben.

Science Fiction gab es natürlich auch im Kino. Ich sah *Formicula* und *Kampf der Welten* und *Der Tag, an dem die Erde stillstand* und *Metaluna IV antwortet nicht* und *Endstation Mond*. Und *Alarm im Weltall*, der alle anderen in den Schatten stellte. Hätte ich damals nur geahnt, dass ich im DeWitt Theatre meine erste kleine Dosis Shakespeare durch Dr. Morbius und Robby the Robot verabreicht bekam.

Die Mehrzahl meiner Bilderheftchen war auch irgendwie Science Fiction. Superman stammte von einem anderen Planeten, oder etwa nicht? Er kam mit einem Raumschiff zur Erde – geht's noch SF-mäßiger? Der Martian Manhunter kam vom Mars, die Grüne Laterne bekam ihren Ring von einem notgelandeten Alien, und Flash und Atom erlangten ihre Superkräfte im Labor. Die Comics boten auch lupenreine Space Opera. Da gab es den Space Ranger (mein Favorit), Adam Strange (der Favorit von allen anderen), Tommy Tomorrow (niemandes Favorit) und diesen Burschen, der ein Weltraumtaxi auf den Weltraumfreeways fuhr ... Da gab es die Atomic Knights, Post-Holocaust-Helden, die über radioaktive Ödländer patrouillierten und dabei auf riesigen mutierten Dalmatinern ritten ... und auf etwas höherem Niveau die wundervollen Adaptionen von *Krieg der Welten* und *Die Zeitmaschine* in den *Illustrierten Klassikern*, die mich in das Werk von H. G. Wells einführten.

Aber das war alles nur der Auftakt. Als ich zehn Jahre alt war, schenkte eine Jugendfreundin meiner Mutter, Lucy Antonsson, mir zu Weihnachten ein Buch. Kein Comicheft, sondern ein richtiges Buch, die Hardcover-Ausgabe von Robert A. Heinleins *Have Space Suit, Will Travel (Raumjäger)*.

Ich war zunächst ein wenig misstrauisch, aber mir gefielen Ritter in ihren Rüstungen, und der Titel schien eine Art Weltraumritter zu verheißen. Ich nahm es mit nach Hause und begann zu lesen, über diesen Jungen namens Kip, der in einer Kleinstadt lebte und noch nie irgendwo hingekommen war, genau wie ich. Manche Kritiker haben *Citizen of the Galaxy (Bewohner der Milchstraße)* als Heinleins bestes Jugendbuch bezeichnet. *Citizen of the Galaxy* ist ein gutes Buch. Das trifft auch auf *Tunnel in the Sky (Tunnel zu den Sternen)*, *Starman Jones (Abenteuer im Sternenreich)*, *Time for the Stars (Von Stern zu Stern)* und viele der anderen zu ... aber *Have Space Suit, Will Travel* überragt sie alle. Kip und Peewee, Ace und die Milchbar, der alte Raumanzug (ich konnte ihn förmlich riechen), Mütterchen und die Wurmgesichter, der Marsch über den Mond, die Gerichtsverhandlung in der Kleinen Magellan'schen Wolke mit dem Schicksal der Menschheit auf Messers Schneide. »Das stolzeste menschliche Streben ist es, beim Versuch zu sterben.« Was konnte da mithalten?

Nichts.

Für einen zehnjährigen Jungen im Jahr 1958 war *Have Space-suit, Will Travel* Crack mit einem Cover von Ed Emshwiller. Ich musste mehr davon haben.

Ich konnte mir natürlich keine Hardcover leisten. *Have Space Suit, Will Travel* hatte 2,95 $ gekostet – das stand jedenfalls innen auf dem Schutzumschlag ... aber die Taschenbücher in dem Drehständer im Süßwarenladen auf dem Kelly Parkway kosteten nur 35 Cents, so viel wie dreieinhalb Bilderheftchen. Wenn ich nun nicht so viele Comics kaufte und ab und zu mal auf ein Milky Way verzichtete, konnte ich das Geld notfalls zusammenkratzen. Also sparte ich meine Dimes und Nickels, stieg bei ein paar Comicserien aus, die ich nicht ganz so toll fand, spielte weniger Skeeball, mied die Wagen der Eisverkäufer, wenn sie in unsere Straße kamen – und begann Taschenbücher zu kaufen.

Welten taten sich auf, Universen öffneten sich mir. Ich kaufte jeden Heinlein, den ich fand; seine Bücher für »Erwachsene«, wie *The Man Who Sold the Moon* (*Der Mann, der den Mond verkaufte*) und *Revolt in 2100* (*Revolte im Jahr 2100*), weil seine Jugendbücher einfach nicht aufzutreiben waren. RAH war der »Großmeister« der Science Fiction, wie auf den Rückseiten zu lesen stand. Und wenn er der Großmeister war, dann musste er der Beste sein. Auf Jahre hinaus blieb er mein Lieblingsschriftsteller und *Have Space Suit, Will Travel* mein Lieblingsbuch … bis zu dem Tag, an dem ich *The Puppet Masters* (*Weltraummollusken erobern die Erde*) las.

Ich scheute auch vor anderen Autoren nicht zurück und stellte fest, dass ich manche fast genauso mochte wie RAH. Ich liebte Andrew North, der sich als die wunderbare Andre Norton entpuppte. Was sind schon Namen? Andrews *Plague Ship* (*Gefährliche Landung*) faszinierte mich genauso wie Andres *Star Guard* (*Die Rebellen von Terra*). A. E. van Vogt hatte unglaublichen Drive, besonders *Slan* (*Slan*), obwohl ich mir bei ihm nie ganz im Klaren war, was wer wem antat und warum. Jerry Sohl zog mich mit *One Against Herculum* (*Rebellion auf Herculum*) in seinen Bann und entführte mich auf eine Welt, wo man seine Verbrechen der Polizei melden musste, bevor man sie begangen hatte. Eric Frank Russell schoss an die Spitze meiner Hitliste, als mir *The Space Willies* (*Plus X*) in die Finger fiel, das lustigste Buch, das ich bis dahin gelesen hatte.

Ich kaufte Bücher von Signet und Gold Medal und all den anderen Verlagen, aber die Ace Doubles waren meine Lieblingsreihe. Zwei ungekürzte Romane, Rücken an Rücken und verkehrt herum gedruckt, mit zwei Titelbildern, und alles zum Preis von einem. Wilson Tucker, Alan Nourse, John Brunner, Robert Silverberg, Poul Anderson – *The War of the Wing-Men* (*Die Rasse der Flügelmenschen*) war so gut, dass es die Vorherrschaft von *Have Space Suit, Will Travel* gefährdete. Damon Knight, Philip K. Dick, Edmond Hamilton und der glorreiche Jack Vance; ich lernte sie alle durch diese handlichen Taschenbücher mit den rotblauen Rücken kennen. Tommy Tommorow und Rocky Jones waren Mist dagegen. Das hier war das echte Zeug. Ich saugte es in mich auf und kippte noch einen nach.

(Später stieß ich auch auf Robert E. Howard, H. P. Lovecraft und J. R. R. Tolkien, aber ich spare mir diese Entdeckungen für meine anderen Kommentare auf.)

Ich sammelte Science Fiction nach Autoren, aber auch nach ihren unterschiedlichen Gebieten: »Aliens unter uns«, »Wenn das so weitergeht«, Zeitreisen, Alternativwelten, »Nach dem großen Knall«, Utopien und Dystopien. Später, als Schriftsteller, würde ich viele dieser Subgenres wieder aufsuchen, aber es gab einen Typus Science Fiction, den ich über alles liebte, als Leser und später auch als Schriftsteller. Ich wurde in Bayonne geboren und wuchs dort auf und kam nie aus der Stadt heraus, und meine liebsten Bücher und Geschichten waren die, die mich über die Hügel trugen und weit, weit weg, in unbekannte Länder, wo das Licht der fernen Sterne auf mich fiel.

Die sechs Geschichten, die ich für dieses Kapitel ausgewählt habe, fallen alle in diese Kategorie. In den Siebzigern und Achtzigern habe ich wirklich eine ganze Menge Science Fiction geschrieben, aber die nachfolgenden zählen zu meinen liebsten. Sie spielen auch alle in einem gemeinsamen Universum, sind Teil der lockeren »Geschichte der Zukunft«, die den Hintergrund eines Großteils meiner SF-Erzählungen stellt.

(»Run to Starlight« und »A Peripheral Affair« sind allerdings Teil einer anderen Zeitlinie, die beiden »Star-Ring«-Storys wieder einer anderen, und die »Corpse«-Storys Teil einer dritten. »Fast-Friend« steht für sich allein, wie auch eine ganze Anzahl meiner anderen Erzählungen. Ich habe aber nicht die Absicht, diese Waisenkinder nachträglich in meine »Geschichte der Zukunft« zu zwängen. So etwas geht immer schief.)

Meine eigentliche »Geschichte der Zukunft« begann mit »Der Held« und erreichte ihre vollste Ausarbeitung in meinem ersten Roman, »Die Flamme erlischt«. Ich hatte nie einen Namen für sie, jedenfalls keinen griffigen. In »Die Steinstadt« prägte ich den Begriff »manrealm« und benutzte ihn als generelle Bezeichnung für die Geschichte, analog zu Larry Nivens »Known Space«. Später kam ich auf »Die tausend Welten«. Das klang besser und hätte mir viel Platz für weitere Planeten verschafft, die ich nach Belieben hätte erfinden können … ganz zu schweigen von den 992 Welten Vorsprung, die ich dann auf John Varley und seine »Acht Welten« hatte. Aber zu jener Zeit nahm meine Karriere einen andern Verlauf, und der Name war nicht mehr so wichtig.

»Abschied von Lya« ist die älteste der sechs Geschichten in diesem Kapitel. Sie entstand 1973 während meiner VISTA-Zeit, als ich auf der Margate Terrace, im Stadtteil Uptown in Chicago lebte, mir mit einigen Schachfreunden ein Apartment im dritten Stock teilte und für die Cook County Legal Assistance Foundation arbeitete. Ich war auch mitten in der ersten ernsten Beziehung meines Lebens; ich war zwar nicht das erste Mal verliebt, aber sicherlich war es das erste Mal, dass meine Gefühle erwidert wurden. Diese Beziehung wurde zum Dreh- und Angelpunkt für »Lya«; ohne sie wäre ich der sprichwörtliche Blinde gewesen, der einen Sonnenuntergang beschreibt. »Abschied von Lya« war bis dahin auch meine längste Geschichte, meine erste

Novelle. Als ich mit ihr fertig war, wusste ich, dass ich endlich »Am Morgen fällt der Nebel« und »Die Zweite Stufe der Einsamkeit« von vor zwei Jahren übertroffen hatte. Das war das Beste, was ich je geschrieben hatte.

Analog war zu meinem Hauptabsatzmarkt geworden, deshalb schickte ich sie an Ben Bova, der sie auf der Stelle kaufte. Terry Carr und Donald A. Wollheim wählten sie beide für ihre konkurrierenden *Best of the Year*-Anthologien aus, und sie wurde für den Nebula und den Hugo nominiert. Robert Silverberg hatte im selben Jahr auch eine starke Novelle im Rennen, »Born With the Dead« und am Ende teilten wir uns die Meriten. Silverberg besiegte mich beim Nebula, aber auf dem WeltCon 1975 in Melbourne, Australien, nahm Ben Bova den Hugo für »Abschied von Lya« in Empfang.

Währenddessen befand ich mich in Chicago im Tiefschlaf. Ein Flug nach Australien hätte mich zur damaligen Zeit finanziell überfordert. Abgesehen davon hatte Silverberg bereits den Nebula und den Locus Poll gewonnen, und ich war mir ganz sicher, er würde drei auf einen Streich einheimsen.

Erst nach Monaten konnte ich Hand an die Rakete legen. Auf seinem Weg nach Hause kam Bova durch Minneapolis und gab sie Gordon R. Dickson, der sie Joe Haldeman überreichte, als sich die beiden das nächste Mal sahen, woraufhin dieser sie nach Iowa City mitnahm und sie mir schließlich auf einem Con in Chicago überreichte. Als ich das nächste Mal mit Gardner Dozois zusammentraf, warf er mich aus dem Hugo Losers Club. Robert Silverberg kündigte seinen Rückzug aus der Science Fiction an. Ich fühlte mich schuldig, weil ich ein großer Fan von dem war, was er zu jener Zeit schrieb … aber nicht so schuldig, dass ich ihm meinen Hugo geschickt hätte, als ich ihn endlich Joe Haldemans Händen entrissen hatte.

Als ich 1974 »Ein Turm aus Asche« schrieb, hatten sich meine Lebensumstände gravierend verändert. Mein Ersatzdienst bei VISTA war vorbei, und ich organisierte an den Wochenenden Schachturniere, um meine Schreibeinkünfte aufzubessern. Ich hatte mit dem Roman angefangen, der später zu »Die Flamme erlischt« wurde, das Manuskript aber beiseite gelegt, und es würde zwei Jahre dauern, bevor ich mich wieder dranwagte. Meine große Liebe hatte mich verlassen und war mit einem meiner besten Freunde abgezogen. Diese Wunde war noch frisch und blutete schrecklich, da verliebte ich mich erneut, diesmal in eine Frau, mit der ich so viele Gemeinsamkeiten hatte, dass ich dachte, ich würde sie schon mein ganzes Leben lang kennen. Aber diese Beziehung war fast schon zu Ende, bevor sie begonnen hatte, quasi über Nacht, als sie sich in jemand anderen verknallte.

Das Ergebnis war »Ein Turm aus Asche«. Ben Bova kaufte die Story für *Analog*, publizierte sie jedoch in *Analog Annual*, einer Originalanthologie vom Taschenbuchverlag Pyramid. Die Idee dahinter war, Taschenbuchleser für das Magazin zu begeistern. Ob das funktionierte oder nicht, kann ich nicht sagen, aber mir wäre es lieber gewesen, wenn meine Geschichte im Magazin *Analog* veröffentlicht worden wäre. Eine Lektion habe ich am Anfang meiner Karriere gelernt, und sie gilt auch heute noch: Eine Kurzgeschichte gehört in ein *Magazin*. Wenn jemand außer Ben Bova »Ein Turm aus Asche« gelesen hat, soll er sich bei mir melden.

»Das bleiche Kind mit dem Schwert« wurde 1974 geschrieben und 1975 publiziert. Das brachte mir mein zweites *Analog*-Cover in diesem Jahr ein (ein paar Monate vorher hatte ein fantastisches Cover von Jack Gaughan »The Storms of Windhaven«, eine Zusammenarbeit von Lisa Tuttle und mir, veredelt), einen echter Kracher von John Schoenherr, den ich besser gekauft hätte. Die Stählernen Engel waren meine Antwort auf Gordy Dicksons Dorsai, obwohl der Begriff »Stahlengel« aus einem Song von Kris Kristofferson stammt. Deren Gott, das bleiche Kind mit dem Schwert, kam aus einer fernen, dubiosen Vergangenheit. Er war einer der dunklen Götter aus dem Mythos um Dr. Weird, erahnt in »Nur Kinder fürchten sich im Dunkeln«. Der Originaltitel »And Seven Times Never Kill Man« stammt natürlich aus Kiplings *Dschungelbuch.*

Später haben andere Autoren, allesamt Kipling-Fans, ihrem Missfallen darüber Ausdruck verliehen, dass sie nicht zuerst auf die Idee gekommen waren.

»Das bleiche Kind mit dem Schwert« wurde für den Hugo als Best Novelette 1974 nominiert. »The Storms of Windhaven« stand als Best Novella gleich daneben. Auf »BigMac«, dem WorldCon 1976 in Kansas City, verloren beide Geschichten innerhalb von Minuten (Erstere gegen Larry Niven, der seinen Hugo fallen ließ, der auch prompt zerbrach, Letztere gegen Roger Zelazny). Am Abend danach, unterstützt von Gardner Dozois und mit einer Magnumflasche Weißwein bewaffnet, die bei einer anderen Party übrig geblieben war, veranstaltete ich die erste Hugo-Losers-Party in meinem Zimmer im Muehlenbach Hotel. Das war die beste Party der Convention, und in den darauffolgenden Jahren wurde das zur Tradition, obwohl kürzlich einige Vögel, die nichts mit Ironie am Hut haben, die Veranstaltung in »Hugo-Nominees-Party« umtaufen wollten.

»Die Steinstadt« wurde zuerst in *New Voices in Science Fiction* publiziert, einer Hardcover-Anthologie, die ich 1977 für MacMillan herausgab, aber die Wurzeln reichten zurück bis zum WorldCon 1973 in Toronto. John W. Campbell jr., der langjährige Herausgeber von *Analog und Astounding*, war 1971 gestorben, und der Verlag, Condé Nast, hatte zu seinen Ehren einen neuen Preis ausgerufen, mit dem der beste neue Autor der letzten beiden Jahre ausgezeichnet werden sollte. Als der Preis zum ersten Mal vergeben wurde, war ich auf der Nominiertenliste, neben Lisa Tuttle, George Alec Effinger, Ruth Berman und Jerry Pournelle. Der Campbell wurde von den Fans gewählt und auf dem WorldCon in Toronto vor dem Hugo verliehen. Wenn es auch kein Hugo war, hatte er doch fast genauso viel Bedeutung.

Meine Nominierung überraschte mich, aber ich war glücklich und begeistert, obwohl meine Chancen auf den Gewinn gering waren. De facto waren sie gleich null. Pournelle holte sich den ersten Campbell-Award, aber Effingers zweiter Platz war so knapp, dass die Con-Veranstalter ihn mit einer Plakette trösteten. So etwas habe ich nur einmal erlebt. Wie ich abgeschnitten habe, weiß ich nicht, aber damals galt für mich das alte Klischee: Dabei sein ist alles.

Danach, auf irgendeiner Party, erzählte ich zwei Herausgebern namens Dave, dass es doch eine Anthologie für diesen neuen Preis geben müsse, genau wie für den Hugo und den Nebula. Ich hatte natürlich einen Verkauf im Sinn, damals, 1973. Für mich war das zu dieser Zeit außerordentlich wichtig. Zu meiner grenzenlosen Überraschung stimmten mir beide Herausgeber namens Dave zu, dass es eine tolle Idee sei, aber ich müsse die Anthologie selbst zusammenstellen. »So etwas habe ich noch nie gemacht«, warf ich ein.

»Dann ist es jetzt dein erstes Mal«, erwiderten sie.

Und das war es. Ich brauchte ein Jahr, um *New Voices* zu verkaufen (an eine Herausgeberin namens Ellen), und zwei weitere, bis ich alle versprochenen Geschichten zusammen hatte. Aus diesem Grund erschien die Anthologie mit den John W. Campbell Award Nominees erst im Jahre 1977.

Mit einem Autor hatte ich aber überhaupt keine Probleme. Da ich einer der Finalisten war, konnte ich eine Geschichte an mich selbst verkaufen.

Es ist zwar ein schönes Gefühl der Freiheit, wenn man weiß, dass der Herausgeber deine Geschichte nicht ablehnen wird, aber es setzt einen auch unter einen gewissen Druck. Man will ja schließlich nicht, dass der Leser denkt, man habe da eine alte Kamelle aus der Schublade gezogen.

»Die Steinstadt« war die Geschichte, die aus dieser Freiheit und dem Druck erwuchs. Obgleich eine Kernstory meiner Geschichte der Zukunft, ist sie auch ein wenig subversiv. Ich wollte sie mit einem Dressing à la Lovecraft überziehen, eine Prise Kafka dazugeben und unterschwellig darauf hindeuten, dass Vernunft und Kausalität, ja die Naturgesetze selbst zusammenbrechen, wenn man nur weit genug von zu Hause weg ist. Und doch ist »Die Steinstadt« diejenige meiner Geschichten, die die Sehnsüchte des kleinen Jungen am besten einfängt, der neben dem Kill van Kull im Sommergras liegt und zum Orion hochstarrt. Wahrscheinlich habe ich in keinem anderen Text die Weite des Weltraums oder diesen flüchtigen »sense of wonder« besser heraufbeschworen.

1977 kam ein neues Science Fiction Magazin auf den Markt: *Cosmos*, herausgegeben von David G. Hartwell. David bat mich um eine Story, und dieser Bitte kam ich gern nach. Falls »Bitterblumen« den Leser frösteln lässt, mag das auch daran liegen, dass es einer der ersten Texte war, die nach meinem Umzug nach Dubuque, Iowa, entstanden: Dort sind die Winter noch viel brutaler als diejenigen, die ich in Chicago überstand. Immer mal wieder lasse ich mich bei meinen Storys von Liedern inspirieren. Auch »Bitterblumen« gehört dazu (Jeder, der mir sagen kann, welcher Song der Story zugrunde liegt, gewinnt … rein gar nichts). Hartwell fand die Story jedenfalls so gut, dass er sie zur Titelgeschichte der vierten Ausgabe von *Cosmos* machte. Unglücklicherweise war die vierte Ausgabe von *Cosmos* auch die letzte Ausgabe von *Cosmos*. (Ich war nicht schuld daran.)

Im Frühjahr 1976 war ich nach Dubuque gezogen, um an einem kleinen katholischen College für Mädchen Journalismus zu lehren. Obwohl es mit mir als Autor aufwärtsging, verdiente ich immer noch nicht genug, um vom Schreiben leben zu können. Mit den Schachturnieren war auch nicht mehr viel Staat zu machen. Darüber hinaus hatte ich 1975 geheiratet und musste meine studierende Frau unterstützen. Die Stellung am Clarke College kam daher wie gerufen. Ich würde ja nur zwei oder drei Stunden am Tag Vorlesungen halten, höchstens vier. Daher konnte ich den halben Tag lang meine Geschichten schreiben, oder etwa nicht?

Jeder, der einmal eine Lehrerstelle innehatte, lacht sich jetzt kaputt. In Wahrheit muss ein Lehrer viel mehr Zeit aufwenden, als es den Anschein hat. Es stimmt schon, man ist nur wenige Stunden am Tag im Klassenzimmer … aber die Stunden müssen vorbereitet werden, man muss an Konferenzen teilnehmen, Arbeiten benoten, Studenten beraten, Referate korrigieren und vieles mehr.

Als Journalismuslehrer wurde von mir obendrein erwartet, mich um die Schulzeitung, *The Courier*, zu kümmern. Das machte zwar großen Spaß, brachte mich aber auch in endlose Schwierigkeiten mit den Nonnen, da ich nicht den Zensor spielen wollte.

Schnell wurde mir klar, dass ich während der Schulzeit nicht die Zeit und auch nicht die Energie zum Schreiben hatte. Wenn ich etwas zu Papier bringen wollte, musste ich die langen Sommerferien und die kürzeren zu Weihnachten und Ostern nutzen.

Die Weihnachtsferien im Winter 1978–79 war die produktivste Phase während meiner Jahre am Clarke. In wenigen Wochen stellte ich drei sehr unterschiedliche Storys fertig. »Der Weg von Kreuz und Drachen« war Science Fiction, »Der Eisdrache« märchenähnliche Fantasy, und »Sandkönige« verschmolz einen SF-Hintergrund mit einem Horrorplot. Alle drei Geschichten sind in dieser Retrospektive enthalten. »Sandkönige« und »Der Eisdrache« werden in einem späteren Kapitel kommentiert.

»Der Weg von Kreuz und Drachen« ist mit Sicherheit meine katholischste Geschichte. Ich bin zwar römisch-katholisch erzogen worden und besuchte eine katholische Prep School, aber in meinem zweiten Jahr an der Northwestern kehrte ich der Religion den Rücken. Am Clarke jedoch, umgeben von Nonnen und katholischen Mädchen, dachte ich lange darüber nach, was wohl aus der Kirche draußen zwischen den Sternen werden würde.

Ben Bova hatte kurz zuvor *Analog* verlassen und war bei *Omni*, einem neuen Magazin im Illustriertenformat, Kurzgeschichtenredakteur geworden. »Der Weg von Kreuz und Drachen« war mein erster Verkauf an diesen neuen Markt. Die Geschichte wurde für den Hugo und den Nebula nominiert, verlor Letzteren an Edward Bryants »giAnts«, gewann aber Ersteren als Best Short Story 1979 … am selben Abend, als »Sandkönige« in der Kategorie Best Novelette auf dem Noreascon 2 in Boston das Rennen machte.

Mein zweiter und mein dritter Hugo, und weil Boston ein gutes Stückchen näher lag als Australien, war ich tatsächlich dort und nahm die beiden in Empfang. An diesem Abend marschierte ich mit einer Rakete in jeder Hand und einem breiten Grinsen im Gesicht auf die Hugo-Losers-Party. Gardner Dozois sprühte mir Sahne ins Haar. Dann feierte ich die halbe Nacht mit meinen Freunden und ging dann später mit einer schönen Frau aufs Zimmer. (Zu der Zeit war ich schon glücklich geschieden.) Wir liebten uns, während die Sterne durch das Fenster schienen und uns in ihrem Licht badeten.

Solche Nächte sind kaum zu übertreffen.

Abschied von Lya

Die Städte der Shkeen sind alt, viel älter als die der Menschen, und die weite rostfarbene Metropole, die das heilige Hügelland überzog, war, wie es hieß, die älteste von allen. Diese Shkeen-Stadt hatte keinen Namen. Sie brauchte keinen. Obwohl die Shkeen Hunderte und Aberhunderte von Städten besaßen, kannte die Hügelstadt nicht ihresgleichen. Sie war die Erste an Größe und Einwohnerzahl, und sie allein beherrschte die heiligen Hügel. Sie war das Rom, das Mekka und Jerusalem dieser Welt. Sie war die Stadt, und alle Shkeen kamen hin in den letzten Tagen vor der Vereinigung.

Diese Stadt war bereits uralt, als Rom fiel, sie war mächtig und alt, als Babylon noch ein Traum war. Und doch sah man ihr das Alter nicht an. Ein menschliches Auge sah nichts als eine meilenweite Landschaft aus niedrigen Ziegelkuppeln; kleine Buckel aus rot gebranntem Lehm, die die Hügel bedeckten wie rötlicher Ausschlag. Im Innern der Kuppelhäuser war es düster und stickig. Die Räume waren eng, das Mobiliar primitiv.

Und doch war es keine trostlose Stadt. Tag um Tag brütete sie in den kahlen Hügeln dahin, unter einer sengenden Sonne, die wie eine überreife gelbe Melone am Himmel hing, und war doch voll Leben: Essensgerüche, der Lärm von Gelächter und Geplauder und spielenden Kindern, das geschäftige Treiben schwitzender Ziegelbrenner und Maurer, die die Kuppelhäuser instand hielten, der Glockenklang der Verbundenen in allen Straßen. Die Shkeen waren ein heiteres, lebensfrohes, fast kindliches Volk. Nichts an diesem Volk hätte auf hohes Alter oder gereifte Weisheit schließen lassen. Dies ist eine junge Rasse, sagte man sich, eine Kultur in ihrer Kindheit.

Nur hatte diese Kindheit bereits mehr als vierzehntausend Jahre gedauert.

Das eigentliche Kind war die Stadt der Menschen, noch keine zehn Erdenjahre alt. Sie war am Rand des Hügellands erbaut worden, zwischen der Shkeen-Metropole und der staubig-braunen Ebene, auf der der Raumhafen entstanden war. Nach menschlichen Begriffen war es eine schöne Stadt: offen und luftig, mit zierlichen Laubengängen und glitzernden Springbrunnen und weiten, baumgesäumten Boulevards. Die Gebäude waren aus Metall und farbigem Plastik und einheimischen Hölzern geschaffen worden, und die meisten waren niedrig, aus Rücksicht auf die Bauweise der Shkeen. Die meisten ... der Administrativturm war die Ausnahme, eine polierte blaue Stahlnadel, die in den kristallklaren Himmel stieß.

Man konnte ihn aus weiter Entfernung sehen. Lyanna entdeckte ihn sogar schon vor der Landung, und wir bewunderten ihn aus der Luft. Die nüchternen Wolkenkratzer der Alten Erde und von Baldur waren höher, die fantastischen Netzstädte von Arachne waren weitaus schöner – aber jener schlanke blaue Turm war eindrucksvoll genug, wie er so in einsamer Größe über die heiligen Hügel emporragte.

Der Raumhafen lag fast zu Füßen des Turms, sodass wir nicht weit zu gehen gehabt hätten. Wir wurden jedoch abgeholt. Ein stromlinienförmiges, purpurnes Flugauto erwartete uns mit schnurrenden Maschinen am Fuß der Rampe, als wir von Bord gingen. Der Fahrer rekelte sich auf dem Steuersitz, und Dino Valcarenghi stand daneben, an eine Tür gelehnt, und sprach mit einem Adjutanten.

Valcarenghi war der Planetare Administrator, der Wunderknabe dieses Raumsektors. Jung natürlich, aber das wusste ich ja. Relativ klein, ein dunkler, gut aussehender Typ mit schwarzem, dicht gelocktem Haar und einem fröhlichen, überaus charmanten Lächeln.

Er ließ uns dieses Lächeln zuteilwerden, als wir von der Rampe traten, und reichte uns die Hand. »Hallo«, sagte er, »freut mich, dass Sie gut angekommen sind.« Kein Tamtam mit formellen Vorstellungen, nicht bei Valcarenghi. Er wusste, wer wir waren, und wir wussten, wer er war, und das genügte ja wohl.

Lyanna ergriff sanft seine Hand und schenkte ihm ihren Vampirblick: die großen dunklen Augen weit aufgerissen und durchbohrend, ein winziges, leichtes Lächeln um den schmalen Mund. Sie ist ziemlich klein und dünn, mit der Figur eines Kindes und kurzem braunen Haar. Sie kann sehr zerbrechlich und sehr hilflos wirken, wenn sie es darauf anlegt. Mit diesem Blick aber bringt sie die Leute durcheinander. Wenn sie wissen, dass sie Telepathin ist, sind sie sicher, dass Lya gerade in ihren intimsten Gedanken herumstochert. In Wirklichkeit spielt sie nur mit den Leuten. Wenn sie liest, versteift sich ihr ganzer Körper, und man glaubt fast zu sehen, wie sie zittert. Und dieser dunkle, saugende Blick wird leer und starr und steinern.

Aber das wissen nur die wenigsten Leute, und deshalb winden sie sich unter ihrem Vampirblick und weichen ihm aus und versuchen, so schnell wie möglich ihre Hand loszulassen. Valcarenghi natürlich nicht. Er lächelte bloß, starrte zurück und wandte sich dann mir zu.

Ich allerdings las wirklich, als ich seine Hand nahm – meine übliche Vorgehensweise. Und vermutlich eine schlechte Gewohnheit, weil das schon einigen vielversprechenden Freundschaften ein frühes Ende bereitet hat. Mein Talent ist geringer als das Lyas. Dafür ist es auch nicht so anstrengend. Ich lese nur Gefühle, nicht Gedanken. Valcarenghis herzliche Art war echt, das nahm ich deutlich wahr. Darunter lag nichts, oder zumindest nichts genügend Ausgeprägtes, das ich hätte auffangen können.

Wir schüttelten auch dem Adjutanten die Hand, einem storchhaften blonden Mann mittleren Alters, der Nelson Gourlay hieß. Hierauf schob Valcarenghi uns alle in den Flugwagen, und wir starteten. »Ich nehme an, dass Sie müde sind«, sagte er, als wir in der Luft waren, »deshalb sparen wir uns zunächst mal die Stadtführung. Wir bringen Sie gleich in den Turm, und Nelse wird Ihnen Ihr Quartier zeigen. Wenn Sie uns dann bei ein paar Drinks Gesellschaft leisten, können wir unser Problem besprechen. Sie haben das Memorandum gelesen, das ich Ihnen geschickt habe?«

»Ja«, antwortete ich. Lya nickte. »Eine interessante Situation, aber mir ist nicht ganz klar, warum wir hier sind.«

»Dazu kommen wir noch früh genug«, entgegnete Valcarenghi. »Jetzt sollte ich Sie die Aussicht genießen lassen.« Er wies zum Fenster, lächelte und sagte nichts mehr.

Also genossen Lya und ich den Ausblick, so viel man davon während des Fünfminutenflugs vom Raumhafen zum Turm überhaupt genießen konnte. Das Flugauto fegte über die Baumkronen an der Hauptstraße, und die dünnen Äste schnellten wild im Luftzug herum. In der Kabine war es kühl und schattig, aber draußen brannte die Sonne von Shkea hoch am Himmel, und über dem Pflaster lagen Hitzeschlieren. Die Bevölkerung hatte sich offenbar ins Innere der Häuser zu ihren Klimaanlagen geflüchtet, denn wir sahen kaum Verkehr auf den Straßen. Wir landeten in der Nähe des Haupteingangs, durch den wir in ein weitläufiges, blitzsauberes Foyer gelangten. Hier verabschiedete sich Valcarenghi, und Gourlay führte uns zu einem Rohrlift. Wir schossen fünfzig Stockwerke nach oben, schritten an einer Sekretärin vorbei zu einem Privatlift, und wurden noch höher hinaufbefördert.

Unsere Zimmer waren eine Pracht: holzgetäfelt, mit kühlen, grünen Spannteppichen überall. Es gab auch eine richtige Bibliothek, zum Großteil klassische Werke von der Erde, in Synthaleder gebunden, und ein paar Romane von Baldur, unserer Heimatwelt. Irgendjemand hatte sich offenbar nach unserem Geschmack erkundigt. Die eine Wand des Schlafzimmers bestand aus getöntem Glas, das zum Schlafen verdunkelt werden konnte. Der Ausblick auf die Stadt tief unter uns war atemberaubend.

Gourlay zeigte uns alles pflichtgetreu wie ein etwas mürrischer Hotelpage. Als ich ihn jedoch kurz las, konnte ich keine Verärgerung entdecken. Er war nervös, aber nur ein wenig. Etwas tiefer lag echte Zuneigung für jemanden. Für uns? Valcarenghi?

Lya setzte sich auf eins der Einzelbetten. »Bringt irgendjemand unser Gepäck?«, fragte sie.

Gourlay nickte. »Sie brauchen sich um nichts zu kümmern«, sagte er. »Wenn Sie irgendetwas brauchen, sagen Sie es nur.«

»Keine Sorge, das tun wir«, erwiderte ich. Ich ließ mich auf dem zweiten Bett nieder und bot Gourlay einen Stuhl an. »Wie lange sind Sie schon hier?«

»Sechs Jahre«, sagte er und ließ sich dankbar auf den Stuhl sinken, alle viere von sich gestreckt. »Ich bin einer der Veteranen. Bis jetzt hab ich unter vier Administratoren gearbeitet. Dino, und Stuart vor ihm, und Gustaffson vor dem. Ich habe sogar ein paar Monate unter Rockwood mitgemacht.«

Lya setzte sich auf, schlug die Beine unter und beugte sich vor. »Länger hat Rockwood ja nicht durchgehalten, oder?«

»Stimmt«, sagte Gourlay. »Er mochte den Planeten nicht und ließ sich anderswohin versetzen, obwohl er dort nur Vizeadministrator wurde. Ehrlich gesagt, ich hab das nicht bedauert. Er war einer von diesen nervösen Typen, die dauernd mit Befehlen um sich werfen, nur um allen zu zeigen, wer der Boss ist.«

»Und Valcarenghi?«, fragte ich.

Gourlay kaschierte sein begeistertes Grinsen mit einem Gähnen. »Dino? Dino ist in Ordnung, der Beste bisher. Er ist tüchtig, und er weiß es auch. Er ist erst seit zwei Monaten hier, aber er hat eine Menge getan und einen Haufen Freunde gewonnen. Er behandelt seine Leute wie Menschen, redet jeden mit Vornamen an und so. Das mögen die Leute.«

Ich las, und ich las Aufrichtigkeit. Valcarenghi war es also, dem Gourlays Zuneigung galt; er meinte, was er sagte.

Ich hatte noch mehr Fragen, aber ich kam nicht dazu, sie zu stellen.

Gourlay stand abrupt auf. »Ich sollte nicht hier herumsitzen«, sagte er. »Sie werden sich ausruhen wollen. Kommen Sie doch vielleicht in zwei Stunden hinauf, dann können wir alles besprechen. Sie finden zum Aufzug, ja?«

Wir nickten, und Gourlay ging. Ich schaute Lyanna an. »Was hältst du von dem Ganzen?«

Sie legte sich auf dem Bett zurück und studierte die Decke. »Ich weiß nicht«, sagte sie. »Ich habe nicht gelesen. Ich frage mich, warum sie so viele Administratoren hatten. Und warum sie uns geholt haben.«

»Wir sind Talente«, sagte ich grinsend. Lyanna und ich sind geprüfte und registrierte Psi-Talente mit Lizenz und allem Drum und Dran.

»Mhm«, machte sie, drehte sich auf die Seite und lächelte zurück. Nicht ihr halbes Vampirlächeln diesmal, sondern ihr verhexendes Sexlächeln.

»Valcarenghi meinte, wir sollten uns ausruhen«, sagte ich. »Wahrscheinlich keine schlechte Idee.«

Lya war mit einem Satz aus dem Bett. »Durchaus nicht«, erwiderte sie, »aber diese Einzelbetten sind frustrierend.«

»Wir könnten sie zusammenschieben.«

Sie lächelte wieder. Wir schoben die Betten zusammen.

Und wir ruhten uns auch aus. Später.

Als wir aufstanden, stand unser Gepäck vor der Tür. Wir zogen uns um, gewöhnliche Alltagskleidung, weil wir uns auf Valcarenghis notorisch formlose Hofhaltung verließen. Das Liftrohr schoss uns zur Spitze des Turms hinauf.

Das Büro des Planetaren Administrators war alles andere als ein Büro. Es enthielt keinen Schreibtisch, nichts von dem üblichen amtlichen Kram – aber eine Bar und üppige blaue Teppiche, in denen wir bis zu den Knöcheln wateten, und sechs oder sieben verstreute Clubsessel. Außerdem viel freien Raum und Sonnenlicht. Jenseits der getönten Glaswände – jawohl, alle vier waren aus Glas – lag Shkea zu unseren Füßen ausgebreitet.

Valcarenghi und Gourlay erwarteten uns, und Valcarenghi kümmerte sich persönlich um die Drinks. Ich kannte das Getränk nicht, aber es war kühl und würzig und ziemlich kräftig. Ich trank dankbar. Irgendwie hatte ich eine kleine Stärkung nötig.

»Shkeen-Wein«, erklärte Valcarenghi lächelnd auf unsere unausgesprochene Frage. »Sie haben einen Namen dafür, aber den kann ich noch nicht aussprechen. Lasst mir nur Zeit – ich bin erst seit zwei Monaten hier, und die Sprache hat ihre Tücken.«

»Sie lernen Shkeen?«, fragte Lya überrascht.

Ich wusste, warum. Shkeen ist für menschliche Zungen eine Tortur, wogegen die Eingeborenen erstaunlich mühelos Terranisch lernten. Die meisten Leute gaben sich dankbar damit zufrieden und dachten nicht daran, sich mit der fremden Sprache herumzuplagen.

»Ich gewinne dadurch ein bisschen Einblick in ihre Art zu denken«, sagte Valcarenghi. »Zumindest behauptet das die Theorie.« Er lächelte.

Ich las ihn wieder, obwohl es jetzt schwieriger war. Körperlicher Kontakt macht die Sache einfacher. Auch jetzt empfing ich eine einfache Regung, die ganz an der Oberfläche lag – Stolz diesmal, durchsetzt mit ein bisschen Vergnügen, was ich dem Wein zuschrieb.

»Wie immer man das Zeug ausspricht, mir schmeckt's«, sagte ich.

»Die Shkeen stellen ein umfangreiches Sortiment an Alkoholika und Lebensmitteln her«, warf Gourlay ein. »Wir haben schon eine Menge für den Export freigegeben, und weitere Sachen werden gerade getestet. Der Markt dafür sollte nicht schlecht sein.«

»Sie werden heute Abend Gelegenheit haben, andere heimische Erzeugnisse auszuprobieren«, sagte Valcarenghi. »Ich möchte Ihnen unsere Stadt zeigen, aber wir werden auch ein oder zwei Abstecher zu den Shkeen machen. Für eine Niederlassung dieser Größe hat unsere Stadt ein bemerkenswertes Nachtleben. Sie werden schon sehen.«

»Klingt vielversprechend«, sagte ich.

Auch Lya lächelte erfreut. Valcarenghis Angebot war ungewöhnlich. Die meisten Normalen fühlen sich in Gegenwart von Talenten unwohl, deshalb beeilen sie sich, uns unsere Aufgabe zuzuweisen, und dann versuchen sie uns so schnell wie möglich loszuwerden. Auf gesellschaftliche Kontakte legen sie nicht den geringsten Wert.

»Aber nun zu unserem Problem«, sagte Valcarenghi, stellte seinen Drink ab und beugte sich vor. »Sie haben vom Kult der Vereinigung gelesen?«

»Eine Religion der Shkeen«, sagte Lya.

»Die Religion der Shkeen«, korrigierte Valcarenghi. »Jeder von ihnen ist ein Anhänger. Dies ist eine Welt ohne Ungläubige.«

»Wir haben das Informationsmaterial darüber gelesen, das Sie uns geschickt haben«, sagte Lya. »Und alles, was sonst noch verfügbar war.«

»Was halten Sie davon?«

Ich zuckte die Achseln. »Schrecklich. Primitiv. Aber auch nicht schlimmer als eine Reihe anderer Kulte, von denen ich gelesen habe. Die Shkeen haben schließlich keine sehr fortgeschrittene Zivilisation. Auf der Alten Erde gab es Religionen, die Menschenopfer verlangten.«

Valcarenghi schüttelte den Kopf und sah Gourlay an.

»Nein, das haben Sie missverstanden«, begann Gourlay und stellte sein Glas auf den Teppich. »Ich studiere ihre Religion seit sechs Jahren. Etwas Derartiges hat es in der ganzen Geschichte noch nie gegeben. Auch nicht auf der Alten Erde, glauben Sie mir. Bei keiner anderen Rasse, auf die wir gestoßen sind.

Und die Vereinigung, nun, man kann das einfach nicht mit Menschenopfern vergleichen, wirklich nicht. Bei diesen Religionen der Alten Erde wurden ein oder zwei unfreiwillige Opfer abgeschlachtet, um die Götter zu versöhnen. Eine Handvoll Leute wurde umgebracht, um für Millionen Gnade zu erkaufen. Und diese Handvoll hat sich im Allgemeinen gewehrt. Bei den Shkeen ist es ganz anders. Das Greeshka bekommt *jeden*, und niemand wehrt sich. Wie Lemminge strömen sie in die Höhlen, um sich von diesen Parasiten auffressen zu lassen. Jeder Shkeen ist mit vierzig *verbunden*, und bevor er fünfzig ist, kommt er zur Vereinigung.«

Ich war verwirrt. »Schön und gut«, sagte ich. »Ich glaube, ich verstehe den Unterschied. Aber was soll das Ganze? Was hat es mit Ihrem Problem zu tun? Ich gebe zu, diese Vereinigung ist für die Shkeen eine schlimme Sache, aber es ist schließlich ihre Angelegenheit. Ihre Religion ist nicht schrecklicher als der rituelle Kannibalismus der Hranganer, oder?«

Valcarenghi trank sein Glas leer, stand auf und ging zur Bar hinüber. Während er sich nachschenkte, sagte er fast beiläufig: »Soviel ich weiß, hat der hranganische Kannibalismus aber keine menschlichen Konvertiten aufzuweisen.«

Lya sah erschrocken auf. Ich war fassungslos, setzte mich auf und starrte ihn an. »Was?«

Valcarenghi begab sich zu seinem Sessel zurück, das Glas in der Hand. »Menschen haben sich zu dem Kult der Vereinigung bekehrt. Dutzende sind bereits *verbunden*. Noch keiner hat die letzte Vereinigung erlangt, aber das ist nur eine Frage der Zeit.« Er setzte sich und blickte Gourlay an. Wir ebenfalls.

Der schlaksige blonde Adjutant setzte den Bericht fort. »Die erste Konversion gab es vor rund sieben Jahren. Fast ein Jahr, bevor ich herkam, zweieinhalb Jahre nach der Entdeckung von Shkea und dem Bau des Raumhafens und der Niederlassung. Das war ein Bursche namens Magly. Ein Psi-Psycher, der sehr intensiv mit den Shkeen zusammenarbeitete. Zwei Jahre lang. Der Nächste kam dann im Jahr 8, und im Jahr darauf wieder einer. Seitdem hat die Bekehrungsrate stetig zugenommen. Und dann machte der Kult seinen größten Fang. Phil Gustaffson.«

Lya riss die Augen auf. »Der Planetare Administrator?«

»Genau«, sagte Gourlay. »Wir hatten eine Menge Administratoren. Gustaffson kam, als Rockwood es nicht mehr aushielt. Er war ein großer, brummiger alter Knabe, und alle mochten ihn. Er hatte seine Frau und seine Kinder auf seinem vorigen Posten verloren, aber das ließ er sich nicht anmerken. Er war immer freundlich und gut gelaunt. Nun, er fing an, sich für die Religion der Shkeen zu interessieren, redete mit ihnen darüber. Er sprach auch mit Magly und ein paar anderen Konvertiten. Er ging sich sogar ein Greeshka ansehen. Das hat ihn für eine Weile ganz schön aufgerüttelt. Aber schließlich kam er darüber hinweg und nahm seine Forschungen wieder auf. Ich hab mit ihm gearbeitet, aber ich hatte nicht die leiseste Ahnung, was er vorhatte. Vor etwas mehr als einem Jahr trat er dann dem Kult bei. Mittlerweile ist er verbunden. Noch keiner hat es so schnell dazu gebracht. Ich habe in der Shkeen-Stadt Gerüchte gehört, dass er sogar zur letzten Vereinigung zugelassen werden soll, sehr bald. Nun, Phil war hier länger als jeder andere Administrator. Die Leute hatten ihn gern, und als er konvertiert ist, folgten viele seiner Freunde seinem Beispiel. Und es werden immer mehr.«

»Die Rate liegt jetzt bei nicht ganz einem Prozent und nimmt weiter zu«, sagte Valcarenghi. »Das hört sich unbedeutend an, aber bedenken Sie, was es heißt. Ein Prozent der Menschen in meiner Niederlassung entscheidet sich für eine Religion, die eine ganz abscheuliche Form von Selbstmord verlangt.«

Lya blickte von Valcarenghi zu Gourlay und wieder zurück. »Warum ist das nicht gemeldet worden?«

»Es hätte gemeldet werden müssen«, sagte Valcarenghi. »Aber Gustaffsons Nachfolger war Stuart, und der hatte eine Heidenangst vor einem Skandal. Es gibt kein Gesetz, das verbietet, dass Menschen eine fremde Religion annehmen, deshalb sah Stuart das Problem einfach als nichtexistent an. Er meldete die Konversionsrate in seinen Routineberichten, und niemand weiter oben machte sich die Mühe nachzuforschen, wozu alle diese Leute konvertierten.«

Ich trank mein Glas aus und stellte es ab. »Weiter«, sagte ich zu Valcarenghi.

»Für mich existiert das Problem«, sagte er. »Es ist mir egal, wie wenige Leute betroffen sind – allein der Gedanke, dass sich Menschen vom Greeshka auffressen lassen, bestürzt mich. Ich habe gleich, als ich herkam, ein Psych-Team darauf angesetzt, aber die kommen nicht weiter. Ich brauchte Talente. Ich möchte, dass Sie herausfinden, warum diese Menschen konvertieren. Dann wird es mir möglich sein, etwas zu unternehmen.«

Das Problem war eigenartig, aber unser Auftrag schien einfach genug zu sein. Natürlich las ich Valcarenghi. Seine Gefühle waren jetzt etwas komplexer, aber nicht sehr: Zuversicht vor allem. Er war sicher, dass wir mit dem Problem fertig werden würden. Dann war noch ehrliche Besorgnis zu spüren, aber keine Furcht, und auch keine Spur von Verstellung. Wieder konnte ich unter der Oberfläche nichts finden. Valcarenghi verbarg seine geheimsten Regungen wirklich gut, wenn er überhaupt welche hatte.

Ich warf Lya einen Blick zu. Sie saß ziemlich verkrampft in ihrem Clubsessel, und ihre Finger umklammerten das Weinglas so fest, dass die Knöchel weiß hervortraten. Sie las. Nach einigen Augenblicken entspannte sie sich, schaute zu mir herüber und nickte.

»In Ordnung«, sagte ich. »Ich glaube, das können wir schaffen.«

Valcarenghi lächelte. »Ich habe nie daran gezweifelt«, sagte er. »Es bestand nur die Frage, ob Sie dazu bereit sein würden. Aber genug davon. Ich hab Ihnen einen Abend in der Stadt versprochen, und ich trachte immer danach, meine Versprechen zu halten. Ich erwarte sie unten im Foyer, sagen wir, in einer halben Stunde.«

Lya und ich zogen in unserem Zimmer etwas für den Abend Passenderes an. Ich entschied mich für eine dunkelblaue Tunika mit weißer Hose und einem dazu passenden Netzhalstuch. Nicht gerade die neueste Mode, aber ich hoffte, dass man auf Shkea zumindest etliche Monate hinterherhinkte. Lya schlüpfte in etwas Weißes, Seidiges, das sie wie eine zweite Haut umhüllte. Der Stoff war von schmalen blauen Linien durchzogen, die durch die Wirkung ihrer Körperwärme zu wandern begannen, in sinnlichen Mustern zusammenflossen und auf ihrer zerbrechlichen Figur entschieden interessante Ergebnisse zeitigten. Ein blaues Cape ergänzte das Gewand.

»Valcarenghi ist sonderbar«, sagte sie, als sie das Cape an den Schultern befestigte.

»So?« Ich kämpfte mit dem Haftsaum meiner Tunika, der sich weigerte zu haften. »Konntest du was feststellen, als du ihn gelesen hast?«

»Nein«, sagte sie. Sie war mit dem Cape fertig und bewunderte sich im Spiegel. Dann wirbelte sie zu mir herum, dass das Cape hinter ihr hochschwang. »Nichts Besonderes. Er dachte, was er sagte. Oh, natürlich mit ein paar Unterschieden in der Formulierung und so, aber nichts Wichtiges. Sein Geist hat sich mit unserem Gesprächsthema beschäftigt, und dahinter war etwas wie eine Wand.« Sie lächelte. »Ich konnte keinerlei dunkle Privatgeheimnisse rauskriegen.«

Ich kam endlich mit dem Haftsaum zurande. »Tztz«, sagte ich. »Nun, du hast ja heute noch mal Gelegenheit, in ihm rumzustochern.«

Das brachte mir einen finsteren Blick ein. »Verdammt, ich denke nicht daran. Ich lese niemanden in der Freizeit. Es wäre unfair. Und außerdem ist es ziemlich anstrengend. Ich wollte, ich könnte Gedanken so leicht wahrnehmen wie du Gefühle.«

»Der Preis des Talents«, sagte ich. »Du hast ein hochwertigeres Talent, also ist dein Preis auch höher.« Ich durchwühlte unser Gepäck nach einem Cape, fand aber nichts Passendes, also entschloss ich mich, darauf zu verzichten. Capes waren sowieso nicht mehr in Mode. »Ich hab auch nicht viel aus Valcarenghi rausgebracht. Aus seinem Gesichtsausdruck hätte man genauso viel ablesen können. Er muss einen sehr disziplinierten Geist besitzen. Aber das verzeih ich ihm. Er hat guten Wein.«

Lya nickte. »Und ob! Das Zeug hat mir richtig gutgetan. Ich bin sogar meine Kopfschmerzen vom Nachmittag losgeworden.«

»War wohl nur die Höhe«, sagte ich.

Wir brachen auf.

Das Foyer war leer, aber Valcarenghi ließ uns nicht lange warten. Diesmal nahm er seinen eigenen Flugwagen, ein verbeultes schwarzes Vehikel, das er offenbar schon etliche Zeit besaß. Gourlay hatte sich anscheinend gedrückt, aber Valcarenghi wurde von einer Frau begleitet, einer atemberaubenden Brünetten, die er als Laurie Blackburn vorstellte. Sie war noch jünger als Valcarenghi, Mitte zwanzig, nach ihrem Aussehen zu schließen.

Die Sonne ging unter, als wir starteten. Der ganze weite Horizont war ein goldroter Flammenvorhang von unwahrscheinlicher Pracht. Von der Ebene kam ein kühler Wind. Valcarenghi ließ die Klimaanlage ausgeschaltet und öffnete die Wagenfenster, und wir sahen zu, wie die Stadt langsam im Dämmerlicht versank.

Wir aßen in einem eleganten Restaurant im baldurianischen Stil zu Abend – vermutlich, damit wir uns ein wenig heimisch fühlen sollten. Die Speisen waren allerdings sehr interplanetar. Gewürze, Kräuter, die ganze Art der Küche stammte von Baldur. Die Fleisch- und Gemüsesorten waren hiesige Produkte. Die Kombinationen führten zu recht interessanten Ergebnissen. Valcarenghi bestellte für uns alle, und nach und nach verkosteten wir vielleicht ein Dutzend verschiedener Gerichte. Mir schmeckte ein winziger Shkea-Wildvogel am besten, der in Soustangsoße gedünstet war. Viel gab er zwar nicht her, aber das Wenige war großartig. Wir spülten die Mahlzeit mit drei Flaschen Wein hinunter: wiederum die Shkeen-

Sorte von nachmittags, eine Karaffe gut gekühlter Veltaar von Baldur und ein echter Burgunder der Alten Erde.

Die Unterhaltung wurde bald lebhaft; Valcarenghi war ein guter Erzähler und ein ebenso guter Zuhörer. Nach einer Weile führte das Gespräch natürlich zu Shkea und den Shkeen. Laurie brachte es dahin. Sie war seit rund sechs Monaten auf Shkea, um für eine Diplomarbeit in Exo-Anthropologie Material zu sammeln. Sie versuchte herauszubekommen, warum die Zivilisation der Shkeen seit so vielen Jahrtausenden stagnierte.

»Sie sind sehr viel älter als wir, wissen Sie«, erzählte sie uns. »Sie hatten schon Städte, bevor die Menschen den Gebrauch von Werkzeugen lernten. Es hätten eigentlich raumfahrende Shkeen sein müssen, die auf eine primitive Menschheit stoßen, und nicht umgekehrt.«

»Gibt es darüber nicht schon allerlei Theorien?«, erkundigte ich mich.

»Ja, aber keine befriedigenden«, sagte sie. »Cullen erwähnt zum Beispiel den Mangel an Schwermetallen. Das ist gewiss ein wichtiger Faktor, aber ist es die *ganze* Antwort? Von Hamrin behauptet, die Shkeen hätten nicht genug Konkurrenz gehabt. Der Planet hat keine großen Raubtierarten, weshalb die Shkeen es nicht nötig hatten, Aggressivität zu entwickeln. Aber diese Hypothese ist ziemlich wacklig. So idyllisch ist Shkea nun auch wieder nicht. Ohne ein wenig Aggressivität hätten es die Shkeen als Spezies nie so weit gebracht. Außerdem, was ist das Greeshka denn, wenn nicht ein Raubtier? Es *frisst* sie, oder etwa nicht?«

»Und was ist Ihre Ansicht?«, fragte Lya.

»Ich glaube, dass es etwas mit ihrer Religion zu tun hat, aber ich sehe da noch nicht ganz klar. Dino hilft mir, die Leute zu interviewen, und die Shkeen reden offen genug, aber es ist trotzdem nicht leicht, zu Ergebnissen zu kommen.« Sie unterbrach sich und warf Lya einen forschenden Blick zu. »Für mich zumindest. Ich stell mir vor, dass Sie es leichter haben.«

Das hatte man uns schon öfter gesagt. Die Normalen sind oft der Ansicht, dass Talente auf ziemlich unfaire Art im Vorteil sind. Das ist verständlich. Wir sind es wirklich. Aber Laurie war nicht missgünstig wie die meisten. Sie äußerte ihre Feststellung in einem sehnsüchtigen, nachdenklichen Ton, nicht mit ätzender Bitterkeit.

Valcarenghi lehnte sich herüber und legte einen Arm um sie. »Na, na«, sagte er, »wir wollen doch nicht immer von der Arbeit reden. Robb und Lya brauchen sich erst morgen um die Shkeen kümmern.«

Laurie sah ihn an und lächelte zaghaft. »Natürlich«, sagte sie leichthin. »Es ist mit mir durchgegangen, tut mir leid.«

»Ist schon in Ordnung«, beruhigte ich sie. »Das Thema interessiert uns auch. Warten Sie nur ab, wenn wir uns erst mal einen Tag damit beschäftigt haben, werden wir uns höchstwahrscheinlich genauso dafür begeistern.«

Lya nickte zustimmend und versicherte, dass Laurie als Erste davon erfahren würde, wenn sich bei unserer Arbeit irgendetwas Interessantes für ihre Theorie ergab. Ich hörte nur mit halbem Ohr zu. Ich weiß, dass es unhöflich ist, Normale zu lesen, wenn es sich um eine rein gesellschaftliche Situation handelt, aber manchmal kann ich nicht widerstehen. Valcarenghi hatte den Arm um Laurie gelegt und zog sie sanft an sich. Ich war neugierig.

Deshalb las ich nur kurz und mit schlechtem Gewissen. Er war bester Laune – ein klein wenig betrunken, glaube ich, und voller Zuversicht und Beschützerinstinkt. Ganz Herr der Lage. Laurie dagegen war ein emotionales Chaos – Unsicherheit, unterdrückter Ärger, eine vage, verschwommene Andeutung von Angst. Und Liebe, verwirrt, aber sehr stark. Mir oder Lya galt sie wohl kaum. Sie liebte Valcarenghi.

Ich tastete unter dem Tisch nach Lyas Hand und stieß an ihr Knie. Ich drückte leicht meine Hand dagegen, und sie sah mich an und lächelte. Sie las nicht, und das war gut. Es störte mich, dass Laurie Valcarenghi liebte, obwohl ich nicht wusste, warum, und ich war froh, dass Lya das nicht merkte.

Bald waren wir auch mit der letzten Weinflasche fertig, und Valcarenghi zahlte. Dann erhob er sich. »Auf!«, rief er. »Die Nacht ist jung, und wir haben noch einiges vor.«

Das stimmte. Keine Holo-Shows oder etwas ähnlich Stumpfsinniges, obwohl die Stadt eine ganze Reihe Theater aufzuweisen hatte. Als Nächstes stand ein Casino auf dem Programm. Glücksspiele waren auf Shkea natürlich erlaubt, andernfalls hätte Valcarenghi wohl schnellstens die entsprechenden Gesetze geschaffen. Er versorgte uns alle mit Jetons, und ich verlor etliche, ebenso Laurie. Lya war vom Spiel ausgeschlossen, ihr Talent war zu stark. Valcarenghi gewann üppig – er war ein blendender Gedankenrad-Spieler und auch ziemlich gut in den traditionellen Spielarten.

Dann ging es in eine Bar. Wieder gab es Drinks, und dazu ein einheimisches Unterhaltungsprogramm, das besser war, als ich erwartet hatte.

Als wir herauskamen, war es stockdunkel, und ich nahm an, dass sich unser Ausflug dem Ende näherte. Valcarenghi überraschte uns jedoch. Als wir zum Wagen zurückkamen, griff er unter das Armaturenbrett und holte eine Schachtel Ernüchterer hervor, die er herumreichte.

»He«, bemerkte ich. »Sie fahren doch. Wozu brauch ich das Zeug, nachdem ich mir mühsam einen netten Schwips zugelegt habe?«

»Ich werde Sie zu einem echten kulturellen Ereignis der Shkeen mitnehmen, Robb«, sagte er. »Ich möchte nicht, dass Sie anfangen, dämliche Bemerkungen zu machen oder gar die Eingeborenen ankotzen. Sie schlucken Ihre Tablette.«

Also schluckte ich meine Tablette, und das Summen in meinem Schädel begann sich zu legen. Valcarenghi hatte bereits abgehoben. Ich lehnte mich in meinen Sitz zurück und legte einen Arm um Lya. Sie schmiegte den Kopf an meine Schulter. »Wohin wollen wir?«

»Shkeen-Stadt«, antwortete er, ohne sich umzusehen, »in die Große Halle. Heute Abend beginnt eine Versammlung, und ich dachte mir, dass Sie das interessieren würde.«

»Es wird natürlich nur Shkeen gesprochen«, sagte Laurie, »aber Dino kann für Sie dolmetschen. Ich beherrsche die Sprache auch ein wenig, und ich werde ergänzen, was ihm entgeht.«

Lya wurde aufgeregt. Wir hatten natürlich von den Versammlungen gelesen, aber kaum erwartet, schon an unserem ersten Tag auf Shkea eine zu erleben. Die Versammlungen waren eine Art religiöser Ritus, sozusagen eine Massenbeichte für die Pilger, die von überallher kamen, um in die Reihen der Verbundenen aufgenommen zu werden. Die Hügelstadt wimmelte Tag für Tag von Pilgern, aber Versammlungen wurden nur drei- oder viermal im Jahr abgehalten, wenn die Zahl der für die Verbindung würdigen Shkeen groß genug war.

Das Flugauto strich fast lautlos über die hell erleuchtete Niederlassung hinweg, über riesige Springbrunnen, die in Dutzenden von Farben glitzerten, über verspielte Zierbögen, die sich in flammenhafter Leichtigkeit in die Nacht aufschwangen. Noch ein paar andere Wagen waren in der Luft, und hin und wieder überflogen wir Spaziergänger, die durch die weiten, eleganten Straßen der Stadt bummelten. Die meisten Leute waren jedoch in den Gebäuden, und Licht und Musik strömten aus vielen der Häuser, über die wir hinwegglitten.

Dann begann sich mit einem Mal der Charakter der Stadt zu ändern. Der ebene Boden wellte sich, Hügel erhoben sich vor uns, und hinter uns versanken die Lichter. Unten wichen die breiten Boulevards unbeleuchteten Schotterstraßen, und die Glas- und Metallkuppeln in dem modernen Pseudo-Shkeen-Stil wurden von ihren älteren Vorbildern aus Ziegeln abgelöst. In der Shkeen-Stadt war es ruhiger als in der menschlichen Niederlassung; die meisten Häuser waren still und dunkel.

Dann tauchte vor uns eine Kuppel auf, die größer war als alle anderen – fast selbst ein Hügel, mit einem hohen Torbogen und einer Reihe spaltartiger Fenster. Aus dieser Kuppel drangen Licht und Lärm, und draußen standen eine Menge Shkeen.

Mir wurde plötzlich bewusst, dass ich, obwohl wir schon fast einen ganzen Tag auf Shkea waren, zum ersten Mal Shkeen zu Gesicht bekam. Sehr viel war natürlich in der Nacht aus einem Flugauto nicht zu erkennen, aber für einen ersten Eindruck war es genug. Die Eingeborenen waren kleiner als Menschen – der größte maß etwa einen Meter fünfzig – und hatten auffallend große Augen und lange Arme. Mehr konnte ich aus der Luft nicht feststellen.

Valcarenghi landete neben der Großen Halle, und wir kletterten hinaus. Aus verschiedenen Richtungen eilten Shkeen durch den Torbogen, aber der Großteil befand sich offensichtlich schon im Innern. Wir schlossen uns den Nachzüglern an, und niemand hatte auch nur einen zweiten Blick für uns übrig, außer ein Bursche, der Valcarenghi mit dünner, quietschender Stimme anrief und mit Dino begrüßte. Er hatte sogar hier Freunde.

Das Innere der Kuppelhalle war ein einziger gewaltiger Raum, in dessen Mitte eine Art primitives Podium errichtet worden war. Die dichte, riesige Masse der Shkeen umringte es. Die einzige Beleuchtung waren Fackeln, die in Ritzen an den Wänden eingeklemmt waren oder auf hohen Stangen die Plattform umgaben. Jemand sprach gerade, und alle diese großen, runden Augen waren auf ihn gerichtet. Wir waren die einzigen Menschen in der Halle.

Der Sprecher, von den Fackeln grell beleuchtet, war ein dicker Shkeen mittleren Alters, der beim Reden langsam und mit fast hypnotischen Gesten die Arme bewegte. Er gab eine Abfolge von Pfiffen, Krächzern und Grunzern von sich, deshalb hörte ich nicht sonderlich genau hin. Er war viel zu weit entfernt, als dass ich ihn hätte lesen können. So blieb mir nur übrig, seine äußere Erscheinung zu studieren, und die Shkeen in meiner Nähe. Soweit ich sehen konnte, waren sie alle haarlos, mit weich aussehender, orangefarbener Haut, die von Tausenden winziger Fältchen durchzogen war. Sie trugen einfache Kittel aus grobem buntem Stoff, und ich hatte Schwierigkeiten, männlich und weiblich zu unterscheiden.

Valcarenghi beugte sich zu mir herüber und flüsterte, so leise er konnte. »Der Sprecher ist ein Bauer«, informierte er uns hastig. »Er erzählt den Leuten, von wie weit er hergekommen ist, und was er im Leben Schweres durchgemacht hat.«

Ich schaute mich um. Valcarenghis Flüstern war das einzige Geräusch unter den Zuhörern. Alle anderen ließen das Podium nicht aus den Augen, starrten stumm auf den Sprecher, wagten kaum zu atmen. »Er sagt, er hat vier Brüder«, fuhr Valcarenghi fort. »Zwei sind bereits in die Letzte Vereinigung eingetreten, und einer gehört zu den Verbundenen. Der letzte ist jünger als er, und ihm gehört nun der Hof.« Er runzelte die Stirn. »Der Sprecher wird seinen Hof nie wiedersehen«, sagte er etwas lauter, »aber er ist glücklich darüber.«

»Wieso – schlechte Ernten?«, fragte Lya schmunzelnd. Sie hatte Valcarenghis Flüsterbericht ebenfalls mitbekommen. Ich warf ihr einen strengen Blick zu.

Der Shkeen erzählte weiter, und Valcarenghi dolmetschte stolpernd. »Jetzt spricht er von seinen Sünden, all seinen Taten, für die er sich schämt, von seinen finstersten Geheimnissen. Er hatte oft eine scharfe Zunge, er ist eitel, einmal hat er sogar seinen jüngeren Bruder geschlagen. Jetzt spricht er von seiner Frau, und von den anderen Frauen, die er gehabt hat. Er hat sie oft betrogen. Als junger Bursche hat er sich mit Tieren gepaart, weil er sich vor Frauen fürchtete. In den letzten Jahren ist er impotent geworden, und sein Bruder stellte seine Frau zufrieden.«

So ging es weiter und weiter, mit unglaublichen Einzelheiten – Einzelheiten, die gleichermaßen erschütternd wie abstoßend waren. Keine Intimität blieb unerwähnt, kein Geheimnis ungelüftet. Ich stand da und hörte Valcarenghis geflüstertem Bericht zu, anfangs entsetzt, dann mehr und mehr gelangweilt von all diesem intimen Schmutz. Allmählich wurde ich ruhelos. Ich überlegte kurz, ob ich wohl irgendeinen Menschen nur halb so gut kannte wie diesen fetten alten Shkeen. Dann fragte ich mich, ob Lyanna mit ihrem Talent irgendjemanden nur halb so gut kannte. Es war fast, als wollte der Sprecher uns alle hier und jetzt sein ganzes Leben nachvollziehen lassen.

Seine Beichte dauerte, wie es mir vorkam, Stunden, aber endlich schien er zum Ende zu kommen. »Er spricht jetzt von der Vereinigung«, flüsterte Valcarenghi. »Er wird sich verbinden, er freut sich darauf, er hat sich so lange danach gesehnt. All sein Elend wird ein Ende finden, seine Einsamkeit hört auf, bald wird er durch die Straßen der heiligen Stadt wandeln und sein Glück mit den Glocken hinausläuten. Und dann, in einigen Jahren, die Letzte Vereinigung. Im Nachleben wird er mit seinen Brüdern zusammen sein.«

»Nein, Dino.« Das Flüstern kam von Laurie. »Hör auf, alles in menschliche Phrasen zu verpacken. Er sagt, er wird seine Brüder sein. Die Redewendung drückt ebenso aus, dass seine Brüder er sein werden.«

Valcarenghi lächelte. »Gut, Laurie. Wie du meinst ...«

Plötzlich war der dicke Bauer vom Podium verschwunden. Die Menge begann sich zu rühren. Eine andere Person trat an seine Stelle: viel kleiner, sehr verrunzelt, das eine Auge eine klaffende Höhle. Stockend begann der Mann zu sprechen, wurde langsam sicherer.

»Das ist jetzt ein Maurer, er hat viele Kuppeln gebaut, er lebt in der heiligen Stadt. Sein Auge hat er vor vielen Jahren verloren, als er von einer Kuppel stürzte und auf eine spitze Stange fiel. Der Schmerz war sehr schlimm, aber er hat noch im gleichen Jahr seine Arbeit wieder aufgenommen, hat nicht um frühere Vereinigung gebeten. Er war sehr tapfer, er ist stolz auf sein Pflichtbewusstsein. Er hat eine Frau, aber sie bekamen keine Kinder, und das betrübt ihn sehr. Er versteht sich mit seiner Frau nicht sehr gut, sie leben getrennt, selbst wenn sie beisammen sind, und sie weint oft in der Nacht. Auch das betrübt ihn, aber er hat ihr nie wehgetan und ...«

Wieder dauerte es Stunden. Wieder überkam mich Ruhe-
losigkeit, aber ich riss mich zusammen – dies war zu wichtig. Ich ließ mich in Valcarenghis Erzählung treiben, verlor
mich in der Lebensgeschichte des einäugigen Shkeen. Bald
war ich davon ebenso gebannt wie die Eingeborenen um
mich herum. In dem Kuppelsaal war es heiß und stickig,
und meine Tunika begann mir am Leib zu kleben, von
Schweiß getränkt, der teilweise von den dicht um mich gedrängten, fremden Wesen stammte. Aber ich bemerkte es
kaum.

Der zweite Sprecher schloss ähnlich wie der erste mit einer
langen Lobeshymne über die Freuden des Verbundenseins
und der Letzten Vereinigung. Gegen Ende war ich mir Valcarenghis Übersetzung kaum mehr bewusst – ich hörte das
Glück in der Stimme des Shkeen, sah es an seiner zitternden
Gestalt. Vielleicht las ich auch, ohne es zu wissen. Doch auf
solche Entfernungen kann ich nicht lesen – außer, der Betref-
fende strahlt ungeheuer starke Gefühle aus.

Ein dritter Sprecher betrat das Podium und begann mit
seiner Beichte, die Stimme lauter als die der anderen. Valcarenghi hielt Schritt. »Eine Frau diesmal. Sie hat ihrem Mann
acht Kinder geboren, sie hat vier Schwestern und drei Brüder, sie hat ihr ganzes Leben auf der Farm gearbeitet, sie ...«

Plötzlich schien ihre Rede eine Art Höhepunkt erreicht
zu haben. Sie endete mit einem langen Satz und mehreren
schrillen, scharfen Pfiffen. Dann verstummte sie. Die Menge
begann wie ein einziges Wesen ihre Pfiffe zu beantworten.
Ein unheimliches, hallendes Pfeifen erfüllte den Kuppelsaal,
und die Shkeen um uns begannen alle, sich zu wiegen und zu
pfeifen. Schweigend, in gebrochener Haltung, stand die Frau
inmitten der seltsamen Szene.

Valcarenghi begann zu übersetzen, aber er stolperte über irgendetwas. Laurie unterbrach, bevor er sich wieder zurechtfand. »Sie hat ihnen gerade von einer schrecklichen Tragödie erzählt«, flüsterte sie. »Sie pfeifen alle, um ihren Kummer, ihr Einssein mit dem Schmerz der Frau auszudrücken.«

»Mitgefühl, ja«, sagte Valcarenghi und nahm den Faden wieder auf. »Als sie jung war, wurde ihr Bruder krank und schien dem Tod nahe zu sein. Ihre Eltern befahlen ihr, ihn in die heiligen Hügel zu bringen, weil sie die jüngeren Kinder nicht allein lassen konnten. Aber sie zerbrach ein Rad an ihrem Karren, weil sie unvorsichtig war, und ihr Bruder starb draußen auf der Ebene. Er ging zugrunde ohne die Vereinigung. Sie macht sich Vorwürfe deshalb.«

Die Shkeen sprach nun weiter. Laurie begann zu übersetzen, zu uns gebeugt und mit gesenkter Stimme. »Ihr Bruder starb, sagt sie jetzt wieder. Sie hat ihn im Stich gelassen, hat ihn der Vereinigung beraubt, jetzt ist er verloren und allein und tot ohne ... ohne ...«

»Nachleben«, sagte Valcarenghi. »Ohne Nachleben.«

»Ich bin nicht sicher, ob das hier zutrifft«, sagte Laurie. »Dieser Begriff ist ...«

Valcarenghi winkte ab. »Hört weiter«, sagte er. Er fuhr mit der Übersetzung fort.

Wir hörten die Geschichte der Frau an, wie sie uns Valcarenghi in zunehmend heiserem Flüsterton dolmetschte. Sie sprach länger als die anderen, und ihre Geschichte war die schrecklichste von allen dreien. Als sie geendet hatte, folgte ein neuer Redner, aber Valcarenghi legte mir eine Hand auf die Schulter und schob uns zum Ausgang.

Die kühle Nachtluft traf uns wie ein Guss Eiswasser, und ich merkte plötzlich, dass ich schweißgebadet war. Valcarenghi ging rasch zum Wagen. Hinter uns gingen die Lebensbeichten weiter, und die Shkeen ließen keine Anzeichen von Müdigkeit erkennen.

»Die Versammlungen dauern oft Tage, manchmal Wochen«, erklärte uns Laurie, als wir in das Flugauto stiegen. »Die Shkeen hören in Schichten zu, mehr oder weniger – sie bemühen sich sehr, kein Wort zu versäumen, aber früher oder später übermannt sie die Erschöpfung, und sie ziehen sich zu kurzen Ruhepausen zurück. Dann kommen sie wieder. Es ist eine große Ehre, eine Versammlung von Anfang bis Ende ohne Schlaf durchzustehen.«

Valcarenghi startete schwungvoll. »Eines Tages werd ich das einmal versuchen«, sagte er. »Ich war nie länger als ein paar Stunden dabei, aber ich glaube, ich könnte es schaffen, wenn ich mich mit Drogen auf dem Damm halte. Es wäre wertvoll für die Verständigung zwischen Menschen und Shkeen, wenn wir intensiver an ihren Ritualen teilnähmen.«

»Oh«, sagte ich. »Vielleicht war Gustaffson derselben Meinung.«

Valcarenghi lachte leichthin. »Na ja, so intensiv will ich nun auch wieder nicht teilnehmen.«

Die Heimfahrt verlief in erschöpftem Schweigen. Mir war jedes Zeitgefühl abhanden gekommen, aber mein Körper beharrte darauf, dass es fast Morgen war. Lya, in meiner Armbeuge eingerollt, sah todmüde und schläfrig aus. Ich fühlte mich genauso.

Wir verließen das Flugauto vor dem Turmgebäude und stolperten in den Aufzug. Ich war zu keinem zusammenhängenden Gedanken mehr fähig. Wir schliefen sehr schnell ein.

In dieser Nacht träumte ich. Ein angenehmer Traum, glaube ich, aber er verblasste mit dem neuen Tag und ließ mich leer und enttäuscht zurück. Nach dem Aufwachen lag ich minutenlang still, den Arm um Lya gelegt, starrte zur Zimmerdecke hinauf und versuchte mich zu erinnern, was in dem Traum geschehen war. Aber es tauchten keine Erinnerungen auf.

Stattdessen ging mir die Versammlung nicht aus dem Kopf, und ich ließ noch einmal alles in Gedanken vorüberziehen. Endlich raffte ich mich auf und stieg leise aus dem Bett. Wir hatten das Glas verdunkelt, sodass es im Raum noch stockdunkel war. Ich fand den Regler jedoch leicht genug und ließ einen Schimmer des späten Morgenlichts hereinsickern.

Lya murmelte etwas wie einen verschlafenen Protest und drehte sich um, machte aber keine Anstalten aufzustehen. Ich ließ sie schlafen und ging hinüber in unsere Bibliothek, um nach einem Buch über die Shkeen zu suchen – irgendetwas Ausführlicheres als das Informationsmaterial, das wir erhalten hatten. Nichts zu machen. Die Bibliothek war zur Unterhaltung gedacht, nicht für sachliche Ermittlungen.

Ich entdeckte ein Visifon und tippte Valcarenghis Büro ein. Gourlay meldete sich. »Hallo«, sagte er. »Dino hat damit gerechnet, dass Sie anrufen würden. Er ist im Moment nicht hier. Er versucht, einen Handelsvertrag auszufechten. Brauchen Sie etwas?«

»Bücher«, sagte ich mit noch etwas schlaftrunkener Stimme. »Etwas über die Shkeen.«

»Schade«, meinte Gourlay. »Da kann ich Ihnen nicht helfen. Es gibt einfach keine. Eine Menge wissenschaftliche Arbeiten und Untersuchungen und Monografien, aber keine richtigen Bücher. Ich will mal eins schreiben, aber ich bin noch nicht dazu gekommen. Dino fand jedenfalls, ich könnte die Informationsquelle für Sie spielen. So gut ich kann.«

»Oh.«

»Irgendwelche Fragen?«

Ich suchte nach einer Frage, fand aber keine. »Eigentlich nicht«, sagte ich achselzuckend. »Ich wollte mehr das allgemeine Bild haben, vielleicht noch weitere Informationen über die Versammlungen.«

»Darüber kann ich Ihnen gern später was erzählen«, sagte Gourlay. »Dino nahm an, dass Sie heute mit Ihrer Arbeit anfangen wollen. Wir können Leute für Sie in den Turm holen, oder Sie können sie selbst aufsuchen.«

»Wir gehen selbst«, sagte ich rasch. Es verdirbt alles, wenn man Personen eigens zu Interviews kommen lässt. Sie sind dann aufgeregt, und das überdeckt alle Gefühle, die ich lesen möchte, und die Leute *denken* auch an andere Dinge, sodass Lyanna ebenfalls Schwierigkeiten hat.

»Schön«, sagte Gourlay. »Dino lässt Ihnen einen Flugwagen zur Verfügung stellen. Fragen Sie im Foyer danach. Man wird Ihnen dort auch Schlüssel geben, damit Sie direkt hier ins Büro heraufkommen und die diversen Anmeldungshürden vermeiden können.«

»Danke«, sagte ich. »Wir sprechen uns dann später.« Ich schaltete den Schirm aus und ging zurück ins Schlafzimmer.

Lya hatte sich aufgesetzt, noch halb in die Bettdecke gewickelt. Ich setzte mich neben sie und gab ihr einen Kuss. Sie lächelte, erwiderte ihn aber nicht. »He«, sagte ich, »was ist los?«

»Kopfweh«, antwortete sie. »Ich dachte, diese Ernüchterungspillen sollen einem den Kater ersparen.«

»Theoretisch ja. Meine haben gut gewirkt.« Ich ging zum Schrank und suchte mir etwas zum Anziehen. »Es sollte irgendwo Kopfschmerztabletten geben. Ich bin sicher, dass Dino so was nicht vergessen würde.«

»Hrrm. Ja. Schieb mir was zum Anziehen rüber.«

Ich warf ihr einen ihrer Overalls zu. Lya stand auf und schlüpfte hinein, während ich mich ebenfalls anzog. Dann verschwand sie im Bad.

»Schon viel besser«, sagte sie, als sie zurückkam. »Du hast recht, er hat die Medikamente nicht vergessen.«

»Er ist ein gründlicher Typ.«

Sie lächelte. »Wahrscheinlich. Aber Laurie beherrscht die Sprache besser. Ich hab sie gelesen. Dino hat gestern Abend eine Reihe Fehler beim Übersetzen gemacht.«

Ich war zu dem gleichen Schluss gekommen. Das sollte keine Kritik an Valcarenghi sein, denn schließlich hatte Laurie nach allem, was ich gehört hatte, vier Monate Vorsprung. Ich nickte. »Sonst noch was gefunden?«

»Nein. Ich habe versucht, diese Sprecher zu erreichen, aber die Entfernung war zu groß.« Sie kam herüber und nahm meine Hand. »Was tun wir heute?«

»Sehen wir uns in der Shkeen-Stadt um«, sagte ich. »Ich möchte versuchen, einen dieser Verbundenen zu finden. Bei der Versammlung hab ich keine gesehen.«

»Nein. Die sind ja auch für die Leute, die kurz vor der Verbindung stehen.«

»Das hab ich auch begriffen. Gehen wir.«

Wir gingen. Im vierten Stock gönnten wir uns in der Turm-Cafeteria noch ein spätes Frühstück und ließen uns dann von einem Mann im Foyer zu unserem Flugauto führen. Ein sportlicher grüner Viersitzer, praktisch und unauffällig.

Ich flog nicht ganz bis in die Shkeen-Stadt, weil ich fand, wir würden mehr davon haben, wenn wir uns zu Fuß unter die Leute mischten. Deshalb landete ich gleich hinter den ersten Hügeln, und wir wanderten in die Stadt hinein.

Die Stadt der Menschen hatte fast ausgestorben gewirkt, aber die Shkeen-Stadt lebte. Die Schotterstraßen waren voll von Eingeborenen, die geschäftig hierhin und dorthin eilten, beladen mit Ziegeln, Obstkörben oder Stoffballen. Kinder waren überall, die meisten nackt; dicke kleine orangefarbene Energiebündel, die uns begeistert einkreisten und pfiffen und schnauften und grinsten und uns hin und wieder an den Kleidern zupften. Die Kinder sahen anders aus als die Erwachsenen. Erstens besaßen sie einige spärliche Fleckchen rötliches Haar, und dann war natürlich ihre Haut noch glatt und faltenlos. Sie waren die Einzigen, die uns überhaupt Beachtung schenkten. Die erwachsenen Shkeen gingen ihren Geschäften nach, manche lächelten uns freundlich zu. Menschliche Besucher waren in den Straßen der Shkeen-Stadt anscheinend nichts Ungewöhnliches.

Der Verkehr bestand im Wesentlichen aus Fußgängern, aber es gab auch einige hölzerne Karren. Das Zugtier der Shkeen sah aus wie ein großer grüner Hund, der im Begriff steht, sein Futter von sich zu geben. Die Tiere waren paarweise vor die Karren gespannt und winselten bei jedem Schritt, daher wurden sie, verständlicherweise, Winsler genannt. Sie winselten nicht nur andauernd, sondern setzten auch fleißig Kot ab, was der Stadt zusammen mit den Ausdünstungen der Shkeen und dem Geruch der in Körben feilgebotenen Lebensmittel ein ziemlich kräftiges Aroma verlieh.

Das Getriebe in den Straßen wurde von lebhaftem Lärm begleitet. Kinder pfiffen, ältere Shkeen unterhielten sich lautstark mit Grunzern und Schnalzern, die Winsler winselten, die Karren ratterten über die Steine. Lya und ich gingen schweigend dazwischen hindurch, Hand in Hand, und beobachteten und lauschten und rochen und – lasen.

Als ich die Shkeen-Stadt betrat, hatte ich mich allem weit geöffnet und ließ im Weitergehen alles über mich hinwegspülen, um alles wahllos aufzunehmen. Ich war das Zentrum eines Wirbels aus Emotionen – Gefühle strömten auf mich ein, wenn sich Shkeen näherten, verblassten, wenn sie davongingen, umkreisten mich mit den tanzenden Kindern. Ich schwamm in einem Meer von Eindrücken. Und es verblüffte mich.

Es verblüffte mich, weil alles so vertraut war. Ich hatte schon oft fremde Wesen gelesen. Manchmal war es schwierig, manchmal war es leicht, aber es war niemals angenehm. Die Hranganer haben einen verbitterten Geist, überwuchert von Hass und Ablehnung, und ich fühle mich hinterher immer unsauber. Die Fyndier haben so blasse Empfindungen, dass ich sie fast überhaupt nicht lesen kann. Die Damoosh sind ... *anders*. Ich empfange sie stark, aber ich finde keine Namen für die Gefühle, die ich lese.

Die Shkeen dagegen – es war, als ob ich eine Straße auf Baldur entlangginge. Nein, vielleicht eher wie in einer der Vergessenen Kolonien, wo die menschlichen Siedler in die Barbarei zurückgefallen sind und ihre Herkunft vergessen haben. Menschliche Gefühle sind dort wie ein Sturm, primitiv, stark und natürlich, weniger dressiert als auf der Alten Erde oder auf Baldur. Die Shkeen waren genauso: primitiv vielleicht, aber sehr nachvollziehbar. Ich las Freude und Trauer, Neid, Ärger, Tagträumereien, Bitterkeit, Sehnsucht, Schmerz. Das gleiche berauschende Durcheinander, das mich überall erfasst wie eine Flutwelle, wenn ich mich ihm öffne.

Lya las ebenfalls. Ich spürte, wie sich ihre Hand in meiner verkrampfte. Nach einer Weile entspannte sie sich wieder. Ich wandte mich zu ihr um, und sie sah die Frage in meinen Augen.

»Sie sind Menschen«, sagte sie. »Sie sind wie wir.«

Ich nickte. »Vielleicht eine parallele Entwicklung. Shkea könnte eine ältere Erde sein, mit ein paar kleineren Unterschieden. Aber du hast recht. Sie sind menschlicher als irgendeine andere Rasse, auf die wir im Weltraum gestoßen sind.« Ich überlegte. »Ist damit Dinos Frage beantwortet? Wenn sie uns ähnlich sind, wäre es nur logisch, wenn ihre Religion für uns anziehender wirkt als eine *wirklich* fremdartige.«

»Nein, Robb«, sagte Lya. »Das finde ich nicht. Ganz im Gegenteil. Wenn sie wie wir sind, ist es unverständlich, dass sie so willig hingehen und sich auffressen lassen. Oder?«

Sie hatte natürlich recht. In den Gefühlen, die ich gelesen hatte, waren keine Selbstmordtendenzen zu erkennen gewesen, nichts Labiles, nichts richtig Anomales. Und doch ging jeder Shkeen mit Freuden der Letzten Verbindung entgegen.

»Wir sollten uns auf irgendetwas konzentrieren«, sagte ich. »Dieses Potpourri bringt uns nichts.« Ich schaute mich nach einem geeigneten Objekt um, aber gerade da hörte ich die Glocken einsetzen.

Sie erklangen irgendwo links von uns, gingen fast unter in dem friedlichen Brausen des städtischen Treibens. Ich zog Lya an der Hand mit mir, und wir rannten die Straße entlang, um sie zu finden. Bei der ersten Lücke in der ordentlichen Reihe aus Kuppelhäusern wandten wir uns nach links.

Die Glocken waren noch immer ein Stück voraus, und wir mussten weiterlaufen, suchten eine Abkürzung durch eine Art Hof und kletterten über einen niedrigen Heckenzaun, der vor Süßhörnchen starrte. Dahinter lag ein weiterer Hof, eine Dunggrube, Kuppelhäuser, und endlich wieder eine Straße. Dort fanden wir die Glockenträger.

Es waren vier, alle *verbunden;* sie trugen lange Roben aus leuchtend rotem Stoff, die im Straßenstaub schleiften, und in jeder Hand eine große Bronzeglocke. Sie läuteten die Glocken ohne Unterlass, ihre langen Arme schwangen vor und zurück, und die harten, metallischen Klänge erfüllten die Straße. Alle vier waren nach dem Maßstab der Shkeen schon etwas älter – haarlos und von einer Million winziger Fältchen gerunzelt. Aber sie lächelten breit und fröhlich, und die jüngeren Shkeen, die ihnen begegneten, lächelten zurück.

Auf ihren Köpfen saßen die Greeshka.

Ich hatte erwartet, den Anblick widerlich zu finden. Es war nicht so. Irgendwie beunruhigend wirkte es, aber nur, weil ich wusste, was es bedeutete. Die Parasiten waren hellpurpurne Klumpen Gallert, von der Größe einer pulsierenden Warze am Hinterkopf des einen Shkeen bis zu einem großen Lappen, der leuchtend rot über Kopf und Schultern des kleinsten Shkeen hing wie eine lebendige Kapuze. Die Greeshka lebten von den Nährstoffen, die sie sich aus dem Blutkreislauf der Shkeen holten, das wusste ich.

Und auch davon, dass sie langsam – oh, sehr langsam – ihren Wirt auffraßen.

Lya und ich blieben ein paar Schritte vor den vieren stehen und sahen ihnen beim Läuten zu. Lyas Gesicht war ernst, und ich glaube, meins auch. Alle anderen lächelten, und der Gesang der Glocken war ein Freudengesang. Ich drückte Lyannas Hand heftig. »Lies«, flüsterte ich.

Wir lasen.

Ich, ich las die Glocken. Nicht ihren Klang, nein, aber das Gefühl der Glocken, die Emotion der Glocken, die hell tönende Freude, das laute, rufende, jubelnde Tönen, den Gesang der Verbundenen, das Beisammen-Sein und das Beisammen-

Fühlen. Ich las, was die Verbundenen fühlten, als sie ihre Glocken schwangen, ihr Glück und ihre Vorfreude, die Ekstase, andere durch ihr Läuten an ihrer Erfüllung teilhaben zu lassen. Und ich las Liebe, die in großen, heißen Wellen von ihnen ausströmte, die leidenschaftliche, besitzergreifende Liebe, die Mann und Frau manchmal teilen, nicht die schwache, verwässerte Zuneigung des Menschen, der seinen Nächsten »liebt«. Es war echt und glühend und brannte fast, als es über mir zusammenflutete. Sie liebten sich selbst, und sie liebten alle Shkeen, und sie liebten das Greeshka, und sie liebten einander, und sie liebten uns. Sie liebten uns. Sie liebten *mich*, so heiß und wild, wie Lya mich liebte. Und mit der Liebe las ich Zusammengehörigkeit und Anteilnahme. Die vier waren einzeln, waren Individuen, aber sie dachten fast wie einer, und sie gehörten zueinander, und sie gehörten zum Greeshka, und sie waren alle *beisammen* und verbunden, obwohl jeder noch er selbst war und keiner die anderen so lesen konnte, wie ich sie las.

Und Lyanna? Ich taumelte fast zurück, verschloss mich vor ihnen und sah Lya an. Sie war blass, aber sie lächelte. »Sie sind wunderbar«, sagte sie, und ihre Stimme war leise und sanft und verwundert. Von Liebe erfüllt, dachte ich daran, wie sehr ich *sie* liebte, und dass ich ein Teil von ihr war und sie ein Teil von mir.

»Was – was hast du gelesen?«, fragte ich, die Stimme über den lärmenden Jubel der Glocken erhoben.

Sie schüttelte den Kopf, wie um sich von etwas zu lösen. »Sie lieben uns«, sagte sie. »Du musst das gespürt haben, aber ich weiß es, sie lieben uns *wirklich*. Und es ist so *tief*. Unter dieser Liebe ist wieder Liebe, und darunter wieder und wieder, bis ins Unendliche. Ihr Geist ist so tief, so offen. Ich glaube nicht, dass ich jemals einen Menschen so lesen konnte. Alles war da, greifbar, hat sich mir entgegengedrängt, ihr ganzes Leben und all ihre Träume und Gefühle und Erinnerungen und – oh, es war so, so unmittelbar, ich las, wie eine Pflanze das Sonnenlicht aufnimmt. Bei anderen, bei Menschen ist es so mühsam. Ich muss danach graben, ich muss kämpfen, und trotzdem komme ich oft nicht sehr tief. Du weißt, Robb, oh, du weißt es, Robb!« Und sie kam zu mir und drückte sich fest an mich, und ich hielt sie in den Armen. Jene Welle der Gefühle, die mich überschwemmt hatte, musste für sie wie eine Springflut gewesen sein. Ihr Talent war stärker und tiefer als meins, und sie war erschüttert von dem Erlebnis. Ich las sie, als sie sich an mir festklammerte, und ich las Liebe, starke Liebe, und Staunen und Glück, aber auch Angst, unbestimmte, unruhige Angst, die wie zäher Nebel durch ihren Geist kroch.

Auf einmal verstummte das Läuten neben uns. Die Glocken schwangen aus, eine nach der anderen, und die vier Verbundenen standen eine Sekunde lang still da. Ein anderer Shkeen kam herbei, hielt ihnen einen großen, tuchverdeckten Korb entgegen. Der kleinste der Verbundenen warf das Tuch zurück, und der Duft heißer Fleischpasteten verbreitete sich. Jeder der Verbundenen nahm sich mehrere aus dem Korb, und Augenblicke später knusperten sie vergnügt an ihren Pasteten, während der Spender grinsend zusah. Ein kleines nacktes Shkeen-Mädchen kam herbeigelaufen und bot ihnen eine Wasserflasche an, und sie reichten sie wortlos herum.

»Was geht hier vor?«, fragte ich Lya. Dann, bevor sie antworten konnte, erinnerte ich mich. In der Literatur, die Valcarenghi uns geschickt hatte, hatte es gestanden. Die Verbundenen arbeiteten nicht. Vierzig Erdenjahre lang lebten und mühten sie sich, aber von der Ersten Verbindung bis zur Letzten Vereinigung gab es nur noch Freude und Musik für sie, und sie wanderten durch die Straßen, schwangen ihre Glocken, unterhielten sich und sangen, und die anderen Shkeen gaben ihnen zu essen und zu trinken. Es war eine Ehre, einen Verbundenen zu bewirten, und der Shkeen, der die Fleischpasteten gespendet hatte, strahlte Stolz und Freude aus.

»Lya«, flüsterte ich, »kannst du sie jetzt lesen?«

Sie nickte, an meine Brust gedrückt, löste sich von mir und starrte die Verbundenen an. Ihre Augen wurden steinern und nach einer Weile wieder lebendig. Sie blickte wieder mich an. »Es ist anders«, sagte sie verwundert.

»Wieso?«

Sie blinzelte ratlos. »Ich weiß nicht. Ich meine, sie lieben uns immer noch und all das. Aber jetzt sind ihre Gedanken, nun, irgendwie menschlicher. Du weißt, es gibt verschiedene Ebenen, und tiefer zu dringen, ist nicht leicht ... Verborgenes liegt dort, Dinge, die sie sogar vor sich selbst verbergen. Es ist nicht alles so offen wie vorhin. Sie denken jetzt an das Essen und wie gut es schmeckt. Es ist alles sehr klar. Ich konnte die Pasteten selbst schmecken. Aber es ist anders.«

Mir kam eine Idee. »Wie viele Individuen kannst du geistig unterscheiden?«

»Vier«, sagte sie. »Sie sind irgendwie verbunden, glaube ich. Nicht richtig, natürlich.« Verwirrt unterbrach sie sich und schüttelte den Kopf. »Ich meine, sie können sozusagen die Gefühle der anderen mitempfinden, ungefähr so, wie du es tust, würde ich sagen. Aber sie können keine Gedanken, keine Einzelheiten im Geist der anderen wahrnehmen. Ich kann sie lesen, aber sie lesen einander nicht. Sie sind jeder für sich.

Vorhin, als sie geläutet haben, waren sie enger miteinander verbunden, aber auch da waren sie Individuen.«

Ich war etwas enttäuscht. »Vier Bewusstseins-Einheiten also, und nicht eine?«

»Mhm, ja. Vier.«

»Und die Greeshka?« Wieder eine gescheite Idee von mir. Wenn so ein Greeshka ein eigenes Bewusstsein besaß ...

»Nichts«, sagte Lya. »Es ist, als würde man eine Pflanze lesen, oder ein Kleidungsstück. Nicht einmal das Ja-ich-lebe.«

Das war seltsam. Selbst die niedrigeren Tiere hatten eine Art vages Lebensbewusstsein – das Gefühl, das wir Talente das Ja-ich-lebe nannten – meist ein recht schwacher Funke, den nur ein starkes Talent aufspüren konnte. Aber Lya war ein starkes Talent.

»Wir wollen mit ihnen sprechen«, sagte ich.

Sie nickte, und wir gingen hinüber, wo die Verbundenen saßen und ihre Fleischpasteten verdrückten.

»Hallo«, sagte ich unsicher, da ich keine Ahnung hatte, wie ich sie anreden sollte. »Könnt ihr Terranisch sprechen?«

Drei von ihnen schauten mich verständnislos an. Der vierte jedoch, der Kleine, dessen Greeshka ein wuchernder roter Umhang war, ruckte mit dem Kopf und sagte mit hoher Lispelstimme: »Ja, bisschchen.«

Plötzlich wusste ich nicht mehr, was ich fragen wollte, aber Lyanna kam mir zu Hilfe. »Wisst ihr von menschlichen Verbundenen?«, fragte sie.

Er grinste. »Alle Verbundenen schind einsch«, sagte er.

»Oh«, machte ich. »Ja, gut, aber kennt ihr welche, die so aussehen wie wir? Groß, wisst ihr, mit Haaren, und rosa oder brauner Haut?« Wieder wusste ich nicht mehr weiter, und ich begann mich auch zu fragen, wie viel Terranisch der verhutzelte alte Shkeen nun wirklich konnte. Mit einem leichten Schaudern betrachtete ich sein Greeshka.

Sein Kopf wackelte von einer Seite auf die andere. »Verbundene schind alle verschieden, aber alle schind einsch, alle schelbes Leben. Manche schehen ausch wie ihr. Wollt ihr verbunden werden?«

»Nein, danke«, sagte ich. »Wo kann ich einen menschlichen Verbundenen finden?«

Er wiegte wieder den Kopf. »Verbundene schingen und läuten und wandern durch heilige Stadt.«

Lya hatte ihn gelesen. »Er weiß es nicht«, sagte sie zu mir. »Die Verbundenen sind immer mit ihren Glocken unterwegs. Sie haben keine festen Routen, kein System. Manche wandern in Gruppen umher, manche allein, und neue Gruppen bilden sich jedes Mal, wenn mehrere aufeinandertreffen.«

»Wir werden suchen müssen«, sagte ich.

»Escht«, lud uns der Shkeen ein. Er griff in den Korb und zog zwei dampfende Pasteten hervor. Er drückte mir eine in die Hand, die andere Lya.

Ich besah mir das Ding zögernd. »Danke«, sagte ich zu dem Alten. Ich zog Lya mit der freien Hand beiseite, und wir gingen zusammen weg. Die Verbundenen schauten uns lächelnd nach, und bevor wir halb die Straße hinuntergegangen waren, begannen sie wieder zu läuten.

Ich hatte die Pastete noch in der Hand, die Kruste verbrannte mir die Finger. »Kann ich das essen?«, fragte ich Lya.

Sie biss herzhaft in ihre Pastete. »Warum nicht? Wir hatten die doch gestern Abend im Restaurant, nicht? Außerdem, Valcarenghi hätte uns sicher gewarnt, wenn das einheimische Essen gefährlich für uns wäre.«

Das stimmte wohl, deshalb nahm ich im Weitergehen einen Bissen von meiner Pastete. Sie war scharf, und ich meine *scharf*, und durchaus nicht so wie die, die wir gestern im Restaurant probiert hatten. Das waren goldbraune, lockere Dinger gewesen, leicht mit Orangewurz von Baldur gewürzt. Die einheimische Version war knusprig, und die Fleischfülle troff vor Fett und verbrannte mir die Zunge. Aber sie war gut, und ich war hungrig, deshalb hielt die Pastete auch nicht lange vor.

»Hast du noch was rausbekommen, als du den kleinen Burschen gelesen hast?«, fragte ich Lya, den Mund voll Pastete.

Sie schluckte und nickte. »Ja, hab ich. Er war glücklich, mehr noch als die anderen. Er ist älter. Er hat nicht mehr lange bis zur Letzten Vereinigung, und er freut sich sehr darauf.« Sie sprach jetzt wieder so unbefangen wie immer; die Nachwirkungen ihrer Erfahrung mit den Verbundenen schienen verflogen zu sein.

»Warum?«, überlegte ich laut. »Er wird sterben. Warum freut er sich so darüber?«

Lya zuckte die Achseln. »Tut mir leid, seine Gedanken waren nicht besonders ausgeprägt.«

Ich leckte mir die von der Pastete fettigen Finger sauber. Wir waren an eine Straßenkreuzung gelangt, und Shkeen strömten in allen Richtungen an uns vorbei, und der Wind trug uns jetzt den Klang anderer Glocken zu. »Noch Verbundene«, sagte ich. »Sollen wir sie uns ansehen?«

»Was können wir dabei herausfinden, was wir nicht ohnehin wissen? Wir brauchen einen *menschlichen* Verbundenen.«

»Vielleicht ist einer von denen ein Mensch.«

Lya schenkte mir einen ihrer sarkastischen Blicke. »Ha – was wollen wir wetten?«

»Schön, es ist unwahrscheinlich«, gab ich zu. Es war bereits spät am Nachmittag. »Machen wir lieber Schluss für heute. Morgen können wir dann früher anfangen. Im Übrigen wird uns Dino wahrscheinlich zum Abendessen erwarten.«

Diesmal fand das Dinner in Valcarenghis Büro statt, nachdem die nötigen Möbelstücke herbeigeschafft worden waren. Wie sich herausstellte, lag seine Wohnung nur ein Stockwerk tiefer, aber für gesellschaftliche Anlässe zog er das Büro vor, wo seine Gäste den fantastischen Rundblick vom Turm genießen konnten.

Wir waren zu fünft: Lya und ich, Valcarenghi und Laurie, und Gourlay. Laurie bereitete das Essen zu, beaufsichtigt von Meisterkoch Valcarenghi. Es gab Beefsteak – von auf Shkea gezüchteten Tieren, die von der Alten Erde importiert worden waren – mit einem Gemüsegericht, das unter anderem Pilze von der Alten Erde, Kriechknollen von Baldur und Süßhörnchen von Shkea enthielt. Dino experimentierte gern, und das Gericht war eine seiner Erfindungen.

Lya und ich berichteten in allen Einzelheiten von den Ereignissen des Tages, nur hin und wieder von Dinos kurzen, aufmerksamen Fragen unterbrochen. Nach dem Essen räumten wir Tisch und Geschirr fort und machten es uns gemütlich, tranken Veltaar und unterhielten uns. Nun stellten Lya und ich die Fragen, und Gourlay besorgte den Großteil der Antworten. Valcarenghi hörte zu, auf ein Kissen gestützt neben Laurie auf dem Teppich sitzend, ein Weinglas in der freien Hand. Wir waren nicht die ersten Talente, die Shkea besuchten, erklärte er uns. Und auch nicht die ersten, die behaupteten, die Shkeen seien menschenähnlich.

»Vielleicht hat das etwas zu bedeuten«, sagte Gourlay. »Aber ich bezweifle es. Sie sind *keine* Menschen, durchaus nicht, wissen Sie. Sie haben zum Beispiel einen viel ausgeprägteren Gemeinschaftssinn. Seit dem Anfang ihrer Entwicklung haben sie emsig Städte gebaut, immer nur in Städten gelebt, immer in Gesellschaft von möglichst vielen anderen. Sie teilen sich die Arbeit, und sie teilen die Arbeitsprodukte. Handel ist für sie nur eine Art Güterteilung.«

Valcarenghi lachte. »Das kann man wohl sagen. Ich hab mich den ganzen langen Tag über bemüht, ein Handelsabkommen mit einer Gruppe von Bauern zustande zu bringen, die noch nicht mit uns zu tun hatten. Es ist nicht leicht, das könnt ihr mir glauben. Sie geben uns von ihren Sachen so viel wir haben wollen, wenn sie es nicht selbst brauchen und wenn kein anderer es vorher haben wollte. Dann aber wollen sie in Zukunft auch alles bekommen, was *sie* haben wollen. Sie sehen das einfach als Selbstverständlichkeit an. Jedes Mal, wenn wir mit ihnen handeln, stehen wir also vor der Wahl, ihnen entweder eine Art Blankoscheck zu geben – oder uns durch unglaublich zähe Verhandlungen zu kämpfen, die unweigerlich damit enden, dass sie uns für die ärgsten Egoisten des Universums halten.«

Lya gab sich damit nicht zufrieden. »Aber wie ist es mit Sex?«, erkundigte sie sich. »Ich meine, nach dem, was Sie uns gestern Abend übersetzt haben, bekam ich den Eindruck, dass sie monogam leben.«

»Sie haben eine etwas zwiespältige Einstellung zu sexuellen Beziehungen«, sagte Gourlay. »Es ist eine sonderbare Sache. Sehen Sie, Sex bedeutet Teilen, und Teilen ist gut. Einerseits möchten sie mit allen anderen teilen, aber andererseits soll die Beziehung echt und sinnvoll sein. Das schafft allerhand Probleme.«

Laurie setzte sich interessiert auf. »Ich habe diesen Punkt untersucht«, sagte sie eifrig. »Die Moral der Shkeen verlangt, dass sie *jeden* lieben. Aber das können sie nicht, sie sind zu menschlich, zu besitzergreifend. Am Ende läuft es auf monogame Bindungen hinaus, weil eine wirklich tiefe sexuelle Beziehung zu einer Person von ihnen für besser gehalten wird als eine Million oberflächliche, rein körperliche Bindungen. Das Ideal der Shkeen wäre sexuelles Teilen mit jedermann, wobei alle diese Vereinigungen gleichermaßen tief und echt sein müssten. Selbstverständlich ist dieses Ideal unerreichbar.«

Ich runzelte die Stirn. »Aber hat sich nicht gestern Abend einer schuldig gefühlt, weil er seine Frau betrogen hat?«

Laurie nickte lebhaft. »Ja, aber seine Schuld lag nur darin, dass seine anderen Beziehungen das Teilen mit seiner Frau ärmer machten. Nur *dadurch* hat er sie betrogen. Hätte er eine Beeinträchtigung seiner älteren Beziehung verhindern können, wäre das Geschlechtliche bedeutungslos gewesen. Und wären alle seine Beziehungen ein echtes Teilen von Liebe gewesen, dann hätte man es als moralisches Plus angesehen. Seine Frau wäre stolz auf ihn gewesen. Für einen Shkeen ist es eine großartige Leistung, mehrere echte Beziehungen aufrechtzuerhalten.«

Ich dachte darüber nach, während Gourlay fortfuhr. Bei den Shkeen gab es kaum Verbrechen, erzählte er. Vor allem keine Gewaltverbrechen. Keine Morde, keine Schlägereien, keine Gefängnisse, keine Kriege in ihrer langen, leeren Geschichte.

»Sie sind eine Rasse ohne Mörder«, sagte Valcarenghi. »Das erklärt vielleicht einiges. Auf der Alten Erde hatten gerade jene Kulturen mit der höchsten Selbstmordrate oft auch die wenigsten Gewaltverbrechen. Und die Selbstmordrate bei den Shkeen liegt bei einhundert Prozent.«

»Sie töten Tiere«, sagte ich.

»Die nicht an der Vereinigung teilhaben können«, wandte Gourlay ein. »Die Vereinigung umfasst alle Wesen, die denken können, und diese dürfen nicht getötet werden. Sie töten keine Shkeen, keine Menschen, kein Greeshka.«

Lya schaute mich an, dann Gourlay. »Aber die Greeshka denken nicht«, sagte sie. »Ich habe heute versucht, einige zu lesen, aber ich konnte nichts wahrnehmen als die Gedanken der Shkeen, auf denen sie saßen. Nicht einmal ein Ja-ich-lebe.«

»Das wussten wir bereits, aber mich hat dieser Punkt immer irgendwie beunruhigt«, sagte Valcarenghi und rappelte sich auf. Er ging zur Bar, besorgte noch eine Flasche Wein und füllte unsere Gläser nach. »Ein völlig hirnloser Parasit, und eine intelligente Rasse wie die Shkeen ist ihm völlig verfallen. Warum?«

Der neue Wein war gut und noch kalt, ein kühles Rinnsal in meiner Kehle. Ich trank, nickte und dachte an die Flutwelle von Euphorie, die uns an diesem Tag erfasst hatte. »Vielleicht Drogen«, sagte ich. »Das Greeshka scheidet möglicherweise irgendeine organische Substanz aus, die die Shkeen so berauscht, dass sie ihr verfallen und so willig und zufrieden sterben. Und dieses Glück ist echt, glauben Sie mir. Wir haben es gefühlt.«

Lyanna sah jedoch zweifelnd drein, und Gourlay schüttelte heftig den Kopf. »Nein, Robb. Das ist es nicht. Wir haben mit den Greeshka experimentiert, und ...«

Er musste meine hochgezogenen Brauen bemerkt haben und hielt inne.

»Was haben denn die Shkeen dazu gesagt?«, fragte ich.

»Wir haben's ihnen nicht gesagt. Sie hätten es gar nicht gern gesehen, überhaupt nicht. Das Greeshka ist nur ein Tier, aber für sie ist es Gott. Und die Götter anderer Leute lässt man besser in Ruhe, nicht wahr? Nun, das haben wir lange Zeit getan, aber als Gustaffson übertrat, wollte es der alte Stuart genau wissen. Seine Anweisungen. Es kam allerdings nichts dabei heraus. Keine Substanz, kein Sekret, das als Droge wirken könnte, nichts. Tatsächlich sind die Shkeen die *einzige* einheimische Spezies, die sich als Wirt hergibt. Sehen Sie, wir fingen einen Winsler, schnallten ihn fest und setzten ihm ein Greeshka an. Ein paar Stunden später machten wir ihn los. Das verdammte Vieh spielte verrückt, kreischte und heulte und griff das Ding an seinem Kopf an. Er hat sich fast den Skalp in Fetzen gerissen, bevor er es herunterbekam.«

»Vielleicht sprechen nur die Shkeen auf die Droge an?«, mutmaßte ich. Ein armseliger Versuch zur Rettung meines Einfalls.

»Nicht nur«, sagte Valcarenghi mit einem dünnen Lächeln. »Wir nämlich auch.«

Im Aufzug war Lya seltsam still, fast in sich gekehrt. Ich nahm an, dass sie noch über das Gespräch eben nachdachte. Aber die Tür unseres Apartments war kaum hinter uns zugeglitten, als sie in meine Arme stürzte und mich fest umklammerte.

Ich hob die Hand und strich sanft über ihr braunes Haar, leicht verdattert über diese unerwartete Umarmung. »He«, murmelte ich, »was ist denn los?«

Sie sah mich mit ihrem Vampirblick an, großäugig, schutzbedürftig. »Liebe mich, Robb«, sagte sie plötzlich mit sanftem Drängen. »Bitte. Liebe mich, jetzt gleich.«

Ich lächelte, aber es war ein verwirrtes Lächeln, nicht mein übliches lüsternes Schlafzimmergrinsen. Normalerweise gibt sich Lya neckisch und ein bisschen verrucht, wenn es sie packt, aber jetzt war sie verletzlich, beunruhigt, hilflos. Ich kannte mich nicht mehr aus.

Aber jetzt war nicht die Zeit für Fragen, und ich stellte auch keine. Ich zog sie nur wortlos an mich und küsste sie heftig, und dann gingen wir zusammen ins Schlafzimmer.

Und wir liebten einander, liebten einander *wirklich*, mehr als die bedauernswerten Normalen es je können. Unsere Körper wurden eins, und ich spürte, wie sich Lya verkrampfte, als ihr Geist nach dem meinen tastete, und ich öffnete ihn ihr, ließ die Flut von Liebe und Begehren und Angst aus ihrem Geist in mich einströmen.

Dann war es vorüber, so schnell, wie es begonnen hatte. Ihr Lustempfinden fegte wie eine feurige Welle auf mich zu, trug uns beide zu einem gemeinsamen Höhepunkt. Lya klammerte sich an mich, und ihre Augen hatten sich verengt, starrten ins Leere, während sie den Rausch unseres Einsseins genoss.

Nachher lagen wir im Dunkeln beisammen und ließen den Schimmer der Sterne von Shkea durchs Fenster hereinfluten. Lya kuschelte sich an mich, den Kopf an meiner Brust, während ich sie streichelte.

»Das war schön«, sagte ich müde und verträumt und lächelte in die sternerfüllte Dunkelheit.

»Ja«, antwortete sie. Ihre Stimme klang weich und leise, so leise, dass ich es kaum hörte. »Ich liebe dich, Robb«, flüsterte sie.

»Mmhm«, sagte ich. »Ich liebe dich auch.«

Sie schob meinen Arm weg und rollte sich herum. Den Kopf in eine Hand gestützt, musterte sie mich und lächelte.

»Das tust du«, sagte sie. »Ich hab's gelesen. Ich weiß es. Und du weißt auch, wie sehr ich dich liebe, nicht?«

Ich nickte lächelnd. »Natürlich.«

»Wir sind gut dran, weißt du. Die Normalen haben nichts als Worte. Arme kleine Normale. Wie können sie es wissen, nur mit Worten? Sie sind nie wirklich eins, versuchen immer, einander zu erreichen, und können es doch nicht. Selbst wenn sie einander lieben, wenn ihre Körper sich vereinigen, sind sie allein. Sie müssen sehr einsam sein.«

Irgendetwas daran war ... seltsam beruhigend. Ich sah Lya an, sah ihre glänzenden, glücklichen Augen, und dachte darüber nach. »Vielleicht«, sagte ich schließlich. »Aber so schlimm ist es für sie auch wieder nicht. Sie kennen nichts anderes. Und sie bemühen sich genauso um Liebe. Manchmal gelingt es ihnen, die Kluft zu überbrücken.«

»Nur ein Blick und eine Stimme, dann Dunkelheit wieder und Schweigen«, zitierte Lya, und ihre Stimme klang traurig und sanft. »Wir haben es besser, nicht wahr? Wir haben so viel mehr.«

»Wir haben es besser«, wiederholte ich. Und ich tastete hinaus, um sie zu lesen. Ihr Geist war ein Nebel aus Befriedigung, mit einem leisen Unterton von sehnsüchtigem, einsamem Verlangen. Aber noch etwas war da, tief unten, jetzt fast erloschen, aber doch noch schwach wahrnehmbar.

Ich setzte mich langsam auf. »Hör mal«, sagte ich. »Du bist doch wegen irgendetwas bekümmert. Und vorhin, als wir hereinkamen, da hattest du Angst. Was ist los?«

»Ich weiß nicht, wirklich«, sagte sie. Es klang verwirrt, und sie *war* verwirrt, ich konnte es lesen. »Ich *hatte* Angst, aber ich weiß nicht, wieso und wovor. Ich glaube, es waren die Verbundenen. Ich musste noch immer daran denken, wie sehr sie

mich liebten. Sie *kannten* mich nicht einmal, und doch liebten sie mich so und verstanden ... es war fast wie zwischen
uns. Es ... ich weiß nicht. Es beunruhigt mich. Ich meine,
ich hatte nie gedacht, irgendjemand außer dir könnte mich
so lieben. Und sie waren einander so nahe, so beisammen.
Ich fühlte mich mit einem Mal einsam, ich wollte *dir* so nahe
sein. Alleinsein hatte plötzlich etwas Schreckliches, nachdem
ich das *Teilen* der Verbundenen miterlebt hatte. Es machte
mir Angst. Verstehst du das?«

»Ich verstehe«, sagte ich und berührte sie sanft mit Geist
und Hand zugleich. »Ich verstehe. Wir verstehen einander.
Wenn wir zusammen sind, ist es fast wie bei ihnen, nie nur so
wie bei den Normalen.«

Lya nickte und lächelte und drückte sich an mich. Und so
schliefen wir ein, einander festhaltend.

Wieder Träume. Doch wieder verrann mit dem Morgen die
Erinnerung an sie. Es war sehr enttäuschend. Der Traum war
angenehm, befriedigend gewesen. Ich wollte weiterträumen,
aber ich konnte mich nicht einmal erinnern, was es gewesen war. Unser Schlafzimmer, von hartem Tageslicht durch-
flutet, wirkte nach dem Zauber meiner vergessenen Vision
trostlos.

Lya wachte nach mir auf, wieder mit Kopfschmerzen. Diesmal hatte sie die Tabletten gleich bei der Hand, auf dem Nacht-
schrank. Sie verzog das Gesicht und schluckte eine.

»Das muss dieser Shkeen-Wein sein«, erklärte ich. »Wenn
du ihn auch magst, er scheint dich nicht zu mögen.«

Sie zog einen frischen Overall über und schnitt eine Grimasse. »Ha. Gestern haben wir Veltaar getrunken, wenn du
dich erinnerst. Mein Vater gab mir mein erstes Glas Veltaar,

als ich neun war. Ich hab noch nie Kopfschmerzen davon bekommen.«

»Einmal ist's immer das erste Mal!«, sagte ich grinsend.

»Mir ist nicht zum Lachen«, sagte sie. »Es tut weh.«

Ich ließ das Geplänkel sein und versuchte sie zu lesen. Sie hatte recht. Es *tat* weh. Ihre Stirn pochte vor Schmerzen. Ich zog mich schnell zurück, bevor ich es mir selbst holte.

»Schön«, sagte ich. »Es tut mir leid. Aber die Tabletten werden schon damit fertigwerden. Wir haben eine Menge Arbeit.«

Lya nickte. Sie hatte sich noch nie durch irgendetwas von ihrer Arbeit abhalten lassen.

An diesem zweiten Tag begannen wir mit unserer Jagd. Wir brachen viel früher auf, nach einem eiligen Frühstück mit Gourlay, und holten unseren Flugwagen vom Parkplatz. Diesmal landeten wir nicht am Rande der Shkeen-Stadt. Wir brauchten einen menschlichen Verbundenen, und das hieß, dass wir eine ausgedehnte Suche vor uns hatten. Die Stadt war die größte, die ich je gesehen hatte, zumindest der Flächenausdehnung nach, und die rund tausend menschlichen Kulturanhänger verloren sich in den Millionen von Shkeen. Und von diesen Menschen war nur ungefähr die Hälfte bereits wirklich verbunden.

Wir blieben also ziemlich tief und flitzten über die kuppelbedeckten Hügel weg wie eine Hummel auf Blütensuche. Das stiftete einigen Aufruhr in den Straßen unter uns. Die Shkeen hatten natürlich schon Flugwagen gesehen, aber es war doch immer noch eine aufregende Sache, speziell für die Kinder, die uns nachzurennen versuchten, wenn wir vorbeisausten. Wir erschreckten auch einen Winsler derart, dass er den Obstkarren umwarf, den er zog. Ich hatte ein schlechtes Gewissen deshalb, daher flog ich danach doch etwas höher.

Überall in der Stadt entdeckten wir Verbundene, singend, essend, herumwandernd – und ihre Glocken läutend, diese nie verstummenden Bronzeglocken. In den ersten drei Stunden fanden wir jedoch nur Shkeen-Verbundene. Lya und ich wechselten uns am Steuer und beim Suchen ab. Nach den Aufregungen des letzten Tages war das ermüdende Routine.

Endlich entdeckten wir etwas: eine große Gruppe Verbundener, die an einem der steileren Hügel um einen Brotkarren herumstanden. Zwei waren größer als die anderen.

Wir landeten auf der anderen Seite des Hügels und gingen zu Fuß hinüber, das Luftauto ließen wir in der Obhut einer Horde neugieriger Shkeen-Kinder zurück.

Die Verbundenen aßen noch, als wir ankamen. Acht von ihnen waren Shkeen von verschiedenen Größen und Orangetönungen, und Greeshka pulsierte auf ihren kahlen Schädeln. Die anderen beiden waren Menschen.

Sie trugen die gleichen langen roten Roben wie die Shkeen, und sie hielten ebenfalls Glocken. Der eine war ein großer Mann, mit lockeren Hautfalten, so als hätte er erst kürzlich stark abgenommen. Sein Haar war weiß und gekräuselt, das Gesicht wurde von einem breiten Lächeln beherrscht, und Lachfältchen säumten die Augen. Der andere war ein dünner, dunkler Wieseltyp mit einer großen Hakennase.

Beide hatten ein festgesaugtes Greeshka auf dem Kopf. Der Parasit des Wiesels war kaum größer als ein Pickel, während der ältere Mann ein fürstliches Exemplar trug, das ihm über die Schultern bis unter die Robe hing.

Aus irgendeinem Grund wirkte der Anblick diesmal *doch* entsetzlich.

Lyanna und ich traten zu ihnen, mit bemühtem Lächeln und noch nicht lesend – anfangs zumindest. Sie lächelten uns zu, als wir näher kamen. Dann winkten sie.

»Hallo«, sagte das Wiesel fröhlich, als wir vor ihnen standen, »ich habe euch noch nie gesehen. Seid ihr neu auf Shkea?«

Diese Begrüßung verblüffte mich ein wenig. Ich hatte irgendein geheimnisvolles Ritual erwartet, oder auch überhaupt keine Begrüßung. Ich glaube, ich nahm an, dass die menschlichen Konvertiten irgendwie ihre Menschlichkeit abgelegt hätten und eine Art Pseudo-Shkeen geworden wären. Ich hatte mich geirrt.

»Mehr oder weniger, ja«, antwortete ich und las das Wiesel. Er war ehrlich erfreut, uns getroffen zu haben, und strömte förmlich über vor Zufriedenheit und guter Laune. »Wir haben den Auftrag, mit Leuten wie Ihnen zu sprechen.« Ich hatte beschlossen, daraus erst gar kein Geheimnis zu machen.

Das Wiesel grinste breiter, als ich es irgendeinem Menschen zugetraut hätte. »Ich bin verbunden und glücklich«, sagte es. »Ich will gern mit euch sprechen. Mein Name ist Lester Kamenz. Was willst du wissen, Bruder?«

Lya erstarrte neben mir. Ich beschloss, sie in der Tiefe lesen zu lassen, während ich Fragen stellte. »Wann sind Sie zu dem Kult konvertiert?«

»Kult?«, fragte Kamenz.

»Dem Kult der Vereinigung.«

Er nickte, und ich war betroffen von der grotesken Ähnlichkeit seines wackelnden Kopfs und dem des älteren Shkeen, den wir gestern getroffen hatten. »Ich war immer in der Vereinigung. Ihr seid auch in der Vereinigung. Alles, was denkt, ist in der Vereinigung.«

»Einige von uns haben es noch nicht mitbekommen«, sagte ich. »Wie war das mit Ihnen? Wann wurden Sie sich bewusst, dass Sie der Vereinigung angehören?«

»Vor einem Jahr, nach der Zeit der Alten Erde. Ich wurde erst vor wenigen Wochen in die Reihen der Verbundenen aufgenommen. Die Erste Verbindung ist ein wunderbares Erlebnis. Ich bin glücklich. Nun werde ich durch die Straßen wandern und meine Glocken läuten bis zur Letzten Vereinigung.«

»Was haben Sie vorher getan?«

»Vorher?« Ein kurzer, gleichgültiger Blick. »Ich arbeitete mit Maschinen. Ich habe Computer bedient, im Turm. Aber mein Leben war leer, Bruder. Ich wusste nicht, dass ich der Vereinigung angehörte, und ich war einsam. Ich hatte nur Maschinen um mich, nichts als kalte Maschinen, gleichgültige Maschinen. Jetzt bin ich *verbunden*. Jetzt bin ich ...« – er zögerte, nach einem Ausdruck suchend – »... nicht mehr einsam.«

Ich griff in seinen Geist und fand wirklich Glück dort, und Liebe. Aber darunter wurde jetzt auch ein Schmerz spürbar, eine verschwommene Erinnerung an vergangene Pein, ein stinkender Hauch unwillkommener Erinnerungen. Ob sie verblassen würden? Vielleicht war das Geschenk, das das Greeshka seinen Opfern gab, Vergessen, süße, gedankenlose Ruhe und das Ende aller Mühsal. Vielleicht.

Ich beschloss, etwas auszuprobieren. »Das Ding auf Ihrem Kopf«, sagte ich scharf, »ist ein Parasit. Er trinkt ihr Blut, saugt Ihnen die Lebenskraft aus, wächst und nimmt Ihnen immer mehr Ihrer lebenswichtigen Nährstoffe. Schließlich wird er beginnen, Ihr Gewebe *aufzufressen*. Verstehen Sie? Das Greeshka wird Sie auffressen. Ich weiß nicht, wie schmerzhaft das sein wird, aber wie man sich auch immer dabei fühlt, zum Schluss

sind Sie *tot*. Wenn Sie nicht jetzt mit uns zum Turm zurückkehren und es sich wegoperieren lassen. Oder vielleicht könnten Sie es auch selbst entfernen. Warum versuchen Sie's nicht?
Greifen Sie an Ihren Kopf und reißen Sie's ab. Los doch.«

Ich weiß nicht, was ich erwartet hatte – Zorn? Abscheu?
Empörung? Nichts davon trat ein. Kamenz stopfte sich Brot
in den Mund und lächelte mir zu, und alles, was ich lesen
konnte, waren seine Liebe und Zufriedenheit und ein wenig
Mitleid.

»Das Greeshka tötet nicht«, sagte er endlich. »Das Greeshka
schenkt Freude und eine glückliche Vereinigung. Nur die, die
keine Greeshka haben, sterben. Sie sind ... allein. Oh, für alle
Zeiten allein.« Irgendetwas in seinem Geist bebte in plötzli-
chem Entsetzen, aber das legte sich rasch.

Ich warf einen Blick auf Lya. Ihre verkrampfte Haltung
und ihre steinernen Augen sagten, dass sie noch immer las.
Ich wandte mich ab und begann, eine andere Frage zu for-
mulieren. Plötzlich aber fingen die Verbundenen wieder an
zu läuten. Einer der Shkeen gab das Signal dazu, indem er
seine Glocke mit einem Ruck hochschwang. Ein einzelner
scharfer Ton erklang. Dann schwang er die andere Hand,
dann wieder die erste, und dann begann ein zweiter Shkeen
zu läuten, und dann noch einer, bis sie alle mit tönendem
Schwung ihre Glocken erklingen ließen. Die herbe metallische Musik dröhnte mir in den Ohren, während mein Geist
wiederum von der Freude und Liebe, dem jubelndem Glück
der Glocken überflutet wurde.

Ich ließ mich darin mittreiben. Das Gefühl von Liebe war
atemberaubend, wunderbar, fast erschreckend in seiner Wärme
und Intensität, und es gab so viel Mit-Fühlen, das einen einhüllte und wärmte wie ein beglückendes, beruhigendes, be-

rauschendes Gewebe. Irgendetwas geschah mit den Verbundenen, wenn sie läuteten, etwas berührte und erhöhte sie und schenkte ihnen ein Glühen, etwas Seltsames und Wunderbares, das kein Normaler in diesen harten, metallischen Tönen hören konnte. Ich war jedoch kein Normaler. Ich konnte es hören.

Langsam, zögernd löste ich mich davon. Kamenz und der andere Mann läuteten jetzt beide voll Eifer, und ein breites Lächeln und leuchtende, sprühende Augen verklärten ihre Gesichter.

Lyanna war noch immer angespannt und las. Ihr Mund war leicht geöffnet, und sie zitterte ein wenig.

Ich legte einen Arm um sie und wartete geduldig, der Musik der Glocken lauschend. Lya las weiter. Endlich, nach etlichen Minuten, schüttelte ich sie sanft. Sie wandte sich um und sah mich mit harten, blicklosen Augen an. Dann blinzelte sie. Ihre Augen weiteten sich, und sie kam zu sich, den Kopf schüttelnd und mit verzerrtem Gesicht.

Verwundert schaute ich in ihren Geist. Seltsam. Sehr seltsam. Ich stieß auf einen wirbelnden Nebel aus Emotionen, einen Strudel aus mehr Gefühlen, als ich hätte benennen können. Kaum war ich eingedrungen, verlor ich mich darin, verwirrt und beunruhigt. Irgendwo in diesem Nebel lauerte ein bodenloser Abgrund, der mich zu verschlingen suchte. Zumindest empfand ich es so.

»Lya«, sagte ich. »Was hast du?«

Sie schüttelte wieder den Kopf, blickte den Verbundenen mit einem Ausdruck nach, der zu gleichen Teilen aus Furcht und Sehnsucht bestand. Ich wiederholte meine Frage.

»Ich – ich weiß nicht«, sagte sie. »Robb, ich mag jetzt nicht darüber reden. Gehen wir. Ich brauche Zeit zum Nachdenken.«

»Schön«, sagte ich. Was ging hier vor? Ich nahm sie bei der Hand, und wir gingen langsam um den Hügel zurück zum Auto. Shkeenkinder kletterten darauf herum. Lachend scheuchte ich sie herunter.

Lya stand einfach nur da, und ihre Augen blickten durch mich hindurch. Ich hätte sie gern nochmals gelesen, aber irgendwie fühlte ich, dass es jetzt eine Verletzung ihrer Intimsphäre gewesen wäre.

Wir starteten und flogen zum Turm zurück, höher und schneller als auf dem Hinweg. Ich steuerte, während Lya reglos neben mir saß und in die Ferne starrte.

»Hast du etwas Brauchbares herausbekommen?«, fragte ich in dem Versuch, ihre Gedanken wieder auf unseren Auftrag zu lenken.

»Ja. Nein. Vielleicht.« Ihre Stimme klang abwesend, so als spräche nur ein Teil ihres Wesens mit mir. »Ich las das Leben von beiden Männern. Kamenz war Programmierer, wie er selbst sagte. Aber er war nicht sonderlich tüchtig. Ein schäbiger kleiner Mann mit einem schäbigen kleinen Charakter, ohne Freunde, ohne Sex, ohne irgendetwas. Er hat allein gelebt, ging den Shkeen aus dem Weg, er mochte sie nicht, genau genommen mochte er überhaupt niemanden, auch keine Menschen. Aber Gustaffson gelang es, irgendwie zu ihm durchzudringen. Er achtete nicht auf Kamenz' Ablehnung, seine bitteren, hässlichen Bemerkungen, seine grausamen Scherze. Er vergalt nie Gleiches mit Gleichem, weißt du? Nach einer Weile begann Kamenz, Gustaffson gern zu haben, ihn zu bewundern. Sie wurden nie richtige Freunde in der üblichen Bedeutung des Wortes, doch Gustaffson kam für Kamenz einem Freund noch am nächsten.«

Plötzlich brach sie ab.

»Er ist also zusammen mit Gustaffson übergetreten?«, half ich nach, mit einem schnellen Blick auf ihr Gesicht. Ihre Augen schweiften immer noch in die Ferne.

»Nein. Nicht gleich. Er hatte Angst, Angst vor den Shkeen, entsetzliche Furcht vor dem Greeshka. Aber dann, als Gustaffson fort war, fing er an zu erkennen, wie leer sein Leben war. Er hatte den ganzen Tag lang mit Leuten gearbeitet, die ihn verachteten, und mit Maschinen, denen er gleichgültig war, und abends saß er allein zu Hause und las oder schaute sich eine Holoshow an. Das war kein Leben. Er hatte so gut wie gar keinen Kontakt zu den Menschen um ihn herum. Endlich ging er Gustaffson suchen, und binnen Kurzem konvertierte er ebenfalls. Jetzt ...«

»Jetzt ...?«

Sie zögerte. »Er ist glücklich, Robb«, sagte sie. »Er ist es wirklich. Zum ersten Mal in seinem Leben ist er glücklich. Er hat niemals Liebe kennengelernt. Jetzt erfüllt sie ihn.«

»Du hast viel gefunden«, sagte ich.

»Ja.« Immer noch die abwesende Stimme, die blicklosen Augen. »Er war ganz offen, irgendwie. Es gab wohl verschiedene Schichten, aber es war nicht so schwierig wie sonst, alles auszugraben – so als lösten sich alle Schranken in seinem Geist auf ...«

»Was ist mit dem anderen Mann?«

Geistesabwesend strich sie über das Instrumentenbord, nur auf ihre eigene Hand starrend. »Der andere? Das war Gustaffson ...«

Und das schien sie plötzlich aufzuwecken, sie wieder zu der Lya zu machen, die ich kannte und liebte. Sie schüttelte den Kopf und schaute mich an, und ihre benommene Stimme wurde zu einer aufgeregten Flut aus Worten. »Robb, hör doch, das war *Gustaffson*, er ist jetzt seit über einem Jahr verschwunden, und in kaum einer Woche wird er der Letzten Vereinigung entgegengehen. Das Greeshka nimmt ihn auf, und er wünscht es sich, kannst du dir das vorstellen? Er wünscht es sich wirklich, und – und – o Robb, er *stirbt*!«

»Binnen einer Woche, wie du eben sagtest.«

»Nein. Ich meine, ja, aber das war es nicht, was ich gemeint hab. Die Letzte Vereinigung ist für ihn kein Sterben. Er glaubt das alles, die ganze Religion. Das Greeshka ist von Gott, und er wird sich mit ihm vereinigen. Aber er stirbt schon vorher, jetzt. Er hat die Schleichende Pest, Robb. Er ist todkrank. Seit über fünfzehn Jahren frisst die Krankheit in seinem Innern. Er hat sie sich auf Nachtmar geholt, in den Sumpfgebieten, als seine Familie umkam. Das ist keine Welt für Menschen, aber er ist hingegangen, als Administrator einer Forschungsstation, die für kurze Zeit dort eingerichtet wurde. Sie haben auf Thor gelebt; es war nur ein Besuch, aber sie erlitten Schiffbruch. Gustaffson versuchte wie ein Wahnsinniger, sie zu erreichen, bevor es zu spät war, aber er erwischte einen fehlerhaften Schutzanzug, und die Sporen drangen durch. Und als er hinkam, waren alle tot. Er litt entsetzlich, Robb. Er liebte seine Familie, und es wurde danach nie wieder wie früher. Man gab ihm Shkea sozusagen als Belohnung, als Trost, damit er das Unglück vergessen sollte, aber er dachte doch die ganze Zeit daran. Ich konnte das Bild sehen, Robb. Es war sehr deutlich. Er konnte es einfach nicht vergessen. Seine Kinder waren im Wrack, vom Schiffsrumpf geschützt, aber das Biosystem versagte, und sie erstickten. Und seine Frau ... o Robb ... sie nahm sich einen Schutzanzug und versuchte Hilfe zu holen, und draußen waren diese entsetzlichen Wesen, diese riesigen schlangenartigen Scheusale, die es auf Nachtmar gibt ...«

Ich schluckte, denn bei dem Gedanken wurde mir ein bisschen übel ... »Die Raubwürmer«, sagte ich dumpf. Ich hatte von ihnen gelesen und Holos gesehen. Ich konnte mir das Bild vorstellen, das Lya in Gustaffsons Gedächtnis gesehen hatte. Ich war froh, dass ich nicht ihr Talent besaß.

»Sie waren noch ... noch dabei ... als Gustaffson eintraf. Du weißt schon. Er hat sie alle mit einem Sirenengewehr umgebracht.«

Ich schüttelte den Kopf. »Ich hätte nicht gedacht, dass solche Dinge überhaupt noch passieren.«

»Nein«, sagte Lya. »Gustaffson auch nicht. Sie waren so ... so *glücklich* gewesen, vorher, bevor das auf Nachtmar geschah. Er hat seine Frau geliebt, und sie standen einander wirklich nahe, und seine Karriere war beinahe ein Wunder gewesen. Er hätte nicht nach Nachtmar gehen müssen, weißt du. Er akzeptierte den Posten, weil er eine Herausforderung war, weil niemand bisher damit fertigwurde. Auch das frisst an ihm. Und er denkt die ganze Zeit daran. Er ... sie ...« Ihre Stimme brach. »Sie dachten, sie besäßen alles Glück der Welt«, sagte sie und verstummte.

Man konnte auch nichts mehr dazu sagen. Ich hielt den Mund, steuerte, dachte nach, fühlte eine verschwommene, verblasste Version des Schmerzes, den Gustaffson empfunden haben musste.

»Das alles fand ich, Robb«, sagte sie, und jetzt klang ihre Stimme wieder weicher und nachdenklicher. »Aber ich fand auch Frieden. Er erinnert sich noch an alles, und wie es wehgetan hat, aber es berührt ihn nicht mehr so wie früher. Jetzt tat es ihm nur leid, dass seine Familie nicht bei ihm sein konnte. Es tat ihm leid, dass sie ohne die letzte Vereinigung gestorben sind. Fast wie diese Shkeen-Frau, weißt du noch? Die bei der Versammlung? Mit dem kranken Bruder?«

»Ja«, sagte ich.

»Ungefähr so. Und auch sein Geist war offen. Mehr als bei Kamenz, viel mehr. Als er geläutet hat, verschmolzen alle Schichten seines Bewusstseins, alles war ganz an der Oberfläche, die Liebe und der Schmerz und alles andere. Sein ganzes Leben, Robb. Ich hatte Anteil an seinem ganzen Leben, einen Augenblick lang. Und an allen seinen Gedanken ... er hat die Höhlen der Vereinigung gesehen ... er ist einmal hinuntergegangen, noch bevor er übertrat. Ich ...«

Wieder senkte sich Schweigen über uns und verdüsterte die kleine Kabine. Wir waren jetzt fast über dem Rand der Shkeen-Stadt. Der Turm spaltete den Himmel vor uns, eine sonnenglitzernde Klinge. Die niedrigeren Kuppeln und Arkaden der schimmernden Menschenstadt tauchten an seinem Fuß auf.

»Robb«, sagte Lya. »Lande hier. Ich möchte ein bisschen nachdenken, verstehst du das? Flieg ohne mich zurück. Ich will ein wenig unter den Shkeen umherwandern.«

Ich warf ihr einen Blick zu und runzelte die Stirn. »Zu Fuß? Es ist ziemlich weit bis zum Turm, Lya.«

»Ich werde es schon schaffen. Bitte. Lass mich nur ein Weilchen mit mir selber ins Reine kommen.«

Ich las sie. Der Gedankennebel war wieder da, dichter als je zuvor, durchzogen von trüben Schwaden der Furcht. »Willst du das wirklich?«, fragte ich. »Du hast Angst, Lyanna. Warum? Was hast du? Die Raubwürmer sind weit fort.«

Sie sah mich nur an, unsicher, ängstlich. »Bitte, Robb«, wiederholte sie.

Ich wusste nicht, was ich sonst hätte tun sollen, also landete ich.

Und auch ich dachte nach, während ich das Flugauto nach Hause lenkte. Über das, was Lyanna gesagt hatte, was sie gelesen hatte – bei Kamenz und Gustaffson. Ich versuchte mich auf das Problem zu konzentrieren, mit dessen Lösung wir beauftragt waren. Ich versuchte, nicht an Lya zu denken und an ihre rätselhafte Unruhe. Diese Stimmung würde sich von selbst legen, glaubte ich.

Wieder im Turm, verschwendete ich keine Zeit. Ich fuhr direkt in Valcarenghis Büro hinauf. Er war da, allein, und diktierte etwas in eine Maschine. Als ich eintrat, schaltete er das Gerät sofort aus.

»Hallo Robb«, begann er. »Wo ist Lya?«

»Auf einem Spaziergang. Sie wollte nachdenken. Ich habe ebenfalls nachgedacht. Und ich glaube, ich habe die Antwort gefunden, die Sie haben wollten.«

Er zog die Brauen hoch, schwieg abwartend.

Ich setzte mich. »Wir haben heute Nachmittag Gustaffson gefunden, und Lya hat ihn gelesen. Ich glaube, es ist ziemlich klar, warum er übergetreten ist. Er war ein gebrochener Mann, innerlich, auch wenn er sich noch so heiter gegeben hat. Das Greeshka hat ihn von seiner Qual befreit. Es war noch ein anderer Konvertit bei ihm, ein gewisser Lester Kamenz. Auch er war unglücklich gewesen, ein bedauernswerter, einsamer Mensch, der nichts hatte, wofür er leben konnte. Warum sollte so jemand *nicht* konvertieren? Überprüfen Sie die anderen Bekehrten, und ich möchte wetten, dass Sie ein gemeinsames Muster entdecken. Die Einsamen und Freudlosen, die Versager, die krankhaft Introvertierten – das sind die Menschen, die sich der Vereinigung zugewandt haben.«

Valcarenghi nickte. »So weit, so gut«, sagte er. »Aber darauf sind unsere Psycher schon vor einer Weile gekommen, Robb.

Es ist auch keine Antwort, keine richtige. Sicher, die Konvertierten sind alles in allem eine ziemlich traurige Schar, das will ich gar nicht bestreiten. Aber warum sollten sie sich ausgerechnet den Kult der Vereinigung aussuchen? Diese Frage können die Psycher nicht beantworten. Nehmen Sie zum Beispiel Gustaffson. Er war kein schwacher Charakter, glauben Sie mir. Ich kannte ihn nicht persönlich, aber ich kenne seine Karriere. Er hat einige harte Aufgaben übernommen, im Wesentlichen, weil ihm das Kämpfen Spaß machte, und er hat gesiegt. Er wollte keine bequemen Pöstchen haben, obwohl man sie ihm anbot. Ich habe von dem Unglück auf Nachtmar gehört, es hat traurige Berühmtheit erlangt. Aber Phil Gustaffson war nicht der Mann, der sich geschlagen gab, auch nicht nach so etwas. Er hat sich ziemlich rasch gefangen, nach allem, was Nelse mir erzählt hat. Er kam nach Shkea und räumte richtig auf in dem Misthaufen, den Rockwood hinterlassen hatte. Er brachte den ersten richtigen Handelsvertrag mit den Shkeen zustande, *und* er machte ihnen klar, was das überhaupt war – keine einfache Sache.

Da haben wir also einen tüchtigen, begabten und energischen Mann, der es sich zur Lebensaufgabe gemacht hat, mit schwierigen Aufgaben und allen möglichen Menschen fertigzuwerden. Er macht einen persönlichen Albtraum durch, aber das zerbricht ihn nicht. Er ist so entschlossen und tatkräftig wie eh und je. Und dann geht er hin und schließt sich diesem Kult der Vereinigung an, der nichts als eine Option auf einen grotesken Selbstmord ist. Warum? Um seiner Qual ein Ende zu machen, wie Sie sagen? Eine interessante Theorie, aber dafür gibt es einfachere Methoden. Gustaffson musste Jahre durchhalten zwischen Nachtmar und dem Greeshka. In all diesen Jahren ist er nie vor seinem Schmerz davongelaufen. Er hat sich weder mit Alkohol noch mit Drogen noch sonst irgendwelchen Fluchtmitteln beholfen. Er ging auch nicht zurück auf die Alte Erde, um einen Psi-Psycher seine Erinnerungen löschen zu lassen – und glauben Sie mir, man hätte ihm die Behandlung gezahlt, wenn er gewollt hätte. Nach der Sache auf Nachtmar hätte das Kolonialamt buchstäblich alles für ihn getan. Aber er machte weiter, besiegte seinen Schmerz, begann von vorne. Bis er plötzlich konvertierte.

Seine schmerzlichen Erinnerungen machten ihn anfälliger für so etwas, ja, das ist nicht zu bezweifeln. Aber irgendetwas anderes muss ihn zu diesem Schritt bewogen haben, etwas, das er nur in der Vereinigung finden konnte, nicht in Alkohol oder Erinnerungswäsche. Dasselbe gilt für Kamenz und die anderen. Sie alle hätten andere Auswege gehabt, andere Möglichkeiten, sich aus einem unglücklichen Leben davonzumachen. Sie haben sie ignoriert und die Vereinigung gewählt. Verstehen Sie, worauf ich hinauswill?«

Natürlich verstand ich es. Meine Antwort war wirklich keine richtige Antwort, das erkannte ich jetzt. Aber Valcarenghi irrte sich auch, zumindest zum Teil.

»Ja«, sagte ich. »Ich glaube, wir haben noch einiges zu tun.« Ich lächelte schwach. »Da ist allerdings noch etwas. Gustaffson konnte seine Schmerzen nicht besiegen, niemals. Lya konnte das deutlich erkennen. Sie haben ihn die ganze Zeit gequält – er hat sich nur nie etwas anmerken lassen.«

»Das ist doch ein Sieg, oder nicht?«, fragte Valcarenghi. »Wenn man seine Schmerzen so tief in sich vergräbt, dass niemand etwas davon ahnt?«

»Ich weiß nicht. Nein, ich glaube nicht. Aber … nun, das ist nicht alles. Gustaffson hat die Schleichende Pest. Er stirbt. Er trägt seit vielen Jahren den Tod in sich.«

Valcarenghi blickte überrascht auf. »Das wusste ich nicht, aber es bestärkt mich nur noch in meiner Ansicht. Ich habe gelesen, dass sich rund achtzig Prozent der von der Schleichenden Pest Befallenen für Euthanasie entscheiden, wenn sie auf einem Planeten leben, auf dem das legal ist. Gustaffson war Planetarer Administrator. Er hätte Euthanasie *jederzeit* legalisieren können. Wenn er all die Jahre nicht an Selbstmord dachte, warum entscheidet er sich jetzt plötzlich dafür?«

Darauf wusste ich keine Antwort. Lyanna hatte mir keine gegeben. Ob sie eine gefunden hatte? Und ich wusste auch nicht, wo wir die Antwort finden sollten, wenn wir nicht …

»Die Höhlen«, sagte ich abrupt. »Die Höhlen der Vereinigung. Wir müssen Zeugen einer Letzten Vereinigung werden. Es muss irgendetwas daran sein, das all diese Bekehrungen erklärt. Geben Sie uns Gelegenheit herauszufinden, was es ist.«

Valcarenghi lächelte. »In Ordnung«, sagte er. »Ich kann das arrangieren. Ich dachte mir schon, dass es dazu kommen würde. Aber ich warne Sie, es ist keine angenehme Sache. Ich war selbst dort, also weiß ich, wovon ich rede.«

»Schon gut«, beruhigte ich ihn. »Wenn Sie meinen, dass es angenehm war, Gustaffson zu lesen, dann hätten Sie Lya sehen sollen, als sie wieder zu sich kam. Sie versucht gerade, mit einem Spaziergang darüber hinwegzukommen.« Das, so redete ich mir ein, war wohl der Grund für ihre Unruhe. »Die Letzte Vereinigung kann nicht schlimmer sein als diese Erinnerungen von Nachtmar, ganz sicher nicht.«

»Also schön. Ich werde für morgen alles veranlassen. Ich gehe natürlich mit Ihnen. Ich möchte nicht riskieren, dass Ihnen irgendetwas zustößt.«

Ich nickte. Valcarenghi erhob sich. »Nun gut«, befand er. »Inzwischen wollen wir uns aber mit interessanteren Dingen beschäftigen. Haben Sie in punkto Abendessen schon etwas geplant?«

Wir landeten in einem Pseudo-Shkeen-Restaurant, das von Menschen geführt wurde. Gourlay und Laurie Blackburn leisteten uns Gesellschaft. Das Tischgespräch war typisch für diese Art Anlass – Sport, Politik, Kunst, alte Witze und ähnliches belangloses Zeug. Ich glaube nicht, dass die Shkeen oder das Greeshka während des ganzen Abends auch nur erwähnt wurden.

Als ich danach in unser Apartment zurückkam, war Lyanna längst da und wartete auf mich. Sie lag im Bett und las eines der schön gebundenen Bücher aus unserer Bibliothek, einen Band Gedichte von der Alten Erde. Als ich hereinkam, sah sie auf.

»Hallo«, sagte ich. »Wie war dein Spaziergang?«

»Lang.« Ein Lächeln flog über ihr blasses, schmales Gesicht und erlosch dann wieder. »Aber ich hatte Zeit zum Denken. Über diesen Nachmittag, über gestern, über die Verbundenen. Und über uns.«

»Uns?«

»Robb, liebst du mich?« Die Frage klang ziemlich sachlich, und es war unüberhörbar eine Frage. So als wüsste sie es nicht. Als wüsste sie es wirklich nicht.

Ich setzte mich aufs Bett und nahm ihre Hand, versuchte zu lächeln. »Natürlich«, sagte ich. »Und du weißt es, Lya.«

»Ich weiß es. Ich weiß es. Du liebst mich, Robb, du liebst mich wirklich. So sehr, wie ein Mensch nur lieben kann. Aber ...« Sie hielt inne. Sie schüttelte den Kopf, klappte ihr Buch zu und seufzte. »Wir sind trotzdem getrennt, Robb. Wir sind beide allein.«

»Was redest du da?«

»Heute Nachmittag ... ich war nachher so verwirrt und erschrocken. Ich wusste nicht, warum, aber ich habe darüber nachgedacht. Robb, als ich las – da war ich eins mit den Verbundenen, Teil ihres Beisammenseins, ihrer Liebe. Wirklich. Und ich wollte mich nicht davon lösen. Ich wollte sie nicht verlassen, Robb. Als ich es tat, fühlte ich mich isoliert, abgeschnitten, einsam.«

»Das ist deine eigene Schuld«, sagte ich. »Ich habe versucht, mit dir zu reden. Du warst zu sehr mit Nachdenken beschäftigt.«

»Reden? Wozu sollte Reden gut sein? Es ist eine Art von Verständigung, aber ist es das *wirklich*? Ich dachte so, bevor sie mein Talent ausbildeten. Danach schien mir die einzige echte Verständigung das Lesen zu sein, die einzige Möglichkeit, einen anderen Menschen wirklich zu erreichen, jemanden wie dich. Aber jetzt bin ich mir nicht mehr sicher. Die Verbundenen – wenn sie läuten – sind so *beisammen*, Robb. Alle sind eins. Fast so wie wir, wenn wir einander lieben. Und sie lieben einander auch. Und uns, sehr intensiv. Ich fühlte ... ich weiß nicht recht. Gustaffson aber liebt mich so sehr wie du. Nein. Er liebt mich mehr.«

Ihr Gesicht war weiß, als sie das sagte, der Ausdruck in ihren Augen verloren, einsam. Da fühlte ich plötzlich ein Frösteln, wie von einem kalten Windhauch, der mir durch die Seele fuhr. Ich erwiderte nichts. Ich schaute sie nur an und presste die Lippen zusammen. Es tat weh.

Sie sah den Schmerz in meinen Augen, glaube ich. Oder las ihn. Ihre Hand drückte meine, liebkoste sie. »O Robb. Bitte. Ich wollte dich nicht verletzen. Es liegt nicht an dir. Wir alle sind in derselben Lage. Was haben *wir*, verglichen mit *ihnen*?«

»Ich weiß nicht, wovon du sprichst, Lya.« Eine Hälfte von mir wollte auf einmal weinen. Die andere Hälfte wollte schreien. Ich bemühte mich, beide Hälften und meine Stimme ruhig zu halten, aber innerlich war ich nicht ruhig, überhaupt nicht.

»Liebst du mich, Robb?« Wieder. Und wieder fragend.

»Ja!« Wütend, wie auf eine Herausforderung.

»Was heißt das?«, fragte sie.

»Du weißt, was es heißt«, sagte ich. »Verdammt, Lya, denk doch! Erinnere dich, wie viel wir gemeinsam getan, wie viel wir geteilt haben. Das ist Liebe, Lya. Wirklich. Wir haben Glück, das hast du selbst gesagt, weißt du noch? Die Normalen haben nur eine Berührung und ein Wort, dann sind sie wieder allein in ihrer Dunkelheit. Sie können einander kaum finden. Sie sind einsam. Immer. Sie suchen, sie tasten, sie möchten hinaus aus ihren Isolierzellen, aber sie können es nicht. Nie. Anders wir – wir haben einen Weg gefunden, wir kennen einander so sehr, wie es Menschen überhaupt möglich ist. Es gibt nichts, das ich dir verschweigen würde, nicht mit dir teilen würde. Ich habe das schon oft gesagt, und du weißt, dass es wahr ist, du kannst es in mir lesen. *Das* ist Liebe, verdammt. *Oder nicht?*«

»Ich weiß nicht«, sagte sie, und ihre Stimme klang traurig und verwirrt. Lautlos, ganz ohne ein Schluchzen, begann sie zu weinen. Und während die Tränen in einsamen Spuren über ihre Wangen sickerten, redete sie. »Vielleicht ist das Liebe. Ich habe das immer geglaubt. Jetzt aber weiß ich nichts mehr sicher. Wenn das zwischen uns Liebe ist, was habe ich dann heute Nachmittag gefühlt, was habe ich berührt, mit anderen geteilt? Oh, Robb. Ich liebe dich auch. Du weißt das. Ich versuche, alles mit dir zu teilen. Ich möchte mit dir teilen, was ich gelesen habe, wie es war. Aber ich kann nicht. Wir sind abgeschnitten voneinander. Ich kann es dir nicht begreiflich machen. Ich bin hier, und du bist dort, und wir können einander berühren und miteinander schlafen und reden, aber wir sind trotzdem getrennt. Verstehst du? Verstehst du? Ich bin allein. Und heute Nachmittag war ich es *nicht*.«

»Du bist nicht allein, verdammt noch mal«, sagte ich schroff. »Ich bin hier.« Ich umklammerte fest ihre Hand. »Spürst du es? Hörst du es? Du bist nicht allein!«

Sie schüttelte den Kopf, und die Tränen hörten nicht auf. »Du verstehst nicht, ich wusste es. Und ich weiß keinen Weg, es dir verständlich zu machen. Du sagst, wir kennen uns so sehr, wie es Menschen überhaupt möglich ist. Du hast recht. Aber wie weit können Menschen einander überhaupt kennen? Sind wir nicht alle voneinander abgeschnitten? Ist nicht jeder allein in einem großen, dunklen, leeren Universum? Wir täuschen uns nur selbst, wenn wir glauben, dass jemand nahe bei uns ist. Am Ende, dem kalten, einsamen Ende, ist jeder von uns allein in der Finsternis. Bist du hier, Robb? Wie kann ich das wissen? Wirst du mit mir sterben, Robb? Werden wir dann zusammen sein? Sind wir *jetzt* zusammen? Du sagst, wir sind glücklicher als die Normalen. Ich habe das auch gesagt. Sie haben nur die Möglichkeit der Berührung und eine Stimme, nicht wahr? Was aber haben *wir*? Die Berührung und zwei Stimmen, vielleicht. Auf einmal ist das nicht mehr genug. Ich habe Angst. Auf einmal habe ich Angst.«

Sie begann zu schluchzen. Instinktiv legte ich die Arme um sie, zog sie fest an mich, streichelte sie. Gemeinsam legten wir uns zurück, und sie weinte an meiner Brust. Ich las kurz in ihr, und ich las Schmerz und plötzliche Einsamkeit und Sehnsucht im dunklen Sturm ihrer Angst. Und obwohl ich sie in den Armen hielt und sie liebkoste und wieder und wieder flüsterte, alles würde gut werden, ich sei ja bei ihr, sie sei nicht allein, wusste ich, dass das nicht genug war. Plötzlich tat sich eine Kluft zwischen uns auf, eine große, dunkle, klaffende Schlucht, die weiter und weiter wurde, und ich wusste nicht, wie ich sie überbrücken sollte. Und Lya, meine Lya weinte und brauchte mich. So wie ich sie brauchte, aber ich konnte nicht zu ihr gelangen.

Da merkte ich, dass auch ich weinte.

Unter stummen Tränen hielten wir einander fest, vielleicht eine Stunde oder länger. Endlich hatten wir keine Tränen mehr. Lya presste sich so heftig an mich, dass ich kaum Atem fand, und ich drückte sie ebenso fest an mich.

»Robb«, flüsterte sie. »Du sagst – du hast gesagt, dass wir einander wirklich kennen. Immer wieder hast du es gesagt. Und manchmal sagst du auch, dass ich ideal für dich bin, genau richtig.«

Ich nickte, ich wollte es selbst glauben. »Ja. Ja, das bist du.«

»Nein«, sagte sie, stieß das Wort mühsam hervor, als müsste sie sich überwinden, es auszusprechen. »Das stimmt nicht. Ich lese dich, ja. Ich kann die Wörter in deinem Kopf herumrasseln hören, wenn du einen Satz formulierst, noch bevor du ihn aussprichst. Und ich höre es, wenn du mit dir selbst schimpfst, weil du etwas Dummes getan hast. Und ich sehe Erinnerungen, einige von vielen, und erlebe sie mit dir. Aber das ist alles an der Oberfläche, Robb, ganz außen. Darunter liegt noch mehr, mehr von *dir*. Treibende Halbgedanken, die ich nicht ganz auffangen kann. Gefühle, die ich nicht benennen kann. Regungen, die du unterdrückst, und Erinnerungen, von denen du selbst nicht weißt, dass du sie besitzt. Manchmal dringe ich bis in diese Schicht durch. Manchmal. Wenn ich wirklich kämpfe, mich bis zur Erschöpfung anstrenge.

Aber wenn ich dann dort bin, dann weiß ich – *weiß* ich –, dass darunter noch eine tiefere Schicht liegt. Und noch eine und noch eine, immer weiter, immer tiefer. Das alles kann ich nicht erreichen, Robb, obwohl es ein Teil von dir ist. Ich kenne dich nicht, ich kann dich nicht kennen. Du kennst ja nicht einmal dich selbst, nicht wahr? Und mich, kennst du mich? Nein. Noch viel weniger. Du weißt, was ich dir erzähle, und ich sage dir die Wahrheit, aber vielleicht nicht die ganze Wahrheit. Du liest meine Gefühle, meine Oberflächen-Gefühle – den Schmerz, wenn ich mir eine Zehe anstoße, ein schnelles Aufblitzen von Ärger, die Lust, wenn du in mir bist. Heißt das, dass du mich kennst? Was ist mit meinen tieferen Schichten? Was ist mit den Dingen, die ich nicht einmal selbst weiß? Kannst *du* von ihnen wissen? Wie, Robb, wie?«

Sie schüttelte wieder den Kopf, mit diesen so typischen kleinen Bewegungen, die verrieten, wenn sie durcheinander war. »Und da sagst du, ich bin perfekt, und du liebst mich, und ich bin richtig für dich. Aber *bin* ich es? Robb, *ich lese deine Gedanken*. Ich weiß, wann du mich leidenschaftlich haben willst, also bin ich leidenschaftlich. Ich sehe, was dich erregt, also tue ich es. Ich weiß, wann du möchtest, dass ich ernst bin, und wann scherzhaft. Ich weiß auch, welche Art von Scherzen du magst. Nie boshafte, schneidende, es ist dir unangenehm, Menschen zu verletzen oder dabei Zeuge zu sein. Du lachst *mit* den Menschen, nie *über* sie, und ich liebe dich dafür und lache mit. Ich weiß, wann du willst, dass ich schweige, und wann ich reden soll. Ich weiß, wann du mich als stolze Tigerin sehen willst, oder als geheimnisvolle Telepathin, oder als kleines Mädchen, das in deinen Armen Schutz sucht. Und ich *bin* alles dies, Robb, weil du es möchtest, weil ich dich liebe, weil ich in deinem Geist die Freude über alles fühle, was ich richtig mache. Ich hatte nie die Absicht, mich so zu verhalten, es geschah einfach. Aber ich bin zufrieden damit, war es immer. Meistens war es nicht einmal eine bewusste Reaktion. Du tust das Gleiche. Ich lese es in dir. Du kannst nicht so lesen wie ich, deshalb irrst du dich manchmal – du gibst dich witzig, wenn ich schweigendes Verständnis suche, oder du spielst den starken Mann, wenn ich einen kleinen Jungen zum Bemuttern brauche. Aber oft errätst du es richtig. Und du bemühst dich, oh, du bemühst dich immer.

Aber bist das wirklich *du*? Bin das wirklich *ich*? Was ist, wenn ich kein Ideal bin, nur einfach ich selbst, mit all meinen Fehlern und Eigenschaften, die du nicht kennst, nicht wahrhaben willst? Würdest du mich dann immer noch lieben? Ich weiß nicht. Aber Gustaffson würde es, und Kamenz. Das weiß ich, Robb. Ich habe es gesehen. Ich kenne *sie*. Bei den beiden gibt es keine Schichten mehr ... Ich *kenne* sie, und wenn ich zurückginge zu ihnen, wäre ich mit ihnen tiefer verbunden als mit dir. Und sie kennen mich, mein wahres Wesen, alles von mir, glaube ich. Und sie lieben mich. Verstehst du jetzt?«

Verstand ich es? Ich weiß es nicht. Ich war verwirrt. Würde ich Lya lieben, wenn sie »sie selbst« war? Aber was war »sie selbst«? Was war der Unterschied zu der Lya, die ich kannte? Ich dachte, dass ich Lya liebte und sie immer lieben würde – was aber, wenn die wahre Lya nicht wie *meine* Lya war? *Was* liebte ich eigentlich? Die seltsame abstrakte Konzeption eines menschlichen Wesens, oder Körper und Stimme und Persönlichkeit, die für mich Lya darstellten? Ich wusste es nicht mehr. Ich wusste nicht, wer Lya war, oder wer ich war, oder was zum Teufel das alles bedeuten sollte. Und ich hatte Angst. Vielleicht konnte ich nicht fühlen, was sie an diesem Nach-

mittag empfunden hatte, aber ich wusste, was sie dann gefühlt hatte. Ich war allein, und ich brauchte einen anderen
Menschen.

»Lya«, rief ich leise. »Lya, wir wollen es versuchen. Wir brauchen nicht aufzugeben. Wir können einander finden. Es gibt
einen Weg, unseren Weg. Wir sind ihn schon oft gegangen.
Komm. Lya, komm mit mir, komm zu mir.«

Während ich sprach, entkleidete ich sie, und nach kurzem
Zögern half sie mir, und unsere Hände trafen sich. Als wir
nackt waren, begann ich sie zu liebkosen, langsam, und sie
mich. Auch mit unserem Geist griffen wir nach dem anderen, suchten nach Berührung, tasteten uns tiefer vor als je
zuvor. Ich fühlte, wie sie in mein Gehirn drang, tiefer und tiefer, ganz hinein. Und ich öffnete ihr alles, lieferte ihr all die
schäbigen kleinen Geheimnisse aus, die ich noch vor ihr verborgen hatte, es zumindest versucht hatte, alles, an was ich
mich erinnern konnte, Triumph und Schande, glückliche und
schmerzliche Augenblicke, Situationen, in denen ich andere
verletzt hatte. Situationen, in denen ich verletzt worden war,
Zeiten einsamen Kummers, Ängste, die ich mir selbst nicht
eingestehen wollte, Vorurteile, die ich bekämpfte, schäbige
kleine Eitelkeiten und kindische Sünden. Alles. Ich verbarg
nichts. Ich hielt nichts zurück. Ich gab ihr mein ganzes Ich,
Lya, *meiner* Lya. Sie musste mich kennenlernen.

Und in gleichem Maße gab sie sich mir. Ihr Geist war ein
tiefer Forst, durch den ich streifte, nach Spuren von Gefühlen jagend. Ganz vorne traf ich auf Angst, Sehnsucht, Liebe,
dann auf schwächere Regungen, dahinter, darunter, die verschwommenen Wünsche und Begierden noch tiefer in dem
Dschungel. Ich habe nicht Lyas Talent, ich kann nur Gefühle
lesen, nicht Gedanken. Aber nun las ich Gedanken, zum ers-

ten und einzigen Mal, Gedanken, die sie mir entgegenwarf, weil ich sie noch nicht kannte. Ich fing nicht viel davon auf, aber manche konnte ich lesen.

Und wie ihr Gesicht sich mir öffnete, so tat es auch ihr Körper. Ich drang in sie ein, und wir bewegten uns zusammen, an Körper und Geist eins, einander so nahe, wie es Menschen überhaupt möglich ist. Ich fühlte, wie die Lust mich erfasste, in großen, mächtigen Wellen, ihre und meine, wie sie einander verstärkten zu einer einzigen Woge, die mich eine Ewigkeit lang auf eine ferne Küste zutrug. Und endlich, als sich die Woge an jenem Strand brach, waren wir so vollkommen eins, dass ich eine Sekunde lang – eine winzige, flüchtige Sekunde lang – nicht mehr unterscheiden konnte, welcher Orgasmus der ihre und welcher meiner war.

Aber dann ging es vorüber. Umschlungen lagen wir auf dem Bett, im Licht der Sterne. Aber es war kein Bett, es war der Strand, der flache, dunkle Strand, und es gab keine Sterne mehr. Ein Gedanke berührte mich, ein umherirrender Gedanke, der nicht meiner war. Lyas Gedanke. Wir sind auf einer Ebene, dachte sie, und ich sah, dass es so war. Das Wasser, das uns an Land getragen hatte, war zurückgeflutet. Hier war nur weite, dunkle Leere in allen Richtungen, und am Horizont bewegten sich schattenhafte, düstere Gestalten. *Und wir hier wie auf dunklem Felde ...*, dachte Lya. Und plötzlich wusste ich, was diese Schatten waren und welches Gedicht sie gelesen hatte.

Wir schliefen ein.

Als ich erwachte, war ich allein.

Das Zimmer war dunkel. Lya lag zusammengerollt auf der anderen Seite des Betts. Sie schlief noch. Es ist spät, fast Morgen, dachte ich. Aber ich war mir nicht sicher, darüber so wenig wie über alles andere.

Ich stand auf und zog mich leise an. Ich hatte das Bedürfnis, irgendwo herumzuwandern, nachzudenken, mit den Dingen ins Reine zu kommen. Aber wo sollte ich hin?

Ich entdeckte einen Schlüssel in meiner Tasche. Ich fand ihn, als ich meine Tunika überzog, und erinnerte mich. Für Valcarenghis Büro. Zu dieser späten Stunde würde es versperrt und verlassen sein. Und die Aussicht würde meinem Kopf guttun.

Ich ging hinaus, zum Lift, und ließ mich hinauftragen, hoch hinauf in die Spitze des Turms, der stählernen Herausforderung an die Shkeen. Das Büro war dunkel, die Möbel kauerten wie schattenhafte Gestalten im Raum. Das einzige Licht kam von den Sternen. Shkea ist dem galaktischen Zentrum näher als die Alte Erde oder Baldur. Die Sterne sind ein funkelnder Vorhang am Nachthimmel. Manche sind sehr nahe, und sie glühen wie rote oder blauweiße Feuer in der wundersamen Schwärze. In Valcarenghis Büro sind alle Wände aus Glas, und ich trat vor eine und schaute hinaus. Ich dachte nichts. Ich fühlte nur. Und ich fühlte mich kalt, verloren und klein.

Dann sagte eine sanfte Stimme hinter mir Hallo. Beinahe hörte ich es nicht.

Ich wandte mich vom Fenster ab, aber andere Sterne sprangen mir von den übrigen Wänden entgegen. Laurie Blackburn saß in einem der niedrigen Clubsessel, verhüllt von der Dunkelheit.

»Hallo«, sagte ich. »Ich wollte nicht stören. Ich dachte, hier wäre niemand.«

Sie lächelte. Ein strahlendes Lächeln in einem strahlenden Gesicht, aber ohne Freude. Ihr Haar fiel in weichen, dunkelkupfernen Wellen bis auf die Schultern, und sie trug irgendetwas Langes, Duftiges. Ich konnte ihre sanften Formen durch das Gewebe erkennen, und sie tat nichts dagegen.

»Ich komme ziemlich oft hier herauf«, sagte sie. »Meistens nachts. Wenn Dino schläft. Es ist ein guter Ort zum Nachdenken.«

»Ja«, sagte ich lächelnd. »Das dachte ich auch.«

»Die Sterne sind schön, nicht?«

»Ja.«

»Ich finde sie schön. Ich ...« Zögern. Dann stand sie auf und kam zu mir herüber. »Lieben Sie Lya?«, fragte sie.

Die Frage traf mich wie ein Hammerschlag. Warum, warum nur musste sie sie jetzt stellen? Aber ich wurde, glaube ich, ganz gut damit fertig. Alle meine Gedanken waren noch bei dem Gespräch mit Lya. »Ja«, sagte ich, »ich liebe sie sehr. Warum?«

Sie stand nahe bei mir, blickte auf mein Gesicht, an mir vorbei, hinaus zu den Sternen. »Ich weiß nicht. Ich mache mir Gedanken über die Liebe, manchmal. Ich liebe Dino, wissen Sie. Er kam vor zwei Monaten her, also kennen wir einander noch nicht lange. Aber ich liebe ihn bereits. Ich habe nie jemanden wie ihn kennengelernt. Er ist freundlich und rücksichtsvoll und tüchtig, bei allem, was er tut. Ich habe noch nie gesehen, dass er bei irgendetwas versagt hätte. Und doch ist er nicht besessen wie viele tüchtige Männer. Er braucht sich nicht um Erfolg zu bemühen. Er glaubt an sich selbst, und das ist sympathisch. Er hat mir alles gegeben, was ich mir wünschen könnte. Alles.«

Ich las sie, nahm ihre Liebe wahr und ihren Kummer, und sagte spontan: »Außer sich selbst.«

Sie schaute mich erschrocken an. Dann lächelte sie. »Ich vergaß. Sie sind ein Talent. Also müssen Sie es natürlich wissen. Sie haben recht. Ich weiß nicht, was mich beunruhigt, aber ich bin beunruhigt. Dino ist so perfekt, wissen Sie. Ich habe ihm – nun, ich habe ihm alles erzählt. Alles über mich und mein Leben. Und er hört zu und versteht. Er ist immer da für mich, wenn ich ihn brauche. Aber ...«

»Es ist einseitig«, sagte ich. Es war eine Feststellung. Ich wusste es.

Sie nickte. »Es ist nicht so, dass er Geheimnisse vor mir hätte. Das hat er nicht. Er beantwortet mir jede Frage, die ich ihm stelle. Aber die Antwort bedeutet nichts. Ich frage ihn, wovor er Angst hat, und er sagt, vor nichts, und ich glaube es. Er ist immer vernünftig, immer ruhig. Er wird nie wütend, ist es nie geworden. Ich habe ihn danach gefragt. Er hasst niemanden, er findet, Hass ist sinnlos. Er kennt keinen Schmerz, oder *sagt* es zumindest. Emotionalen Schmerz, meine ich. Trotzdem versteht er mich, wenn ich von meinem Leben spreche. Einmal sagte er, sein schlimmster Charakterzug sei Faulheit. Dabei ist er gar nicht faul, ich weiß es. Ist er wirklich so perfekt? Er sagt mir, dass er sich immer seiner selbst sicher ist, weil er weiß, wie tüchtig er ist, aber er lacht, wenn er das sagt, also kann ich ihm nicht einmal Eitelkeit vorwerfen. Er sagt, er glaubt an Gott, aber er spricht nie darüber. Wenn man versucht, ernsthaft mit ihm zu sprechen, hört er einem geduldig zu oder macht einen Scherz, oder er wechselt das Thema. Er sagt, dass er mich liebt, aber ...«

Ich nickte. Ich wusste, was nun kam.

Es kam. Sie blickte mich flehend an. »Sie sind ein Talent«, sagte sie. »Sie haben ihn gelesen, nicht wahr? Sie kennen ihn? Sagen Sie es mir. Bitte, sagen Sie es mir.«

Ich las sie. Ich konnte erkennen, wie sehr sie sich danach sehnte, es zu wissen, wie sehr Kummer und Angst sie bedrückten, wie sehr sie liebte. Ich konnte sie nicht anlügen.

Doch es fiel mir schwer, ihr die Antwort zu geben, die ich ihr geben musste.

»Ich habe ihn gelesen«, sagte ich. Langsam. Behutsam. Die Worte wie Tropfen bitterer Medizin abmessend. »Sie auch. Ich sah Ihre Liebe, an jenem ersten Abend, als wir zusammen essen gingen.«

»Und Dino?«

Die Worte blieben mir in der Kehle stecken. »Er – er ist sonderbar, wie Lya einmal sagte. Ich kann seine Oberflächengefühle leicht genug lesen, darunter aber nichts. Er hat sich irgendwie abgekapselt, eine Mauer errichtet. Fast so, als seien seine einzigen Gefühle jene, die er sich – *erlaubt*. Ich habe seine Selbstsicherheit, seine Zufriedenheit wahrgenommen. Ich fand auch Unruhe, aber niemals wirkliche Angst. Er empfindet echte Zuneigung für Sie, den Wunsch, Sie zu beschützen. Er spielt gern den Beschützer.«

»Ist das alles?« So hoffnungsvoll. Es tat mir weh.

»Ich fürchte ja. Er sitzt hinter seiner Mauer, Laurie. Er braucht nur sich selbst. Wenn es Liebe in ihm gibt, dann ist sie hinter dieser Mauer verborgen. Ich kann sie nicht wahrnehmen. Er hält viel von Ihnen, Laurie. Aber Liebe – das ist etwas anderes. Etwas Stärkeres, weniger Rationales, das einen erfasst wie eine Sturzflut, wie ein Sturm. Und Dino ist nicht so, zumindest, soweit ich ihn lesen kann.«

»Verschlossen«, sagte sie. »Er verschließt sich vor mir. Ich habe ihm alles gegeben, was ich geben konnte. Er nicht. Irgendwie habe ich mich immer gefürchtet – selbst wenn er bei mir war, und manchmal spürte ich, dass er überhaupt nicht da war ...«

Sie seufzte. Ich las Verzweiflung, aufquellende Einsamkeit. Ich wusste nicht, was ich tun sollte. »Weinen Sie, wenn Sie möchten«, sagte ich ratlos. »Manchmal hilft es. Ich weiß es. Ich hab in meinem Leben schon viel geweint.«

Sie weinte nicht. Sie blickte auf und lachte beklommen. »Nein«, sagte sie. »Ich kann nicht. Dino lehrte mich, niemals zu weinen. Er sagte, Tränen seien keine Lösung für ein Problem.«

Eine traurige Philosophie. Tränen sind vielleicht keine Lösung, aber sie sind Teil des Menschseins. Ich wollte ihr das sagen, aber stattdessen lächelte ich bloß hilflos.

Sie lächelte zurück und legte den Kopf zur Seite. »Sie weinen also«, sagte sie unvermittelt mit seltsam erfreuter Stimme. »Das ist seltsam. Ein solches Eingeständnis hätte Dino nie gemacht. Danke, Robb. Danke.«

Und Laurie stellte sich auf die Zehenspitzen und sah erwartungsvoll zu mir auf. Ich konnte lesen, was sie erwartete. Und so nahm ich sie in die Arme und küsste sie, und ihr Körper drängte sich heftig gegen meinen. Die ganze Zeit jedoch dachte ich an Lya, sagte mir, dass es ihr nichts ausmachen würde, dass sie stolz auf mich wäre, dass sie es verstehen würde.

Nachher blieb ich allein im Büro oben, um das Heraufsteigen des Morgens zu beobachten. Ich fühlte mich leer, aber irgendwie zufrieden. Das Licht, das über den Horizont heraufquoll, jagte die Schatten davon, und plötzlich erschienen mir all die Ängste, die mich in der Nacht gequält hatten, dumm und unsinnig. Wir sind darüber hinweg – dachte ich –, Lya und ich. Was es auch war, wir waren damit fertiggeworden, und wir würden mit dem Greeshka heute genauso leicht fertigwerden, gemeinsam.

Als ich in unser Zimmer zurückkam, war Lya fort.

»Wir haben das Flugauto mitten in der Shkeen-Stadt gefunden«, sagte Valcarenghi. Er war wie immer ruhig, tüchtig, zuversichtlich. Seine Stimme sagte mir ohne Worte, dass ich mir keine Sorgen zu machen brauchte. »Ich habe Leute ausgeschickt, die nach ihr suchen sollen. Aber die Shkeen-Stadt ist groß. Haben Sie eine Ahnung, wohin sie sich gewandt haben könnte?«

»Nein«, sagte ich dumpf. »Ich glaube nicht. Vielleicht wollte sie noch mehr Verbundene sehen. Sie schien – nun, fast besessen von ihnen zu sein. Ich weiß nicht.«

»Na, unsere Polizeitruppe ist nicht die schlechteste. Wir werden sie finden, da bin ich ganz sicher. Es kann allerdings eine Weile dauern. Hattet ihr zwei einen Streit?«

»Ja, nein. So etwas Ähnliches, aber es war kein richtiger Streit. Es war seltsam.«

»Ich verstehe«, sagte er. Aber er verstand nicht. »Laurie hat mir gesagt, dass Sie gestern Nacht hier heraufkamen, allein.«

»Ja. Ich wollte nachdenken.«

»Schön«, sagte Valcarenghi. »Nehmen wir mal an, Lya wachte auf und stellte fest, dass sie ebenfalls nachdenken musste. Sie kamen hierher. Sie machte einen Ausflug. Vielleicht will sie nur einen Tag für sich sein, in der Shkeen-Stadt herumwandern. Sie hat doch gestern etwas Ähnliches getan, oder?«

»Ja.«

»Nun, und heute tut sie's wieder. Kein Problem. Sie wird wahrscheinlich rechtzeitig zum Abendessen zurück sein.« Er lächelte.

»Warum ist sie fortgegangen, ohne mir etwas zu sagen? Oder mir irgendeine Nachricht zu hinterlassen? *Irgendetwas?*«

»Ich weiß nicht. Das ist wohl unwichtig.«

War es das? *War es das?* Ich saß da, den Kopf in die Hände vergraben, mit finsterem Gesicht, und schwitzte. Plötzlich hatte ich schreckliche Angst, wovor, weiß ich nicht. Ich hätte sie niemals allein lassen dürfen, sagte ich mir. Während ich hier oben mit Laurie zusammen war, wachte Lyanna auf, allein in einem dunklen Zimmer, und – und – und *was?* Und ging fort.

»Mittlerweile jedoch«, sagte Valcarenghi, »haben wir zu tun. Der Ausflug in die Höhlen. Es ist alles vorbereitet.«

Ich schaute ungläubig auf. »Die Höhlen? Aber ich kann nicht hingehen, nicht jetzt, nicht allein.«

Er seufzte mit gespielter Irritation. »Ach, hören Sie auf, Robb. Das ist ja kein Weltuntergang. Lya passiert schon nichts. Sie scheint ein ganz vernünftiges Mädchen zu sein, und ich bin sicher, dass sie durchaus auf sich selbst aufpassen kann. Stimmt's?«

Ich nickte.

»Inzwischen können wir uns die Höhlen ansehen. Ich möchte immer noch dieser Sache auf den Grund gehen.«

»Es hat keinen Sinn«, protestierte ich. »Nicht ohne Lya. Sie hat das stärkste Talent. Ich – ich lese nur Gefühle. Ich komme nicht so tief wie sie. Ich werde keine Lösung für Sie finden können.«

Er zuckte die Schultern. »Vielleicht nicht. Aber es ist nun schon alles arrangiert, und wir können ja nichts verlieren. Wenn Lya zurück ist, können wir den Besuch immer noch wiederholen. Außerdem wird es Ihnen vermutlich guttun, wenn Sie ein bisschen auf andere Gedanken kommen. Sie können für Lya momentan gar nichts tun. Ich habe jeden verfügbaren Mann auf die Suche geschickt, und wenn die sie nicht finden, werden Sie's bestimmt nicht. Deshalb hat es keinen Sinn, herumzusitzen und sich zu grämen. Besser, sich mit irgendwas zu beschäftigen.« Er wandte sich zum Lift.

»Kommen Sie. Ein Flugauto steht bereit. Nelse ist auch mit von der Partie.«

Ich zögerte. Ich hatte keine Lust, mich mit den Problemen der Shkeen zu befassen, aber Valcarenghis Argumente klangen vernünftig. Außerdem hatte er schließlich Lyanna und mich angestellt, und wir hatten Verpflichtungen ihm gegenüber. Ich konnte es zumindest versuchen, dachte ich.

Auf dem Hinflug saß Valcarenghi vorne neben dem Piloten, einem ungeschlachten Polizeisergeanten mit steinernem Gesicht. Er hatte diesmal einen Polizeiwagen gewählt, damit wir über die Suche nach Lya auf dem Laufenden gehalten werden konnten. Gourlay und ich saßen im Fond. Gourlay hatte eine große Karte über unsere Knie gebreitet und informierte mich über die Höhlen der Letzten Vereinigung.

»Es heißt, dass die Höhlen die ursprüngliche Heimat der Greeshka sind«, sagte er. »Stimmt wahrscheinlich – es klingt ja ganz vernünftig. Die Greeshka sind dort unten viel größer. Sie werden sehen. Die Höhlen ziehen sich durch die Hügel, von der Shkeen-Stadt weiter in die Wildnis. Wie eine riesige Wabe. Und in allen sitzen Greeshka. Hab ich jedenfalls gehört. Ich war selbst in einigen, und in *denen* war immer ein Greeshka. Deshalb glaub ich, was man von den Übrigen erzählt. Die Stadt, die heilige Stadt, nun, vielleicht wurde sie gerade wegen der Höhlen hier gebaut. Aus dem gesamten Kontinent kommen Shkeen her, wissen Sie, für die Letzte Vereinigung. Hier, das ist das Gebiet der Höhlen.« Er holte einen Stift hervor und zog einen großen roten Kreis in der Mitte der Karte. Mir sagte das nichts, und die Karte erschreckte mich fast. Ich hatte nicht gewusst, dass die Shkeen-Stadt so groß war. Wie konnten sie da jemanden finden, der nicht gefunden werden wollte?

Valcarenghi drehte sich zu uns um. »Die Höhle, in die wir wollen, ist eine relativ große. Ich war schon einmal dort. Bei der Letzten Vereinigung gibt es nichts Geheimes, keinen formellen Ritus, wissen Sie. Die Shkeen suchen sich einfach eine Höhle aus, gehen hinein und legen sich auf das Greeshka. Sie benutzen irgendeinen Eingang, der gerade am bequemsten für sie ist. Manche sind nicht größer als Abflussrohre, aber es heißt, wenn man weit genug vordringt, findet man ein Greeshka, irgendwo im Dunkeln, hungrig pulsierend. Die größten Höhlen sind mit Fackeln beleuchtet, so wie die Große Kuppelhalle, aber das ist nur ein Luxus. Für die Letzte Vereinigung hat es keine Bedeutung.«

»Ich nehme an, dass wir in so eine wollen?«, fragte ich.

Valcarenghi nickte. »Richtig. Ich dachte mir, Sie würden sehen wollen, wie ein ausgewachsenes Greeshka aussieht. Es ist kein hübscher Anblick, aber lehrreich. Deshalb brauchen wir Beleuchtung.«

Gourlay setzte seine Erläuterungen fort, aber ich schaltete ab. Ich fand, dass ich genug über die Shkeen und das Greeshka wusste, und ich machte mir immer noch Sorgen wegen Lyanna. Nach einer Weile wurde er ruhiger, und den Rest des Flugs herrschte Schweigen. Noch nie zuvor waren wir so weit in das Land vorgedrungen. Selbst der Turm – das schimmernde Wahrzeichen der Niederlassung – war in den Hügeln hinter uns versunken.

Das Gelände wurde rauer, felsiger, dichter bewachsen, und die Hügel stiegen schroffer und höher an. Überall jedoch waren Kuppelhäuser, sie überzogen die Hügel, und es wimmelte von Shkeen. Lya mochte irgendwo dort unten sein, dachte ich, verloren unter den Millionen Fremden. Was suchte sie dort? Was dachte sie?

Endlich landeten wir in einem bewaldeten Tal zwischen mächtigen, felsigen Hügeln. Auch hier lebten Shkeen, und die roten Ziegelkuppeln erhoben sich überall aus dem Unterholz zwischen den kümmerlichen Bäumen. Ich hatte keine Schwierigkeit, die Höhle zu entdecken. Sie lag auf halber Höhe an der einen Hügelflanke, ein dunkles Maul im Fels, und ein staubiger Pfad schlängelte sich zu ihr hoch.

Wir setzten im Tal auf und kletterten den Pfad hinauf. Gourlay stiefelte mit langen Schlenkerschritten flott dahin, Valcarenghi bewegte sich mit unermüdlicher, leichter Geschmeidigkeit hinauf, und der Polizist stapfte gleichmütig dahin. Ich war der Nachzügler. Ich schleppte mich hinauf und war völlig außer Atem, als wir endlich die Höhlenmündung erreichten.

Wenn ich Höhlenmalerei oder einen Altar oder sonst eine Art von Naturtempel erwartet hätte, wäre ich schwer enttäuscht worden. Es war eine gewöhnliche Höhle mit nassen, feuchten Felswänden, niedrigen Decken und kalter Luft. Kühler als sonst irgendwo auf Shkea, und weniger staubig, aber das war auch alles. Ein langer, sich windender Gang führte durch den Fels, breit genug, dass wir vier nebeneinander gehen konnten, und doch so niedrig, dass Gourlay den Kopf einziehen musste. In regelmäßigen Abständen waren Fackeln an der Wand befestigt, aber nur etwa jede vierte war angezündet. Sie brannten mit einem öligen Rauch, der unter der Höhlendecke hing und langsam vor uns in die Tiefe trieb. Ich fragte mich, was diesen Luftzug bewirkte.

Nach einem Marsch von etwa zehn Minuten durch den kaum merklich abwärts geneigten Gang gelangten wir in einen hohen, hell erleuchteten Raum, dessen gewölbte Felsdecke vom Rauch der Fackeln verrußt war. Hier lag das Greeshka.

Seine Farbe war ein stumpfes Braunrot, wie geronnenes Blut, nicht das leuchtende, fast durchsichtige Purpur der kleinen Parasiten auf den Schädeln der Verbundenen. Da und dort waren schwärzliche Flecken zu sehen, wie Brandmale oder Rußflecken auf dem riesigen Gallertklumpen. Die andere Seite der Höhle war fast nicht zu erkennen; das Greeshka war zu riesig, es wölbte sich vor uns auf, und zwischen ihm und der Decke blieb nur ein schmaler Spalt. Etwa in der Mitte der Felshalle endete der Gallertkörper in einer puddingartigen Flanke, vielleicht sieben Meter von unserem Standplatz entfernt. Zwischen uns und dem Körper des Greeshka hing ein Dickicht aus schwankenden roten Fasern, ein lebendiges Netz aus Greeshka-Gewebe, das fast unsere Gesichter berührte.

Und es pulsierte als ein einziger Organismus, und auch die Gallertfäden machten mit, spannten sich und erschlafften, in einem lautlosen Rhythmus, den der Riesenklumpen dahinter bestimmte.

Mir drehte sich der Magen um, aber meine Begleiter blieben ungerührt. Sie hatten das schon früher gesehen. »Kommt«, sagte Valcarenghi und knipste die Taschenlampe an, die er zur Verstärkung des Fackellichts mitgebracht hatte. Das Licht sickerte durch das pulsierende Netz, sodass es wie ein gespenstischer Urwald wirkte. Valcarenghi trat vorsichtig in diesen Wald, schwenkte die Lampe, um die Greeshka-Fäden zur Seite zu wischen.

Gourlay folgte ihm, aber ich zuckte zurück. Valcarenghi drehte sich um und lächelte. »Keine Angst«, sagte er. »Das Greeshka braucht Stunden, um sich festzusaugen, und man kann es leicht entfernen. Es wird Sie nicht packen, auch wenn Sie dagegenfallen.«

Ich raffte meinen Mut zusammen, streckte die Hand aus und berührte einen der lebendigen Fäden. Er war weich und feucht und fühlte sich irgendwie schleimig an. Aber das war alles. Er zerriss ganz leicht. Ich schritt hindurch, mit den Armen das Gewebe aus dem Weg reißend. Der Polizist folgte mir schweigend.

Dann standen wir an der Innenseite des Netzes, vor dem riesigen Greeshka. Valcarenghi musterte es einige Augenblicke lang, dann zeigte er mit der Taschenlampe auf eine bestimmte Stelle. »Schauen Sie«, sagte er. »Eine letzte Vereinigung.«

Ich schaute. Der Lichtstrahl beleuchtete einen der dunklen Flecken auf dem rötlichen Gallert. Ich blickte genauer in die Lichtpfütze. Ich erkannte einen Kopf. Mitten in dem dunklen Fleck, nur mehr das Gesicht herausragend, und auch das schon von einer dünnen roten Schicht überzogen. Die Gesichtszüge waren jedoch noch sehr deutlich. Ein älterer Shkeen, verrunzelt, mit großen, nun geschlossenen Augen. Aber er lächelte. Er lächelte.

Ich ging näher heran. Etwas weiter unten und rechts schauten noch ein paar Fingerspitzen aus dem Gallert heraus. Das war alles. Der Rest des Körpers war im Greeshka versunken, aufgelöst oder in Auflösung begriffen. Der alte Shkeen war tot, und der Parasit verdaute seinen Leichnam.

»Jeder dieser dunklen Flecken stellt eine Vereinigung dar«, sagte Valcarenghi und ließ den Lichtstrahl umherwandern. »Die Flecken verblassen natürlich mit der Zeit. Das Greeshka wächst unaufhörlich. In weiteren hundert Jahren erfüllt es diese Halle und wächst den Gang hinaus.«

Dann vernahmen wir das Rascheln einer Bewegung hinter uns. Ich drehte mich um. Irgendjemand kam durch das Gewebe.

Sie war bald durch, und sie lächelte. Eine Shkeen-Frau, alt, nackt, mit baumelnden Brüsten. Selbstverständlich war sie verbunden. Ihr Greeshka bedeckte fast den ganzen Kopf und hing noch weiter herunter als ihre Brüste. Es war noch hell und durchsichtig vom Sonnenlicht. Man konnte durch das rötliche Gallert sehen, wo es ihr die Haut vom Rücken fraß.

»Eine Kandidatin für die Letzte Vereinigung«, sagte Gourlay.

»Dies ist eine beliebte Höhle«, fügte Valcarenghi leise und sardonisch hinzu.

Die Frau sprach uns nicht an, und wir auch sie nicht. Lächelnd ging sie an uns vorüber und legte sich auf das Greeshka. Das kleine Greeshka, das auf ihrem Rücken saß, verschmolz mit dem riesigen Höhlenwesen, sodass die Shkeen-Frau und das große Greeshka verbunden waren. Danach geschah nichts. Sie schloss nur die Augen und blieb still liegen, scheinbar schlafend.

»Was soll das?«, fragte ich.

»Die Vereinigung«, sagte Valcarenghi. »Es dauert eine Stunde, bevor Sie irgendetwas feststellen können, aber das Greeshka beginnt bereits jetzt, sie in sich aufzunehmen. Eine Reaktion auf die Körperwärme, habe ich gehört. In einem Tag wird sie darin versunken sein. In zwei Tagen, wie der da ...« Der Lichtstrahl wies auf das halb aufgelöste Gesicht über uns.

»Können Sie sie lesen?«, schlug Gourlay vor. »Vielleicht erfahren wir so etwas.«

»Gut«, sagte ich, abgestoßen, aber neugierig. Ich öffnete meinen Geist. Der Sturm packte mich.

Aber es ist nicht richtig, es einen Sturm zu nennen. Es war ungeheuer und gewaltig und intensiv, brennend und blendend und atemberaubend. Aber es war auch friedvoll und sanft, mit einer Sanftheit, die heftiger war als menschlicher Hass. Es schrie, gellend und leise, sirenenhaft, lockend, fordernd, es flutete in mächtigen purpurnen Wellen der Leidenschaft über mich hinweg und zog mich hinein. Es erfüllte mich und machte mich gleichzeitig leer. Und irgendwo hörte ich die Glocken, ihren herben bronzenen Klang, einen Gesang von Liebe und Hingabe und Einssein, von Verbindung und Vereinigung und dem Ende aller Einsamkeit.

Ein Sturm ja, irgendwie war es ein Sturm. Und doch war es im Vergleich dazu das, was eine Supernova verglichen mit einem Hurrikan ist, und seine Gewalt war die Gewalt der Liebe. Er liebte mich, dieser Sturm, er wollte mich mit sich nehmen, und seine Glocken riefen mich, sangen seine Liebe, und ich stürzte mich hinein, wollte mich mitreißen lassen, wollte darin aufgehen, wollte nie wieder einsam sein. Und plötzlich wurde ich wieder auf dem Kamm einer mächtigen Woge fortgetragen, einer Welle aus Feuer, die in alle Ewigkeit durch die Sterne fegte, und diesmal wusste ich, diese Welle würde sich nirgends brechen, diesmal würde ich nicht danach allein sein auf dunklem Felde.

Diese Worte jedoch erinnerten mich an Lya.

Und plötzlich wehrte ich mich, kämpfte gegen diesen Sog der Liebe an. Ich rannte, rannte, *rannte*, RANNTE ... und schlug die Tür meines Geists zu und rammte den Riegel vor und ließ den Sturm heulen und daran rütteln, während ich mich mit ganzer Kraft dagegenstemmte. Doch dann begann die Tür nachzugeben, zu bersten.

Ich schrie. Die Tür sprang mit einem Krach auf, der Sturm fegte herein und packte mich, wirbelte mich hinaus und herum und fort. Ich wurde zu den kalten Sternen hinausgeschleudert, aber sie waren nicht mehr kalt, und ich wurde größer und größer, bis ich die Sterne *war* und sie *in mir* waren, und ich war Teil der Vereinigung, und für einen einzigen, einzigartigen strahlenden Augenblick war ich das Universum.

Dann nichts mehr.

Ich kam in meinem Zimmer zu mir, mit Kopfschmerzen, die mir den Schädel spalten wollten. Gourlay saß in einem Clubsessel in der Nähe und las eines unserer Bücher. Als ich stöhnte, blickte er auf.

Lyas Kopfschmerztabletten lagen noch auf dem Bord neben dem Bett. Ich nahm schleunigst eine und versuchte mich aufzusetzen.

»Sind Sie wieder in Ordnung?«, fragte Gourlay.

»Kopfweh«, sagte ich und massierte mir die Stirn. Sie pochte, als wollte sie jeden Moment bersten. Es war schlimmer als damals, als ich Lyas Schmerz aufgefangen hatte. »Was ist passiert?«

Er stand auf. »Sie haben uns ganz schön Angst eingejagt. Nachdem Sie zu lesen anfingen, haben Sie auf einmal gezittert. Dann sind Sie schnurstracks in das verdammte Greeshka hineinmarschiert. Und Sie haben geschrien. Dino und der Sergeant mussten Sie rausziehen. Sie waren richtig in das Ding hineingestiegen, und es ging Ihnen bis zu den Knien. Und es hat gezuckt. Ganz sonderbar. Dino musste Ihnen eins versetzen, weil Sie sich wehrten.« Er schüttelte den Kopf und ging zur Tür.

»Wohin wollen Sie?«, fragte ich.

»Schlafen gehen«, antwortete er. »Sie sind acht Stunden oder so bewusstlos gewesen. Dino bat mich, bei Ihnen zu bleiben, bis Sie wieder wach sind. Okay, Sie sind aufgewacht. Jetzt schlafen Sie ein bisschen, ich hab's auch nötig. Wir können dann morgen weiter darüber reden.«

»Ich möchte jetzt darüber reden«, sagte ich.

»Es ist spät«, wehrte er ab, während er die Schlafzimmertür schloss.

Ich hörte, wie sich seine Schritte entfernten. Und ich bin sicher, dass ich auch hörte, wie er die Außentür versperrte. Offenbar machte sich jemand Sorgen wegen Talenten, die sich mitten in der Nacht davonstehlen. Ich wollte aber nirgendwo hin.

Ich stand auf und holte mir einen Drink. In der Kühlbox war Veltaar. Ich schüttete ein paar Gläser hinunter und machte mir einen leichten Imbiss. Das Kopfweh legte sich langsam. Dann ging ich ins Schlafzimmer zurück, drehte das Licht ab und machte das Fenster durchsichtig, sodass die Sterne hereinschauen konnten. Dann schlief ich ein.

Aber ich schlief nicht sofort ein, nicht wirklich. Zu viel war geschehen. Ich musste darüber nachdenken. Zuerst die Kopfschmerzen, diese unglaublichen Kopfschmerzen, die in meinem Schädel getobt hatten. So wie bei Lya. Aber Lya hatte nicht durchgemacht, was ich erlebt hatte. Oder hatte sie? Lya war ein starkes Talent, viel empfänglicher als ich und in einem größeren Bereich. Könnte der Sturm der Vereinigung so weit spürbar gewesen sein, über viele Meilen hinweg? Spät in der Nacht, wenn Menschen und Shkeen schliefen und ihre Gedanken abebbten? Vielleicht. Und vielleicht waren meine schnell verblassten Träume nur eine abgeschwächte Variante dessen, was Lya in diesen Nächten gefühlt hatte. Meine Träume waren jedoch angenehm gewesen. Das Aufwachen war das Schlimme daran gewesen: aufzuwachen und sich nicht mehr zu erinnern.

Andererseits – hatte ich diese Kopfschmerzen gehabt, im Schlaf? Oder beim Erwachen?

Verdammt, was war eigentlich geschehen? Was hatte mich dort in der Höhle gepackt und an sich gezerrt? Das Greeshka? Es musste so sein. Ich hatte nicht einmal Zeit gehabt, mich auf die Shkeen-Frau zu konzentrieren, es musste das Greeshka gewesen sein. Aber Lyanna hatte gesagt, die Greeshka hätten keinen Geist, nicht einmal ein »Ja-ich-lebe«.

Ich war in einem Strudel von Fragen über Fragen gefangen und fand keine Antworten. Da dachte ich an Lya und überlegte, wo sie wohl war und warum sie mich verlassen hatte. War es das, was sie durchgemacht hatte? Warum hatte ich sie nicht verstanden? Sie fehlte mir. Ich wünschte sie mir an meiner Seite, und sie war nicht da. Ich war allein, und es war mir deutlicher bewusst als je zuvor.

Dann schlief ich ein.

Lange Dunkelheit, endlich jedoch ein Traum, ein Traum, der sich nicht wieder verflüchtigte. Ich war wieder auf dem weiten dunklen Feld unter dem sternlosen Himmel, mit den schattenhaften Gestalten in der Ferne. Die Ebene, von der Lya so oft gesprochen hatte. Das Bild stammte aus einem ihrer Lieblingsgedichte. Ich war jetzt allein, für immer allein, und ich wusste es. Es lag in der Natur der Dinge. Ich war die einzige Realität des Universums, ich fror und war hungrig und hatte Angst, und die Gestalten kamen näher, unmenschlich, unerbittlich. Und es gab niemanden mehr, den ich rufen, an den ich mich wenden konnte, der meine Schreie hören würde. Es hatte nie jemanden gegeben. Es würde nie jemanden geben.

Und da kam Lya zu mir.

Sie glitt herunter aus dem sternlosen Himmel, blass und schmal und zerbrechlich, und blieb neben mir auf der Ebene stehen. Sie strich ihr Haar mit der Hand zurück, schaute mich mit glänzenden großen Augen an und lächelte. Und ich wusste, es war nicht wirklich ein Traum. Sie war bei mir, irgendwie. Wir sprachen miteinander.

Hallo Robb.

Lya? Oh, Lya! Wo bist du? Du hast mich verlassen.

Es tut mir leid. Ich musste es tun. Du wirst es verstehen, Robb, du musst es. Ich wollte niemals wieder hier sein müssen, an diesem schrecklichen Ort. Ich wäre es gewesen, Robb. Die Menschen sind alle hier, bis auf kurze Augenblicke.

Eine Berührung, eine Stimme?

Ja, Robb. Dann wieder Dunkelheit und Schweigen. Und die dunkle Ebene.

Du bringst zwei Gedichte durcheinander, Lya. Aber es macht nichts. Du kannst sie besser als ich. Aber lässt du nicht etwas weg? Weiter vorne? »Ah, Liebste, lass uns treu einander sein ...«

Oh, Robb.

Wo bist du?

Ich bin – überall. Aber im Wesentlichen in einer Höhle. Ich war bereit, Robb. Ich war weiter offen als alle anderen, lange schon. Ich brauchte keine Versammlung, keine Jahre des Verbundenseins. Mein Talent hat mich auf das Teilen vorbereitet. Ich wurde aufgenommen.

In die Vereinigung?

Ja.

Lya – nein.

Robb, bitte. Komm zu uns, komm zu mir. Die Vereinigung ist Glück, für immer und ewig, Zusammengehören und Einssein und Teilen. Ich liebe, Robb, ich liebe eine Milliarde Milliarde Leute, und ich kenne sie alle besser, als ich dich je gekannt habe, und sie kennen mich, alles von mir, und sie lieben mich. Es wird nie enden, ich, wir, die Vereinigung. Ich bin noch ich, aber ich bin auch sie, verstehst du? Und sie sind ich. Als ich die Verbundenen las, wurde ich vorbereitet, und die Vereinigung rief jede Nacht nach mir, weil sie mich liebte, verstehst du? Oh, Robb, komm zu uns, vereinige dich mit uns. Ich liebe dich.

Die Vereinigung. Das Greeshka, meinst du. Ich liebe dich, Lya. Bitte komm zurück. Es kann dich noch nicht absorbiert haben. Sage mir, wo du bist. Ich komme zu dir.

Ja, komm zu mir. Komm irgendwohin, Robb. Das Greeshka ist ein einziges Wesen, die Höhlen gehen ineinander über unter den Hügeln, die kleinen Greeshka sind alle Teil der Vereinigung. Komm zu mir und werde eins mit mir. Liebe mich so, wie du es immer wolltest. Werde eins mit mir. Du bist so weit weg, ich kann dich kaum erreichen, auch in der Vereinigung. Komm und werde eins mit uns allen.

Nein. Ich lasse mich nicht fressen. Bitte, Lya, sag mir, wo du bist.

Armer Robb. Sei nicht traurig, Lieber. Der Körper ist nicht wichtig. Das Greeshka braucht ihn als Nahrung, und wir brauchen das Greeshka. Aber, o Robb, die Vereinigung ist mehr als das Greeshka, verstehst du nicht? Das Greeshka ist nicht wichtig, es hat nicht einmal einen Geist, es ist nur das Verbindungsglied, das Medium. Die Vereinigung sind die Shkeen, eine Million Milliarden Milliarden Shkeen, alle Shkeen, die in vierzehntausend Jahren gelebt haben und sich verbunden haben, alle beisammen in Liebe und Zusammengehörigkeit, unsterblich und eins. Es ist wunderbar, Robb, es ist mehr, als wir hatten, viel mehr, und dabei waren wir vom Schicksal begünstigt, nicht wahr? Wir waren es! Aber das ist besser.

Lya. Meine Lya. Ich habe dich geliebt. Dies ist nichts für dich, nichts für Menschen. Komm zurück zu mir.

Nicht für Menschen? Oh, aber das ist es! Es ist das, was die Menschen schon immer gesucht haben, wonach sie sich sehnten, wonach sie geweint haben in einsamen Nächten. Es ist Liebe, Robb, echte Liebe, und die Liebe der Menschen ist nur ein blasser Abglanz. Verstehst du?

Nein.

Komm, Robb. Verbinde dich. Oder du wirst auf ewig allein sein, allein auf dunklem Felde, mit nichts als einer Stimme und einer Berührung als Trost. Und am Ende, wenn dein Körper stirbt, wirst du nicht einmal mehr das haben. Nur eine Ewigkeit leerer Dunkelheit vor dir. Die Ebene, Robb, für immer und ewig. Und ich werde dich nicht erreichen können, nie mehr. Aber das muss nicht sein ...

Nein.

Oh, Robb. Ich kann nicht mehr. Bitte komm.

Nein. Lya, geh nicht fort. Ich liebe dich, Lya. Verlass mich nicht.

Ich liebe dich, Robb. Ich habe dich wirklich geliebt ...

Und dann war sie fort. Ich war wieder allein auf der Ebene. Von irgendwoher erhob sich ein Wind, und er riss ihre verklingenden Worte mit sich fort in die kalte Weite der Unendlichkeit.

Als der triste Morgen anbrach, fand ich die Außentür aufgeschlossen. Ich fuhr im Turm hoch und ging zu Valcarenghi. Er war allein in seinem Büro. »Glauben Sie an Gott?«, fragte ich ihn.

Er sah auf, lächelte. »Gewiss.«

Er sagte es leichthin. Ich las ihn. Es war ein Thema, über das er sich nie Gedanken gemacht hatte.

»Ich nicht«, sagte ich. »Und Lya auch nicht. Die meisten Talente sind Atheisten, wissen Sie. Vor rund fünfzig Jahren wurde auf der Alten Erde ein Experiment durchgeführt. Es wurde veranlasst von einem starken Talent namens Linnel, der außerdem tief religiös war.

Er glaubte, dass er mithilfe von Drogen und durch eine Verbindung der stärksten Talente der Welt etwas erreichen könne, das er das Universale Ja-ich-lebe nannte. Das auch unter der Bezeichnung Gott bekannt ist. Das Experiment war ein entsetzlicher Fehlschlag, aber *irgendetwas* war dabei passiert. Linnel wurde verrückt, und die anderen kamen mit einer Vision eines grenzenlosen, dunklen, gleichgültigen Nichts davon, einer Leere ohne Vernunft oder Form oder Sinn. Auch andere Talente haben etwas Ähnliches gefühlt, und manchmal auch Normale. Vor Jahrhunderten lebte ein Dichter namens Arnold, der von einer dunklen Ebene schrieb. Das Gedicht ist in einer der alten Sprachen geschrieben, aber es ist es wert, dass man es liest. Es zeigt – Furcht, glaube ich. Eine Art Urangst des Menschen, Angst vor dem Alleinsein im Kosmos. Vielleicht ist es nichts als Todesfurcht, vielleicht ist es mehr. Ich weiß es nicht. Doch es ist ein Urinstinkt. Alle Menschen sind für immer allein, aber sie wollen es nicht sein. So suchen sie, versuchen andere zu erreichen, über die Leere hinweg. Manchen Leuten gelingt es nie, manche erleben ab und zu einen Durchbruch. Lya und ich hatten Glück. Aber es ist nie von Dauer. Am Ende ist man doch wieder allein, ›wie auf dunklem Felde‹ – verstehen Sie, Dino? *Verstehen Sie?*«

Er lächelte amüsiert. Nicht verächtlich oder herablassend – das war nicht seine Art –, sondern einfach überrascht und ungläubig und ein bisschen belustigt. »Nein«, sagte er.

»Dann hören Sie weiter. Die Menschen suchen immer nach etwas, nach jemandem, nach einer Berührung, Zuneigung, nach Beisammensein. Reden, Talentlesen, Liebe, Sex, alles ist ein Teil dieser großen Suche. Und ebenso die Götter. Der Mensch erfindet Götter, weil er Angst vor dem Alleinsein hat, weil er sich fürchtet vor einem leeren Universum, vor der dunklen Ebene. Das ist der Grund, warum Ihre Leute konvertieren, Dino, warum Menschen zur Vereinigung übertreten. Sie haben Gott gefunden, oder zumindest das Gottähnlichste, was sie je finden werden. Die Vereinigung ist ein Massenintellekt, ein unsterblicher, milliardenfacher Geist, eine Wesenseinheit in Liebe. Die Shkeen sterben nicht, verdammt. Kein Wunder, dass sie den Begriff eines Lebens nach dem Tode nicht kennen. Sie wissen, dass es einen Gott gibt. Er hat vielleicht nicht das Universum geschaffen, aber er/es besteht aus Liebe, aus reiner Liebe, und es heißt doch immer, dass Gott Liebe ist, nicht wahr? Oder vielleicht ist das, was wir Liebe nennen, ein winziger Teil von Gott. Es ist mir gleich, was nun stimmt, jedenfalls ist die Vereinigung Gott. Das Ende der Suche für die Shkeen, und für die Menschen auch. Wir sind ihnen sehr ähnlich, wir sind ihnen so ähnlich, dass es schmerzt.«

Valcarenghi antwortete mit seinem dramatischen Seufzen. »Robb, Sie sind außer sich. Sie reden wie einer der Verbundenen.«

»Vielleicht sollte ich gerade das werden. Lya ist es. Sie ist jetzt Teil der Vereinigung.«

Er riss die Augen auf. »Woher wollen Sie das wissen?«

»Sie kam letzte Nacht zu mir, in einem Traum.«

»Oh. Ein Traum.«

»Ein *wahrer* Traum, verdammt. Es stimmt alles.«

Valcarenghi stand auf und lächelte. »Ich glaube Ihnen«, sagte er. »Das heißt, ich glaube, dass das Greeshka einen Psi-Köder verwendet, Liebe, wenn Sie so wollen, um seine Opfer anzulocken, etwas so Mächtiges, dass es Menschen – sogar Sie – überzeugen kann, es sei Gott. Gefährlich. Sehr gefährlich. Ich muss darüber nachdenken, bevor ich etwas unternehme. Wir könnten die Höhlen bewachen, um die Menschen abzuhalten, aber es gibt einfach zu viele Höhlen. Und die Eingänge zu versiegeln, würde unsere Beziehungen zu den Shkeen nicht gerade verbessern. Aber das ist mein Problem. Sie haben Ihren Auftrag erfüllt.«

Ich wartete, bis er fertig war. »Sie irren sich, Dino. Das ist echt, kein Trick, keine Illusion. Ich habe es *gefühlt*, und Lya ebenso. Das Greeshka besitzt nicht einmal ein Ja-ich-lebe, geschweige denn einen Psi-Köder, der stark genug wäre, Shkeen und Menschen anzulocken.«

»Wollen Sie mir weismachen, dass Gott ein Tier ist, das in den Höhlen von Shkea lebt?«

»Ja.«

»Robb, das ist absurd, und Sie wissen es. Sie glauben, die Shkeen haben eine Antwort auf die Mysterien der Schöpfung gefunden. Aber sehen Sie sie sich doch an. Die älteste zivilisierte Rasse des bekannten Weltraums, aber sie sitzen seit vierzehntausend Jahren in der Bronzezeit fest. Wir kamen zu *ihnen*. Wo sind ihre Raumschiffe? Wo sind ihre Türme?«

»Wo sind unsere Glocken?«, erwiderte ich. »Und unsere Freude? Sie sind glücklich, Dino. Sind wir es? Vielleicht haben sie gefunden, wonach wir noch suchen. Warum zum Teufel ist der Mensch überhaupt so besessen? Warum will er unbedingt die Galaxis, das Universum, überhaupt alles erobern? Vielleicht sucht er nur nach Gott ...? Vielleicht. Er kann ihn aber nirgends finden, und deshalb treibt es ihn weiter, immer auf der Suche, aber am Ende immer wieder auf derselben dunklen Ebene, allein.«

»Vergleichen Sie die Leistungen. Mir sind die Errungenschaften der Menschheit lieber.«

»Sind sie es wert?«

»Ich glaube schon.« Er ging zum Fenster und blickte hinaus. »Den einzigen Turm auf ihrer Welt haben wir gebaut«, sagte er lächelnd, während er durch die Wolken nach unten schaute.

»Den einzigen Gott in unserem Universum haben sie gefunden«, entgegnete ich, aber er lächelte nur weiter.

»Also gut, Robb«, sagte er, als er sich endlich vom Fenster abwandte. »Ich werde mir das alles durch den Kopf gehen lassen. Und morgen finden wir Lyanna für Sie.«

»Lya ist verloren«, sagte ich leise. »Das weiß ich jetzt. Ich bin es auch, wenn ich bleibe. Ich fliege heute Abend. Ich buche einen Platz auf dem ersten Schiff, das nach Baldur geht.«

Er nickte. »Wenn Sie wollen. Ich werde Ihr Honorar bereithalten.« Er grinste. »Und Lya werden wir Ihnen nachschicken, sobald wir sie finden. Ich stell mir vor, dass sie ein bisschen verärgert sein wird, aber das ist dann Ihr Problem.«

Ich gab keine Antwort, zuckte nur die Schultern und wandte mich zum Lift. Ich war fast dort, als er mich zurückhielt.

»Warten Sie«, sagte er. »Wie wäre es mit einem gemeinsamen Essen heute Abend? Sie haben gute Arbeit geleistet. Außerdem findet ohnehin eine Abschiedsparty statt. Laurie verlässt mich. Sie will auch fort.«

»Das tut mir leid«, sagte ich.

Jetzt zuckte er die Schultern. »Weshalb? Laurie ist eine schöne Frau, und ich werde sie vermissen. Aber es ist keine

Tragödie. Es gibt noch andere schöne Frauen. Ich glaube, sie hatte Shkea sowieso satt.«

In meiner Erregung und dem Kummer über meinen Verlust hatte ich fast mein Talent vergessen. Jetzt erinnerte ich mich daran. Ich las ihn. Kein Kummer, kein Schmerz, nur eine vage Enttäuschung. Und darunter seine Wand. Immer wieder die Wand, die ihn von anderen abkapselte, diesen Mann, der so viele gute Bekannte, aber keinen wahren Freund hatte. Ich glaubte fast die Schrift auf dieser Mauer zu lesen, BIS HIERHER UND NICHT WEITER.

»Also Sie kommen dann rauf, ja?«, fragte er. »Es wird nett werden.«

Ich nickte.

Als das Schiff abhob, fragte ich mich, warum ich fortwollte.

Vielleicht, um nach Hause zurückzukehren. Wir haben ein Haus auf Baldur, weit entfernt von den Städten, auf einem der unerschlossenen Kontinente, wo nur die Wildnis unser Nachbar ist. Es steht auf einer Klippe, oberhalb eines hohen Wasserfalls, der endlos hinunterstürzt in einen schattigen grünen Teich. Lya und ich sind oft dort geschwommen, in den sonnenhellen Tagen zwischen den Aufträgen. Und nachher haben wir uns nackt in den Schatten des Orangewurzbaums gelegt und einander auf einem Teppich aus silbernem Moos geliebt. Vielleicht will ich dahin zurückkehren. Aber es wird nicht dasselbe sein ohne Lya, meine verlorene Lya …

Lya, die ich immer noch wiederhaben könnte. Die ich jetzt gleich haben könnte. Es wäre so einfach, allzu einfach. Ein Spaziergang in eine dunkle Höhle, ein kurzer Schlaf. Dann mit Lya vereint in alle Ewigkeit, sie würde ich sein, ich würde sie sein, in Liebe und Verstehen und Teilen, wie es Menschen sonst nie kennenlernen. Vereinigung und Freude und nie wieder Dunkelheit. Liebe und Gott. Aber wenn ich das glaubte, all das, was ich Valcarenghi erzählt hatte, warum hatte ich Lya dann Nein gesagt?

Vielleicht, weil ich nicht sicher bin. Vielleicht, weil ich immer noch hoffe, auf etwas, das größer ist und mehr Liebe schenkt als die Vereinigung, auf den Gott, von dem man mir vor so langer Zeit erzählt hat. Vielleicht gehe ich ein Risiko ein ... doch ein Teil von mir glaubt noch immer. Aber wenn ich mich irre ... dann ist es die Dunkelheit, und die leere Ebene ...

Vielleicht ist es aber auch etwas anderes, etwas, das ich in Valcarenghi fand und das mich an dem zweifeln ließ, was ich sagte. Denn die Menschen sind in mancher Weise mehr als die Shkeen; es gibt nicht nur Menschen wie Lya und Gustaffson, sondern eben auch solche wie Dino und Gourlay, Menschen, die Liebe und Vereinigung ebenso fürchten, wie sie sich danach sehnen. Ein Zwiespalt also. Der Mensch kennt zwei Ursehnsüchte, die Shkeen nur eine? Wenn das so ist, dann gibt es vielleicht eine menschliche Lösung, eine Möglichkeit, nicht allein zu sein und doch Mensch zu bleiben.

Ich beneidete Valcarenghi nicht. Ich glaube, dass er hinter seiner Mauer weint, und niemand weiß es, nicht einmal er selbst. Und niemand wird es je wissen, und am Ende wird er allein sein in lächelnder Qual. Nein, ich beneidete Dino nicht.

Und doch habe ich etwas von ihm in mir, Lya, ebenso wie von dir. Und das ist der Grund, warum ich floh, obwohl ich dich liebte.

Laurie Blackburn reiste mit demselben Schiff. Nach dem Start aß ich mit ihr, und wir verbrachten den Abend gemeinsam bei Wein und Gesprächen. Es war vielleicht keine fröhliche Unterhaltung, aber eine menschliche. Beide brauchten wir jemanden, und so suchten wir einander.

Später nahm ich sie mit in meine Kabine, und wir fanden einander in einer heftigen Umarmung. Für einige Augenblicke ließ die Dunkelheit nach, während wir uns aneinander festhielten und redeten, bis die Nacht vorüber war.

Ein Turm aus Asche

Mein Turm ist aus Mauersteinen erbaut, kleinen, rußgrauen Mauersteinen, verbunden durch eine schimmernd schwarze Mörtelsubstanz, die meinem unkundigen Auge auf sonderbare Weise wie Obsidian erscheint, obwohl es ganz offensichtlich kein Obsidian sein kann. Er steht an einem Arm der Dürren See, sieben Meter hoch und absackend, der Waldrand ist nur Meter entfernt.

Ich fand den Turm vor fast vier Jahren, als Squirrel und ich Port Jamison mit dem silbrigen Flugwagen verließen, der jetzt ausgebrannt und überwachsen im Unkraut vor meiner Türschwelle liegt. Bis heute weiß ich fast nichts über das Bauwerk, aber ich habe meine Theorien.

Zum einen glaube ich nicht, dass der Turm für Menschen erbaut wurde. Er ist eindeutig älter als Port Jamison, und, wie ich oft denke, als der menschliche Raumflug. Die Mauersteine (die seltsam klein sind, weniger als ein Viertel der Größe normaler Ziegelsteine) sind verbraucht und verwittert und alt, und sie zerbröckeln unter meinen Füßen. Überall ist Staub, und ich weiß, woher er kommt, denn mehr als einmal habe ich von der Brüstung am Dach einen Stein herausgestemmt und ihn beiläufig zu dünnem, schwarzem Pulver zerdrückt. Ich habe ihn in meiner bloßen Faust zerdrückt. Wenn von

Osten der Salzwind heranweht, lässt der Turm einen Helmbusch aus Asche flattern.

Im Inneren sind die Mauersteine in besserem Zustand, da Wind und Regen sie nicht so stark angegriffen haben, aber trotzdem ist der Turm alles andere als angenehm. Das Innere ist ein einziger Raum voll Staub und Echos, ohne Fenster; das einzige Licht kommt von der kreisrunden Öffnung in der Dachmitte. Eine Wendeltreppe, aus dem gleichen Mauerwerk wie das übrige, ist Teil der Wand. Sie führt im Kreis herum und immer wieder herum, wie das Gewinde einer Schraube, bis sie Dachhöhe erreicht. Squirrel, der für eine Katze ziemlich klein ist, bewältigt die Treppe mühelos, aber für Menschenfüße ist sie eng und unbequem.

Aber trotzdem steige ich sie hinauf. Jede Nacht komme ich aus den kühlen Wäldern zurück, die Pfeile sind schwarz vom verkrusteten Blut der Traumspinnen, der Beutel ist schwer von ihren Giftsäcken, und ich stelle den Bogen weg und wasche mir die Hände und steige dann zum Dach hinauf, um die letzten Stunden bis zur Morgendämmerung zu verbringen. Auf der anderen Seite der schmalen Salzrinne brennen die Lichter von Port Jamison auf der Insel, und von dort oben ist es nicht die Stadt meiner Erinnerung. Nachts sind die kantigen schwarzen Gebäude in ein romantisches helles Leuchten gehüllt; die Lichter, ganz rauchiges Orangerot und gedämpftes Blau, sprechen von Rätseln und stummem Leid und mehr als ein wenig Einsamkeit, während die Sternenschiffe vor den Sternen steigen und stürzen wie die unermüdlich schwirrenden Glühwürmchen meiner Kindheit auf der Alten Erde.

»Es gibt Geschichten dort drüben«, sagte ich einmal zu Korbec, bevor ich es besser wusste. »Hinter jedem Licht sind Leute, und jede Person hat ein Leben, eine Geschichte. Nur führen sie alle ihr Leben, ohne uns je zu berühren, sodass wir die Geschichten nie erfahren werden.« Ich glaube, dass ich dann gestikulierte; ich war natürlich ziemlich betrunken.

Korbec antwortete mit einem Lächeln, das seine Zähne entblößte, und einem Kopfschütteln. Er war ein mächtiger, dunkler, schwerer Mann mit einem Bart wie aus verknotetem Draht. Jeden Monat kam er in seinem verbeulten schwarzen Flugwagen aus der Stadt, um mir das, was ich zum Leben brauchte, zu bringen und das Gift abzuholen, das ich gesammelt hatte, und jeden Monat stiegen wir zum Dach hinauf und betranken uns. Ein Lastwagenfahrer, mehr war Korbec nicht; ein Verkäufer verbilligter Träume und gebrauchter Regenbogen. Aber er bildete sich ein, er sei ein Philosoph und Menschenkenner.

»Machen Sie sich nichts vor«, sagte er damals zu mir. »Ihnen entgeht überhaupt nichts. Das Leben ergibt miserable Geschichten, wissen Sie. Richtige Geschichten dagegen, die haben meistens eine Handlung. Sie fangen an und laufen so ein bisschen, und wenn sie aufhören, sind sie vorbei, außer es schreibt einer Fortsetzungen. Im Leben gibt es das nicht, die Leute laufen nur so herum und schwätzen und machen immer weiter. Da hört nie etwas auf.«

»Die Leute sterben«, sagte ich. »Das ist Ende genug, möchte ich meinen.«

Korbec gab ein lautes Geräusch von sich. »Sicher, aber haben Sie schon mal erlebt, dass einer zur rechten Zeit stirbt? Nein, kommt nicht vor. Die einen kippen um, bevor ihr Leben so richtig angefangen hat, die anderen mitten in der besten Zeit. Andere treiben sich noch herum, nachdem alles schon lange vorbei ist.«

Wenn ich oben allein sitze, Squirrel warm auf meinem Schoß, ein Glas Wein neben mir, denke ich oft an Korbecs Worte und an die schwerfällige Art, wie er sie aussprach; seine raue Stimme war seltsam sanft. Er ist kein kluger Mann, dieser Korbec, doch in jener Nacht, glaube ich, sagte er etwas Wahres, vielleicht, ohne es selbst zu wissen. Aber der ermattete Realismus, den er mir damals anbot, ist das einzige Gegenmittel, das es gegen die Träume gibt, die von Spinnen gewoben werden.

Aber ich bin nicht Korbec, noch kann ich es sein, und während ich seine Wahrheit erkenne, kann ich sie doch nicht leben.

Am späten Nachmittag war ich im Freien, um Zielschießen zu üben, und trug nichts als meinen Köcher und eine Hose mit abgeschnittenen Beinen, als sie kamen. Es wurde schon dunkel, und ich machte mich locker für meinen nächtlichen Ausflug in den Wald – selbst in dieser frühen Zeit lebte ich schon von der Abend- bis zur Morgendämmerung, wie die Traumspinnen es tun. Das Gras fühlte sich gut an meinen nackten Sohlen an, der doppelt geschweifte Silberholzbogen in meiner Hand noch besser, und ich schoss treffsicher.

Dann hörte ich sie kommen. Ich blickte über die Schulter zum Ufer und sah den dunkelblauen Flugwagen am östlichen Himmel rasch größer werden. Gerry, natürlich, das erkannte ich am Geräusch; sein Flugwagen gab schon seltsame Laute von sich, seit ich ihn kannte.

Ich drehte ihnen den Rücken zu, spannte ganz ruhig die Sehne und traf ins Schwarze.

Gerry landete im Unkraut vor dem Sockel des Turms, ganz in der Nähe meines Flugwagens. Crystal war bei ihm, schlank und ernst, ihr langes goldenes Haar schimmerte rötlich in der Nachmittagssonne. Sie stiegen aus und kamen auf mich zu.

»Stellt euch nicht in die Nähe der Zielscheibe«, sagte ich, während ich den nächsten Pfeil einlegte und den Bogen spannte. »Wie habt ihr mich gefunden?« Das Schwirren des Pfeils in der Zielscheibe untermalte meine Frage.

Sie machten einen weiten Bogen um meine Schussbahn.

»Du hast einmal erwähnt, du hättest diese Stelle von der Luft aus entdeckt«, sagte Gerry, »und wir wussten, dass du nirgends in Port Jamison warst. Ein Versuch schien sich zu lohnen.« Er blieb einen Meter vor mir stehen, die Hände auf den Hüften; er sah genauso aus, wie ich ihn in Erinnerung hatte: groß, schwarzhaarig und in sehr guter körperlicher Verfassung. Crystal trat zu ihm heran und legte eine Hand leicht auf seinen Arm.

Ich ließ den Bogen sinken und drehte mich zu ihnen um.

»Also gut, ihr habt mich gefunden. Warum?«

»Ich habe mir Sorgen um dich gemacht, Johnny«, sagte Crystal leise. Aber als ich sie ansah, wich sie meinem Blick aus.

Gerry legte den Arm um ihre Hüfte, ganz besitzergreifend, und in mir flammte etwas auf.

»Davonlaufen ist noch nie eine Lösung gewesen«, erklärte er mir. Seine Stimme war voll von dem eigenartigen Gemisch aus freundschaftlicher Sorge und herablassender Arroganz, mit dem er mir monatelang begegnet war.

»Ich bin *nicht* davongelaufen«, sagte ich gepresst. »Verdammt! Ihr hättet auf keinen Fall kommen sollen.«

Crystal sah Gerry tieftraurig an, und es war klar, dass sie plötzlich genau dasselbe dachte. Gerry zog nur die Brauen zusammen. Ich glaube nicht, dass er jemals begriffen hat, warum ich sagte oder tat, was ich sagte oder tat; sooft wir über das Thema sprachen, was nur selten vorkam, erklärte er mir nur mit vager Verwirrung, was *er* getan hätte, wenn unsere Rollen vertauscht gewesen wären. Es erschien ihm unendlich seltsam, dass irgendjemand in derselben Lage auch nur auf den Gedanken kommen konnte, etwas anderes zu tun.

Sein Stirnrunzeln berührte mich nicht, aber den Schaden hatte er schon angerichtet. In dem Monat meines selbst gewählten Exils am Turm hatte ich versucht, mit meinen Handlungen und Stimmungen ins Reine zu kommen, und es war alles andere als leicht gewesen. Crystal und ich waren lange Zeit zusammen gewesen – beinahe vier Jahre –, als wir auf Jamisons Welt kamen, auf der Fährte einzigartiger silberner und Obsidian-Artefakte, die wir auf Baldur entdeckt hatten. Ich hatte sie während der ganzen Zeit geliebt und liebte sie immer noch, selbst jetzt, nachdem sie mich wegen Gerry verlassen hatte. Wenn es mir gut ging, schien es mir, dass der Impuls, der mich aus Port Jamison vertrieben hatte, edel und uneigensüchtiger gewesen war. Ich wollte einfach, dass Crys glücklich war, und sie konnte dort mit mir nicht glücklich sein. Meine Wunden waren zu tief, und ich war nicht sonderlich geschickt darin, sie zu verbergen; meine Gegenwart legte den Dämpfer der Schuld auf die neugeborene Freude, die sie mit Gerry gefunden hatte. Und da sie es nicht ertragen konnte, einen radikalen Schnitt vorzunehmen, fühlte ich mich gezwungen, ihn selbst durchzuführen. Für sie beide. Für Crystal.

Das redete ich mir jedenfalls gern ein. Aber es gab Stunden, da schrumpfte das moralische Mäntelchen, dunkle Stunden voller Abscheu vor mir selbst. Waren das die wahren

Gründe? Oder zielte ich nur darauf ab, mir in einem An. zorniger Unreife selbst wehzutun und sie damit zu bestra fen – wie ein trotziges Kind, das aus Rache mit Selbstmordgedanken spielt?

Ich wusste es nicht. Einen Monat lang war ich zwischen den beiden Meinungen hin und her gependelt, während ich mich bemühte, mich selbst zu verstehen und zu entscheiden, wie es weitergehen sollte. Ich wollte mich für einen Helden halten, entschlossen, dem Glück der Frau, die ich liebte, ein Opfer zu bringen. Aber Gerrys Worte machten deutlich, dass er das ganz und gar nicht so sah.

»Warum musst du immer alles so dramatisieren?«, fragte er mit störrischer Miene. Er war von Anfang an entschlossen gewesen, sehr zivilisiert zu sein, und schien sich fortwährend über mich zu ärgern, weil ich mich nicht zusammenreißen und meine Wunden heilen wollte, damit wir alle Freunde sein konnten. Nichts ärgert mich so sehr wie seine Verärgerung; *ich* glaubte, dass ich, wenn man alles in Betracht zog, mit der Situation recht gut fertigwurde, und nahm die Unterstellung übel, dass dem nicht so sei.

Aber Gerry hatte den Entschluss gefasst, mich zu bekehren, und mein vernichtendster Blick auf ihn war vergeudet.

»Wir werden hierbleiben und uns offen aussprechen, bis du bereit bist, mit uns nach Port Jamison zurückzufliegen«, erklärte er mir in seinem entschiedensten »Jetzt-werde-ich-aber-grimmig«-Ton.

»Lass den Scheiß«, sagte ich, drehte mich abrupt um und riss einen Pfeil aus meinem Köcher. Ich legte ihn ein, spannte und ließ los – viel zu schnell. Der Pfeil verfehlte das Ziel um fast einen halben Meter und bohrte sich in das weiche, dunkle Mauerwerk meines zerfallenden Turms.

»Wo *sind* wir hier überhaupt?«, fragte Crys und starrte den Turm an, als sähe sie ihn zum ersten Mal. Möglich, dass das zutraf – dass es des Anblicks meines im Stein steckenden Pfeils bedurfte, um sie auf das uralte Bauwerk aufmerksam zu machen. Aber eher war es wohl ein bewusster Themenwechsel, dazu bestimmt, den Streit zu dämpfen, der sich zwischen Gerry und mir anbahnte.

Ich ließ den Bogen wieder sinken und ging zur Zielscheibe, um die verschossenen Pfeile zu holen.

»Ich bin mir selbst nicht ganz sicher«, sagte ich etwas besänftigt und bemüht, ihr Stichwort aufzunehmen. »Ein Wachturm, glaube ich, nichtmenschlichen Ursprungs. Jamisons Welt ist nie gründlich erforscht worden. Es könnte hier einmal eine intelligente Rasse gegeben haben.« Ich ging um die Zielscheibe herum zum Turm und riss den letzten Pfeil aus dem bröckelnden Mauerwerk. »Vielleicht gibt es sie immer noch. Wir wissen sehr wenig von den Dingen, die auf dem Festland vorgehen.«

»Ein verdammt düsterer Aufenthaltsort, wenn du mich fragst«, warf Gerry ein und besah sich den Turm. »Könnte jeden Augenblick einstürzen, so, wie das aussieht.«

Ich lächelte ihn gedankenverloren an. »Der Gedanke ist mir schon gekommen. Aber als ich hier eintraf, war mir das völlig gleichgültig.«

Ich bereute sofort, das gesagt zu haben; Crys zuckte merklich zusammen. Das war die ganze Geschichte meiner letzten Wochen in Port Jamison gewesen. Sosehr ich mich auch anstrengte, ich schien nur zwei Möglichkeiten zu haben: Ich konnte lügen oder ihr wehtun. Beides behagte mir nicht, und so war ich hier. Aber sie waren auch da, und die ganze unmögliche Situation hatte sich wieder eingestellt.

Gerry hatte wieder einen Kommentar parat, aber loswerden konnte er ihn nicht. Im nächsten Augenblick kam nämlich Squirrel aus dem Unkraut gesprungen und lief auf Crystal zu.

Sie lächelte ihn an und kniete nieder, und dann war er bei ihr, leckte ihr die Hand und kaute an ihren Fingern. Squirrel war offensichtlich guter Dinge. Das Leben rund um den Turm gefiel ihm. In Port Jamison war sein Leben durch Crystals Ängste, es könnten ihn Gassenfaucher fressen oder Hunde jagen oder Kinder aufhängen, eingeengt gewesen. Hier draußen ließ ich ihn frei laufen, was ihm sehr viel mehr behagte. Das Gebüsch um den Turm war von Peitschenmäusen überlaufen, einheimischen Nagetieren mit unbehaartem Schwanz von der dreifachen Länge des Körpers. Der Schwanz stach ein bisschen, aber das störte Squirrel nicht, obwohl er jedes Mal, wenn er getroffen wurde, eine Schwellung bekam und missmutig reagierte. Es machte ihm Spaß, den ganzen Tag Peitschenmäuse zu jagen. Squirrel hatte sich immer schon für einen großen Jäger gehalten, und eine Schüssel Katzenfutter zu erbeuten, erfordert keine Geschicklichkeit.

Er war noch länger bei mir, als Crystal es gewesen war, aber während unserer gemeinsamen Zeit hatte sie ihn entsprechend lieb gewonnen. Ich argwöhnte oft, dass Crystal noch früher zu Gerry gegangen wäre, hätte sie der Gedanke, Squirrel verlassen zu müssen, nicht so bedrückt. Nicht dass er eine große Schönheit gewesen wäre. Er war ein kleiner, magerer, zerzaust aussehender Kater mit Ohren wie ein Fuchs, einem Fell von schmutzig-graubrauner Farbe und einem langen, buschigen Schwanz, der ihm zwei Nummern zu groß war. Der Freund, der ihn mir damals auf Avalon schenkte, hatte mir ernsthaft mitgeteilt, Squirrel sei der illegitime Abkömmling einer genetisch manipulierten Psi-Katze und eines räudigen streunenden Katers. Aber wenn Squirrel die Gedanken seines Besitzers lesen konnte, schenkte er ihnen nicht viel Aufmerksamkeit. Wenn er Zuneigung wollte, tat er Dinge wie schnurstracks an dem Buch emporzuklettern, das ich gerade las, es wegzustoßen und mich ins Kinn zu beißen. Wenn er seine Ruhe haben wollte, war es gefährlicher Leichtsinn, ihn streicheln zu wollen.

Als Crystal vor ihm kniete und ihn streichelte und Squirrel ihre Hand beschnupperte, schien sie wieder ganz die Frau zu sein, mit der ich auf Reisen gewesen, die ich geliebt, mit der ich endlos gesprochen und jede Nacht geschlafen hatte, und plötzlich wurde mir klar, wie sehr sie mir gefehlt hatte. Ich glaube, ich lächelte; ihr Anblick, selbst unter diesen Umständen, schenkte mir immer noch eine von Wolken verdunkelte Freude. Vielleicht ist es albern und dumm und rachsüchtig von mir, die beiden fortschicken zu wollen, dachte ich, nachdem sie von so weit gekommen sind, um mich zu sehen. Crys war Crys geblieben, und Gerry konnte kaum so schlimm sein, wenn sie ihn liebte.

Während ich sie stumm beobachtete, traf ich plötzlich eine Entscheidung. Ich würde ihnen erlauben, hierzubleiben, und wir konnten sehen, was sich ergab.

»Es wird bald dunkel«, hörte ich mich sagen. »Habt ihr Hunger?«

Crys hob den Kopf, während sie Squirrel weiterstreichelte, und lächelte. Gerry nickte.

»Na gut«, sagte ich, ging an ihnen vorbei, blieb unter der Tür stehen, drehte mich um und winkte sie herein. »Willkommen in meiner Ruine.«

Ich drehte die elektrischen Lampen an und kümmerte mich um das Abendessen. Damals waren meine Schränke noch gut gefüllt; ich hatte noch nicht begonnen, vom Wald zu leben. Ich taute drei große Sandraci auf, silberschalige Krustentiere, nach denen die Jamie-Fischer unerbittlich schleppfischten, und servierte sie mit Brot, Käse und Weißwein.

Das Tischgespräch war höflich und behutsam. Wir sprachen über gemeinsame Freunde in Port Jamison, Crystal erzählte mir von einem Brief gemeinsamer Bekannter auf Baldur, den sie bekommen hatte, Gerry ließ sich über Politik und die Bemühungen der Port-Polizei aus, den Handel mit Traumgift zu unterbinden.

»Der Rat fördert die Entwicklung eines Super-Insektizids, das die Traumspinnen ausrotten würde«, berichtete er mir. »Eine Sättigungsberieselung der nahen Küste würde das meiste an Nachschub unterbinden, glaube ich.«

»Gewiss«, sagte ich, vom Wein ein wenig beschwipst und ein bisschen pikiert über Gerrys Dummheit. Wieder einmal hatte ich mich, während ich ihm zuhörte, dabei ertappt, dass ich an Crystals Geschmack zu zweifeln begann. »Ganz egal, welche anderen Auswirkungen das auf das Ökosystem haben könnte, oder?«

Gerry zuckte mit den Achseln. »Festland«, sagte er nur. Er war durch und durch Jamie, und die Bemerkung war zu übersetzen mit »Wen stört's?«. Die Zufälle der Geschichte hatten bei den Bewohnern von Jamisons Welt eine einzigartig gleichgültige Haltung gegenüber dem einen großen Kontinent ihres Planeten erzeugt. Die meisten der ursprünglichen Siedler waren von Alt-Poseidon gekommen, wo das Meer seit Generationen das Dasein bestimmt hatte. Die reichhaltigen, wimmelnden Meere und friedlichen Archipele ihrer neuen Welt hatten sie weit mehr angezogen als die dunkeln Wälder des Festlands. Ihre Kinder wuchsen mit derselben Einstellung heran, mit Ausnahme einer Handvoll, die mit dem Verkauf von Träumen illegale Gewinne machte.

»Tu das nicht einfach mit einem Achselzucken ab«, sagte ich.

»Denk doch realistisch«, erwiderte er. »Das Festland nützt keinem etwas, außer den Spinnen-Leuten. Wem könnte es schaden?«

»Verdammt, Gerry, sieh dir diesen Turm an! Wo kommt er her, sag mir das! Ich sage *dir*, da draußen in diesen Wäldern könnte es Intelligenz geben. Die Jamies haben sich nicht einmal die Mühe gemacht, nachzuforschen.«

Crystal nickte über ihrem Weinglas.

»Johnny könnte recht haben«, sagte sie mit einem Blick auf Gerry. »Deshalb bin ich hergekommen, wenn du dich erinnerst. Die Artefakte. In dem Laden auf Baldur hieß es, sie wären von Port Jamison aus verschifft worden. Der Mann konnte sie nicht weiter zurückverfolgen. Und die Kunstfertigkeit – ich gehe seit Jahren mit der Kunst fremder Wesen um, Gerry. Ich kenne die Arbeiten der Fyndii, von Damush, und ich habe alle anderen gesehen. Das war etwas ganz *anderes*.«

Gerry lächelte nur.

»Das beweist gar nichts. Es gibt zum Kern hin andere Rassen, Millionen von ihnen. Die Entfernungen sind zu groß, also hören wir nicht sehr oft von ihnen, außer vielleicht aus dritter Hand, aber es ist nicht ausgeschlossen, dass immer wieder einmal eines ihrer Kunstprodukte durchsickert.« Er schüttelte den Kopf. »Nein. Ich möchte wetten, dass irgendein früher Siedler den Turm errichtet hat. Wer weiß, vielleicht hat es vor Jamison einen anderen Entdecker gegeben, der seinen Fund nie gemeldet hat. Vielleicht hat er das hier gebaut. Aber intelligente Wesen auf dem Festland nehme ich euch nicht ab.«

340

»Jedenfalls so lange nicht, bis ihr die verdammten Wälder ausräuchert und sie alle herauskommen und ihre Speere schwenken«, sagte ich griesgrämig.

Gerry lachte, und Crystal lächelte mich an. Und plötzlich, ganz plötzlich, erfüllte mich der überwältigende Wunsch, in diesem Streit *Sieger* zu bleiben. Meine Gedanken besaßen die an den Rändern verschwimmende Klarheit, die nur der Wein verschaffen kann, und es schien alles so logisch zu sein. Ich hatte so eindeutig *recht*, und hier bot sich mir die Gelegenheit, Gerry als den Provinzler zu entlarven, der er war, und bei Crystal Boden gutzumachen.

Ich beugte mich vor.

»Wenn ihr Jamies jemals nachschauen würdet, könntet ihr vielleicht intelligente Wesen finden«, sagte ich. »Ich bin erst einen Monat auf dem Festland und habe schon viel entdeckt. Du hast überhaupt keine Vorstellung von der Schönheit, deren Vernichtung du so munter predigst. Hier draußen gibt es eine ganze Ökologie, eine andere als auf den Inseln, Arten über Arten, von denen man viele vermutlich noch gar nicht kennt. Aber was weißt du davon? Was wisst ihr alle davon?«

Gerry nickte.

»Dann zeig es mir doch.« Er stand plötzlich auf. »Ich bin immer lernbereit, Bowen. Warum nimmst du uns nicht mit und zeigst uns alle Wunder des Festlands?«

Ich glaube, Gerry wollte auch Punkte sammeln. Er rechnete vermutlich nicht damit, dass ich ihn beim Wort nehmen würde, aber es war genau das, was ich mir wünschte. Draußen war es dunkel geworden, und wir hatten uns im Licht meiner Lampen unterhalten. Über uns leuchteten die Sterne durch das Loch in meinem Dach. Der Wald würde jetzt lebendig sein, unheimlich und schön, und ich war plötzlich begierig darauf, dort zu sein, mit dem Bogen in der Hand, in einer Welt, in der ich eine Kraft und ein Freund war und Gerry nur ein tollpatschiger Tourist.

»Crystal?«, fragte ich.

Sie wirkte interessiert.

»Könnte Spaß machen. Wenn es ungefährlich ist.«

»Bestimmt«, sagte ich. »Ich nehme meinen Bogen mit.«

Wir standen beide auf, und Crys machte einen glücklichen Eindruck. Ich erinnerte mich an die Zeiten, als wir gemeinsam in die Wildnis Baldurs gezogen waren, und plötzlich fühlte ich mich sehr glücklich, erfüllt von der Gewissheit, dass alles gut werden würde. Gerry war nur Teil eines bösen Traums. Sie konnte ihn nicht wirklich lieben.

Zuerst suchte ich die Ernüchterer heraus; ich fühlte mich gut, aber nicht gut genug, um in den Wald hinauszugehen, solange mir vom Wein noch schwindlig war. Crystal und ich schluckten sie sofort, und Sekunden später begann die alkoholische Wärme zu vergehen. Gerry winkte jedoch ab, als ich ihm die Tablette hinhielt.

»So viel habe ich nicht getrunken«, sagte er. »Ich brauche das nicht.«

Ich zuckte die Achseln und dachte mir, dass sich das Ganze immer besser anließ. Wenn Gerry in betrunkenem Zustand durch den Wald stolperte, musste das Crystal gegen ihn einnehmen.

»Wie du willst«, sagte ich.

Sie waren beide eigentlich nicht für die Wildnis angezogen, aber ich hoffte, dass das nicht problematisch werden würde, weil ich nicht wirklich vorhatte, sie sehr tief in den Wald hineinzuführen. Es wird ein kurzer Ausflug sein, dachte ich: meiner Fährte ein Stück folgen, ihnen den Staubhaufen und die Spinnenkluft zeigen, vielleicht eine Traumspinne für sie erlegen. Nichts dabei, kurz hinein und wieder hinaus.

Ich zog einen dunklen Overall und schwere Wanderstiefel an, nahm meinen Köcher, gab Crystal eine Lampe für den Fall, dass wir von den Blaumoosgebieten abirrten, und griff nach meinem Bogen.

»Brauchen Sie den wirklich?«, fragte Gerry sarkastisch.

»Zum Schutz«, erwiderte ich.

»So gefährlich kann es nicht sein.«

Nicht, wenn du dich auskennst, dachte ich, aber das sagte ich ihm nicht.

»Warum bleibt ihr Jamies dann auf euren Inseln?«

Er lächelte. »Ich vertraue einem Laser mehr.«

»Ich pflege einen Todeswunsch. Ein Bogen gibt der Beute eine gewisse Chance.«

Crys zeigte mir ein Lächeln gemeinsamer Erinnerung.

»Er jagt nur Raubtiere«, sagte sie zu Gerry.

Ich verbeugte mich.

Squirrel schien damit einverstanden zu sein, meine Burg zu bewachen. Gelassen und meiner Sache sehr sicher, schnallte ich ein Messer um und führte meine Ex-Ehefrau und ihren Liebhaber in die Wälder von Jamisons Welt hinein.

Wir gingen hintereinander, nah zusammen, ich voraus mit dem Bogen, dann Crys, hinter ihr Gerry. Crys knipste die Lampe an, als wir uns auf den Weg machten, und ließ den Lichtstrahl über den Pfad wandern, während wir uns durch den dichten Hain von Dornpfeilen schlängelten, der vor dem Meer wie eine Mauer aufragte. Hoch und kerzengerade, mit krustig-grauer Rinde, manche so dick wie mein Turm, erkletterten sie eine absurde Höhe, bevor sie ihr mageres Geäst ausbreiteten. Hier und dort drängten sie sich zusammen und quetschten den Pfad zwischen ihnen ein, und im Dunkeln standen wir plötzlich vor mehr als einer scheinbar unüberwindlichen Barriere aus Holz. Aber Crys fand immer wieder den Weg, mit mir einen halben Meter voraus, damit sie das Licht auf die Stelle richten konnte.

Nach zehn Minuten begann sich das Aussehen des Walds zu verändern. Boden und Luft waren hier trockener, der Wind kühl, aber ohne Salzgeruch; die wasserhungrigen Dornpfeile hatten der Luft fast die ganze Feuchtigkeit entzogen. Sie wuchsen hier niedriger und weniger dicht, die Zwischenräume waren größer und leichter auszumachen. Andere Pflanzenarten tauchten auf: verkümmerte kleine Koboldbäume, weit gedehnte Pseudoeichen, zierliche Ebenfeuer, deren rote Adern im dunklen Holz hell pulsierten, wenn Crystals wandernder Lichtstrahl sie erfasste.

Und Blaumoos.

Zuerst nur wenig; hier ein knotiges Geflecht, das von einem Koboldast herabbaumelte, dort ein kleiner Fleck am Boden, der sich häufig am Rücken eines Ebenfeuers oder eines verdorrenden, allein stehenden Dornpfeils hinauffraß. Dann mehr und immer mehr, dicke Teppiche unter unseren Füßen, moosige Decken auf dem Laub darüber, schwere Ranken, die von den Ästen herabhingen und im Wind tanzten. Crystal ließ den Lichtstrahl umherwandern, fand immer größere und dichtere Ansammlungen des weichen blauen Schwamms, und an den Rändern begann ich das Leuchten wahrzunehmen.

»Genug«, sagte ich, und Crys schaltete die Lampe aus.

Die Dunkelheit währte nur einen Moment, bis sich unsere Augen an eine schwächere Beleuchtung gewöhnt hatten. Ringsum war der Wald von einer schwachen Strahlung durchdrungen, während uns das Blaumoos mit seinem sanften

Leuchten umhüllte. Wir standen seitlich auf einer kleinen Lichtung, unter einem schimmernd schwarzen Ebenfeuer, aber selbst die Flammen in seinem rot geäderten Holz wirkten in dem schwachen blauen Licht kühl. Das Moos hatte den ganzen Unterwuchs übernommen, alle Gräser verdrängt und das nahe Gebüsch in verschwommene blaue Strandbälle verwandelt. Es kletterte an den Stämmen der meisten Bäume hoch, und als wir durch die Äste zu den Sternen hinaufsahen, bemerkten wir, dass andere Kolonien dem Wald eine leuchtende Krone aufgesetzt hatten.

Ich lehnte meinen Bogen vorsichtig an die dunkle Flanke des Ebenfeuers, bückte mich und hielt Crystal eine Handvoll Licht hin. Als ich es unter ihr Kinn hob, lächelte sie mich wieder an. Ihre Züge waren vom kühlen Zauber in meiner Hand weicher gezeichnet. Ich erinnere mich, dass ich mich sehr gut fühlte, sie zu dieser Schönheit geführt zu haben.

Aber Gerry grinste mich nur an.

»Ist es das, was wir gefährden werden, Bowen?«, fragte er. »Einen Wald voll Blaumoos?«

Ich ließ das Moos fallen.

»Sie finden es nicht hübsch?«

Gerry zuckte die Achseln.

»Sicher ist es hübsch. Es ist aber auch ein Schwamm, ein Parasit mit der gefährlichen Neigung, alle anderen Pflanzenarten zu überrennen und zu verdrängen. Auf Jolostar und dem Barbis-Archipel wuchs Blaumoos einmal sehr dicht, wissen Sie. Wir haben alles ausgerissen; es kann in einem Monat eine gute Getreideernte verschlingen.« Er schüttelte den Kopf.

Und Crystal nickte. »Er hat recht, weißt du«, sagte sie.

Ich sah sie lange an und fühlte mich plötzlich sehr nüchtern. Schlagartig dämmerte mir, dass ich mir ganz unüberlegt eine neue Fantasiewelt aufgebaut hatte. Hier draußen, in einer Welt, die ich allmählich zu der meinen gemacht hatte, einer Welt von Traumspinnen und Zaubermoos, hatte ich geglaubt, auf irgendeine Weise meinen längst zerronnenen eigenen Traum wieder einfangen zu können, meine lächelnde, kristallene Seelengenossin. In der zeitlosen Wildnis des Festlands sollte Crys uns beide in einem neuen Licht sehen und wieder begreifen, dass ich es war, den sie liebte.

So hatte ich ein schönes Netz gewoben, glitzernd und verlockend wie die Falle irgendeiner Traumspinne, und Crys hatte die hauchdünnen Fäden mit einem einzigen Wort zerrissen. Sie gehörte ihm, nicht mehr mir, nicht jetzt, nie mehr. Und wenn Gerry mir dumm oder gefühllos oder allzu praktisch eingestellt erschien, nun, vielleicht waren es eben diese Eigenschaften, die Crys veranlasst hatten, ihn zu erwählen. Vielleicht aber auch nicht – ich hatte kein Recht, nachträgliche Bedingungen für ihre Liebe zu stellen, und es mochte durchaus sein, dass ich sie nie begreifen würde.

Ich streifte die letzten Flocken von leuchtendem Moos ab, während Gerry nach der großen Lampe Crystals griff und sie wieder anknipste. Mein blaues Wunderland löste sich auf, weggesengt von der grellen weißen Wirklichkeit seines Lichtstrahls.

»Was nun?«, fragte er lächelnd. Er war doch nicht so betrunken.

Ich griff nach meinem Bogen.

»Kommt mit«, sagte ich schnell und knapp.

Die beiden wirkten begierig und interessiert, aber meine Stimmung war völlig umgeschlagen. Der ganze Ausflug schien plötzlich sinnlos zu sein. Ich wünschte mir, dass sie fort sein mochten, dass ich mit Squirrel wieder in meinem Turm allein wäre. Ich war niedergedrückt ...

... und sank noch tiefer. Im moosüberwachsenen Inneren des Walds stießen wir auf einen dunklen, schnellen Wasserlauf, und das grelle Licht der Lampe erfasste ein einzelnes Eisenhorn, das zum Trinken gekommen war. Blitzschnell hob es den Kopf, bleich und erschrocken, dann hetzte es zwischen den Bäumen davon; einen flüchtigen Augenblick lang glich es ein wenig dem Einhorn der Legende auf der Erde. Alte Gewohnheit ließ mich einen Blick auf Crystal werfen, aber ihre Augen suchten die Gerrys, als sie lachte.

Später, als wir einen felsigen Hang erstiegen, klaffte in der Nähe die Öffnung einer Höhle; dem Geruch nach war es das Lager eines Waldfauchers.

Ich drehte mich um, um sie zu warnen, entdeckte aber nur, dass ich meine Zuhörerschaft verloren hatte. Sie waren zehn Schritte hinter mir, unten an dem Felsen, gingen ganz langsam, hielten sich an den Händen und sprachen leise miteinander.

Dumpf, zornig und wortlos wandte ich mich wieder ab und stieg weiter über den Hügel. Wir sprachen nicht mehr miteinander, bis ich den Staubhaufen gefunden hatte.

Ich blieb davor stehen, mit den Stiefeln drei Zentimeter tief im dünnen grauen Staub, und sie kamen hinter mir heraufgekeucht.

»Los, Gerry«, sagte ich. »Benutzen Sie hier Ihre Lampe.«

Das Licht streifte umher. Der Hügel war hinter uns, felsig und hier und dort von dem verschwommenen kalten Feuer der im Blaumoos erstickenden Vegetation beleuchtet. Aber vor uns war nur Öde, eine weite, leere Ebene, schwarz und verwüstet und leblos, den Sternen geöffnet. Gerry bewegte die Lampe hin und her, schob die Grenzen des Staubs in der Nähe zurück, bis der Lichtstrahl verblasste, wenn er in die graue Ferne hineinstach. Das einzige Geräusch stammte vom Wind.

»Und?«, fragte er schließlich.

»Befühlen Sie den Staub«, sagte ich. Diesmal gedachte ich mich nicht zu bücken. »Und wenn Sie wieder am Turm sind, zerdrücken Sie einen von meinen Mauersteinen und befühlen Sie auch ihn. Es ist dasselbe, eine Art pulvriger Asche.« Ich holte weit mit dem Arm aus. »Ich würde meinen, dass hier einmal eine Stadt gestanden hat, die nun ganz zu Staub zerfallen ist. Vielleicht war mein Turm ein Vorposten der Leute, die sie gebaut haben, verstehen Sie?«

»Die verschwundenen Intelligenzwesen der Wälder«, sagte Gerry, immer noch lächelnd. »Nun, ich gebe zu, dass es auf den Inseln nichts dergleichen gibt. Aus gutem Grund. Wir lassen Waldbrände nicht ungezügelt rasen.«

»*Waldbrände?* Kommen Sie mir doch nicht *damit*! Waldbrände verwandeln nicht alles in dünnen Staub, es gibt immer ein paar geschwärzte Stümpfe oder etwas in dieser Art.«

»So? Vermutlich haben Sie recht. Aber all die verfallenen Städte, die ich kenne, haben wenigstens noch ein paar Steine aufeinander liegen, damit die Touristen Aufnahmen machen können«, sagte Gerry. Der Lichtstrahl zuckte über den Staubhaufen hin und her und tat ihn als belanglos ab. »Alles, was Sie haben, ist eine Menge Kehricht.«

Crystal sagte nichts.

Ich trat den Rückweg an, und sie folgten mir schweigend. Mit jedem Augenblick verlor ich an Boden; es war Idiotie gewesen, sie hierher zu führen. In diesem Moment beschäftigte mich nichts mehr als der Gedanke, so schnell wie möglich zu

meinem Turm zurückzukehren, sie nach Port Jamison zurück-
zuschicken und mein Exildasein wieder aufzunehmen.

Als wir über den Hügel in den Blaumoos-Wald zurückgekehrt waren, hielt mich Crystal auf.

»Johnny«, sagte sie.

Ich blieb stehen, sie holten mich ein, Crys deutete mit dem
Finger voraus.

»Machen Sie das Licht aus«, sagte ich zu Gerry. Im schwä-
cheren Licht des Mooses war es leichter zu erkennen: das
verschlungene, schillernde Netz einer Traumspinne, das von
den tief hängenden Ästen einer Pseudoeiche schräg herab-
führte. Die moosigen Stellen, die rings um uns sanft leuchteten, waren nichts dagegen; jede Netzfaser war so dick wie
mein Kleinfinger, ölig und hell, überströmend von den Farben des Regenbogens.

Crys trat einen Schritt darauf zu, aber ich griff nach ihrem
Arm und hielt sie zurück.

»Die Spinnen sind hier irgendwo«, sagte ich. »Geh nicht zu
nah heran. Papa Spinne verlässt das Netz nie, und Mama klet-
tert nachts in den Bäumen herum.«

Gerry blickte ein wenig sorgenvoll nach oben. Seine Lampe
blieb dunkel, und plötzlich schien er nicht mehr alles zu wissen. Die Traumspinnen sind gefährliche Raubtiere, und ich
nahm an, dass er noch nie eine außerhalb eines Schaukas-
tens gesehen hatte. Auf den Inseln gab es sie nicht.

»Ziemlich großes Netz«, sagte er. »Die Spinnen müssen ordentlich groß sein.«

»Ordentlich«, sagte ich und hatte sofort einen Einfall. Ich
konnte es ihm erheblich unbehaglicher machen, wenn ein
gewöhnliches Netz wie dieses ihn schon beunruhigte. Und er
hatte mir den ganzen Abend über Unbehagen bereitet.

Wir gingen vorsichtig um das Netz herum, ohne einen seiner Bewacher zu sehen. Ich führte sie zur Spinnenkluft.

Sie war ein großes V im sandigen Boden, früher vielleicht einmal ein Bachbett, jetzt aber trocken und überwuchert. Die Kluft ist bei Tag kaum sehr tief, aber bei Nacht sieht sie eindrucksvoll genug aus, wenn man von den bewaldeten Hängen auf beiden Seiten hinunterblickt. Der Grund ist ein dunkles Gewirr aus Gestrüpp, belebt von kleinen, flackernden Phantomlichtern; höher hinauf neigen sich alle möglichen Bäume in den Einschnitt, um einander in der Mitte beinahe zu berühren. Ein Baum überbrückt den Spalt sogar. Ein uralter, verfaulender Dornpfeil, durch Mangel an Feuchtigkeit verdorrt, war vor langer Zeit umgestürzt und bildete eine natürliche Brücke. Die Brücke war von Blaumoos überwuchert und leuchtete.

Wir gingen hintereinander auf den schwach beleuchteten, gewölbten Stamm hinaus, und ich deutete hinunter.

Mehrere Meter unter uns hing ein glitzerndes, vielfarbiges Netz von Hang zu Hang, jeder Strang des Geflechts war so dick wie ein Kabel und schimmernd von klebrigen Ölen. Es schnürte die unteren Bäume zu einer verkrümmten, verflochtenen Umarmung zusammen und bildete ein glänzendes Zauberdach über der Schlucht. Es war wunderschön; am liebsten hätte man die Hand ausgestreckt und es berührt.

Und natürlich spannen die Traumspinnen es genau deshalb. Sie waren nächtliche Raubwesen, und die hellen Farben ihrer Netze, die nachts lodern, sind ein wirksamer Köder.

»Sieh nur«, sagte Crystal, »die Spinne.« Sie deutete hinüber.

In einer der dunkleren Ecken des Netzes, halb verborgen durch das Gewirr eines Koboldbaums, der aus dem Gestein wuchs, saß sie. Ich konnte sie undeutlich durch das Netzfeuer und Mooslicht hindurch erkennen, ein mächtiges, achtbeiniges weißes Ding vom Umfang eines großen Kürbis. Regungslos. Wartend.

Gerry schaute sich wieder unsicher um, blickte hinauf in die Zweige einer verkrümmten Pseudoeiche, die halb über uns herabhingen.

»Das Weibchen muss irgendwo in der Nähe sein, oder?«

Ich nickte. Die Traumspinnen von Jamisons Welt sind nicht direkt Zwillingsgeschöpfe der Arachniden auf der Alten Erde. Das Weibchen ist wahrhaftig das tödlichere Wesen, aber weit davon entfernt, das Männchen zu fressen, nimmt es dieses für das ganze Leben in eine dauerhafte, besondere Partnerschaft auf. Denn es ist das träge, schwere Männchen, das die Spinndrüsen besitzt, das Netz aus leuchtendem Feuer spinnt und es mit seinem Öl klebrig macht, das die von Licht und Farben angelockte Beute bindet und fesselt. Inzwischen streift das kleinere Weibchen durch das dunkle Geäst, den Giftsack gefüllt mit dem zähflüssigen Traumgift, das strahlende Visionen und Ekstase und schließlich Schwärze bringt. Sie sticht Wesen vom Vielfachen ihrer Größe und schleppt sie schlaff zurück zum Netz, um sie dem Vorrat einzuverleiben.

Die Traumspinnen sind nichtsdestotrotz sanfte, barmherzige Jäger. Wenn sie lebende Nahrung bevorzugen, schadet das nichts; das Opfer genießt es vermutlich sogar, verzehrt zu werden. Die Jamie-Volksweisheit behauptet, das Opfer der Spinne stöhne vor Lust, wenn es verschlungen wird. Wie alle Volksweisheiten übertreibt sie immens. Aber die Wahrheit ist, dass sich die Opfer nie wehren.

Nur wehrte sich in dieser Nacht etwas im Netz unter uns.

»Was ist das?«, fragte ich blinzelnd.

Das schillernde Netz war keineswegs leer – der halb verzehrte Kadaver eines Eisenhorns lag nicht weit unter uns, und eine große schwarze Fledermaus war knapp dahinter mit grellbunten Fasern gefesselt – aber nicht sie beobachtete ich. Bei den Bäumen auf der Westseite, gegenüber der männlichen Spinne, war etwas gefangen und flatterte. Ich erinnere mich, kurz das Zucken blasser Glieder gesehen zu haben, große, leuchtende Augen und etwas Schwingenähnliches. Aber ich konnte es nicht deutlich erkennen.

Das war der Augenblick, in dem Gerry ausrutschte.

Vielleicht war es der Wein, der ihn unsicher machte, oder das Moos unter unseren Füßen, oder die Wölbung des Baumstamms, auf dem wir standen. Vielleicht wollte er nur um mich herumgehen und sehen, was ich anstarrte. Jedenfalls rutschte er aus und verlor das Gleichgewicht, schrie auf und lag plötzlich fünf Meter unter uns gefangen im Netz. Das ganze Gefüge bebte unter der Wucht seines Aufpralls, aber es geriet nicht in Gefahr, zu zerreißen – Traumspinnennetze sind schließlich stabil genug, um Eisenhörner und Waldfaucher zu fangen.

»Verdammt!«, schrie Gerry. Er sah albern aus; ein Bein war durch die Fasern des Netzes hinabgestoßen, die Arme waren halb versunken und hoffnungslos verfangen, nur Kopf und Schultern waren wirklich frei von dem klebrigen Zeug. »Das klebt so. Ich kann mich kaum bewegen.«

»Nicht rühren«, sagte ich. »Es wird nur noch schlimmer. Ich überlege, wie ich hinuntersteigen und Sie losschneiden kann. Ich habe mein Messer.«

Ich schaute mich um und suchte nach einem Ast, auf dem man hinauskriechen konnte.

»*John.*« Crystals Stimme klang gepresst, angespannt.

Die männliche Spinne hatte ihr Versteck hinter dem Koboldbaum verlassen und bewegte sich schwerfällig auf Gerry zu; ein plumpes, weißes Etwas, das Klage um die übernatürliche Schönheit seines Netzes erhob.

»Verdammt«, sagte ich. Ich war nicht ernsthaft beunruhigt, aber es war ärgerlich. Das große Männchen war die größte Spinne, die ich je gesehen hatte, und es schien eine Schande zu sein, sie zu töten. Aber ich hatte kaum eine andere Wahl. Die männliche Traumspinne besitzt kein Gift, aber sie *ist* eine Fleischfresserin, und der Biss kann durchaus tödlich sein, zumal dann, wenn sie so groß ist. Ich durfte das Männchen nicht auf Beißweite an Gerry herankommen lassen.

Ruhig und bedächtig zog ich einen langen grauen Pfeil aus meinem Köcher und setzte ihn auf die Sehne. Es war Nacht, gewiss, aber ich machte mir keine ernsthaften Sorgen. Ich war ein guter Schütze, und mein Ziel war durch die leuchtenden Fäden seines Netzes gut umrissen.

Crystal kreischte.

Ich hielt kurz inne, verärgert darüber, dass sie in Panik geriet, wo ich doch alles unter Kontrolle hatte. Aber ich wusste natürlich die ganze Zeit, dass es nicht daran lag. Es war etwas anderes. Einen Augenblick lang konnte ich mir nicht vorstellen, was es sein mochte.

Als ich Crys' Blick folgte, sah ich es. Eine dicke weiße Spinne vom Umfang einer großen Männerfaust war von der Pseudoeiche auf die Brücke hinuntergesprungen, auf der wir standen, keine drei Meter entfernt. Zum Glück war Crystal hinter mir in Sicherheit.

Ich stand dort – wie lange? Ich weiß es nicht. Wenn ich einfach gehandelt hätte, ohne innezuhalten, ohne nachzudenken, wäre ich mit allem fertiggeworden. Ich hätte zuerst das Männchen erledigen sollen, mit dem Pfeil, den ich schussbereit hatte. Es wäre Zeit genug geblieben, einen zweiten Pfeil für das Weibchen zu ziehen.

Aber stattdessen erstarrte ich, gefangen in diesem dunklen, glitzernden Augenblick, einen zeitlosen Lidschlag lang, den Bogen in der Hand, und doch unfähig zu handeln.

Es war plötzlich alles so kompliziert. Das Weibchen krabbelte auf mich zu, schneller, als ich es für möglich gehalten hätte, und es schien um so vieles schneller und tödlicher zu sein als das langsame, weiße Ding unter mir. Vielleicht sollte ich das Weibchen zuerst töten. Ich mochte verfehlen, und dann brauchte ich Zeit, um mein Messer oder einen zweiten Pfeil zu ziehen.

Nur würde dann Gerry gefesselt und hilflos vor den Kiefern des Männchens liegen, das sich ihm unerbittlich näherte. Er konnte sterben. Crystal würde mir das nie vorwerfen können. Ich musste mich selbst retten, und sie, das würde sie verstehen. Und ich würde sie wiederbekommen.

Ja.

NEIN!

Crystal schrie, sie schrie, und plötzlich war alles ganz klar, und ich wusste, was das alles zu bedeuten hatte und warum ich hier in diesem Wald war und was ich tun musste. Es gab einen Augenblick grandioser Erhabenheit. Ich hatte die Gabe verloren, sie glücklich zu machen, meine Crystal, aber nun war diese Macht für einen Moment erstarrter Zeit zu mir zurückgekehrt, und ich konnte Glück geben oder vorenthalten, für immer. Mit einem einzigen Pfeil konnte ich eine Liebe beweisen, der Gerry nichts entgegenzusetzen hatte.

Ich glaube, ich habe gelächelt. Ich bin überzeugt davon.

Und mein Pfeil flog dunkel durch die kühle Nacht und fand sein Ziel in der aufgedunsenen weißen Spinne, die über ein Lichtnetz kroch.

Das Weibchen hatte mich erreicht, und ich unternahm nichts, um es wegzustoßen oder zu zertreten. Ich spürte einen scharfen, stechenden Schmerz an meinem Knöchel.

Glitzernd und vielfarbig sind die Netze, die Traumspinnen weben.

Nachts, wenn ich aus den Wäldern zurückkehre, säubere ich sorgfältig meine Pfeile und klappe mein großes Messer mit der scharfen, schmalen Klinge auf, um die Giftsäcke auseinanderzuschneiden, die ich gesammelt habe. Ich schlitze sie der Reihe nach auf, wie ich sie zuvor aus den reglosen weißen Körpern der Traumspinnen geschnitten habe, und dann lasse ich das Gift in eine Flasche laufen, für den Tag, an dem Korbec herüberfliegt, um sie abzuholen.

Danach stellte ich den Miniaturkelch hinaus, kunstvoll gewirkt aus Silber und Obsidian, und fülle ihn mit dem schweren schwarzen Wein, den sie mir aus der Stadt bringen. Ich rühre mit meinem Messer um, immer wieder, bis die Klinge wieder hell glänzt und der Wein ein wenig dunkler ist als zuvor. Und ich steige hinauf aufs Dach.

Dann fallen mir oft Korbecs Worte ein, und mit ihnen meine Geschichte. Crystal, meine Liebe, und Gerry, und eine Nacht voller Lichter und Spinnen. Es erschien alles so richtig in diesem kurzen Augenblick, als ich auf der moosbewachsenen Brücke stand, einen Pfeil in der Hand, und die Entscheidung traf. Und es ist alles so *falsch* geworden ...

... von dem Augenblick an, als ich nach einem Monat Fieber und Visionen erwachte, um mich im Turm wiederzufinden, in den Crys und Gerry mich gebracht und in dem sie mich gesund gepflegt hatten. Meine Entscheidung, mein erhabener Entschluss, war nicht so endgültig, wie ich geglaubt hatte.

Manchmal frage ich mich, ob es wirklich eine Wahl gewesen ist. Wir sprachen oft darüber, während ich wieder zu Kräften kam, und was Crys mir erzählt, ist nicht das, woran ich mich erinnere. Sie sagt, wir hätten das Weibchen überhaupt nicht gesehen, bis es zu spät gewesen sei; dass es lautlos auf meinen Nacken herabgefallen sei, gerade als ich den Pfeil abschoss, der das Männchen tötete. Dann habe sie, so sagt sie, das Weibchen mit der Stablampe zerschmettert, die Gerry ihr zum Halten gegeben hatte, und ich sei hinabgestürzt ins Netz.

Ich habe tatsächlich eine Wunde am Nacken und keine an meinem Knöchel. Und was sie sagt, klingt wahr. Denn ich habe die Traumspinnen in den langsam verrinnenden Jahren seit jener Nacht kennengelernt, und ich weiß, dass die Weibchen verstohlene Mörderinnen sind, die sich auf ihr ahnungsloses Opfer herabfallen lassen. Sie stürzen nicht wie wutentbrannte Eisenhörner über umgestürzte Baumstämme; es ist nicht die Art der Spinnen.

Und weder Crystal noch Gerry haben irgendeine Erinnerung an ein blasses, geflügeltes Wesen, das im Netz gezappelt hätte.

Dabei erinnere *ich* mich genau daran ... so wie ich mich an die weibliche Spinne erinnere, die während der endlosen Jahre, in denen ich erstarrt dort stand, auf mich zuhuschte ... aber es heißt, dass der Biss einer Traumspinne seltsame Auswirkungen auf das Gemüt hat.

Das könnte es natürlich sein.

Manchmal, wenn Squirrel hinter mir die Treppe heraufkommt, die rußigen Mauersteine mit seinen acht weißen Beinen streifend, geht mir plötzlich auf, wie verkehrt das alles ist, und ich weiß, dass ich zu lange in den Träumen verweilt habe.

Und doch sind die Träume oft besser als das Erwachen, die Geschichten um so vieles schöner als das Leben.

Crystal kehrte nicht zu mir zurück, damals nicht und nie. Sie verließen mich, als ich gesund war. Und das Glück, das ich ihr mit der Entscheidung gebracht hatte, die keine war, und dem Opfer, das keines war, mein Geschenk an sie für immer – es hielt weniger als ein Jahr. Korbec berichte mir, dass sie und Gerry im Bösen auseinandergegangen sind und sie inzwischen Jamisons Welt verlassen hat.

Ich denke, das ist Wahrheit genug, wenn man einem Mann wie Korbec glauben kann. Ich mache mir nicht allzu viele Gedanken darüber.

Ich töte weiter Traumspinnen, trinke Wein, streichle Squirrel. Und jede Nacht ersteige ich diesen Ascheturm, um zu den fernen Lichtern hinüberzublicken.

Das bleiche Kind mit dem Schwert

»Töten darfst du, für dich und die deinen,
Für die Jungen, wenn es gebietet die Pflicht.
Doch töte nicht aus Freude am Töten,
Und siebenmal töte den Menschen nicht!«

Rudyard Kipling

Die Jaenshi-Kinder hingen außen an den Mauern, eine Reihe kleiner, graufelliger Körper, still und regungslos an langen Stricken. Die ältesten von ihnen waren offenkundig vor dem Erhängen abgeschlachtet worden; hier baumelte ein männliches Wesen ohne Kopf an den Beinen, während dort der versengte Kadaver eines weiblichen hing. Aber die meisten von ihnen, die dunklen, behaarten Kleinkinder mit den großen goldenen Augen, die meisten waren einfach aufgehängt worden. Gegen Abend, als der Wind aus den zerklüfteten Bergen herabwirbelte, drehten die Körper der leichteren Kinder sich an ihren Stricken und prallten an die Stadtmauer, so als wären sie lebendig und klopften um Einlass.

Aber die Wachen auf den Mauern beachteten das Poltern nicht, als sie ihre unerbittlichen Runden gingen, und die Metalltore mit den Roststreifen blieben geschlossen.

»Glauben Sie an das Böse?«, fragte Arik neKrol Jannis Ryther, als sie vom Kamm eines nahen Hügels auf die Stadt der Stählernen Engel hinabstarrten. Zorn war in jede Linie seines flachen, gelblich-braunen Gesichts geritzt, während er zwischen den geborstenen Splittern dessen saß, was einmal eine Jaenshi-Betpyramide gewesen.

»An das Böse?«, murmelte Ryther zerstreut. Ihre Augen lösten sich nicht von den Rotsteinmauern unter ihnen, wo sich die dunklen Körper der Kinder deutlich abzeichneten. Die Sonne ging unter, eine dicke, rote Kugel, von den Stahlengeln das Herz von Bakkalon genannt, und das Tal unter ihnen schien in blutigen Nebeln zu schwimmen.

»Das Böse«, wiederholte neKrol. Der Händler war ein kleiner, dicklicher Mann, seine Züge entschieden mongoloid, bis auf das flammend rote Haar, das ihm fast bis zu den Hüften reichte. »Es war ein religiöser Begriff, und ich bin kein religiöser Mensch. Vor langer Zeit, als ich noch ein kleines Kind war und auf ai-Emerel aufwuchs, entschied ich, dass es weder Gut noch Böse gebe, sondern nur verschiedene Denkweisen.« Seine kleinen, weichen Hände tasteten im Staub umher, bis er einen großen, gezackten Splitter gefunden hatte, der seine Faust füllte. Er stand auf und hielt ihn Ryther hin. »Die Stahlengel lassen mich wieder an das Böse glauben«, sagte er.

Sie nahm ihm das Fragment wortlos aus der Hand und drehte es in den Händen. Ryther war viel größer als neKrol und auch viel schmaler, eine harte, knochige Frau mit langem Gesicht, kurzen, schwarzen Haaren und Augen ohne Ausdruck. Der verschwitzte Overall, den sie trug, hing locker an ihrem hageren Körper.

»Interessant«, sagte sie schließlich, nachdem sie den Splitter ein paar Minuten lang betrachtet hatte. Er war so hart und glatt wie Glas, aber widerstandsfähiger; von durchsichtiger roter Farbe, doch so dunkel, dass er beinahe schwarz erschien.

»Kunststoff?«, fragte sie, als sie ihn wieder zu Boden fallen ließ.

NeKrol zuckte die Achseln. »Das dachte ich auch, aber es ist natürlich völlig ausgeschlossen. Die Jaenshi arbeiten mit Bein und Holz und manchmal mit Metall, aber Kunststoff liegt für sie noch Jahrhunderte entfernt.«

»Oder hinter ihnen«, sagte Ryther. »Sie sagen, diese Betpyramiden seien im ganzen Wald verstreut?«

»Ja, soweit ich herumgekommen bin. Aber die Engel haben alle, die sich in der Nähe ihres Tals befinden, zerschlagen, um die Jaenshi zu vertreiben. So, wie sie sich ausdehnen, und sie *werden* sich ausdehnen, zerstören sie die anderen.«

Ryther nickte. Sie schaute wieder hinunter in das Tal, und in diesem Augenblick glitt das letzte Randsegment vom Herzen Bakkalons hinter das westliche Gebirge, und die Lichter in der Stadt wurden hell. Die Jaenshi-Kinder baumelten in Pfützen aus sanftem blauem Licht, und unmittelbar über dem Stadttor konnte man zwei Strichgestalten arbeiten sehen. Nach kurzer Zeit hievten sie etwas hinaus, ein Tau entrollte sich, und dann zuckte und hampelte ein neuer kleiner, dunkler Schatten vor der Mauer.

»Warum?«, fragte Ryther mit kühler Stimme, während sie zusah.

NeKrol war alles andere als kühl.

»Die Jaenshi haben versucht, eine ihrer Pyramiden zu verteidigen. Speere und Messer und Steine gegen die Stahlengel mit Lasern und Strahlern und Kreischwaffen. Aber sie überfielen sie unvermutet und töteten einen. Der Proktor erklärte, dass es nicht wieder vorkommen werde.« Er spuckte aus. »Das Böse. Die Kinder vertrauten ihnen, wissen Sie.«

»Interessant«, sagte Ryther.

»Können Sie irgendetwas tun?«, fragte neKrol erregt. »Sie haben Ihr Schiff, Ihre Mannschaft. Die Jaenshi brauchen einen Beschützer, Jannis. Sie sind den Engeln gegenüber hilflos.«

»Ich habe vier Mann in meiner Besatzung«, sagte Ryther gleichmütig. »Vielleicht auch vier Jagdlaser.« Das war alles, was sie erwiderte.

NeKrol sah sie hilflos an.

»*Nichts?*«

»Morgen wird uns vielleicht der Proktor aufsuchen. Er hat die ›Lights‹ gewiss herunterkommen sehen. Vielleicht wollen die Engel Handelsgeschäfte machen.« Sie warf einen Blick zurück in das Tal. »Kommen Sie, Arik, wir müssen zurück zu Ihrem Stützpunkt. Die Waren müssen verladen werden.«

Wyatt, Proktor der Kinder Bakkalons auf der Welt Corlos, war groß und rot und skeletthaft, und die Muskeln an seinen nackten Armen traten auffällig hervor. Sein blauschwarzes Haar war ganz kurz geschnitten, seine Haltung steif und aufrecht. Wie alle Stahlengel trug er eine Uniform aus Chamäleon-Stoff (jetzt von hellem Braun, als er im Tageslicht am Rand des kleinen, primitiven Raumflugfelds stand), einen Stahlgeflechtgürtel mit Handlaser und Kommunikator und Kreischpistole, und einen steifen roten römischen Kragen. Das winzige Figürchen, das an einer Kette um seinen Hals hing – das bleiche Kind Bakkalon, nackt und unschuldig und strahlenden Auges, aber ein mächtiges schwarzes Schwert in einer kleinen Faust - war das einzige Abzeichen von Wyatts Rang.

Vier andere Engel standen hinter ihm: zwei Männer, zwei Frauen, alle gleich gekleidet. Auch ihre Gesichter hatten etwas

Gleichartiges: Das Haar war bei allen kurz geschoren, ob es blond oder rot oder braun war. Die Augen waren wachsam und kalt und ein wenig fanatisch. Die Haltung, die typisch für die Mitglieder der militärisch-religiösen Sekte zu sein schien, war aufrecht; die Körper waren hart und kerngesund. NeKrol, der weich und gebeugt und schlampig war, verabscheute alles an den Engeln.

Proktor Wyatt war kurz nach Tagesanbruch erschienen und hatte einem aus seinem Trupp befohlen, an die Tür der kleinen, grauen, vorfabrizierten Kuppel zu klopfen, die neKrols Handelsstützpunkt und Unterkunft war. Verschlafen und zornig, aber mit wachsamer Höflichkeit, war der Händler aufgestanden, um die Engel zu begrüßen, und hatte sie hinaus in die Mitte des Flugfelds begleitet, wo der zerfurchte metallene Tränentropfen der »Lights of Jolostar« auf drei einziehbaren Beinen stand.

Die Frachtluken waren jetzt alle geschlossen. Rythers Besatzung hatte fast den ganzen Abend damit zugebracht, neKrols Güter auszuladen und sie im Frachtraum des Schiffs durch Kisten mit Jaenshi-Produkten zu ersetzen, die bei den Sammlern außerirdischer Kunst gute Preise erzielen sollten. Man konnte es nicht beurteilen, bis sich ein Händler die Gegenstände ansah. Ryther hatte neKrol erst vor einem Jahr abgesetzt, und das war das erste Mal, dass man etwas abholte.

»Ich bin unabhängige Händlerin, und Arik ist mein Vertreter auf dieser Welt«, erklärte Ryther dem Proktor, als sie ihn am Rande des Flugfelds empfing. »Sie müssen ihn einschalten.«

»Verstehe«, sagte Proktor Wyatt. Er hatte noch immer die Liste in der Hand, die er Ryther angeboten hatte, von Waren, die die Engel von den industrialisierten Kolonien auf Avalon und Jamisons Welt haben wollten. »Aber neKrol macht mit uns keine Geschäfte.«

Ryther sah ihn verständnislos an.

»Aus gutem Grund«, sagte neKrol. »Ich schließe mit den Jaenshi Handelsgeschäfte ab, ihr schlachtet sie ab.«

Der Proktor hatte in den Monaten, seit die Stahlengel ihre Stadt-Kolonie errichtet hatten, oft gesprochen, und es war jedes Mal zum Streit gekommen; nun ignorierte er ihn.

»Die Schritte, die wir unternommen haben, waren notwendig«, sagte Wyatt zu Ryther. »Wenn ein Tier einen Menschen tötet, muss das Tier bestraft werden, und andere Tiere müssen es sehen, auf dass die Bestien wissen, dass der Mensch, der Samen der Erde und das Kind Bakkalons, Herr und Meister über sie alle ist.«

NeKrol schnaubte verächtlich.

»Die Jaenshi sind keine Tiere, Proktor, sie sind eine intelligente Rasse mit eigener Religion und Kunst und Sitte, und sie ...«

Wyatt sah ihn an.

»Sie haben keine Seele. Nur die Kinder Bakkalons haben Seelen, nur der Samen der Erde. Was sie an Verstand besitzen mögen, ist nur für Sie und vielleicht für sie selbst von Bedeutung. Seelenlos sind sie Tiere.«

»Arik hat mir die Betpyramiden gezeigt, die sie bauen«, sagte Ryther. »Wesen, die solche Schreine bauen, müssen doch wohl Seelen haben.«

Der Proktor schüttelte den Kopf.

»Mit Ihrem Glauben befinden Sie sich im Irrtum. Es steht im Buch klar geschrieben: Wir, der Samen der Erde, sind wahrhaft die Kinder Bakkalons, und keine anderen. Die anderen sind Tiere, und in Bakkalons Namen müssen wir unsere Herrschaft über sie durchsetzen.«

»Nun gut«, sagte Ryther. »Aber Sie werden Ihre Herrschaft ohne Hilfe der ›Lights of Jolostar‹ durchsetzen müssen, fürchte ich. Und ich muss Ihnen mitteilen, Proktor, dass ich Ihr Vorgehen als zutiefst beunruhigend empfinde und die Absicht habe, das zu melden, wenn ich auf Jamisons Welt zurückkehre.«

»Ich habe nichts anderes erwartet«, erwiderte Wyatt. »Vielleicht lodern Sie bis zum nächsten Jahr vor Liebe zu Bakkalon, und wir können uns neu unterhalten. Bis dahin wird die Welt Corlos überleben.« Er grüßte sie und verließ mit schnellen Schritten das Feld, gefolgt von den vier Stahlengeln.

»Was wird es nützen, sie zu melden?«, fragte neKrol bitter, als sie fort waren.

»Nichts«, erklärte Ryther und schaute hinüber zum Wald. Der Wind blies den Staub um sie empor, und ihre Schultern sanken herab, als sei sie sehr müde. »Die Jamies werden sich nicht darüber aufregen, und selbst wenn sie es täten, was könnten sie tun?«

NeKrol erinnerte sich an das schwere, rot eingebundene Buch, das Wyatt ihm vor Monaten gegeben hatte.

»Und Bakkalon, das bleiche Kind, schuf seine Kinder aus Stahl«, zitierte er, »denn die Sterne zerbrechen jene, die aus weicherem Stoff sind. Und in die Hand jedes neu geschaffenen Kindes legte ER ein geschmiedetes Schwert und sagte zu ihnen: ›Das ist die Wahrheit und der Weg.‹« Er spuckte vor Ekel aus. »Das ist ihr Glaubensbekenntnis. Und wir können nichts tun?«

Ihr Gesicht hatte jeden Ausdruck verloren.

»Ich lasse Ihnen zwei Laser hier. Sorgen Sie dafür, dass die Jaenshi in einem Jahr damit umgehen können. Ich glaube, ich weiß, was für Handelsgüter ich mitbringen sollte.«

Die Jaenshi lebten in Clans (wie neKrol das für sich einschätzte) von zwanzig oder dreißig Individuen; jeder Clan teilte sich gleichmäßig in Erwachsene und Kinder ein, und jeder hatte seinen eigenen Heimatwald und seine eigene Betpyramide. Die Jaenshi bauten nicht; sie schliefen zusammengerollt in Bäumen rund um ihre Pyramide. Zur Nahrungssuche streiften sie umher. Saftige blauschwarze Früchte wuchsen überall; es gab drei Arten von essbaren Beeren, ein Blatt mit Rausch- und Halluzinogenwirkung und eine seifige gelbe Wurzel, nach der die Jaenshi gruben. NeKrol hatte sie auch als Jäger erlebt, wenngleich nur selten. Ein Clan kam monatelang ohne Fleisch aus, während sich die schnüffelnden braunen Buschschweine ringsum rasch vermehrten, Wurzeln ausgruben und mit den Kindern spielten. Dann plötzlich, wenn die Zahl der Buschschweine einen kritischen Punkt erreicht hatte, traten die Speerträger der Jaenshi ruhig unter sie, töteten zwei Drittel davon, und in dieser Woche wurden jeden Abend um die Pyramide große Bratfeste abgehalten. Ähnliches war bei den weißen Baumschnecken zu erkennen, die manchmal die Obstbäume wie eine Pest bedeckten, bis die Jaenshi sie zum Kochen einsammelten, und bei den obstraubenden Pseudoaffen, die durch das höhere Geäst geisterten.

Soweit neKrol das beurteilen konnte, gab es in den Wäldern der Jaenshi keine Raubtiere. In den ersten Monaten seines Aufenthalts auf ihrer Welt hatte er ein langes Energiemesser und einen Handlaser getragen, während er auf seiner Handelsroute von Pyramide zu Pyramide gegangen war. Er war aber niemals auf etwas auch nur entfernt Feindseliges gestoßen, und nun lag das Messer zerbrochen in seiner Küche, während der Laser längst irgendwo verschwunden war.

Am Tag nach dem Abflug der »Lights of Jolostar« ging neKrol wieder in den Wald, bewaffnet mit einem Jagdlasergewehr von Ryther.

Keine zwei Kilometer von seinem Stützpunkt entfernt fand neKrol das Lager der Jaenshi, die er die Wasserfall-Leute nannte. Sie lebten am Hang eines stark bewaldeten Bergs, wo ein Strom brodelnden, blauweißen Wassers herabgerauscht und -gestürzt kam, sich immer wieder teilend und zusammenschließend, sodass die ganze Bergseite ein verschlungenes, glitzerndes Geflecht aus Wasserfällen und Stromschnellen und seichten Teichen und sprühenden nassen Schleiern war. Die Betpyramide des Clans stand im untersten Becken, auf einem flachen grauen Stein inmitten der Wasserwirbel. Größer als die meisten Jaenshi, reichte sie neKrol bis ans Kinn und sah unendlich schwer und massiv und unbeweglich aus. Sie war ein dreiseitiger Block aus dunklem, dunklem Rot.

NeKrol ließ sich nicht täuschen; er hatte andere Pyramiden von den Laserwaffen der Stahlengel zerschnitten, zerteilt und von den Flammen ihrer Strahler zerfetzt gesehen. Welche Macht die Pyramiden in den Mythen der Jaenshi auch besitzen mochten, welche Geheimnisse sich hinter ihrem Ursprung auch verbargen, sie reichten nicht aus, den Schwertern Bakkalons standzuhalten.

Die Lichtung um das Pyramiden-Becken war erfüllt von Sonnenlicht, als neKrol hineintrat, und die langen Gräser schwankten im leichten Wind, aber die meisten Wasserfall-Leute hielten sich anderswo auf. Vielleicht in den Bäumen, kletternd und sich paarend und Früchte pflückend, oder an ihrem Berg durch die Wälder streifend. Der Händler fand nur ein paar kleine Kinder, die in der Lichtung auf einem

Buschschwein ritten, als er ankam. Er setzte sich hin, um zu warten und sich in der Sonne zu wärmen.

Bald kam der alte Sprecher.

Er setzte sich zu neKrol. Er war ein winziger, verrunzelter Jaenshi, bei dem nur ein paar Stellen von schmutzig-grau-weißem Fell die Falten an seiner Haut verbargen. Er besaß auch keine Zähne mehr, war krallenlos und schwächlich, aber seine Augen, groß und golden und pupillenlos wie die aller Jaenshi, waren noch immer wach und lebendig. Er war der Sprecher der Wasserfall-Leute und stand mit der Bet-pyramide in engster Verbindung. Jeder Clan hatte einen Sprecher.

»Ich habe etwas Neues anzubieten«, sagte neKrol in der sanften, undeutlichen Sprache der Jaenshi. Er hatte sie gelernt, bevor er hierhergekommen war, noch auf Avalon. Tomas Chung, der legendäre Sprach-Esper von Avalon, hatte sie Jahrhunderte zuvor entschlüsselt, als die Kleronomas-Vermessung diese Welt gestreift hatte. Kein anderer Mensch hatte die Jaenshi seither besucht, aber die Karten Kleronomas' und Chungs Sprachmuster-Analyse waren beide in den Computern des Avalon-Instituts für die Erforschung nicht-menschlicher Intelligenz am Leben geblieben.

»Wir haben dir neue Statuen gemacht, neue Hölzer geformt«, sagte der alte Sprecher. »Was hast du gebracht? Salz?«

NeKrol nahm seinen Rucksack von den Schultern, stellte ihn auf den Boden und öffnete ihn. Er zog einen der Salzblö-cke heraus, die er mit sich trug, und legte ihn vor den alten Sprecher hin.

»Salz«, sagte er. »Und mehr.« Er legte das Jagdgewehr vor ihn hin.

»Was ist das?«, fragte der alte Sprecher.

»Weißt du von den Stahlengeln?«, fragte neKrol.

Der andere nickte, etwas, das neKrol ihm beigebracht hatte.

»Die Gottlosen, die aus dem toten Tal flüchten, sprechen von ihnen. Sie sind jene, welche die Götter zum Schweigen bringen, die Pyramidenzerstörer.«

»Das ist ein Werkzeug wie jenes, das die Stahlengel dazu gebrauchen, eure Pyramiden zu zerstören«, sagte neKrol. »Ich biete es dir zum Handel an.«

Der alte Sprecher erstarrte.

»Aber wir wollen keine Pyramiden zerstören«, erklärte er.

»Dieses Werkzeug kann für andere Dinge verwendet werden«, sagte neKrol. »Mit der Zeit könnten die Stahlengel hierherkommen, um die Pyramide der Wasserfall-Leute zu zerstören. Wenn ihr bis dahin solche Werkzeuge besitzt, könnt ihr sie aufhalten. Die Leute der Pyramide im Ring-aus-Stein versuchten die Stahlengel mit Speeren und Messern aufzuhalten, und nun sind sie zerstreut und irren umher, und ihre Kinder hängen tot an den Mauern der Stadt der Stahlengel. Andere Clans der Jaenshi haben sich nicht gewehrt und sind nun auch ohne Gott und Land. Es wird die Zeit kommen, da brauchen die Wasserfall-Leute dieses Werkzeug, alter Sprecher.«

Der Jaenshi-Ältere griff nach dem Laser und drehte ihn mit seinen kleinen, runzligen Händen neugierig hin und her.

»Wir müssen darüber beten«, sagte er. »Bleib, Arik. Heute Abend werden wir es dir sagen, wenn der Gott auf uns herabblickt. Bis dahin werden wir Handel treiben.« Er stand abrupt auf, warf einen schnellen Blick auf die Pyramide im Becken und huschte in den Wald, den Laser in der Hand.

NeKrol seufzte. Er hatte eine lange Wartezeit vor sich; die Gebetsversammlungen fanden nie vor Sonnenuntergang statt.

Er trat an das Becken und schnürte die schweren Stiefel auf, um seine verschwitzten Füße in das frische, kalte Wasser zu hängen.

Als er den Kopf hob, war die erste Schnitzerin eingetroffen: eine biegsame junge Jaenshi mit einer Spur von Kastanienbraun in ihrem Körperpelz. Stumm (bis auf den Sprecher waren sie in neKrols Gegenwart alle stumm) bot sie ihm ihre Arbeit dar.

Es war eine Statuette, nicht größer als seine Faust, eine schwerbrüstige Fruchtbarkeitsgöttin, geformt aus dem duftenden, zart gemaserten blauen Holz der Obstbäume. Sie saß mit übereinandergeschlagenen Beinen auf einem dreieckigen Sockel, und von jeder Ecke des Sockels führten drei dünne Beinspäne hinauf, um sich über ihrem Kopf in einem Klumpen Lehm zu vereinigen.

NeKroll griff nach dem Schnitzwerk, drehte es hin und her und nickte anerkennend. Die Jaenshi lächelte und verschwand; den Salzblock nahm sie mit. Lange nachdem sie fort war, bewunderte neKrol seine Erwerbung immer noch. Er war sein ganzes Leben Händler gewesen, hatte zehn Jahre bei den Gethsoiden von Aath mit ihren Tintenfischgesichtern und vier bei den hölzchendünnen Fyndii verbracht, auf einer Händlerrunde unterwegs zu einem halben Dutzend Steinzeit-Planeten, die einst Sklavenwelten des untergegangenen Hrangan-Reichs gewesen waren. Aber nirgends hatte er Künstler wie die Jaenshi gefunden. Nicht zum ersten Mal fragte er sich, warum weder Kleronomas noch Chung von den einheimischen Schnitzereien gesprochen hatten. Er war jedoch froh darüber und ziemlich sicher, dass diese Welt von Händlern überlaufen werden würde, sobald die Leute die Kisten mit den Erzeugnissen der Jaenshi zu Gesicht bekamen, die er mit Ryther zurückgeschickt hatte. Er selbst war nur einer Spekulation zufolge hierhergeschickt worden, in der Hoffnung, eine Jaenshi-Droge oder Kräuter oder ein alkoholisches Getränk zu finden, das im Stellarhandel lohnend sein konnte. Stattdessen hatte er diese Kunst entdeckt, wie die Antwort auf ein Gebet.

Andere Handwerker kamen und gingen, als aus dem Vormittag Nachmittag und aus dem Nachmittag früher Abend wurde, und legten ihm ihre Werke vor. Er sah sich jedes Stück genau an, erwarb einige und wies andere zurück, und bezahlte mit Salz. Bevor es dunkel geworden war, lag ein kleiner Stapel Erzeugnisse neben ihm; eine passende Garnitur Messer aus Rotstein, ein graues Totentuch, gewoben aus dem Fell eines älteren Jaenshi von seiner Witwe und Freunden (sein Gesicht mit den seidigen goldenen Haaren eines Pseudoaffen eingewirkt), ein Beinspeer mit Zeichnungen, die neKrol an die Runen der Legenden von der Alten Erde erinnerten, und Figuren. Die Figuren waren, wie immer, seine Lieblinge; die Kunst fremder Wesen war so oft über jedes Fassungsvermögen hinaus fremdartig, aber die Jaenshi-Künstler berührten Saiten des Gefühls in ihm. Die Götter, die sie schnitzten, jeder in einer Beinpyramide, trugen Jaenshi-Gesichter und wirkten trotzdem archetypisch menschlich; strenge Kriegsgötter, Wesen, die sonderbar wie Satyre aussahen, Fruchtbarkeitsgöttinnen wie jene, die er gekauft hatte, fast menschenartige Krieger und Nymphen. NeKrol hatte sich oft gewünscht, eine reguläre Ausbildung in extraterrestrischer Anthropologie zu besitzen, damit er ein Buch über die Allgemeingültigkeit der Mythen hätte schreiben können. Die Jaenshi besaßen gewiss eine reiche Mythologie, auch wenn die Sprecher nie etwas davon erwähnten; nichts anderes konnte die Schnitzereien erklären. Vielleicht wurden die alten Götter nicht mehr verehrt, aber in Erinnerung waren sie geblieben.

Bis das Herz Bakkalons herabsank und die letzten rötlichen Strahlen zwischen den hochragenden Bäumen erloschen, hatte neKrol genug gesammelt, und sein Salzvorrat war auch beinahe erschöpft. Er zog seine Stiefel wieder an, verpackte seine Erwerbungen mit großer Sorgfalt und setzte sich geduldig ins Gras am Wasserbecken, um zu warten. Einer nach dem anderen kamen die Wasserfall-Leute zu ihm. Schließlich kehrte auch der alte Sprecher zurück.

Die Gebete begannen.

Der alte Sprecher, mit dem Lasergewehr immer noch in der Hand, watete bedächtig durch das nachtdunkle Wasser, um sich vor der schwarzen Masse der Pyramide niederzukauern. Die anderen, Erwachsene und Kinder gemeinsam, jetzt an die vierzig Personen, wählten Plätze im Gras beim Ufer, hinter und neben neKrol. Wie er blickten sie hinaus über den Teich, auf die Pyramide und den Sprecher, der sich im Licht eines eben aufgegangenen, übergroßen Monds scharf abzeichnete. Der alte Sprecher legte das Lasergewehr auf den Stein, presste beide Handflächen auf die Pyramidenwand und schien zu erstarren, während alle anderen Jaenshi ebenfalls steif wurden und keinen Laut mehr von sich gaben.

NeKrol bewegte sich unruhig und unterdrückte ein Gähnen. Es war nicht das erste Mal, dass er an einem Gebetsritual teilnahm, und er kannte den Ablauf. Vor ihm lag eine gute Stunde Langeweile; die Jaenshi beteten stumm, und es war nichts zu hören als ihr gleichmäßiges Atmen, nichts zu sehen als vierzig ausdruckslose Gesichter. Der Händler versuchte seufzend, es sich bequem zu machen, schloss die Augen und konzentrierte sich auf das weiche Gras unter ihm und auf die warme Brise, die in seiner Haarmähne wühlte. Hier fand er für kurze Zeit Frieden. Wie lange würde er dauern, dachte er, sollten die Stahlengel ihr Tal verlassen ...

Die Stunde verging, aber neKrol war in Meditation versunken und spürte kaum das Verrinnen der Zeit, bis er plötzlich das Rascheln und Murmeln um sich herum hörte, als die Wasserfall-Leute aufstanden und in den Wald zurückkehrten. Und dann stand der alte Sprecher vor ihm und legte ihm das Lasergewehr vor die Füße.

»Nein«, sagte er nur.

NeKrol zuckte zusammen.

»Was? Aber ihr *müsst*. Lass dir zeigen, was es leisten kann ...«

»Ich habe eine Vision gehabt, Arik. Der Gott hat es mir gezeigt. Aber er hat mir auch gezeigt, dass es nicht gut wäre, das im Tausch anzunehmen.«

»Alter Sprecher, die Stahlengel werden kommen ...«

»Wenn sie kommen, wird unser Gott zu ihnen sprechen«, sagte der Jaenshi-Ältere in seiner weichen Sprache, aber die sanfte Stimme hatte etwas Endgültiges an sich, und in den großen, klaren Augen lag keine Nachgiebigkeit.

»Für unsere Nahrung danken wir uns selbst, keinem anderen. Sie ist unser, weil wir dafür gearbeitet, unser, weil wir dafür gekämpft haben, unser nach dem einzigen Recht, das es gibt: dem Recht des Starken. Aber für diese Stärke – für die Kraft unserer Arme und den Stahl unserer Schwerter und dem Feuer in unseren Herzen – danken wir Bakkalon, dem bleichen Kind, das uns das Leben gegeben und uns gezeigt hat, wie wir es bewahren müssen.«

Der Proktor stand steif am mittleren der fünf langen Holztische, die sich durch die riesige Speisehalle erstreckten, und betonte jedes Wort des Tischgebets mit feierlicher Würde. Seine großen, dick geäderten Hände pressten sich fest zusammen, während er sprach, und im trüben Licht erschien seine Uniform von tiefem Schwarz. Rings um ihn saßen die Stahlengel aufrecht, das Essen stand unberührt vor ihnen: große, gekochte Knollen, dampfende Stücke Schweinefleisch, schwarzes Brot, Schüsseln mit frischem grünem Neogras. Kinder unter dem Kampfalter von zehn Jahren in Kitteln von gestärktem Weiß, mit den nie fehlenden Stahlgeflechtgürteln, besetzten die beiden äußersten Tische unter den schlitzartigen Fenstern; Kleinkinder mühten sich, unter den wachsamen Augen strenger, neunjähriger Hauseltern, die Hartholzstöcke in den Gürteln trugen, still zu sitzen. Weiter einwärts saß die Kampfbruderschaft, voll bewaffnet, an zwei gleich langen Tischen, abwechselnd Männer und Frauen, Veteranen mit wettergegerbter Haut neben Zehnjährigen, die kaum vom Kinderschlafsaal in die Kasernen umgezogen waren. Alle trugen denselben Chamäleonstoff wie Wyatt, wenngleich ohne seinen Kragen, und einige hatten Rangabzeichen. Der mittlere Tisch, nicht einmal halb so lang wie die anderen, war vom Kader der Stahlengel besetzt, den Abteilungsvätern und Abteilungsmüttern, den Waffenmeistern, den Heilern, den vier Feldbischöfen, allen jenen, die den hohen, steifen, blutroten Kragen trugen. Und an der Kopfseite der Proktor.

»Lasst uns essen«, sagte Wyatt schließlich. Sein Schwert sauste fauchend über den Tisch herab, den Dankstreich führend, und er setzte sich an seinen Platz. Der Proktor hatte wie alle anderen in der langen Reihe angestanden, die sich an der Küche vorbei in den Speisesaal zog, und seine Portion war nicht größer als die des Niedrigsten in der Bruderschaft.

Messer und Gabeln klirrten, ab und zu ein Teller, und von Zeit zu Zeit der dumpfe Schlag eines Stocks, wenn ein Hauselternteil irgendeinen Disziplinverstoß bestrafte; abgesehen davon war es im Saal still. Die Stahlengel sprachen bei den Mahlzeiten nicht, sondern dachten über die Lehren des Tages nach, während sie ihre spartanische Kost verzehrten.

Danach marschierten die Kinder, nach wie vor stumm, zur Halle hinaus, zurück in ihr Schlafhaus. Die Kampfbruderschaft folgte ihnen, ein Teil zur Kapelle, die meisten in die Kasernen, einige zum Wachtdienst auf den Mauern. Die Männer, die sie ablösten, würden noch warme Speisen in der Küche finden.

Der Offizierskern blieb; nachdem die Teller und das Besteck weggeräumt waren, wurde aus der Mahlzeit eine Stabsbesprechung.

»Rührt euch«, sagte Wyatt, aber die Gestalten am Tisch entspannten sich, wenn überhaupt, nur wenig. Das war ihnen längst ausgetrieben worden. Der Proktor fand einen von ihnen mit seinem Blick.

»Dhallis«, sagte er, »haben Sie den erbetenen Bericht?«

Feldbischof Dhallis nickte. Sie war eine stämmige ältere Frau mit starken Muskeln und einer Haut von der Farbe braunen Leders. An ihrem Kragen war ein kleines Stahlabzeichen befestigt, ein Zier-Speicherchip, der die Zugehörigkeit zum Computerdienst anzeigte.

»Ja, Proktor«, sagte sie mit harter, präziser Stimme. »Jamisons Welt ist eine Kolonie der vierten Generation, in erster Linie von Alt-Poseidon aus besiedelt. Ein großer Kontinent, fast völlig unerforscht, mehr als zwölftausend Inseln verschiedener Größe. Die menschliche Bevölkerung konzentriert sich auf die Inseln und ernährt sich von der Bewirtschaftung der

See und des Landes, von Meeres-Tierzucht und Schwerindustrie. Die Ozeane sind reich an Nahrung und Metall. Die Gesamtbevölkerung beläuft sich auf etwa neunundsiebzig Millionen. Es gibt zwei große Städte, beide mit Raumflughäfen: Port Jamison und Jolostar.« Sie blickte auf den Computerausdruck, der auf dem Tisch lag. »Jamisons Welt war zur Zeit des Doppelkriegs nicht einmal auf den Karten verzeichnet. Sie hat nie Kriege geführt, und die einzigen bewaffneten Einheiten der Jamies sind ihre planetarische Polizei. Es gibt kein Kolonieprogramm, und man hat nie versucht, politischen Einfluss über den Planeten hinaus auszuüben.«

Der Proktor nickte.

»Ausgezeichnet. Dann ist die Drohung der Händlerin, uns zu melden, im Grunde eine leere. Wir können fortfahren. Abteilungsvater Walman?«

»Vier Jaenshi sind heute gefangen worden, Proktor, und hängen inzwischen an der Mauer«, meldete Walman. Er war ein junger Mann mit rötlicher Gesichtshaut, blondem Bürstenhaarschnitt und großen Ohren. »Wenn ich darf, Sir, möchte ich eine Diskussion über die mögliche Beendigung des Feldzugs erbitten. Jeden Tag suchen wir angestrengter nach immer weniger Jaenshi. Wir haben praktisch alle Jaenshi-Jungen des Clans ausgerottet, die ursprünglich im Schwert-Tal gelebt haben.«

Wyatt nickte.

»Andere Meinungen?«

Feldbischof Lyan, blauäugig und hager, zeigte Widerspruch an.

»Die Erwachsenen bleiben am Leben. Das reife Tier ist gefährlicher als das junge, Abteilungsvater.«

»Nicht in diesem Fall«, sagte Waffenmeister C'ara DaHan. DaHan war ein Riese von Mann, kahlköpfig und bronzefarben, der Leiter von »Psychologische Waffen und Feindaufklärung«. »Unsere Untersuchungen zeigen, dass weder voll ausgewachsene Jaenshi noch die unreifen irgendeine Bedrohung für die Kinder von Bakkalon darstellen, sobald die Pyramide einmal zerstört ist. Die Gesellschaftsstruktur zerfällt einfach. Die Erwachsenen fliehen entweder, in der Hoffnung, sich einem anderen Clan anschließen zu können, oder kehren zu beinahe tierischer Barbarei zurück. Sie setzen die Jungen aus, von denen die meisten auf eine eher verwirrte Art für sich selbst sorgen und keinen Widerstand leisten, wenn wir sie einfangen. Angesichts der Zahl von Jaenshi an unseren Mauern und der durch Raubtiere oder untereinander als getötet Gemeldeten bin ich durchaus der Ansicht, dass das Schwert-Tal von den Kreaturen praktisch gereinigt ist. Der Wind steht bevor, Proktor, und es ist viel zu tun. Abteilungsvater Walman und seine Leute sollten andere Aufgaben zugewiesen bekommen.«

Die Diskussion zog sich noch hin, aber der Grundtenor war festgelegt; die meisten, die sich zu Wort meldeten, unterstützten DaHan. Wyatt hörte aufmerksam zu und betete die ganze Zeit über zu Bakkalon um Erleuchtung. Schließlich gebot er Stillschweigen.

»Abteilungsvater«, sagte er zu Walman, »morgen sammeln Sie alle Jaenshi – Erwachsene wie Kinder – ein, die Sie finden können, aber hängen Sie sie nicht auf, wenn sie sich nicht wehren. Bringen Sie sie stattdessen in die Stadt und zeigen Sie ihnen ihre Clangenossen an den Mauern. Dann verjagen Sie sie aus dem Tal, in alle Himmelsrichtungen.« Er senkte den Kopf. »Es ist meine Hoffnung, dass sie allen Jaenshi die Botschaft von dem Preis überbringen werden, den sie zu entrichten haben, wenn ein Tier Hand oder Klaue oder Stein gegen den Samen der Erde erhebt. Wenn der Frühling kommt und sich die Kinder von Bakkalon über das Schwert-Tal hinaus ausdehnen, werden die Jaenshi ihre Pyramiden friedlich verlassen und das Land freigeben, das die Menschen fordern, damit der Ruhm des bleichen Kindes verbreitet werden mag.«

Neben anderen nickten Lyon und DaHan.

»Sprechen Sie Weisheit zu uns«, sagte Feldbischof Dhallis danach.

Proktor Wyatt stimmte zu. Eine der rangniedrigeren Abteilungsmütter brachte ihm das Buch, und er öffnete es beim Kapitel der Lehren.

»In jenen Tagen war viel Böses über den Samen der Erde gekommen«, las der Proktor vor, »denn die Kinder von Bakkalon hatten IHN aufgegeben, um sich vor sanfteren Göttern zu beugen. So wurden ihre Himmel dunkel, und auf sie herab kamen die Söhne Hrangas mit roten Augen und Dämonengebiss, und von unten herauf kamen die riesigen Horden der Fyndii wie eine Wolke von Heuschrecken, hinter der die Sterne verschwinden. Und die Welten flammten, und die Kinder riefen: ›Rette uns! Rette uns!‹

Und das bleiche Kind kam und trat vor sie, mit Seinem großen Schwert in Seiner Hand, und mit einer Stimme wie Donner rügte Er sie. ›Ihr seid schwache Kinder gewesen‹, sagte ER zu ihnen, ›denn ihr seid ungehorsam gewesen. Wo sind eure Schwerter? Habe ich euch nicht Schwerter gegeben?‹

Und die Kinder riefen: ›Wir haben sie zu Pflugscharen umgeschmiedet, o Bakkalon!‹

Und ER wurde zornig. ›Dann stellt euch mit Pflugscharen den Söhnen Hrangas entgegen! Besiegt mit Pflugscharen die Horden der Fyndii!‹ Und ER verließ sie und hörte ihr Weinen nicht mehr, denn das Herz von Bakkalon ist ein Herz von Feuer.

Aber dann trocknete einer unter dem Samen der Erde seine Tränen, denn die Himmel loderten so grell, dass sie sengend über seine Wangen liefen. Und die Blutgier stieg in ihm auf, und er schmiedete seine Pflugschar in ein Schwert um und rückte vor gegen die Söhne Hrangas und hieb nieder, was ihm in den Weg trat. Dann sahen es andere und folgten, und ein großer Schlachtruf hallte über die Welten.

Und das bleiche Kind hörte es und kam wieder, denn der Lärm des Kampfes ist seinem Ohr lieblicher als der Klang des Jammerns. Und als ER sah, lächelte ER. ›Nun seid ihr wieder meine Kinder‹, sagte ER zum Samen der Erde. ›Denn ihr habt euch von mir abgewendet, um einen Gott anzubeten, der sich ein Lamm nennt, aber habt ihr nicht gewusst, dass Lämmer nur zur Schlachtbank gehen? Doch jetzt ist euer Blick klar geworden, und ihr seid wieder die Wölfe Gottes!‹

Und Bakkalon gab ihnen allen von Neuem Schwerter, allen Seinen Kindern und allem Samen der Erde, und ER erhob seine mächtige schwarze Klinge, den Dämonen-Zerschmetterer, der die Seelenlosen niedermäht, und schwang sie. Und die Söhne Hrangas stürzten hin unter Seiner Kraft, und die großen Horden der Fyndii verbrannten unter Seinem Blick. Und die Kinder von Bakkalon strömten hinaus über die Welten.« Der Proktor hob den Kopf. »Geht, meine Waffenbrüder, und denkt über Bakkalons Lehren nach, während ihr schlaft. Möge das bleiche Kind euch Visionen schenken!«

Sie waren entlassen.

Die Bäume auf dem Berg waren nackt und mit Eis überzogen, und der Schnee – unberührt bis auf ihre Fußstapfen und das Wehen des bitterscharfen Nordwinds – schimmerte blendend weiß in der Mittagssonne. Im Tal darunter sah die Stadt der Stahlengel übernatürlich rein und still aus. Mächtige Schneewehen hatten sich an den Ostmauern aufgetürmt und ragten am dunkelroten Gestein halb hinauf; die Tore hatten sich seit Monaten nicht geöffnet. Wären die blauen Lichter nicht gewesen, die spät in die kalte, schwarze Nacht hineinleuchteten, und ab und zu ein Wachtposten, der auf den Mauern dahinschritt, neKrol hätte kaum gewusst, dass die Engel noch lebten.

Die Jaenshi, die neKrol für sich die Bittere nannte, auch sie eine Sprecherin, sah ihn mit Augen an, die sonderbar dunkler waren als die sanft-goldenen ihrer Brüder.

»Unter dem Schnee liegt der Gott geborsten«, sagte sie, und selbst die ruhigen Töne der Jaenshi-Sprache konnten die Härte in ihrer Stimme nicht ganz unterdrücken. Sie standen genau an der Stelle, wohin neKrol einst Ryther geführt hatte, an der Stelle, wo früher die Pyramide der Leute vom Ring-aus-Stein gestanden hatte. NeKrol war von Kopf bis Fuß in einen weißen Thermoanzug gehüllt, der zu eng saß und jede hässliche Wölbung betonte. Die Jaenshi jedoch, die Bittere, war nackt, bedeckt nur vom dichten, grauen Fell ihres Winterpelzes. Der Riemen des Jagdlasers spannte sich zwischen ihren Brüsten.

»Andere Götter neben dem euren werden bersten, wenn die Stahlengel nicht aufgehalten werden«, sagte neKrol, trotz seines Thermoanzugs fröstelnd.

Die Bittere schien es kaum zu hören.

»Ich bin ein Kind gewesen, als sie kamen, Arik. Wenn sie unseren Gott in Ruhe gelassen hätten, wäre ich vielleicht noch ein Kind. Danach, als das Licht erlosch und das Leuchten in mir ausging, wanderte ich weit vom Ring-aus-Stein hinaus aus unserem Heimat-Wald; ich wusste nichts, ich aß, wo ich konnte. Im dunklen Tal ist vieles anders. Buschschweine grunzten mich an, wenn ich vorbeikam, oder griffen mich mit ihren Hauern an, andere Jaenshi bedrohten mich und einander. Ich verstand nichts und konnte nicht beten. Selbst als die Stahlengel mich fanden, begriff ich nicht, und ich ging mit ihnen zu ihrer Stadt, ohne von ihrer Sprache etwas zu verstehen. Ich erinnere mich an die Mauern und an die Kinder, viele so viel jünger als ich. Dann schrie ich und wehrte mich; als ich die an den Stricken sah, erwachte etwas Wildes und Gottloses in mir zum Leben.« Ihre Augen betrachteten ihn, ihre Augen, die wie polierte Bronze aussahen. Sie verlagerte im knöcheltiefen Schnee das Gewicht, schloss eine Klauenhand um den Riemen ihres Lasergewehrs.

NeKrol hatte sie gut unterrichtet seit dem Tag, als sie zu ihm gekommen war, im Spätsommer, als die Stahlengel sie aus dem Schwert-Tal vertrieben hatten. Die Bittere war bei Weitem die beste Schützin seiner sechs Jaenshi, der gottlosen Exilanten, die er um sich versammelt hatte, um sie auszubilden. Es war der einzige Weg; er hatte die Laser einem Clan nach dem anderen als Handelsgut angeboten, und jeder hatte abgelehnt. Die Jaenshi waren überzeugt davon, dass ihre Götter sie beschützen würden. Nur die Gottlosen hörten ihm zu, und auch nicht alle von ihnen; viele – die jungen Kinder, die Stillen, die als Erste geflohen waren –, viele hatten Aufnahme bei anderen Clans gefunden. Aber andere waren, wie die Bittere, zu wild geworden, hatten zu viel gesehen; sie passten nicht mehr dazu. Sie war die Erste gewesen, die nach einer Waffe gegriffen hatte, nachdem sie vom alten Sprecher bei den Wasserfall-Leuten fortgeschickt worden war.

»Es ist oft besser, ohne Götter zu sein«, sagte neKrol zu ihr. »Die unter uns hier haben einen Gott, und er hat sie zu dem gemacht, was sie sind. Und so haben auch die Jaenshi Götter, und weil sie vertrauen, sterben sie. Ihr Gottlosen seid ihre einzige Hoffnung.«

Die Bittere antwortete nicht. Sie blickte nur hinunter auf die vom Schnee belagerte stille Stadt, und ihre Augen glühten.

Und neKrol beobachtete sie und machte sich seine Gedanken. Er und seine sechs waren die Hoffnung der Jaenshi, hatte er gesagt; wenn das so war, gab es dann überhaupt Hoffnung? Die Bittere und alle seine Exilanten hatten etwas von Wahnsinn an sich, eine Wut, die ihn zittern ließ. Selbst wenn Ryther mit den Lasergewehren kam, selbst wenn eine so kleine Gruppe den Vormarsch der Engel aufhalten konnte, selbst wenn das alles eintraf – was dann? Sollten alle Engel morgen sterben, wo würden seine Gottlosen einen Platz finden?

Sie standen stumm nebeneinander, während der Schnee unter ihren Füßen knirschte und der Nordwind sie schneidend umtoste.

Die Kapelle war dunkel und still. Flammenkugeln brannten in den Ecken mit trübem, unheimlichem Rot, und die Reihen einfacher Holzbänke waren leer. Über dem schweren Altar, einem Block aus grobem schwarzen Gestein, stand Bakkalon als Hologramm, so lebensecht, dass er zu atmen schien; ein Junge, ein Junge nur, nackt und milchweiß, mit den großen Augen und blonden Haaren der unschuldigen Jugend. In Seiner Hand, die um die Hälfte größer war als ER selbst, hielt ER das große schwarze Schwert.

Wyatt kniete vor der Projektion, den Kopf gesenkt, ganz regungslos. Den ganzen Winter hindurch waren seine Träume düster und bedrückend gewesen, sodass er jeden Tag niederkniete und um Erleuchtung betete. Es gab niemanden, an den er sich wenden konnte, außer Bakkalon; Wyatt war der Proktor, der im Kampf und im Glauben führte. Er musste seine Visionen allein enträtseln.

So rang er täglich mit seinen Gedanken, bis der Schnee zu schmelzen begann und die Knie seiner Uniformhose vom langen Wetzen auf dem Boden fast durchgescheuert waren. Endlich hatte er sich entschieden, und an diesem Tag hatte er die höheren Ränge aufgerufen, zu ihm in die Kapelle zu kommen.

Sie traten ein, während der Proktor regungslos kniete, und suchten sich Plätze auf den Bänken hinter ihm, jeder für sich, getrennt von seinen Genossen. Wyatt achtete nicht darauf; er betete nur darum, dass seine Worte richtig seien, seine Vision wahr. Als sie sich alle eingefunden hatten, stand er auf und drehte sich zu ihnen um.

»Es sind viele Welten, auf denen die Kinder von Bakkalon gelebt haben«, sagte er, »aber keine so gesegnet wie diese, unser Corlos. Eine große Zeit steht bevor, meine Waffenbrüder. Das bleiche Kind ist in meinem Schlaf zu mir gekommen, wie einst zu den ersten Proktoren in den Jahren, als die Bruderschaft geschmiedet wurde. Er hat mir Visionen gegeben.«

Sie waren still, alle miteinander, ihre Augen waren demütig und gehorsam, schließlich war er ihr Proktor. Es konnte keine Zweifel geben, wenn jemand von höherem Rang Weisheit sprach oder Befehle erteilte. Das war eine der Regeln Bakkalons, dass die Kommandokette heilig war und nie in Zweifel gezogen werden durfte. So schwiegen sie alle.

»Bakkalon selbst ist auf dieser Welt gewandelt. ER ging unter den Seelenlosen und den Tieren des Feldes und sprach zu ihnen von unserer Herrschaft, und zu mir hat ER dies gesagt: Wenn der Frühling kommt und der Samen der Erde das Schwert-Tal verlässt, um neues Land zu nehmen, werden alle Tiere ihren Platz kennen und sich vor uns zurückziehen. Das prophezeie ich!

Mehr noch, wir werden Wunder erleben. Auch das hat das bleiche Kind mir versprochen, Zeichen, an denen wir Seine Wahrheit erkennen werden, Zeichen, die unseren Glauben mit neuer Offenbarung untermauern. Aber unser Glaube soll auch auf die Probe gestellt werden, denn es wird eine Zeit der Opfer sein, und Bakkalon wird mehr als einmal von uns verlangen, dass wir unser Vertrauen zu IHM beweisen. Wir müssen uns Seiner Lehren erinnern und treu sein, und jeder von uns muss IHM gehorchen, wie ein Kind den Eltern und ein Kämpfer seinem Offizier; das heißt, schnell und ohne Frage. Denn das bleiche Kind weiß, was das Beste ist.

Das sind die Visionen, die ER mir geschenkt hat, das sind die Träume, die ich geträumt habe. Brüder, betet mit mir.«

Und Wyatt drehte sich wieder um und sank auf die Knie, und die anderen knieten mit ihm, und alle Köpfe waren im Gebet gesenkt, bis auf einen. Im Schatten an der Rückseite der Kapelle, wo die Flammenkugeln nur schwach flackerten, starrte C'ara DaHan seinen Proktor unter düster zusammengezogenen Brauen an.

An diesem Abend, nach einem stummen Mahl im Speisesaal und einer kurzen Stabsbesprechung, suchte der Waffenmeister den Proktor auf, um mit ihm die Mauerkronen entlangzugehen.

»Proktor, meine Seele ist bedrückt«, sagte er. »Ich brauche Rat von dem, der Bakkalon am nächsten ist.«

Wyatt nickte, und die beiden legten schwere Nachtmäntel aus schwarzem Pelz und öldunklem Metallnetz an, und gemeinsam gingen sie unter den Sternen die Totstein-Brüstungen entlang.

In der Nähe des Wachhauses über dem Stadttor blieb DaHan stehen und beugte sich über die Brüstung. Sein Blick glitt lange über den langsam schmelzenden Schnee, bevor er die Augen auf den Proktor richtete.

»Wyatt«, sagte er schließlich, »mein Glaube ist schwach.«

Der Proktor antwortete nichts, sah den anderen nur an. Sein Gesicht war in der Kapuze seines Nachtmantels verborgen. Die Beichte gehörte nicht zu den Riten der Stahlengel. Bakkalon hatte gesagt, der Glaube eines Kämpfers dürfe niemals wanken.

»In der alten Zeit wurden viele Waffen gegen die Kinder von Bakkalon eingesetzt«, fuhr C'ara DaHan fort. »Manche gibt es heute nur noch in Märchen. Vielleicht hat es sie in Wirklichkeit nie gegeben. Vielleicht sind es leere Dinge, wie die Götter, zu denen weiche Menschen beten. Ich bin nur ein Waffenmeister; ein solches Wissen steht mir nicht zu.

Aber es gibt eine Geschichte, mein Proktor – eine, die mich beunruhigt. Einmal, so heißt es, haben die Söhne Hrangas in den langen Jahrhunderten des Krieges auf den Samen der Erde üble Vampire des Geistes losgelassen, die Wesen, die von den Menschen Seelenaussauger genannt wurden. Ihre Berührung war unsichtbar, aber das Wesen kroch kilometerweit, weiter, als ein Mensch sehen konnte, weiter, als ein Laser zu feuern vermochte, und es brachte Wahnsinn. Visionen, mein

Proktor, Visionen! Falsche Götter und törichte Pläne wurden den Gehirnen der Menschen eingehaucht, und ...«

»Still!«, sagte Wyatt. Seine Stimme klang hart, so kalt wie die Nachtluft, die ringsum knisterte und den Atem in Dampf verwandelte.

Es blieb lange still. Dann fuhr der Proktor mit ruhigerer Stimme fort: »Den ganzen Winter habe ich gebetet, DaHan, und mit meinen Visionen gerungen. Ich bin der Proktor der Kinder von Bakkalon auf der Welt Corlos, nicht ein neu bewaffnetes Kind, dem falsche Götter etwas vorlügen. Ich habe erst gesprochen, als ich meiner Sache gewiss war. Ich habe gesprochen als Ihr Proktor, als Ihr Vater im Glauben und Ihr kommandierender Offizier. Dass Sie mich anzweifeln, Waffenmeister, dass Sie zu zweifeln vermögen – das beunruhigt mich zutiefst. Als Nächstes werden Sie auf dem Schlachtfeld innehalten, um mit mir über irgendeine Einzelheit meiner Befehle zu diskutieren?«

»Niemals, Proktor«, sagte DaHan und kniete reumütig auf dem festgetretenen Schnee nieder.

»Ich hoffe nicht. Aber bevor ich Sie entlasse, weil Sie mein Bruder in Bakkalon sind, will ich Ihnen antworten, obwohl ich es nicht zu tun brauchte und es falsch von Ihnen war, das zu erwarten. Ich will Ihnen dies sagen: Der Proktor Wyatt ist ein guter Offizier ebenso wie ein gläubiger Mann. Das bleiche Kind hat mir Weissagungen übermittelt und hat prophezeit, dass Wunder geschehen werden. Alle diese Dinge werden wir mit unseren eigenen Augen sehen. Aber wenn die Weissagungen ausbleiben und sich keine Zeichen zeigen sollten, nun, dann werden unsere Augen auch das sehen. Und dann werde ich wissen, dass es nicht Bakkalon gewesen ist, der die Visionen geschickt hat, sondern nur ein falscher Gott, vielleicht ein Seelenaussauger der Hranga. Oder glauben Sie, dass ein Hranga Wunder wirken kann?«

»Nein«, sagte DaHan, noch immer auf den Knien, den mächtigen, kahlen Kopf gesenkt. »Das wäre Ketzerei.«

»In der Tat«, erklärte Wyatt. Der Proktor blickte kurz über die Mauer. Die Nacht war frisch und kalt, und es schien kein Mond. Er fühlte sich verwandelt, und selbst die Sterne schienen den Ruhm des bleichen Kindes hinauszurufen, denn das Sternbild des Schwerts stand hoch am Zenit, und der Soldat griff von dort, wo er am Horizont stand, zu ihm hinauf.

»Heute Nacht werden Sie ohne Ihren Mantel auf Wache gehen«, sagte der Proktor zu DaHan, als er wieder auf ihn hinabblickte. »Und sollte der Nordwind wehen und Ihnen die Kälte zusetzen, dann werden Sie über den Schmerz jubeln, denn er wird ein Zeichen dafür sein, dass Sie sich Ihrem Proktor und Ihrem Gott unterwerfen. Während Ihr Fleisch in bitterer Betäubung erstarrt, muss die Flamme in Ihrem Herzen heißer lodern.«

»Ja, mein Proktor«, antwortete DaHan. Er stand auf, nahm seinen Nachtmantel ab und reichte ihn dem anderen.

Wyatt erteilte ihm den Hieb des Segens.

Auf dem Wandschirm in seiner dunklen Unterkunft lief das auf Band aufgenommene Drama in seiner vertrauten Folge ab, aber neKrol, der mit halb geschlossenen Augen in einem großen gepolsterten Liegesessel lag, achtete kaum darauf. Die Bittere und zwei der anderen verbannten Jaenshi saßen am Boden, die goldenen Augen unverwandt auf das Schauspiel von Menschen gerichtet, die einander in den Turmstädten von ai-Emerel jagten und beschossen; sie waren zunehmend von Neugier auf andere Welten und andere Arten des

Lebens erfasst worden. Es war alles ganz seltsam, dachte ne-
Krol; die Wasserfall-Leute und die anderen in Clans lebenden
Jaenshi hatten nie ein solches Interesse bekundet. Er erinnerte
sich an die erste Zeit, vor dem Erscheinen der Stahlengel in
ihrem uralten und bald für die Demontage vorgesehenen Sternenschiff, als er vor den Jaenshi-Sprechern alle möglichen
Handelsgüter aufgebaut hatte: leuchtende Ballen Glitzerseide
von Avalon, Glühsteinschmuck von Hoch-Kavaalan, Messer
aus legiertem Dural, Solargeneratoren, Stahl-Energiearmbrüste,
Bücher von einem Dutzend Welten, Medizin und Weine –
er hatte von allem ein wenig mitgebracht. Die Sprecher nahmen ab und zu etwas davon, aber nie mit Begeisterung; das
einzige Angebot, das sie in Erregung versetzte, war Salz.

Erst als die Frühlingsregenfälle kamen und die Bittere ihm
Fragen zu stellen begann, begriff neKrol plötzlich, wie selten
jemand von den Jaenshi-Clans ihn etwas gefragt hatte. Vielleicht erstickten ihre Gesellschaftsstruktur und ihre Religion
ihre natürliche intellektuelle Neugier. Die Exilanten waren gewiss eifrig genug, vor allem die Bittere. neKrol konnte in der
letzten Zeit nur einen kleinen Teil ihrer Fragen beantworten,
und selbst dann fand sie immer wieder neue, die ihn in Be-
drängnis brachten. Er fing an, sich über das Ausmaß seiner
eigenen Unwissenheit zu entsetzen.

Aber der Bitteren erging es nicht anders; im Gegensatz
zu den Clan-Jaenshi – spielte die Religion eine derart große
Rolle? – beantwortete sie auch Fragen, und neKrol hatte versucht, sie über viele Dinge auszuforschen, die ihn beschäftig-
ten. Aber die meiste Zeit blinzelte sie nur verwundert und
verlegte sich selbst wieder aufs Fragen.

»Es gibt keine Geschichte über unsere Götter«, sagte sie
einmal zu ihm, als er versuchte, etwas über die Mythen der

Jaenshi zu erfahren. »Was für Geschichten sollten das sein? Die Götter leben in den Betpyramiden, Arik, und wir beten zu ihnen, und sie wachen über uns und erhellen unser Leben. Sie springen nicht herum und kämpfen und zerschmettern einander, wie eure Götter es zu tun scheinen.«

»Aber ihr habt einmal andere Götter gehabt, bevor ihr begonnen habt, die Pyramiden anzubeten«, wandte neKrol ein. »Eben jene, die eure Schnitzer für mich hergestellt haben.« Er war sogar so weit gegangen, eine seiner Kisten auszupacken und ihr die Figuren zu zeigen, obwohl sie sich doch gewiss erinnerte, da die Leute der Pyramide im Ring-aus-Stein mit zu den begabtesten Künstlern gehört hatten.

Aber die Bittere glättete nur ihr Fell und schüttelte den Kopf.

»Ich war zu jung, um Schnitzerin zu sein, sodass man mich vielleicht nicht eingeweiht hat«, sagte sie. »Wir alle wissen das, was wir wissen müssen, aber nur die Schnitzer müssen diese Figuren schaffen, also wissen vielleicht nur sie die Geschichten über diese alten Götter.«

Ein andermal hatte er sie nach den Pyramiden gefragt und noch weniger erfahren.

»Bauen?«, hatte sie gefragt. »Wir haben sie nicht gebaut, Arik. Sie sind immer dagewesen, wie die Felsen und die Bäume.« Doch dann hatte sie mit den Lidern gezuckt. »Aber sie sind nicht wie die Felsen und die Bäume, nicht wahr?« Und verwirrt war sie zu den anderen gegangen, um mit ihnen zu reden.

Aber wenn die gottlosen Jaenshi mehr nachdachten als ihre Brüder in den Clans, so waren sie auch schwieriger, und mit jedem Tag begriff neKrol die Nutzlosigkeit ihres Bestrebens deutlicher. Er hatte jetzt acht der Verbannten bei sich – sie hatten im Hochwinter noch zwei gefunden, die vor Erschöpfung und Hunger halb tot waren –, und sie wechselten sich alle dabei ab, mit zwei Lasergewehren zu üben und die Engel zu beobachten. Aber selbst wenn Ryther mit den Waffen zurückkam, war ihr Trupp ein Witz gegen die Streitmacht, die der Proktor aufzubieten vermochte. Die »Lights of Jolostar« würde in der Erwartung, dass alle Clans im Umkreis von hundert Kilometern jetzt aufgestachelt und zornig sein würden, eine große Waffenlieferung bringen; man würde glauben, dass die Jaenshi bereit wären, den Stahlengeln Widerstand zu leisten und sie allein durch ihre große Zahl zu überwältigen. Jannis musste fassungslos sein, wenn nur neKrol und sein kleines Häufchen erscheinen würden.

Wenn es überhaupt dazu kam. Selbst das war problematisch. Er hatte große Schwierigkeiten, seine Guerilla-Kämpfer zusammenzuhalten. Ihr Hass auf die Stahlengel grenzte immer noch an Wahnsinn, aber sie waren durchaus kein zusammenhängender Verband. Keiner von ihnen gehorchte gern Befehlen, und sie kämpften ständig miteinander, gingen mit bloßen Krallen aufeinander los, um sich in der gesellschaftlichen Rangordnung zu behaupten. Hätte neKrol sie nicht davor gewarnt, er hätte damit rechnen müssen, dass sie sich sogar mit den Lasergewehren duelliert hätten. Was die Aufgabe betraf, sich in guter Kampfkondition zu erhalten, so wurde auch sie grob vernachlässigt. Von den drei Frauen im Trupp war die Bittere die Einzige, die nicht zugelassen hatte, dass sie befruchtet wurde. Da die Jaenshi gewöhnlich zwischen vier und acht Kinder auf einmal zur Welt brachten, vermutete neKrol, dass der Spätsommer ihnen eine Exil-Bevölkerungsexplosion bescheren würde. Und danach würden noch mehr kommen, das wusste er; die Gottlosen schienen fast stündlich zur Paarung zusammenzukommen, und eine

Jaenshi-Geburtenkontrolle gab es nicht. Er fragte sich, wie die Clans ihre Zahl so stabil hielten, aber seine Schützlinge wussten auch das nicht.

»Ich nehme an, wir hatten weniger Sex«, sagte die Bittere, als er sie danach fragte, »aber ich war ein Kind und kann es also nicht wirklich wissen. Bevor ich hierherkam, gab es den Trieb nicht. Ich war noch jung, ich wollte nur nachdenken.« Aber während sie das sagte, kratzte sie sich und schien ihrer Sache durchaus nicht sicher zu sein.

NeKrol ließ sich seufzend zurücksinken und versuchte, den Lärm vom Wandschirm fernzuhalten. Es würde alles sehr schwierig werden. Die Stahlengel waren schon hinter ihren Mauern hervorgekommen, und die Energiewagen rollten das Schwert-Tal hinauf und hinab und verwandelten den Wald in Ackerland. Er war selbst in die Berge hinaufgestiegen, und es war mühelos zu erkennen, dass die Frühlingssaat bald beendet sein würde. Dann würden, so vermutete er, die Kinder von Bakkalon versuchen, sich auszudehnen. Erst letzte Woche war einer von ihnen – ein Riese »ohne Kopfpelz«, wie sein Späher ihn beschrieben hatte – oben am Ring-aus-Stein gesehen worden, wie er Splitter von der zerstörten Pyramide eingesammelt hatte. Was immer das auch bedeuten mochte, etwas Gutes konnte es nicht sein.

Manchmal wurde ihm übel angesichts der Kräfte, die er in Bewegung gesetzt hatte, und er wünschte sich beinahe, Ryther möge die Laser vergessen. Die Bittere war entschlossen, zuzuschlagen, sobald sie bewaffnet waren, ohne Rücksicht auf die Aussichten. Erschrocken erinnerte neKrol sie an die harte Lektion der Engel, als ein Jaenshi das letzte Mal einen Menschen getötet hatte; in seinen Träumen sah er noch immer Kinder an den Mauern hängen.

Aber sie sah ihn nur mit dem Bronzeton des Wahnsinns in ihren Augen an und sagte: »Ja, Arik. Ich erinnere mich.«

Stumm und fleißig räumten die weiß gekleideten Küchenjungen das letzte Geschirr von der Abendmahlzeit ab und verschwanden.

»Rührt euch«, sagte Wyatt zu seinen Offizieren. »Die Zeit der Wunder ist gekommen, wie das bleiche Kind es vorhersagte.

Heute Morgen habe ich drei Abteilungen in die Berge im Südosten des Schwert-Tals geschickt, um die Jaenshi-Clans von dem Land zu vertreiben, das wir brauchen. Sie haben mir am frühen Nachmittag Meldung erstattet, und ich möchte Ihnen ihre Berichte nun bekannt geben. Abteilungsmutter Jolip, würden Sie die Ereignisse schildern, die sich zugetragen haben, als Sie Ihre Befehle ausführten?«

»Ja, Proktor.« Jolip stand auf. Sie war eine blonde Frau mit weißer Haut und magerem Gesicht, deren Uniform locker an einem schmalen Körper hing. »Ich wurde einem Trupp von zehn Leuten zugeteilt, um den sogenannten Klippen-Clan zu verjagen, dessen Pyramide am Fuß einer niedrigen Granitwand im wilderen Teil des Gebirges steht. Die von unserer Feindaufklärung beschafften Informationen deuteten darauf hin, dass es sich um einen der kleineren Clans handelte, mit nur gut zwanzig Erwachsenen, sodass ich auf schwere Waffen verzichtete. Wir nahmen jedoch eine Strahlkanone Klasse fünf mit, da die Zerstörung der Jaenshi-Pyramiden mit Handfeuerwaffen allein eine mühsame Angelegenheit ist. Im Übrigen war unsere Bewaffnung eine ganz normale.

Wir haben nicht mit Widerstand gerechnet, aber in Erinnerung an den Zwischenfall am Ring-aus-Stein war ich vorsichtig. Nach einem Marsch von etwa zwölf Kilometern durch die Berge zur Felswand sind wir im Halbkreis ausgeschwärmt und langsam vorgerückt, mit gezogenen Kreischpistolen. Ein paar Jaenshi wurden im Wald aufgegriffen, und wir nahmen sie gefangen und ließen sie vor uns hermarschieren, als Schild für den Fall eines Hinterhalts oder Angriffs. Das erwies sich natürlich als unnötig.

Als wir die Pyramide an der Klippe erreichten, warteten sie auf uns. Mindestens zwölf von den Kreaturen, Sir. Eine saß in der Nähe des Pyramidensockels, die Hände auf den Stein gepresst, während die anderen eine Art Kreis um sie bildeten. Sie blickten alle zu uns auf, machten aber sonst keine Bewegung.« Sie schwieg einen Augenblick und fuhr mit dem Finger nachdenklich an ihrer Nase entlang. »Wie ich dem Proktor berichtet habe, war von diesem Augenblick an alles sehr merkwürdig. Im vergangenen Sommer habe ich zweimal Trupps gegen die Jaenshi-Clans geführt. Beim ersten Mal war, da sie von unseren Absichten nichts ahnten, keiner von den Seelenlosen zur Stelle; wir zerstörten einfach die Pyramide und zogen wieder ab. Beim zweiten Mal drängte sich eine Menge der Wesen um uns, behinderte uns mit ihren Körpern und geriet uns in die Quere, ohne eigentlich unmittelbar feindselig zu sein. Sie zerstreuten sich nicht, bis ich eines der Wesen niederkreischen ließ. Und ich habe natürlich die Berichte von Abteilungsvater Allor über seine Schwierigkeiten am Ring-aus-Stein studiert.

Diesmal war es ganz anders. Ich befahl zweien von meinen Männern, die Strahlkanone auf ihr Dreibein zu stellen, und gab den Kreaturen zu verstehen, dass sie aus dem Weg gehen müssten. Mit Handzeichen, versteht sich, da ich von ihrer gottlosen Sprache nichts verstehe. Sie gehorchten sofort, teilten sich in zwei Gruppen und, nun, sie stellten sich auf beiden Seiten der Schussbahn auf. Wir hielten sie natürlich mit unseren Kreischwaffen in Schach, aber alles schien ganz friedlich zu sein.

Und so war es auch. Der Strahler zerstörte die Pyramide säuberlich, und es gab einen großen Feuerball und eine Art Donner, als das Ding explodierte. Ein paar Splitter flogen herum, aber niemand war verletzt, da wir alle Deckung genommen hatten und die Jaenshi unbesorgt zu sein schienen. Nachdem die Pyramide zerschmettert worden war, konnte man einen starken Ozongeruch feststellen, und einen Augenblick lang ein kurz anhaltendes bläuliches Feuer – vielleicht ein Nachbild. Ich hatte jedoch kaum Zeit, das wahrzunehmen, da in diesem Augenblick alle Jaenshi vor uns auf die Knie fielen. Alle gleichzeitig. Und dann pressten sie die Stirnen auf den Boden. Ich glaubte einen Augenblick lang, sie wollten uns als Götter anbeten, weil wir ihren Gott zerstört hatten, und versuchte ihnen klarzumachen, dass wir nichts von ihrer tierischen Anbetung wissen wollten und nur verlangten, dass sie diese Gegend sofort verließen. Aber dann sah ich, dass ich mich getäuscht hatte, denn in diesem Augenblick kamen die anderen vier Clanmitglieder aus den Bäumen über der Klippe herunter und kletterten herab und gaben uns die Figur. Dann standen die anderen auf. Als Letztes sah ich, dass der ganze Clan nach Osten davonging, fort vom Schwert-Tal und den umliegenden Bergen. Ich nahm die Figur an mich und brachte sie dem Proktor.« Sie verstummte, blieb aber stehen und wartete auf Fragen.

»Ich habe die Figur hier«, sagte Wyatt. Er griff neben seinem Sessel hinunter und stellte sie auf den Tisch, dann zog er das weiße Tuch weg, in das er sie gewickelt hatte.

Der Sockel war ein Dreieck aus steinharter Schwarzrinde, und von den Ecken erhoben sich drei lange Beinspäne, um ein Pyramidengerüst zu bilden. Darin stand, aus weichem Blauholz in allen Einzelheiten kunstreich geschnitzt, Bakkalon, das bleiche Kind, ein gemaltes Schwert in der Faust.

»Was bedeutet das?«, fragte Feldbischof Lyon, offensichtlich betroffen.

»Ein Sakrileg«, antwortete Feldbischof Dhallis.

»Nichts derart Ernstes«, erklärte Gorman, Feldbischof für schwere Waffen. »Die Tiere versuchen nur, sich einzuschmeicheln, in der Hoffnung, dass wir unsere Schwerter sinken lassen.«

»Niemand als der Samen der Erde darf sich vor Bakkalon neigen«, sagte Dhallis. »Das steht im Buch geschrieben. Das bleiche Kind wird nicht wohlwollend auf die Seelenlosen blicken.«

»Still, meine Waffenbrüder!«, sagte der Proktor, und es wurde augenblicklich still am Tisch. Wyatt lächelte dünn. »Das ist das erste der Wunder, von denen ich diesen Winter in der Kapelle gesprochen habe, das erste der sonderbaren Ereignisse, in die Bakkalon mich eingeweiht hat. Denn er ist wahrlich auf dieser Welt gewandelt, auf unserem Corlos, sodass sogar die Tiere des Feldes sein Ebenbild kennen. Denkt darüber nach, Brüder. Denkt über diese Figur nach. Stellt euch ein paar einfache Fragen. Ist je einem der Jaenshi-Tiere gestattet worden, den Fuß in diese heilige Stadt zu setzen?«

»Nein, natürlich nicht«, sagte jemand.

»Dann hat gewiss keiner von ihnen das Hologramm gesehen, das über unserem Altar steht. Ich bin auch nicht oft zu den Tieren gegangen, da meine Pflichten mich hier in den Mauern festhalten. So konnte keines das Abbild des bleichen

Kindes auf der Amtskette sehen, die ich trage, denn die wenigen Jaenshi, die mein Gesicht zu sehen bekommen haben, blieben nicht am Leben, um davon zu berichten – es waren jene, die ich verurteilte und die getötet wurden. Die Tiere sprechen nicht die Sprache des Erdensamens, noch haben Leute von uns ihre einfache Tiersprache gelernt. Und als letzten Punkt muss man erwähnen, dass sie das Buch nicht gelesen haben. Bedenkt dies alles und fragt euch, wie ihre Schnitzer wissen konnten, welches Gesicht, welche Gestalt sie formen sollten.«

Stille. Die Führer der Kinder von Bakkalon sahen einander staunend an.

Wyatt faltete ruhig die Hände.

»Ein Wunder. Wir werden keine Probleme mehr mit den Jaenshi haben, denn wir wissen jetzt, dass das bleiche Kind zu ihnen gekommen ist.«

Feldbischof Dhallis, an der rechten Seite des Proktors sitzend, war erstarrt.

»Mein Proktor, mein Führer im Glauben«, sagte sie mit einiger Schwierigkeit, als müsste sie jedes Wort aus sich herauspressen. »Sie wollen uns doch gewiss, ganz gewiss nicht sagen, dass diese, diese *Tiere* – dass sie das bleiche Kind verehren können, dass es ihre Anbetung annimmt?«

Wyatt wirkte ruhig und gütig; er lächelte nur.

»Sie brauchen Ihre Seele nicht belasten, Dhallis. Sie fragen sich, ob ich dem Ersten Trugschluss verfallen sein kann, denken vielleicht an das Sakrileg von G'hra, als sich ein gefangener Hranga vor Bakkalon verneigte, um sich vor dem Tod eines Tiers zu retten, und der Falsche Proktor Gibrone verkündete, alle, die das bleiche Kind verehrten, müssten Seelen besitzen.« Er schüttelte den Kopf. »Seht ihr, ich lese das

Buch. Aber nein, Feldbischof, es hat kein Sakrileg stattgefunden. Bakkalon *ist* unter den Jaenshi gewandelt, aber ER hat ihnen gewiss nur Wahrheit gegeben. Sie haben IHN in all Seiner gewappneten schwarzen Pracht gesehen und IHN verkünden hören, dass sie Tiere sind, ohne Seele, wie ER es gewiss verkündet haben wird. Demnach haben sie ihren Platz in der Ordnung des Universums eingenommen. Sie werden nie wieder einen Menschen töten. Erinnert euch, dass sie sich nicht vor der Figur verbeugt haben, die sie brachten, sondern sie *uns* gaben, dem Samen der Erde, der allein sie rechtmäßig verehren kann. Als sie sich niederwarfen, geschah das vor *unseren* Füßen, als Tiere vor Menschen, und so gehört es sich auch. Seht ihr? Sie haben die Wahrheit erfahren.«

Dhallis nickte.

»Ja, mein Proktor. Ich bin erleuchtet. Verzeihen Sie meinen Augenblick der Schwäche.«

Aber auf halbem Weg den Tisch hinunter beugte C'ara DaHan sich vor und verflocht die großen, knochigen Hände ineinander, während sich seine Stirn furchte.

»Mein Proktor«, sagte er schwerfällig.

»Waffenmeister?«, gab Wyatt zurück. Sein Gesicht nahm einen strengen Ausdruck an.

»Wie beim Feldbischof ist meine Seele kurz vor Sorge zusammengezuckt, und auch ich möchte erleuchtet werden, wenn ich das erbitten darf?«

Wyatt lächelte.

»Fahren Sie fort«, sagte er mit einer Stimme, in der kein Humor mitschwang.

»Ein Wunder mag das wirklich sein«, sagte DaHan, »aber zuerst müssen wir uns selbst befragen, um sicherzugehen, dass das nicht der Trick eines seelenlosen Feindes ist. Ich kann seinen Plan nicht ergründen, seine Absichten, die sich hinter diesem Verhalten verbergen, aber ich kenne einen Weg, auf dem die Jaenshi von den Zügen unseres Bakkalons erfahren haben könnten.«

»So?«

»Ich spreche vom Handelsstützpunkt der Jamies, von dem rothaarigen Händler Arik neKrol. Er ist vom Erdensamen, dem Aussehen nach ein Emereli, und wir haben ihm das Buch gegeben. Aber er ermangelt der brennenden Liebe zu Bakkalon und geht unbewaffnet wie ein Gottloser. Seit unserer Landung hat er sich gegen uns gestellt und wurde nach der Lektion, die den Jaenshi zu erteilen wir gezwungen waren, äußerst feindselig. Vielleicht hat er den Klippen-Clan angestiftet, hat ihnen gesagt, sie sollten die Figur schnitzen, zur Verfolgung eigener, unklarer Ziele. Ich glaube, dass er mit ihnen Handel getrieben hat.«

»Ich glaube, Sie sagen die Wahrheit, Waffenmeister. In den ersten Monaten nach der Landung habe ich angestrengt versucht, neKrol zu bekehren. Ohne Erfolg, aber ich erfuhr viel über die Jaenshi-Kreaturen und den Handel, den er mit ihnen trieb.« Der Proktor lächelte immer noch. »Er hat Geschäfte mit einem der Clans hier im Schwert-Tal gemacht, mit den Leuten vom Ring-aus-Stein, mit dem Klippen-Clan und dem vom fernen Fruchtdickicht, mit den Wasserfall-Leuten, und mit anderen Clans weiter im Osten.«

»Dann ist das sein Werk«, sagte DaHan. »Eine List.«

Alle Blicke richteten sich auf Wyatt.

»Das habe ich nicht gesagt. NeKrol ist, welche Absichten er auch verfolgen mag, nur ein Einzelner. Er hat nicht mit allen Jaenshi Handel getrieben, er kennt sie auch nicht alle.« Das Lächeln des Proktors wurde kurze Zeit breiter. »Diejenigen von Ihnen, die den Emereli gesehen haben, kennen ihn als einen Mann von Korpulenz und Schwäche; er könnte kaum so weit laufen, wie das erforderlich wäre, und er besitzt weder Flugwagen noch Energieschlitten.«

»Aber er hatte Berührung mit dem Klippen-Clan«, sagte DaHan. Die tiefen Furchen auf seiner bronzefarbenen Stirn blieben.

»Ja, das hat er«, erwiderte Wyatt. »Doch Abteilungsmutter Jolip ist heute Morgen nicht allein hinausgezogen. Ich habe auch Abteilungsvater Walman und Abteilungsvater Allor entsandt, damit sie die Wasser des Weißen Messers überschreiten. Das Land dort ist schwarz und fruchtbar, viel besser als das im Osten. Der Klippen-Clan, der im Südosten lebte, befand sich zwischen dem Schwert-Tal und dem Weißen Messer, sodass er fortmusste. Aber die anderen Pyramiden, gegen die wir ausgezogen sind, gehörten Clans fern am Fluss, mehr als dreißig Kilometer südlich. Sie haben den Händler Arik neKrol nie gesehen, es sei denn, in diesem Winter wären ihm Flügel gewachsen.«

Wyatt bückte sich wieder, stellte zwei andere Figuren auf den Tisch und entfernte die Tücher, mit denen sie verhüllt gewesen waren. Eine Figur stand auf einem Sockel aus Schiefer und war auf breite, ungeschickte Art geformt, die andere bestand aus fein geschnitzter Seifenwurzel, bis hin zu den Stützen der Pyramide. Aber abgesehen vom Material und der Kunstfertigkeit glichen die beiden späteren Figuren der ersten aufs Haar.

»Sehen Sie dabei einen Trick, Waffenmeister?«, fragte Wyatt.

DaHan blickte hinüber und sagte nichts, denn Feldbischof Lyon stand plötzlich auf und erklärte: »Ich sehe ein Wunder«, und andere taten es ihm nach. Nachdem sich die Aufregung endlich gelegt hatte, senkte der muskulöse Waffenmeister den Kopf und sagte ganz leise: »Mein Proktor. Lesen Sie uns Weisheit vor.«

»Die Laser, Sprecherin, die *Laser*!« In neKrols Stimme schwang hysterische Verzweiflung mit. »Ryther ist noch nicht zurück, und genau darauf kommt es an. Wir müssen warten.«

Er stand vor der Kuppel des Handelsstützpunkts, mit nackter Brust und in der heißen Morgensonne schwitzend, während der starke Wind in seinem zerzausten Haar wühlte. Der Lärm hatte ihn aus unruhigem Schlaf erweckt. Er hatte sie am Waldrand gerade noch aufgehalten, und nun wandte die Bittere sich ihm zu, wild und hart und mit dem über die Schultern gehängten Lasergewehr ganz unjaenshihaft wirkend, einen grellblauen Schal aus Flitzerseide um den Hals und dicke Glühsteinringe an allen ihren acht Fingern. Die anderen Exilanten, bis auf die beiden, die hochschwanger waren, standen um sie herum. Einer von ihnen hatte den Laser in der Hand, die Übrigen trugen Köcher und Energiebögen. Das war der Einfall der Bitteren gewesen. Ihr neu gewählter Partner lag auf einem Knie und keuchte; er war den ganzen Weg vom Ring-aus-Stein hierhergerannt.

»Nein, Arik«, sagte die Sprecherin mit zornigen Augen. »Deine Laser sind nach eurer Berechnung einen Monat überfällig. Jeden Tag warten wir, und die Stahlengel zerstören immer mehr Pyramiden. Bald werden sie wieder Kinder hängen.«

»Sehr bald«, sagte neKrol. »Sehr bald, wenn ihr sie überfallt. Wo ist eure Hoffnung auf einen Sieg? Euer Beobachter sagt, dass sie mit zwei Trupps und einem Energiewagen erscheinen – könnt ihr sie mit zwei Lasergewehren und vier Energiebögen aufhalten? Habt ihr hier denken gelernt oder nicht?«

»Ja«, sagte die Sprecherin, aber sie bleckte dabei die Zähne. »Ja, aber darauf kann es nicht ankommen. Die Clans wehren sich nicht, also müssen wir es tun.«

Ihr Partner sah zu neKrol auf, immer noch auf einem Knie.

»Sie ... sie marschieren auf den Wasserfall zu«, sagte er schwer atmend.

»Der Wasserfall!«, wiederholte die Bittere. »Seit dem Tod des Winters haben sie mehr als zwanzig Pyramiden zerstört, Arik, und ihre Energiewagen haben den Wald niedergerissen, und von ihrem Tal bis zum Flussland verunstaltet eine breite, staubige Straße den Boden. Aber sie haben in diesem Frühling noch keinem Jaenshi etwas getan, sie haben sie laufen lassen. Und alle diese Clans ohne einen Gott sind zum Wasserfall gegangen. Bald wird der Heimatwald der Wasserfall-Leute nackt und leer gegessen sein. Ihre Sprecher sitzen beim alten Sprecher, und der Wasserfall-Gott nimmt sie vielleicht auf, vielleicht ist er ein großer Gott. Ich verstehe nichts von diesen Dingen. Aber ich weiß, dass der kahle Engel jetzt von den zwanzig Clans erfahren hat, die beieinander sind, von einer Ansammlung von einem halben Tausend Jaenshi-Erwachsenen, und er führt einen Energiewagen gegen sie. Wird er sie diesmal so leicht davonkommen lassen? Sich mit einer geschnitzten Figur begnügen? Werden *sie* gehen, Arik, werden sie einen zweiten Gott so leicht aufgeben wie den ersten?« Die Sprecherin sah ihn an. Ihre Lider zuckten. »Ich fürchte, sie werden sich mit ihren albernen Klauen wehren. Ich fürchte, der kahle Engel wird sie aufhängen, selbst wenn sie sich nicht wehren, weil so viele auf einmal ihm verdächtig erscheinen müssen. Ich fürchte vieles und weiß wenig, aber ich weiß, dass *wir* dort sein müssen. Du wirst uns nicht aufhalten, Arik, und wir können nicht mehr auf deine längst überfälligen Laser warten.« Und sie wandte sich den anderen zu und sagte: »Kommt, wir müssen laufen.«

Sie waren im Wald verschwunden, bevor Arik neKrol auch nur schreien konnte, sie sollten bleiben. Fluchend ging er zur Kuppel zurück.

Die beiden weiblichen Exilanten gingen gerade, als er hereinkam. Sie waren beide der Entbindung nahe, aber in den Händen trugen sie Energiebögen. NeKrol blieb wie angewurzelt stehen.

»Ihr auch?«, fragte er wütend und funkelte sie an. »Wahnsinn, das ist der nackte Wahnsinn!«

Sie sahen ihn mit stummen, goldenen Augen nur an und gingen an ihm vorbei zu den Bäumen.

Im Inneren flocht er sein langes rotes Haar schnell zusammen, um nicht an den Ästen hängen zu bleiben, zog ein Hemd an und hetzte zur Tür. Dann blieb er stehen. Eine Waffe, er brauchte eine Waffe! Erregt schaute er sich um und lief schwerfällig zu seinem Lagerraum. Die Energiebögen waren alle fort, sah er. Was dann, was nur? Er begann zu kramen und entschied sich endlich für eine Dural-Machete. Sie fühlte sich merkwürdig an in seiner Hand. Ich muss höchst unmartialisch und albern aussehen, dachte er, aber er hatte einfach das Gefühl, dass er irgendetwas mitnehmen musste.

Dann hastete er hinaus, zum Gebiet der Wasserfall-Leute.

NeKrol hatte Übergewicht und war untrainiert, das Laufen kaum gewöhnt, und der Weg war fast zwei Kilometer weit und führte durch üppigen Sommerwald. Er musste dreimal stehen bleiben, um sich auszuruhen und die Stiche in seiner Brust abklingen zu lassen, und es schien eine Ewigkeit vergangen zu sein, bis er am Ziel war. Aber den Stahlengeln kam er doch zuvor; ein Energiewagen ist schwerfällig und langsam, und die Straße vom Schwert-Tal hierher war länger und hügeliger.

Überall waren Jaenshi. Die Lichtung wies kein Gras mehr auf und war doppelt so groß, wie neKrol sie von seinem letzten Besuch im Vorfrühling her in Erinnerung hatte. Trotzdem füllten die Jaenshi jeden Fleck, saßen auf dem Boden, starrten das Becken und den Wasserfall an, alle stumm, zusammengedrängt, sodass kein Platz blieb, zwischen ihnen hindurchzugehen. Die anderen saßen darüber, ein Dutzend in jedem Obstbaum, und manche von den Kindern waren sogar zu den höheren Ästen hinaufgestiegen, wo gewöhnlich allein die Pseudoaffen zu finden waren.

Auf dem Stein in der Mitte des Beckens, mit dem Wasserfall im Hintergrund, drängten sich die Sprecher um die Pyramide der Wasserfall-Leute. Sie standen dicht beieinander, und jeder presste die Handflächen auf die Pyramide. Einer, mager und zerbrechlich, saß auf den Schultern eines anderen, um sie ebenfalls berühren zu können. NeKrol versuchte sie zu zählen und gab es auf; die Gruppe war zu dicht zusammengedrängt, eine verschwommene Masse aus grauen Fellarmen und goldenen Augen. Die Pyramide war ihr Mittelpunkt, schwarz und unbewegt wie immer.

Die Bittere stand im Becken, das Wasser reichte ihr über die Fußknöchel. Sie stand der Menge gegenüber und kreischte sie an, ihre Stimme seltsam anders als die weichen Jaenshi-Stimmen; mit ihrem Halstuch und den Ringen wirkte sie ganz fehl am Platze, absurd. Während sie schrie, schwenkte sie die Laserwaffe, die sie mit einer Hand umklammerte. Wild, leidenschaftlich, hysterisch erklärte sie den versammelten Jaenshi, dass die Stahlengel kämen, dass sie sofort gehen müssten, dass sie sich zerstreuen und in den Wald gehen sollten, um sich am Handelsstützpunkt wieder zu treffen. Immer und immer wieder sagte sie es.

Aber die Clans waren starr und stumm. Niemand antwortete, niemand hörte zu. Im hellen Tageslicht beteten sie.

NeKrol zwängte sich zwischen ihnen hindurch, trat hier auf eine Hand, dort auf einen Fuß, konnte kaum einen Stiefel auf den Boden setzen, ohne Jaenshi-Glieder zu zertreten. Er stand neben der Bitteren, die noch immer wild gestikulierte, bis ihre bronzenen Augen ihn sahen. Dann verstummte sie.

»Arik«, sagte sie, »die Engel kommen, und *sie hören nicht zu.*«

»Die anderen«, keuchte er. »Wo sind sie?«

»In den Bäumen«, erwiderte die Bittere mit einer undeutlichen Geste. »Ich habe sie auf die Bäume geschickt. Heckenschützen, Arik, wie wir sie an deiner Wand gesehen haben.«

»Bitte«, sagte er, »kommt mit mir zurück, lasst sie allein, lasst sie. *Du* hast es ihnen gesagt. *Ich* habe es ihnen gesagt. Was auch immer geschieht, es ist ihr Werk, es ist die Schuld ihrer unsinnigen Religion.«

»Ich kann nicht gehen«, antwortete die Bittere. Sie schien verwirrt zu sein, wie so oft, wenn neKrol sie am Stützpunkt befragt hatte. »Es scheint, als sollte ich es, aber ich weiß auf irgendeine Weise, dass ich hierbleiben muss. Und die andern würden nie gehen, selbst wenn ich es täte. Sie fühlen es viel stärker. Wir müssen hier sein, um zu kämpfen, um zu sprechen.« Ihre Lider zuckten. »Ich weiß nicht, *warum*, Arik, aber wir müssen.«

Und bevor neKrol etwas erwidern konnte, kamen die Stahlengel aus dem Wald.

Zuerst waren es fünf, weit auseinandergezogen, dann kamen noch einmal fünf. Alle zu Fuß und in Uniformen, deren geflecktes Dunkelgrün mit dem Laub verschmolz, sodass nur das Glitzern der Stahlnetzgürtel und Kampfhelme hervorstach. Einer von ihnen, eine hagere, blasse Frau, trug einen hohen, roten Kragen; alle hatten sie Handlaser gezogen.

»Sie!«, schrie die blonde Frau, deren Blick Arik sofort erfasste, der die Machete nutzlos in der Hand hielt. »Sprechen Sie mit diesen Tieren! Sagen Sie ihnen, dass sie fort müssen! Sagen Sie ihnen, dass keine Jaenshi-Ansammlung dieser Größe östlich der Berge auf Befehl des Proktors Wyatt und des bleichen Kindes Bakkalon erlaubt ist. Sagen Sie ihnen das!« Und dann sah sie die Bittere und zuckte zusammen. »Und nehmen Sie den Laser aus der Hand dieser Kreatur, bevor wir euch beide niedersengen!«

Zitternd ließ neKrol die Machete aus schlaffen Fingern ins Wasser fallen.

»Sprecherin, lass die Waffe fallen«, sagte er auf Jaenshi, *bitte*. Wenn du hoffst, jemals die fernen Sterne zu sehen, lass den Laser fallen, meine Freundin, mein Kind, in diesem Augenblick. Und wenn Ryther kommt, werde ich dich mit nach ai-Emerel und zu noch ferneren Welten nehmen.« Die Stimme des Händlers war voller Furcht; die Stahlengel hielten ihre Laser umklammert, und er glaubte keinen Augenblick, dass die Bittere ihm gehorchen würde.

Aber seltsamerweise warf sie das Lasergewehr gehorsam in das Becken. NeKrol konnte in ihren Augen nicht lesen.

Die Abteilungsmutter atmete sichtlich auf.

»Gut«, sagte sie. »Nun sprechen Sie mit ihnen in ihrer Tiersprache, sagen Sie ihnen, dass sie gehen sollen. Wenn nicht, werden wir sie vernichten. Ein Energiewagen ist unterwegs.«

Und über dem Brausen und Rauschen des Wasserfalls mit seinen vielen Verzweigungen konnte neKrol es hören: ein schweres Knirschen, als er über Bäume hinwegrollte, sie unter breiten Duranetz-Raupen zersplitterte. Vielleicht verwendeten sie die Strahlkanone und die Turmlaser dazu, Felsblöcke und andere Hindernisse zu beseitigen.

»Wir haben es ihnen gesagt«, erklärte neKrol verzweifelt. »Wir haben es ihnen schon oft gesagt, aber sie hören nicht!« Er machte eine weit ausholende Geste; die Lichtung war noch immer dicht besetzt von Jaenshi-Leibern, und niemand von den Clans achtete auch nur im Mindesten auf die Stahlengel oder die Konfrontation. Hinter ihm pressten die zusammengedrängten Sprecher noch immer kleine Hände auf ihren Gott.

»Dann werden wir ihnen das Schwert Bakkalons entblößen«, sagte die Abteilungsmutter, »und vielleicht hören sie ihr eigenes Jammern.« Sie steckte ihre Laserpistole ein und zog eine Kreischwaffe heraus.

NeKrol schauderte. Er wusste, was sie vorhatte. Die Kreischer benutzten konzentrierten Schall von hoher Stärke, um Zellwände zu zerstören und Fleisch in Flüssigkeit zu verwandeln. Die Wirkung war ebenso sehr auch eine psychologische; es gab keinen schrecklicheren Tod.

Doch dann war eine zweite Abteilung von Engeln unter ihnen, und Holz knirschte und knackte, und hinter einem letzten Hain von Obstbäumen konnte neKrol undeutlich die schwarzen Seitenwände des Energiewagens sehen, dessen Strahlkanone direkt auf ihn gerichtet zu sein schien. Zwei der Neuankömmlinge trugen den roten Kragen – ein junger Mann mit rotem Gesicht und großen Ohren, der seinen Leuten Befehle zuschrie, und ein riesengroßer, muskulöser Mann mit kahlem Kopf und faltiger Bronzehaut. NeKrol erkannte ihn: der Waffenmeister C'ara DaHan. Es war DaHan, der eine schwere Hand auf den Arm der Abteilungsmutter legte, als sie ihre Kreischwaffe hob.

»Nein«, sagte er, »das ist nicht der Weg.«

Sie streckte die Waffe sofort ein.

»Ich höre und gehorche.«

DaHan sah neKrol an.

»Händler«, rief er dröhnend, »ist das Ihr Werk?«

»Nein«, erwiderte neKrol.

»Sie wollen sich nicht zerstreuen«, sagte die Abteilungs-mutter.

»Wir würden einen Tag und eine Nacht brauchen, um sie alle niederzukreischen«, sagte DaHan, während sein Blick über die Lichtung und die Bäume glitt und dem felsigen, gewun-denen Weg des Wasserfalls bis hinauf zum Scheitelpunkt folgte. »Es gibt einen einfacheren Weg. Zerstört die Pyramide, und sie gehen auf der Stelle.« Er verstummte und wollte noch etwas anderes sagen, sein Blick ruhte auf der Bitteren.

»Eine Jaenshi mit Ringen und Halstuch«, sagte er. »Sie haben bis jetzt nichts als Totentücher gewoben. Das erschreckt mich.«

»Sie gehört zu den Leuten vom Ring-aus-Stein«, sagte neKrol schnell. »Sie hat bei mir gelebt.«

DaHan nickte.

»Ich verstehe. Sie sind wahrlich ein gottloser Mann, neKrol, so mit seelenlosen Tieren zusammenzuleben, ihnen beizubrin-gen, nachzuäffen, wie der Samen der Erde lebt. Aber es spielt keine Rolle.« Er hob den Arm als Signal, hinter ihm drehte sich die Strahlkanone des Energiewagens zwischen den Bäu-men ein wenig nach rechts. »Sie und Ihr Haustier sollten sich sofort entfernen«, sagte DaHan zu neKrol. »Wenn ich den Arm senke, wird der Jaenshi-Gott brennen, und wenn Sie im Weg stehen, werden Sie sich nie wieder bewegen.«

»Die *Sprecher!*«, protestierte neKrol. »Der Strahl wird sie ...« Und er drehte sich um, damit er es ihnen zeigen konnte. Aber die Sprecher krochen von der Pyramide davon, einer nach dem anderen.

Hinter ihm erhob sich Gemurmel unter den Engeln.

»Ein Wunder!«, sagte einer von ihnen heiser. »Unser Kind! Unser Herr!«, rief ein anderer.

NeKrol stand wie gelähmt. Die Pyramide auf dem Felsen war kein rötlicher Block mehr. Sie funkelte jetzt in der Sonne, ein Gefüge aus durchsichtigem Kristall. Und unter dem Dach stand, in jeder Einzelheit vollkommen, das bleiche Kind Bakkalon und lächelte, seinen Dämonen-Zerschmetterer in der Hand.

Die Jaenshi-Sprecher drängten jetzt davon, stolperten im Wasser vor Hast, fortzukommen. NeKrol sah kurz den alten Sprecher, der trotz seines Alters schneller lief als alle anderen. Selbst er schien nicht zu begreifen. Die Bittere stand mit offenem Mund da.

Der Händler drehte sich um. Die Hälfte der Stahlengel war auf die Knie gesunken, die anderen hatten geistesabwesend die Arme sinken lassen und erstarrten in glotzendem Staunen. Die Abteilungsmutter wandte sich DaHan zu.

»Es *ist* ein Wunder«, sagte sie. »Wie Proktor Wyatt es vorausgesehen hat. Das bleiche Kind wandelt auf dieser Welt.«

Aber der Waffenmeister war unbeeindruckt.

»Der Proktor ist nicht hier, und das ist kein Wunder«, sagte er mit stählerner Stimme. »Das ist der Trick irgendeines Feinds, und ich lasse mich nicht übertölpeln. Wir werden das blasphemische Ding vom Boden Corlos' wegbrennen.« Sein Arm sauste herunter.

Die Engel im Energiewagen mussten starr vor Staunen gewesen sein; die Strahlkanone feuerte nicht. DaHan drehte sich gereizt um.

»Es ist kein Wunder!«, schrie er. Er hob wieder den Arm.

Die Bittere, neben neKrol, schrie plötzlich auf. Er starrte sie erschrocken an und sah ihre Augen in grellem Gelbgold erstrahlen.

»Der Gott«, murmelte sie. »Das Licht kehrt zu mir zurück.«

Und das Heulen von Energiebögen ertönte in den Bäumen ringsum, und zwei lange Pfeile bohrten sich beinahe gleichzeitig in den breiten Rücken C'ara DaHans. Die Wucht der Treffer schleuderte den Waffenmeister auf die Knie und rammte ihn zu Boden.

»*Lauf!*«, kreischte neKrol und stieß die Bittere mit aller Kraft von sich, und sie stolperte und schaute kurz zu ihm zurück. Dann rannte sie blitzschnell davon, mit flatterndem Halstuch, den Bäumen zu.

»Tötet sie!«, schrie die Abteilungsmutter. »Tötet sie alle!«

Und ihre Worte weckten Jaenshi und Stahlengel zugleich; die Kinder von Bakkalon erhoben ihre Laser gegen die sich plötzlich erhebende Menge, und das Gemetzel begann. NeKrol kniete nieder und tastete auf den moosglatten Steinen, bis er die Laserwaffe fand, dann legte er an und begann zu feuern. Licht stach in zornigen Stößen hinaus, einmal, zweimal, ein drittes Mal. Er hielt den Abzug fest, und aus den Stößen wurde ein Strahl, und er durchschnitt den Leib eines Engels mit Silberhelm, bevor das Feuer in seinem Körper aufflammte und er schwer in das Becken stürzte.

Lange Zeit sah er nichts; da waren nur Schmerz und Lärm, das Wasser schwappte ihm träge ins Gesicht, er hörte die Jaenshi schrill schreien, überall stürmten sie davon. Zweimal hörte er das Brausen und Knistern der Strahlkanone, und öfter als zweimal trat man auf ihn. Es schien alles unwichtig zu sein. Er mühte sich, den Kopf auf den Steinen zu halten, halb aus dem Wasser, aber selbst das schien nach einer Weile nicht mehr so bedeutsam zu sein. Das Einzige, was zählte, war das Lodern in seinem Bauch.

Dann verging der Schmerz auf einmal, und es gab viel Rauch und schrecklichen Geruch, aber nicht so viel Lärm, und neKrol lag still und lauschte den Stimmen.

»Die Pyramide, Abteilungsmutter?«, fragte jemand.

»Es *ist* ein Wunder«, erwiderte eine Frauenstimme. »Seht, da steht Bakkalon immer noch. Und seht, wie er lächelt. Wir haben hier und heute richtig gehandelt.«

»Was sollen wir damit tun?«

»Sie auf den Energiewagen heben. Wir bringen sie zurück zu Proktor Wyatt.«

Bald danach entfernten sich die Stimmen, und neKrol hörte nur das Wasser endlos hernniederrauschen, brodeln und gurgeln. Es war sehr friedlich. Er beschloss zu schlafen.

Der Mann von der Besatzung schob das Stemmeisen zwischen die Bretter und drückte dagegen. Das dünne Holz ächzte kaum, bevor es schnell nachgab.

»Noch mehr Figuren, Jannis«, meldete er, nachdem er in die Kiste gegriffen und von der Verpackung etwas weggerissen hatte.

»Wertlos«, sagte Ryther und seufzte kurz. Sie stand im verwüsteten Stützpunkt neKrols. Die Engel hatten ihn auf der Suche nach bewaffneten Jaenshi zerstört, und sie ging zum nächsten Stapel verpackter Produkte. Ryther blickte schwermütig auf die Jaenshi, die sich um sie drängten, und wünschte sich, besser mit ihnen reden zu können. Eines der Wesen, ein schlankes, weibliches, das ein Halstuch und viel Schmuck trug und sich immer auf einen Energiebogen zu stützen schien, verstand ein wenig Terranisch, aber kaum genug. Sie begriff schnell, aber das Einzige von Bedeutung, das sie bisher gesagt hatte, war: »Jamson Welt. Arik uns mitnehmen. Engel töten.« Das hatte sie endlos wiederholt, bis Ryther ihr schließlich begreiflich gemacht hatte, ja, man werde sie mitnehmen. Die beiden anderen Jaenshi, die Schwangere und der männliche Jaenshi mit dem Lasergewehr, sagten nie etwas.

»Wieder Figuren«, erklärte der Matrose, nachdem er eine Kiste vom Stapel im aufgerissenen Lagerraum gezerrt und sie geöffnet hatte.

Ryther zuckte die Achseln, der Matrose ging weiter. Sie drehte ihm den Rücken zu und schlenderte langsam hinaus, zum Rand des Landefelds, wo die »Lights of Jolostar« stand, mit offenen Luken, die in der zunehmenden Dunkelheit von gelbem Licht erhellt waren. Die Jaenshi folgten ihr, wie sie es getan hatten, seit sie gelandet war; zweifellos fürchteten sie, dass sie davonfliegen und sie zurücklassen würde, wenn sie ihre großen Bronzeaugen auch nur kurz von ihr abwendeten.

»Figuren«, murmelte Ryther, halb zu sich, halb zu den Jaenshi. Sie schüttelte den Kopf. »Warum hat er das getan?«, fragte sie die Wesen, obwohl sie wusste, dass sie nichts verstanden. »Ein Händler von seiner Erfahrung? Ihr könntet es mir vielleicht verraten, wenn ihr wüsstet, was ich sage. Statt sich auf Totentücher und dergleichen zu konzentrieren, auf echte Jaenshi-Kunst, warum hat Arik euch beigebracht, fremde Abarten menschlicher Götter zu schnitzen? Er hätte wissen müssen, dass kein Händler derart offenkundige Fälschungen annimmt. Fremde Kunst ist *fremd*.« Sie seufzte. »Mein Fehler, nehme ich an. Wir hätten die Kisten öffnen sollen.« Sie lachte. Die Bittere starrte sie an.

»Arik Totentuch. Gegeben.«

Ryther nickte geistesabwesend. Sie hatte es über ihre Koje gehängt; ein seltsames kleines Ding, zum Teil aus Jaenshi-Fell gewoben, zum größten Teil aber aus langen, seidigen Strängen von flammend rotem Haar. Darauf, Grau vor Rot, war eine grobe Karikatur von Arik neKrol zu erkennen. Sie hatte sich auch darüber ihre Gedanken gemacht. Der Tribut einer Witwe? Eines Kindes? Oder nur eines Freundes? Was *war* in dem Jahr, seit die »Lights« fort war, mit Arik geschehen? Wenn sie nur rechtzeitig zurückgekommen wäre, dann ... aber sie hatte drei Monate auf Jamisons Welt verloren, von einem Händler zum anderen unterwegs, um zu versuchen, die wertlosen Figuren abzusetzen. Es war tiefer Herbst geworden, bevor die »Lights of Jolostar« nach Corlos zurückgekommen war und neKrols Stützpunkt als Ruine vorgefunden hatte, während die Engel schon ihre Ernte einbrachten.

Und die Engel – als sie zu ihnen gegangen war, um ihnen die Ladung unverlangter Lasergewehre anzubieten, hatte der Anblick an den blutroten Stadtmauern sogar ihr Übelkeit verursacht. Sie hatte geglaubt, vorbereitet hingegangen zu sein, aber das Obszöne, dem sie begegnete, lag jenseits aller Vorbereitung. Eine Abteilung von Stahlengeln hatte sie vor dem hohen, verrosteten Stahltor gefunden, wo sie sich erbrochen hatte, und sie hineingeführt zum Proktor.

Wyatt war doppelt so skeletthaft wie beim ersten Mal. Er hatte im Freien gestanden, vor einem riesigen Altar, der mitten in der Stadt errichtet worden war. Eine erstaunlich lebensechte Statue von Bakkalon, in einer Glaspyramide eingeschlossen, auf einem hohen Rotsteinsockel, warf einen langen Schatten auf den hölzernen Altar. Darunter häuften die Engel das neu geerntete Neogras, den Weizen und die gefrorenen Kadaver von Buschschweinen auf.

»Wir brauchen Ihre Ware nicht«, hatte der Proktor ihr erklärt. »Die Welt von Corlos ist in vielem gesegnet, mein Kind, und Bakkalon lebt nun unter uns. Er hat gewaltige Wunder gewirkt und wird noch mehr wirken. Unser Glaube gilt IHM.« Wyatt wies mit einer dünnen Hand auf den Altar. »Siehst du? Und ER hat uns gelehrt, uns in Frieden zu bergen, wie wir vorher im Kampf geborgen waren, damit der Samen der Erde noch stärker werde. Es ist eine Zeit großer neuer Offenbarung.« Seine Augen hatten gelodert, als er mit ihr gesprochen hatte; die Augen hatten hin und her gezuckt, fanatisch, riesengroß und dunkel und doch seltsam goldgefleckt.

Ryther hatte die Stadt der Stahlengel verlassen, so schnell sie konnte, angestrengt bemüht, nicht zu den Mauern zurückzublicken. Aber als sie die Berge erklommen hatte, auf dem Rückweg zum Stützpunkt, war sie zu dem Ring-aus-Stein gekommen, zu der zerstörten Pyramide, zu der Arik sie damals hingeführt hatte. Da hatte Ryther gespürt, dass sie nicht widerstehen konnte, und machtlos hatte sie sich umgedreht, um einen letzten Blick auf das Schwert-Tal zu werfen. Und der Anblick ließ sie nicht mehr los.

An den Mauern hingen die Kinder der Engel, eine Reihe kleiner, weiß gekleideter Leiber, regungslos an langen Stricken. Sie waren friedlich gestorben, alle, aber der Tod ist selten friedfertig; die Älteren zumindest waren schnell gestorben, das Genick brach jeweils mit einem schnellen Ruck. Aber die kleinen bleichen Kinder hatten die Schlingen um ihre Körper, und es war Ryther klar, dass die meisten von ihnen einfach dort gehangen hatten, bis sie verhungert waren. Während sie dastand und sich erinnerte, kam der Matrose aus neKrols zerstörter Kuppel.

»Nichts«, meldete er. »Alles Figuren.«

Ryther nickte.

»Gehen?«, fragte die Bittere. »Jamson Welt?«

»Ja«, erwiderte sie, und ihre Augen starrten vorbei an der wartenden »Lights of Jolostar«, hinaus zu dem schwarzen Urwald. Das Herz von Bakkalon war für immer untergegangen. In tausend Wäldern und einer einzigen Stadt hatten die Clans begonnen zu beten.

Die Steinstadt

Für die Durchgangswelt gab es tausend Namen. Auf den Sternkarten der Menschen war sie als Graurast verzeichnet – wenn überhaupt, denn sie lag weit abseits von menschenbesiedelten Gegenden, eine jahrzehntelange Reise dem Inneren der Milchstraße entgegen. Die Dan'lai nannten sie in ihrer hohen, kläffenden Sprache »Leer«. Für die Ul-mennaleith, die sie am längsten kannten, war sie schlicht die Welt der Steinstadt. Die Kresh hatten ein eigenes Wort für sie, und auch die Linkellar, die Cedraner und viele andere Rassen, die mit dieser Welt in Berührung gekommen waren. Doch für die meisten, die auf ihren Reisen von Stern zu Stern für kurze Zeit dort haltmachten, galt sie als Durchgangswelt und wurde deshalb auch so genannt.

Es war ein öder Ort, eine Welt aus grauen Meeren und endlosen Ebenen, über die wilde Stürme fegten. Bis auf den Raumhafen und die Steinstadt lag alles brach. Nach menschlicher Zeitrechnung war der Hafen etwa fünftausend Jahre alt. Die Ul-nayileith hatten ihn während der Blüte ihrer Herrschaft über die ullischen Sterne gebaut und hundert Generationen lang verwaltet. Als die Macht der Ul-nayileith versiegte, wurde die Durchgangswelt von den Ul-mennaleith in Besitz genommen. Jetzt erinnerte man sich an die ältere Rasse nur noch in Legenden und Gebeten.

Aber der Raumhafen, ein großer Fleck auf der weiten Ebene, blieb bestehen. Hohe Wälle, die man zum Schutz gegen die Stürme gebaut hatte, umringten die Anlage. Innerhalb der Mauern lag die Hafenstadt – Hangars, Baracken und Läden, in denen sich müde Passagiere zahlloser Welten ausruhen und erfrischen konnten. Im Westen, außerhalb der Wälle, war nichts als Wüste. Die Winde kamen von Westen, schlugen vor die hohen Mauern und wurden in Energie umgewandelt. Aber im Osten, im Windschatten der Mauern, lag unter freiem Himmel eine zweite Stadt aus Plastikkugeln und Metallhütten. In ihnen hausten die Heruntergekommenen, Außenseiter und Kranken. Hier ballten sich die Schiffslosen.

Dahinter, noch weiter im Osten: die Steinstadt.

Die Ul-nayileith, die vor fünftausend Jahren hier gelandet waren, konnten nie in Erfahrung bringen, warum und wie lange diese Stadt schon den Winden standgehalten hatte. Die ullischen Machthaber jener Zeit waren, wie man sagte, arrogant und neugierig gewesen. Sie hatten versucht, dem Geheimnis der Stadt auf die Spur zu kommen, durchforschten die verwinkelten Gassen, bestiegen schmale Treppen und untersuchten die dicht gedrängten Türme und abgeflachten Pyramiden. Unter der Erde entdeckten sie einen Irrgarten aus endlosen, dunklen Gängen. Sie verschafften sich einen Überblick über die Größe der Stadt, wühlten Staub auf und trafen überall auf beängstigende Stille. Aber nirgends begegneten ihnen die Erbauer.

Überdruss und zunehmende Furcht hatten schließlich die Ul-nayileith zum Verlassen der Steinstadt bewogen. Tausende von Jahren mied man die steinernen Gebäude und Gassen, und die Mystifizierung der Erbauer nahm ihren Anfang. Gleichzeitig begann auch der lange Abstieg der älteren Rasse.

Die Ul-mennaleith vergöttern mittlerweile nur noch die Ul-nayileith. Die Dan'lai haben niemanden, den sie anbeten, und wer weiß, wem die Menschen huldigen. Wie dem auch sei, in der Steinstadt waren wieder Geräusche zu hören. Schritte hallten durch die windigen Gassen.

Die Skelette hingen in der Wand.

Sie waren ohne erkennbare Ordnung über dem zweiflügeligen Tor angebracht worden; elf Skelette insgesamt, teilweise eingesunken im nahtlosen ullischen Metall, teilweise den Stürmen der Durchgangswelt ausgesetzt. Einige steckten tiefer in der Wand als andere. Hoch oben rasselte das frische Skelett eines namenlosen Flügelwesens im Wind, ein loses Sammelsurium aus hohlen, leichten Knochen, nur an Hand- und Fußgelenken mit der Wand verschweißt. Darunter, rechts über dem Torbogen, stachen nur die gelben Rippen eines Linkellars wie Fassdauben heraus.

MacDonalds Skelett war tief im Metall eingesunken. Nur der Torso, die Füße und die Hände waren zu sehen (eine Hand hielt noch immer einen Laser). Und der Schädel natürlich – ausgeblichen, halb zertrümmert und nach wie vor abschreckend. Die Augenlöcher blickten jeden Morgen auf Holt herab, wenn er durch das Portal ging, und manchmal, im Zwielicht der Dämmerung, hatte er den Eindruck, als starrten sie ihm schon von Weitem entgegen.

Aber seit Monaten konnte ihn der Anblick nicht mehr abschrecken. Früher war es noch anders gewesen, damals, als kurz nach MacDonalds Festnahme sein verfaulender Körper plötzlich an der Wand gehangen hatte, halb eingelassen im Metall. Holt hatte den Gestank wahrgenommen, und die Leiche war noch deutlich als die Macs erkennbar gewesen. Jetzt ließ sie sich von anderen Skeletten nicht mehr unterscheiden, und das half Holt, die ganze Sache zu vergessen.

Am Morgen des Tages, an dem sich die Landung der *Pegasus* nach Standardzeit zum ersten Mal jährte, passierte Holt das Tor, ohne einen Blick nach oben zu werfen.

Der Gang im Inneren des Walls war wie immer verlassen. Er verlief quer zum Portal. In die staubigen weißen Wände waren in regelmäßigen Abständen blaue Türen eingelassen.

Holt bog nach rechts ab, blieb vor der ersten Tür stehen und legte die Handfläche auf die Anmeldeplatte. Nichts. Das Büro war nicht besetzt. Er versuchte es an der nächsten Tür, wieder ohne Erfolg. Dann an der übernächsten. Holt ging methodisch vor. Er wusste, nur ein Büro hatte geöffnet, und an jedem Tag war es ein anderes.

Die siebte Tür glitt nach Berührung der Sensorplatte auf.

Hinter einem gebogenen Metallschreibtisch saß ein Dan'la. Er wirkte völlig fehl am Platz. Der Raum, die Einrichtung, ja die ganze Hafenanlage war im Zuschnitt der längst ausgestorbenen Ul-nayileith gebaut worden und passte in den Proportionen nicht zu den kleinwüchsigen Dan'lai. Aber Holt hatte sich daran gewöhnt. Seit einem Jahr kam er tagtäglich hierher, und an jedem Tag saß ihm ein Dan'la am Schreibtisch gegenüber. Holt fragte sich, ob es der Gleiche war, der nur jeden Tag sein Büro wechselte, oder stets ein anderer. Alle Dan'las hatten die gleiche lange Schnauze, lebhaft funkelnde Augen und ein rötlich schimmerndes Fell. Von Menschen wurden sie Fuchsmenschen genannt. Bis auf ein paar wenige Ausnahmen konnte Holt den einen nicht vom anderen unterscheiden. Die Dan'lai gaben ihm auch keinerlei Hilfestellung. Sie weigerten sich, Namen zu nennen. Manchmal erkannte ihn das Wesen hinterm Schreibtisch, ein anderes Mal wieder nicht. Holt hatte sich schon lange darauf eingestellt und behandelte jeden Dan'la wie einen Fremden.

An diesem Morgen aber erkannte ihn der Fuchsmensch sofort wieder. »Ah«, sagte er, als Holt eintrat. »Sie wünschen eine Schiffspassage?«

»Ja«, antwortete Holt. Er nahm die abgegriffene Kappe vom Kopf, die zu seiner durchgescheuerten grauen Schiffsuniform passte, und strich sich mit der Hand über das schüttere braune Haar.

Der Fuchsmensch faltete seine schmalen, sechsfingrigen Klauen und zeigte ein dünnes Lächeln. »Kein Platz für Sie, Holt«, sagte er. »Tut mir leid. Heute ist kein Schiff da.«

»Letzte Nacht habe ich ein Schiff gehört«, sagte Holt. »Es war bis drüben in der Steinstadt zu hören. Reservieren Sie eine Koje für mich. Ich bin qualifiziert. Ich kann sowohl mit eine Standard- als auch mit einem Dan'lai-Sprungantrieb umgehen. Ich habe Zeugnisse.«

»Ja, ja.« Der Fuchsmensch grinste schnippisch. »Aber es gibt kein Schiff. Nächste Woche vielleicht. Vielleicht kommt ein Menschenschiff nächste Woche. Dann haben Sie Ihre Koje, Holt, das verspreche ich. Sie sind ein guter Sprungmann, richtig? Dann sollen Sie auch eine Koje bekommen. Aber erst nächste Woche, nächste Woche. Im Augenblick ist kein Schiff da.«

Holt biss sich auf die Lippen und zerknüllte die Kappe in der geballten Faust. »Nächste Woche sind Sie wahrscheinlich nicht hier«, sagte er über den Schreibtisch gebeugt. »Und wenn doch, werden Sie mich nicht wiedererkennen und Ihr Versprechen vergessen haben. Reservieren Sie mir einen Platz auf dem Schiff, das letzte Nacht angekommen ist.«

»Ah«, sagte der Dan'la. »Keine Koje. Kein Menschenschiff. Keine Koje für einen Menschen.«

»Ist mir egal. Ich nehme jedes Schiff. Ich bin bereit, mit Dan'lai, Ullies, Cedranern oder sonst wem zusammenzuarbeiten. Ein Sprungantrieb ist wie der andere. Lassen Sie mich auf das Schiff, das letzte Nacht angekommen ist.«

»Aber da *ist* kein Schiff, Holt«, sagte der Fuchsmensch. Seine Zähne blitzten kurz auf. »Wie oft soll ich es noch sagen? Kein Schiff, kein Schiff. Kommen Sie nächste Woche wieder.« Seine Stimme machte deutlich, dass er jetzt in Ruhe gelassen werden wollte. Holt hatte das zu respektieren gelernt.

Vor Monaten war er einmal hartnäckig geblieben und nicht abzuwimmeln gewesen. Der Fuchsmensch hatte daraufhin ein paar Rausschmeißer alarmiert. Danach waren eine Woche lang *alle* Türen für Holt versperrt gewesen. Jetzt wusste er, wann er zu gehen hatte.

Draußen, im fahlen Licht, lehnte er sich gegen den Windwall und versuchte, das Zittern der Hände zu stoppen. *Lass den Kopf nicht hängen, tu was!*, redete er sich ein. Er brauchte Geld und Lebensmittelmarken. Das war also etwas, womit er sich die Zeit vertreiben konnte. Außerdem bot sich die Möglichkeit, einen Besuch im Schuppen zu machen oder bei Sunderland vorbeizuschauen. Er musste Geduld haben.

Er warf einen kurzen Blick nach oben auf MacDonald, dem die Ungeduld zum Verhängnis geworden war. Dann ging er durch die leeren Straßen der Stadt der Schiffslosen.

Schon als Kind hatte Holt eine tiefe Sehnsucht nach den Sternen verspürt. In den Jahren der strengen Kälte, wenn die Eiswälder auf Ymir blühten, war er oft nachts über knirschenden Schnee kilometerweit aus der Stadt hinausgegangen und

420

hatte allein inmitten der blauweiß glitzernden Landschaft aus bizarren Frostgebilden gestanden. Dann hatte er hinauf in den Himmel geblickt.

Die mondlosen Nächte im Winterjahr auf Ymir sind klar und schwarz. Sterne und Stille beherrschen die Szene.

Holt kannte alle Namen auswendig – nicht die der Sonnen (kein Mensch gab ihnen Namen; Zahlen reichten zur Kennzeichnung aus), sondern die Namen der Welten, die sie umkreisten. Er war ein intelligentes Kind und lernte schnell, was selbst seinen sonst so griesgrämigen, praktisch denkenden Vater mit Stolz erfüllte. Während endloser Partys im alten Haus, wenn er zu viel Sommerbier getrunken hatte, führte der Vater seine Gäste oft hinaus auf den Balkon und forderte seinen Sohn auf, die Namen der Welten zu nennen. »Da«, sagte er dann und zeigte mit dem Krug in der Hand auf einen Punkt im Himmel. »Der helle da.«

»Arachne«, antwortete der Junge, ohne eine Miene zu verziehen.

Die Gäste lächelten und machten höfliche Komplimente.

»Und der da?«

»Baldur.«

»Da. Da. Und die drei da drüben.«

»Finnegan. Johnhenry. Celias Welt, Neu-Rom, Cathaday.« Die Namen kamen wie aus der Pistole geschossen.

Der Vater verzog das faltige Gesicht zu einem Grinsen und setzte das Spiel fort, bis die Gäste ungeduldig wurden und der Junge alle Welten benannt hatte, die vom Balkon aus zu sehen waren. Holt hatte dieses Ritual stets gehasst.

Er war froh, dass sein Vater nie mit hinaus in die Eiswälder kam, denn dort, abseits vom Licht der Stadt, funkelten Tausende von anderen Sternen, die er natürlich nicht alle mit

Namen kannte. Aber er lernte so viel wie möglich hinzu. Weit entfernt, außerhalb der von Menschen besiedelten Zonen, schimmerten matt die Sterne der Damoosh-Gruppe. Dahinter, in Richtung der Galaxismitte, glühte die rötliche Sonne der Stillen Zentauren. Dann kannte er noch den Sternhaufen der Fyndii-Welten und vieles mehr.

Auch als er älter wurde, ging er hinaus in die Wälder, allerdings nicht immer allein. All seine jungen Freundinnen schleppte er mit sich. In einem Sommerjahr, als statt Eis Blütenblätter von den Bäumen tropften, hatte er sein erstes Liebesabenteuer unter freiem Himmel. Manchmal redete er mit Freunden über die Sterne, aber es fiel ihm schwer, die geeigneten Worte zu finden. Er war nie sehr beredt und konnte sich selten verständlich machen. Er verstand seine Leidenschaft für die Sterne selbst kaum.

Als sein Vater starb, erbte er Haus und Grundstücke, die er ein Winterjahr lang verwaltete, obwohl er erst zwanzig Standardjahre alt war. Als der Tau einsetzte, machte er sich von zu Hause auf und ging nach Ymir City. Dort war gerade ein Schiff gelandet, ein Frachter, der nach Finnegan und noch tiefer in die Milchstraße hinein weiterfliegen sollte.

Holt heuerte an.

Die Straßen bevölkerten sich langsam. Die Dan'lai bauten Essenstände zwischen den Hütten auf. In spätestens einer Stunde würden die Stände dicht an dicht die Straßenränder säumen. Ein paar dürre Ul-mennaleith, meist zu viert oder fünft, mischten sich unter die Leute. In ihren pulverblauen Umhängen, die fast bis auf den Boden fielen, erweckten sie den Eindruck, als schwebten sie über der Straße – würdevoll und gespenstisch zugleich. Sie hatten fein gepuderte Gesichter, kühl und klar glänzende Augen, und obwohl ihnen das Los der Schiffslosen anhing, wirkten sie – wie alle Ul-mennaleith – äußerst gelassen.

Holt ging hinter ihnen her und beschleunigte den Schritt, um mitzuhalten. Die Fuchshändler ignorierten die ernsten, gefassten Ul-mennaleith, achteten aber umso mehr auf Holt, riefen ihm zu und lachten mit hohen, kläffenden Stimmen, als er ohne zu reagieren an ihnen vorbeiging.

Auf der Höhe des von Cedranern bewohnten Bezirks trennte sich Holt von den Ullies und bog in eine kleine, stille Seitenstraße ein. Für das, was er vorhatte, schien ihm dies der geeignete Ort zu sein.

Er marschierte tief hinein in die dicht bebaute Siedlung aus gelblichen Kugelhütten, bevor er an einem willkürlich ausgewählten Gebäude haltmachte. Es war alt, und die äußere Plastikhaut zeigte Spuren zahlreicher Ausbesserungsarbeiten. Die hölzerne, mit geschnitzten Nestsymbolen verzierte Tür war verschlossen. Holt drückte mit der Schulter dagegen, aber sie gab nicht nach. Er holte ein paar Schritte aus und warf sich mit aller Wucht gegen die Tür. Beim vierten Versuch sprang sie krachend auf. Der Lärm störte ihn nicht. In einem cedranischen Slum achtete man nicht darauf.

Stockdunkel im Inneren. Holt tappte umher und fand eine Kaltfackel, die er so lange berührte, bis sie seine Körperwärme in Licht umwandelte. Seelenruhig sah er sich im Raum um.

Fünf Cedraner waren anwesend: drei Erwachsene und zwei Kinder. Sie lagen wie Bälle zusammengerollt auf dem Boden. Holt kümmerte sich nicht um sie. Nachts waren Cedraner furchterregend. Holt hatte sie oft nach Einbruch der Dunkelheit in den Straßen der Steinstadt gesehen, wenn sie in ihrer zarten Sprache wimmerten und bedrohlich hin und her schwankten. Die gegliederten Leiber aus milchigweißem Madenfleisch zogen sich bis zu drei Metern in die Länge. Sie hatten sechs Glieder: zwei Läufe mit breiten Füßen, ein Paar bewegliche Greiftentakel und tückische Kampfklauen. Die Augen, untertassengroße, violett glühende Pfützen, sahen alles. Nachts machte man besser einen großen Bogen um Cedraner.

Aber tagsüber waren sie so unbeweglich wie Fleischklopse.

Holt durchstöberte die Hütte und packte ein, was zu erbeuten war. Er ließ eine Handkaltfackel mitgehen, die auf eine für Cedraner angenehme Lichtstärke eingestellt war, einen Beutel voll Lebensmittelmarken sowie eine Krallenfeile. An einem Ehrenplatz an der Wand hingen die polierten, mit Edelsteinen verzierten Kampfklauen eines ruhmreichen Vorfahren, aber Holt hütete sich, sie mitzunehmen. Das ganze Nest würde dem Dieb ihres Familienheiligtums nachjagen oder Selbstmord begehen.

Schließlich fand Holt noch einen Satz Zaubertafeln, rauchgeschwärzte Holzscheiben mit Eisen- und Goldeinlagen. Er steckte sie in die Tasche und ging. Die Straße war nach wie vor leer. Außer den Cedranern besuchten nur wenige Wesen diese Gegend.

Holt fand schnell auf die Hauptverkehrsstraße zurück, den breiten Kiesweg, der vom Windwall des Raumhafens bis zum fünf Kilometer entfernten Tor der Steinstadt führte. Die Straße war mittlerweile überfüllt, und Holt hatte Mühe, sich durch die Massen zu zwängen. Überall standen Fuchsmenschen herum, lachten, kläfften, grinsten wie auf Kommando und streiften mit ihrem rotbraunen Fell die blauen Umhänge der Ulmennaleith und die losen Hautlappen glubschäugiger Linkellars, rempelten hier und da einen chitinösen Kresh. Ein paar Essenstände boten warme Mahlzeiten an, und die Luft war voll von Rauch und schweren Gerüchen. Holt hatte Monate auf der Durchgangswelt zugebracht, bevor er Speisedüfte von Körpergerüchen unterscheiden konnte.

Mit dem Diebesgut fest an den Körper gepresst bahnte er sich einen Weg durch das Gewimmel der fremden Wesen und hielt aufmerksam Ausschau nach einem menschlichen Gesicht. Das war ihm inzwischen zur Gewohnheit geworden. Neu eingetroffene Menschen ließen ihn auf ein Schiff, auf Rettung hoffen.

Doch auch diesmal blieb seine Suche ergebnislos. Nirgends war eine menschliche Stimme zu hören – nur das Gekläff der Dan'lai, das Schnalzen der Kresh und die Heultöne der Linkellars. Holt hatte sich inzwischen damit abgefunden. Er fand den Stand, den er aufsuchen wollte. Unter einem Verdeck aus grauem Leder blickte ein räudiger Dan'la zu ihm auf. »Ja, ja«, schnarrte der Fuchsmensch ungeduldig. »Wer bist du? Was willst du?«

Holt schob die bunt glitzernden Edelsteine, die auf der Theke verstreut lagen, zur Seite und legte die gestohlene Kaltfackel und die Klauenfeile auf den Tisch. »Handel«, sagte er. »Das hier für Marken.«

Der Fuchsmensch warf einen Blick auf die Ware, hob dann den Kopf und kratzte sich nachdenklich an der Schnauze. »Handel, Handel, ein Handel mit dir«, trällerte er, nahm die Krallenfeile vom Tisch, warf sie von einer Hand in die andere, legte sie wieder hin und berührte die Kaltfackel, die kaum wahrnehmbar aufleuchtete. Dann nickte er und verzog das Gesicht zu einem plötzlichen Grinsen. »Gute Ware. Cedranisch. Die dicken Würmer wollen so was. Ja. Ja. Also gut. Handel. Marken?«

Holt nickte.

Der Dan'la griff in seine Kitteltasche und warf eine Handvoll Lebensmittelmarken auf die Theke. Die verschiedenfarbigen, runden Plastikscheiben galten auf der Durchgangswelt als Zahlungsmittel. Die Dan'lai tauschten Essen dafür ein, das sie mit ihrer Raumflotte herbeischafften.

Holt zählte die Marken, sammelte sie ein und warf sie in den Beutel, den er aus der Kugelhütte der Cedraner entwendet hatte. »Ich habe noch etwas«, sagte er und langte nach den Zaubertafeln in der Tasche.

Die Tasche war leer.

Der Dan'la grinste und fletschte die Zähne. »Verschwunden? Wohl nicht der einzige Dieb auf Leer. Nein. Nicht der einzige Dieb.«

Er dachte an sein erstes Schiff; er dachte an die Sterne seiner Jugend auf Ymir; er dachte an die Welten, die er seitdem besucht hatte, an all die Schiffe, auf denen er gedient hatte, und die Menschen (und Nicht-Menschen), mit denen er auf diesen Schiffen zusammengekommen war. Aber am deutlichsten erinnerte er sich an sein erstes Schiff: *Lachender Schatten* (ein alter, geschichtsträchtiger Name; doch die Geschichte, die daran geknüpft war, wurde ihm erst viel später erzählt). Das Schiff war von Celias Welt nach Finnegan aufgebrochen. Das zu einem Erzfrachter umgerüstete Schiff glich einer großen, blaugrauen Träne aus korrodierter Hartmetalllegierung und war mindestens ein Jahrhundert älter als Holt. Die Frachträume machten den größten Teil des Schiffs aus, für die zwölfköpfige Besatzung blieb kaum Platz übrig. Gravitationsakkumulatoren gab es nicht (Holt hatte sich schnell an die Schwerelosigkeit gewöhnt). Das Landen und Starten erfolgte mittels atomarer Treibsätze, ein Standard-ÜL-Antrieb besorgte die interstellaren Sprünge. Holt war zur Arbeit im Antriebsraum abkommandiert worden, eine unfreundliche, schwach beleuchtete Kabine mit nackten Metallwänden und Computerkonsolen. Cain narKarmian zeigte Holt, wie er die Rechner zu bedienen hatte.

Holt erinnerte sich deutlich an narKarmian, einen alten, sehr alten Mann, viel zu alt für die Arbeit auf einem Schiff, wie er fand. Die Haut narKarmians glich weichem gelben Leder, faltig und zerfurcht. Er hatte mandelförmige braune Augen, einen fleckigen kahlen Kopf und einen schütteren blonden Spitzbart. Manchmal machte Cain einen senilen Eindruck, aber meist war er klarsichtig und aufmerksam. Er kannte die Antriebsaggregate, er kannte die Sterne und redete unablässig während der Arbeit.

»Zweihundert Standardjahre!«, sagte er einmal, als beide vor den Konsolen saßen. Er lächelte verlegen, und Holt sah, dass Cain immer noch Zähne hatte, selbst in seinem Alter. »So lange reise ich schon auf Schiffen durchs All, Holt. Tatsache! Weißt du, normalerweise verlassen Menschen nie die Welt, auf der sie geboren wurden. Nie. Zu fünfundneunzig Prozent jedenfalls. Sie werden geboren, wachsen auf und sterben, und das auf derselben Welt. Und diejenigen, die an Bord gehen – nun, die meisten davon reisen nur ein bisschen. Eine Welt, zwei oder zehn. Bei mir ist das anders. Weißt du, wo ich geboren wurde, Holt? Rate mal!«

Holt zuckte mit den Schultern. »Auf der Erde?«

Cain lachte. »Erde? Ach was. Die Erde liegt doch nur drei oder vier Jahre von hier entfernt. Vier, glaube ich. Weiß nicht genau. Nein, nein. Allerdings habe ich die Erde schon gesehen, die Heimatwelt der Menschen. Vor fünfzig Jahren. Damals war ich mit der *Corey Dark* unterwegs, glaube ich. Ich fand, dass es mal an der Zeit war. Nach hundertfünfzig Jahren Schifffahrt hatte ich immer noch nicht die Erde gesehen. Aber schließlich bin ich doch dagewesen.«

»Du bist nicht auf der Erde geboren worden?«, fragte Holt.

Der alte Cain schüttelte den Kopf und lachte wieder. »Natürlich nicht. Ich bin ein Emereli. Von ai-Emerel. Weißt du, wo das ist, Holt?«

Holt musste nachdenken. Das war keiner der Weltnamen, die er auswendig gelernt hatte, keiner der Sterne, die nachts auf Ymir zu sehen gewesen waren. Aber irgendwie kam ihm der Name vertraut vor. »In der Randzone?«, riet er schließlich. Die Randzone war die äußerste Grenze des von Menschen besiedelten Raums, der kleine Sternhaufen am Scheitelpunkt der galaktischen Linse. Ymir und die Sterne, die Holt kannte, lagen weiter im Inneren, in der Nähe der dichteren Sternfelder und des immer noch unerreichbaren Kerns.

Cain schien froh über Holts Vermutung zu sein. »Ja! Ich bin ein Außenweltler. Ich bin fast zweihundertzwanzig Standardjahre alt und habe ungefähr genauso viele Welten gesehen. Von Menschen bewohnte, von Hrangan, Fyndii und so weiter. Ich kenne sogar Welten im Menschenall, auf denen Menschen leben, die gar keine Menschen mehr sind, wenn du weißt, was ich meine. Schifffahrt, immer Schifffahrt. Wenn ich einmal einen interessanten Ort entdeckt habe, bin ich für kurze Zeit dageblieben. Ich habe alle möglichen Dinge gesehen, Holt. In meiner Jugend habe ich das Festival der Randzone besucht. Auf High Kavalaan stellte ich Banshee, der Todesfee, nach, und auf Kimdiss habe ich geheiratet. Aber meine Frau starb bald, und so bin ich weitergefahren. Nach Prometheus und Rhiannon, die schon auf der Innenseite der

Randzone liegen, und dann über Jamisons Welt und Avalon immer weiter der Galaxismitte zu. Eine Zeit lang war ich ein richtiger Jamie, und auf Avalon heiratete ich gleich drei Frauen. Und zwei Männer oder Co-Gatten, wenn du so willst. Zu der Zeit war ich nicht einmal hundert. Damals besaßen wir unser eigenes Schiff, trieben Handel und steuerten ein paar alte Hrangan-Sklavenwelten an, die seit dem Krieg unabhängig geworden waren. Selbst Alt-Hranga war eine unserer Etappen. Man sagt, dass es immer noch, tief im Inneren von Hranga, ein paar Geister gibt, die irgendwann einmal wieder auftauchen und die Menschenwelt angreifen werden. Aber alles, was ich dort sah, waren ärmliche, kümmerliche Wesen.«

Cain lächelte. »Gute Jahre, Holt, sehr gute Jahre. Wir nannten unser Schiff *Jamisons Arsch*. Meine Frauen und Ehemänner stammten alle von Avalon, bis auf einen – der kam von Alt-Poseidon. Und Avalonier können Jamies nicht ausstehen. So kamen wir auf den Namen. Ich muss sagen, die Abneigung gegen die Jamies ist gar nicht mal unberechtigt. Viele Jahre zuvor war ich selbst ein Jamie gewesen. Auf Port Jamison. In der Stadt, wie auch auf dem ganzen Planeten, leben nur schrecklich kleinkarierte Typen.

Wir verbrachten fast dreißig Standardjahre gemeinsam auf *Jamisons Arsch*. Aber die Ehe brach langsam auseinander, und schließlich ging ich auch wieder meine eigenen Wege. Die anderen wollten Avalon als Handelsstützpunkt beibehalten. Nach dreißig Jahren hatte ich aber alle Welten in der Umgebung kennengelernt und wollte was anderes sehen. Also zog ich weiter, obwohl ich meine Frauen und Männer liebte, Holt. Ich liebte sie wirklich. Ein Mann sollte mit seinen Schiffskollegen verheiratet sein. Das hat viele Vorteile.« Er seufzte. »Sex ist viel problemloser, ungezwungener.«

Holt drängte darauf, mehr zu erfahren. »Und danach?«, fragte er, und sein junges Gesicht verriet, wie neidisch er war. »Was hast du dann gemacht?«

Cain zuckte mit den Achseln, blickte auf die Konsole und drückte auf die glühenden Knöpfe, um eine Antriebskorrektur vorzunehmen. »Oh, ich bin weiter auf Reisen gegangen. Alte Welten, neue Welten, bewohnt von Menschen, Nicht-Menschen und Aliens. Neue Zuflucht, Pachacuti, die zerstörte Alt-Wellington, dann nach Newholme, Silversky und zur Alten Erde. Ich fahre immer tiefer ins Innere der Galaxis, so weit ich komme, bis an mein Lebensende. So wie es Tomo und Walberg vor mir getan haben. Ihr von Ymir kennt doch auch die Geschichte von Tomo und Walberg, oder?«

Holt nickte bloß. Selbst die Bewohner von Ymir hatten von Tomo und Walberg gehört. Tomo war auch ein Außenweltler gewesen. Er stammte von Darkdawn, einem Planeten weit draußen in der Randzone. Man sagte ihm nach, ein undurchsichtiger Schwärmer gewesen zu sein. Walberg, ein Menschmutant von Prometheus, wurde in den Legenden als großmäuliger Abenteurer beschrieben. Vor drei Jahrhunderten hatten sich die beiden mit ihrer *Träumenden Hure* von Darkdawn aus auf den Weg quer durch die Galaxis gemacht. Wie viele Welten sie angelaufen hatten, was ihnen dort begegnet war, und wie tief sie in die Galaxis vorgestoßen waren – das waren die Fragen, über die Schuljungen immer noch diskutierten. Holt mochte die Vorstellung nicht aufgeben, dass die beiden noch am Leben waren und irgendwo da draußen herumkreuzten. Immerhin hatte Walberg behauptet, ein Supermann zu sein, und wer wusste, wie alt ein Supermann werden konnte? Vielleicht alt genug, um den Mittelpunkt und die Welten dahinter zu erreichen. Holt starrte träumend vor sich hin.

Cain grinste ihn an und sagte: »Hey! Sternenbummler!«
Und als Holt erschrocken aufblickte, fügte Cain lächelnd hinzu:
»Ja, du. Dich mein ich. Konzentrier dich auf deine Arbeit,
sonst schaffen wir es nicht mal bis zur nächsten Welt!«

Doch die Rüge war mild, genau wie das Lächeln, und Holt
hatte sie bald wieder vergessen. Ihre Schlafnetze hingen nebeneinander, und Holt hörte dem Alten jede Nacht zu. Cains Rede-
fluss war kaum zu stoppen, zumal Holt nie den Versuch machte.
Und als die *Lachender Schatten* schließlich ihr Ziel auf Cathaday erreichte, um bald darauf wieder über Celias Welt zum
Heimathafen zurückzukehren, gingen Holt und narKarmian
von Bord und heuerten auf einem Postschiff an, das mit Kurs
auf Vess und die fernen Damoosh-Sonnen auslaufen sollte.

Sechs Jahre lang flogen die beiden gemeinsam durchs All.
Aber dann starb narKarmian. Das Gesicht des Alten blieb Holt
deutlicher in Erinnerung als das seines Vaters.

Der Schuppen war ein langes, schmales Gebäude, eine Bruch-
bude aus blauem Dural, das irgendjemand wahrscheinlich in
den Lagerräumen eines geplünderten Frachters aufgestöbert
hatte. Der Schuppen lag auf halbem Wege zwischen dem Windwall des Raumhafens und dem hohen Westtor der grauen Stein-
stadtmauer. Andere, größere Metallgebäude standen rings-
herum: die Lagerbaracken der schiffslosen Ul-mennaleith. Aber
nie war einer der Ullies dort zu sehen.

Gegen Mittag traf Holt ein. Der Schuppen war fast leer.
Mitten im Raum stand eine breite, säulenförmige Kaltfackel.
Sie ragte bis an die Decke, spendete aber nur ein schwaches,
rötliches Licht, das kaum die Hälfte der herumstehenden
Tische erreichte. In einem schattigen Winkel des Raums saß
eine Gruppe flüsternder Linkellars. Gegenüber lag schlafend

ein zusammengerollter, fetter Cedraner mit glitschiger, weiß schimmernder Haut. Neben der Kaltfackelsäule, am Stammtisch der *Pegasus*-Besatzung, hockten Alaina und Takker-Rey vor einer weißen Steinflasche und tranken Gelblethe.

Takker hatte Holt sofort entdeckt. »Sieh an«, sagte er und hob sein Glas. »Wir bekommen Besuch, Alaina. Eine verlorene Seele kehrt zurück. Was macht die Steinstadt, Michael?«

Holt setzte sich. »Nichts Neues, Takker. Immer dasselbe.« Er schenkte dem aufgedunsenen bleichen Mann ein knappes Lächeln und wandte sich Alaina zu. Vor Jahren, während der gemeinsamen Arbeit auf einem Sprungschiff, hatten sie ein kurzes Verhältnis miteinander gehabt. Aber das lag lange zurück. Alaina war dick geworden, ihr langes, kastanienbraunes Haar hing stumpf und strähnig vom Kopf. Zu viel Gelblethe hatte ihre einst strahlenden, grünen Augen trüb und matt gemacht.

Alaina verzog das runde Gesicht zu einem Lächeln. »Hallo Michael«, sagte sie. »Hast du dein Schiff gefunden?«

Takker-Rey kicherte, doch Holt ignorierte ihn. »Nein«, antwortete er. »Aber ich geb nicht auf. Heute sagte mir der Fuchsmensch, ich könnte nächste Woche mit einem Schiff rechnen. Mit einem Menschenschiff. Er versprach, mir einen Platz zu sichern.«

Jetzt kicherte auch Alaina. »Oh, Michael«, sagte sie. »Dummchen. Das Gleiche hat man *mir* auch immer erzählt. Ich bin schon lange nicht mehr hingegangen. Würd ich dir auch raten. Ich bring dich zurück, verlass dich drauf. Und jetzt komm mit auf mein Zimmer. Du fehlst mir. Takker ist ein schrecklicher Langweiler.«

Takker hörte gar nicht hin. Er war stirnrunzelnd damit beschäftigt, sein Glas mit Gelblethe zu füllen. Der Schnaps floss zäh wie Honig aus der Flasche. Holt erinnerte sich an den Geschmack, an das goldene Feuer auf der Zunge und seine beruhigende Wirkung. In den ersten Wochen, während sie auf die Rückkehr des Kapitäns gewartet hatten, bevor alles auseinandergebrochen war, hatten sie das Zeug literweise in sich hineingeschüttet.

»Trink auch einen Schluck«, sagte Takker. »Leiste uns ein bisschen Gesellschaft.«

»Nein«, sagte Holt. »Aber vielleicht ein Glas Feuerbrandy, Takker, wenn du mich dazu einlädst. Oder Fuchsbier. Sommerbier, wenn es das hier gibt. Hab ich schon lange nicht mehr getrunken. Nur keine Lethe. Deshalb bin ich schließlich von hier weggegangen. Erinnerst du dich?«

Alaina schnappte plötzlich nach Luft und warf Holt einen scharfen Blick zu. »Du bist weggegangen«, sagte sie mit dünner Stimme. »Ich erinnere mich, du warst der Erste. Du und Jeff. Ihr wart die Ersten.«

»Nein, Liebes«, unterbrach Takker. Er setzte behutsam die Flasche ab, nahm einen Schluck aus dem Glas und lächelte. »Der Kapitän ist als Erster gegangen. Weißt du es nicht mehr? Der Kapitän, Villareal und Susie Benet. Die drei sind zusammen weggegangen, und wir haben gewartet und gewartet.«

»Ach ja«, sagte Alaina. »Aber danach haben uns Michael und Jeff verlassen. Die arme Irai hat sich umgebracht, und Ian ist von den Fuchsmenschen geholt und an die Wand gehängt worden. Alle anderen sind weggegangen. Oh, ich weiß nicht wohin, Michael, ich weiß es einfach nicht.« Sie fing plötzlich an zu weinen. »Früher waren wir alle zusammen, aber jetzt sind nur noch Takker und ich da. Alle anderen haben uns im Stich gelassen. Wir sind die Einzigen, die hierherkommen, die *Einzigen*.« Sie warf sich über den Tisch und schluchzte.

Holt wurde übel. Es war noch schlimmer als bei seinem letzten Besuch vor einem Monat – viel schlimmer. Er hatte Lust, die Flasche auf den Boden zu werfen, so wie damals, zwei Monate nach der Landung, als ihm nach endlos langem Warten der Kragen geplatzt war. Alaina hatte geheult, Mac-Donald geflucht und ihm einen Zahn lose geschlagen (der ihm manchmal immer noch wehtat), während Takker eine neue Flasche gekauft hatte. Takker hatte immer genug Geld in der Tasche. Er war auf Vess groß geworden, einem Planeten, den sich Menschen mit zwei fremden Rassen teilten. Xenophile Neigungen galten unter den Vessmenschen als durchaus normal. Takker war zartbesaitet und willig, und die Fuchsmenschen (manche zumindest) fanden ihn attraktiv. Als sich Alaina mit Takker zusammengetan hatte und demselben Gewerbe nachgegangen war, waren Holt und Jeff Sunderland in einen Außenbezirk der Steinstadt umgezogen.

»Hör auf zu weinen, Alaina«, sagte Holt. »Ich bin ja hier. Sieh mal, ich habe euch Lebensmittelmarken mitgebracht.« Er griff in den Beutel und warf eine Handvoll auf den Tisch – rote, blaue, silberne, schwarze Plättchen. Sie klapperten, rollten eine Weile im Kreis und blieben schließlich liegen.

Schlagartig hörte Alaina auf zu weinen. Sie grabschte nach den Marken, und selbst Takker beugte sich vor und stierte auf den Tisch. »Rote Marken«, rief sie aufgeregt. »Sieh nur, Takker, rote Fleischmarken! Und silberne für Lethe. Sieh dir das an!« Sie schaufelte die Marken in ihre Tasche. Aber ihre Hände zitterten so sehr, dass einige zu Boden fielen. »Hilf mir, Takker«, sagte sie.

Takker kicherte. »Keine Sorge, Liebes. Es waren nur grüne, und wir brauchen keine Würmer, oder?« Er sah Holt an. »Vielen Dank, Michael, vielen Dank. Du bist ein großzügiger

Mensch. Das habe ich auch Alaina gesagt, als ihr weggegangen seid, obwohl wir euch brauchten. Du und Jeff. Ian
sagte, du seist ein Feigling, aber ich habe dich immer verteidigt, weißt du? Vielen Dank, Michael.« Er nahm eine silberne Marke und schnippte sie mit dem Daumen in die Luft.
»Sehr großzügig von dir. Du bist uns immer herzlich willkommen.«

Holt sagte nichts. Der Schuppenaufseher war plötzlich neben
ihm aufgetaucht, ein riesiger, blauschwarzer Fleischberg mit
strengem Körpergeruch. Er blickte auf Holt herab, oder besser gesagt, er wandte ihm sein augenloses Gesicht zu. Aber
von einem Gesicht konnte man eigentlich auch nicht reden,
denn ihm fehlte der Mund. Das, was als Kopf gelten mochte,
war eine schlaffe, halb gefüllte Blase voller Atemlöcher, umgeben von weißlichen Tentakeln. Es hatte die Größe eines
Kinderkopfs und wirkte daher viel zu klein auf dem öligen
Körper, der aus lauter Speckrollen bestand. Der Schuppenaufseher sprach kein Wort, weder Terranisch noch Ullisch oder
Pidgin-Dan'lai, das in der Durchgangswelt als Handelsspra-
che üblich war. Trotzdem wusste er immer genau, was seine
Gäste wünschten.

Holt wollte nur noch gehen. Er stand auf, stahl sich an dem
geduldig wartenden Vorsteher vorbei und eilte dem Ausgang
entgegen. Die Tür glitt hinter ihm zu, und er hörte noch draußen Alaina und Takker-Rey über die Marken streiten.

Die Damoosh sind weise und vornehm – das jedenfalls sagte
man auf Ymir. Die äußersten Sonnen ihres Gebiets grenzen
an das ständig wachsende Reich der Menschen an, und es war
auf einer uralten Damoosh-Kolonie, wo narKarmian starb und
Holt zum ersten Mal einem Linkellar begegnete.

Holt wurde damals von Rayma-k-Tel begleitet, einer Frau von Vess, mit hartem, scharf geschnittenem Gesicht. Sie saßen in einer Kneipe nahe dem Raumhafen, die guten, aus dem Menschengebiet importierten Schnaps ausschenkte. Er und Rayma kippten das Zeug hinunter und schauten aus dem bemalten gelben Fenster. Cain war seit drei Wochen tot. Plötzlich sah Holt einen Linkellar vor dem Fenster vorbeitrotten. Mit jedem Schritt hüpften seine hervorquellenden Augen auf und ab. Holt zupfte Rayma am Ärmel, machte sie auf den Fremden aufmerksam und sagte: »Sieh mal. Ein Neuer. Kennst du die Rasse?«

Rayma zog den Arm zurück und schüttelte den Kopf. »Nein«, antwortete sie irritiert. Sie hatte eine ausgeprägte Xenophobie, eine tiefe Abneigung gegen Fremde, die von ihrer Zeit auf Vess herrührte. Die Menschen dort waren Fremden gegenüber entweder extrem feindlich oder freundlich eingestellt. »Wahrscheinlich von einer Welt tiefer im Inneren. An deiner Stelle würde ich gar nicht erst versuchen, all die Rassen auseinanderzuhalten. Weiter drinnen gibt's Millionen verschiedener Arten. Die verdammten Damos'll treiben mit allen möglichen Gestalten Handel.«

Holt sah wieder neugierig nach draußen, aber das schwergewichtige Wesen mit der losen, grünen Haut war verschwunden. Holt musste an Cain denken und spürte ein unerklärliches Prickeln im Nacken. Der alte Mann war über zweihundert Jahre lang durchs All gereist und womöglich nie einem Fremden der Rasse begegnet, die *sie* gerade gesehen hatten. Er sagte etwas in der Art zu Rayma-k-Tel.

Sie ließ sich davon nicht beeindrucken. »Na und?«, fragte sie. »*Wir* haben nie die Randzone oder einen Hrangan gesehen, und ich wüsste auch keinen Grund, warum wir es *soll-*

ten.« Sie musste über ihren eigenen Witz grinsen. »Fremde sind wie Geleefrüchte, Michael. Es gibt sie zwar in vielen verschiedenen Farben, aber von innen sind sie alle gleich.

Also hör auf, Cain nachzueifern. Was hat er am Ende von seiner Sammelleidenschaft gehabt? Er ist auf einer Menge drittklassiger Schiffe durch die Gegend geflogen, hat aber nie den Außenarm oder die Mitte gesehen. Reich ist er auch nicht geworden. Du solltest irgendwo Fuß fassen und es zu was bringen.«

Holt hörte ihr kaum zu. Er setzte das Glas ab und berührte mit den Fingerspitzen die kühle Fensterscheibe.

Nachdem Rayma an diesem Abend aufgebrochen war, um zum Schiff zurückzukehren, verließ Holt die Hafenkneipe und schlenderte durch die Wohngegenden der Damoosh. Er zahlte die Hälfte seines Solds von der letzten Fahrt für den Eintritt in die Untergrundkammer, wo der Weisheitspool der Damoosh stand: ein riesiger Lichtcomputer, der an die toten Gehirne der telepathisch begabten Alten angeschlossen war (das jedenfalls erklärte der Führer).

In der schüsselförmigen Kammer hing dichter, aufgewühlter, grüner Nebel. In der Mitte, an der tiefsten Stelle, wallten Vorhänge aus farbigem Licht, die sich langsam auflösten. Holt blickte vom oberen Rand der Kammer hinunter und stellte seine Fragen. Als Antwort hörte er hallendes Geflüster. Es klang, als sprächen viele kleine Stimmchen auf einmal. Zuerst beschrieb Holt das Wesen, das er am Nachmittag gesehen hatte, fragte nach der Rasse und bekam das Wort Linkellar zur Antwort.

»Woher kommen diese Wesen?«, fragte er.

»Aus einer Gegend, sechs Jahre mit Standardantrieb vom Menschengebiet entfernt«, klärte ihn das Geflüster auf, während der grüne Nebel hin und her wehte. »In Richtung Mittelpunkt. Möchten Sie die Koordinaten wissen?«

»Nein. Warum sieht man sie nicht öfter?«

»Sie kommen aus einer sehr fernen Welt«, kam die Antwort. »Zwischen dem Menschengebiet und den zwölf Welten der Linkellars liegen die Damoosh-Sonnen, die Kolonien der Nor T'alush und hundert anderer Welten, auf denen es noch keine Schiffe mit Sternenantrieb gibt. Die Linkellars treiben zwar mit den Damoosh Handel, dringen aber nur selten bis zu diesem Planeten vor, der für euch leichter zu erreichen ist als für sie.«

»Ja«, sagte Holt erschauernd, und ihm war, als bliese ein kalter Wind durch die Kammer und den wallenden Nebel. »Ich habe von den Nor T'alush gehört, aber nicht von den Linkellars. Was gibt es noch? Weiter drinnen?«

»Darüber liegen verschiedene Informationen vor«, flüsterte der Nebel. »Wir wissen von den toten Welten der verschollenen Rasse, die von den Nor T'alush die Ersten genannt werden, obwohl sie wohl kaum die Ersten gewesen sein können. Wir wissen vom weiten Reich der Kresh und von der verlorenen Kolonie einer gethsoiden Aathrasse, die aus dem heutigen Menschengebiet ins Innere aufgebrochen war, lange bevor es Menschen gab.«

»Und was liegt *dahinter?*«

»Die Kresh sprechen von einer Welt namens Cedris und einem Stellarsystem, das größer sein soll als das Menschengebiet, die Damoosh-Sonnen und das alte Hranganreich zusammen. Die Sonnen in diesem System sind die ullischen Sterne.«

»Ja«, sagte Holt mit bebender Stimme. »Und *dahinter?* Noch tiefer im Inneren?«

Im dichten Nebel leuchtete ein Feuer auf. Der grüne Dampf glühte in einem rötlichen Licht. »Das wissen die Damoosh nicht. Wer fliegt so weit? So lange? Darüber gibt es nur ein paar Geschichten. Soll ich Ihnen die uralten Sagen erzählen? Die von den strahlenden Göttern oder den schiffslosen Astronauten? Soll ich das alte Lied der Rasse ohne Welt singen? Tief im Inneren sind Geisterschiffe gesichtet worden, die schneller als Menschen- oder Damooshschiffe fliegen, und sie zerstören nach Lust und Laune, ohne dass man etwas dagegen unternehmen könnte. Niemand weiß, was sie sind, wer sie sind, wo sie sind, oder ob es sie überhaupt wirklich gibt. Wir kennen Namen und Geschichten. Davon können wir erzählen. Aber die eigentlichen Tatsachen liegen im Dunkeln. Wir hörten von einer Welt mit Namen Huul die Goldene. Ihre Bewohner treiben Handel mit den verschollenen Gethsoiden, die wiederum mit den Kresh, und die mit den Nor T'alush, die ihrerseits mit uns in Handelsbeziehungen stehen. Aber kein Damooshschiff ist jemals bis nach Huul vorgestoßen. Wir wissen nicht, wo diese Welt liegt oder wie es auf ihr aussieht. Wir hören von verschleierten Wesen einer namenlosen Welt, die sich aufblähen und in der Atmosphäre herumschweben. Aber das mag bloß eine Legende sein. Von wem sie stammen könnte, wissen wir nicht. Wir hörten von einer Rasse, die im Tiefraum lebt und Kontakt zu den Dan'lai pflegt, einer Rasse, die mit Handelsschiffen ullische Sterne bereist. Die Uller treiben Handel mit den Cedranern, und so schließt sich der Kreis wieder. Aber wie können wir Informationen aus zweiter, dritter Hand trauen, zumal uns die Cedraner nicht einmal persönlich bekannt sind?« Da war plötzlich ein murmelndes Geräusch zu hören. Unter Holts Füßen wirbelte der Nebel auf, und ein Geruch wie Weihrauch stieg ihm in die Nase.

»Ich werde tief ins Innere vordringen«, sagte Holt. »Ich fliege weiter und werde alles mit eigenen Augen sehen.«

»Vielleicht kommen Sie eines Tages wieder und berichten«, riefen die Nebel, und zum ersten Mal hörte Holt die Klage eines Weisheitspools, der nicht weise genug ist. »Kommen Sie zurück. Kommen Sie zurück. Wir haben noch so viel zu lernen.« Der Weihrauchduft war sehr streng.

An diesem Nachmittag brach Holt in fünf weitere Kugelhütten von Cedranern ein. Die erste war kalt, staubig und leer, die zweite bewohnt – aber nicht von Cedranern. Nachdem er die Tür aufgebrochen hatte, blieb er wie angewurzelt im Eingang stehen. Ein feingliedriges Flügelwesen mit wilden Augen flatterte aufgeschreckt unter die Decke und zischte ihm entgegen. Auch in dieser Kugel war nichts zu holen, dafür aber in den drei anderen Hütten.

Gegen Abend kehrte er zur Steinstadt zurück. Er stieg die schmalen Stufen zum Westtor hinauf, einen Sack voll Essen über die Schulter geworfen.

Im fahlen Abendlicht wirkte die Stadt farblos und tot. Die vier Meter hohe und zweimal so breite Ringmauer bestand aus grauem, glattem Stein, wie aus einem Stück gehauen. Das Westtor, das in die Stadt der Schiffslosen einmündete, glich eher einem Tunnel. Holt ging schnell hindurch und gelangte in eine schmale Gasse, die sich zwischen zwei riesigen Gebäuden entlangschlängelte – keine Gebäude im eigentlichen Sinne, sondern zwanzig Meter hohe, unregelmäßig geformte, fenster- und türenlose Gebilde. Wahrscheinlich konnte man nur durch unterirdische Gänge ins Innere gelangen. Diese unförmigen, seltsamen Steinblöcke beherrschten über eine Fläche von etwa zwölf Quadratkilometern den östlichen Teil der Steinstadt. Sunderland hatte den ganzen Komplex sorgfältig kartografiert.

Das Gassennetz war ein einziger Irrgarten. Nicht ein Weg führte auch nur zehn Meter geradeaus. Aus der Vogelperspektive mussten sie, wie sich Holt oft vorstellte, aussehen wie von einem Kind gezeichnete Blitze. Aber er hatte Sunderlands Karten von dieser Gegend genau studiert und kannte sich bestens aus. Schnell und zielbewusst marschierte er durch die engen Gassen, ohne einem anderen Wesen zu begegnen.

Wenn er von Zeit zu Zeit einen Knotenpunkt mehrerer Gassen erreichte, hielt er nach markanten Bauwerken Ausschau, die Sunderland in seinen Karten als Orientierungspunkte verzeichnet hatte. Die Steinstadt war in zahlreiche Bezirke unterteilt, die sich alle in Bauweise und Gesteinsmaterial voneinander unterschieden. Im Nordwesten ragte ein dichter Wald von Türmen aus glasigem Gestein auf, zwischen denen trockene Kanäle verliefen. Weiter südlich lag ein Bezirk mit blutroten Steinpyramiden. Im Osten standen pilzförmige Türme in der Mitte eines sonst leeren, weiten Platzes aus Granitplatten. Es gab noch andere Bezirke, alle von eigentümlicher Architektur und unbewohnt. Jeden Tag hatte Sunderland einen neuen Abschnitt kartografiert. Aber er hatte lediglich an der Spitze eines Eisbergs gekratzt. Zahllose Ebenen lagen unter der Oberfläche, und weder Holt noch Sunderland oder die anderen hatten in diese schwarzen, luftleeren Labyrinthe eindringen können.

Es war schon dunkel geworden, als Holt wieder eine größere Kreuzung erreichte. Er stand auf einem achteckigen Platz mit einem kleineren achteckigen Brunnen in der Mitte. Nicht ein Lufthauch kräuselte das grüne Wasser. Dann beugte sich Holt über den Rand und wusch sein Gesicht. In seiner Wohnung, wie auch in der näheren Umgebung, fand er sonst keine Gelegenheit dazu. Sunderland vermutete in den Pyramiden größere Wasservorräte, doch in der Nähe des Westtors gab es nur diesen einen Brunnen.

Nachdem sich Holt den Staub des Tages von Händen und Gesicht gespült hatte, ging er weiter. Der Lebensmittelsack pendelte auf seinem Rücken hin und her, und seine Schritte hallten durch die Gassen. Sonst blieb es still. Die Nacht brach schnell herein. Bald würde es stockfinster sein, so schwarz und mondlos wie in jeder Nacht auf der Durchgangswelt. Ständig lag eine dichte Wolkendecke über dem Planeten, und nur selten waren mehr als ein halbes Dutzend Sterne zu sehen.

Hinter dem Platz mit dem Brunnen lag ein weiteres Trümmerfeld aus Felsen und Sand. Hier hatte einst ein riesiges Gebäude gestanden. Holt stieg vorsichtig über das Geröll und steuerte auf ein einzelnes Bauwerk zu, das sich krass von anderen umliegenden Gebäuden unterschied. Es sah aus wie eine aufgeblähte cedranische Kugelhütte aus goldenem Stein. Mehrere Löcher führten ins Innere der Kuppel, wo Dutzende schmaler Treppen und Gänge wabenförmige Kammern miteinander verbanden.

Seit fast zehn Standardmonaten war dies Holts Zuhause.

Sunderland hockte auf dem Boden, als Holt das gemeinsam bewohnte Zimmer betrat. Um ihn herum lag ein Wust von Karten. Jede war ein Flickwerk aus vergilbten Fetzen, die er von den Dan'lai erstanden hatte, versteift mit feinem, ullischem Silberblech und überzogen mit einer Rasterfilmschicht von Bord der *Pegasus*. Auf die so präparierten Blätter waren Linien und Bezeichnungen säuberlich eingetragen. Sunderland saß mitten in seiner Arbeit, eine Karte auf dem Schoß, den Stift in der Hand. Er sah feist und vernachlässigt aus und blickte irritiert zu Holt empor.

»Ich hab was zu essen«, sagte Holt und warf den Sack quer durch den Raum. Er landete auf den Karten und brachte mehrere lose Abschnitte durcheinander.

»Pass doch auf!«, kreischte Sunderland. »Die *Karten!*« Wütend schob er den Sack beiseite und fing an, die Blätter neu zu ordnen.

Holt ging auf sein Schlafnetz zu, das zwischen zwei fest verankerten Kaltfackelsäulen gespannt war. Auf dem Weg dorthin trampelte er über die Karten. Sunderland kreischte erneut auf, aber Holt achtete nicht auf ihn und stieg in das Netz.

»Verdammter Kerl«, sagte Sunderland und rückte die verschobenen Teile zurecht. »Kannst du nicht etwas vorsichtiger sein?« Er blickte auf und sah, dass Holt ihn mit gerunzelter Stirn musterte. »Ist was?«

»Tut mir leid«, sagte Holt. »Bist du heute einen Schritt weitergekommen?« Dem Ton nach zu urteilen, war die Frage nichts als eine leere Formalität.

Aber das fiel Sunderland nicht auf. »Ich habe einen ganz neuen Abschnitt erkundet, südlich von hier«, sagte er aufgeregt. »Sehr interessant. Offensichtlich als Einheit entworfen. Dort steht eine zentrale Säule, verstehst du, aus irgendeinem weichen, grünen Stein, umgeben von zehn etwas kleineren Säulen. Zwischen dem Kapitell der größeren und jeder kleineren Säule spannt sich eine Brücke, oder besser gesagt, ein geschwungenes Steinband. Ähnliche Bauwerke findest du in der ganzen Gegend. Zu Füßen der Säulen ist ein Labyrinth aus hüfthohen Steinwällen. Ich brauche Wochen, um alles genau zu kartografieren.«

Holt starrte auf die Wand neben seinem Kopf, wo er die Tage als Striche in das goldene Gestein eingeritzt hatte. »Ein Jahr«, sagte er. »Ein volles Standardjahr, Jeff.«

Sunderland warf ihm einen rätselnden Blick zu, stand auf und sammelte die Karten ein. »Was hast du heute gemacht?«, fragte er.

»Wir kommen nie weg von hier«, sagte Holt, mehr im Selbstgespräch als an Sunderland gerichtet. »Nie. Aus und vorbei.«

Sunderland blickte auf. »Hör auf damit«, protestierte der kleine, fette Mann. »Ich will nichts davon hören. Wenn du so weiterredest, sitzt du bald mit Alaina und Takker zusammen und kippst Gelblethe in dich hinein. Die Steinstadt ist der Schlüssel. Davon bin ich fest überzeugt. Haben wir erst einmal ihre Geheimnisse gelüftet, können wir sie den Fuchsmenschen teuer verkaufen und uns aus dem Staub machen. Wenn ich meine Karten fertig habe ...«

Holt rollte sich zur Seite und sah Sunderland an. »Ein Jahr, Jeff, ein Jahr. Du wirst deine Karten nie fertig bekommen. Selbst wenn du noch zehn Jahre daran arbeitest, hast du erst einen Bruchteil der ganzen Steinstadt vermessen. Und was ist mit den Tunnels? Den unterirdischen Ebenen?«

Sunderland fuhr sich nervös mit der Zunge über die Lippen. »Die Tunnels. Tja. Wenn ich die Ausrüstung der *Pegasus* hätte ...«

»Die hast du aber nicht. Außerdem würde sie nichts nützen. Unsere Instrumente funktionieren hier nicht. Deshalb musste der Kapitän in der Steinstadt landen. Hier gelten andere Gesetze.«

Sunderland schüttelte den Kopf und ging wieder daran, die Karten einzusammeln. »Dem menschlichen Verstand ist nichts unmöglich. Gib mir Zeit, und ich löse jedes Problem. Wenn

444

Susie Benet noch hier wäre, könnten wir uns sogar ein genaueres Bild von den Dan'lai und Ullern machen.« Susie Benet war die Kontaktspezialistin der *Pegasus*-Besatzung gewesen – eine drittklassige Völkerkundlerin; aber wenn man mit Fremden zu tun hat, ist ein bescheidenes Talent besser als gar nichts.

»Susie Benet ist nicht hier«, sagte Holt in leicht bissigem Ton. Er fing an, die Namen an den Fingern abzuzählen. »Susie ist mit dem Kapitän verschwunden. Desgleichen Carlo. Irai hat sich das Leben genommen. Ian endete am Windwall, weil er in der Raumfahrtbehörde herumgeballert hat. Det, Lana und Maje sind bei dem Versuch, den Kapitän in den Tunnels zu finden, ebenfalls verschüttgegangen. Dave Tillman hat sich an die Kresh verkauft, ist also inzwischen bestimmt auch am Ende. Alaina und Takker-Rey vegetieren dahin, und was mit den vieren an Bord der *Pegasus* passiert ist, wissen wir nicht. Damit bleiben nur wir beide übrig, Sunderland, du und ich.« Holt grinste höhnisch. »Du machst Karten, und ich beklaue die Würmer. Aber keiner von uns kommt einen Schritt weiter. Wir sind erledigt. Wir werden hier in der Steinstadt sterben und nie mehr die Sterne sehen.«

So plötzlich, wie er zu reden angefangen hatte, verstummte er auch wieder. Wütende Ausbrüche waren bei ihm eine Seltenheit. Im Allgemeinen wirkte er verschlossen, manchmal sogar ein wenig depressiv.

Sunderland sah ihn verblüfft an.

»Ein Tag ist wie der andere«, sagte Holt und ließ sich zurück ins Schlafnetz fallen. »Nicht einer, der irgendwie hervorsticht. Weißt du noch, was Irai gesagt hat?«

»Sie war sehr labil«, entgegnete Sunderland. »Labiler, als wir geahnt hatten.«

»Sie fand, dass wir zu weit geflogen seien«, sagte Holt, ohne sich um Sunderlands Einwurf zu kümmern. »Sie sagte, wir lägen falsch in der Annahme, das ganze Universum gehorche den Gesetzen, die wir kennen. Erinnerst du dich? Sie nannte diese Annahme einen ›arroganten, typisch menschlichen Irrglauben‹. Daran erinnerst du dich doch noch, Jeff, oder? Genau davon hat sie gesprochen, von einem ›arroganten, typisch menschlichen Irrglauben‹.«

Er lachte. »Die Durchgangswelt *scheint* nach uns bekannten Regeln zu funktionieren, und davon haben wir uns täuschen lassen. Ich glaube mittlerweile, dass Irai recht hatte. Wir sind noch gar nicht so weit vom Menschengebiet entfernt, stimmt's? Stell dir vor, weiter im Inneren gelten vielleicht wieder ganz andere Gesetze.«

»Ich mag solche Reden nicht«, sagte Sunderland. »Sie sind mir zu destruktiv. Irai war krank. Zum Schluss hat sie sogar Gebetsstunden der Ul-mennaleith aufgesucht, ihre Götter, die Ul-nayileith, angerufen und so weiter. Zu einer Mystikerin hat sie sich entwickelt. Zu einer Mystikerin.«

»Findest du das so falsch?«, fragte Holt.

»Allerdings«, antwortete Sunderland bestimmt.

Holt sah ihn an. »Dann erklär mir alles, Jeff. Sag mir, wie ich hier herauskomme. Wo ist der Sinn im Ganzen zu finden?«

»In der Steinstadt«, antwortete Sunderland. »Nun, wenn ich meine Karten fertig habe ...« Er stockte.

Holt lag ausgestreckt im Schlafnetz und hörte nicht mehr zu.

Fünf Jahre hatte die Reise quer durch die Sternfelder der Damoosh gedauert. Sechsmal wechselte er das Schiff, bevor dieser Sektor durchflogen war. Derweil hatte er andere, größere

Weisheitspools befragt und eine Menge dazugelernt. Aber auf der nächsten Welt warteten schon neue Überraschungen und Rätsel auf ihn. Die Schiffe, auf denen er diente, hatten oft eine nichtmenschliche Besatzung. Menschenschiffe drangen nur selten so weit vor. Also ließ sich Holt von Damoosh, verirrten Gethsoiden und anderen Mischrassen anheuern. Trotzdem traf er in jedem Hafen, den er anlief, auf ein paar Menschen. Er hörte sogar von Gerüchten, dass es weit im Inneren der Galaxis, etwa fünfhundert Flugjahre entfernt, ein zweites Menschenreich geben sollte, gegründet von der Besatzung eines Nomadenschiffs und von einer glitzernden Welt namens Prester aus regiert. Von einem uralten Vessmenschen hörte Holt, dass die Städte von Prester auf Wolken schwebten. Später erfuhr er von einem anderen Besatzungsmitglied, dass Prester eine einzige, riesige Stadt sei, die von einer riesigen Frachterflotte mit Lebensmitteln versorgt werde. Derselbe Mann behauptete, dass es kein Nomadenschiff gewesen sein könne, von dem die ursprüngliche Besiedlung ausgegangen war. Seiner Meinung nach hätte ein Schiff aus der Anfangszeit des interstellaren Zeitalters keine so weite Strecke zurücklegen können. Wahrscheinlicher sei, dass Prester von einer Schwadron irdischer Kaisergetreuen besiedelt wurde, die auf der Flucht vor einem Hrangan-Geist waren. Holt blieb skeptisch und verlor schließlich jegliches Interesse an der Geschichte, als eine Frau von einem gestrandeten cathadayanischen Frachter felsenfest behauptete, Prester sei von Tomo und Walberg gegründet worden und werde immer noch von Walberg regiert.

Aber es gab noch andere Legenden, andere Geschichten, denen er auf den Grund zu kommen versuchte.

Und diesen Wunsch teilte er mit vielen.

In der überdachten Stadt eines luftleeren Planeten, der eine blau-weiße Sonne umkreiste, traf Holt Alaina. Sie erzählte ihm von der *Pegasus*.

»Der Kapitän hat sie aus Schrott zusammengebaut, stell dir vor, hier in der Stadt. Er ist Händler und will tiefer als andere in die Galaxis vordringen – so wie wir ...« Sie warf Holt ein wissendes Lächeln zu. Ihr war von Anfang an klar gewesen, dass er von der gleichen Sehnsucht getrieben wurde. »Er hat einen Dan'la getroffen. Dan'lai kommen aus einer Gegend weiter im Inneren.«

»Ich weiß«, sagte Holt.

»Nun, vielleicht weißt du noch nicht, was so alles bei denen passiert. Der Kapitän sagte, die Dan'lai hätten alle ullischen Sterne erobert – du hast doch schon von den ullischen Sternen gehört? ... Gut. Ich schätze, die Ul-mennaleith haben kaum Widerstand geleistet. Aber es gibt auch noch einen anderen Grund. Die Dan'lai besitzen nämlich Sprungschiffe, eine völlig neue Sache in der Raumfahrt. Der Kapitän sagt, diese Schiffe seien mindestens doppelt so schnell wie andere. Der Standardantrieb verzerrt die Relationen im Raum-Zeit-Kontinuum, um ÜL-Effekte zu erzielen, verstehst du ...«

»Ich kenne mich sehr wohl mit Antrieben aus«, erwiderte Holt schnippisch, beugte sich aber vor und hörte Alaina aufmerksam zu.

»Oh«, sagte Alaina und fuhr unbekümmert fort. »Nun, bei einem Sprungantrieb passiert etwas ganz anderes. Er befördert dich in ein anderes Kontinuum und wieder zurück. Die Bedienung ist völlig neu. Sie geschieht teilweise auf psionischem Weg. Man bekommt diesen seltsamen Ring über den Kopf gestülpt.«

»Habt ihr etwa einen Sprungantrieb?«, unterbrach Holt sie.

Sie nickte. »Der Kapitän hat sein altes Schiff fast völlig auseinandergenommen, um es in ein Sprungschiff umzurüsten. So ist die *Pegasus* entstanden. Den Antrieb dafür hat er von den Dan'lai gekauft. Im Augenblick trommelt er neue Leute zusammen, die uns ausbilden sollen.«

»Wohin werdet ihr fliegen?«, fragte er.

Sie lachte herzhaft auf, und ihre hellen, grünen Augen leuchteten. »Wohin schon? Ins Innere!«

Holt wachte in der Dämmerung auf, zog sich rasch an und ging den Weg zurück, den er am Abend zuvor gekommen war; vorbei an dem stillen, grünen Brunnen, die endlosen Gassen entlang, durch das Westtor hinaus in die Stadt der Schiffslosen. Er passierte die Skelettwand, ohne einen Blick nach oben zu werfen.

Im langen Korridor, im Inneren des Windwalls, versuchte er, eine unverschlossene Tür zu finden. Die ersten vier ließen sich nicht öffnen. Bei der fünften hatte er zwar Glück, aber das Büro dahinter war leer. Kein Dan'la.

So etwas hatte Holt noch nicht erlebt. Vorsichtig trat er ein und blickte sich um. Niemand, nichts. Nicht einmal eine zweite Tür. Er ging um den breiten ullischen Schreibtisch herum und fing an, systematisch die Schubladen zu durchsuchen, so wie bei seinen Raubzügen im Cedranerviertel. Vielleicht war ein Passierschein für den Raumhafen zu finden, eine Waffe oder irgendetwas anderes – etwas, das ihn zurück zur *Pegasus* führen würde. Vielleicht konnte er sich auch auf einer Anheuerungsliste eintragen.

Die Tür glitt auf, und ein Fuchsmensch tauchte im Rahmen auf. Er sah aus wie jeder andere Dan'la. Holt sprang erschrocken einen Schritt zur Seite.

Der Dan'la sprang auf den Schreibtisch zu und langte nach der Sessellehne. »Dieb!«, kläffte er. »Dieb! Ich lass Sie erschießen. Jawohl.« Er fletschte die Zähne.

»Nein«, sagte Holt und wich zur Tür hinaus. Er wollte fliehen, falls der Dan'la Alarm schlagen würde. »Ich bin gekommen, um auf einem Schiff anzuheuern«, sagte er kleinlaut.

»Aha!« Der Fuchsmensch faltete die Hände. »Na schön. Ist das alles, Holt?«

Holt blieb stumm.

»Anheuern, anheuern. Holt will anheuern«, trällerte der Dan'la in einem schrillen Singsang.

»Gestern sagte man mir, dass in der nächsten Woche ein Schiff kommt«, meinte Holt.

»Nein, nein, nein. Tut mir leid. Es kommt kein Schiff. Kein Menschenschiff. Weder nächste Woche noch sonst wann. Kapiert? Und es gibt keinen Platz für Sie. Das Schiff ist voll. Und ohne einen reservierten Platz kommen Sie nicht auf das Hafengelände.«

Holt machte ein paar Schritte nach vorn und stellte sich vor den Schreibtisch. »Kein Schiff nächste Woche?«

Der Fuchsmensch schüttelte den Kopf. »Kein Schiff, kein Schiff. Kein Menschenschiff.«

»Dann irgendein anderes. Ich arbeite auch gern für Uller, Dan'lai oder Cedraner. Das habe ich Ihnen doch schon erzählt. Ich weiß, wie man einen Antrieb bedient, und kenne mich auch mit Sprungantrieben aus. Erinnern Sie sich? Ich habe Zeugnisse.«

Der Dan'la neigte den Kopf zur Seite. Kannte Holt diese Geste? Er fragte sich, ob er es schon einmal mit demselben Dan'la zu tun gehabt hatte. »Glaub ich ja. Aber für Sie ist kein Platz«, sagte der Fuchsmensch.

Holt ging zur Tür.

»Augenblick«, kläffte der Dan'la.

Holt drehte sich um.

»Kein Menschenschiff nächste Woche«, sagte der Fuchsmensch. »Kein Schiff, kein Schiff, kein Schiff.« Dann hörte er auf zu trällern. »Ein Menschenschiff ist *heute* da!«

Holt starrte ihn verblüfft an. »*Heute?* Wollen Sie mir sagen, dass ein Menschenschiff draußen auf dem Feld steht?«

Der Dan'la nickte heftig.

»Dann verschaffen Sie mir einen Platz, verdammt noch mal«, schrie Holt.

»Ja. Ja. Einen Platz für Sie. Einen Platz für Sie.« Der Fuchsmensch berührte eine Stelle auf dem Schreibtisch. Eine Schublade sprang auf, aus der er ein dünnes Silberblech und einen schlanken blauen Plastikstift hervorholte. »Name?«

»Michael Holt.«

»Oh.« Der Fuchsmensch ließ den Stift fallen und legte die Metallfolie zurück in die Schublade. »Kein Platz«, kläffte er.

»Kein Platz?«

»Niemand kann zwei Plätze bekommen«, antwortete der Dan'la.

»Zwei?«

Der Schreibtischfuchs nickte. »Holt hat schon einen Platz auf der *Pegasus*.«

Holts Hände zitterten. »Verdammt«, sagte er. »Verdammt.«

Der Dan'la lachte. »Brauchen Sie Ihren Platz nicht?«

»Den auf der *Pegasus?*«

Ein Nicken.

»Sie lassen mich also aufs Flugfeld hinaus? Ich darf hinter den Wall?«

Der Fuchsmensch nickte wieder. »Holt bekommt einen Passierschein.«

»Ja«, sagte Holt. »Ja.«

»Name?«

»Michael Holt.«

»Rasse?«

»Mensch?«

»Heimatwelt?«

»Ymir.«

Eine kurze Pause setzte ein. Der Dan'la faltete die Hände und starrte Holt an. Dann öffnete er plötzlich wieder die Schublade, holte ein uralt aussehendes Pergamentstück heraus und nahm den Stift in die Hand. »Name?«, fragte er.

Alles noch mal von vorn.

Als die Befragung zu Ende war, überreichte der Fuchsmensch Holt das Pergament. Es war spröde und drohte, in einzelne Teile zu zerfallen. Holt hielt es sehr vorsichtig in den Händen. Die seltsamen Schriftzeichen ergaben für ihn keinen Sinn. »Und damit kann ich an den Wachen vorbei?«, fragte Holt skeptisch. »Hinaus aufs Feld? Zur *Pegasus*?«

Der Dan'la nickte. Holt drehte sich um und lief zur Tür.

»Augenblick«, rief der Fuchsmensch.

Holt wirbelte herum. »Was jetzt?«, zischte er durch die Zähne.

»Nur noch eine kleine Formalität.«

»Und?«

»Ausweis taugt nichts. Muss erst unterschrieben werden.« Der Dan'la grinste breit. »Unterschrieben, ja, ja. Und zwar von Ihrem Kapitän.«

Holt sagte kein Wort. Pergamentfetzen segelten zu Boden, als er das gelbe Blatt mit geballten Fäusten zerbröselte. Dann stürzte er blitzschnell auf ihn zu.

Der Dan'la konnte nur noch ein kurzes Kläffen hervorstoßen, bevor ihm Holt die Kehle zudrückte. Die zarten, sechsfingrigen Hände paddelten hilflos in der Luft. Holt zerrte am Hals, bis die Wirbel krachten. Der Fuchsmensch sackte schlaff in sich zusammen.

Langsam zog Holt die verkrampften Fäuste aus dem roten Balg. Der tote Dan'la kippte mitsamt dem Sessel nach hinten.

Das Bild der Skelettwand tauchte für eine kurze Zeit vor Holts Augen auf.

Er rannte los.

Die *Pegasus* war auch mit Standardantrieben ausgerüstet, für den Fall, dass der Sprungantrieb versagte. In die nackten Metallwände waren Computerkonsolen eingelassen. In der Mitte des Raums stand der Dan'lai-Sprungantrieb: ein langer, metallisch schimmernder Glaszylinder, senkrecht auf ein Instrumentenpult montiert. Der Zylinder hatte den Umfang eines Mannes und war bis zur Hälfte mit einer zähen Flüssigkeit gefüllt, die abrupt ihre Farbe veränderte, sobald Energie durch den Tank pulsierte. Um den Apparat herum standen Stühle für das Bedienungspersonal, jeweils zwei an einer Seite. Holt und Alaina saßen nebeneinander, die große, blonde Irai und Ian MacDonald gegenüber. Jeder von ihnen trug eine hohle Glaskrone auf dem Kopf, in der die gleiche Flüssigkeit schwappte wie im Zylinder.

Carlos Villareal stand hinter Holt an der Hauptkonsole und las die Daten vom Schiffscomputer. Die Sprünge waren bereits programmiert. Der Kapitän hatte beschlossen, Kurs auf die ullischen Sterne zu nehmen. Als weitere Stationen waren Cedris, Huul und noch tiefer im Inneren gelegene Welten geplant. Vielleicht sogar Prester und der Mittelpunkt.

Der erste Stopp sollte ein Transitpunkt namens Graurast sein (dem Namen nach zu urteilen, hatten vorher schon andere Menschen dort Zwischenlandung gemacht – der Planet war auf den Karten eingetragen). Der Kapitän wollte der Geschichte einer uralten Steinstadt auf den Grund gehen.

Als sie die Atmosphäre verlassen hatten, wurden die Atomtreibsätze ausgeschaltet, und Villareal gab den Befehl. »Koordinaten und Navigation klar«, sagte er etwas zögerlicher als sonst. Das Verfahren war noch zu neu. »Sprung.«

Sie schalteten den Dan'lai-Sprungantrieb ein.

dunkelheit und aufflackernde farben und tausend rotierende sonnen und Holt mittendrin allein nein! da waren Alaina und noch ein paar um sie herum wirbelte chaos und große graue wogen schlugen über ihren köpfen zusammen und die gesichter schienen eingerahmt von tanzendem alles versengendem feuer und schmerz schmerz schmerz und sie taumelten haltlos vorbei an äonen und Holt sah ein glühen und er rief und zog an der mitte der mitte und Graurast draußen aber dann wieder verschwunden und irgendwie holte Holt es zurück und schrie zu Alaina und auch sie packte es und MacDonald und Irai und sie ZOGEN.

Sie saßen vor dem Sprungantrieb. Holt spürte einen Schmerz am Handgelenk und sah, dass eine Infusionsnadel in seinem Unterarm steckte. Auch Alaina hing am Tropf, genau wie die anderen, Irai und Ian. Von Villareal war keine Spur zu sehen.

Die Tür glitt auf, und Sunderland lächelte ihnen zwinkernd zu. »Gott sei Dank!«, sagte der pausbäckige Navigator. »Ihr seid drei Monate lang weg gewesen. Ich dachte schon, mit uns ist es aus.«

Holt nahm sich die Glaskrone vom Kopf und sah, dass nur noch ein paar Tropfen Flüssigkeit übrig geblieben waren.

Dann bemerkte er den fast ausgetrockneten Zylinder. »Drei Monate?«

Sunderland schüttelte sich. »Es war schrecklich. Draußen war nichts zu sehen, *nichts*, und wir konnten euch nicht wach bekommen. Villareal musste die ganze Zeit Krankenschwester spielen. Hätte uns der Kapitän nicht gut zugeredet, wären wir, glaube ich, alle übergeschnappt. Ich weiß, was der Fuchsmensch gesagt hat, aber ich war mir nicht sicher, ob es euch tatsächlich gelingen würde, uns da herauszuziehen – worin wir nun eigentlich gesteckt haben, weiß ich selber nicht.«

»Sind wir da?«, fragte MacDonald.

Sunderland ging um den Sprungantrieb herum an die Computerwand und schaltete den Sichtschirm ein. Eine kleine gelbe Sonne leuchtete auf einen kalten grauen Halbkreis, der den unteren Teil des Sichtschirms ausfüllte.

»Graurast«, sagte Sunderland. »Die Koordinaten stimmen. Wir sind da. Der Kapitän hat schon einen Signalstrahl rausgeschickt. Die Dan'lai scheinen da unten am Ruder zu sein. Sie haben uns Landeerlaubnis gegeben. Zeitlich kommt es auch ungefähr hin. Wir sind schätzungsweise drei Monate subjektiver und drei Monate objektiver Zeit unterwegs gewesen.«

»Und mit Standardantrieb?«, fragte Holt. »Wie lange hätte es mit Standardantrieb gedauert?«

»Gut anderthalb Jahre«, antwortete Sunderland. »Wir haben übrigens eine bessere Zeit hingelegt als von den Dan'lai vorausgesagt.«

Es war noch früh. Der komatöse Schlaf der Cedraner setzte um diese Zeit gerade erst ein. Holt ging das Risiko ein, auf einen noch wachen Wurm zu stoßen. Er brach in die erstbeste Kugelhütte ein, stellte in wilder Hast die Wohnung auf den Kopf und nahm mit, was es an Wertsachen zu stehlen gab. Glücklicherweise lagen die Bewohner zusammengerollt auf dem Boden und schliefen.

Als er zur Hauptstraße zurückgekehrt war, machte er einen großen Bogen um die Dan'lai-Händler. Hinter jedem Fuchsmenschen wähnte er den ermordeten Raumhafenbeamten. Stattdessen suchte er den Verkaufsstand eines blinden Linkellars auf, dessen riesige Augen wie Eiterbälle in seinem Kopf herumtanzten. Trotzdem gelang es dem Wesen irgendwie, Holt übers Ohr zu hauen. Er tauschte die ganze Hehlerware gegen einen eiförmigen Helm und eine transparente, blau getönte Laserpistole ein. Irritiert stellte Holt fest, dass der Laser ein Duplikat von MacDonalds Waffe zu sein schien. Selbst die finneganesische Griffverzierung war gleich. Aber der Laser funktionierte, alles andere war ihm egal.

Die Straßen füllten sich mit Scharen von Schiffslosen, die ihren alltäglichen Geschäften nachgingen. Holt rannte rücksichtslos durch die Massen dem Westtor zu und fiel erst in einen gemächlicheren Schritt zurück, als er die leeren Gassen der Steinstadt erreicht hatte.

Sunderland war nicht da. Wahrscheinlich vermaß er die Gegend. Holt nahm einen seiner Stifte zur Hand und schrieb quer über eine Karte: HABE FUCHS GETÖTET. MUSS UNTERTAUCHEN. GEHE IN DIE TUNNEL DER STEINSTADT. BIN NUR DORT IN SICHERHEIT. Dann suchte er alle übrig gebliebenen Lebensmittel zusammen – der Vorrat mochte gut und gern für zwei Wochen reichen –, packte alles in einen Rucksack, streifte ihn über die Schultern und verließ die Wohnung. Der Laser steckte in der Tasche, der Helm klemmte unter seinem Arm.

Der nächste Einstieg nach unten lag nur ein paar Blocks entfernt. Von der Mitte einer Straßenkreuzung führte ein großer Spiralgang steil in die Tiefe. Holt und Sunderland waren schon oft bis zur ersten Ebene vorgedrungen. Bis dorthin reichte das Licht. Zahllose Tunnel, verwinkelt wie die Gassen an der Oberfläche, verzweigten sich in alle Richtungen. Die meisten verliefen abschüssig. Der Spiralgang führte natürlich noch weiter hinunter, zu neuen Ebenen mit weiteren Abzweigungen, in die kein Licht mehr fiel. Diejenigen, die sich über die erste Ebene hinaus in den Abgrund wagten – wie der Kapitän zum Beispiel –, kamen nie mehr zurück. Es gab Vermutungen über das Ausmaß der Tiefe, aber es war unmöglich, Genaueres zu erfahren. Die Instrumente der *Pegasus* hatten auf der Durchgangswelt nie funktioniert.

Nach der ersten vollen Spiralkehre, auf Höhe der ersten Ebene, blieb Holt stehen und setzte den blassblauen Helm auf. Er war auf die Maße eines Ul-mennaleith zugeschnitten und saß deshalb viel zu eng am Kopf. Die Nasenspitze wurde gequetscht, und der Druck an den Schläfen war unbequem. Aber es ließ sich aushalten. Vor dem Mund lag eine Öffnung zum Atmen und Sprechen.

Holt wartete einen Moment, bis die Körperwärme vom Helm absorbiert und in schwaches blaues Licht umgewandelt wurde. Dann ging er weiter durch den Spiralgang hinunter in die Dunkelheit.

Immer tiefer wand sich der Tunnel, und bei jeder vollen Kehre zweigten andere Höhlen ab. Holt wusste bald nicht mehr, wie viele Ebenen er bereits passiert hatte. Jenseits des Lichtkreises, den der Helm warf, war nichts als Dunkelheit, Stille und heiße Luft, die sich zunehmend schwerer atmen ließ. Aber die Angst trieb Holt weiter an, und er setzte den

Weg mit gleicher Eile fort. Die Oberfläche der Steinstadt wurde zwar von allen gemieden, aber wenn die Dan'lai Grund hatten, wagten sie sich bis in die engen Gassen vor. Nur hier unten konnte Holt vor ihnen sicher sein. Er war entschlossen, den Spiralgang nicht zu verlassen, sonst würde er unweigerlich in die Irre laufen – so wie der Kapitän und die anderen. Sie hatten wohl, wie Holt vermutete, einen Weg durch die Seitentunnels gewählt und waren verhungert, bevor sie den Rückweg finden konnten. Holt wollte nicht den gleichen Fehler begehen. Er nahm sich vor, nach zwei Wochen wieder nach oben zu gehen, um bei Sunderland einen neuen Vorrat an Lebensmitteln zu besorgen.

Ihm war, als seien bereits Stunden vergangen, und immer noch folgte er der gewundenen Rampe nach unten, einer endlosen Wand aus grauem Stein entlang, nur schwach vom blauen Licht des Helms aufgehellt. Er kam an zahllosen Höhlenöffnungen vorbei, die wie aufgesperrte schwarze Mäuler nach ihm zu schnappen schienen. Holt fing in der immer stickiger werdenden Luft an zu keuchen. Um ihn herum war nichts als Gestein, und trotzdem drang ein scharfer Gestank von Fäulnis durch die Höhlen. Holt versuchte, nicht darauf zu achten.

Endlich gelangte er an das Ende des Spiralgangs. Vor ihm waren drei Torbögen in den Fels gebrochen, hinter denen drei steil abfallende Treppen in verschiedene Richtungen abzweigten. Die Füße taten ihm weh. Er setzte sich auf den Boden, zog die Stiefel aus, holte ein langes Stück Räucherfleisch aus dem Rucksack und fing an zu essen.

Ohne die Geräusche seiner Schritte war es totenstill. Es sei denn ... Er lauschte angestrengt in die Dunkelheit. Ja. Er hörte etwas, vage, weit entfernt. Es klang wie ein Poltern. Er

458

kaute weiter am Fleisch und versuchte, die Schallrichtung zu bestimmen. Nach einer Weile war er sicher, dass das Geräusch aus dem linken Treppengang kam.

Holt blieb sitzen, bis er aufgegessen hatte. Er leckte sich die Finger ab, zog die Stiefel an und stand auf. Mit dem Laser in der Hand ging er so leise wie möglich die Stufen hinunter.

Auch die Treppe verlief spiralförmig, jedoch enger und schmaler als die Rampe. Holt hatte kaum Platz, um kehrtzumachen. Abzweigungen gab es nicht, so konnte er sich wenigstens nicht verlaufen.

Das Geräusch wurde immer deutlicher, je tiefer er hinabstieg. Jetzt glaubte er, zwischen all dem Poltern ein Heulen herauszuhören. Dann, etwas später, kamen noch andere Laute hinzu. Holt glaubte, ein Jammern und Kläffen unterscheiden zu können.

Nach der letzten Kehre blieb er wie angewurzelt stehen.

Er stand im Fensterausschnitt eines seltsamen grauen Gebäudes und blickte hinaus auf die Steinstadt. Es war Nacht, und am Himmel funkelten Tausende von Sternen. Unter sich sah er einen achteckigen Brunnen. Nicht weit davon entfernt tanzten sechs Dan'lai um einen Cedraner herum. Sie kicherten und kläfften wie von Sinnen und schlugen nach dem Wurmwesen, wenn es zu fliehen versuchte. Es saß in der Falle, wand sich verwirrt hin und her, jammerte erbärmlich und fuchtelte mit den Kampfklauen. Die riesigen violetten Augen leuchteten hell.

Einer der Dan'lai hielt etwas in der Hand. Langsam klappte er es auf: ein Messer mit schartiger Klinge. Ein zweites tauchte auf. Ein drittes. Jeder der Fuchsmenschen hatte nun ein Messer gezückt. Sie grinsten sich gegenseitig zu. Einer von ihnen fiel dem Cedraner in den Rücken, die Klinge blitzte silbrig

auf, und Holt sah, wie aus einer langen Wunde im kreide-
weißen Fleisch des Cedraners schwarze, eitrige Lymphe sickerte.

Das Wurmwesen stieß einen markerschütternden Schrei
aus und drehte sich langsam um. Leichtfüßig sprang der Dan'la
zurück, doch die Kampfscheren des Ungeheuers waren schneller, als er gedacht hatte. Der Fuchsmensch wurde gepackt
und in die Luft gehoben. Er jaulte auf und trampelte wie
wild mit den Beinen. Aber dann schnappte die Schere zusammen, und der Fuchsmensch fiel in zwei Teile durchtrennt zu
Boden. Die anderen schlossen keifend den Kreis und bedrohten den Cedraner mit schwingenden Messern. Die Scheren
peitschten nach vorn, und ein zweiter Dan'la klatschte ge-
köpft in den Brunnen. Inzwischen hatten zwei andere Dan'lai
die zuckenden Tentakel des Cedraners gekappt. Ein dritter
rammte sein Messer bis zum Heft in den wurmartigen Rumpf.
Die Fuchsmenschen waren außer sich. Ihr wütendes Kläffen
übertönte das Jammern des Cedraners.

Holt hob den Laser, zielte auf den nächsten Dan'la und
drückte den Auslöser. Rotes Licht spritzte aus der Waffe.

Ein Vorhang fiel vor das Fenster und versperrte die Sicht.
Holt riss ihn zur Seite und blickte in eine niedrige Kammer,
von der mehrere Tunnel in verschiedene Richtungen abzweigten. Keine Dan'lai, kein Cedraner. Holt war tief unter der Stadt.
Das einzige Licht stammte von seinem Helm.

Langsam und leise trat Holt in die Kammermitte. Er sah,
dass die Hälfte der Tunnelmündungen zugemauert war. Aus
einem der offenen Schächte wehte ihm kalter Wind entgegen.
Er folgte diesem Schacht über eine lange Strecke und stieß
schließlich auf einen riesigen Stollen, in dem rot glühender
Nebel hing, einem Meer aus Feuertröpfchen gleich. Der Stol-

len setzte sich nach beiden Seiten scheinbar endlos fort. Zahllose Tunnelöffnungen, schwarz wie der Tod, klafften in den Wänden.

Holt ging einen Schritt hinaus in den roten Nebel, drehte sich aber dann wieder um und brannte eine Markierung in den Steinboden des Schachts, aus dem er gekommen war. Jetzt erst machte er sich auf den Weg durch den Stollen, vorbei an der langen Reihe von einmündenden Tunnels. Trotz des dichten Nebels war die Sicht frei, und Holt sah, dass der riesige Stollen leer war – zumindest der Teil, den er überblicken konnte.

Lautlos ging er weiter, fast wie in Trance. Die Angst schien verflogen zu sein. Plötzlich zuckte aus einer Tunnelöffnung weit vor ihm weißes Licht auf. Holt rannte los, doch bevor er den halben Weg zurückgelegt hatte, war nichts mehr zu sehen. Trotzdem, Holt wollte der Sache auf den Grund gehen.

Er bog in die schwarze Höhle ein und gelangte nach wenigen Metern an einen Torbogen. Er blieb stehen.

Vor dem Tor lag eine hohe Schneewächte und dahinter ein Wald, dessen graue Bäume durch ein zartes Eisgeflecht miteinander verbunden waren. Schon der leiseste Hauch schien dieses Kunstwerk zerstören zu können. Im Windschatten der Äste blühten blaue Eisblumen. Sterne funkelten vom klaren Himmel, und auf einer Anhöhe, weit hinten am Horizont, entdeckte Holt die Holzpalisaden und verwinkelten Mauern seines Heimathauses.

Lange blieb er unter dem Torbogen stehen und blickte, in Erinnerungen schwelgend, nach draußen. Eine eisige Böe wehte ein paar Schneeflocken in den Schacht und ließ Holt vor Kälte zittern. Dann drehte er sich um und ging zurück in den roten Nebel des Stollens.

Sunderland wartete vor dem Schachteingang, eingehüllt vom schallschluckenden Nebel. »Michael!«, sagte er mit normal lauter Stimme, aber Holt hörte bloß ein Flüstern. »Du musst unbedingt zurückkommen. Wir brauchen dich, Michael. Ich kann nicht an meinen Karten weiterarbeiten, wenn du nichts zu essen besorgst. Und Alaina und Takker ... Du musst zurückkommen!«

Holt schüttelte den Kopf. Der Nebel braute sich plötzlich zusammen, wurde immer dichter, und bald war Sunderlands stämmige Gestalt nur noch schemenhaft zu erkennen. Als wenige Augenblicke später die Luft wieder aufklarte, sah sich Holt nicht mehr Sunderland, sondern dem Schuppenaufseher gegenüber. Das Ungeheuer stand schweigend da, die weißen Tentakel vibrierten auf seiner Kopfblase. Es wartete. Holt wartete.

Auf der anderen Seite des Stollens tauchte plötzlich aus einem der Tunnels schwaches Licht auf, das sich zu beiden Seiten hin auffächerte, wellengleich durch den Nebel der langen Halle strömte und eine Höhlenöffnung nach der anderen aufleuchten ließ – hier in dunklem Rot, da in strahlendem, bläulichem Weiß und dort in einem Gelb, so warm wie das Licht der Heimatsonne.

Der Schuppenaufseher drehte sich schwerfällig um und ging den Stollen hinunter. Die blauschwarzen Fettrollen schwappten mit jedem Schritt auf und ab. Zum Glück schluckte der Nebel seinen beißenden Körpergeruch. Holt folgte mit dem Laser im Anschlag.

Je tiefer sie in den Stollen vordrangen, desto höher hob sich das Deckengewölbe, und Holt stellte fest, dass die Öffnungen der Seitenhöhlen von Mal zu Mal größer wurden. Plötzlich trat ein fleckiges Wesen, so plump wie der Schuppenaufseher, aus einem der Tunnels, durchquerte den Stollen und verschwand in einer anderen Höhle.

Die beiden blieben vor einer schwarzen Tunnelöffnung stehen, die doppelt so hoch war wie Holt. Der Schuppenaufseher wartete. Holt hob den Laser, ging hinein und gelangte wieder an ein Fenster – oder vielleicht war es auch ein Bildschirm. Holt starrte hinaus auf ein tosendes Chaos aus Farben und Geräuschen. Sein Kopf dröhnte und fing an zu schmerzen, als sich das Bild mit einem Mal stabilisierte. Vier Dan'lai saßen mit übergestülpten Glaskronen um einen Sprungantrieb-Zylinder herum. Jedoch ... jedoch ... das Bild war irgendwie verschwommen. Da waren geisterhafte Schatten, ein zweites Bild schien die Szene zu überlagern. Und dann sah Holt ein drittes, ein viertes, und plötzlich brach alles auseinander. Stattdessen tauchte eine endlose Spiegelgalerie vor Holts Augen auf. Unzählige Dan'lai saßen in Reih und Glied übereinander, teilweise ineinander verschoben und auf einen Fluchtpunkt hin zusammenschrumpfend. Alle führten die gleichen Bewegungen aus – nein, *fast* alle (denn hier und da machten sich Spiegelbilder selbstständig). Sie nahmen die leer gelaufenen Glaskronen vom Kopf, blickten zum jeweiligen Nachbarn hinüber und fingen an zu kichern. Das wilde, kläffende Lachen schien kein Ende nehmen zu wollen, und in den Augen sprühte der Wahnsinn. Dann buckelten alle (nein, *fast* alle) Fuchsmenschen die schmalen Schultern, wodurch sie noch bedrohlicher, noch tierischer wirkten als sonst.

Holt kehrte zurück in den Stollen und folgte dem Schuppenaufseher, der auf ihn gewartet hatte.

Andere Gestalten tauchten jetzt in der langen Halle auf, huschten durch den rötlichen Nebel. Solche, die dem Schuppenaufseher ähnlich sahen, schienen in der Überzahl zu sein. Aber Holt entdeckte auch einen offensichtlich verirrten und verängstigten Dan'la, der von einer Seitenhöhle zur nächsten stolperte. Wesen, halb Mensch, halb Libelle, glitten lautlos über ihre Köpfe hinweg. Ein dünnes großes Etwas verbarg sich unter einem flackernden Lichtschleier. Andere Erscheinungen waren zwar nicht so gut zu sehen, dafür aber hautnah zu spüren. Hin und wieder kamen knochige Zweibeiner in schillernden Gewändern daher, gefolgt von hundeähnlichen, grauen Tieren, die dem Gesichtsausdruck nach intelligente Wesen zu sein schienen.

Dann glaubte Holt, einen Menschen zu entdecken, einen sehr elegant aussehenden Mann in Offiziersuniform. Holt versuchte, genauer hinzusehen, lief auf die Erscheinung zu, verlor sie aber im glühenden Nebel aus den Augen. Als er sich umdrehte, war der Schuppenaufseher verschwunden.

Holt steuerte auf den nächsten Tunnel zu, der wie der erste mit einem Torbogen abschloss und von erhöhtem Standpunkt aus den Blick auf eine weite, mit Backsteinen gepflasterte Ebene freigab, die von einem tiefen Spalt durchbrochen war. Mitten in dieser Einöde lag eine Stadt aus weiß gekalkten, rechtwinklig angelegten Gebäuden. Irgendwie kam Holt dieser Ort bekannt vor. Er erinnerte sich an Cains Schilderungen von Städten, die die Hrangans in den vom Krieg verwüsteten Gebieten zwischen Erde und Randzone gebaut hatten.

Zögernd streckte Holt eine Hand nach draußen, zog sie aber gleich wieder zurück. Die Luft über der Ebene war sengend heiß. Jetzt erst wurde ihm mit aller Deutlichkeit bewusst, dass er nicht auf einen Bildschirm schaute, genauso wenig wie bei seinem ersten Ausblick auf Ymir.

Er ging zum Stollen zurück und blieb nachdenklich vor dem Tunneleingang stehen. Lebewesen, die er nie zuvor gesehen hatte, glitten lautlos durch den Nebel, ohne voneinander Notiz zu nehmen. *Bestimmt ist auch der Kapitän hier unten*, dachte Holt. Und Villareal und Susie Benet, und vielleicht sogar die restliche Mannschaft. Oder … oder womöglich waren sie hier *gewesen* und jetzt irgendwo anders. Vielleicht hatten auch sie hinter einem Torbogen ihre Heimat gesehen, vielleicht waren sie für immer dorthin zurückgekehrt. Holt fragte sich, ob es möglich war, den Torbogen von beiden Seiten zu passieren.

Der Dan'la tauchte wieder auf, aber im Vergleich zu vorhin wirkte er sehr wacklig auf den Beinen. Holt sah, dass er uralt war. Den tastenden Bewegungen nach zu urteilen, musste er blind sein, und trotzdem, seine Augen schienen gut genug sehen zu können. Holt beobachtete auch die anderen und beschloss, ihnen zu folgen. Manche wagten sich durch die Tore nach draußen und wanderten tatsächlich in die dahinterliegenden Landschaften hinaus. Holt sah die ullischen Welten in all ihrer verschwenderischen Pracht, und Ul-mennaleith, die sich zum Gebet versammelten … er sah die sternlose Nacht und die trübseligen Bewohner von Darkdawn, hoch oben in der Randzone … und Huul, den goldenen Planeten (es gab ihn also wirklich) … und die Geisterschiffe, die aus dem Inneren kamen, und die Kreischer von den schwarzen Welten des Außenarms, und uralte Rassen, die ganze Planeten überdachten, und viele andere Welten, die Holt selbst in seinen kühnsten Träumen nicht für möglich gehalten hatte.

Er ließ sich jetzt nicht mehr von anderen führen, sondern ging auf eigene Faust durch die Gänge und stellte fest, dass die Aussicht von ein und demselben Tor wechseln konnte. Er stand unter einem quadratischen Portal. Vor ihm lagen die riesigen Ebenen von ai-Emerel, und Holt musste an den alten Cain denken, der wohl sehr weit gereist war, aber nicht weit genug. Holt sah die Emereli-Türme und wünschte, er könnte sie aus nächster Nähe betrachten. Plötzlich gab das Tor den Blick auf einen der Türme frei. Genauso unerwartet tauchte der Schuppenaufseher neben ihm auf, und Holt starrte in sein profilloses Gesicht. Dann steckte er den Laser weg, lüftete den Helm (er hatte zu glühen aufgehört – seltsam, warum war es ihm nicht vorher aufgefallen?) und trat hinaus.

Er stand auf einem Balkon aus schwarzem Emereli-Metall, und kalter Wind fuhr ihm durch die Haare. Die untergehende Sonne überschüttete den Himmel mit rotgelbem Licht. Am Horizont ragten andere Türme auf, und Holt wusste, dass jeder eine Millionenstadt war. Aber von seinem Standpunkt aus wirkten sie eher wie lange schwarze Nadeln.

Eine Welt. Cains Welt. Holt fragte sich, wie sie wohl vor zweihundert Jahren, in Cains Jugend, ausgesehen haben mochte. Aber auch das würde er herausfinden.

Holt nahm sich fest vor, bald zurückzukehren, um Sunderland, Alaina und Takker-Rey von seinen Entdeckungen zu berichten. Er würde sie durch die Tunnel der Steinstadt und schließlich nach Hause führen. Ja, das würde er tun. Aber erst später. Zuerst wollte er ai-Emerel besuchen, dann die Erde und die Mutanten von Prometheus. Ja.

In der Steinstadt verstreicht die Zeit nur langsam. Aber noch langsamer tickt sie in den darunterliegenden Höhlen, dahin, wo die Erbauer ein Netz aus Raum und Zeit geknüpft haben. Trotzdem, die Zeit läuft unerbittlich weiter. Die großen grauen Gebäude sind zerfallen, so wie die Pyramiden und die pilzförmigen Türme. Von den Windwällen ist nichts übrig geblieben, und seit Jahrtausenden schon landen keine Schiffe mehr auf dem Raumhafen. Die Ul-mennaleith sterben aus. Die Letzten ihrer Rasse sind unscheinbar und scheu. Gepanzerte Hüpftiere folgen ihnen auf Schritt und Tritt. Das Volk der Dan'lai ist nach tausend Jahren Blütezeit, die dem Sprungantrieb zu verdanken war, in die Barbarei zurückgefallen. Die Kresh sind aus dem All verschwunden, die Linkellars wurden versklavt, und die Geisterschiffe haben sich immer noch nicht zu erkennen gegeben. Das Reich der Damoosh geht seinem Ende entgegen, doch die Weisheitspools leben weiter, sind in nachdenkliches Schweigen versunken und warten auf Fragen, die keiner mehr stellt. Neue Rassen bevölkern die Welten, alte wachsen und machen große Veränderungen durch. Kein Mensch hat die Galaxismitte erreicht.

Die Sonne der Durchgangswelt verliert an Kraft.

In den leeren Tunnels unter den Ruinen wandert Holt von Stern zu Stern.

Bitterblumen

Als er endlich gestorben war, stellte Shawn beschämt fest, dass sie ihn noch nicht einmal begraben konnte.

Sie besaß keine geeigneten Grabwerkzeuge; nur ihre Hände, das Langmesser, das an der Hüfte festgebunden war, und ein kleineres Messer im Stiefel. Aber damit ließ sich hier gar nichts ausrichten. Unter der dünnen Schneedecke war der Boden hart gefroren wie Fels. Shawn war sechzehn, nach der Jahreszählung ihrer Familie, und der Boden war schon ihr halbes Leben lang gefroren gewesen. Die jetzige Jahreszeit hieß Tiefwinter, und es war kalt auf der Welt.

Obwohl sie schon vorher wusste, wie sinnlos das Unterfangen war, versuchte Shawn zu graben. Sie suchte sich ein Fleckchen Erde aus, nur ein paar Meter von dem groben Schrägdach entfernt, das sie zu ihrer beider Schutz gebaut hatte. Shawn brach die dünne Schneekruste auf und schob die Stücke mit den Händen beiseite. Dann begann sie mit dem kleineren Messer auf der Erde herumzuhacken. Aber der Boden war härter als Stahl. Die Klinge zerbrach, und Shawn starrte sie hilflos an, wusste sie doch, wie wertvoll so ein Messer war, und auch, was Creg zu ihr sagen würde. Dann versuchte sie weinend mit den Händen die Erde aufzukratzen, bis ihre Finger schmerzten und die Tränen auf ihrer Gesichtsmaske gefroren.

Es war nicht richtig von ihr, ihn ohne Beerdigung hier liegen zu lassen; er war ihr Vater, Bruder und Liebhaber gewesen. Und er war immer nett zu ihr gewesen, und sie hatte ihn nie enttäuscht. Jetzt konnte sie ihn nicht einmal mehr beerdigen.

Schließlich wusste sie nicht mehr, was sie noch tun konnte, und küsste ihn ein letztes Mal. Eis war in seinem Bart und seinen Haaren, und sein Gesicht war von Schmerz und Kälte unnatürlich verzerrt, aber trotzdem gehörte er noch zur Familie. Dann kippte sie das Schrägdach auf seinen Körper und verbarg ihn unter Ästen und Schnee. Das war nutzlos, und sie wusste es: Vampire und Windwölfe würden es leicht beiseite schieben, um an sein Fleisch zu kommen. Aber Shawn wollte ihn nicht ohne irgendeinen Schutz zurücklassen.

Sie beließ ihm seine Skier und den großen Silberholzbogen, dessen Sehne in der Kälte entzweigerissen war. Aber sie nahm sein Schwert und seinen schweren Fellumhang. Bei der Menge ihres Gepäcks machte das auch nicht mehr viel aus. Fast eine Woche hatte sie ihn gepflegt, nachdem er von dem Vampir verwundet worden war. Der lange Aufenthalt unter dem Schrägdach hatte den Großteil ihrer Nahrungsmittel aufgezehrt. Shawn hoffte, jetzt leichter und schneller reisen zu können. Sie zog sich die Skier an, blieb noch eine Weile neben dem behelfsmäßigen Grab stehen, das sie ihm errichtet hatte. Während sie sich auf ihre Skistöcke stützte, sagte sie ihm ein letztes Mal Lebewohl. Dann fuhr sie über den Schnee los, durch die erschreckende Stille der Tiefwinterwälder in Richtung Heim, Feuer und Familie. Mittag war gerade vorüber. In der Dämmerung wusste Shawn, dass sie es nie schaffen würde.

Sie war jetzt ruhiger, dachte vernünftiger. Ihre Klagen und ihre Scham hatte sie bei seinem Leichnam zurückgelassen, wie man es ihr beigebracht hatte. Die Stille und die Kälte waren allgegenwärtig um sie herum. Aber die lange Skifahrt hatte sie erröten lassen, und unter den Kleidungsstücken aus Leder und Fell war ihr fast warm. Ihre Gedanken hatten die spröde Klarheit des Eises, das in langen Zapfen von den nackten, verbogenen Bäumen um sie herumhing.

Als die Dunkelheit ihren Mantel über der Welt ausbreitete, suchte Shawn eine geschützte Stelle im Windschatten des größten Baums – eine massive Schwarzlohe mit einem Umfang von drei Metern. Shawn breitete den Fellumhang, den sie mitgenommen hatte, auf einer bloßen Bodenstelle aus und zog ihr eigenes wollenes Cape wie eine Decke über sich, um sich vor dem aufkommenden Wind zu schützen. Sie lehnte sich an den Stamm, zog für alle Fälle das Langmesser unter das Cape und schlief, kurz und ständig auf der Hut. Mitten in der Nacht wachte sie auf und überdachte die Fehler, die ihr unterlaufen waren.

Die Sterne standen am Himmel; Shawn konnte sie durch die nackten schwarzen Äste über sich blinzeln sehen. Der Eiswagen beherrschte den Himmel und brachte die Kälte auf die Welt, wie er das schon getan hatte, solange Shawn zurückdenken konnte. Die funkelnd blauen Augen des Wagenlenkers starrten höhnisch auf sie herab.

Der Eiswagen hat Lane getötet, dachte Shawn bitter, *nicht die Vampire.* Der Vampir hatte Lane in jener Nacht schwer verwundet, als die Bogensehne gerissen war, während er sie zu seiner Verteidigung gespannt hatte. Zu einer anderen Jahreszeit hätte er mit Shawns Pflege überlebt. Im Tiefwinter war er ohne Chance. Die Kälte war durch alle Schutzmaßnahmen gekrochen, die sie ihm gebaut hatte. Die Kälte hatte alle Kraft und Wildheit aus Lane herausgesaugt. Die Kälte hatte ein eingeschrumpftes weißes Etwas aus ihm gemacht, erstarrt und blass, die Lippen blau gefärbt. Und jetzt schickte sich der Lenker des Eiswagens an, Lanes Seele zu fordern.

Und auch die von Shawn, das wusste sie. Sie hätte Lane seinem Schicksal überlassen sollen. Creg jedenfalls hätte so gehandelt, Leila auch, jeder aus der Familie. Nie hatte Grund zur Hoffnung bestanden, Lane würde überleben, nicht im Tiefwinter. Nichts konnte im Tiefwinter überleben. Die Bäume wurden in dieser Jahreszeit starr und nackt, das Gras und die Blumen verschwanden, die Tiere erfroren oder verschwanden unter der Erde zum Winterschlaf. Sogar die Vampire und Windwölfe magerten ab und verwilderten, und viele von ihnen verhungerten vor dem Einsetzen des Tauwetters.

Genauso, wie Shawn verhungern würde.

Sie waren schon drei Tage überfällig gewesen, als der Angriff des Vampirs kam. Lane hatte die Nahrungsmittel scharf eingeteilt. Und nach dem Angriff war er viel zu schwach gewesen. Seine eigene Ration war bereits am vierten Tag aufgebraucht, und Shawn hatte ihn aus ihrer Ration weitergefüttert, ihm das aber verheimlicht. Jetzt war ihr nicht mehr viel zu Essen übrig geblieben, und die Geborgenheit von Carinhall lag fast zwei Wochen harten Marschs entfernt. Im Tiefwinter war das dasselbe wie zwei Jahre.

Während sich Shawn unter ihrem Cape zusammenrollte, überlegte sie, ob sie ein Feuer anzünden sollte. Ein Feuer lockte Vampire an – sie konnten die Wärme noch aus drei Kilometern Entfernung ausmachen. Die Vampire würden sich leise zwischen den Bäumen heranschleichen: hagere, schwarze Schatten, größer, als Lane gewesen war, ihre lose Haut lappte über die skelettartigen Glieder wie ein dunkler Umhang, wenn man ihre Klauen außer Betracht ließ. Wenn sie sich auf die

Lauer legte, könnte sie einen Vampir überraschen und erledigen. Ein ausgewachsener Vampir brächte Shawn ausreichend Nahrung für die Rückkehr nach Carinhall. Sie grübelte darüber nach und verwarf den Gedanken widerwillig. Vampire konnten so rasch über den Schnee rennen wie ein fliegender Pfeil, kaum berührten sie im Lauf den Boden, und es war so gut wie ausgeschlossen, in der Nacht ein solches Wesen auszumachen. Aber die Vampire konnten Shawn sehr gut erkennen, durch die Wärme, die sie ausstrahlte. Das Entfachen eines Feuers garantierte ihr lediglich einen schnellen und relativ schmerzvollen Tod.

Shawn erschauerte und umfasste den Knauf ihres Langmessers fester, um darin Sicherheit zu finden. Plötzlich wähnte sie in jedem Schatten einen verborgenen Vampir. Und im Wehklagen des Winds glaubte sie das klatschende Geräusch zu hören, das die Haut der Vampire machte, wenn sie rannten.

Dann erreichte ein lauteres und echteres Geräusch ihre Ohren: ein wütendes, hochtöniges Pfeifen, wie Shawn es noch nie zuvor vernommen hatte. Und urplötzlich wurde der schwarze Horizont in Licht getaucht, ein geisterhaft blau schimmerndes Strahlen, das die nackten Gebeine des Walds umriss und deutlich sichtbar am Himmel pulsierte. Shawn sog tief die Luft ein – ein Eishauch drang in ihre raue Kehle –, sie mühte sich aufzustehen, da sie unterbewusst einen Angriff befürchtete. Aber nichts weiter geschah. Die Welt blieb kalt und schwarz und tot; nur das Licht lebte und schimmerte gedämpft am Horizont und nickte ihr zu, schien Shawn zu rufen. Lange Minuten beobachtete sie das Licht und dachte zurück an den alten Jon und die schrecklichen Geschichten, die er den Kindern zu erzählen pflegte, wenn sich alle um den großen Herd in Carinhall versammelt hatten. *Es gibt schlimmere Dinge als*

Vampire, erzählte Jon immer wieder. Und während Shawn sich daran erinnerte, war sie plötzlich wieder das kleine Mädchen, das auf den dicken Fellen mit dem Rücken zum Feuer saß und Jon zuhörte, wie er von Geistern, lebenden Schatten und Kannibalenstämmen erzählte, die in gewaltigen, aus Knochen gebauten Burgen hausten.

So abrupt, wie es gekommen war, verblasste das fremde Licht und verschwand. Und mit ihm verklang das hochtönige Geräusch. Aber Shawn hatte sich die Stelle des Leuchtens gemerkt. Sie nahm ihr Bündel auf und legte sich Lanes Umhang um, damit er sie zusätzlich wärmte. Dann befestigte sie ihre Skier. Sie war jetzt kein kleines Kind mehr, sagte sie sich, und das Licht war kein Geistertanz gewesen. Was immer auch dahinterstecken mochte, es könnte ihre letzte Chance sein. Sie nahm die Skistöcke fest in die Hand und glitt lautlos auf den Ort des Leuchtens zu.

Eine Reise bei Nacht war das Allergefährlichste, und das wusste Shawn. Creg hatte ihr das über hundertmal erklärt, und ebenso Lane. In der Dunkelheit, beim matten Schein der Sterne, konnte man leicht vom Weg abkommen und die Skier zerbrechen, oder ein Bein oder etwas noch Schlimmeres. Und Bewegung erzeugte Wärme; Wärme, die die Vampire aus der Tiefe der Wälder anlockte. Es wäre besser gewesen, bis zum Morgengrauen im Schutz der Schwarzlohe zu verbleiben, wenn die Nachtjäger sich in ihre Lager zurückgezogen hatten. Ihre ganze Ausbildung und ihre Instinkte warnten sie. Aber der Tiefwinter herrschte, und als sie einen Moment lang zum Ausruhen innehielt, kroch die Kälte beißend durch ihre wärmsten Felle. Und Lane war tot, und Shawn war hungrig, und das Licht war so nahe gewesen, so schmerzhaft nahe. Also folgte sie ihm langsam und behutsam. Und in dieser

Nacht wollte es so scheinen, als schütze Shawn ein Zauberbann. Das Gelände war flach und sanft und fast freundlich zu ihr. Die Schneedecke war dünn genug, dass keine Wurzel und kein Stein sie überraschen und zu Fall bringen konnten. Kein dunkler Räuber glitt aus dem Schatten der Nacht, und das einzige Geräusch kam von ihrer Bewegung: dem sanften Krachen der Schneekruste unter ihren Skiern.

Während ihrer Fahrt wurde der Wald immer lichter, und nach einer Stunde hatte Shawn ihn zur Gänze hinter sich gelassen und ein Ödland voll umgestürzter Steinblöcke und verbogenem, verrostetem Metall erreicht. Sie kannte diesen Anblick, denn sie sah solche Ruinen nicht zum ersten Mal, wo Familien gelebt hatten und gestorben waren. Ihre Hallen und Häuser verrotteten jetzt. Aber noch nie hatte Shawn eine so großflächige Ruine gesehen. Die Familie, die hier gelebt hatte, vor wer weiß wie langer Zeit, musste einmal sehr groß gewesen sein. Die zerbröckelnden Überbleibsel ihrer Ansiedlung dehnten sich über ein Gebiet aus, in das über hundert Carinhalls hineingepasst hätten. Vorsichtig suchte sie sich einen Weg durch das baufällige, schneebedeckte Gemäuer.

Zweimal kam sie an Gebilden vorbei, die noch recht intakt aussahen, und jedes Mal überlegte Shawn, ob sie nicht im Schutz dieser alten Steinmauern die Nacht verbringen sollte. Aber dann konnte sie in ihnen keine Quelle dieses Lichts entdecken, also fuhr sie nach einer sehr kurzen Inspizierung weiter. Der Fluss, den Shawn bald danach erreichte, hielt sie schon etwas länger auf. Vom hohen Ufer, wo sie sich niederließ, konnte sie die Reste von zwei Brücken entdecken, die sich einst über den schmalen Wasserlauf gespannt hatten. Aber beide waren schon vor langer Zeit eingestürzt. Der Fluss war glücklicherweise zugefroren, daher hatte Shawn keine Schwierigkeiten, ihn zu überqueren. Der Tiefwinter machte das Eis dick und fest, und es bestand keine Gefahr für sie, einzubrechen.

Als Shawn unverdrossen am jenseitigen Ufer hochstieg, entdeckte sie die Blume.

Es war ein sehr kleines Pflänzchen. Ihr dicker schwarzer Stängel spross zwischen zwei Steinen am Flussufer empor. Vielleicht hätte Shawn die Pflanze in der Nacht nie entdeckt, aber ihr Skistock hatte einen der eisbedeckten Steine aus seinem Bett gelöst, während sich Shawn das Ufer hochgemüht hatte. Das dabei entstehende Geräusch hatte sie nach unten, genau auf die Stelle blicken lassen, wo die Pflanze wuchs.

Die Blume verwunderte Shawn so sehr, dass sie beide Skistöcke in die eine Hand nahm und mit der anderen in ihrer Kleidung nach etwas suchte, mit dem sie Feuer machen konnte. Das Streichholz gab einen kurzen, hellen Schein, der aber für Shawns Augen ausreichte.

Eine kleine Blume, sehr klein, mit vier blauen Blütenblättern, jedes in der gleichen blauen Tönung wie Lanes Lippen, kurz bevor er gestorben war. Eine Blume, hier und lebendig, wuchs im achten Jahr des Tiefwinters, wo alles andere auf der Welt tot war.

Keiner wird mir glauben, sagte sich Shawn, *so lange nicht, bis ich den Beweis nach Carinhall bringe.* Sie legte die Skier ab und versuchte, die Blume herauszuziehen. Aber das war zwecklos, so zwecklos wie ihre Bemühungen, Lane zu beerdigen. Der Stängel war so hart wie Draht. Etliche Minuten mühte sich Shawn mit ihm ab und kämpfte gegen ihre Tränen an, als der Stengel sich nicht rühren wollte. Creg würde sie eine Lügnerin nennen und eine Träumerin, und all das, als was er sie ständig bezeichnete.

Aber schließlich konnte sie die Tränen zurückhalten. Shawn ließ die Pflanze stehen und stieg bis nach oben an das Flussufer. Dort hielt sie einen Moment lang inne.

Vor ihr breitete sich Meter um Meter ein weites, offenes Feld aus. An manchen Stellen massierte sich der Schnee in großen Wehen, und an anderen lagen flache Steine, die sich nackt dem Wind und der Kälte präsentierten. Aber in der Mitte der Szenerie erhob sich das merkwürdigste Gebilde, das Shawn je gesehen hatte: ein großes, dickes Ding, wie eine Träne geformt, das wie ein Tier auf drei schwarzen Beinen im Licht der Sterne kauerte. Die Beine waren angewinkelt, als bereite sich das Tier darauf vor, geradewegs in den Himmel zu springen, an den Gelenken über und über mit Eis bedeckt. Sowohl die Beine als auch das Gebilde waren voller Blumen.

Die Blumen waren überall, entdeckte Shawn, als sie den Blick lange genug über das kauernde Ding streifen ließ. Sie sprossen einzeln oder in Gruppen aus jeder Spalte im Feld; an allen Seiten umgeben von Eis und Schnee, schufen sie kleine Lebensinseln in der reinen, weißen Landschaft des Tiefwinters.

Shawn näherte sich durch die Blumen hindurch dem Ding, bis sie direkt vor einem der Beine stand. Verwundert berührte sie dessen Glied mit ihren behandschuhten Fingern. Alles war aus Metall, Metall und Eis und Blumen, wie auch das Gebilde selbst. Wo die Beine den Boden berührten, war der Stein darunter zerbrochen. An hundert Stellen war der Stein geborsten, als hätte ihn ein großer, mächtiger Stoß getroffen. Und Risse dehnten sich von den Bruchstellen aus, zickzackartig verlaufende schwarze Risse, die um die Flanken der Stellen wie die Netze eines Sommer-Spinners krochen. Die Blumen sprossen aus diesen Rissen. Jetzt, da Shawn nahe genug herangetreten war, erkannte sie, dass die Pflanzen ihrer kleinen Flussblume keineswegs alle glichen. Man fand Blüten in vielen Farben, manche so groß wie Shawns Kopf, und sie wuchsen verschwenderisch, wohin man blickte, so als sei ihnen gar nicht bewusst, dass gerade Tiefwinter herrschte, in dem sie eigentlich schwarz und tot hätten sein müssen.

Shawn umrundete das Gebilde und suchte einen Eingang. Da ließ ein Geräusch ihren Kopf zum Flussufer herumfahren.

Ein dünner Schatten flimmerte kurz über dem Schnee und schien dann verschwunden zu sein. Shawn erschauderte und zog sich rasch zum nächsten großen Bein zurück, um ihren Rücken zu decken. Sie ließ alles fallen, und schon steckte Lanes Schwert in ihrer linken Hand und ihr eigenes Langmesser in der anderen. So stand sie da, verfluchte sich selbst wegen des Streichholzes, dieses verfluchten, dummen Streichholzes, und horchte nach dem *flag-flag-flag* des Todes auf krallenbewehrten Füßen.

Es ist zu dunkel, stellte sie fest, und ihre Hand zitterte. Im gleichen Moment kam der Schatten von der Seite über sie. Ihr Langmesser schoss darauf zu, stach und schnitt, traf aber nur die äußere Haut. Dann stieß der Vampir einen Triumphschrei aus, und Shawn erhielt einen Stoß, der sie zu Boden warf. Sie wusste sofort, dass sie irgendwo blutete. Ein schweres Gewicht lastete auf ihrer Brust, und etwas Schwarzes, Lederartiges ließ sich auf ihren Augen nieder. Sie wollte danach stechen, aber da musste sie feststellen, dass die Klinge des Messers fehlte. Shawn schrie.

Dann schrie auch der Vampir, und eine Seite von Shawns Kopf explodierte vor Schmerz. Blut lief über Shawns Augen, und sie würgte an einströmendem Blut und Blut und Blut ...

Alles war blau; nichts als Blau, dunstiges, treibendes Blau. Ein blasses Blau tanzte und tanzte, wie das Geisterlicht, das am Himmel geschimmert hatte. Ein sanftes Blau, wie von der kleinen Blume, der unmöglichen Blume am Flussufer. Ein kaltes Blau, wie die Augen des Lenkers vom Eiswagen, und wie Lanes Lippen, als Shawn sie ein letztes Mal geküsst hatte. Blau, Blau, das sich bewegte und niemals stillstehen würde. Alles war wie ein Schleier und unwirklich. Es gab nur Blau. Für eine lange, lange Zeit nur Blau.

Dann Musik, aber verschwommene Musik, irgendwie auch blaue Musik; fremd und hochtönend, sehr traurig, einsam und ein wenig exotisch. Ein Wiegenlied, wie die alte Tesenya es gesungen hatte, als Shawn noch sehr klein gewesen war, und bevor die Alte zu schwach und zu krank geworden und von Creg nach draußen zum Sterben hinausgeschickt worden war. So lange schon war es her, seit Shawn zum letzten Mal ein solches Lied gehört hatte. An Musik kannte sie nur das Spiel von Creg auf seiner Harfe und Rys auf ihrer Gitarre. Shawn spürte, dass sie sich entspannte und davontrieb. Alle ihre Glieder verwandelten sich in Wasser, träge fließendes Wasser, und Shawn wusste, dass sie eigentlich gefroren sein müsste.

Zart berührten sie Hände, hoben ihren Kopf, zogen ihr die Gesichtsmaske aus, sodass die blaue Wärme über ihre nackten Wangen strich. Die Hände wanderten tiefer und tiefer, lösten Shawns Kleidung, zogen ihr die Felle, Kleider und Lederstücke aus, öffneten den Gürtel, nahmen das Wams ab und schoben die Hosen hinunter. Shawns Haut prickelte. Sie trieb und trieb immer weiter. Alles war warm, wunderbar warm. Und die Hände flatterten unglaublich zärtlich mal hierhin und mal dorthin; so sanft, wie bei der alten Tesenya, wie manchmal bei ihrer Schwester Leila. *Wie bei Leila*, dachte Shawn, dieser Gedanke war angenehm, und Shawn wollte ihn gar nicht mehr fahren lassen. Sie war mit Lane zusammen, sie war geborgen und im Warmen und ... und sie erinnerte sich an Lanes Gesicht, das Blau seiner Lippen, das Eis in seinem Bart, wo sein Atem gefroren war, der Schmerz, der in ihm gebrannt und sein Gesicht zu einer Maske verzerrt hatte. Shawn erinnerte sich, und plötzlich zerrte das Blau an ihr, sie würgte am Blau, wehrte sich, schrie.

Die Hände hoben sie hoch, und eine fremde Stimme murmelte leise und beruhigend in einer Sprache, die Shawn nicht verstand. Eine Tasse wurde an Shawns Lippen gepresst. Sie öffnete den Mund zum Schrei, doch stattdessen trank sie. Die Brühe war warm und süß und wohlduftend, voller Gewürze. Manche von ihnen kannte Shawn sehr gut, aber andere waren ihr gänzlich unbekannt. *Tee,* dachte sie, und ihre Hände übernahmen die Tasse aus den anderen Händen, noch während sie trank.

Shawn befand sich in einem kleinen, schummerigen Zimmer und saß aufgerichtet auf einem Bett aus Kissen. Ihre Kleider lagen neben ihr, und die Luft war voll blauem Dunst von einem brennenden Stab. Eine Frau kniete neben Shawn, gekleidet in bunte Stoffstücke, die aus vielen Farben zusammengesetzt waren. Graue Augen betrachteten Shawn ruhig unter dem dicksten, wildesten Haarschopf hervor, den sie je gesehen hatte. »Du ...?«, fragte Shawn.

Die Frau fuhr mit einer blassen weichen Hand über Shawns Stirn. Dann sagte sie laut: »Carin.«

Shawn nickte langsam und fragte sich, wer diese Frau wohl sein mochte und woher sie den Namen der Familie kannte.

»Carinhall«, sagte die Frau, und ihre Augen schienen ein wenig belustigt und ein wenig traurig zu sein. »Lin und Eris und

Caith. Ich erinnere mich an sie, kleines Mädchen. Beth, die Stimme Carins, wie hart sie war. Und Kaya und Dale und Shawn.«

»Shawn? Ich bin Shawn. Das bin ich. Aber Creg ist die Stimme Carins ...«

Die Frau lächelte matt und fuhr fort, Shawns Stirn zu streicheln. Die Haut ihrer Hand war sehr weich. Shawn hatte noch nie etwas so Weiches gespürt. »Shawn ist meine Liebhaberin«, sagte die Frau. »In jedem zehnten Jahr. Bei der großen Versammlung.«

Shawn blinzelte sie verwirrt an, und sie begann sich zu erinnern. Das Licht im Wald, der Vampir ... »Wo bin ich?«, fragte sie.

»Du bist überall, wo du im Traum nicht hinzugelangen dachtest, kleine Carin«, sagte die Frau und lachte in sich hinein.

Shawn bemerkte, dass die Zimmerwände glänzten wie dunkles Metall. »Das Gebilde«, platzte es aus ihr heraus, »das Gebilde auf den Beinen, mit all den Blumen ...«

»Ja«, sagte die Frau.

»Bist du ... Wer bist du? Hast du das Licht gemacht? Ich war im Wald. Lane ist gestorben, ich hatte bald nichts mehr zu essen, und dann habe ich das Licht gesehen, ein blaues ...«

»Das war mein Licht, Carinkind, als ich vom Himmel herabstieg. Ich bin weit weg gewesen, o ja, weit weg, in Ländern, von denen du noch nie hörtest, aber ich bin zurückgekommen.« Unvermittelt stand die Frau auf und wirbelte hierhin und dorthin, und das bunte Kleid, das sie trug, wallte und schimmerte, und sie war eingehüllt in blassen, blauen Rauch. »Ich bin die Hexe, vor der man dich in Carinhall warnt, Kind«, kreischte sie frohlockend, und sie wirbelte und wirbelte herum, bis sie endlich schwindelnd neben Shawns Bett zusammenbrach.

Niemals hatte jemand Shawn vor einer Hexe gewarnt, und so war sie eher verwirrt als ängstlich. »Du hast den Vampir getötet«, sagte sie. »Wie hast du ...?«

»Ich kann zaubern«, sagte die Frau. »Ich bin eine Zauberin, ich kann zaubern und werde ewig leben. Und das wirst du auch, Carinkind, Shawn, sobald ich es dich gelehrt habe. Du kannst mit mir reisen, und ich werde dich alle Zaubereien lehren und dir Geschichten erzählen, und wir werden uns lieben. Du bist bereits meine Liebhaberin, weißt du, das bist du schon immer gewesen, bei den Ratsversammlungen. Shawn, Shawn.« Sie lächelte.

»Nein«, sagte Shawn, »das war eine andere Person.«

»Du bist müde, Kind. Der Vampir hat dich verletzt, und du hast deine Erinnerung verloren. Aber du wirst dich wieder erinnern können, das wirst du.« Die Frau stand auf und durchquerte das Zimmer. Mit den Fingerspitzen drückte sie den brennenden Stock aus und stellte die Musik leiser. Als sie mit dem Rücken zu Shawn stand, sah diese, dass ihr Haar fast bis auf die Hüften herabfiel und dass es nur aus Locken und Knoten bestand; wildes, ruheloses Haar, das wie Wellen auf einem fernen Meer herumwogte, wenn sich die Frau bewegte. Shawn hatte das Meer einmal gesehen, vor vielen Jahren, noch bevor der Tiefwinter eingesetzt hatte. Shawn erinnerte sich daran.

Die Frau schwächte irgendwie das gedämpfte Licht ab und wandte sich in der Dunkelheit wieder Shawn zu. »Ruh dich jetzt aus. Mit Zauberei habe ich die Schmerzen von dir genommen, aber vielleicht kehren sie zurück. Ruf mich, wenn es so weit kommt. Ich kenne noch mehr Magie.«

Shawn fühlte sich schläfrig. »Ja«, murmelte sie ergeben. Aber als sich die Frau zum Gehen wandte, rief Shawn ihr nach.

»Warte!«, sagte sie. »Von welcher Familie bist du, Mutter? Sag mir, wie du heißt.«

Das gelbe Licht rahmte die Gestalt der stehenden Frau ein, eine Silhouette ohne Konturen. »Meine Familie ist sehr groß, Kind. Meine Schwestern sind Lilith und Marcyan und Erika Stormjones und Lamiya-Bailis und Deirdre d'Allerane. Kleronomas und Stephan Kobald Nordstern und Tomo und Walberg waren meine Brüder und Väter. Unser Haus liegt hoch oben, noch über dem Eiswagen. Und mein Name, mein Name ist Morgan.« Damit war sie verschwunden. Die Tür schloss sich hinter ihr, und Shawn war allein, um zu schlafen.

Morgan, dachte Shawn, als sie einschlief. *Morganmorganmorgan.* Wie ein Rauchfaden trieb der Name durch ihre Träume.

Sie war wieder ein kleines Mädchen und beobachtete das Feuer im Herd von Carinhall, beobachtete, wie die Flammen an den dicken schwarzen Holzstöcken leckten und sie plagten, roch den süßen Wohlgeruch von Distelholz, und ganz in der Nähe erzählte jemand eine Geschichte. Nicht etwa Jon, nein, dies hier geschah, bevor Jon Geschichtenerzähler geworden war, dies hier war lange davor. Die Erzählerin war Tesenya, die uralte Tesenya. Ihr Gesicht war voller Falten, und sie sprach mit ihrer müden Stimme, die doch voller Musik war, mit ihrer Wiegenliedstimme, und alle Kinder hörten ihr zu. Ihre Geschichten waren anders gewesen als die von Jon. Seine Geschichten handelten immer von Kämpfen, von Kriegen, von der Blutrache und von Monstern. Sie waren bis zum Rand angefüllt mit Blut, Messern und leidenschaftlichen Schwüren, geschworen am Totenbett des Vaters. Tesenyas Geschichten verliefen ruhiger. Sie erzählte von einer Reisegruppe, sechs Personen aus der Familie Alynne, die sich eines Jahres in der Frostjahreszeit verirrt hatten. Durch Zufall gerieten sie in eine große Halle, ganz aus Metall gebaut. Und die dortige Familie begrüßte die Gäste mit einem großen Fest. So aßen und tranken die Reisenden, und als sie sich gerade die Lippen abwischten und aufbrechen wollten, wurde ein weiteres Festmahl aufgefahren, und so ging es in einem fort. Die Alynnes blieben immer länger, denn mit jedem Gang wurde das Essen leckerer und köstlicher als alles, was sie je zuvor zu sich genommen hatten. Je mehr sie von den Speisen aßen, desto hungriger wurden sie. Mittlerweile war es draußen vor der Halle Tiefwinter geworden. Schließlich, als es viele Jahre später wieder taute, machten sich andere Mitglieder der Familie Alynne auf den Weg, die Wanderer zu suchen. Man fand sie tot im Wald. Sie hatten sich ihrer guten, warmen Felle entledigt und trugen stattdessen dünne Tücher. Ihre Messer waren vom Rost zerfressen, und jeder von ihnen war verhungert. Denn der Name dieses Metallhauses war Morganhall, erklärte Tesenya den Kindern, und die Leute, die dort lebten, wurden die Lügner-Familie genannt, deren Mahlzeiten hohl sind und aus Träumen und Luft bestehen.

Shawn erwachte, nackt und zitternd.

Ihre Kleider lagen noch immer in einem Haufen neben dem Bett. Rasch zog sie sich an, zuerst das Unterzeug, dann das schwere Hemd aus Schwarzwolle, darüber die Lederstücke, die Hosen, den Gürtel und das Wams, dann ihren Fellmantel mit der Kapuze und schließlich ihre Capes, ihr eigenes aus Kinderstoff und Lanes Umhang. Ganz zum Schluss zog sie die Gesichtsmaske über; sie zerrte das enge Leder über den Kopf und band die Schnüre unter dem Kinn fest. Jetzt war sie sowohl vor dem Tiefwinter als auch vor den Berührungen eines Fremden geschützt. Shawn fand ihre Waffen nebst den Stiefeln achtlos in eine Ecke geworfen. Als Lanes Schwert in ihrer Hand lag und das Langmesser wieder in seiner gewohnten Scheide steckte, fühlte sie sich komplett. Sie stapfte nach draußen, um ihre Skier und einen Ausgang zu finden.

Morgan erwartete sie mit einem hellen, spröden Lachen in einem Zimmer aus Glas und glänzendem, silbrigem Metall. Sie stand vor dem größten Fenster, das Shawn je gesehen hatte: eine Scheibe aus reinem, sauberem Glas, höher als ein Mensch, breiter als der große Herd in Carinhall und makelloser als die Spiegel der Familie Terhis – und die war für ihre Glasbläser und Linsenmacher berühmt. Hinter dem Glas war es Mittag, der kühle, blaue Mittag des Tiefwinters. Shawn sah das Feld mit den Steinen, Blumen und dem Schnee, und dahinter das niedrige Flussufer, das sie hochgestiegen war, und hinter ihm lag der zugefrorene Fluss, wie er sich durch die Ruinen schlängelte.

»Du siehst so wild und wütend aus«, sagte Morgan, nachdem ihr eigenartiges Gelächter verebbt war. Sie hatte ihr wildes Haar mit Stoffstreifen und silbernen Spangen voller Perlen durchzogen, die strahlten, wenn sich Morgan bewegte. »Komm, Carinkind, zieh deine Felle wieder aus. Die Kälte kann uns hier nicht erreichen, und wenn sie es doch tut, fahren wir einfach woanders hin. Es gibt noch andere Länder, musst du wissen.« Sie durchquerte den Raum.

Shawn hatte die Spitze des Schwerts zu Boden sinken lassen, jetzt ließ sie die Waffe wieder hochfahren. »Bleib, wo du bist!«, warnte Shawn. Ihre Stimme klang rau und fremd.

»Ich habe keine Angst vor dir, Shawn«, sagte Morgan. »Nicht vor dir, meine Shawn, meine Liebhaberin.« Leichtfüßig ging sie an dem Schwert vorbei und nahm den Schal ab, den sie trug, eine dünne Gaze aus grauer Spinnenseide, mit kleinen karmesinroten Juwelen bestickt, und legte ihn Shawn um den Hals. »Verstehe, ich weiß, was du denkst«, sagte sie und deutete auf die Juwelen. Eine nach der anderen wechselten sie ihre Farbe: aus Feuer wurde Blut, das Blut erstarrte und verwandelte sich in Braun, aus dem Braun wurde Schwarz. »Du hast lediglich Angst vor mir, mehr nicht. Aber keine Wut. Du wirst mich niemals verletzen.« Sie band den Schal geschickt unter Shawns Gesichtsmaske zusammen und lächelte.

Voller Schrecken starrte Shawn auf die Perlen.

»Wie hast du das gemacht?«, wollte sie wissen und trat unsicher einen Schritt zurück.

»Mit Magie«, sagte Morgan. Sie drehte sich auf dem Absatz herum und tanzte zum Fenster zurück. »Morgan steckt voller Magie.«

»Du steckst voller Lügen«, sagte Shawn. »Ich weiß Bescheid über die sechs Alynnes. Ich werde hier nichts essen und verhungern. Wo sind meine Skier?«

Morgan schien sie gar nicht gehört zu haben. Die Augen der älteren Frau waren verschleiert und voller Sehnsucht. »Hast du jemals das Haus Alynne im Sommer gesehen, Kind? Es ist wunderbar. Die Sonne steigt über dem Rotsteinturm hoch, und jede Nacht versinkt sie in Jámeis See. Hast du das schon einmal gesehen, Shawn?«

»Nein«, sagte Shawn dreist, »und du auch nicht. Was redest du vom Alynne-Haus, wenn du behauptest, deine Familie lebte auf dem Eiswagen; und alle haben Namen, von denen ich noch nie gehört habe, Kleraberus und so.«

»Kleronomas«, sagte Morgan kichernd. Sie hob eine Hand an den Mund, um sich zum Schweigen zu bringen. Müßig saugte sie an einem Finger, während ihre grauen Augen leuchteten. An allen ihren Fingern hingen Ringe aus strahlendem Metall. »Du solltest meinen Bruder Kleronomas einmal sehen, Kind. Er besteht zur Hälfte aus Metall und zur Hälfte aus Fleisch. Seine Augen sind hell wie Glas, und er weiß mehr als alle Stimmen, die jemals für Carinhall gesprochen haben.«

»Weiß er nicht«, sagte Shawn, »du lügst schon wieder.«

»Er *weiß* es«, sagte Morgan. Ihre Hand fiel herunter, und sie wirkte plötzlich böse. »Er ist ein Zauberer. Wir alle sind Zauberer. Erika ist gestorben, aber sie wird erwachen, um wieder und immer wieder zu leben. Stephen war ein Krieger, er hat eine Milliarde Familien getötet, mehr, als man zählen kann. Und Celia hat eine Menge geheimer Planeten entdeckt, auf die zuvor noch nie jemand gestoßen war. Alle in meiner Familie können magische Dinge tun.« Urplötzlich wurde ihre Miene verschlagen. »Ich habe schließlich den Vampir getötet, oder etwa nicht? Was meinst du wohl, wie ich das angestellt habe?«

»Mit einem Messer!«, sagte Shawn dreist, aber unter der Maske errötete sie. Morgan hatte den Vampir getötet, und das hieß, Shawn *hatte* etwas wiedergutzumachen. Und dabei stand Shawn mit gezückter Waffe hier. Sie erschrak vor der Wut Cregs, die sie sich ausmalte, und ließ das Schwert zu Boden fallen. Plötzlich fühlte sie sich sehr hilflos.

Morgans Stimme war ganz sanft. »Doch, du hattest ein Langmesser *und* ein Schwert und konntest den Vampir trotzdem nicht töten, oder, Kind? Nein, nicht wahr?« Sie ging auf Shawn zu. »Du gehörst mir, Shawn Carin, du bist meine Liebhaberin, meine Tochter und meine Schwester. Du musst lernen, Vertrauen zu haben. Ich will dich eine ganze Menge lehren. Hier.« Sie nahm Shawn bei der Hand und führte sie ans Fenster. »Bleib hier stehen. Warte, Shawn, warte ab und sieh zu, und ich werde dir weitere Zauberstücke von Morgan zeigen.« An der gegenüberliegenden Wand machte Morgan irgendetwas mit ihren Ringen an einer Schalttafel aus glänzendem Metall und viereckigen, matten Lichtern.

Während sie zusah, wurde es Shawn mit einem Mal angst und bange.

Unter ihren Füßen begann der Boden zu erbeben, und ein Geräusch überfiel sie mit aller Macht, ein hohes, jammerndes Kreischen stach durch die Ledermaske in ihre Ohren, bis sie sich mit den behandschuhten Händen die Ohren zuhielt, um sich vor dem Lärm zu schützen. Trotzdem konnte sie den Lärm immer noch spüren, er ließ ihre Knochen vibrieren. Shawns Zähne schmerzten, und plötzlich verspürte sie einen rasenden Schmerz in der linken Schläfe – und das war noch nicht einmal das Schlimmste.

Denn draußen, wo alles kalt und hell und still ausgesehen hatte, trieb sich ein dumpfes, blaues Licht herum, tanzte und befleckte die Welt. Die Schneewehen strahlten in blassem Blau, und die davon losgelösten Eisfahnen wirkten noch blasser. Und dunkelblaue Schatten stiegen dort vom Uferrand hoch und wieder nieder, wo vorher gar keine gewesen waren. Shawn sah, dass selbst der Fluss das blaue Licht widerspiegelte, und auch die Ruinen, die traurig und verfallen auf dem dahinterliegenden Hügel standen. Morgan kicherte hinter Shawn, und plötzlich löste sich im Fenster alles auf, bis man keine Konturen mehr erkennen konnte, nur Farben: helle und dunkle Farben, die ineinander verliefen wie Teile eines Regenbogens, die in einem unermesslich großen Kochtopf zerkocht wurden. Shawn rührte sich nicht von der Stelle, nur ihre Hand suchte und fand den Griff ihres Langmessers, und Shawn zitterte, während sie an ihren Sinnen zweifelte.

»Sieh her, Carinkind!«, rief Morgan und übertönte das schreckliche Wimmern. Trotzdem konnte Shawn sie kaum verstehen. »Wir sind jetzt in den Himmel gesprungen, fort von aller Kälte. Ich habe es dir vorausgesagt, Shawn. Wir werden jetzt zum Eiswagen fahren.« Wieder hantierte Morgan an der Wand, und das Geräusch verschwand. Auch die Farben waren verschwunden. Hinter dem Fenster lag der Himmel.

Shawn schrie auf vor Furcht. Sie konnte nichts außer der Dunkelheit und den Sternen erkennen; überall Sterne, mehr als Shawn je zuvor gesehen hatte. Und sie wusste, dass sie verloren war. Lane hatte ihr alles über die Sterne beigebracht, damit Shawn sich an ihrem Stand orientieren, ihren Weg an ihnen ausrichten konnte. Aber diese Sterne hier waren falsch, sie waren so *anders*. Nirgends konnte sie den Eiswagen ausmachen, den Geisterski, noch nicht einmal Lara Carin mit ihren Windwölfen. Sie konnte überhaupt keine vertraute Konstellation mehr ausmachen. Nur eine Unzahl Sterne, die Shawn mit Millionen Augen, roten, weißen, blauen, gelben Augen, boshaft anstarrten. Und kein einziger blinzelte auch nur.

Morgan stand hinter ihr.

»Sind wir im Eiswagen?«, fragte Shawn schüchtern.

»Ja.«

Shawn zitterte. Sie warf heftig ihr Messer fort, sodass es laut von einer Metallwand abprallte. Dann drehte sich Shawn zu ihrer Gastgeberin um. »Also sind wir tot. Und der Lenker führt unsere Seelen fort von den Eiswüsten«, sagte sie. Aber sie weinte nicht. Shawn hatte noch nicht sterben wollen, besonders nicht im Tiefwinter, aber jetzt würde sie Lane wiedersehen.

Morgan band den Schal wieder auf, den sie Shawn um den Hals gebunden hatte. Die Perlen waren jetzt schwarz und sahen tot und zum Fürchten aus. »Nein, Shawn Carin«, sagte Morgan gelassen. »Wir sind nicht tot. Lebe hier mit mir, Kind, und du wirst niemals sterben. Hör auf meine Worte.« Sie zog den Schal herunter und machte sich daran, die Bänder von Shawns Gesichtsmaske zu lösen. Als sie damit fertig war, zog sie die Maske vom Kopf des Mädchens und ließ sie achtlos zu Boden fallen. »Du bist schön, Shawn. Aber du warst schon immer schön. Ich erinnere mich an die vergangenen Jahre. Ja, ich erinnere mich.«

»Ich bin nicht schön«, sagte Shawn. »Ich bin zu weich und zu schwach. Creg sagt, ich sei zu mager, und mein Gesicht sei eingedrückt. Und ich bin nicht ...«

Morgan brachte sie mit ihren Lippen zum Schweigen. Dann löste sie die Öse am Hals. Lanes abgenutzter Umhang rutschte von Shawns Schultern. Ihm folgten ihr eigenes Cape und dann der Mantel. Morgans Finger wanderten weiter zu den Schnüren von Shawns Wams.

»Nein«, sagte Shawn, die sich plötzlich schämte. Sie drückte sich mit dem Rücken gegen das große Fenster und fühlte, wie die schreckliche Dunkelheit ihr Gewicht auf ihre Schultern ablud. »Ich kann nicht, Morgan. Ich bin eine Carin, und du gehörst nicht zur Familie. *Ich kann nicht!*«

»Die Versammlung«, flüsterte Morgan, »stell dir vor, das hier sei die große Versammlung, Shawn. Du warst während der Ratsversammlungen immer meine Liebhaberin.«

Shawns Kehle war wie ausgedörrt. »Aber das hier *ist nicht* die Versammlung«, beharrte sie. Einmal hatte sie eine Versammlung erlebt, unten am Meer, wo vierzig Familien zusammengekommen waren, um Nachrichten, Waren und Liebe auszutauschen. Aber das war Jahre vor ihrer Blutung gewesen, und so hatte niemand sie ausgewählt; Shawn war noch immer keine Frau und daher unberührbar. »Das hier *ist nicht* die Versammlung«, wiederholte sie den Tränen nahe.

Morgan kicherte. »Also gut, ich bin keine Carin, aber ich bin Morgan, die Zauberin. Ich kann eine Versammlung machen.« Auf blanken Füßen schoss sie durch den Raum und drückte wieder ihre Ringe gegen die Wand. Sie drückte mal hier und mal dort, nach einem seltsamen Muster. Dann rief sie laut: »Sieh hin! Dreh dich um und sieh!«

Shawn war völlig verwirrt, starrte aber wieder auf das Fenster.

Unter der Doppelsonne des Hochsommers lag die Welt da, hell und grün. Langsam bewegten sich Segelschiffe auf den träge dahinfließenden Flüssen. Shawn sah, wie das helle Licht der Doppelsonnen beim Tanzen und Rollen ihres Himmelslaufs reflektiert wurde: zwei Bälle wie weiche, gelbe Butter, die hoch oben im Blau trieben. Selbst der Himmel wirkte süßlich und wie aus Butter; weiße Wolken bewegten sich wie die erhabenen Schoner der Familie Crien. Und nirgendwo war mehr ein Stern zu sehen. Das jenseitige Ufer war von Häusern übersät, Häuser so klein wie ein Weghäuschen, und Häuser, größer noch als Carinhall. Türme, hoch und so glatt, wie die windgemeißelten Steine der Zerbrochenen Berge. Da und dort und überall dazwischen bewegten sich Leute; graziöse, dunkelhäutige Menschen, die Shawn nicht kannte, und auch Leute aus den Familien, alle verkehrten untereinander. Das Steinfeld war nicht mehr von Eis und Schnee bedeckt, aber überall standen Metallgebilde, einige größer, viele kleiner als Morganhall, doch jedes hatte sein eigenes charakteristisches Aussehen, und alle standen auf drei Beinen. Zwischen den Gebilden waren die Zelte und Buden der Familien aufgebaut und mit Wappen und Bannern geschmückt. Und dort befanden sich auch die Matten, die stimulierend bemalten Liebesmatten. Shawn entdeckte Paare, die sich liebten, und fühlte, wie sich Morgans Hand sanft auf ihre Schulter legte.

»Erkennst du das, was du dort siehst, Carinkind?«, flüsterte Morgan.

Shawn drehte sich zu ihr um – Furcht und Verblüffung standen in ihren Augen. »Es ist eine Versammlung.«

Morgan lächelte. »Siehst du«, sagte sie, »es ist eine Große Versammlung, und ich begehre dich. Komm und feiere mit mir!« Morgans Finger bewegten sich zur Schnalle von Shawns Gürtel, und das Mädchen wehrte sie nicht ab.

Innerhalb der metallenen Wände von Morganhall verwandelten sich die Jahreszeiten zu Stunden, zu Jahren, zu Tagen, zu Monaten, zu Wochen und wieder zu Jahreszeiten. Die Zeit hatte ihre Bedeutung verloren. Als Shawn auf dem zottigen Fell erwachte, das Morgan unter dem Fenster ausgebreitet hatte, hatte sich der Hochsommer zum Tiefwinter gewandelt, und die Familien, die Schiffe, die ganze Versammlung war verschwunden. Das Morgengrauen kam früher als erwartet, und Morgan, die davon irritiert schien, wandelte das in Dämmerung um. Jetzt war Frostzeit, mit ihrer allmächtigen Kälte; wo sich ehedem noch die Sterne des Sonnenaufgangs gezeigt hatten, stürmten jetzt graue Wolken über einen kupferfarbenen Himmel. Sie setzten sich nieder und aßen, während sich das Kupfer in Schwarz verwandelte. Morgan servierte Pilze, knackiges Sommergemüse, dunkles, heißes Brot, von dem Honig und Butter tropften, Gewürztee mit Milch und dicke Scheiben rotes Fleisch, von denen das Blut troff. Zum Nachtisch gab es wohlriechendes Eis mit Nüssen, und ganz zum Schluss ein heißes Getränk mit neun Schichten: jede hatte eine andere Farbe und einen anderen Geschmack.

Sie tranken in kleinen Schlucken aus Gläsern, die aus undenkbar dünnem Kristall gemacht waren, und Shawn bekam davon Kopfschmerzen. Sie begann zu weinen, denn das Essen war ihr echt vorgekommen und hatte gut geschmeckt; doch sie fürchtete, dass sie verhungern müsste, wenn sie noch mehr davon aß. Morgan lachte sie aus, verschwand leichtfüßig und kehrte mit getrockneten Vampirfleischstreifen zurück. Sie erklärte Shawn, sie solle diese in ihren Sack stecken und davon nehmen, sobald sie sich hungrig fühlte.

Shawn bewahrte die Streifen lange Zeit auf, aber essen tat sie nie davon.

Zuerst versuchte sie die Tage anhand der Mahlzeiten, die sie aßen, zu zählen, und wie oft sie schlafen gingen. Aber bald verwirrten sie die ständig wechselnden Szenen vor dem Fenster und der zufällige Ablauf der Natur in Morganhall so sehr, dass sie alle Hoffnung fahren ließ, es jemals zu verstehen. Etliche Wochen lang machte sie sich Gedanken darüber – vielleicht waren es auch nur Tage –, und dann dachte sie nicht mehr daran. Morgan konnte mit der Zeit machen, was ihr gerade gefiel, also hatte es für Shawn keinen Wert, sich darum zu kümmern.

Öfter bat Shawn darum, gehen zu dürfen, aber Morgan ging gar nicht darauf ein. Sie lachte nur und wirkte irgendeinen Zauber, der Shawn alles vergessen ließ. Eines Nachts, als sie schlief, nahm Morgan ihr die Waffen weg, und auch die Felle und das Lederzeug. Danach war Shawn gezwungen, sich so zu kleiden, wie Morgan es wollte: in Wolken aus farbiger Seide und in fantastische Fetzen, oder sie musste nackt herumlaufen. Shawn war zunächst wütend und aufgebracht, aber später gewöhnte sie sich daran. Ihre alte Kleidung war für Morganhall ohnehin viel zu warm.

Morgan machte ihr Geschenke: Säckchen mit Gewürzen, die nach Sommer dufteten. Einen Windwolf, hergestellt aus mattem, blauem Glas. Eine metallene Maske, mit der Shawn im Dunkeln sehen konnte. Wohlriechende Badeöle. Einige Flaschen mit einem dickflüssigen, goldenen Inhalt, der Shawn das Vergessen brachte, wenn sie gerade Trübsal empfand. Einen Spiegel, den wunderbarsten Spiegel, der je hergestellt worden war. Bücher, die Shawn aber nicht lesen konnte. Ein Armband, besetzt mit kleinen roten Steinen, die tagsüber Licht tranken und in der Nacht glühten. Würfel, die eine exotische Musik spielten, wenn Shawn sie mit den Händen wärmte. Stiefel aus elastischem Metall, die so leicht und flexibel waren, dass Shawn sie mit einer Hand zusammendrücken konnte. Metallene Miniaturfiguren von Männern, Frauen und allen Arten von Monstern.

Morgan erzählte ihr Geschichten. Zu jedem Geschenk, das sie Shawn gab, gehörte die Geschichte seiner Herkunft, wer es gemacht hatte und wie es in Morgans Hände gelangt war. Morgan erzählte jede Geschichte. Und es waren auch Geschichten von ihren Verwandten darunter: der unzähmbare Kleronomas, der über den Himmel fuhr und nach Wissen jagte, Celia Marcyan, die ewig Neugierige mit ihrem Schiff *Schattenjäger*, Erika Stormjones, deren Familie ihren Leib zerlegt hatte, damit sie von Neuem leben könne, der wilde Stephen Kobalt Nordstern, der melancholische Tomo, die strahlende Deirdre d'Allerane und ihre finstere, geisterhafte Zwillingsschwester. Alle diese Geschichten begleitete Morgan mit Magie. In einer Wand gab es eine bestimmte Stelle mit einem kleinen, viereckigen Schlitz, wo Morgan einen flachen Metallkasten anschloss. Dann gingen alle Lichter aus, und Morgans tote Verwandte erwachten wieder zum Leben, helle Phantome, die liefen, sprachen und Blut verloren, wenn sie sich verletzten. Shawn hielt sie für echt bis zu dem Tag, an dem Deirdre zum ersten Mal über ihre erschlagenen Kinder weinte. Shawn raunte ihr zu, um ihr Trost zu spenden, und musste feststellen, dass sie Deirdre nicht berühren konnte. Aber erst danach erklärte Morgan ihr, dass Deirdre und die anderen bloße Geisterwesen seien, die sie mittels ihrer Zauberkraft herbeigerufen habe.

Morgan erklärte Shawn viele Dinge. Morgan war sowohl ihre Lehrerin als auch ihre Liebhaberin, und Morgan brachte mit Shawn fast so viel Geduld auf, wie Lane das getan hatte. Aber Morgan war viel eher dazu geneigt, abzuschweifen oder das Interesse an etwas zu verlieren. Sie gab Shawn eine wunderbare zwölfsaitige Gitarre und begann ihr das Gitarrespielen beizubringen. Sie lehrte Shawn das Lesen, wenigstens ein bisschen. Und sie weihte Shawn in ein paar simplere Zaubertricks ein, damit sich das Mädchen ohne Schwierigkeiten im ganzen Schiff umherbewegen konnte. Und auch das lehrte Morgan Shawn: Morganhall war kein Gebilde, sondern ein Schiff, ein Himmelsschiff, das seine Metallbeine bewegen und von Stern zu Stern springen konnte. Morgan erzählte ihr von Planeten; Ländern, die dort draußen bei den weit entfernten Sternen lagen. Und sie erklärte, dass alle Geschenke, die sie Shawn gemacht hatte, von solchen Ländern stammten, die hinter dem Eiswagen lagen: Maske und Spiegel kamen von Jamiesons Welt, Bücher und Würfel von Avalon, das Armband aus Hoch-Kavalaan, die Öle von Braque, die Gewürze von Rhiannon, Tara und Alt-Poseidon, die Stiefel von Bastion, die Figürchen von Chul Damien und die goldene Flüssigkeit aus einem so fernen Land, dass nicht einmal Morgan den Namen kannte. Nur der fein gearbeitete Windwolf sei hier, auf Shawns Welt, gemacht worden, sagte Morgan. Den Windwolf hatte Shawn immer besonders gern gemocht, aber jetzt stellte sie fest, dass er ihr nicht halb so gut gefiel, wie sie angenommen hatte. Die anderen Gegenstände kamen ihr nun viel aufregender vor. Shawn hatte immer reisen wollen, ferne Familien in weitab gelegenen, unbekannten Himmelsstrichen besuchen, Seen und Berge ansehen. Aber sie war zu jung gewesen, und als sie endlich die Schwelle zum Frauenalter überschritten hatte, wollte Creg sie nicht gehen lassen; sie sei zu langsam, sagte er, zu furchtsam, zu verantwortungslos. Sie sollte ihr Leben zu Hause verbringen, wo ihre mäßigen Fähigkeiten Carinhall am ehesten von Nutzen sein konnten. Selbst ihre schicksalsreiche Reise, die sie schließlich hierher geführt hatte, war nicht mehr als ein glücklicher Zufall gewesen: Lane hatte darauf bestanden, und Lane war von allen der Einzige, der stark genug war, Creg zu widersprechen – Creg, der Stimme von Carin.

Doch Morgan machte für Shawn die Reisen möglich: Segelfahrten zwischen den Sternen. Wenn das blaue Feuer auf der eisigen Landschaft des Tiefwinters flackerte, das Geräusch aus dem Nichts ertönte und anschwoll, höher und höher, rannte Shawn aufgeregt zum Fenster, wo sie mit steigender Ungeduld darauf wartete, dass sich das Farbflirren klärte. Morgan bescherte ihr alle Berge und Seen, von denen Shawn träumte, und noch vieles mehr. Durch das fehlerhafte Glas des Fensters entdeckte Shawn die Landschaften von allen Geschichten: Alt-Poseidon mit seinen verwitterten Docks und seinen Flotten aus silbernen Schiffen, die Wiesen von Rhiannon, die schwarzen Stahl-Gewölbetürme von ai-Emerel, die windreichen Ebenen und zerfurchten Hügel von Hoch-Kavalaan und die Inselstädte Port Jamieson und Jolostar auf Jamiesons Welt. Shawn lernte die Städte durch Morgan kennen, und auf einmal sah sie die Ruinen am Fluss mit ganz anderen Augen. Sie lernte andere Lebensformen und Gesellschaften kennen, erfuhr von Beamten und Gesetzen und Bruderschaften, von Aktiengesellschaften und Sklaverei und dem Militär. Die Carin-Familie kam Shawn nicht länger wie der Beginn und das Ende menschlicher Beziehungen vor.

Von allen Orten, zu denen sie segelten, kamen sie am häufigsten nach Avalon, und Shawn lernte diese Welt am meisten lieben. Auf Avalon war der Landeplatz stets voller anderer Wanderer. Shawn konnte das Kommen und Gehen von Schiffen auf den Stäben aus blassblauem Licht beobachten. Und in einiger Entfernung konnte sie die Akademie des Menschlichen Wissens entdecken, wo Kleronomas seine Geheimnisse deponiert hatte, damit sie von Morgans Familie treuhänderisch gehütet werden möge. Die schroffen Glastürme erfüllten Shawn mit einem Verlangen, das eher einem Schmerz glich; einem Schmerz aber, nach dem sie sich sehnte.

Manchmal – auf vielen Welten, besonders aber auf Avalon – wollte es Shawn so scheinen, als sei ein Fremder gerade im Begriff, ihr Schiff zu betreten. Aufmerksam beobachtete sie, wie er sich näherte, wie er zielbewusst über die große Fläche lief, kein Schritt ließ einen Zweifel an seinem Ziel offen. Aber er kam nie an Bord, zu Shawns großer Enttäuschung. Außer Morgan gab es nie jemanden, der Shawn berührte oder mit ihr sprach. Das Mädchen dachte sich, dass Morgan die Besucher in spe wegzauberte oder sie mittels ihres bösen Blicks ihren Wünschen gefügig machte. Shawn konnte sich nicht für eine der beiden Möglichkeiten entscheiden. Morgan war so rätselhaft, dass möglicherweise beide zutrafen. Während eines Mittagessens erinnerte sich Shawn an Jons Geschichte vom Kannibalenhaus. Erschreckt starrte sie auf das rote Fleisch, das sie aßen. Bei dieser Mahlzeit nahm sie nur noch Gemüse zu sich, und auch während der nächsten, bis sie schließlich zu dem Schluss kam, dass sie sich kindisch aufführte. Shawn dachte daran, Morgan zu fragen, was aus den Fremden wurde, die kamen und vorher verschwanden, aber sie hatte zu viel Angst. Sie erinnerte sich an Creg, der explodierte, wenn man ihm die falsche Frage stellte. Und falls die ältere Frau wirklich die tötete, die das Schiff betreten wollten, wäre es nicht klug von Shawn, sie danach zu fragen. Als Shawn noch ein Kind gewesen war, hatte Creg sie nach ihrer Frage, warum die alte Tesenya nach draußen gehen und dort sterben sollte, ganz fürchterlich verdroschen.

Bei anderen Fragen, die Shawn zu stellen wagte, musste sie feststellen, dass Morgan gar nicht darauf antwortete. Die ältere Frau sprach nie über ihre Herkunft oder die Quelle ihrer Nahrungsmittel oder darüber, welche Zauberkraft das Schiff fliegen ließ. Zweimal wollte Shawn die Zaubersprüche erfahren, die das Schiff von Stern zu Stern bewegten, aber Morgan lehnte nur mit verärgerter Stimme ab. Und sie hatte auch noch andere Geheimnisse vor Shawn: Zimmer, die sich dem Mädchen nicht öffneten, Gegenstände, die sie nicht berühren durfte, und andere Dinge, über die Morgan gar nicht erst reden wollte. Von Zeit zu Zeit verschwand Morgan, wie es schien tagelang, und Shawn wanderte dann niedergeschlagen umher. Das Fenster zeigte nichts, was ihren Geist beschäftigen konnte, außer trägen Sternen, die nicht blinzelten. Bei der Rückkehr von solchen Ereignissen war Morgan immer düster und verschlossen. Aber nur wenige Stunden lang, danach gab sie sich wieder ganz normal.

Bei Morgan unterschied sich »normal« sehr von anderen Leuten. Sie tanzte endlos im Schiff herum und sang vor sich hin, manchmal mit Shawn als Tanzpartnerin und manchmal allein. Sie unterhielt sich mit sich selbst in einer musikalischen Sprache, die Shawn nicht verstand. Andere Male trat sie dagegen so ehrwürdig auf wie eine alte Mutter, und dreimal so weise wie die Stimme einer Familie. Und dann wieder alberte und kicherte sie herum wie ein kleines Kind, das erst eine Jahreszeit lang lebte. Manchmal schien Morgan genau zu wissen, wer Shawn war, und andere Male verwirrte sie das Mädchen mit jener anderen Shawn Carin, die während der Versammlungen ihre Liebhaberin gewesen sein sollte. Morgan war sehr geduldig und sehr heftig, und sie unterschied sich von allen anderen Personen, die Shawn je kennengelernt hatte. »Du bist albern«, sagte Shawn ihr einmal. »Du wärst nicht so albern, wenn du in Carinhall leben würdest. Alberne Leute sind zu unvorsichtig und sterben, weißt du, und damit fügen sie ihren Familien Schaden zu. Jeder muss sich nützlich machen, und das tust du ganz und gar nicht. Creg würde es dir schon beibringen, dich nützlich zu machen. Du kannst froh sein, dass du nicht in Carinhall lebst.«

Morgan hatte Shawn daraufhin gestreichelt und sie mit traurigen grauen Augen angesehen. »Arme Shawn«, hatte sie geflüstert. »Man war so grausam zu dir. Aber die Carins waren immer hart. Im Alynne-Haus ist das ganz anders. Dort hättest du geboren werden sollen, in Alynne.« Und danach sprach sie nie mehr über dieses Thema.

Shawn verschleuderte die Tage mit Überraschungen und die Nächte mit Liebe. Und an Carinhall dachte sie immer weniger. Allmählich entdeckte sie, dass Morgan in ihren Augen so etwas wie ihre Familie geworden war. Mehr noch, sie begann Morgan zu vertrauen.

Bis zu dem Tag, da sie die Bitterblumen kennenlernte.

Shawn wachte eines Morgens auf und bemerkte, dass das Fenster voller Sterne und Morgan verschwunden war. Das bedeutete in der Regel eine lange, langweilige Wartezeit. Aber dieses Mal kehrte die ältere Frau schon zurück, als sich Shawn gerade über die Mahlzeit hermachte, die Morgan für sie bereitgestellt hatte. In den Händen trug die Frau blassblaue Blumen.

Morgan war sehr aufgeregt; Shawn hatte sie noch nie zuvor in diesem Zustand gesehen. Morgan drängte das Mädchen, ihr halb beendetes Frühstück stehen zu lassen und zum Felllager am Fenster zu kommen, damit sie Shawn die Blumen ins Haar flechten konnte. »Ich habe sie entdeckt, während du geschlafen hast, Kind«, sagte Morgan glücklich. »Dein Haar ist lang gewachsen. Vorher war es so kurz, so garstig abgeschnitten und hässlich. Aber jetzt bist du lange Zeit hier gewesen, und nun sieht es besser aus: Es ist so lang wie meins. Die Bitterblumen werden es erst wirklich verschönern.«

»Bitterblumen?«, fragte Shawn neugierig. »Nennst du sie so? Ich habe den Namen noch nie gehört.«

»Ja, Kind«, antwortete Morgan, während sie Shawns Haar bürstete und frisierte. Das Mädchen hatte ihr den Rücken zugewandt und konnte daher das Gesicht der älteren Frau nicht erkennen. »Die so kleinen blauen Pflänzchen heißen Bitterblumen. Sie blühen selbst in der bittersten Kälte, deshalb nannten sie sie so. Ursprünglich stammen sie von einer Welt namens Ymir, die furchtbar weit entfernt ist. Dort haben sie einen Winter, der fast so lang und so kalt wie der unsrige ist. Die anderen Blumen kommen auch von Ymir, diejenigen, die rund um das Schiff in den Ritzen wachsen. Man nennt sie Frostblumen. Der Tiefwinter wirkte immer so öde und leer, daher habe ich sie angepflanzt, damit alles etwas hübscher aussieht.« Sie nahm Shawn an der Schulter und drehte sie herum. »Jetzt siehst du so aus wie ich«, sagte sie. »Geh und hol deinen Spiegel, damit du es selbst sehen kannst, Carinkind.«

»Er liegt dort drüben«, antwortete Shawn und ging um Morgan herum, um ihn zu holen. Ihr nackter Fuß trat in etwas Kaltes und Nasses. Erschrocken fuhr sie zurück, und das machte ein glitschendes Geräusch. Auf dem Fell hatte sich eine Pfütze gebildet.

Shawn runzelte die Stirn. Bewegungslos blieb sie stehen und blickte Morgan an. Die ältere Frau hatte ihre Stiefel noch nicht ausgezogen – sie tropften.

Hinter Morgan zeigte das Fenster nur Schwärze und die fremden Sterne. Shawn bekam Angst; irgendetwas stimmte hier nicht. Morgan starrte sie besorgt an.

Shawn leckte sich über die Lippen, lächelte dann schüchtern und ging zum Spiegel.

Vor dem Schlafengehen zauberte Morgan die Sterne weg. Draußen herrschte die Nacht, doch es war eine freundliche Nacht und nicht die frostige Totenstarre des Tiefwinters. Belaubte Bäume wogten im Umkreis vom Schiff im Wind, und über allem stand ein Mond, der alles heller und freundlicher machte. Eine gute, sichere Welt, auf der man schlafen kann, sagte Morgan.

Shawn konnte nicht einschlafen. Sie saß Morgan gegenüber und starrte den Mond an. Zum ersten Mal, seit sie nach Morganhall gekommen war, dachte sie wie eine Carin. Lane wäre stolz auf sie gewesen; Creg würde sie nur gefragt haben, warum sie so lange gebraucht hatte.

Morgan war mit einem Strauß Bitterblumen zurückgekehrt, und Stiefeln, die vor Schnee troffen. Aber draußen war das

Nichts gewesen, nur die Leere, wie Morgan zu sagen pflegte, die den Raum zwischen den Sternen füllt.

Morgan hatte gesagt, das Licht, das Shawn im Wald gesehen hatte, sei von den Feuern gekommen, die ihr Schiff bei der Landung ausgestoßen habe. Aber die dicken Frostblumenreben, die an den Schiffsbeinen entlang und um sie herum wuchsen, mussten schon seit Jahren dort wachsen.

Morgan wollte sie nicht hinauslassen. Sie hatte Shawn alles durch das große Fenster gezeigt. Aber Shawn konnte sich nicht daran erinnern, ein Fenster gesehen zu haben, als sie *draußen* vor Morganhall gestanden hatte. Falls das Fenster wirklich ein Fenster war, wo waren dann die Blumen, die auch diese Fläche bedeckt haben mussten, und wo das Eis und der Schnee des Tiefwinters, die auf ihm lasteten?

Und der Name dieses Metallhauses war Morganhall, hatte Tesenya den Kindern erklärt, und die Familie, die dort lebte, war die Lügner-Familie, deren Speisen hohl und aus Träumen und Luft gemacht sind.

Shawn stand im Licht des Monds auf und begab sich an den Platz, wo sie Morgans Geschenke verwahrte. Stück für Stück betrachtete das Mädchen sie, dann hob sie das schwerste Stück hoch, den gläsernen Windwolf. Es war eine große Skulptur, so schwer, dass Shawn beide Hände zum Heben brauchte: Die eine griff an die bissige Schnauze, die andere um den Schwanz des Tiers. »Morgan!«, rief sie.

Schlaftrunken richtete sich Morgan auf und lächelte. »Shawn«, murmelte sie, »Shawn, mein Kind. Was willst du denn mit dem Windwolf?«

Das Mädchen trat näher und hob das Glastier hoch über ihren Kopf. »Du hast mich belogen. Wir sind niemals irgendwohin gefahren. Wir befinden uns immer noch in der Ruinenstadt, und es herrscht immer noch Tiefwinter.«

Morgans Gesicht wurde düster. »Du weißt nicht, was du da sagst.« Zitternd kam sie auf die Füße. »Willst du mich mit diesem Ding da erschlagen, Kind? Davor habe ich keine Angst. Schon einmal hast du mich mit einem Schwert bedroht, und da hatte ich auch keine Angst vor dir. Ich bin Morgan die Zauberin. Du kannst mir nichts anhaben, Shawn.«

»Ich will hier raus«, sagte Shawn. »Bring mir meine Waffen und meine Kleider, meine alten Kleider. Ich kehre nach Carinhall zurück. Ich bin eine Carin-Frau und kein Kind mehr. Du hast ein Kind aus mir gemacht. Bring mir auch etwas zu essen.«

Morgan kicherte. »So ernst und gewichtig. Und wenn ich es nicht tue?«

»Wenn nicht«, sagte Shawn, »dann werfe ich das hier durch dein Fenster.« Zur Betonung hob sie den Windwolf.

»Nein«, sagte Morgan. Ihr Gesichtsausdruck war undefinierbar. »Das wirst du nicht tun wollen, Kind.«

»Und *ob* ich das will«, sagte Shawn, »es sei denn, du tust, was ich sage.«

»Du willst mich doch gar nicht verlassen, Shawn Carin. Nein, das willst du nicht. Wir lieben uns, erinnere dich daran. Wir sind eine Familie. Ich kann Zauberdinge für dich tun.« Ihre Stimme zitterte. »Leg das weg, Kind! Ich zeige dir Dinge, die ich dir noch nie zuvor gezeigt habe. Es warten noch so viele Orte auf uns, wo wir zusammen hingehen können, und so viele Geschichten, die ich dir erzählen kann. Leg das weg!« Jetzt bat sie wirklich.

Shawn fühlte Triumph in sich aufsteigen, doch seltsamerweise traten ihr Tränen in die Augen. »Warum bist du so ängstlich?«, fragte sie wütend. »Du kannst doch ein zerbrochenes Fenster mit deinen Zauberkünsten flicken, oder? Sogar ich kann ein Loch im Fenster flicken, und Creg sagt, ich sei nun wirklich zu kaum etwas nütze.« Die Tränen rannen ihr ganz still, ganz leise über die nackten Wangen. »Es ist warm draußen, das kannst du doch erkennen. Der Mond scheint so hell, dass man darunter arbeiten kann, und sogar eine Stadt liegt in der Nähe. Du könntest auch einen Glaser beauftragen. Ich verstehe einfach nicht, warum du solche Angst hast. Ja, wenn draußen Tiefwinter wäre, mit Eis und Kälte und Vampiren, die in der Dunkelheit jagen. Aber so ist es ja nicht.«

»Nein«, sagte Morgan. »Nein.«

»Nein«, äffte Shawn sie nach. »Bring mir jetzt meine Sachen.«

Aber Morgan regte sich nicht. »Es waren nicht nur Lügen. Wirklich nicht. Wenn du bei mir bleibst, wirst du sehr lange leben. Ich glaube, es liegt am Essen. Aber die Tatsache an sich ist nicht erlogen. Vieles war wahr, Shawn. Ich wollte dich nicht belügen. Ich wollte nur das Beste, so wie es mir zuallererst ergangen ist. Ein bisschen muss man etwas vorgaukeln, das weiß doch jeder. Einfach vergessen, dass sich das Schiff nicht bewegen kann. Es ist besser so.« Morgans Stimme klang jung und eingeschüchtert. Sie war eine Frau, aber sie bettelte wie ein kleines Mädchen, im Ton eines kleinen Mädchens. »Zerbrich das Fenster nicht. Das Fenster ist das magischste von allen Dingen. Es kann uns überall hinführen, fast zumindest. Bitte, bitte zerbrich es nicht, Shawn! Bitte nicht!«

Morgan erschauderte. Die bunten Stoffe, die sie trug, wirkten mit einem Mal abgetragen und abgenutzt, und ihre Ringe funkelten nicht mehr. Sie war nur noch eine verrückte alte Frau. Shawn ließ den schweren Glaswindwolf ein Stück sinken. »Ich will meine Kleider, mein Schwert und meine Skier.

Und etwas zu essen. Bring mir alles, und dann werde ich möglicherweise dein Fenster nicht zerbrechen, Lügnerin. Hast du mich verstanden?«

Und Morgan, von der alle Magie gewichen war, nickte und tat, wie ihr befohlen. Shawn beobachtete sie schweigend. Sie wechselten nie mehr ein Wort miteinander.

Shawn kehrte nach Carinhall zurück und wurde dort alt.

Ihre Rückkehr war eine Sensation. Shawn entdeckte, dass sie länger als ein Standardjahr vermisst gewesen war, und jeder hatte geglaubt, sie sei mit Lane gestorben. Zuerst weigerte sich Creg, ihre Geschichte zu glauben, und die anderen folgten ihm darin, bis Shawn ein Bündel Bitterblumen vorzeigte, die sie sich aus dem Haar gepflückt hatte. Selbst dann wollte Creg noch immer nicht die fantastischen Stellen ihrer Geschichte glauben. »Trugbilder«, schnaubte er, »alles nur Trugbilder. Tesenya hat die Wahrheit gesprochen. Wenn du noch einmal an die Stelle zurückkehrst, wirst du feststellen, dass das Zauberschiff verschwunden ist, ohne irgendeinen Hinweis zu hinterlassen, dass es jemals dort gestanden hat. Glaub es mir, Shawn!«

Aber das Mädchen fand nie heraus, ob Creg selbst von seinen Worten überzeugt war. Er gab neue Anordnungen aus, und kein Mann und keine Frau der Familie Carin gingen jemals wieder den Weg des Mädchens.

Die Verhältnisse in Carinhall änderten sich nach Shawns Rückkehr. Die Familie war kleiner geworden. Lanes Gesicht war nicht das Einzige, das Shawn in der Runde vermisste. Während ihrer Abwesenheit waren die Nahrungsreserven sehr knapp geworden, und Creg hatte gemäß dem Familienbrauch die Schwächsten und Unnützesten zum Sterben nach draußen geschickt. Jon gehörte zu den Fehlenden, auch Leila war verschwunden; Leila, die so jung und stark gewesen war. Ein Vampir hatte sie vor drei Monaten überfallen.

Aber die Trauer herrschte nicht überall vor: Der Tiefwinter ging zu Ende. Und in persönlicherer Hinsicht stellte Shawn fest, dass sich ihre Stellung innerhalb der Familie geändert hatte. Selbst Creg brachte eine Art groben Respekt für sie auf. Ein Jahr später, als das Tauwetter mit aller Macht einzog, gebar Shawn ihr erstes Kind, und es wurde von der Carinhall-Versammlung bestätigt. Shawn nannte ihre Tochter Lane.

Shawn fügte sich gut in das Leben der Familie ein. Als die Zeit für sie kam, sich einen dauerhaften Beruf auszusuchen, wollte Shawn Händlerin werden. Zu ihrer Überraschung stellte sie fest, dass sich Creg nicht gegen ihren Wunsch aussprach, Rys übernahm Shawns Ausbildung, und nach drei Jahren bekam das Mädchen ein eigenes Aufgabengebiet zugeteilt. Ihre Arbeit führte sie oft und lange auf die Überlandstraßen. Als sie jedoch nach Carinhall zurückkehrte, war sie zu ihrer großen Überraschung zur beliebtesten Geschichtenerzählerin aufgestiegen. Die Kinder behaupteten, Shawn könnte die besten Geschichten von allen erzählen. Der ewig praktische Creg meinte, ihre fantastischen Märchen gäben den Kindern ein schlechtes Beispiel und seien für sie ohne Lerneffekt. Aber zu dieser Zeit war Creg schon sehr krank, er war dem Hochsommerfieber zum Opfer gefallen, und seine Beschwerde wurde nicht mehr allzu ernst genommen. Wenig später starb er, und Devin wurde die Stimme von Carin, ein sanftmütigerer und gemäßigterer Führer, als Creg es gewesen war. Die Carin-Familie erlebte eine Ära des Friedens unter seiner Leitung, und ihre Anzahl wuchs von vierzig auf fast einhundert Personen.

Shawn war wiederholt seine Bettgefährtin. Ihre Lesekünste hatten nach langem Studium beachtliche Fortschritte gemacht. Devin rief sie eines Tages aus einer Laune heraus zu sich und zeigte ihr die Geheimbibliothek der Stimmen von Carin, wo jeder Leiter seit ungezählten Jahrhunderten eine Art Protokoll führte, in das er alle Vorkommnisse unter seiner Führung aufführte. Wie Shawn es erwartet hatte, hieß einer der dickeren Bände *Das Buch von Beth, Stimme von Carin.* Es war etwa sechzig Jahre alt.

Lane war das erste der neun Kinder von Shawn. Und Shawn hatte Glück: Sechs von den neun überlebten. Zwei wurden von Familienangehörigen gezeugt, und vier brachte sie aufgrund der Großen Versammlungen in die Familie ein. Devin lobte sie dafür, dass sie so viel frisches Blut nach Carinhall gebracht hatte. Eine spätere Stimme lobte sie für ihren außergewöhnlichen Erfolg als Händlerin. Sie kam viel herum, traf mit vielen Familien zusammen, sah Wasserfälle und Vulkane, aber auch Seen und Berge. Auf einem Crien-Schoner segelte sie um die halbe Welt. Sie hatte viele Liebhaber und genoss hohes Ansehen. Jannis folgte Devin als Stimme von Carin, aber ihr wollte nichts richtig gelingen, sie war vom Unglück begleitet. Nachdem Jannis gestorben war, boten die Mütter und Väter der Familie Carin Shawn die Stellung an. Aber sie lehnte ab. Diese Position hätte sie nicht mit Befriedigung erfüllt. Trotz allem, was sie in ihrem Leben erlebt hatte, fühlte sie sich nicht sehr glücklich.

Sie hatte zu viele Erinnerungen im Kopf, und manchmal konnte sie nachts nicht einschlafen.

Während des vierten Tiefwinters ihres Lebens war die Familie Carin auf zweihundertsiebenunddreißig Personen angewachsen, ein ganzes Hundert davon Kinder. Aber das Wild wurde knapp, selbst für das dritte Jahr des Frosts. Shawn sah schon deutlich die harte, kalte Zeit voraus, die nahte. Die Stimme war eine gütige Frau, der es schwerfiel, die Entscheidungen zu treffen, die getroffen werden mussten, aber Shawn erkannte trotzdem das Unvermeidliche. Sie war die Zweitälteste in Carinhall. Eines Nachts stahl sie Nahrungsmittel - gerade genug, um zwei Wochen damit reisen zu können - und ein Paar Skier. Sie verließ Carinhall im Morgengrauen und ersparte es der Stimme so, den unausweichlichen Befehl zu geben.

Shawn kam nicht so schnell voran wie damals in ihrer Jugend. Die Reise dauerte eher drei Wochen als zwei, und als Shawn endlich die Ruinenstadt erreichte, war sie dürr und schwach.

Aber das Schiff stand noch immer genauso da, wie sie es verlassen hatte.

Extreme Temperaturschwankungen hatten im Laufe der Jahre das Gestein des Landeplatzes bersten lassen, und die fremden Blumen hatten von jeder noch so kleinen Öffnung Besitz ergriffen. Das Gestein war von Bitterblumen übersät. Die Reben der Frostblumen, die sich um das Schiff wanden, waren auf doppelte Stärke angewachsen. Shawn hatte sie dünner in Erinnerung gehabt. Die großen Blüten voller heller Farben schaukelten leise im Wind.

Sonst bewegte sich nichts.

Shawn umrundete das Schiff dreimal und wartete darauf, dass sich eine Tür auftat, dass jemand sie bemerken und heraustreten würde. Doch wenn das Metall ihre Ankunft bemerkt haben sollte, so machte es keine Andeutungen, dies kundzutun. Am anderen Ende des Schiffs - man konnte es nicht so ohne Weiteres sehen - entdeckte Shawn etwas, das ihr zuvor nicht aufgefallen war. Eine Inschrift, verwittert, aber immer noch entzifferbar, bedeckt von Eis und Blumen. Shawn säuberte sie mit ihrem Langmesser von Eis und Reben, damit sie die Inschrift lesen konnte:

MORGAN die FEE
Registration: Avalon 476 3319

Shawn lächelte. Selbst der Name war eine Lüge gewesen. Aber das machte jetzt auch nichts mehr. Mit den behandschuhten Händen formte sie einen Trichter vor dem Mund.

»Morgan!«, rief sie. »Ich bin's, Shawn.«

Der Wind blies ihr die Worte von den Lippen.

»Lass mich herein, Morgan! Belüge mich, Morgan, Zauberin! Es tut mir alles so leid. Belüge mich und mach, dass ich es glaube!«

Aber es kam keine Antwort. Shawn grub sich in einer Grube im Schnee ein und setzte sich hin, um zu warten. Sie war müde und hungrig, und die Dämmerung stand bevor. Schon konnte Shawn die eisblauen Augen des Lenkers erkennen, die durch die dichter werdenden Schatten der Dämmerung herabstarrten.

Als Shawn endlich einschlief, träumte sie von Avalon.

Der Weg von Kreuz und Drachen

»Häresie«, erklärte er mir. In dem Schwimmbecken, in dem er lag, schwappte das brackige Wasser hin und her.

»Noch eine?«, entgegnete ich voller Überdruss. »Heutzutage sind es ihrer so viele.«

Mein Lordkomtur war von dieser Bemerkung nicht angetan. Unwirsch veränderte er seine Lage und brachte das Wasser erneut in Bewegung. Es stieg über den Beckenrand und ergoss sich über die Fliesen des Empfangszimmers. Wieder einmal wurden meine Stiefel nass. Ich nahm es mit philosophischer Gelassenheit. Ich trug die schlechtesten Stiefel, die ich besaß, da mir klar gewesen war, dass nasse Füße zu den unausweichlichen Folgen eines Besuchs bei Torgathon Nine-Klariis Tûn gehörten, dem Ältesten des Volkes von ka-Thane und zugleich Erzbischof von Vess, Heiligstem Vater der Vier Gelübde, Groß-Inquisitor des Kampfordens der Ritter Jesu Christi und Berater Seiner Heiligkeit, Papst Daryn XXI. von Neu-Rom.

»Und gibt es auch so viele Häresien wie Sterne am Himmel, Pater, so ist doch jede einzelne nicht weniger gefährlich«, erklärte der Erzbischof feierlich. »Als Ritter Christi ist es unsere vornehmste Aufgabe, sie allesamt zu bekämpfen. Und ich muss hinzufügen, dass diese jüngste Häresie besonders abscheulich ist.«

»Sehr wohl, mein Lordkomtur«, erwiderte ich. »Ich hatte nicht die Absicht, sie auf die leichte Schulter zu nehmen. Ich bitte um Vergebung. Die Mission auf Finnegan war überaus anstrengend. Ich hatte mir vorgenommen, Sie zu ersuchen, mich für einige Zeit von meinen Pflichten zu entbinden. Ich brauche Ruhe, Zeit zum Nachdenken und zum Ausspannen.«

»Ruhe?« Erneut bewegte sich der Erzbischof in seinem Wasserbecken, und obwohl es nur eine leichte Verlagerung seiner gewaltigen Körpermasse war, reichte sie aus, um eine weitere Flutwelle über den Fußboden zu senden. Seine pupillenlosen schwarzen Augen blickten mich verständnislos an. »Nein, Pater, ich fürchte, das ist gänzlich unmöglich. Ihre Fähigkeiten und Erfahrungen sind für diese neue Mission unerlässlich.« Dann schien sein Bass etwas weicher zu werden. »Ich hatte noch nicht die Zeit, Ihre Berichte über Finnegan durchzugehen«, sagte er. »Wie lief die Arbeit?«

»Schlecht«, berichtete ich ihm, »wenn ich letzten Endes auch glaube, dass wir obsiegen werden. Die Kirche ist stark auf Finnegan. Als unsere Versuche zur Aussöhnung zurückgewiesen wurden, legte ich einige Maßnahmen in die richtigen Hände, und wir konnten die Zeitung und den Rundfunk der Häretiker schließen. Unsere Freunde haben überdies dafür gesorgt, dass die rechtlichen Schritte der Gegner zu nichts führten.«

»Das ist doch nicht schlecht«, meinte der Erzbischof. »Sie haben einen beachtlichen Sieg für den Herrn und die Kirche errungen.«

»Es kam zu Ausschreitungen, mein Lordkomtur«, fuhr ich fort. »Über hundert Häretiker und ein Dutzend unserer eigenen Leute wurden getötet. Ich fürchte, es wird zu weiteren Gewalttätigkeiten kommen, ehe die Sache ausgestanden ist. Unsere Priester werden angegriffen, sobald sie die Stadt betreten, in der die Häresie Wurzeln geschlagen hat. Die Anführer der Häretiker riskieren ihr Leben, wenn sie sich aus der Stadt herauswagen. Ich hatte gehofft, derartige Hassausbrüche, ein solches Blutvergießen, vermeiden zu können.«

»Löblich, doch nicht realistisch«, sagte Erzbischof Torgathon. Er blinzelte mich wieder an, und mir fiel ein, dass bei Leuten seiner Rasse Blinzeln ein Zeichen von Ungeduld ist. »Manchmal muss das Blut von Märtyrern und das von Häretikern vergossen werden. Was spielt es für eine Rolle, wenn jemand sein Leben hingibt, solange seine Seele gerettet ist?«

»In der Tat«, pflichtete ich ihm bei. Trotz seiner Ungeduld würde Torgathon seinen Vortrag vermutlich noch stundenlang fortsetzen, wenn ich ihm die Möglichkeit dazu ließe. Das Empfangszimmer war allerdings für menschliche Bequemlichkeit nicht eingerichtet, weshalb ich nicht länger als unbedingt nötig verweilen wollte. Die Wände waren feucht und moderig, die Luft war heiß, und es stank nach ranziger Butter, ein für die ka-Thane charakteristischer Geruch. Mein Kragen scheuerte mir den Hals wund, ich schwitzte unter der Soutane, meine Füße waren pitschnass, und der Magen begann mir zu knurren.

Also drängte ich zielstrebig auf die anstehenden Geschäfte hin. »Sie sagten, diese jüngste Häresie sei ungewöhnlich abscheulich, mein Lordkomtur?«

»So ist es«, erklärte er.

»Wo hat sie begonnen?«

»Auf Arion, einer etwa drei Wochen von Vess entfernten Welt. Eine ganz und gar menschliche Welt. Ich begreife einfach nicht, warum ihr Menschen so leicht zu korrumpieren seid. Wenn ein ka-Thane den Glauben erst einmal gefunden hat, dann gibt er ihn nur in den seltensten Fällen wieder auf.«

»Das ist bekannt«, erwiderte ich höflich. Ich vermied es zu erwähnen, dass die Zahl der ka-Thane, die den Glauben gefunden hatten, verschwindend gering war. Denn die ka-Thane waren ein langsames, schwerfälliges Volk, und die überwiegende Mehrheit seiner zahllosen Millionen zeigte keinerlei Interesse daran, anders als in der herkömmlichen Weise zu lernen oder sich einem anderen Glaubensbekenntnis als ihrer eigenen uralten Religion anzuschließen. Torgathon Nine-Klariis Tûn war eine Ausnahme. Vor beinahe zwei Jahrhunderten, als Papst Vidas L. dekretiert hatte, Nicht-Menschen dürften als Geistliche dienen, war er unter den ersten Konvertierten gewesen. Zog man seine enorme Lebensspanne und die eiserne Sicherheit seines Glaubens in Betracht, dann war es kein Wunder, dass er einen solchen Aufstieg genommen hatte, obgleich ihm weniger als tausend seiner Rasse in die Kirche gefolgt waren. Er hatte mindestens noch hundert Jahre zu leben. Ohne Zweifel würde er eines Tages Torgathon Kardinal Tûn sein, sollte es ihm gelingen, genügend Häresien zu zermalmen. So sind die Zeiten nun einmal.

»Wir haben auf Arion kaum Einfluss«, sagte der Erzbischof. Beim Sprechen bewegte er die Arme – vier gewichtige Keulen aus gesprenkeltem grüngrauem Fleisch quirlten durchs Wasser, und bei jedem Wort bebten die schmutzigweißen Wimpern rings um sein Atemloch. »Ein paar Priester, ein paar Kirchen, einige Gläubige, doch keine Macht, die der Rede wert wäre. Die Häretiker sind uns dort zahlenmäßig schon überlegen. Ich verlasse mich auf Ihre Intelligenz, Ihre Geschicklichkeit. Machen Sie aus diesem Unglück eine Möglichkeit. Die Häresie ist so augenfällig, dass Sie sie leicht widerlegen können. Vielleicht finden einige der Irregeleiteten auf den rechten Weg zurück.«

»Bestimmt«, sagte ich. »Und die Art dieser Häresie? Was muss ich widerlegen?« Es ist ein trauriges Zeichen für meinen eigenen verworrenen Glauben, wenn ich hinzufüge, dass es mir im Grunde egal war. Ich habe mich schon mit zu vielen Häresien auseinandersetzen müssen. Ihre Glaubensüberzeugungen und Fragestellungen hallen in meinem Kopf wider und stören nachts meine Träume. Wie kann ich mir meines Glaubens sicher sein? Dasselbe Edikt, durch das Torgathon für den geistlichen Stand zugelassen wurde, hatte ein halbes Dutzend Welten dazu veranlasst, den Bischof von Neu-Rom abzulehnen, und diejenigen, die diesen Weg gegangen waren, hätten vermutlich eine besonders abscheuliche Häresie in dem massigen und bis auf einen römischen Kragen nackten Fremdling gesehen, der sich vor mir im Wasser wälzte und die Autorität der Kirche in vier großen, mit Schwimmhäuten versehenen Händen hielt. Das Christentum ist die großartigste menschliche Religion, doch das bedeutet wenig. Die Nicht-Christen sind uns zahlenmäßig im Verhältnis fünf zu eins überlegen, und es gibt weit über siebenhundert christliche Sekten, von denen einige beinahe so groß sind wie die Einzig Wahre Interstellare Katholische Kirche der Erde und der tausend Welten. Selbst Daryn XXI., mächtig, wie er ist, ist nur einer von sieben, die den Titel Papst für sich beanspruchen. Mein Glaube war einst stark gewesen, doch habe ich mich zu lange unter Häretikern und Ungläubigen bewegt, und nicht einmal meine Gebete können die Zweifel jetzt noch vertreiben. Daher verspürte ich auch kein Grauen, lediglich intellektuelles Interesse, als der Erzbischof mir die Art der Häresie auf Arion mitteilte.

»Sie haben«, sagte er, »aus Judas Ischariot einen Heiligen gemacht.«

Als Vorgesetzter bei den Rittern der Inquisition befehlige ich ein Raumschiff, welches *Wahrheit Christi* zu nennen ich das Vergnügen habe. Ehe mir das Gefährt zugewiesen wurde, hieß es *St. Thomas*, nach dem Apostel, doch fand ich, dass ein für seine Zweifel bekannter Heiliger kein angemessener Schutzpatron für ein Raumschiff war, das im Kampf gegen die Häresie eingesetzt wurde. Ich habe auf der *Wahrheit* keinerlei Aufgaben; ihre Mannschaft besteht aus sechs Brüdern und Schwestern vom Orden des heiligen Christophorus dem Weitgereisten, und ihr Kapitän ist eine junge Frau, die ich einem Kaufmann abgeworben habe.

Ich war daher in der Lage, mich während der dreiwöchigen Reise von Vess nach Arion ganz dem Studium der häretischen Bibel zu widmen, von der mir der Verwaltungsassistent des Erzbischofs ein Exemplar ausgehändigt hatte. Der dicke, schwere und schön aufgemachte Band war in dunkles Leder gebunden und mit Goldschnitt versehen. Er enthielt zahlreiche hervorragende, farbige und holografisch erhöhte Illustrationen. Eine bemerkenswerte Arbeit, eindeutig von jemandem ausgeführt, der die leider beinahe vergessene Kunst der Buchgestaltung schätzte. Die abgebildeten Gemälde – ich nahm an, dass die Originale im Haus des heiligen Judas auf Arion hingen – waren meisterhaft, wenngleich blasphemisch und konnten es als Kunstwerke mit denen Tammerwens und RoHallidays aufnehmen, die die Große Kathedrale des heiligen Johannes in Neu-Rom schmücken.

Das Buch trug eine Imprimatur, aus der hervorging, dass es von Lukyan Judasson, dem ersten Gelehrten des Ordens des heiligen Judas Ischariot, genehmigt worden war.

Es hieß *Der Weg von Kreuz und Drachen*.

Ich las es, während die *Wahrheit Christi* durch die Sterne glitt, und machte mir anfangs ausgiebig Notizen, um die Häresie, die ich bekämpfen sollte, besser zu verstehen; später jedoch war ich gefesselt von der seltsamen, verschlungenen und grotesken Geschichte, die es erzählte. Seine Sprache war voller Leidenschaft, Kraft und Poesie.

So geschah es, dass ich zum ersten Mal der bemerkenswerten Gestalt des heiligen Judas Ischariot begegnete, eines schwierigen, ehrgeizigen, widersprüchlichen, doch insgesamt außerordentlichen Menschen.

Er war als Sohn einer Hure am selben Tag wie der Erlöser in Bethlehem in dem sagenumwobenen Stadtstaat Babylon geboren worden und verbrachte seine Kindheit auf Straßen und in Gossen, bot seinen Körper feil, wenn es nötig war, und betätigte sich, als er älter wurde, als Zuhälter. Als Jugendlicher fing er an, mit den dunklen Künsten zu experimentieren, und noch ehe er zwanzig Jahre alt war, war er ein geschickter Schwarzkünstler. Zu jener Zeit wurde er Judas der Drachenbändiger, der erste und einzige Mensch, der der furchteinflößendsten von Gottes Kreaturen, der großen geflügelten Feuerechse von Alt-Erde, seinen Willen aufzwingen konnte. Das Buch gab ein großartiges Gemälde von Judas wieder, wie er in einer riesigen düsteren Höhle mit feuersprühenden Augen eine glühende Peitsche schwingt, um einen sich aufbäumenden grün-goldenen Drachen in Schach zu halten. Unter seinem Arm sieht man einen Korb mit leicht geöffnetem Deckel, aus dem die mit winzigen Schuppen versehenen

Köpfe von drei Drachenjungen hervorblicken. Ein viertes Drachenbaby krabbelt ihm am Ärmel hinauf. Diese Szene spielte sich im ersten Kapitel seines Lebens ab.

Im zweiten Kapitel war er Judas der Eroberer, Judas der Drachenkönig, Judas von Babylon, der große Usurpator. Auf dem größten seiner Drachen reitend, eine eiserne Krone auf dem Haupt und ein Schwert in der Hand, machte er Babylon zur Hauptstadt des größten Weltreichs, das die Alte Welt erlebt hat, ein Königreich, das sich von Spanien bis Indien erstreckte. Er herrschte von einem Drachenthron inmitten der Hängenden Gärten aus, die er hatte anlegen lassen, und dort saß er auch, als er über Jesus von Nazareth richtete, jenen aufrührerischen Propheten, der blutend und in Ketten vor ihn gezerrt worden war. Judas war kein geduldiger Mann, und er ließ Christus noch mehr bluten, ehe er mit ihm fertig war. Und als dieser seine Fragen nicht beantworten wollte, ließ er ihn voller Verachtung wieder auf die Straße werfen. Doch vorher befahl er seinen Wachen, Christus die Beine abzuhauen. »Heiler«, sagte er, »heile dich selbst.«

Dann kam die Reue, die Vision in der Nacht, und Judas Ischariot gab seine Krone, seine dunklen Künste und seine Reichtümer auf, um dem Mann zu folgen, den er zum Krüppel gemacht hatte. Gehasst und verhöhnt von jenen, die von ihm tyrannisiert worden waren, wurde Judas zu den Beinen des Herrn, und ein Jahr lang trug er Jesus auf dem Rücken in die entferntesten Gegenden des Königreichs, welches er einst regiert hatte. Als Jesus sich schließlich selbst heilte, ging Judas an seiner Seite, und von jener Zeit an war er sein getreuer Freund und Berater, der erste und vorderste der zwölf. Schließlich machte Jesus dem Judas das Geschenk der Zungen, rief die Drachen, die Judas einst weggeschickt hatte, zurück und segnete sie und schickte seinen Jünger auf eine einsame Mission über die Meere, »um mein Wort dort zu verbreiten, wohin ich nicht gehen kann«.

Es kam der Tag, da die Sonne dunkel wurde am Mittag und die Erde bebte, und Judas schwang seinen Drachen auf plumpen Flügeln herum und flog über die rasende See zurück. Doch als er in der Stadt Jerusalem ankam, fand er Christus tot am Kreuz vor.

In jenem Augenblick wankte sein Glaube, und in den nächsten drei Tagen fegte der große Zorn von Judas wie ein Sturmwind über Alt-Erde. Seine Drachen rissen den Tempel in Jerusalem nieder, vertrieben die Einwohner aus der Stadt und zerschlugen die Machtzentren in Rom und Babylon. Und als er dahinterkam, wie jener mit Namen Simon, genannt Petrus, den Herrn dreimal verraten hatte, erwürgte er ihn eigenhändig und warf seinen Leichnam den Drachen vor. Dann sandte er die Drachen aus, damit sie in der ganzen Welt Feuer anzündeten, Scheiterhaufen für Jesus von Nazareth.

Und Jesus auferstand am dritten Tage, und Judas weinte, doch konnten seine Tränen den Zorn Christi nicht besänftigen, hatte er doch durch sein Rasen gegen alle Lehren des Herrn verstoßen.

Jesus rief die Drachen zurück, und sie kamen zu ihm, und überall erloschen die Feuer. Und aus ihren Bäuchen rief er Petrus hervor und setzte ihn wieder zusammen und gab ihm Herrschaft über die Kirche.

Und dann starben die Drachen und mit ihnen sämtliche Drachen überall, denn sie waren das lebendige Siegel der Macht und der Weisheit von Judas Ischariot gewesen, der schwer gesündigt hatte. Und Christus nahm von Judas die Gabe der Zungen und die Kraft zu heilen, die er ihm gegeben hatte, und da jener wie ein Blinder gehandelt hatte, entzog er ihm sogar das Augenlicht (im Buch war ein hübsches Bild vom blinden Judas abgebildet, wie er sich weinend über die Kadaver seiner Drachen beugt). Und dann sagte er Judas, die Menschen würden sich an ihn für unendliche Zeiten nur als an den Verräter erinnern und seinen Namen verfluchen, und alles, was er gewesen war und getan hatte, würde vergessen werden.

Doch weil Judas ihn so sehr geliebt hatte, erwies Christus ihm noch eine Gefälligkeit: Er schenkte ihm ein langes Leben, damit er Gelegenheit hätte, zu reisen und über seine Sünden nachzudenken, um endlich doch noch Vergebung zu erlangen und dann erst zu sterben.

Und das war der Beginn des letzten Kapitels im Leben des Judas Ischariot, eines in der Tat sehr langen Kapitels. Der einst Drachenkönig, einst der Freund Christi gewesen war, war nun zum blinden Wanderer geworden, zum Außenseiter und ohne Freunde, der die kalten Wege der Erde wanderte, der lebte, da alle Städte, Menschen und Dinge, die er gekannt hatte, tot waren. Und Petrus, der erste Papst und in Ewigkeit sein Feind, verbreitete in der Stadt und dem Erdkreis die Mär, Judas hätte den Herrn für dreißig Silberlinge verraten, bis dieser es nicht einmal mehr wagte, unter seinem richtigen Namen aufzutreten. Eine Zeit lang nannte er sich einfach Wandernder Ju' und bediente sich in der Folge noch vieler anderer Namen.

Er lebte mehr als tausend Jahre, wurde Prediger, Heiler und Tierfreund, wurde gejagt und beschuldigt, als die Kirche, die Petrus gegründet hatte, anschwoll und korrupt wurde. Doch er hatte viel Zeit, und am Ende wurde er weise und fand seinen Frieden. Und schließlich kam Jesus an sein lange hinausgezögertes Sterbebett, und sie versöhnten sich, und wieder weinte Judas. Und bevor er starb, versprach der Herr ihm, dass einige sich mit seiner Einwilligung erinnern würden, wer und was Judas gewesen war, und dass sich die Kunde davon im Laufe der Jahrhunderte verbreiten würde, bis endlich Petrus' Lüge aufgehoben und vergessen sein würde.

Derart war das Leben des heiligen Judas Ischariot, wie es in *Der Weg von Kreuz und Drachen* berichtet wurde. Das Buch enthielt auch seine Lehren sowie die apokryphen Bücher, die er angeblich geschrieben hatte.

Als ich es durchgelesen hatte, lieh ich es Arla-k-Bau, dem Kapitän der *Wahrheit Christi*. Arla war eine hagere, pragmatische Frau ohne bestimmten Glauben, doch schätzte ich ihre Ansichten. Die anderen Besatzungsmitglieder, die guten Schwestern und Brüder vom Orden des heiligen Christophorus, hätten lediglich den religiösen Schrecken des Erzbischofs nachgeplappert.

»Interessant«, fand Arla, als sie mir das Buch zurückgab.

Ich musste lachen. »Ist das alles?«

Sie zuckte mit den Schultern. »Eine hübsche Geschichte. Leichter zu lesen als eure Bibel, Damien, außerdem auch dramatischer.«

»Stimmt«, gab ich zu. »Aber absurd. Ein unglaubliches Durcheinander von Doktrinen, Apokryphen, Mythologien und Aberglauben. Unterhaltsam, ja, sicher. Einfallsreich, sogar gewagt. Aber lächerlich, finden Sie nicht? Wie soll man an Drachen glauben? An einen Christus ohne Beine? An Petrus, der wieder zusammengesetzt wird, nachdem ihn vier Monstren verspeist haben.«

Arlas Lächeln war spöttisch. »Ist das etwa blödsinniger als Wasser, das sich in Wein verwandelt, als Christus, der auf den

Wassern schreitet, oder als ein Mann, der im Bauch eines Fisches lebt?« Arla-k-Bau machte es Spaß, mir Kontra zu geben. Es hatte einen Skandal gegeben, als ich eine Ungläubige zum Kapitän meines Raumschiffs erwählte, aber sie war in ihrem Beruf sehr tüchtig, und ich hatte sie gern um mich, weil ich meinen Verstand an ihr wetzen konnte. Sie war ein kluger Kopf, diese Arla, und das schätzte ich mehr als blinden Gehorsam. Vielleicht war das eine Sünde.

»Das ist etwas anderes«, erwiderte ich.

»Tatsächlich?«, schnappte sie zurück. Ihr Blick ging durch meine Masken hindurch. »Ach, Damien, geben Sie es doch zu. Das Buch hat Ihnen ganz gut gefallen.«

Ich räusperte mich. »Es hat mein Interesse geweckt«, erkannte ich an. Ich musste mich rechtfertigen. »Sie kennen ja die Sachen, mit denen ich mich gewöhnlich abgeben muss. Trockene kleine Abweichungen von der Doktrin, obskure Haarspaltereien über theologische Fragen, die irgendwie alle aus der Proportion geraten sind, unverfrorene politische Schachzüge, die nur den einen Zweck haben, einen ehrgeizigen planetarischen Bischof als neuen Papst einzusetzen oder Neu-Rom oder Vess diese oder jene Konzession abzuringen. Der Krieg ist endlos, doch die Schlachten sind stumpfsinnig und schmutzig. Sie erschöpfen mich, geistig, emotional, physisch. Hinterher fühle ich mich ausgesogen und schuldig.« Ich tippte auf den Ledereinband des Buchs. »Dies hier ist anders. Die Häresie muss natürlich ausgemerzt werden, aber ich gebe zu, dass ich es kaum erwarten kann, diesen Lukyan Judasson kennenzulernen.«

»Die Aufmachung ist auch hübsch«, befand Arla und blätterte in *Der Weg von Kreuz und Drachen*. Sie hielt inne, um sich einen besonders ins Auge fallenden Stich genauer anzusehen, Judas, wie er über seine Drachen weint, glaube ich. Ich musste lächeln, weil sie davon genauso angetan war wie ich. Dann runzelte ich die Stirn.

Das war der erste Fingerzeig für die Schwierigkeiten, die vor mir lagen.

So geschah es, dass die *Wahrheit Christi* zu der Porzellanstadt Ammadon auf der Welt Arion gelangte, wo der Orden vom heiligen Judas Ischariot beheimatet war.

Arion war eine nette, freundliche Welt, die seit dreihundert Jahren bewohnt war. Die Bevölkerungszahl lag unter neun Millionen, von denen Ammadon, die einzige wirkliche Stadt, zwei beherbergte. Der technologische Standard hatte eine mittlere Stufe erreicht, war allerdings in der Hauptsache importiert. Es gab wenig Industrie auf Arion und kaum Erfindergeist, außer vielleicht auf künstlerischem Gebiet. Denn die Künste waren hier ziemlich wichtig, sie blühten und gediehen. Religiöse Freiheit war ein wesentlicher Grundsatz der Gesellschaft, doch war Arion eigentlich auch keine besonders religiöse Welt, und die Mehrheit der Bevölkerung lebte ein herzlich säkulares Leben. Die populärste Religion war der Ästhetizismus, den man im Grunde kaum als Religion ansehen kann. Daneben gab es Taoisten, Erikaner, Altchristen und Kinder des Träumers – außer einem Dutzend untergeordneter Sekten.

Und schließlich gab es neun Kirchen des Einen Wahren Interstellaren Katholischen Glaubens. Früher waren es zwölf gewesen.

In den anderen drei wurde inzwischen dem sich auf Arion am raschesten ausbreitenden Glauben gehuldigt, dem Orden des heiligen Judas Ischariot, der außerdem noch ein Dutzend neu erbauter Kirchen besaß.

Der Bischof von Arion war ein dunkler, strenger Mann mit kurz geschnittenem schwarzem Haar, der durchaus nicht glücklich war, mich zu sehen. »Damien Her Varis!«, rief er einigermaßen verwundert aus, als ich ihn in seiner Residenz aufsuchte. »Wir haben natürlich von Ihnen gehört, aber ich hätte mir nicht träumen lassen, Sie einmal persönlich kennenzulernen oder gar als Gast zu begrüßen. Wir sind hier nur eine kleine Schar ...«

»Die immer kleiner wird«, unterbrach ich ihn. »Eine Angelegenheit, die meinen Lordkomtur, Bischof Torgathon, ziemlich besorgt stimmt. Offenbar macht es Ihnen weniger aus, Exzellenz, da Sie es nicht einmal für nötig befunden haben, uns über die Aktivitäten dieser Sekte der Judasanbeter zu unterrichten.«

Der Bischof schnitt bei dieser Zurechtweisung ein verärgertes Gesicht, schluckte seinen Zorn aber rasch hinunter. Selbst für einen Bischof gab es Gründe, sich vor einem Ritter der Inquisition in Acht zu nehmen. »Natürlich machen wir uns Sorgen«, erwiderte er. »Wir tun alles, was in unserer Macht steht, um die Häresie zu bekämpfen. Wenn Sie uns diesbezüglich beraten könnten, würde ich Ihnen mit größter Freude zuhören.«

»Ich bin Inquisitor des militanten Ordens der Ritter Jesu Christi«, sagte ich grob. »Ich gebe keine Ratschläge, Exzellenz, ich handle. Zu diesem Behufe wurde ich nach Arion entsandt, und ich beabsichtige, meinen Auftrag auszuführen. Erzählen Sie mir doch, was Sie über die Häresie und den Ersten Gelehrten, diesen Lukyan Judasson, wissen.«

»Selbstverständlich, Pater Damien«, begann der Bischof. Er machte einem Diener ein Zeichen, der uns daraufhin ein Tablett mit Wein und Käse brachte, und ging daran, die

kurze, aber explosive Geschichte des Judaskults zusammen-
zufassen.

Ich hörte ihm zu, mir währenddessen die Fingernägel
am karmesinroten Aufschlag meiner Jacke polierend, bis der
schwarze Lack makellos glänzte, und unterbrach ihn von Zeit
zu Zeit mit einer Frage. Noch ehe er seinen Bericht halb beendet hatte, war ich entschlossen, Lukyan persönlich aufzu-
suchen. Das schien mir am besten zu sein.

Außerdem hatte ich es die ganze Zeit gewollt.

Ich nahm an, dass es wichtig war, wie man auf Arion auftrat,
und erachtete es als notwendig, Lukyan durch meine Erscheinung und meinen Posten zu beeindrucken. Ich zog die besten Stiefel an, die ich besaß, geschmeidige Handarbeit aus
römischem Leder, wie sie Torgathons Empfangszimmer noch
nicht gesehen hatte, und einen streng geschnittenen schwarzen Anzug mit burgunderfarbenen Aufschlägen und steifem
Kragen. Am Hals trug ich ein großartiges Kruzifix aus purem
Gold, die Kragennadel war ein dazu passendes Schwert, das
Symbol der Ritter der Inquisition. Bruder Denis lackierte mir
sorgfältig die Fingernägel, schwarz wie Ebenholz, dunkelte
mir auch die Augen nach und legte mir einen feinen weißen
Puder aufs Gesicht. Als ich in den Spiegel sah, bekam ich vor
mir selbst einen Schreck. Ich lächelte, aber nur kurz. Lächeln
zerstörte die Wirkung.

Ich ging zu Fuß zum Haus des heiligen Judas Ischariot. Ammadon war von breiten, großzügig angelegten goldenen Straßen
durchzogen, die scharlachrote Bäume säumten, Flüsterwind
genannt, deren lange, auf den Boden reichende Zweige in der
Tat der sanften Brise Geheimnisse zuzuflüstern schienen.
Bei mir war Schwester Judith, eine kleine, selbst in der kapu-

zenförmigen Tracht des Ordens vom heiligen Christophorus schmächtig wirkende Frau. Sie hatte ein sanftes, freundliches Gesicht und große, junge und unschuldig aussehende Augen. Für mich war sie sehr nützlich. Schon viermal hatte sie Angreifer auf mich getötet.

Das Haus war ein weitläufiger und stattlicher Neubau. Es erhob sich inmitten von Gärten voller kleiner leuchtender Blumen und goldfarbener Rasenflächen. Das ganze Grundstück war von einer hohen Mauer umgeben. Sowohl diese Mauer als auch die Außenwände des Gebäudes waren von Wandgemälden bedeckt. Einige davon kannte ich aus *Der Weg von Kreuz und Drachen*, und ich blieb kurz stehen, um sie zu bewundern, ehe ich das Haupttor durchschritt. Niemand versuchte, uns aufzuhalten. Es gab keine Wachen, nicht einmal einen Pförtner. Im Inneren gingen Männer und Frauen zwischen den Blumen spazieren oder saßen müßig auf Bänken unter Silberbäumen und Flüsterwinden.

Schwester Judith und ich blieben kurz stehen und wandten uns dann dem Haus zu.

Wir hatten eben die ersten Stufen genommen, als uns aus dem Haus ein Mann entgegenkam. Er blieb im Eingang stehen und wartete. Er war blond und beleibt und trug einen großen, drahtigen Bart, der ein zögerndes Lächeln einrahmte. Er hatte ein loses Gewand an, das ihm bis auf die Sandalen an seinen Füßen reichte und mit Drachen bestickt war, die die Silhouette eines Mannes mit einem Kreuz trugen.

Als ich oben angekommen war, verbeugte er sich vor mir. »Pater Damien Her Varis von den Rittern der Inquisition«, sagte er. Sein Lächeln wurde breiter. »Ich begrüße Sie im Namen Jesu und im Namen des heiligen Judas. Ich bin Lukyan.«

Ich nahm mir vor herauszufinden, welcher der Untergebenen des Bischofs den Judaskult mit Informationen belieferte, bewahrte jedoch Haltung. Ich bin schon seit langer, langer Zeit Ritter der Inquisition. »Pater Lukyan Mo«, sagte ich und ergriff seine Hand, »ich habe Fragen an Sie.« Ich lächelte nicht.

Er lächelte. »Das dachte ich mir«, erwiderte er.

Lukyans Büro war geräumig, doch spartanisch eingerichtet. Häretiker weisen häufig eine Schlichtheit auf, die den Dienern der Wahren Kirche offenbar gänzlich abhanden gekommen ist. Eine Schwäche hatte er allerdings.

Die Wand hinter seinem Schreibtisch/Altar wurde von einem Gemälde beherrscht, in das ich mich bereits verliebt hatte: der blinde Judas, wie er über seine Drachen weint.

Lukyan setzte sich ächzend hin und bedeutete mir, mich doch ebenfalls zu setzen. Schwester Judith hatten wir im Vorzimmer gelassen. »Ich bleibe lieber stehen, Pater Lukyan«, sagte ich, weil ich mir davon einen Vorteil versprach.

»Einfach Lukyan«, erwiderte er. »Oder Luke, wenn Sie wollen. Für Titel haben wir hier keine Verwendung.«

»Sie sind Pater Lukyan Mo, hier auf Arion geboren, ausgebildet im Seminar von Cathaday, ehemals Priester der Einzig Wahren Interstellaren Katholischen Kirche der Erde und der tausend Welten«, sagte ich. »Ich werde Sie so anreden, wie es Ihrer Stellung zukommt, Pater. Und ich erwarte, dass Sie es genauso halten. Haben wir uns verstanden?«

»Aber gewiss doch«, erklärte er liebenswürdig.

»Ich bin ermächtigt, Ihnen das Recht abzusprechen, die Sakramente zu spenden, und Sie wegen der Häresie, die Sie formuliert haben, zu exkommunizieren. Auf einigen Welten hätte ich sogar Ihren Tod anordnen können.«

»Aber nicht auf Arion«, warf er rasch ein. »Wir sind hier sehr tolerant. Außerdem sind wir Ihnen zahlenmäßig überlegen.« Er lächelte. »Und was den Rest betrifft, so müssen Sie wissen, dass ich die Sakramente sowieso nicht oft spende. Eigentlich schon seit Jahren nicht mehr. Ich bin jetzt erster Gelehrter, Lehrer, Denker. Ich weise anderen den Weg, ich helfe ihnen, den Glauben zu finden. Wenn es Sie glücklich macht, Pater Damien, dann exkommunizieren Sie mich getrost. Glück ist es ja, wonach wir alle streben.«

»Sie haben den Glauben also aufgegeben, Pater Lukyan?«, fragte ich. Ich legte ihm meine Ausgabe von *Der Weg von Kreuz und Drachen* auf den Tisch. »Aber wie ich sehe, haben Sie einen neuen gefunden.« Jetzt lächelte ich, allerdings sehr eisig, sehr bedrohlich, sehr spöttisch. »Nach einem noch lächerlicheren Glaubensbekenntnis werde ich wohl lange suchen müssen. Ich gehe davon aus, dass Sie mir jetzt erzählen werden, Sie hätten mit Gott geredet, er hätte Sie mit dieser neuen Offenbarung betraut, auf dass Sie den guten Namen des heiligen Judas, den er ja nun einmal hat, reinigen können?«

Jetzt wurde Lukyans Lächeln wirklich sehr breit.

»Aber nicht doch«, sagte er. »Ich habe mir alles ausgedacht.«

Das verschlug mir die Sprache. »Wie bitte?«

»Ich habe mir alles ausgedacht«, wiederholte er. Voller Stolz wog er das Buch in der Hand. »Selbstverständlich habe ich dafür viele Quellen angezapft, besonders die Bibel, aber ich halte *Kreuz und Drachen* zum größten Teil für mein eigenes Werk. Es ist recht gut, finden Sie nicht auch? Natürlich konnte ich es – Stolz hin, Stolz her – nicht mit meinem Namen versehen, habe ihm aber mein Imprimatur gegeben.«

Einen Moment lang war ich sprachlos. Dann verzog ich das Gesicht. »Ich hatte erwartet, einen fantasievollen Verrückten anzutreffen, einen armen, von sich selbst in die Irre geleiteten Dummkopf, der davon überzeugt ist, mit Gott geredet zu haben. Mit Fanatikern von der Sorte hatte ich es schon öfter zu tun. Stattdessen finde ich einen fröhlichen Zyniker vor, der sich zum eigenen Nutzen eine Religion ausgedacht hat. Ich glaube, der Fanatiker ist mir lieber. Sie kann man ja schon nicht einmal mehr verachten, Pater Lukyan. Sie werden für alle Ewigkeit in der Hölle schmoren.«

»Das bezweifle ich«, erwiderte er. »Außerdem sehen Sie mich falsch, Pater Damien. Ich bin weder ein Zyniker noch profitiere ich von meinem lieben heiligen Judas. Bestimmt nicht. Als Priester Ihrer Kirche habe ich ein bequemeres Leben geführt. Ich tue dies, weil es meine Berufung ist.«

Ich musste mich hinsetzen. »Sie verwirren mich«, sagte ich. »Erklären Sie mir das.«

»Ich sage Ihnen jetzt die Wahrheit«, hob er an. Er sprach ganz eigenartig, beinahe winselnd. »Ich bin ein Lügner«, fuhr er fort.

»Sie wollen mich bloß mit kindischen Paradoxa verwirren«, warf ich scharf ein.

»Nein, nein«, meinte er lächelnd. »Ein *Lügner*. Sozusagen groß geschrieben. Das ist eine Organisation, Pater Damien. Eine Religion, wenn Sie so wollen. Ein großer und mächtiger Glaube. Und ich bin der geringste Vertreter davon.«

»Eine solche Kirche kenne ich nicht«, sagte ich.

»Natürlich nicht, das glaube ich Ihnen gern. Sie ist geheim. Sie muss geheim sein. Das ist Ihnen unbegreiflich, nicht wahr? Die Leute mögen es nicht, wenn man sie belügt ...«

»Ich möchte auch nicht belogen werden«, unterbrach ich ihn.

Lukyan zog ein beleidigtes Gesicht. »Ich habe Ihnen doch gesagt, dass ich die Wahrheit sagen würde, oder? Wenn ein

Lügner das sagt, dann können Sie ihm glauben. Wie könnten wir einander sonst vertrauen?«

»Es gibt viele wie Sie«, sagte ich. Ich begann zu glauben, dass Lukyan doch verrückt war, genauso fanatisch wie alle Häretiker, wenn auch auf kompliziertere Weise. Es handelte sich hier offenbar um eine Häresie innerhalb der Häresie, aber mir war klar, welches meine Pflicht war, nämlich die Wahrheit herauszufinden und die Dinge zurechtzurücken.

»Wir sind viele«, sagte Lukyan lächelnd. »Es würde Sie überraschen, Pater Damien, wirklich, es würde Sie überraschen. Doch es gibt ein paar Dinge, die möchte ich Ihnen lieber nicht erzählen.«

»Dann erzählen Sie mir das, was Sie erzählen können.«

»Mit Vergnügen«, sagte Lukyan Judasson. »Für uns Lügner gibt es, wie für alle anderen Religionen, ein paar Wahrheiten, an die wir glauben. Glaube ist immer nötig. Es gibt Dinge, die man nicht beweisen kann. Wir glauben, dass das Leben wert ist, gelebt zu werden. Das ist ein Glaubenssatz. Der Sinn des Lebens besteht darin, zu leben, dem Tod zu widerstehen, vielleicht sogar der Entropie die Stirn zu bieten.«

»Weiter«, sagte ich und wurde entgegen meiner Absicht immer interessierter.

»Wir glauben weiter, dass Glück ein Gut ist, nach dem man streben sollte.«

»Die Kirche hat nichts gegen das Glück«, warf ich trocken ein.

»Da habe ich meine Zweifel«, meinte Lukyan. »Aber wir wollen uns nicht streiten. Welche Haltung die Kirche zum Glück auch haben mag, sie predigt den Glauben an ein Leben nach dem Tode, an ein höchstes Wesen und an einen komplizierten Moralkodex.«

»Stimmt.«

»Die Lügner glauben nicht an ein Leben nach dem Tode, und sie glauben an keinen Gott. Wir sehen das Universum, wie es wirklich ist, Pater Damien, und die nackte Wahrheit ist, es ist grausam. Wir, die wir an das Leben glauben und es hoch schätzen, müssen sterben. Danach wird nichts sein außer ewiger Leere, Dunkelheit, Nicht-Existenz. Unser Leben hat keinen Sinn gehabt, keine Poesie, keine Bedeutung. Dasselbe gilt für unseren Tod. Wenn wir weg sind, dauert es nicht lange, und das Universum hat uns vergessen, schon nach kurzer Zeit wird es den Anschein haben, als hätten wir niemals gelebt. Schließlich wird die Entropie alles verschlingen, und alle unsere schwächlichen Bemühungen können gegen dieses schreckliche Ende nichts ausrichten. Es wird vorbei sein. Es wird nie gewesen sein. Es hat nie eine Rolle gespielt. Selbst das Universum ist dem Untergang geweiht, ist vergänglich, und es ist ihm völlig egal.«

Ich rutschte auf meinem Stuhl zurück, und ein Schauer lief mir über den Rücken, während ich den düsteren Worten des armen Lukyan lauschte. Ich ertappte mich dabei, wie ich an meinem Kruzifix nestelte. »Eine trübe Philosophie«, sagte ich, »und falsch ist sie obendrein. Ich habe eine derart beängstigende Vision auch schon gehabt. Ich glaube, irgendwann hatten wir sie alle einmal. Aber so ist es nicht, Pater. Vor solchem Nihilismus bewahrt mich mein Glaube. Der Glaube ist ein Schutzschild gegen die Verzweiflung.«

»Oh, das weiß ich, mein Freund, mein Ritter der Inquisition«, sagte Lukyan. »Ich freue mich, dass wir uns so gut verstehen. Sie sind schon beinahe einer von uns.«

Ich runzelte die Stirn.

»Sie haben ins Schwarze getroffen«, fuhr er fort. »Die Wahrheiten, die großen Wahrheiten – und auch die meisten weniger großen – sind für den überwiegenden Teil der Menschheit unerträglich. Wir finden unseren Schutzschild im Glauben. In Ihrem Glauben, in meinem, in jedem. Nichts spielt eine Rolle, solange wir glauben, wirklich und wahrhaftig glauben, egal, an welche Lüge wir uns auch klammern.«

Er zupfte an den ausgefransten Spitzen seines blonden Barts. »Wissen Sie, die Psychologen haben uns immer eingeredet, die Glücklichen seien die Gläubigen. Man mag an Christus, an Buddha oder Erica Stormjones glauben, an die Wiedergeburt oder die Unsterblichkeit oder an die Natur, an die Macht der Liebe oder an die Grundsätze einer politischen Partei, es läuft immer auf dasselbe hinaus. Man glaubt, also ist man glücklich. Die die Wahrheit gesehen haben, sind diejenigen, die verzweifeln und sich umbringen. Die Wahrheit ist so gewaltig, der Glaube so gering, so dürftig, so von Irrtümern und Widersprüchen durchlöchert. Wir blicken hinter ihre Fassade und durchschauen sie, und dann spüren wir das Gewicht der Dunkelheit auf uns und können nicht mehr glücklich sein.«

Ich bin nicht schwer von Begriff. Ich wusste längst, worauf Lukyan Judasson hinauswollte. »Ihr Lügner erfindet also einen Glauben.«

Er lächelte. »Alle möglichen Glauben. Nicht nur religiöse. Stellen Sie sich das mal vor. Wir wissen, was für ein grausames Instrument die Wahrheit ist. Wir ziehen die Schönheit der Wahrheit tausendmal vor. Wir erfinden Schönheit, Glaubensrichtungen, politische Bewegungen, hohe Ideale, den Glauben an Liebe und Kameradschaft. Das sind alles Lügen. Wir erzählen diese und andere Lügen, zahllose andere. Wir verschönern die Geschichte, den Mythos, die Religion, wir machen alles schöner, besser und leichter zu glauben. Unsere

Lügen sind nicht vollkommen, natürlich nicht. Die Wahrheiten sind zu groß. Aber vielleicht stoßen wir eines Tages auf die eine große Lüge, für die die ganze Menschheit Verwendung hat. Bis dahin müssen wir uns eben mit tausend kleinen Lügen begnügen.«

»Ich fürchte, ihr Lügner lasst mich ziemlich kalt«, sagte ich mit kühler, gelassener Inbrunst. »Mein ganzes Leben war ein einziges Streben nach Wahrheit.«

Lukyan hatte Nachsicht. »Pater Damien Her Varis, Ritter der Inquisition. Ich kenne Sie besser. Sie sind auch ein Lügner. Sie leisten gute Arbeit. Sie reisen von Welt zu Welt und vernichten die Dummen, die Rebellen, die Fragenden, die das Gefüge der gcwaltigen Lüge, der Sie dienen, zum Einsturz bringen könnten.«

»Wenn die Lüge, der ich diene, so bewundernswert ist«, sagte ich, »warum haben Sie sich dann von ihr getrennt?«

»Eine Religion muss zu einer Kultur und zu ihrer Gesellschaft passen, mit ihr zusammenarbeiten, nicht gegen sie. Wenn es Reibungen, Widersprüche gibt, dann bricht die Lüge in sich zusammen, der Glaube wankt. Ihre Kirche, Pater, ist für vicle Welten gut, doch nicht für Arion. Hier ist das Leben freundlich, Ihr Glaube aber ist streng. Wir lieben hier die Schönheit, und Ihr Glaube bietet davon zu wenig. Also haben wir ihn verbessert. Wir haben uns lange mit dieser Welt beschäftigt. Wir kennen ihr psychologisches Profil. Der heilige Judas wird hier Erfolg haben. Er bietet Dramatik und Farbe und viel Schönheit, die ästhetische Seite ist bewunderungswürdig. Seine Tragödie endet glücklich. Auf Arion schwärmt man für solche Geschichten. Die Drachen sind eine nette Beigabe. Ich finde, Ihre Kirche sollte einen Weg suchen, Drachen in ihre Lehre einzubauen. Es sind herrliche Geschöpfe.«

»Mythische«, sagte ich.

»Kaum«, erwiderte er. »Schauen Sie doch mal hin.« Er grinste mich an. »Sehen Sie, es läuft wirklich alles auf den Glauben hinaus. Wissen Sie denn, was vor dreitausend Jahren tatsächlich geschah? Sie haben Ihren Judas, ich habe meinen. Beide haben wir Bücher. Ist Ihres richtig? Können Sie das wirklich glauben? Ich habe vorerst lediglich Zugang zum ersten Kreis des Ordens der Lügner. Daher kenne ich nicht alle Geheimnisse, doch ich weiß, dass unser Orden sehr alt ist. Es würde mich nicht überraschen, wenn die Evangelien von Männern geschrieben wurden, die mir sehr ähnlich waren. Vielleicht hat es nie einen Judas gegeben. Vielleicht auch nie einen Christus.«

»Ich glaube fest daran, dass es sie nie gegeben hat«, sagte ich.

»In diesem Gebäude gibt es hundert Leute, die tief und sehr real an den heiligen Judas und den *Weg von Kreuz und Drachen* glauben«, erwiderte Lukyan. »Der Glaube ist eine sehr gute Sache. Wussten Sie, dass die Selbstmordrate auf Arion um fast ein Drittel zurückgegangen ist, seit es den Orden des heiligen Judas gibt?«

Ich erinnere mich, wie ich langsam vom Stuhl aufstand. »Sie sind genauso fanatisch wie alle Häretiker, die ich kennengelernt habe, Lukyan Judasson«, sagte ich zu ihm. »Sie tun mir leid, weil Sie Ihren Glauben verloren haben.«

Lukyan erhob sich ebenfalls. »Bedauern Sie sich selbst, Damien Her Varis«, erwiderte er. »Ich habe einen neuen Glauben und einen neuen Lebenszweck gefunden und bin ein glücklicher Mensch. Sie, mein lieber Freund, quälen sich und fühlen sich elend.«

»*Das ist eine Lüge!*« Ich fürchte, ich habe das laut herausgeschrien.

»Kommen Sie mit«, sagte Lukyan. Er berührte ein Brett an der Wand, und das große Gemälde von Judas, der über seine Drachen weint, glitt in die Höhe. Dahinter war eine abwärts führende Treppe.

Im Keller stand ein großer Glasbottich mit blassgrüner Flüssigkeit, und darin schwamm ein *Etwas* – ein Etwas, das stark einem uralten Embryo glich, zugleich bejahrt und infantil, nackt, mit riesigem Kopf und winzigem verkrümmtem Körper.

Schläuche verbanden seine Arme und Beine und Genitalien mit einer Maschinerie, die es offenbar am Leben erhielt.

Als Lukyan das Licht anknipste, öffnete es die Augen, große, dunkle Augen, die mir in die Seele schauten.

»Das ist mein Kollege«, erklärte Lukyan und tätschelte den Bottich. »Johannes Azure Kreuz, ein Lügner des vierten Kreises.«

»Und ein Telepath«, sagte ich mit tödlicher Sicherheit. Ich hatte Pogrome gegen Telepathen angeführt, Kinder zumeist, auf anderen Welten. Die Kirche lehrt, dass psionische Kräfte eine Falle des Teufels sind. In der Bibel ist von ihnen nicht die Rede. Ich hatte bei den Tötungen nie ein gutes Gewissen.

»In dem Moment, als Sie das Grundstück betraten, hat Johannes Sie durchschaut«, sagte Lukyan, »und mir seine Beobachtungen übermittelt. Nur wenige von uns wissen, dass er hier ist. Er hilft uns sehr erfolgreich beim Lügen. Er weiß genau, wann ein Glaube wahrhaftig und wann nur vorgetäuscht ist. Ich habe ein Implantat in der Schädeldecke. Johannes kann jederzeit mit mir sprechen. Es war er, der mich seinerzeit für die Lügner gewonnen hat. Er wusste, dass mein Glaube hohl war. Er spürte die Tiefe meiner Verzweiflung.«

Dann sprach das Etwas im Bottich. Seine metallische Stimme kam aus einem Lautsprecher im Sockel der Maschine, die es ernährte. »Und ich spüre auch deine Verzweiflung, Damien Her Varis, hohler Priester. Du hast zu viele Fragen gestellt, Inquisitor, du bist krank am Herzen und müde und glaubst nicht. Komm zu uns, Damien. Seit langer, langer Zeit schon bist du ein Lügner.«

Einen Moment lang zögerte ich. Ich blickte tief in mich hinein und fragte mich, was es war, woran ich glaubte. Ich suchte nach meinem Glauben, nach dem Feuer, das mich einst in Schwung gehalten hatte, nach der Sicherheit in den Lehren der Kirche, nach der Gegenwart Christi in mir. Ich fand nichts davon, nichts. Mein Inneres war leer, ausgebrannt, voller Fragen und Schmerz. Doch als ich Johannes Azure Kreuz und dem lächelnden Lukyan Judasson eben antworten wollte, da fand ich etwas anderes, etwas, an das ich wirklich glaubte, an das ich immer geglaubt hatte.

Die Wahrheit.

Ich glaubte an die Wahrheit, auch wenn sie schmerzte.

»Er ist verloren für uns«, sagte der Telepath mit dem höhnischen Namen Kreuz.

Lukyan schwand das Lächeln aus dem Gesicht. »Wirklich? Ich hatte gehofft, Sie würden sich uns anschließen, Damien. Sie machten auf mich den Eindruck, als würden Sie reif sein dafür.«

Auf einmal hatte ich Angst und wäre am liebsten die Treppe hinauf zu Schwester Judith gelaufen. Lukyan hatte mir eine ganze Menge erzählt, und jetzt hatte ich ihr Angebot zurückgewiesen.

Der Telepath spürte meine Angst. »Du kannst uns nichts tun, Damien«, sagte er. »Geh in Frieden. Lukyan hat dir gar nichts erzählt.«

Lukyan runzelte die Stirn. »Ich habe ihm eine ganze Menge erzählt, Johannes.«

»Sicher. Aber kann er denn den Worten eines Lügners, wie du einer bist, trauen?« Der kleine missgestaltete Mund des Etwas im Bottich verzog sich zu einem Lächeln, seine großen Augen schlossen sich. Lukyan Judasson seufzte und führte mich die Treppe hinauf.

Erst ein paar Jahre später wurde mir klar, dass Johannes Azure Kreuz der Lügner und Lukyan das Opfer seiner Lüge war. Ich konnte ihnen etwas tun. Ich tat es.

Es war beinahe leicht. Der Bischof hatte in der Regierung und in den Medien Freunde. Mit Geld an der richtigen Stelle machte ich mir auch ein paar Freunde. Dann enthüllte ich, dass Kreuz dort im Keller saß, und beschuldigte ihn, seine psionischen Kräfte benutzt zu haben, um an Lukyans Anhängern eine Gehirnwäsche vorzunehmen. Meine Freunde gingen auf die Beschuldigungen ein. Die Polizei machte eine Haussuchung, nahm den Telepathen Kreuz in Haft und stellte ihn vor Gericht.

Er war natürlich unschuldig. Meine Anklage war Unsinn; menschliche Telepathen können Gedanken aus nächster Nähe lesen, selten mehr. Aber es gibt sie nicht oft, und daher sind sie gefürchtet, und Kreuz war abstoßend genug, sodass man ihn ohne Mühe zum Opfer des Aberglaubens machen konnte. Am Ende wurde er freigesprochen und verließ die Stadt Ammadon, wenn nicht gar Arion in unbekannte Regionen.

Es war nie meine Absicht gewesen, ihn zu überführen. Die Anklage genügte. In der Lüge, die er zusammen mit Lukyan aufgebaut hatte, begannen sich Risse zu zeigen. Der Glaube ist schwierig zu erringen und leicht zu verlieren. Schon der leiseste Zweifel kann dazu führen, selbst das stärkste Fundament zu zerrütten.

Der Bischof und ich arbeiteten Hand in Hand, um weitere Zweifel zu säen. Das war nicht so einfach, wie ich geglaubt hatte. Die Lügner hatten gute Arbeit geleistet. Ammadon besaß, wie die meisten zivilisierten Städte, einen großen Vorrat an Wissen, ein Computersystem, das Schulen, Universitäten und Bibliotheken miteinander verband und seine geballte Weisheit jedem zugänglich machte, der sie benötigte.

Und als ich das überprüfte, fand ich bald heraus, dass die Geschichte Roms und Babylons geschickt verändert worden war, und dass es für Judas Ischariot drei Stichworte gab – eins für den Eroberkönig von Babylon. Außerdem wurde sein Name im Zusammenhang mit den Hängenden Gärten erwähnt, und es gibt eine Eintragung für den sogenannten Kodex Judae.

Und die Bibliothek von Ammadon behauptete, die Drachen wären auf der Alten Erde etwa um die Zeit Christi ausgestorben.

Wir merzten schließlich alle diese Lügen aus, wischten sie aus dem Gedächtnis der Computer, obgleich wir Autoritäten auf einem halben Dutzend nichtchristlicher Welten zitieren mussten, ehe die Bibliothekare und Akademiker einsahen, dass die Unterschiede mehr als nur eine Frage der religiösen Präferenz waren.

Inzwischen war der Orden des heiligen Judas im grellen Licht der Öffentlichkeit verwelkt. Lukyan Judasson war hager und zornig geworden, und mindestens die Hälfte seiner Kirchen waren geschlossen.

Natürlich starb die Häresie nie vollständig aus. Es gibt immer solche, die glauben, egal was. Und so liest man auf Arion in der Porzellanstadt Ammadon unter murmelnden Flüsterwinden bis auf den heutigen Tag *Der Weg von Kreuz und Drachen.*

Arla-k-Bau und die *Wahrheit Christi* brachten mich ein Jahr nach meiner Abreise nach Vess zurück, und Erzbischof Torgathon genehmigte mir endlich den Urlaub, um den ich gebeten hatte, ehe er mich erneut aussandte, um weitere Häresien zu bekämpfen. Ich hatte also meinen Sieg, die Kirche machte weiter wie bisher, und der Orden des heiligen Judas Ischariot war gründlich zerschlagen. Der Telepath Johannes Azure Kreuz hatte sich geirrt, glaubte ich damals. Er hatte die Macht eines Ritters der Inquisition sträflich unterschätzt.

Später fielen mir allerdings seine Worte wieder ein.

Du kannst uns nichts tun, Damien.

Uns?

Dem Orden des heiligen Judas? Oder den Lügnern?

Ich glaube, er log bewusst, obgleich ihm klar war, dass ich den *Weg von Kreuz und Drachen* zerstören würde, und obgleich ihm außerdem klar war, dass ich die Lügner nicht greifen konnte, dass ich es nicht einmal wagen würde, sie zu erwähnen. Wie hätte ich auch? Wer hätte mir geglaubt? Eine gewaltige, die Sterne umspannende Verschwörung, so alt wie die Geschichte? Es riecht nach Wahnsinn, und ich hatte überhaupt keinen Beweis.

Der Telepath log zugunsten von Lukyan, damit er mich gehen lassen würde. Dessen bin ich mir heute sicher. Kreuz riskierte viel, um mich zu umgarnen. Als ihm das nicht gelang, war er bereit, Lukyan Judasson und seine Lüge zu opfern, Schachfiguren in einem größeren Spiel.

So reiste ich ab und nahm die Erkenntnis mit, keinen Glauben mehr zu haben, bis auf den an die Wahrheit – eine Wahrheit, die ich in meiner Kirche nicht mehr finden konnte.

In dem Jahr, in dem ich lesend und studierend auf Vess, Cathaday und auf Celias Welt Urlaub machte, wurde ich mir dessen sicher. Am Ende stand ich wieder einmal in meinen allerschlechtesten Stiefeln im Empfangszimmer von Torgathon Nine-Klariis Tûn. »Mein Lordkomtur«, sagte ich zu ihm, »ich kann keine weiteren Aufträge mehr übernehmen. Ich bitte darum, aus dem aktiven Dienst ausscheiden zu dürfen.«

»Weshalb?«, knurrte der Erzbischof und spritzte wild um sich.

»Ich habe den Glauben verloren«, erwiderte ich schlicht.

Er blickte mich lange aufmerksam an und blinzelte mit seinen pupillenlosen Augen. Endlich sagte er: »Ihr Glaube geht nur Sie und Ihren Beichtvater etwas an. Mich interessieren lediglich Ihre Ergebnisse. Sie haben gute Arbeit geleistet, Damien. Sie dürfen sich nicht zur Ruhe setzen, und ich erlaube Ihnen nicht, zu resignieren.«

Die Wahrheit wird uns freisetzen.

Aber Freiheit ist kalt und leer und beängstigend, und Lügen können oft warm und schön sein.

Letztes Jahr hat die Kirche mir ein neues Raumschiff zur Verfügung gestellt. Ich habe es *Drache* getauft.